Learn German by Reading

A Fantasy Novel Edition: Volume 1

The Sorcery Code by Dima Zales

♠ Mozaika Educational ♠

Copyright © 2014 Dima Zales
www.dimazales.com

Translated into German by Grit Schellenberg.

Published by Mozaika Educational, an imprint of Mozaika LLC.
www.mozaikallc.com

e-ISBN: 978-1-63142-031-3
ISBN: 978-1-63142-044-3

FOREWORD

The basic idea for this project was conceived shortly after Dima Zales immigrated to America in 1991 as a teenager. He had a goal that was similar to yours—to master a brand-new language. He was able to learn English well enough to succeed academically (Master's degree from NYU) and professionally (13 years on Wall Street). He also became a *USA Today* bestselling author who writes fantasy and science fiction in his second language. One of the ways he achieved his goal is now the basis for this project.

From Dima Zales:
I had a favorite book, a book that was actually a translation of its English version. When I developed some basic English vocabulary, I decided to read that book in its original English and armed myself with a thick dictionary. Because I knew the book quite well, reading it was easier than I had expected. The enjoyment of reading a novel, rather than a textbook, was a powerful motivator, and I was able to finish it quickly. Having read the English book once, I proceeded to read it a few more times. After that, I was ready to tackle reading something I didn't know inside and out—and I did, going on to read thousands of books in my second language.

The idea behind this project is to bring you the kind of experience Dima Zales had back then, only enhanced. If you happen to have a favorite book that you know inside and out, and you can get your hands on a great German translation of it, that might work better for you than this project. However, for those who don't already have a book in mind, we are providing this excellent fantasy novel to use along with its translation.
Ebook reading devices give you advantages that Dima Zales

didn't have back in the 1990s. In most, you can highlight German words and have them defined automatically. It is our hope that this project will take your German to more advanced levels and enable you to have fun in the process.

HOW TO USE THIS BOOK

We have interspersed German chapters with English chapters. This will allow you to read and verify your comprehension. Regardless of your proficiency level, we encourage you to read the German version of each chapter before you read the English.Once you're done with the book, we recommend that you try reading it at least one more time. The more you read, the more familiar you will get with the content, which will enable your brain to process previously unknown words in their proper context.

1. KAPITEL: BLAISE

Da befand sich eine nackte Frau auf dem Fußboden in Blaises Arbeitszimmer.

Eine wunderschöne, nackte Frau.

Fassungslos starrte Blaise diese hinreißende Kreatur an, die gerade eben aus dem Nichts erschienen war. Sie schaute mit einem befremdlichen Gesichtsausdruck an sich hinunter. Offensichtlich war sie genauso überrascht darüber, hier zu sein, wie er es war, sie hier zu sehen. Ihr welliges, blondes Haar fiel ihren Rücken hinunter und verdeckte dadurch teilweise ihren Körper, der die Perfektion selbst zu sein schien. Blaise versuchte nicht an diesen Körper zu denken, sondern sich stattdessen auf die Situation zu konzentrieren.

Eine Frau. *Sie* und kein *Es*. Blaise konnte das kaum glauben. War das möglich? Konnte dieses Mädchen das Objekt sein?

Sie saß mit ihren Beinen unter sich eingeschlagen da und stützte sich auf einem schlanken Arm ab. Diese Pose sah etwas unbeholfen aus, so als wüsste sie nicht so recht, was sie mit ihren eigenen Gliedmaßen anstellen sollte. Trotz ihrer Kurven, die sie als eine ausgewachsene Frau kennzeichneten, strahlte die völlig unbefangene Art und Weise, wie sie dort saß — die erkennen ließ, dass sie sich ihrer eigenen Reize nicht bewusst war — eine kindliche Unschuld aus.

Blaise räusperte sich und dachte darüber nach, was er sagen könnte. In seinen wildesten Träumen hätte er sich niemals vorstellen können, dass so etwas das Ergebnis dieses Projekts sein würde, welches in den letzten Monaten sein ganzes Leben bestimmt hatte.

Als sie das Geräusch hörte, drehte sie ihren Kopf, um ihn anzusehen, und Blaise bemerkte, dass sie ungewöhnlich hellblaue

Augen hatte.

Sie blinzelte, legte ihren Kopf leicht zur Seite und nahm ihn mit sichtbarer Neugier in Augenschein. Blaise fragte sich, was sie wohl gerade sah. Er hatte seit zwei Wochen kein Tageslicht mehr gesehen und es würde ihn nicht wundern, wenn er im Moment wie ein verrückter Zauberer aussah. Sein Gesicht war von etwa einer Woche alten Bartstoppeln übersät und er wusste, dass sein dunkles Haar ungekämmt war und in alle Richtungen abstand. Hätte er gewusst, heute einer so wunderschönen Frau gegenüber zu stehen, hätte er am Morgen einen Pflegezauber gewirkt.

»Wer bin ich?«, fragte sie und verunsicherte Blaise damit. Ihre Stimme war weich und feminin, genauso anziehend wie der Rest von ihr. »Wo bin ich? Was ist das hier für ein Ort?«

»Das weißt du nicht?« Blaise war froh, endlich einen halb zusammenhängenden Satz herausbekommen zu haben. »Du weißt weder, wer du bist noch wo du bist?«

Sie schüttelte ihren Kopf. »Nein.«

Blaise schluckte. »Ich verstehe.«

»Was bin ich?«, fragte sie erneut und blickte ihn mit diesen unglaublichen Augen an.

»Also«, sagte Blaise langsam, »wenn du kein grausamer Scherzbold oder ein Produkt meiner Einbildung bist, dann ist das jetzt etwas schwierig zu erklären ...«

Sie beobachtete seinen Mund, während er sprach und als er aufhörte, sah sie wieder auf und ihre Blicke trafen sich. »Das ist eigenartig«, sagte sie, »solche Worte in der Realität zu hören. Das waren gerade die ersten wirklichen Worte, die ich jemals gehört habe.«

Blaise fühlte, wie ihm ein Schauer über den Rücken lief. Er stand von seinem Stuhl auf und begann hin und her zu gehen, sorgsam darauf bedacht, seinen Blick von ihrem nackten Körper abzuwenden. Er hatte damit gerechnet, dass *etwas* erschien. Ein magisches Objekt, eine Sache. Er hatte nur nicht gewusst, welche Form es annehmen würde. Ein Spiegel vielleicht, oder eine Lampe. Vielleicht sogar so etwas Ungewöhnliches wie die Lebensspeicher Sphäre, die wie ein großer runder Diamant auf seinem Arbeitstisch stand.

Aber eine Person? Und dann auch noch weiblich?

Zugegeben, er *hatte versucht*, dem Objekt Intelligenz zu geben und die Fähigkeit, menschliche Sprache zu verstehen, um diese in den Code umzuwandeln. Vielleicht sollte er gar nicht so überrascht sein, dass die Intelligenz die er herbeigerufen hatte eine menschliche Form angenommen hatte.

Eine wunderschöne, weibliche, sinnliche Hülle.

Konzentriere dich Blaise, konzentriere dich!

»Wieso läufst du so herum?« Sie stand langsam auf und ihre Bewegungen waren dabei unsicher und eigenartig tollpatschig. »Sollte ich auch umhergehen? Unterhalten sich Menschen so miteinander?«

Blaise hielt vor ihr an und bemühte sich, seine Augen oberhalb ihres Halses zu behalten. »Es tut mir leid. Ich bin es nicht gewohnt, nackte Frauen in meinem Arbeitszimmer zu haben.«

Sie fuhr sich mit ihren Händen an ihrem Körper hinunter, so als würde sie ihn zum allerersten Mal fühlen. Was auch immer sie vorhatte, Blaise fand diese Bewegung höchst erotisch.

»Stimmt etwas mit meinem Aussehen nicht?«, wollte sie von ihm wissen. Das war so eine typisch weibliche Sorge, dass Blaise ein Lächeln unterdrücken musste.

»Ganz im Gegenteil«, versicherte er ihr. »Du siehst unvorstellbar gut aus.« So gut sogar, dass er Schwierigkeiten hatte, sich auf etwas anderes als auf ihre Rundungen zu konzentrieren. Sie war mittelgroß und so perfekt proportioniert, sie hätte als Vorlage für einen Bildhauer dienen können.

»Warum sehe ich so aus?« Ein leichtes Runzeln erschien auf ihrer glatten Stirn. »Was bin ich?« Der letzte Teil schien sie am meisten zu beschäftigen.

Blaise holte tief Luft und versuchte, seinen rasenden Puls zu beruhigen. »Ich denke, ich könnte da eine Vermutung wagen, aber bevor ich das mache, möchte ich dir erst einmal etwas zum Anziehen geben. Bitte warte hier — ich bin sofort wieder zurück.«

Ohne eine Antwort abzuwarten, eilte er zur Tür.

* * *

Er verließ sein Arbeitszimmer und ging rasch zum anderen Ende des Hauses, zu *ihrem Zimmer*, wie er den halbleeren Raum in Gedanken immer noch nannte. Dort hatte Augusta immer ihre Sachen aufbewahrt, als sie noch zusammen gewesen waren — eine Zeit, die jetzt Ewigkeiten her zu sein schien. Trotzdem war es für ihn genauso schmerzhaft den verstaubten Raum zu betreten, wie es vor zwei Jahren gewesen war. Sich von der Frau zu trennen, mit der er acht Jahre zusammen gewesen war — der Frau, die er eigentlich gerade heiraten wollte — war nicht leicht gewesen.

Blaise versuchte, sich auf sein eigentliches Anliegen zu

konzentrieren, ging zum Kleiderschrank und warf einen Blick auf dessen Inhalt. Wie er gehofft hatte, befanden sich noch einige Dutzend Kleider in ihm. Wunderschöne, lange Kleider aus Samt und Seide, Augustas Lieblingsstoffen. Nur Zauberer — die in der Gesellschaft die obersten Ränge bekleideten — konnten sich so einen Luxus leisten. Die normale Bevölkerung war viel zu arm, um etwas anderes als grobe, schlichte Bekleidung tragen zu können. Blaise fühlte sich ganz schlecht wenn er darüber nachdachte, über diese furchtbare Ungleichheit, die immer noch jeden Aspekt des Lebens in Koldun betraf.

Er erinnerte sich daran, wie er und Augusta sich immer darüber gestritten hatten. Sie hatte seine Sorgen um die Normalbevölkerung nie geteilt; stattdessen genoss sie die Stellung und die Privilegien, die einem respektierten Zauberer derzeit zugestanden wurden. Wenn Blaise sich richtig erinnerte, hatte sie jeden Tag ihres Lebens ein anderes Kleid getragen, ohne Scham ihren Reichtum zur Schau gestellt.

Wenigstens würden ihm die Kleider, die sie in seinem Haus zurückgelassen hatte, jetzt mehr als gelegen kommen. Blaise nahm sich eines von ihnen — eine blaue Seidenkreation, die zweifellos ein Vermögen gekostet hatte — und ein Paar hochwertige, schwarze Samtschuhe, bevor er den Raum wieder verließ, während die Staubschichten und die bitteren Erinnerungen zurück blieben.

Auf seinem Rückweg rannte er in das nackte Lebewesen. Sie stand neben dem Eingang zu seinem Arbeitszimmer und schaute sich das Gemälde an, welches sein Bruder Louie geschaffen hatte. Es stellte eine sehr idyllische Szene in einem Dorf in Blaises Herrschaftsbereich dar — das Fest nach der großen Ernte. Lachende, rotwangige Bauern tanzten miteinander, während ein Harfenspieler auf Wanderschaft im Hintergrund spielte. Blaise schaute sich dieses Gemälde sehr gerne an. Es erinnerte ihn daran, dass seine Untertanen auch gute Zeiten erlebten, ihre Leben nicht nur aus Arbeit bestanden.

Das Mädchen schien es auch gerne zu betrachten — und anzufassen. Ihre Finger strichen über den Rahmen, als würden sie versuchen, die Struktur zu begreifen. Ihr nackter Körper sah von hinten genauso großartig aus wie von vorne, und Blaise bemerkte, wie seine Gedanken schon wieder in eine unangemessene Richtung abschweiften.

»Hier«, sagte er schroff, trat in sein Arbeitszimmer ein und legte das Kleid und die Schuhe auf dem staubigen Sofa ab. »Bitte zieh das hier an.« Zum ersten Mal seit Louies Tod nahm er den Zustand seines Hauses wahr — und schämte sich dafür. Augustas Raum war nicht der einzige, der von Staub bedeckt war. Selbst hier, wo er den Großteil seiner Zeit verbrachte, war die Luft muffig und abgestanden.

Esther und Maya hatten ihm wiederholt angeboten, vorbeizukommen und sauberzumachen, aber das hatte er abgelehnt, da er niemanden sehen wollte. Nicht einmal die beiden Bäuerinnen, die für ihn wie seine Mütter gewesen waren. Nach dem Debakel mit Louie wollte er einfach nur alleine sein und sich vor dem Rest der Welt verstecken. Was die anderen Zauberer betraf, wurde er geächtet, war ein Außenseiter, und das störte ihn auch überhaupt nicht. Er hasste sie ja auch alle. Manchmal dachte er, die Bitterkeit würde ihn auffressen — und wahrscheinlich hätte sie das auch, wenn es nicht seine Arbeit gäbe.

In diesem Moment hob das Ergebnis dieser Arbeit, immer noch nackt wie ein Neugeborenes, das Kleid hoch und betrachtete es neugierig. »Wie ziehe ich das an?«, wollte es wissen und schaute zu ihm auf.

Blaise blinzelte. Er hatte Erfahrung darin, Frauen auszuziehen, aber ihnen in die Kleider zu helfen? Trotzdem wusste er wahrscheinlich immer noch mehr darüber, als das geheimnisvolle Wesen, das vor ihm stand. Er nahm ihr das Kleid aus den Händen, schnürte den Rücken auf und hielt es ihr hin. »Hier. Steig hinein und zieh es hoch, die Arme müssen dabei in die Ärmel gesteckt werden.« Dann drehte er sich weg und versuchte angestrengt, seine Reaktion auf ihre Schönheit zu kontrollieren.

Er hörte, wie sie irgendetwas mit dem Kleid machte.

»Ich könnte ein wenig Hilfe gebrauchen«, sagte sie.

Blaise drehte sich zu ihr herum und war erleichtert festzustellen, dass sie nur noch Hilfe dabei brauchte, die Schnüre auf dem Rücken festzuziehen. Sie hatte auch schon selber herausgefunden, wie man sich Schuhe anzog. Das Kleid passte ihr erstaunlich gut; sie und Augusta mussten ungefähr die gleiche Größe haben, obwohl das Mädchen irgendwie zierlicher zu sein schien. »Heb dein Haar an«, forderte er sie auf und sie hielt ihre blonden Locken mit einer unbewussten Anmut in die Höhe. Er schnürte ihr schnell das Kleid zu und trat dann sofort einen Schritt zurück, um ein wenig Abstand zwischen sie zu bringen.

Sie drehte ihm ihr Gesicht zu und ihre Blicke trafen sich. Blaise kam nicht umhin, die kühle Intelligenz in ihrem Blick zu bemerken. Sie mochte jetzt vielleicht noch nichts wissen, aber sie lernte

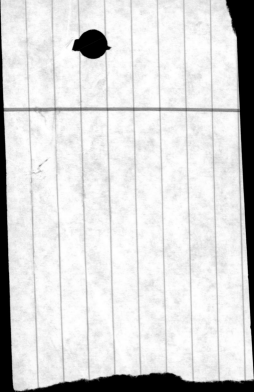

schnell — und funktionierte unglaublich gut, wenn das, was er über ihren Ursprung vermutete, stimmte.

Einige Sekunden lang sahen sie einander nur an, teilten ein angenehmes Schweigen. Sie schien es mit dem reden nicht eilig zu haben. Stattdessen betrachtete sie ihn, ihre Augen fuhren über sein Gesicht und seinen Körper. Sie schien ihn genauso faszinierend zu finden, wie er sie. Und das war ja auch kein Wunder — er war wahrscheinlich der erste Mensch, den sie traf.

Schließlich unterbrach sie die Stille. »Können wir jetzt reden?«

»Ja.« Blaise lächelte. »Wir können, und wir sollten.« Er ging zur Sofaecke, setzte sich in einen der Loungesessel neben den kleinen, runden Tisch. Die Frau folgte seinem Beispiel und setzte sich in den Sessel ihm gegenüber.

»Ich befürchte, wir werden viele Antworten auf deine Frage zusammen erarbeiten müssen«, erklärte ihr Blaise und sie nickte.

»Ich möchte es verstehen können«, antwortete sie ihm. »Was bin ich?«

Blaise atmete tief ein. »Lass mich von Anfang an beginnen«, entgegnete er ihr und zermarterte sich sein Hirn, wie er in dieser Angelegenheit am besten vorgehen sollte. »Weißt du, ich habe eine lange Zeit nach einem Weg gesucht, Magie den normalen Menschen einfacher zugänglich zu machen—«

»Steht sie im Moment nicht zur Verfügung?«, fragte sie und sah ihn eindringlich an. Er konnte sehen, dass sie sehr neugierig auf alles war und ihre Umgebung und jedes Wort, das er sagte, aufsaugte wie ein Schwamm.

»Nein, ist sie nicht. Im Moment können nur ein paar Auserwählte Magie anwenden — diejenigen, die die richtigen Voraussetzungen erfüllen, was die analytischen und mathematischen Neigungen ihres Gehirns anbelangt. Selbst die wenigen Glücklichen, die das besitzen, müssen sehr hart dafür studieren, komplexere Zauber zu wirken.«

Sie nickte, als würde das für sie Sinn ergeben. »Okay. Und was hat das alles mit mir zu tun?«

»Alles«, antwortete Blaise. »Es hat alles mit Lenard dem Großen begonnen. Er war der erste, der herausgefunden hatte, die Zauberdimension anzuzapfen.«

»Die Zauberdimension?«

»Ja, so nennen wir den Ort, an dem der Zauber entsteht — der Ort, der es uns ermöglicht Magie anzuwenden. Wir wissen nicht viel über sie, weil wir in der physischen Dimension leben — die wir als die reale Welt ansehen.« Blaise machte eine Pause, um zu sehen, ob sie bis jetzt Fragen dazu hatte. Er stellte sich vor, wie überwältigend das alles für sie sein musste.

Sie legte ihren Kopf auf die Seite. »Okay. Bitte mach weiter.«

»Vor etwa zweihundertundsiebzig Jahren hat Lenard der Große die ersten verbalen Zaubersprüche entwickelt — eine Möglichkeit für uns, mit der Zauberdimension zu interagieren und die Wirklichkeit der physischen Dimension zu ändern. Es war extrem schwierig, diese Zaubersprüche richtig zu formulieren, da man dafür eine spezielle Geheimsprache benötigte. Sie mussten ganz exakt ausgesprochen und vorbereitet werden, um das gewünschte Ergebnis zu erzielen. Erst vor kurzer Zeit wurde eine einfachere magische Sprache und ein leichterer Weg, Zaubersprüche anzuwenden, erfunden.«

»Wer hat das erfunden?«, fragte die Frau fasziniert.

»Augusta und ich«, gab Blais zu. »Sie ist meine frühere Verlobte. Wir sind das, was man Zauberer nennt — diejenigen, die eine Begabung für das Studium der Magie aufweisen. Augusta hat ein magisches Objekt erschaffen, welches Deutungsstein heißt, und ich habe eine einfachere magische Sprache gefunden, die dazu passt. Jetzt kann ein Zauberer seine Zaubersprüche in einer leichteren Sprache auf Karten schreiben und sie in den Steine einführen — anstatt einen schwierigen verbalen Spruch aufzusagen.«

Sie blinzelte. »Ich verstehe.«

»Unsere Arbeit sollte die Gesellschaft zum Besseren hin verändern«, fuhr Blaise fort und versuchte dabei, die Bitterkeit aus seiner Stimme zu halten. »Oder das war zumindest das, was ich gehofft hatte. Ich dachte, ein leichterer Weg um Magie anzuwenden, würde es mehr Menschen ermöglichen, Zugang zu ihr zu bekommen, aber so hat es sich nicht entwickelt. Die mächtige Klasse der Zauberer ist noch mächtiger geworden — und noch abgeneigter, ihr Wissen mit der einfachen Bevölkerung zu teilen.«

»Ist das schlimm?«, fragte sie und schaute ihn mit ihren hellblauen Augen an.

»Das kommt darauf an, wen du fragst«, antwortete ihr Blaise und dachte dabei an Augustas gelegentliche Geringschätzung der Landarbeiter. »Ich denke, das ist schrecklich, aber ich gehöre einer Minderheit an. Den meisten Zauberern gefällt es so, wie es ist. Sie sind reich und mächtig und es stört sie nicht, Untertanen zu haben, die in Elend und Armut leben.«

»Aber dich stört es«, sagte sie aufmerksam.

»Das tut es«, bestätigte Blaise. »Und als ich vor einem Jahr den

Rat der Zauberer verlassen habe, beschloss ich, etwas dagegen zu unternehmen. Ich wollte ein magisches Objekt erschaffen, welches unsere normale Sprache versteht — ein Objekt, das von jedem benutzt werden kann, verstehst du? Auf diese Art und Weise könnte auch eine normale Person zaubern. Sie würde einfach sagen, was sie bräuchte und das Objekt würde es umsetzen.«

Ihre Augen weiteten sich und Blaise konnte sehen, wie sie anfing, das Ganze zu verstehen. »Willst du mir gerade sagen—?«

»Ja«, antwortete er ihr und blickte sie an. »Ich glaube ich habe dieses Objekt erfolgreich erschaffen. Ich denke, du bist das Ergebnis meiner Arbeit.«

Einige Augenblicke lang saßen sie einfach nur schweigend da.

»Ich muss das Wort *Objekt* falsch verstehen«, meinte sie schließlich.

»Das tust du wahrscheinlich nicht. Der Stuhl, auf dem du sitzt, ist ein normales Objekt. Wenn du aus dem Fenster schaust, siehst du eine Chaise im Garten. Das ist ein magisches Objekt, es kann fliegen. Objekte leben nicht. Ich habe erwartet, du würdest so etwas wie ein sprechender Spiegel werden, aber du bist etwas völlig anderes!«

Ihre Stirn zog sich leicht in Falten. »Wenn du mich geschaffen hast, bist du dann mein Vater?«

»Nein«, wehrte Blaise sofort ab, da alles in ihm diese Vorstellung zurückwies. »Ich bin auf gar keinen Fall dein Vater.« Aus irgendeinem Grund war es für ihn wichtig sicherzustellen, dass sie nicht so von ihm dachte. *Interessant, wohin meine Gedanken schon wieder abschweifen, dachte er selbstironisch.*

Sie sah immer noch verwirrt aus, also versuchte Blaise es ihr näher zu erklären. »Ich denke es wäre vielleicht sinnvoller zu sagen, ich habe den Grundstein für eine Intelligenz gelegt — und habe sichergestellt, dass sie einiges an Wissen besitzt, um darauf aufzubauen — aber alles Weitere musst du selber geschaffen haben.«

Er konnte einen Funken Wiedererkennung auf ihrem Gesicht sehen. Irgendetwas an seiner Aussage hatte bei ihr etwas zum Läuten gebracht, also musste sie mehr wissen, als es auf den ersten Blick schien.

»Kannst du mir etwas von dir erzählen?«, fragte Blaise und betrachtete die wunderschöne Kreatur vor sich. »Als Erstes, wie nennst du dich?«

»Ich nenne mich gar nichts«, antwortete sie. »Wie nennst du dich?«

»Ich bin Blaise, Sohn von Dasbraw. Ich nenne mich Blaise.«

»Blaise«, wiederholte sie langsam, als würde sie sich seinen Namen auf der Zunge zergehen lassen. Ihre Stimme war weich und sinnlich, unschuldig betörend. Blaise wurde sich schmerzhaft der Tatsache bewusst, dass er schon seit zwei Jahren keiner Frau mehr so nahe gewesen war.

»Ja, das ist richtig«, gelang es ihm ruhig zu sagen. »Und wir sollte auch einen Namen für dich finden.«

»Hast du eine Idee?«, fragte sie neugierig.

»Also, meine Großmutter hieß Galina. Würdest du meiner Familie die Ehre erweisen und ihren Namen annehmen? Du könntest Galina, Tochter der Zauberdimension sein. Ich würde dich dann kurz 'Gala' nennen.« Die unbezwingbare alte Dame war alles andere als dieses Mädchen gewesen, welches vor ihm saß, aber trotzdem erinnerte etwas dieser leuchtenden Intelligenz auf dem Gesicht dieser Frau ihn an sie. Er lächelte zärtlich bei diesen Erinnerungen.

»Gala«, versuchte sie zu sagen. Er konnte sehen, sie mochte den Namen, weil sie auch lächelte und ihm dabei ihre ebenmäßig, weißen Zähne zeigte. Das Lächeln erleuchtete ihr ganzes Gesicht, ließ sie strahlen.

»Ja.« Blaise konnte seine Augen nicht von ihrer blendenden Schönheit abwenden. »Gala. Das passt zu dir.«

»Gala«, wiederholte sie sanft. »Gala. Du hast recht. Das passt zu mir. Aber du sagtest auch, ich sei die Tochter der Zauberdimension. Ist das meine Mutter oder mein Vater?« Sie sah ihn voller Hoffnung an.

Blaise schüttelte seinen Kopf. »Nein, nicht im traditionellen Sinn. Die Zauberdimension ist der Ort, an dem du dich zu dem entwickelt hast, was du jetzt bist. Weißt du irgendetwas über diesen Platz?« Er machte eine Pause und schaute sich seine erstaunliche Kreation an. »Wie viel weißt du überhaupt von dem, was geschah, bevor du hier auf dem Boden meines Arbeitszimmers auftauchtest?«

CHAPTER 1: BLAISE

There was a naked woman on the floor of Blaise's study.

A beautiful naked woman.

Stunned, Blaise stared at the gorgeous creature who just appeared out of thin air. She was looking around with a bewildered expression on her face, apparently as shocked to be there as he was to be seeing her. Her wavy blond hair streamed down her back, partially covering a body that appeared to be perfection itself. Blaise tried not to think about that body and to focus on the situation instead.

A woman. A *She*, not an *It*. Blaise could hardly believe it. Could it be? Could this girl be the object?

She was sitting with her legs folded underneath her, propping herself up with one slim arm. There was something awkward about that pose, as though she didn't know what to do with her own limbs. In general, despite the curves that marked her a fully grown woman, there was a child-like innocence in the way she sat there, completely unselfconscious and totally unaware of her own appeal.

Clearing his throat, Blaise tried to think of what to say. In his wildest dreams, he couldn't have imagined this kind of outcome to the project that had consumed his entire life for the past several months.

Hearing the sound, she turned her head to look at him, and Blaise found himself staring into a pair of unusually clear blue eyes.

She blinked, then cocked her head to the side, studying him with visible curiosity. Blaise wondered what she was seeing. He hadn't seen the light of day in weeks, and he wouldn't be surprised if he looked like a mad sorcerer at this point. There was probably a week's worth of stubble covering his face, and he knew his dark hair was unbrushed and sticking out in every direction. If he'd known he would be facing a beautiful woman today, he would've done a grooming spell in the morning.

"Who am I?" she asked, startling Blaise. Her voice was soft and feminine, as alluring as the rest of her. "What is this place?"

"You don't know?" Blaise was glad he finally managed to string together a semi-coherent sentence. "You don't know who you are or where you are?"

She shook her head. "No."

Blaise swallowed. "I see."

"What am I?" she asked again, staring at him with those incredible eyes.

"Well," Blaise said slowly, "if you're not some cruel prankster or a figment of my imagination, then it's somewhat difficult to explain . . ."

She was watching his mouth as he spoke, and when he stopped, she looked up again, meeting his gaze. "It's strange," she said, "hearing words this way. These are the first real words I've heard."

Blaise felt a chill go down his spine. Getting up from his chair, he began to pace, trying to keep his eyes off her nude body. He had been expecting *something* to appear. A magical object, a thing. He just hadn't known what form that thing would take. A mirror, perhaps, or a lamp. Maybe even something as unusual as the Life Capture Sphere that sat on his desk like a large round diamond.

But a person? A female person at that?

To be fair, he *had been* trying to make the object intelligent, to ensure it would have the ability to comprehend human language and convert it into the code. Maybe he shouldn't be so surprised that the intelligence he invoked took on a human shape.

A beautiful, feminine, sensual shape.

Focus, Blaise, focus.

"Why are you walking like that?" She slowly got to her feet, her movements uncertain and strangely clumsy. "Should I be walking too? Is that how people talk to each other?"

Blaise stopped in front of her, doing his best to keep his eyes above her neck. "I'm sorry. I'm not accustomed to naked women in my study."

She ran her hands down her body, as though trying to feel it for the first time. Whatever her intent, Blaise found the gesture extremely erotic.

"Is something wrong with the way I look?" she asked. It was such a typical feminine concern that Blaise had to stifle a smile.

"Quite the opposite," he assured her. "You look unimaginably good." So good, in fact, that he was having trouble concentrating on anything but her delicate curves. She was of medium height, and so perfectly proportioned that she could've been used as a sculptor's template.

"Why do I look this way?" A small frown creased her smooth forehead. "What am I?" That last part seemed to be puzzling her the most.

Blaise took a deep breath, trying to calm his racing pulse. "I think I can try to venture a guess, but before I do, I want to give you some clothing. Please wait here—I'll be right back."

And without waiting for her answer, he hurried out of the room.

* * *

Leaving his study, Blaise briskly walked to the other end of his house, to 'her room' as he still thought about the half-empty chamber. This was where Augusta used to keep her things when they were together—a time that now seemed like ages ago. Despite that, entering the dusty room was just as painful now as it had been two years ago. Parting with the woman he'd been with for eight years—the woman he'd been about to marry—had not been easy.

Trying to keep his mind on the task at hand, Blaise approached the closet and surveyed its contents. As he'd hoped, there were a few dozen dresses hanging there. Beautiful long dresses made of silk and velvet, Augusta's favorite materials. Only sorcerers—the upper echelon of their society—could afford such luxury. The regular people were far too poor to wear anything but rough homespun cloth. It made Blaise sick when he thought about it, the terrible inequality that still permeated every aspect of life in Koldun.

He and Augusta had always argued about that, he remembered. She had never shared his concern about the commoners; instead, she enjoyed the status quo and all the privileges that came with being a respected sorcerer. If Blaise recalled correctly, she'd worn a different dress every day of her life, flaunting her wealth without shame.

Well, at least the dresses she left at his house would come in handy now. Grabbing one of them—a blue silk concoction that undoubtedly cost a fortune—and a pair of finely made black velvet slippers, Blaise exited the room, leaving behind layers of dust and bitter memories.

He ran into the naked being on his way back. She was standing near the entrance of his study, looking at a painting his brother

Louie had made. It was of a village in Blaise's territory, and the scene it depicted was an idyllic one—a festival after a big harvest. Laughing, rosy-cheeked peasants were dancing with each other, a traveling harpist playing in the background. Blaise liked looking at that painting. It reminded him that his subjects had good times too, that their lives were not solely work.

The girl also seemed to like looking at it—and touching it. Her fingers were stroking the frame as though trying to learn its texture. Her nude body looked just as magnificent from the back as it did from the front, and Blaise again found his thoughts straying in inappropriate directions.

"Here," he said gruffly, entering the study and putting the dress and the shoes down on the dusty couch. "Please put these on." For the first time since Louie's death, he was cognizant of the state of his house—and ashamed of it. Augusta's room was not the only one covered with dust. Even here, where he spent most of his time, the air was musty and stale.

Esther and Maya had repeatedly offered to come over and clean, but he'd refused, not wanting to see anyone. Not even the two peasant women who had been like mothers to him. After the debacle with Louie, all he'd wanted was to be left alone, to hide away from the rest of the world. As far as the other sorcerers were concerned, he was a pariah, an outcast, and that was fine with Blaise. He hated them all now too. Sometimes he thought the bitterness would consume him—and it probably would have, if it hadn't been for his work.

And now the outcome of that work was lifting the dress and studying it curiously, still as naked as a newborn baby. "How do I put it on?" she asked, looking up at him.

Blaise blinked. He'd had practice taking dresses off women, but putting them on? Still, he probably knew more about clothes than the mysterious being standing in front of him. Taking the dress from her hands, he unlaced the back and held it out to her. "Here. Step into it and pull it up, making sure that your arms go into the sleeves." Then he turned away, doing his best to control his reaction to her beauty.

He heard some fumbling.

"I might need a little help," she said.

Turning back, Blaise was relieved to see that all she needed help with was tying the lace on the back. She had already figured out how to put on the shoes. The dress fit her surprisingly well; she and Augusta had to be of similar size, though this girl appeared more delicate somehow. "Lift your hair," he told her, and she did, holding the long blond locks with unconscious grace. He quickly laced the dress and stepped back, needing to put a little distance between them.

She turned to face him, and their eyes met. Blaise couldn't help but notice the cool intelligence reflected in her gaze. She might not know anything yet, but she was learning fast—and functioning incredibly well, if what he suspected about her origin was true.

For a few seconds, they just looked at each other, sharing a comfortable silence. She didn't appear to be in a rush to speak. Instead, she studied him, her eyes roaming over his face, his body. She seemed to find him as fascinating as he found her. And no wonder—Blaise was probably the first human she'd encountered.

Finally, she broke the silence. "Can we talk now?"

"Yes." Blaise smiled. "We can, and we should." Walking over to the couch area, he sat down on one of the lounge chairs next to the small round table. The woman followed his example, taking a seat in the chair opposite him.

"I'm afraid we're going to have to work out the answers to your many questions together," Blaise told her, and she nodded.

"I want to understand," she said. "What am I?"

Blaise took a deep breath. "Let me start at the beginning," he said, racking his brain for the best way to go about this. "You see, I have been searching for a long time for a way to make magic more accessible for the commoners—"

"Is it not accessible currently?" she asked, looking at him intently. He could tell she was extremely curious about anything and everything, absorbing her surroundings and every word he said like a sponge.

"No, it's not. Right now, magic is only possible for a select few—those who have the right predisposition in terms of how analytical and mathematically inclined their minds are. Even those lucky few have to study very hard to be able to cast spells of any complexity."

She nodded as though it made sense to her. "All right. So what does it have to do with me?"

"Everything," Blaise said. "You see, it all started with Lenard the Great. He's the one who first learned how to tap into the Spell Realm—"

"The Spell Realm?"

"Yes. The Spell Realm is what we call the place where spells are formed—the place that enables us to do magic. We don't know much about it because we live in the Physical Realm—what we think of as the real world." Blaise paused to see if the woman had any questions. He imagined it must all be overwhelming for her.

She cocked her head to the side. "All right. Please continue."

"Some two hundred and seventy years ago, Lenard the Great invented the first oral spells—a way for us to interact with the Spell Realm and change the reality of the Physical Realm. These spells were extremely difficult to get right because they involved a specialized arcane language. It had to be spoken and planned very exactly to get the desired result. It wasn't until recently that a simpler magical language and an easier way to do spells was invented."

"Who invented it?" the woman asked, looking intrigued.

"Well, Augusta and I did, actually," Blaise admitted. "She's my former fiancée. We are what you would call sorcerers—those who have the aptitude for the study of magic. Augusta created a magical object called the Interpreter Stone, and I came up with a simpler magical language to go along with it. So now, instead of reciting a difficult verbal spell, a sorcerer can use the simpler language to write his spell on cards and feed it to the stone."

She blinked. "I see."

"Our work was supposed to change society for the better," Blaise continued, trying to keep the bitterness out of his voice. "Or at least that's what I had hoped. I thought an easier way to do magic would enable more people to do it, but it didn't turn out that way. The powerful sorcerer class got even more powerful—and even more averse to sharing their knowledge with the common people."

"Is that bad?" she asked, regarding him with her clear blue gaze.

"It depends on whom you ask," Blaise said, thinking of Augusta's casual disregard for the peasants. "I think it's terrible, but I'm in the minority. Most sorcerers like the status quo. They have wealth and power, and they don't mind that their subjects live in abject poverty."

"But you do," she said perceptively.

"I do," Blaise confirmed. "And when I left the Sorcerer Council a year ago, I decided to do something about it. You see, I wanted to create a magical object that would understand our normal spoken language—an object that anyone could use. This way, a regular person could do magic. They would just say what they needed, and the object would make it happen."

Her eyes widened, and Blaise could see the dawning comprehension on her face. "Are you saying—?"

"Yes," he said, staring at her. "I believe I succeeded in creating that object. I think you are the result of my work."

They sat there in silence for a few moments.

"I must have the wrong understanding of the word 'object'," she finally said.

"You probably don't. The chair you sit on is a regular object. If you'll look out the window, you'll see a chaise in the yard. That's a magical object; it can fly. Objects are inanimate. I expected you to be something like a talking mirror, but you are something else entirely."

She frowned a little. "If you created me, does that mean you are my father?"

"No," Blaise denied immediately, everything inside him rejecting that idea. "I am most certainly not your father." Somehow it was important to make sure she did not think of him that way. *Look at where my mind is going again*, he chided himself.

She continued looking confused, so Blaise tried to explain further. "I think it might make more sense to say that I created the basic design for an intelligence—and made sure it had some knowledge to build on—but from there, you must have created yourself."

He could see a spark of recognition in her gaze. Something about that statement resonated with her, so she had to know more than it seemed at first.

"Can you tell me anything about yourself?" Blaise asked, studying the beautiful creature in front of him. "For starters, what do you call yourself?"

"I don't call myself anything," she said. "What do *you* call yourself?"

"I am Blaise, son of Dasbraw. You would just call me Blaise."

"Blaise," she said slowly, as though tasting his name. Her voice was soft and sensual, innocently seductive. It made Blaise painfully aware that it had been two years since he had been this close to a woman.

"Yes, that's right," he managed to say calmly. "And we should come up with a name for you as well."

"Do you have any ideas?" she asked curiously.

"Well, my grandmother's name was Galina. Would you like to honor my family by taking her name? You can be Galina, daughter of the Spell Realm. I would call you 'Gala' for short." The indomitable old lady had been nothing like the girl sitting in front of him, yet something about the bright intelligence on this woman's face reminded him of her. He smiled fondly at the memories.

"Gala," she tried saying. He could see that she liked it because she smiled back at him, showing even white teeth. The smile lit her entire face, making her glow.

"Yes." Blaise couldn't tear his eyes away from her luminous beauty. "Gala. It suits you."

"Gala," she repeated softly. "Gala. Yes, I agree. It does suit me. But you said that I am daughter of the Spell Realm. Is that my mother or father?" She gave him a hopeful look.

Blaise shook his head. "Not in the traditional sense, no. The Spell Realm is where you developed into what you are now. Do you know anything about the place?" He paused, looking at his unexpected creation. "In general, how much do you recall before you showed up here, on the floor of my study?"

2. KAPITEL: AUGUSTA

Augusta glitt aus dem Bett und lächelte ihren Liebhaber verführerisch an. Sie genoss das hitzige Glänzen seiner Augen und beugte sich nach unten, um ihr magentafarbenes Kleid vom Boden aufzuheben. Das wunderschöne Kleidungsstück hatte nur einen kleinen Riss abbekommen — nichts, was sie nicht mit einem einfachen, verbalen Zauberspruch in Ordnung bringen könnte. Ihre Kleidung überlebte die Besuche bei Barson meistens nicht unbeschadet; wenn es eine Sache gab, die sie an dem Anführer der Garde der Zauberer genoss, war das sein rauer, leidenschaftlicher Hunger, mit dem er sie jedes Mal begrüßte.

»Ist es schon Zeit zu gehen?«, fragte er und stützte sich auf einen Ellenbogen, um ihr besser dabei zusehen zu können, wie sie sich anzog.

»Warten deine Männer nicht auf dich?« Augusta schlüpfte in ihr Kleid und griff sich an ihren Kopf, um ihr langes, braunes Haar zu einem lockeren Knoten im Nacken zusammenzubinden.

»Lass sie warten.« Er hörte sich arrogant an, wie immer. Augusta mochte das an Barson — dieses unerschütterliche Selbstvertrauen, was sich in allem widerspiegelte, das er machte. Er war zwar kein Zauberer, aber als der Anführer der militärischen Elitetruppe, die Gesetz und Ordnung in ihrer Gesellschaft sicherstellte, strahlte er sehr viel Macht aus.

»Die Rebellen werden aber nicht warten«, erinnerte Augusta ihn. »Wir müssen sie aufhalten, bevor sie näher an Turingrad herankommen.«

»Wir?« Seine dicken Augenbrauen zogen sich überrascht nach oben. Mit seinem kurzen, dunklen Haar und seiner olivfarbenen Haut war er einer der attraktivsten Männer, die sie kannte — ihren ehemaligen Verlobten vielleicht ausgenommen.

Denk jetzt nicht an Blaise. »Ach«, antwortete Augusta wie nebenbei, »habe ich vergessen zu erwähnen, dass ich mit dir komme?«

Barson setzte sich im Bett auf, die Muskeln seiner großen Gestalt spannten sich an und bewegten sich bei jeder Bewegung. »Du weißt, du hast es nicht getan«, knurrte er, aber Augusta wusste, ihm gefiel diese Entwicklung. Er hatte versucht, sie davon zu überzeugen, mehr Zeit mit ihm zu verbringen, ihre Beziehung öffentlich zu machen, und Augusta hatte sich gedacht, es sei jetzt an der Zeit, langsam damit anzufangen.

Nach ihrer schmerzhaften Trennung von Blaise vor zwei Jahren, war alles, was sie gewollt hatte, eine unkomplizierte Affäre — leidenschaftliche Treffen und nichts weiter. Ihre acht Jahre andauernde Beziehung zu Blaise endete sechs Monate bevor eigentlich ihre Hochzeit stattfinden sollte, und zu jener Zeit wusste sie nicht, ob sie jemals wieder einem anderen Mann vertrauen könnte. Sie hatte gedacht, alles was sie bräuchte sei ein Bettgefährte, ein warmer Körper, der sie die innere Leere vergessen lassen würde — und zu diesem Zweck hatte sie sich den Kapitän der Wache ausgesucht.

Zu ihrer Überraschung wuchs und entwickelte sich diese schlichte Affäre. Mit der Zeit stellte Augusta fest, dass sie ihren neuen Liebhaber mochte und bewunderte. Er war nicht so intellektuell wie Blaise, aber auf seine Art war er ziemlich intelligent — und sie bemerkte, sie genoss seine Gesellschaft auch außerhalb des Schlafzimmers. Deshalb hatte sie sich, als sie von der Rebellion im Norden hörte, entschlossen, das sei die perfekte Gelegenheit, Barson bei dem zu beobachten, was er am besten tat — ihre Art zu leben zu beschützen und die Bauern unter Kontrolle zu halten.

Er stand auf, zog seine Rüstung an und drehte sich zu ihr um. »Hat dich der Rat gebeten, mit uns zu kommen?«

»Nein«, beruhigte Augusta ihn. »Ich komme von mir aus mit.« Es wäre eine Beleidigung für die Garde, wenn der Rat dachte, sie sei nicht in der Lage einen kleinen Aufstand zu unterdrücken und deshalb die Zauberin baten, ihr zu helfen. Sie begleitete sie einzig und alleine, um Zeit mit Barson zu verbringen — und weil sie dabei zusehen wollte, wie die Rebellen zerquetscht werden würden, wie es sich für solche Würmer gehörte.

»In diesem Fall«, meinte er und seine dunklen Augen funkelten voller Vorfreude, »lass uns losgehen.«

* * *

Augusta ritt neben Barson und fühlte die rhythmischen Bewegungen des Pferdes unter sich. Sie bemerkte die neugierigen Blicke der anderen Soldaten, aber diese interessierten sie nicht. Als eine Zauberin des Rates war sie an Aufmerksamkeit gewöhnt; sie sehnte sich sogar auf einer gewissen Weise danach.

Es war eigenartig auf einem richtigen, lebenden Pferd zu reiten. Sie hatte sich an die fliegende Chaise gewöhnt — ihre neueste Erfindung, die das Reisen für Zauberer revolutioniert hatte — und sie konnte sich nicht daran erinnern, wann sie sich das letzte Mal ganz altmodisch irgendwohin bewegt hatte. Der einzige Grund, das jetzt zu tun war Barsons Weigerung, während seines Dienstes mit ihr auf der Chaise zu sein, und sie wollte nicht ganz alleine über den Wächtern in der Luft schweben.

»Um wie viele Rebellen handelt es sich denn?«, fragte sie Barson, da sie die Tatsache überraschte, dass ihn nur etwa fünfzig Männer begleiteten.

»Ganir meinte es seien an die dreihundert«, antwortete ihr Barson und Augusta kräuselte ihre Nase, als der Name des Vorsitzenden des Rates fiel. Ganir schien momentan seine Spione überall zu haben. Unter dem Vorwand, den Rat beschützen zu wollen, schien der alte Zauberer mit jedem Tag mächtiger zu werden, eine Entwicklung, die Augusta beunruhigte. Sie hatte immer den Eindruck gehabt, der alte Mann würde sie nicht mögen und sie wollte nicht darüber nachdenken, was passieren könnte, falls er sich aus irgendeinem Grund gegen sie wandte.

Sie konzentrierte sich wieder auf die Sache die vor ihnen lag und sah ihn fragend an. »Und da hast du nur fünfzig Soldaten mitgenommen?«

Er lachte. »Nur fünfzig? Wahrscheinlich sind das immer noch zwanzig zu viel. Jeder meiner Männer ist mindestens so viel Wert wie zehn dieser Bauern.« Dann fügte er ernsthafter hinzu: «Durch die Unruhen überall dachte ich außerdem, es sei das Beste, Turingrad und den Turm nicht grundlos ungeschützt zurückzulassen — und glaub mir, dreihundert Bauern sind kein guter Grund.«

Augusta grinste ihn an und war mal wieder seinem arroganten Charme erlegen. »Da hast du natürlich Recht. Außerdem hast du ja auch noch mich dabei.« Zauberer benutzen ihre Magie selten gegen die normale Bevölkerung, aber sie könnten es machen, besonders dann, wenn sie sich in Gefahr befanden. Augusta zweifelte nicht daran, alle Rebellen eigenhändig unterdrücken zu können, aber das war nicht ihre Aufgabe. Dafür gab es die Soldaten.

Diese kleine Rebellion, wie so viele andere in den letzten Jahren, war zweifellos durch die Dürre ausgelöst worden. Das war eine unglückliche Sache und Augusta konnte verstehen, dass die ruinierten Ernten und die hohen Lebensmittelpreise die Bauern nicht glücklich machten — aber trotzdem war ihr von Ganir angekündigter Marsch auf Turingrad nicht akzeptabel.

Der Norden Kolduns — aus dem diese Rebellen kamen — war besonders schwer getroffen. Augustas eigenes Gebiet lag weiter im Süden, aber selbst ihre Untertanen beschwerten sich über die Lebensmittelknappheit. Sie würden natürlich keinen Aufstand wagen, aber Augusta konnte nicht übersehen, wie unglücklich sie waren. Seit fast zwei Jahren war kaum Regen gefallen und es wurde immer schwieriger, Korn zu bekommen. Augusta gab ihr Bestes, um alles erhältliche Korn zu erstehen und es zu ihrer Bevölkerung zu schicken, aber diese undankbaren Wesen beschwerten sich immer noch.

»Wer ist denn der Herrscher über das Reich aus dem die Rebellen kommen? Jandison oder Moriner?«, wollte sie wissen, da sie sich fragte, welcher Zauberer seine eigenen Untertanen nicht kontrollieren konnte.

»Jandison.«

Jandison. Das erklärte einiges, dachte Augusta. Trotz seines fortgeschrittenes Alters und seiner Position im Rat wurde Jandison als ein Schwächling angesehen. Er war hervorragend, wenn es um Teleportation ging (zugegebenermaßen eine nützliche Fähigkeit), hatte aber ansonsten keinerlei besondere Fähigkeiten. Wie er es geschafft hatte, in den Rat zu kommen — einem Regierungsorgan, welches sich aus den mächtigsten Zauberern zusammensetzte — würde Augusta niemals verstehen.

»Einige der Bauern sind in die Berge geflüchtet«, meinte Barson und sah von der Situation genervt aus. »Andere haben beschlossen, zu rebellieren. Dort herrscht das Chaos.«

»In die Berge?« Augusta konnte ihr Entsetzen nicht verbergen. Die Berge, die das Territorium von Koldun umgaben, dienten als ein natürlicher Schutz vor den starken Stürmen, die hinter ihnen wüteten. Nur die furchtlosesten Forscher wagten sich dorthin, da das Wetter unvorhersehbar war und sich der gefährliche Ozean ganz in der Nähe befand. Und diese Bauern gingen wirklich in die Berge?

»Ja«, bestätigte Barson. »Mindestens zwanzig Personen aus Jandisons nördlichstem Dorf sind dorthin geflohen.«

»Die sind doch lebensmüde«, meinte Augusta und schüttelte ihren Kopf. »Würde jemand, der richtig im Kopf ist, so etwas machen?«

»Jemand, der verzweifelt und hungrig ist schon, könnte ich mir vorstellen.« Ihr Liebhaber warf ihr einen ironischen Blick zu. »Du weißt nicht, wie sich Hunger anfühlt, stimmt's?«

»Nein«, gab Augusta zu. Die meisten Zauberer aßen nur zu ihrem Vergnügen; Zaubersprüche, die die Versorgung des Körpers sicherstellten, waren einfach — und eine der ersten Sachen, die Eltern ihren Kindern beibrachten. Augusta hatte solche Sprüche mit drei Jahren beherrscht und seitdem nie wieder Hunger verspürt.

Barson lächelte als Antwort darauf und streckte seinen Arm aus, um sie mit seiner großen, von Hornhaut überzogenen Hand zu berühren.

CHAPTER 2: AUGUSTA

Augusta slid out of bed and smiled seductively at her lover, enjoying the heated gleam in his eyes as she bent down to pick up her magenta-colored dress from the floor. The beautifully made garment had only one small rip in it—nothing that she wouldn't be able to fix with a simple verbal spell. Her clothes rarely survived her visits to Barson's house intact; if there was one thing she enjoyed about the leader of the Sorcerer Guard, it was the rough, urgent hunger with which he always greeted her arrival.

"Is it already time to go?" he asked, propping himself up on one elbow to watch her get dressed.

"Aren't your men waiting for you?" Augusta wriggled into the dress and reached up to gather her long brown hair into a smooth knot at the back of her neck.

"Let them wait." He sounded arrogant, as usual. Augusta liked that about Barson—the unshakable confidence that permeated everything he did. He might not be a sorcerer, but he wielded quite a bit of power as the leader of the elite military force that kept law and order in their society.

"The rebels won't wait, though," Augusta reminded him. "We need to intercept them before they get any closer to Turingrad."

"We?" His thick eyebrows arched in surprise. With his short dark hair and olive-toned skin, he was one of the most attractive men she knew—with the possible exception of her former fiancé.

No, don't think about Blaise now. "Oh yes," Augusta said nonchalantly. "Did I forget to mention that I'm coming with you?"

Barson sat up in bed, the muscles in his large frame flexing and rippling with each movement. "You know you did," he growled, but Augusta could tell he was pleased with this development. He had been trying to get her to spend more time with him, to get their relationship out in the open, and Augusta thought it might be time to start giving in a little.

After her painful breakup with Blaise two years ago, all she'd wanted was an uncomplicated affair—an arrangement of mutual desire and nothing more. Her eight-year relationship with Blaise had ended six months before their wedding was to take place, and at the time, she didn't know if she would ever be able to trust another man again. She'd thought that all she needed was a bed companion, a warm body to make her forget the emptiness within— and she'd chosen the Captain of the Guard for that role.

To her surprise, what started off as a simple dalliance grew and evolved. Over time, Augusta found herself both liking and admiring her new lover. He was not an intellectual, like Blaise, but he was quite intelligent in his own way—and she found that she enjoyed his company outside of the bedroom as well. As a result, when she'd heard about the rebellion in the north, she decided it was the perfect opportunity to witness Barson in action, doing what he did best—protecting their way of life and keeping the peasants in check.

Getting up, he pulled on his armor and turned to face her. "Did the Council ask you to come with us?"

"No," Augusta reassured him. "I'm coming of my own initiative." It would be an insult to the Guard if the Council thought them incapable of quelling a minor uprising and asked her to aid them. She was accompanying them solely because she wanted to spend some time with Barson—and because she wanted to see the rebels crushed like the vermin they were.

"In that case," he said, his dark eyes glittering with anticipation, "let's go."

* * *

Augusta rode beside Barson, feeling the rhythmic movements of the horse beneath her. She could see the curious looks she was getting from the other soldiers, but she didn't care. As a sorceress of the Council, she was used to the attention; she even craved it on some level.

It was strange riding an actual living horse. She had gotten used to the flying chaise—her recent invention that had revolutionized travel for sorcerers—and she couldn't remember the last time she'd gone somewhere the old-fashioned way. The only reason why she was doing so now was because Barson refused to get on the chaise with her while on duty, and she didn't want to hover in the air above the guards all by herself.

"How many rebels are there?" she asked Barson, surprised that there were only about fifty men accompanying them.

"Ganir said there were about three hundred," Barson replied, and Augusta wrinkled her nose at the mention of the Council Leader's name. Ganir appeared to have his spies everywhere these days. Under the guise of protecting the Council, the old sorcerer seemed to be growing more and more powerful every day, a development that bothered Augusta. She had always gotten a sense that the old man didn't like her, and she didn't want to think about what could happen if he decided to turn on her for any reason.

Bringing her attention back to the subject at hand, she gave Barson a questioning look. "And you took only fifty guards?"

He chuckled. "Only fifty? That's probably twenty too many. Any one of my men is worth at least ten of these peasants." Then he added, more seriously, "Besides, given the unrest everywhere, I thought it best not to leave Turingrad and the Tower unprotected without a good reason—and believe me, three hundred peasants are not a good reason."

Augusta grinned at him, again charmed by his arrogance. "Right, of course. Plus you've got me." Sorcerers rarely used their magic against the common population, but they could certainly do so, particularly if they were in danger. Augusta had no doubt that she could subdue all the rebels singlehandedly, but that wasn't her job. That's what the soldiers were for.

This little rebellion, like so many others in the past couple of years, was no doubt motivated by the drought. It was an unfortunate occurrence, and Augusta could understand the peasants' unhappiness with ruined crops and high food prices—but that didn't make it acceptable for them to march on Turingrad like Ganir claimed they were doing.

The north of Koldun—where these rebels were coming from—was particularly hard-hit. Augusta's own territory was further south, but even her subjects were grumbling about the lack of food. They wouldn't dare do any rioting, of course, but Augusta was not oblivious to the fact that they were unhappy. For almost two years, the rain had been sparse, and grain was becoming increasingly difficult to obtain. Augusta did her best to purchase whatever grain was available and send it to her people, but the ungrateful wretches still complained.

"Who's ruling over the territory of the rebels? Is it Jandison or

Moriner?" she asked, wondering which sorcerer couldn't control his own peasants.

"Jandison."

Jandison. Well, that explained it, Augusta thought. Despite his advanced age and position on the Council, Jandison was considered to be something of a weakling. He was good at teleportation (admittedly, a useful skill) and not much else. How he had ended up on the Council—a ruling body consisting of the most powerful sorcerers—Augusta would never understand.

"Some of his peasants ran off to the mountains," Barson said, looking annoyed with the situation. "And some decided to riot. It's a mess over there."

"To the mountains?" Augusta couldn't suppress her shock. The mountains surrounded the land of Koldun, serving as a natural barrier against the fierce storms that raged beyond them. Only the most intrepid explorers ever ventured out there, given the unpredictable weather and proximity to the dangerous ocean. And these peasants actually went there?

"Yes," Barson confirmed. "At least twenty of them from Jandison's northernmost village fled there."

"They must be suicidal," Augusta said, shaking her head. "Who in their right mind would do something like that?"

"Someone desperate and hungry, I would imagine." Her lover gave her an ironic look. "You don't know hunger, do you?"

"No," Augusta admitted. Most sorcerers only ate for pleasure; spells to sustain the body's energy were simple to do—and were one of the first things parents taught their children. Augusta had mastered those spells at the age of three, and she'd never felt hungry since.

Barson smiled in response and reached over to squeeze her knee with his large callused hand.

3. KAPITEL: GALA

Gala blickte den großen, breitschultrigen Mann an, der sie erschaffen hatte, und überlegte, auf welche Weise sie ihm am besten antworten konnte. Sie hatte Schwierigkeiten sich zu konzentrieren, da ihre Sinne von ihrer Anwesenheit hier, diesem Ort, den Blaise die physische Dimension nannte, überwältigt wurden. Ihr Körper reagierte auf die unterschiedlichen Einflüsse auf eigenartige und unvorhersehbare Weisen. Ihr Gehirn versuchte, alle Bilder, Geräusche und Gerüche aufzunehmen, um alles zu verstehen.

Eine besonders große Ablenkung war Blaise selber. Sie konnte nicht aufhören, ihn anzuschauen, da er anders war als alles, was sie bis jetzt gesehen hatte. Irgendetwas an der kantigen Symmetrie seines Gesichts zog sie an, hallte in ihr auf eine Art und Weise nach, die sie nicht ganz verstand. Sie mochte alles an ihm, angefangen von der blauen Farbe seiner Augen bis hin zu den dunklen Stoppeln die sein kräftiges Kinn bedeckten. Sie fragte sich, ob es akzeptabel sei, wenn sie sich ausstrecken und sein Haar berühren würde — diese kurzen, fast schwarzen Locken die sich so stark von ihren eigenen blassen Strähnen unterschieden.

Zuerst aber wollte sie seine Frage beantworten. Sie konzentrierte sich und dachte daran zurück, was in der Zeit passiert war, bevor sie zum ersten Mal Realität wahrgenommen hatte. »Ich erinnere mich daran, existiert zu haben«, antwortete sie ihm langsam und versuchte die eigenartigen Empfindungen des Anfangs in Worte zu fassen.

»Du meinst, du hast eine Zeit lang existiert, ohne es zu bemerken?«, fragte er und seine dunklen Augenbrauen zogen sich leicht zusammen. Gala dachte, diese Mimik drückte wohl Verwirrtheit aus, da ihre eigenen Augenbrauen das gleiche machten, wenn sie etwas nicht verstand.

»Es ist, als ob es zwei Arten gab, auf die ich existiert habe«, versuchte sie zu erklären. »Eine Art würde einfach passieren. Sie hielt länger an. Wenn ich sage, ich bemerkte, zu existieren — meine ich den Zeitpunkt, an dem der andere Teil von mir zum ersten Mal realisierte, was ich bin. Diese Teile sind nicht getrennt; sie sind eigentlich das Gleiche. Es gibt eine eigenartige, verschlungene Verbindung zwischen ihnen, die ich nicht ganz verstehe und die ich auch nicht in Worten erklären kann—«

»Ich denke, ich verstehe dich«, sagte er, beugte sich nach vorn und sah sie eindringlich an. »Du hast dein Ich-Bewusstsein entdeckt. Zuerst hast du auf einer unbewussten Ebene existiert, und dann, an einem bestimmten Punkt, bist du zu einem bewussten Zustand des Seins gewechselt.« Er scheint aufgeregt zu sein, dachte Gala und fand irgendwie nicht das richtige Wort, den emotionalen Zustand ihres Schöpfers zu beschreiben.

»Was ist der Unterschied zwischen dem bewussten und dem unbewussten Zustand?«, fragte sie wissensdurstig.

»Ich bin ein Mensch und die unbewussten Teile meines Hirns kümmern sich um solche Sachen wie Atmung oder Herzschlag«, antwortete er ihr mit leuchtenden Augen. »Wenn ich renne, erarbeitet mein Unterbewusstsein komplexe Abläufe, damit ich meine Beine bewegen kann. Einige Zauberer denken auch, dass in diesem Teil des Kopfes die Träume entstehen.«

»Ich bin kein Mensch«, warf Gala ein und schaute ihn an. So viel wusste sie jetzt. Sie war etwas Anderes und musste herausfinden, was genau sie war.

Er lächelte — ein Ausdruck, der sein Gesicht für sie noch faszinierender machte. »Nein«, sagte er sanft, »das bist du nicht. Aber du wirkst definitiv wie einer auf mich.«

»Aber das war gar nicht deine Absicht, richtig?«

»Richtig«, bestätigte er. »Trotzdem basieren die Teile von dir, die ich entworfen habe auf der theoretischen Vorstellung davon, wie menschliche Gehirne funktionieren könnten. Lenard der Große war der erste, der diese bewusste-unbewusste Dynamik entdeckte, und seine Arbeit hat mich immer fasziniert. Ich habe Zaubersprüche bei Menschen angewandt, welche mir einen Einblick in ihren Zustand gaben und das war mein Ausgangspunkt für dich. Außerdem bekam ich ein wenig Hilfe aus Lenards Werken. Der Zauberspruch, der dich erschaffen hat, war dafür gedacht, eine verbundene Struktur einzelner Punkte zu schaffen, welche lernfähig sind. Milliarden und Abermilliarden von Punkten in der Zauberdimension, die alle magisch zusammengehalten werden.

Wie interessant, dachte Gala und beobachtete, wie sein Gesicht immer lebhafter wurde, während er sprach.

»Und als ich den Zauber dann gewirkt hatte«, fuhr er fort, »habe ich Dutzende Momentaufnahmen des Lebens in die Zauberdimension gesandt, so viele Momentaufnahmen, wie ich in meine Finger bekommen konnte—«

»Momentaufnahmen?« Dieses Wort verstand Gala nicht.

Blaise nickte und sein Gesichtsausdruck verdunkelte sich einen Moment lang aus unerklärlichem Grund. »Ja. Momentaufnahmen sind ein Beispiel für ein magisches Objekt. Ein Zauberer Namens Ganir hat sie kürzlich erfunden. Es ist ein wenig schwierig zu erklären, was genau sie sind. Grob gesagt, wenn man eine Momentaufnahme zu sich nimmt, kann man das sehen, was jemand anderes gesehen hat. Man riecht, was er roch und man denkt, für die Dauer des Zaubers derjenige zu sein. Du musst es erleben, um es vollständig zu verstehen.«

»Ich denke, ich verstehe es.«, antwortete ihm Gala und dachte an die eigenartigen Erfahrungen zurück, die sie gemacht hatte, bevor sie hierher gekommen war. »Das erklärt wahrscheinlich meine Traumbilder.«

»Deine Traumbilder?«

»Ich denke ich sah Ausschnitte aus der physischen Dimension«, erklärte Gala ihm, »es war, als ob ich in ihnen sei.« Diese Erinnerungen waren nicht schön; die meiste Zeit hatte sie sich verloren gefühlt, hatte nicht gewusst, das Leben anderer Menschen zu erfahren.

»Natürlich.« Seine Augen weiteten sich, als er verstand. »Ich sollte realisiert haben, dass wenn dein Gehirn erst einmal ausreichend entwickelt wäre, du die Momentaufnahmen genauso erleben würdest, wie wir — nur mit dem Unterschied, niemals in der wirklichen Welt gewesen zu sein und deshalb wahrscheinlich ohne jede Vorstellung davon, was gerade mit dir geschah. Das tut mir leid. Das muss sehr verwirrend für dich gewesen sein.«

Gala zuckte mit ihren Schulter, eine Geste, die sie ein oder zweimal in ihren Träumen gesehen hatte. Sie nahm an, es bedeutete Unsicherheit. Sie war sich nicht sicher darüber, was sie über die Momentaufnahmen dachte. Die Welt durch sie zu sehen war sicher verwirrend gewesen, aber auf diese Art und Weise hatte sie eine Menge über die physische Dimension gelernt. Es gab natürlich immer noch Vieles, das sie nicht wusste, aber sie war jetzt nicht so verloren, wie sie es ohne diese Aufnahmen gewesen wäre.

Blaise lächelte sie an und ihr fiel erneut auf, wie gerne sie dieses Lächeln mochte. So eine einfache Sache, nur Lippen, die sich nach oben bewegten und ein Aufblitzen weißer Zähne, und trotzdem hatte es eine Wirkung auf sie, wärmte sie von innen heraus und sie wollte sein Lächeln erwidern. Und das tat sie auch, indem sie seinen Ausdruck imitierte. Seine Augen glänzten heller und Gala spürte, das Richtige getan zu haben, sie hatte ihm irgendwie Freude bereitet.

»So, wie ist denn die Zauberdimension eigentlich?«, fragte er und sah sie immer noch lächelnd an. »Ich kann mir nicht einmal vorstellen, wie es dort sein muss ...« Seine Stimme verlor sich und Gala verstand, er hoffte, sie würde ihm etwas darüber erzählen.

Sie dachte darüber nach und versuchte den besten Weg zu finden, es ihm zu erklären. »Es ist ... anders«, sagte sie letztendlich. »Ich weiß wirklich nicht, wie ich es dir beschreiben soll. Es war nicht viel Zeit zwischen diesen Träumen und sobald ich keine Visionen erlebte, konnte ich auch die menschlichen Sinne nicht nutzen. Es ist, als ob es Lichtblitze gab, Geräusche, Geschmack und Geruch, die aber alle auf eine andere Art und Weise zu mir kamen. Ich war nie in der Lage, sie vollständig aufzunehmen, bevor ich nicht in einen weiteren Traum versank. Und dann wurde ich hierher gezogen—«

»Hierher gezogen?«

»Ja, so hat es sich angefühlt«, bestätigte ihm Gala. »Es war so als würde mich etwas hierher ziehen, zu diesem Ort, den du die Physische Dimension nennst.« Sie machte eine kurze Pause. »Etwas, das mich zu dir gezogen hat.«

CHAPTER 3: GALA

Gala stared at the tall, broad-shouldered man who was her creator, trying to figure out the best way to answer his question. She found it difficult to focus, her senses overwhelmed by being here, in this place Blaise called the Physical Realm. Her body was reacting to the different stimuli in strange and unpredictable ways, her mind attempting to process all the images, sounds, and smells so she could understand everything.

One particularly strong distraction was Blaise himself. She couldn't stop looking at him because he was unlike anything she had seen before. Something about the angular symmetry of his face appealed to her, resonating with her in a way she didn't fully comprehend. She liked everything about it, from the blue color of his eyes to the darkness of the stubble shadowing his firm jaw. She wondered if it would be acceptable to reach out and touch his hair—those short, almost-black locks that looked so different from her own pale strands.

First, though, she wanted to answer his question. Concentrating, she thought back to *before*, to what had happened prior to her experiencing reality for the first time. "I remember realizing that I exist," she said slowly, trying to put into words the strange sensations at the beginning.

"You mean you existed for a time without realizing it?" he asked, his dark eyebrows coming together slightly. Gala thought that expression likely meant confusion because her own eyebrows did the same thing when she didn't understand something.

"It's like there were two ways I existed," she tried to explain. "One way would just happen. This went on longer. When I say I realized that I exist—that's when this other part of me first realized that I am *me*. These parts are not separate; in fact, they are the same thing.

There is a strange looping arrangement between the two parts that I don't fully understand and don't know how to put into words—"

"I think I do understand," he said, leaning forward and staring at her intently. "You became self-aware. At first, you existed on a subconscious level, and then, at some critical threshold, you achieved a conscious state of being." He appeared excited, Gala thought, somehow finding the right word to describe her creator's emotional state.

"What is the difference between a conscious and a subconscious state?" she asked, hungering for more information.

"In a human being, the subconscious parts of the mind are in charge of things like breathing or the heart beating," he said, his eyes gleaming brightly. "When I run, my subconscious figures out the complex trajectories of how my limbs move. Some sorcerers also think dreams form in that part of our minds."

"I am not a human being," Gala said, looking at him. That much she knew now. She was something different, and she needed to learn what that something was.

He smiled—an expression that made his face even more fascinating to her. "No," he said softly, "you're not. But you definitely seem like one to me."

"But that was not your intention, right?"

"Right," he confirmed. "However, the parts of you that I designed are based on how I theorized human minds might work. Lenard the Great is the one who first discovered the conscious-subconscious dynamic, and I've always been fascinated by his work. I've done spells on people that gave me insight into their states of being, and that was my framework for you. Additionally, I had some help from Lenard's writings. The spell that created you was supposed to make an interconnected structure of nodes—nodes that can learn. Billions and billions of nodes in the Spell Realm, all magically connected together—"

How interesting, Gala thought, observing the way his face became more animated as he spoke.

"And then, once I performed the spell," he continued, "I sent dozens of Life Captures to the Spell Realm, as many Life Captures as I could get my hands on—"

"Life Captures?" The term didn't make sense to Gala.

Blaise nodded, his expression darkening for some reason. "Yes. Life Captures are an example of a magical object. A sorcerer named Ganir recently invented these things. It's a little hard to explain what they are. Basically, when you take a Life Capture, you see what someone else saw, you smell what they smelled, and you think you are them for the duration of the spell. You have to experience it to truly understand."

"I think I do understand," Gala said, thinking back to the strange experiences she'd had prior to coming here. "This probably explains my visions."

"Your visions?"

"I think I saw glimpses of the Physical Realm," Gala told him, "and it was like I was in them." The memories were not pleasant; for the longest time, she'd felt lost, not knowing that she was living other people's lives.

"Of course." His eyes widened with understanding. "I should've realized that once your mind was sufficiently developed, you would simply experience the Life Captures like we do—except that you had never been in the real world and probably had no idea what was happening to you. I'm sorry about that. It must've been terribly confusing for you."

Gala shrugged, a gesture she'd seen used once or twice in her visions. She had deduced that it indicated uncertainty. She wasn't sure how she felt about the Life Captures. Seeing the world through them had definitely been confusing, but she *had* gained a lot of knowledge about the Physical Realm that way. There was still a lot she didn't know, of course, but she was not nearly as lost now as she would've been otherwise.

Blaise smiled at her, and she thought again how much she liked his smile. Such a simple thing, just lips curving upwards and a flash of white teeth, and yet it had an effect on her, warming her on the inside and making her want to smile back at him in return. So she did, mimicking his expression. His eyes gleamed brighter, and Gala sensed that she'd done the right thing, that she'd pleased him in some way.

"So what was the Spell Realm itself like?" he asked, still looking at her with that smile. "I can't even imagine what it must be like there . . ." His voice trailed off, and Gala understood that he was hoping she'd tell him about it.

She thought about it, trying to figure out the best way to explain. "It's very . . . different," she finally said. "I don't really know how to describe it to you. There wasn't a lot of time between visions, and when I wasn't experiencing the visions, I couldn't use human senses. It's like there were flashes of light, sound, taste, and smell, but they were coming at me in some other way. I was never able to process them fully before I would get absorbed in another vision.

And then I was pulled here—"

"Pulled here?"

"Yes, that's what it felt like," Gala said. "It was like something pulled me here, into this place you're calling the Physical Realm." She paused for a second. "Pulled me to you."

4. KAPITEL: BLAISE

Was sie zu ihm gezogen hatte. Sie war also zu ihm gezogen worden.

Das musste der letzte Zauber, den er ausgeführt hatte, gewesen sein, der Gala in sein Arbeitszimmer gezogen hatte, realisierte Blaise. Er hatte versucht eine physische Erscheinungsform des magischen Objekts zu erreichen, und stattdessen hatte er Gala hierher gebracht, in die physische Dimension.

Sie sah ihn mit großen, blauen Augen an, betrachtete ihn mit dieser eigenwilligen Mischung aus kindlicher Neugier und scharfer Intelligenz. Blaise fragte sich, was sie wohl gerade dachte. Hatte sie die gleichen Gefühle wie ein normaler Mensch? Verstand sie das Konzept von Gefühlen überhaupt? Ihre Reaktionen ließen darauf schließen, dass sie das tat. Sie hatte sein Lächeln erwidert, also schien sie zumindest ein paar Gesichtsausdrücke zu kennen.

»Ich möchte sie sehen«, sagte sie plötzlich und lehnte sich nach vorne. »Blaise, ich möchte mehr von dieser Welt erfahren. Ich möchte diesen Ort kennenlernen. Kannst du ihn mir bitte zeigen?«

»Selbstverständlich«, antwortete ihr Blaise und stand auf. Er hatte noch eine Million Fragen mehr an sie, aber sie war wahrscheinlich noch wissbegieriger. »Lass mich damit beginnen, dir das Haus zu zeigen.«

Er begann die Führung in der oberen Etage, in der sich sein Arbeitszimmer und die Schlafzimmer befanden. Gala schlenderte hinter ihm her und hörte aufmerksam seinen Erklärungen für die Bestimmung eines jeden Raumes zu. Alles schien sie zu faszinieren, angefangen von dem Schrank mit Augustas Kleidern bis hin zu den verglasten Fenstern in Blaises Schlafzimmer.

Sie ging zu einem besonders großen, kletterte auf die Fensterbank, presste ihre Nase gegen das Glas und blickte nach draußen. Blaise war wie verzaubert von ihrem Anblick und konnte sein Lächeln nicht unterdrücken.

»Was ist dort draußen?«, fragte sie und drehte ihren Kopf, um ihn anzusehen. »Ich möchte dorthin gehen.«

»Das ist mein Garten«, erklärte ihr Blaise und kam näher, um ihr dabei zu helfen von der Fensterbank hinunterzuklettern. »Ich kann ihn dir gerne als nächstes zeigen.«

Er streckte seinen Arm aus, ergriff ihre Hand und half Gala vorsichtig nach unten. Ihre Hand fühlte sich in seinem Griff klein und warm an. Blaise staunte erneut über die strahlende Schönheit seiner Kreation ... und die Stärke seiner eigenen Reaktion auf sie. Er hatte sich seit einer langen Zeit nicht mehr so stark zu einer Frau hingezogen gefühlt, nicht mehr seit Augusta—

Denk nicht an sie, sagte er sich, als er den vertrauten Schmerz in seiner Brust spürte. Die Tatsache, dass seine ehemalige Verlobte seine Gedanken noch in einem so großen Ausmaße beschäftigten, machte ihn wütend. Nach der Art und Weise, wie sie ihn betrogen hatte, hatte er alles getan, sie aus seinem Gedächtnis zu löschen, aber das war nicht so einfach.

Er kannte Augusta seit über zehn Jahren, seit er sie an der Akademie getroffen hatten als sie beide noch Akolyten waren. Er hatte sie immer schön gefunden, mit ihren dunklen, glänzenden Locken, aber erst als sie angefangen hatten, zusammen am Deutungsstein zu arbeiten, hatte er sich in sie verliebt. Sie schienen das perfekte Paar zu sein, da sie beide jung und ehrgeizig waren, auch wenn sie nicht immer der gleichen Meinung waren. Jahrelang war ihre Leidenschaft — die für die Arbeit und auch die für einander — ausreichend gewesen, um ihre Differenzen zu überbrücken. Bis zu Louies Verhandlung hatte Blaise nie bemerkt, wie groß der Unterschied zwischen ihnen wirklich war.

»Komm mit mir«, forderte er sie auf und zwang sich, Galas Hand loszulassen. »Lass uns nach unten gehen.«

Sie stiegen die Treppen hinab und gingen durch einen langen Flur zum Garten. Gala berührte weiterhin alles, was sich auf dem Weg befand, indem sie ihre Finger über jede neue Oberfläche gleiten ließ, auf die sie stieß.

Schließlich waren sie draußen.

»Das ist mein Garten«, erklärte ihr Blaise und deutete auf die große grüne Fläche vor ihnen. »Er ist gerade ein wenig überwuchert—«

»Er ist wunderschön«, entgegnete Gala langsam und drehte sich im Kreis. Sie sah ganz hingerissen aus. »Oh, eure physische

Dimension ist so wunderschön, Blaise ...«

»Ja«, murmelte Blaise, der von ihr wie hypnotisiert war. »Da hast du recht, das ist sie.« Er blinzelte und zwang sich, von ihr wegzuschauen, auf etwas anderes als auf ihre großartige Erscheinung zu blicken.

Sie lachte glücklich und zog damit erneut seine Aufmerksamkeit auf sich. Er sah, wie sie nach einem leuchtend bunten Schmetterling griff, der auf einer weißen Blume saß. Sie hatte Gefühle, realisierte er, als er ihr vor Freude und Aufregung strahlendes Gesicht sah.

Er versuchte diese vertraute Umgebung so zu sehen, wie sie Gala wahrscheinlich wahrnahm und musste zugeben, dass der Garten eine wilde Schönheit ausstrahlte. Seine Mutter war hervorragend mit Pflanzen gewesen, hatte die richtigen Zauber angewandt, um das Wachstum der Blumen und Obstbäume zu unterstützen und Blaise konnte immer noch überall Spuren ihrer Magie entdecken.

»Möchtest du etwas Interessantes sehen?«, fragte er spontan, da er mehr dieser strahlenden Freude auf Galas Gesicht sehen wollte.

»Ja«, antwortete sie ihm sofort. »Bitte.«

»Dann schau her«, forderte Blaise sie auf und begann einen einfachen verbalen Zauberspruch. Er hielt eine Hand ausgestreckt und konzentrierte sich darauf, die Lichtpartikel zu manipulieren, sie so zu lenken, dass sie sich auf seiner nach oben gedrehten Handfläche sammelten. Jedes Wort, jeder Satz den er sprach war Teil eines komplexen Codes, der es ihm ermöglichte, zu zaubern. Als er mit der Logik und den Anweisungen des Spruchs zufrieden war, nutzte er den Deutungsspruch — eine komplexe Litanei, die jeder verbale Zauber am Ende erforderte — um das alles in die Zauberdimension zu übertragen. Und dann wartete er.

Einige Sekunden später begann die Luft über seiner ausgestreckten Hand zu flimmern und ein heller, leuchtender Umriss begann sich zu formen. Nach kurzer Zeit befand sich dort eine Rose, die vollständig aus Licht bestand und einige Zentimeter über seiner Hand schwebte.

»Sie ist so wunderschön«, hauchte Gala und betrachtete seine kleine Vorführung mit einem bewundernden Gesichtsausdruck. Sie streckte ihren Arm aus und berührte die Rose, ihre Finger glitten dabei genau durch die Lichtansammlung.

Blaise grinste und freute sich, sie mit etwas so Einfachem beeindrucken zu können. Wenn man ihren Ursprung bedachte, würde sie wahrscheinlich in der Lage sein, das Gleiche und noch viel mehr zu machen.

Sehr viel mehr, dachte er und versuchte sich vorzustellen, wie mächtig jemand sein könnte, der in der Zauberdimension geboren wurde. Es war ein wenig zu früh, Galas Fähigkeiten zu erforschen, aber Blaise hatte das Gefühl, sie würde anders als alles sein, was die Welt bis jetzt gesehen hatte.

* * *

Nachdem Gala genug vom Garten hatte, führte Blaise sie wieder zurück ins Haus.

»Ich möchte mehr lernen«, erklärte sie ihm als sie den Flur betraten. »Blaise, ich möchte alles lernen. Kannst du mir dabei helfen?«

Er dachte über ihren Wunsch nach. Sie könnte mehr Momentaufnahmen nehmen und diese Weise mehr von der Welt sehen, oder er könnte versuchen, ihr Bücher zu geben. Es war möglich, dass sie die geschriebene Sprache genauso gut verstand wie die gesprochene, da einige der Momentaufnahmen, die er in die Zauberdimension gesandt hatte — die Momentaufnahmen die den Grundstein für ihr derzeit vorhandenes Wissen gelegt hatten — von Lehrern gewesen waren, die das Lesen unterrichteten.

Er entschloss sich für die zweite Variante, sie zuerst ganz altmodisch aus Büchern lernen zu lassen. So interessant es auch war, in das Leben anderer Menschen einzutauchen, es war trotzdem kein Ersatz für ein gutes Buch. »Warum gehen wir nicht in meine Bibliothek?«, schlug er vor. »Ich möchte sehen, ob du lesen kannst.«

Gala nickte eifrig und er führte sie in diesen staubigen Raum, in dem sich die Bücher befanden. Inmitten der alten Schinken konnte er einige von Augustas Büchern sehen, einschließlich einiger Liebesromane, die seine ehemalige Freundin gerne in ihrer Freizeit gelesen hatte. »Hier«, sagte er, nahm einen von ihnen in die Hand und reichte ihn Gala, »Versuch doch mal, das hier zu lesen.«

Was sie als nächstes machte, fand er eigenartig. Sie schaute sich langsam die erste Seite an. Danach blickte sie schnell auf die nächste. Und dann fing sie an, die Seiten mit immer höherer Geschwindigkeit umzublättern, bis sie so schnell wurde, dass es schien als würde sie die Seiten einfach nur durch ihre Finger gleiten lassen.

Als sie damit fertig war, starrte Blaise sie verwundert an. »Hast du gerade das ganze Buch gelesen und verstanden?«

»Ja.«

Blaise konnte seinen Ohren kaum glauben, nahm ihr das Buch ab und öffnete eine zufällige Seite, auf der er ein paar Absätze überflog. »Und wie hieß der Hauptdarsteller?«

»Ludvig.«

»Und was passierte, nachdem er seiner Frau von Lura erzählt hat?«

»Jurila schrie und schlug ihren Ehemann mit ihrer Reitgerte. In ihren dunklen Augen blitzten Feuer und Wut, und ihre wunderschönen Gesichtszüge waren vor Ärger verzerrt. Ludvig versuchte, sie zu beruhigen, da er sich vor dem fürchtete, was sie machen könnte—«

»Warte kurz«, unterbrach Blaise sie ungläubig, nachdem er ihr dabei zugehört hatte, wie sie ihm den Paragrafen zitierte, welchen er gerade gelesen hatte. »Hast du dir gerade das ganze Buch gemerkt?«

Gala zuckte mit den Schultern. »Ich denke schon. Das war interessant, aber ich würde gerne noch mehr lesen. Viel mehr.«

Blaise schüttelte verblüfft seinen Kopf und griff nach einem anderen Buch, diesmal einem dicken Schinken über die Geschichte der wissenschaftlichen Fortschritte von der Zeit der Zaubereraufklärung bis zur Gegenwart. Dieses kompakte und umfassende Werk musste von den Studenten der Zauberakademie gelesen werden. Er reichte es Gala und meinte: »Versuch das hier mal. Das könnte eine größere Herausforderung sein.«

Sie nahm das Buch und begann, es durchzublättern. Innerhalb von zwei Minuten war sie fertig.

Als sie zu ihm aufsah, glühte ihr Gesicht. »Blaise, das ist so interessant«, rief sie aus. »Ich kann gar nicht glauben, wie wenig bekannt war, bevor Lenard der Große kam. Er entdeckte diese ganzen Sachen über die Natur und darüber, wie das Gehirn funktionierte, ganz zu schweigen von der Zauberdimension—«

Blaise nickte und lächelte trotz seines Schocks. »Ja, er war ein Genie. Und seine Studenten führten seine Arbeit fort. Das war es, worum es in der Aufklärung ging. Lenard und die Zauberer, die in seinen Fußstapfen folgten, erhellten unsere Welt, die Naturwissenschaften und die Mathematik der Realität, die menschliche Psychologie und die Physik—«

»Ach, ich hätte ihn so gerne kennengelernt«, hauchte Gala und ihre Augen waren vor Aufregung riesengroß. »Er erinnert mich an dich ...«

»An mich?« Blaise konnte sein Lachen nicht unterdrücken. »Ich fühle mich sehr geschmeichelt, aber ich könnte mich niemals mit dem messen, was Lenard erreicht hat.«

Gala legte ihren Kopf zur Seite und schaute ihn nachdenklich an. »Ich bin mir da nicht so sicher«, sagte sie. »Immerhin hast du ja mich erschaffen.«

»Das stimmt.« Blaise musste ihr in diesem Punkt Recht geben. »Ich bin mir sicher, Lenard hätte dich auch sehr gerne getroffen. Es ist wirklich sehr schade, dass er vor zwei Jahrhunderten verschwand. Seine Errungenschaften leben aber in all diesen Büchern weiter.« Er machte eine Handbewegung durch den Raum.

Sie drehte sich herum, um auf die Bücherregale zu schauen, ging dann zu einem hinüber und ließ ihre Finger leicht über die staubigen Buchrücken gleiten.

»Wenn du mehr lesen möchtest, kannst du gerne meine ganze Bibliothek nutzen«, bot Blaise ihr an, als er sah, wie sehr sie von den Büchern angezogen wurde. »Sie ist nicht so umfassend, wie die im Turm, aber sie sollte sogar dich für eine Weile beschäftigen können.«

»Ich werde mit ein paar weiteren Romanen beginnen, denke ich«, sagte sie und drehte ihren Kopf zu ihm, um ihm ein umwerfendes Lächeln zu schenken. »Das erste Buch war schwieriger für mich.«

»Du fandest den Liebesroman schwieriger?«

»Natürlich«, antwortete sie ihm ernst. »Das zweite Buch ergab viel mehr Sinn und es war leicht zu lesen, die Romanze dagegen war eine Herausforderung. Ich habe nicht alle Handlungen dieser Menschen vollständig verstanden.«

Blaise blickte sie an. »Ich verstehe. Lies einfach, was immer du möchtest. Meine Bibliothek steht dir zur Verfügung.«

Gala grinste ihn an, stürzte sich mit kindlicher Begeisterung auf ein anderes Buch und überflog es mit der gleichen, unmenschlichen Geschwindigkeit.

Blaise atmete tief und beruhigend ein, bevor er sich dazu entschied, sie einfach machen zu lassen und den Raum verließ.

Er brauchte etwas Zeit für sich, um herauszufinden, was genau passiert war und um darüber nachzudenken, was er als nächsten tun sollte.

* * *

Er betrat sein Arbeitszimmer und setzte sich an seinen

Schreibtisch. Aus reiner Gewohnheit stach er sich in den Finger, um die Aufzeichnung einer Momentaufnahme zu beginnen. Er nahm sich in letzter Zeit immer bei der Arbeit auf, nur für den Fall, er hätte eine Erleuchtung und müsste sie später noch einmal erleben.

Natürlich erwartete er nicht, genau jetzt eine Erleuchtung über Gala zu bekommen. Was heute geschehen war, war so unglaublich, dass er kaum beginnen konnte, es zu verarbeiten.

Er hatte ein magisches Lebewesen erschaffen. Ein superintelligentes, magisches Wesen mit einem Potenzial für unvorstellbare Kräfte.

Das Wesen war außerdem die schönste Frau, die er jemals gesehen hatte.

Zurückblickend ergab die Tatsache, dass Gala eine menschliche Form angenommen hatte, auf jeden Fall Sinn. Blaise hatte darauf hingearbeitet, eine Intelligenz zu entwickeln, die der menschlichen sehr ähnlich war — eine Intelligenz, die die normale gesprochene Sprache verstehen und direkt in den Zaubercode umwandeln konnte, ohne irgendwelche magischen Objekte oder Zaubersprüche benutzen zu müssen. Er hätte die Möglichkeit, sie könne eine menschliche Gestalt annehmen wollen, in Betracht ziehen müssen.

Aber das hatte er nicht. Stattdessen war er davon überzeugt gewesen, ein intelligentes Objekt, welches in der Zauberdimension geschaffen wurde, könne von jedem benutzt werden, ganz unabhängig von seiner Begabung für Zauberei. So ein Objekt — besonders wenn es in großen Mengen hergestellt werden könnte — wäre etwas, das alles ändern könnte. Vielleicht würde es sogar das beenden, was die Aufklärung begonnen hatte und das Klassensystem in ihrer Gesellschaft für immer aufheben.

Gala war nicht der Gegenstand, den er eigentlich erschaffen wollte, aber das machte nichts. Sie war etwas Anderes, etwas viel Wundervolleres.

Sein Bruder Louie wäre stolz auf ihn, dachte Blaise und griff nach seinen Aufzeichnungen.

CHAPTER 4: BLAISE

Pulled to him. She had been pulled to him.

It must've been that last spell he performed that brought Gala to his study, Blaise realized. He had been trying to do a physical manifestation of the magical object, and instead he'd ended up bringing Gala here, to the Physical Realm.

She was looking at him with her large blue eyes, studying him with that odd mixture of childlike curiosity and sharp intelligence. Blaise wondered what she was thinking. Did she have the same emotions as a regular human being? Did she even understand the concept of emotions? Her reactions seemed to indicate that she did. She had smiled in response to his smile, so, at the very least, she knew facial expressions.

"I want to see it," she said suddenly, leaning forward. "Blaise, I want to experience more of this world. I want to learn about this place. Can you show it to me, please?"

"Of course," Blaise said, getting up. He had a million more questions for her, but she was probably even more eager for knowledge than he was. "Let me start by showing you my house."

He began the tour upstairs, where his study and the bedrooms were located. Gala trailed in his wake, listening attentively as he explained the purpose of each room. Everything seemed to fascinate her, from the closet filled with Augusta's dresses to the glazed windows in Blaise's bedroom.

Approaching one particularly large window, she climbed onto the windowsill and stared outside, pressing her nose against the glass. Blaise couldn't help smiling at that, charmed by the picture she presented.

"What is out there?" she asked, turning her head to look at him. "I want to go down there."

"It's my gardens," Blaise explained, coming closer to help her climb down from the windowsill. "We can go there next."

Reaching up, he took her hand and carefully guided her down. Her hand was small and warm within his grasp, and Blaise again marveled at the striking beauty of his creation . . . and at the strength of his own reaction to her. He hadn't been this attracted to a woman in a long time, not since Augusta—

No, don't think about her, he told himself, feeling the familiar ache in his chest. The fact that his former fiancée still occupied his thoughts to such extent made him furious. After the way she had betrayed him, he had done his best to erase her from memory, but it was not that easy.

He had known Augusta for over a decade, having met her in the Academy when they were both lowly acolytes. He'd always thought she was beautiful, with her dark, sultry looks, but it wasn't until they began working together on the Interpreter Stone that he found himself falling for her. Young and ambitious, they had seemed like the perfect match, even if they didn't always see eye-to-eye on certain matters. For years, their passion—both for their work and for each other—had been enough to bridge their differences, and it wasn't until Louie's trial that Blaise had found out just how deep the divide between them truly was.

"Here, come with me," he said, forcing himself to release Gala's hand. "Let's go downstairs."

They walked down the stairs and out through the long hallway. Gala kept touching everything along the way, running her fingers over each new surface she encountered.

Finally, they were outside.

"These are my gardens," Blaise said, pointing at the wide green expanse in front of them. "They are a little overgrown at this point—"

"They are beautiful," Gala said slowly, turning in a circle. The look on her face was almost rapturous. "Oh, your Physical Realm is so beautiful, Blaise . . ."

"Yes," Blaise murmured, mesmerized by her. "You're right, it is." Blinking, he forced himself to look away, to stare at something other than her gorgeous features.

She laughed joyously, drawing his gaze back to her, and he saw that she was reaching for a bright-colored butterfly sitting on a white flower. She did feel emotions, he realized, seeing her face glowing with happiness and excitement.

He tried to view the familiar surroundings as Gala must be seeing them, and he had to admit that the gardens had a certain wild beauty to them. His mother had been excellent with plants, judiciously using spells to promote the growth of flowers and fruit trees, and Blaise could still see traces of her magic everywhere.

"Would you like to see something interesting?" he asked impulsively, wanting to see more of that radiant joy on Gala's face.

"Yes," she said immediately. "Please."

"Then watch," Blaise said, and began a simple verbal spell. Holding out his hand, he concentrated on manipulating the particles of light, directing them to gather above his upturned palm. Each word, each sentence that he spoke, was part of the intricate code that enabled him to do sorcery. When he was satisfied that the logic and instructions of the spell were correct, he used the Interpreter Spell—a complex litany that every verbal spell required at the end—to transmit everything to the Spell Realm. And then he waited.

A few seconds later, the air above his outstretched palm began to shimmer, and a bright, shiny shape began to take place. Before long, there was a rose made entirely of light hovering a couple of inches above his hand.

"It's so beautiful," Gala breathed, watching his little demonstration with a look of awe on her perfect face. Reaching out, she touched the rose, her fingers passing right through the cluster of light.

Blaise grinned, glad that he had been able to impress her with something so simple. Given her origins, she would likely be able to do the same and more.

Much, much more, he thought, trying to imagine how powerful someone born in the Spell Realm could be. It was a little too soon to start exploring Gala's abilities, but Blaise had a feeling they would be unlike anything the world had ever seen.

* * *

After Gala got her fill of the gardens, Blaise took her back inside the house.

"I want to learn more," she said when they entered the hallway. "Blaise, I want to learn everything. Can you help me?"

He considered her request. He could give her more Life Captures and let her experience the world that way, or he could try introducing her to books. There was a possibility she might understand written language, as well as the spoken one, since some of the Life Captures he'd sent to the Spell Realm—the Life Captures that helped build her existing knowledge base—were from reading teachers.

He decided to go with the second option for now, to let her learn the old-fashioned way at first. As interesting as it was to immerse oneself into other people's lives, there was still no substitute for the structure of a good book. "Why don't we head to my library?" he suggested. "I want to see if you're able to read."

Gala nodded eagerly, and he led her into the musty room that housed his books. Interspersed with the heavy old tomes, he could see some of Augusta's books, including a couple of romances his former lover had enjoyed in her spare time. "Here," he said, picking up one of them and handing it to Gala, "try reading this."

What she did next seemed very odd to him. She slowly looked over the first page. Then she quickly glanced at the next. And then she started flipping pages with increasing speed, until she was turning them so fast it looked like she was just riffling through the book.

When she was done, Blaise stared at her in astonishment. "Did you just read and understand that whole book?"

"Yes."

Unable to believe his ears, Blaise took the book from her and opened it to a random page, glancing down to quickly skim a couple of paragraphs. "What was the name of the main hero?"

"Ludvig."

"And what happened when he told his wife about Lura?"

"Jurila screamed, lashing out at her husband with her riding crop. Her dark eyes flashed with fire and fury, and her beautiful features were distorted by anger. Ludvig tried to calm her, fearing what she could do—"

"Wait a minute," Blaise said incredulously, listening to her recite the paragraph he'd just read. "Did you just memorize the whole book?"

Gala shrugged. "I think so. It was interesting, but I would like more. Much more."

Shaking his head in amazement, Blaise reached for another book, this one a thick tome covering the history of scientific advancements from the time of the Sorcery Enlightenment to the modern era. Dense and comprehensive, it was required reading for students at the Academy of Sorcery. Handing it to Gala, he said, "Try this one. It might be a bit more challenging."

She took the book and started flipping through it. Within two minutes, she was done.

When she looked up at him, her face was glowing. "Blaise, this is so interesting," she exclaimed. "I can't believe so little was known before Lenard the Great came along. He discovered all these things about nature and how the mind works, not to mention the Spell Realm—"

Blaise nodded, smiling despite his shock. "Yes, he was a genius. And his students continued his work. That's what the Enlightenment was about. Lenard and the sorcerers who followed in his footsteps shed light on our world, on the nature and mathematics of reality, on human psychology and physics—"

"Oh, I would've loved to meet him," Gala breathed, her eyes huge with excitement. "He reminds me of you . . ."

"Of me?" Blaise couldn't help laughing at that. "I'm very flattered, but I could never live up to Lenard's achievements."

Gala tilted her head to the side, looking thoughtful. "I don't know about that," she said. "You did create me, after all."

"That's true." Blaise had to concede that point. "I'm sure Lenard would've loved to meet you as well. It's too bad he disappeared over two centuries ago. His achievements live on, however, in all these books." He gestured around the room.

She turned to look at the bookshelves and walked up to one of them, gently running her fingers over the dusty book spines.

"If you'd like to read more, my entire library is yours," Blaise offered, seeing how she appeared to be drawn to the books. "It's not as comprehensive as what you'd find in the Tower, but it should occupy even you for a bit."

"I'll start with more romances, I think," she said, turning her head to flash him a dazzling smile. "That first book was more difficult for me."

"You found the romance more difficult?"

"Of course," she said seriously. "The second book made so much sense, and it flowed so easily, but the romance was more challenging. I didn't fully understand all aspects of those people's actions."

Blaise stared at her. "I see. Well, read whatever you want. My library is at your disposal."

Gala grinned at him, as eager as a child, and dove into another book, flipping through it with the same inhuman speed.

Taking a deep, calming breath, Blaise decided to leave her to it and quietly exited the library.

He needed some time to himself to figure out what happened and to think about what to do next.

* * *

Entering his study, Blaise sat down at his desk and pricked his finger, starting a Life Capture session out of habit. He always recorded himself at work these days, just in case he had some kind of a revelation and needed to relive it later.

Of course, he wasn't expecting to have any kind of revelation about Gala right now. What happened today was so incredible, he could barely begin to process it.

He had created a magical being. A super-intelligent magical being with potential for unimaginable powers.

A being who was also the most beautiful woman Blaise had ever seen.

In hindsight, the fact that Gala took on a human shape made perfect sense. Blaise had been striving to create a mind that was similar to a human's—a mind that could understand regular spoken language and convert it into the sorcery code directly, without having to use any kind of magical objects or spells. He should've considered the possibility that a mind like that would take on a human appearance.

But he hadn't, focusing instead only on the idea that an intelligent object created in the Spell Realm could be used by anyone, regardless of their aptitude for sorcery. An object like that— particularly if made in large quantities—would've been a game changer, forever altering the class dynamics in their society and completing the process started by the Enlightenment.

Gala was not the object he'd meant to create, but it didn't matter. She was something else—something even more wonderful.

His brother Louie would've been proud, Blaise thought, reaching for his journal.

5. KAPITEL: AUGUSTA

Die Sonne begann unterzugehen und Barson befahl, das Nachtlager zu errichten. Augusta stieg erleichtert von ihrem Pferd und streckte sich, da ihr Körper von der ungewohnten Bewegung schmerzte. Sie würde später einen Heilzauber bei sich anwenden müssen; ansonsten könnte sie morgen steif sein.

»Zeit für deine Männer, zu Abend zu essen?«, fragte sie, während sie Barson zu dem Zelt folgte, welches die Soldaten schon für ihn aufstellten.

»Erst Training, danach Essen«, antwortete er ihr und hob zuvorkommend die Zeltwand für sie an. »Du kannst dich ein wenig ausruhen, wenn du möchtest. In einer Stunde etwa sollte ich zu dir stoßen.«

»In einem Zelt schlafen, während die Jungs mit den Schwertern spielen?« Augusta hob ihre Augenbrauen und schaute ihn an. »Du machst Witze, oder? Auf gar keinen Fall werde ich mir das entgehen lassen.«

Er grinste sie an. »Dann komm mit und schau zu.«

Sie gingen zusammen zu einer kleinen Lichtung, auf der sich schon die meisten Soldaten versammelt hatten. Als sie sich näherten, traten Barsons Männer respektvoll zur Seite, um ihnen den Weg frei zu machen.

»Warum nimmst du nicht deine Chaise?«, schlug Barson vor und drehte sich zu ihr herum. »Du wirst eine bessere Sicht haben und es wird dich sicher aus dem Kampfgebiet halten.«

Augusta lächelte, erfreut darüber, dass er sich solche Gedanken um sie machte. »Natürlich, ich werde sie holen gehen.« Auch wenn sie auf dem Pferd bis hierher geritten war, hatte sie die Chaise in einiger Entfernung nachkommen lassen, falls sie sie bräuchte.

Sie zog ihren Deutungsstein hervor — einen glänzenden,

schwarzen Brocken, der aussah wie ein großes, poliertes Kohlestück mit einem Schlitz in der Mitte — lud ihn mit einem vorgeschriebenen Zauberspruch, der ihre Chaise herbeirufen würde und wartete. Zwei Minuten später kam die Chaise und landete sanft auf dem Gras. Sie war tiefrot und hatte die Form des Möbelstücks, nach welchem sie benannt war. Die Chaise war aus einem speziellen Material gefertigt, welches aussah wie Glas, aber sich weich und warm anfühlte wie ein gepolsterter Plüschsessel. Augusta hatte dieses magische Objekt erst vor kurzer Zeit erfunden und es hatte sich sofort unter den Zauberern verbreitet. Es wirkte hier, zwischen den ganzen Bäumen, ziemlich fehl am Platz, und Augusta musste fast laut auflachen, als sie die Gesichtsausdrücke der Männer sah, die sie anstarrten.

Sie kletterte auf ihre Chaise und vollführte einen schnellen verbalen Spruch, um sich in die Luft zu erheben und zum rechten Rand der Lichtung zu fliegen. Dann machte sie es sich mit angezogenen Beinen bequem und lehnte sich über eine der Seiten, um dem Spektakel zu folgen, welches sich unten gleich abspielen würde.

* * *

Bogenschießen war zuerst an der Reihe.

Augusta schaute fasziniert dabei zu, wie ein Mann einen eigenartigen Pfeil abschoss. Lang und mit zusätzlichen Federn bedeckt schien er ein wenig langsamer als normal zu fliegen und konnte besser gesehen werden.

Bevor sie sich fragen konnte, wozu er wohl diente, sah sie wie er auch schon von einem anderen, normalen, getroffen wurde. Offensichtlich war der große Pfeil das Ziel, welches einer der Soldaten mit einer unglaublichen Genauigkeit getroffen hatte.

Als sie auf den Boden blickte, sah sie, dass die Männer in Paare aufgeteilt waren, von denen jeweils einer diese großen Pfeile in die Luft jagte, während sein Partner sie herunterholen musste. Jedes Mal, wenn das Ziel getroffen wurde, jubelten die anderen Soldaten. Sähe Augusta das nicht gerade mit eigenen Augen, würde sie nicht glauben, dieses Meisterstück könne auch nur ein einziges Mal vollbracht werden — und trotzdem vollführte es jeder von Barsons Männern. Die Mathematik, die das beinhaltete, war erstaunlich und Augusta bewunderte die Fähigkeit des menschlichen Verstandes, so etwas ohne bewusste Rechnungen ausführen zu können.

Schließlich war Barson an der Reihe. Er sah zu ihr hoch und

zwinkerte ihr zu, bevor er seinen Soldaten ein Zeichen gab. Augusta war entsetzt als sie sah, dass nicht ein Mann, sondern gleich zwei Männer Pfeile in die Luft schossen — und der Pfeil ihres Liebhabers beide durchbohrte. Die anderen Soldaten jubelten, allerdings nicht lauter als für jeden anderen auch. Offensichtlich war das nicht das erste Mal, an dem ihr Kapitän so etwas Unmögliches geschafft hatte.

Nach dem Bogenschießen war Schwertkampf an der Reihe. Augusta sah mit angehaltenem Atem dabei zu, wie Stahl auf Stahl prallte und zuckte jedes Mal zusammen, wenn fast jemand verletzt wurde. Auch wenn das hier nur eine Übung war, waren die Schwerter die sie benutzten echt — und dementsprechend potentiell tödlich.

Alle Soldaten schienen allerdings überaus fähig zu sein und niemand wurde verletzt, weshalb sich Augusta ein wenig entspannte. Während sie die Kämpfenden beobachtete, genoss sie den Anblick ihrer starken, durchtrainierten Körper die zuckten und sich drehten, so als würden sie eine Art makabren Tanz vollführen. Die Schönheit des Kampfes, dachte sie, als die Männer mit unglaublicher Anmut angriffen und parierten.

Barson ging auf der Lichtung umher und gab seinen Soldaten Hinweise und Anweisungen. Sie fragte sich, ob er wohl auch kämpfen würde — und wenn ja, ob er genauso gut mit dem Schwert, wie mit dem Bogen umgehen konnte.

Wie eine Antwort auf eine unausgesprochene Frage ging Barson in diesem Moment in die Mitte des Feldes und unterbrach den Kampf der Männer, die sich dort befanden. »Ihr vier«, befahl er und zeigte auf sie, »ich muss mich ein wenig aufwärmen.«

Aufwärmen? Augusta grinste, als ihr klar wurde, ihr Liebhaber wollte sie wahrscheinlich beeindrucken.

Die vier großen Männer näherten sich Barson vorsichtig. Fürchteten sie sich ernsthaft davor, vier gegen einen zu kämpfen? Augusta wusste, der Kapitän der Garde der Zauberer war gut in dem, was er tat, aber sie hatte es noch nie mit eigenen Augen gesehen.

Die vier Soldaten nahmen ihre Positionen ein und umstellten ihren Anführer. Was als nächstes passierte war so erstaunlich, dass Augusta nach Luft schnappte.

Barson begann, sich langsam in einem eigenartigen Ablauf zu bewegen und schaffte es dabei, alle vier Männer im Auge zu behalten. Dann schlug er mit blitzartiger Geschwindigkeit zu, als er eine Schwachstelle erblickte und Augusta sah, wie Blut aus dem

Kratzer am Handgelenk eines Soldaten lief.

Das erste Blut, dachte sie von dem Geschehen völlig gefangen.

Das Blut schien eine Art Signal zu sein, denn jetzt griffen alle vier Soldaten gleichzeitig an. Augustas untrainierte Augen konnten nur ein Gewimmel von Bewegungen erkennen. Barsons Schwert schien überall zu sein, blockierte jeden Angriff seiner Gegner mit einem Können und einer Geschwindigkeit, die übermenschlich zu sein schien. Die Art, wie sich Barson bewegte war hypnotisierend. Jede Geste, jede Bewegung war kalibriert. Er wich Hieben aus und nutzte den gleichen Schwung, um anzugreifen. Seine tödliche Präzision war atemberaubend.

»Mehr«, rief er nach einigen Minuten. »Ich brauche mehr.«

Vier weitere Kämpfer kamen hinzu. Augusta lenkte ihre Chaise näher an das Geschehen, weil alles, was sie erkennen konnte ein Haufen Körper waren, die Barsons kräftige Gestalt umringten.

Plötzlich schrie jemand.

Augustas Herz setzte einen Schlag lang aus, als sie sah, dass einer der Soldaten — nicht Barson — am Boden lag und sich seinen Oberschenkel hielt. Die anderen hörten auf zu kämpfen und bildeten einen Kreis um den verwundeten Mann.

Augusta landete ihre Chaise, sprang schnell hinab und rannte zu ihnen. Barson kniete neben dem Mann und sah bestürzt aus. Die Soldaten traten zur Seite, um sie durchzulassen und ihr Atem stockte, als sie die große, blutende Wunde in dem Bein des Mannes sah. Erstaunt stellte Augusta fest, dass der Mann sehr jung war — fast noch ein Kind.

Barson riss sich einen Streifen Stoff aus seinem Oberteil und verband damit den Oberschenkel des Verletzten. »Das sollte helfen, das Bluten zu stoppen. Es tut mir leid, Kiam«, sagte er düster.

»Diese Sachen passieren im Training«, antwortete ihm Kiam und versuchte ganz offensichtlich den Schmerz in seiner Stimme zu unterdrücken.

»Nein, das war mein Fehler«, erwiderte Barson. »Ich hätte niemals gegen so viele von euch kämpfen sollen. Wie ein Anfänger konnte ich nicht mehr kontrollieren, wohin meine Schläge zielten.«

Erst jetzt nahm er Augustas Anwesenheit wahr und sie wusste, was er sie gleich fragen würde, bevor er es überhaupt aussprach.

»Kannst du ihm helfen?«, wollte er wissen und schaute zu ihr hoch.

Augusta nickte und ging zu ihrer Chaise zurück, auf der sie ihre Tasche liegen gelassen hatte. Genau genommen war das

Anwenden von Magie bei Nichtzauberern verpönt. Allerdings waren das hier spezielle Umstände. Jetzt, da ihre Panik verschwunden war, erkannte sie den Jungen auch. Kiam war der Sohn von Moriner, einem Ratsmitglied aus dem Norden. Sie erinnerte sich daran, wie der Ratsherr einmal gemeint hatte, sein jüngster Sohn besitze keine Begabung für das Zaubern, sondern nur für das Kämpfen. Aber selbst wenn Kiam ein Niemand gewesen wäre, hätte sie ihm immer noch geholfen, um Barson einen Gefallen zu tun.

Sie griff nach ihrem Deutungsstein und wählte sorgfältig die Karten aus, die sie brauchte. Der Junge hatte Glück, dass sie und Blaise dieses Objekt erfunden hatten. Wenn sie sich auf die alten, verbalen Zaubersprüche verlassen müsste, würde Kiam wahrscheinlich verbluten, während sie etwas so komplexes plante und aufsagte. Selbst Moriner, der einer der führenden Experten auf dem Gebiet der verbalen Zaubersprüche war, hätte seinem Sohn diesmal nicht helfen können.

Geschriebener Zauber war sehr viel schneller, besonders da Augusta schon einige der Komponenten, die sie für den Spruch benötigte, in ihrer Tasche hatte. Alles, was sie jetzt noch machen musste, war diese Komponenten an Kiams Körpergewicht, Größe und die genauen Einzelheiten seiner Verletzungen anpassen. Als sie bereit war, ging sie zurück, lud die Karten in den Stein und legte ihn neben Kiam.

Kiams Wunde begann sofort weniger zu bluten, bis sie letztendlich vollständig damit aufhörte. Innerhalb einer Minute war keine Spur einer Verletzung mehr zu sehen und Kiams Gesicht nahm wieder Farbe an, sah wieder gesund aus. Der junge Mann stand auf, als sei nichts passiert und Augusta konnte die Ehrfurcht und Bewunderung in den Gesichtern der Soldaten sehen. Sie lächelte und glühte vor Stolz über das, was sie getan hatte.

Ohne ein Wort zu sagen, legte Barson ihr voller rauer Zuneigung kurz seine Hand auf die Schulter und sie grinste ihn voller Vorfreude auf die kommende Nacht an.

Das Training war für heute beendet.

CHAPTER 5: AUGUSTA

The sun was beginning to set, and Barson issued the order to stop for the night. Augusta gladly dismounted and stretched, her body aching from unaccustomed exercise. She would have to do a healing spell on herself later; otherwise, she might be sore tomorrow.

"Dinnertime for your men?" she asked, following Barson toward a tent that the soldiers were already setting up for him.

"First practice, then dinner," he said, courteously lifting the tent flap for her. "You can rest if you'd like. I should be with you in an hour or so."

"Rest in a tent while your boys play with swords?" Augusta lifted her eyebrows at him. "You're joking, right? I wouldn't miss this for the world."

He grinned at her. "Then come and watch."

They walked together to a small clearing where most of the other guards were gathered. As they approached, Barson's men respectfully stepped aside, clearing the way for them.

"Why don't you get on your chaise?" Barson suggested, turning toward her. "It will provide you with a good view and keep you safely out of the way."

Augusta smiled, charmed by his concern for her. "Sure, let me get it." Although she'd ridden here on the horse, she'd had the chaise follow them at some distance, just in case it was needed.

Pulling out her Interpreter Stone—a shimmering black rock that resembled a large piece of polished coal with a slot in the middle—Augusta loaded it with a pre-written spell for summoning her chaise and waited. Two minutes later, the chaise arrived, landing softly on the grass. Deep red in color, it was shaped like the piece of furniture it had been named after. However, it was made of a special crystalline material that looked like glass but was warm and soft to the touch, like a plush, padded armchair. Augusta had invented this particular magical object fairly recently, and it had caught on among the sorcerer community immediately. It looked quite incongruous here, among all the trees, and Augusta almost laughed at the looks on the men's faces as they stared at it.

Climbing onto the chaise, Augusta did a quick verbal spell to get it hovering in the air a little to the right above the clearing. Then, comfortably tucking her feet underneath herself, she leaned on one of the sides and prepared to watch the spectacle that was about to unfold.

* * *

Archery practice was first.

Augusta watched in fascination as one man let loose a strange-looking arrow. Large and covered with extra feathers, it appeared to be flying a little slower than usual, making it easier to see mid-flight.

Before she could wonder about its purpose, she saw the feathery arrow get hit by another arrow—an ordinary one this time. Apparently, the large arrow was the target—a target that some soldier had managed to hit with unbelievable accuracy.

Looking down on the ground, she saw that the men were divided into pairs, with one guard sending up those arrows and his partner shooting them down. Every time the target was reached, there would be cheers from the other soldiers. If Augusta hadn't seen this herself, she wouldn't have believed it was possible to perform this feat even once—yet every single one of Barson's men managed to do this. The mathematics involved were staggering, and Augusta marveled at the ability of the human mind to do something so complicated without any conscious calculations.

Finally, it was Barson's turn. Looking up, he gave her a wink, then motioned to his soldiers. To Augusta's shock, not one, but two men sent up the special feathery arrows—and her lover's arrow pierced them both in one shot. The other soldiers cheered, but not any louder than for any of the others. Apparently, it wasn't the first time their Captain had done something so impossible.

After archery, the guards sparred with swords. Augusta watched with bated breath as steel clashed against steel, making her flinch every time someone narrowly avoided an injury. Even though this was only practice, the swords used by the men were quite real—

and potentially quite deadly.

All of the soldiers appeared to be highly skilled, however, and nobody was getting hurt, causing Augusta to relax a little. Observing the fighters, she couldn't help but take pleasure in the sight of their strong, fit bodies twisting and turning as they engaged in a kind of macabre dance. There was beauty to war, she thought, watching as they thrust and parried with incredible grace.

Barson was walking around the clearing, giving pointers and instructions to his soldiers. She wondered if he would fight as well—and if so, whether he would be as skilled with the sword as he was with the arrow.

As though in answer to her unspoken question, Barson walked to the middle of the clearing, stopping the fight between the men who were there. "You four," he said, pointing at them, "I need some warm-up."

Warm-up? Augusta grinned, realizing that her lover was probably trying to impress her.

The four big men approached Barson gingerly. Were they actually scared to go four against one? Augusta knew the Captain of the Sorcerer Guard was good at what he did, but she had never actually seen him in action.

The four soldiers took their positions, surrounding their leader. What happened next was so amazing, Augusta couldn't help but gasp.

Barson started moving slowly, in a strange pattern, somehow keeping all four men in his sight at all times. Then he lashed out with lightning speed, apparently spotting an opening, and Augusta saw a droplet of red welling up from a scratch on one of the soldiers' wrists.

First blood, she thought, mesmerized by what was happening.

The blood seemed to serve as some kind of a signal, and all four guards attacked at once. To Augusta's untrained eye, there was only a flurry of movement. Barson's blade seemed to be everywhere, blocking every move his opponents made with a skill and speed that seemed superhuman. There was something hypnotic in the way Barson moved. Every gesture, every move, was perfectly calibrated. He dodged thrusts, while using the same turn to deliver an attack. His deadly proficiency was breathtaking.

"More," he shouted after a few minutes. "I need more."

Four more fighters joined in. Augusta directed her chaise to fly closer, because all she could see now was a row of bodies surrounding Barson's powerful figure.

Suddenly, there was a scream.

Augusta's heart skipped a beat, but then she saw that one of the other soldiers—not Barson—was on the ground, clutching his thigh. The others stopped fighting, forming a circle around the wounded man.

Landing her chaise, Augusta quickly jumped off and ran toward them. Barson was kneeling beside the man, a look of dismay on his face. The soldiers stepped aside, letting her through, and her breath caught in her throat at the sight of the gushing wound in the man's leg. To her astonishment, Augusta saw that the man was very young—barely more than a boy.

Barson ripped a strip of cloth from his shirt and tied it around the soldier's thigh. "This should help the bleeding. I am sorry, Kiam," he said somberly.

"These things happen in practice," said Kiam, clearly trying to keep the pain out of his voice.

"No, it's my fault," Barson said. "I shouldn't have taken on so many of you. Like a rookie, I couldn't control where I aimed my thrust."

At that point, he seemed to notice Augusta's presence, and she knew what Barson was going to ask before he even said it.

"Can you help him?" he said, looking up at her.

Augusta nodded and walked back to the chaise, where she'd left her bag. Strictly speaking, using sorcery on non-sorcerers was frowned upon. However, these were special circumstances. Now that she wasn't so panicked, Augusta recognized the boy. Kiam was the son of Moriner, a Council member from the north. She remembered the Councilor saying that his youngest son didn't seem to have any aptitude for magic, only for fighting. But even if Kiam had been a nobody, she would've still helped him as a favor to Barson.

Grabbing her Interpreter Stone, Augusta carefully chose the cards she needed. The boy was lucky that she and Blaise had come up with this invention. If she'd had to rely on the old oral spells, Kiam would've likely bled to death while she planned and chanted something of this complexity. Even Moriner, who was considered the foremost expert on verbal spell casting, would've been unable to help his son in time.

Written sorcery was much quicker, especially since Augusta already had some of the components of the spell in her bag. All she had to do now was tailor those components to Kiam's body weight, height, and the specifics of his injury. When she was ready, she walked back and set the Stone next to Kiam, loading the paper cards into it on the way.

The flow of blood from Kiam's thigh slowed to a trickle, then stopped. Within a minute, no trace of the injury remained, and Kiam's face lost its pallor, looking healthy again. The young man got up, as though nothing had happened, and Augusta could see the looks of awe and admiration on the soldiers' faces. She smiled, glowing with pride at her accomplishment.

Without saying a word, Barson squeezed her shoulder with rough affection, and she grinned at him, looking forward to the night to come.

Practice was over for the day.

6. KAPITEL: BARSON

Barson betrachtete Augusta, als sie wegging. Ihre Hüften wogen mit dieser sinnlichen Anmut, die genauso ein Teil von ihr war wie ihre goldbraunen Augen. Sie war eine wunderschöne Frau und er war glücklich darüber, zu ihrem Liebhaber auserwählt worden zu sein. Sie hatte immer noch Gefühle für diesen verstoßenen Zauberer, das wusste er, aber die hatte sie nicht, während sie in seinem Bett war. Das hatte er sichergestellt.

»Das war nicht besonders geschickt, muss ich sagen«, sprach eine Stimme neben ihm und unterbrach damit seine Gedanken.

Als Barson seinen Kopf drehte, sah er seine rechte Hand, die gleichzeitig sein zukünftiger Schwager war. »Halt den Mund, Larn«, sagte er lustlos. »Kiam wird es wieder gut gehen. Das nächste Mal wird er es besser wissen und meinem Schwert ausweichen.«

Larn schüttelte seinen Kopf. »Ich weiß nicht Barson. Dieses Kind ist ein Hitzkopf; ich habe dich schon einmal vor ihm gewarnt—«

»Ja, ja, schau wer da spricht. Denkst du ich kann mich nicht an die ganzen Schwierigkeiten erinnern, in die du dich in seinem Alter gebracht hast?«

Larn schnaubte. »Ach bitte, du bist ja genau der Richtige, um das zu sagen. Wie oft musste Dara für dich betteln? Wenn es deine Schwester nicht gäbe, hättest du immer noch Hausarrest.«

Barson grinste seinen Freund an, als er sich an den ganzen Unsinn erinnerte, den sie als Kinder verzapft hatten.

»Eigentlich erinnert er mich sogar ein wenig an dich«, meinte Larn und blickte zu Kiam, der sein Schwert schon wieder aufgenommen hatte, da er offensichtlich noch ein wenig alleine trainieren wollte. Dann sagte er mit leiserer Stimme und ernsthafterem Ton: »Kann sie uns hören?«

»Ich denke nicht«, antwortete ihm Barson, auch wenn er sich

nicht hundertprozentig sicher war. Man konnte sich bei Zauberern niemals sicher sein; sie waren raffiniert und hatten Zaubersprüche, die ihre Sinne verstärkten. Aber Augusta würde keinen Grund dafür haben, einen solchen Zauber gerade jetzt anzuwenden — nicht, wenn sie sich gerade in seinem Zelt fertig machte, um ins Bett zu gehen. »Auf jeden Fall ist es sicherer hier zu reden, als irgendwo in der Nähe des Turms.«

»Das stimmt wahrscheinlich«, meinte Larn mit weiterhin sehr leiser Stimme. »Warum ist sie überhaupt mitgekommen?«

Barson zuckte mit den Schultern.

»Oh, der legendäre Barson schlägt wieder zu.« Larn wackelte lasziv mit seinen Augenbrauen.

Barsons Hand schoss mit der Schnelligkeit einer angreifenden Kobra nach vorne und griff sich Larns Kehle. »Du wirst ihr Respekt erweisen«, befahl er ihm mit plötzlichem Ärger.

»Natürlich, es tut mir leid ...« Larn hörte sich an, als habe er Luftnot. »Ich hatte nicht realisiert—«

»Dann weißt du es ja jetzt«, murmelte Barson und ließ seinen Freund los. »Und hoffe am besten darauf, dass sie nichts von alledem hier gehört hat.«

Larn erblasste. »Du sagtest, sie könne nicht—«

»Und wahrscheinlich kann sie das auch nicht«, stimmte Barson ihm zu. »Die Tatsache, dass du noch lebst ist der beste Beweis dafür.« Wie alle Mitglieder des Rates konnte Augusta sehr gefährlich werden, wenn man sie provozierte.

Larn trat zurück und rieb sich seine Kehle. »Mal abgesehen von deiner Zauberin«, sagte er mit einer leisen und rauen Stimme, »haben wir auch noch andere Angelegenheiten zu besprechen.«

Barson nickte und fühlte sich ein kleines Bisschen schuldig, die Kontrolle verloren zu haben. »Erzähl«, befahl er knapp. Larn war sein bester Freund und der Soldat, dem er am meisten vertraute; bald würde er auch zur Familie gehören. Barson hätte nicht so heftig auf seinen gutmütigen Spaß reagieren sollen. Wen interessierte es, was die anderen über seine Beziehung zu Augusta dachten? Er musste nach dem Trainingskampf besonders gewaltbereit sein, entschied er, da er seine Handlung nicht allzu sehr analysieren wollte.

»Ich habe eine Liste der wahrscheinlichsten Kandidaten erstellt.« Larn zog eine kleine Rolle heraus und gab sie Barson. »Eigentlich hätte ich geschworen, keiner der Männer sei zu so etwas fähig, aber mittlerweile bin ich mir da nicht mehr so sicher.«

Barson rollte das Papier auf und betrachtete die elf Namen, die darauf geschrieben waren. Sein Ärger verstärkte sich wieder. Er hob seinen Kopf an und betrachtete Larn mit einem eisigen Blick. »Und sie passen alle in das Verhaltensmuster?«

»Ja. Alle von ihnen. Natürlich könnte es auch immer eine andere Erklärung für ihr Verhalten geben — eine Geliebte oder etwas in der Art.«

»Ja«, stimmte Barson zu. »Bei zehn von ihnen ist es wahrscheinlich auch der Fall.« Seine Hände ballten sich zu Fäusten, als er sich dazu zwang, zu entspannen. Jeder dieser elf Männer auf der Liste war wie ein Bruder für ihn und der Gedanke daran, einer von ihnen könnte ihn betrogen haben, war wie Gift in seinen Adern.

Er atmete tief ein und schaute sich noch einmal die Liste an, ging jeden Namen in Gedanken durch. Ein Name sprang ihm besonders ins Auge. »Siur ist unter ihnen«, bemerkte er langsam.

»Ja«, antwortete ihm Larn. »Das ist mir auch aufgefallen. Er ist diesmal auch nicht mitgekommen. Hat er dir gesagt, warum nicht?«

»Nein, er hat mir gesagt, er müsse in Turingrad bleiben. Da er Siur und nicht irgendein Anfänger ist, habe ich keine Erklärung von ihm verlangt.«

Larn nickte nachdenklich. »Okay. Ich werde weiter an dieser Liste arbeiten und ein Auge auf diejenigen behalten, die sich schon auf ihr befinden.«

»Gut«, erwiderte Barson und drehte sich weg, um die Wut auf seinem Gesicht zu verbergen.

Egal was es kostete, er würde dieser Sache auf den Grund gehen — und wenn er herausfand, wer ihn betrogen hatte, würde derjenige dafür bezahlen.

CHAPTER 6: BARSON

Barson watched Augusta as she walked away, her hips swaying with the seductive grace that was as much a part of her as her golden brown eyes. She was a beautiful woman, and he was glad she'd chosen him to be her lover. She still pined for that exiled sorcerer, he knew, but not when she was in Barson's bed. He'd made certain of that.

"That was not particularly smooth, I have to say," a voice drawled next to him, interrupting his musings.

Turning his head, Barson saw his right-hand man and soon-to-be brother-in-law. "Shut up, Larn," he said without much heat. "Kiam will be fine, and he'll know better than to jump under my sword the next time."

Larn shook his head. "I don't know, Barson. That kid is a hothead; I've warned you about him before—"

"Yeah, yeah, look who's talking. You think I don't remember all the trouble you got into when you were his age?"

Larn snorted. "Oh please, you're a fine one to talk. How many times did Dara have to plead your case? If it weren't for your sister, you'd still be grounded to this day."

Barson grinned at his friend, remembering all the mishaps they'd gotten into as children.

"He reminds me of you quite a bit actually," Larn said, glancing in the direction of Kiam, who had picked up his sword again, apparently getting ready to practice on his own time. Then, lowering his voice, he said in a more serious tone, "Can *she* hear us?"

"I don't think so," Barson said, though he wasn't entirely sure. One could never be certain with sorcerers; they were sneaky and had spells that could enhance their eavesdropping abilities. However, Augusta would have no reason to do such a spell right now—not when she was getting ready for bed in his tent. "In any case, it's far safer to talk here than anywhere in the vicinity of the Tower."

"That's probably true," Larn agreed, still keeping his voice low. "Why did she come along, anyway?"

Barson shrugged.

"Oh, the legendary Barson strikes again." Larn wiggled his eyebrows lasciviously.

Barson's hand shot out with the speed of a striking cobra, grabbing Larn's throat. "You will show her respect," he ordered, filled with sudden anger.

"Of course, I'm sorry . . ." Larn sounded choked. "I didn't realize—"

"Well, now you do," Barson muttered, releasing his friend. "And you better hope she didn't hear any of this."

Larn paled. "You said she couldn't—"

"And she probably can't," Barson agreed. "The fact that you're still alive is evidence of that." Like all members of the Council, Augusta could be quite dangerous if provoked.

Larn stepped back, rubbing his throat. "Your sorceress aside," he said in a low, raspy voice, "we have some business to discuss."

Barson nodded, feeling a small measure of guilt at his lack of control. "Tell me," he said curtly. Larn was his best friend and his most trusted soldier; soon, he would be family as well. Barson shouldn't have reacted so strongly to his good-natured ribbing. What did it matter what anyone thought of his relationship with Augusta? He must be feeling particularly violent after the practice fight, he decided, not wanting to analyze his actions too much.

"I made a list of the most likely candidates." Larn pulled out a small scroll and handed it to Barson. "Before, I could've sworn that none of these men could do this, but now I'm not so sure."

Barson unrolled the scroll and studied the eleven names written on there, his anger growing again. Lifting his head, he pinned Larn with an icy stare. "They all fit the behavior pattern?"

"Yes. All of them. Of course, there could always be some other reason for their actions—a mistress or some such thing."

"Yes," Barson agreed. "For ten of them, it's probably something like that." His hands clenched into fists, and he forced himself to relax. Every one of the eleven men on that list was like a brother to him, and the thought that one of them could've betrayed him was like poison in Barson's veins.

Taking a deep breath, he glanced at the list again, mentally running through each of the names. One name in particular jumped out at him. "Siur is on there," he said slowly.

"Yes," Larn said. "I noticed that, too. He didn't come with us this time. Did he tell you why?"

"No. He said he needed to stay in Turingrad. It's Siur, not some rookie, so I didn't press him for explanations."

Larn nodded thoughtfully. "All right. I'll continue working on this list and keeping an eye on the ones already there."

"Good," Barson said, turning away to hide the fury on his face.

No matter what it took, he would get to the bottom of this matter—and when he did, the man who betrayed him would pay.

7. KAPITEL: BLAISE

Blaise packte die Momentaufnahme weg und ging zurück in die Bibliothek, um nach Gala zu schauen. Zu seiner Überraschung lag sie inmitten eines riesigen Bücherbergs bewusstlos auf dem Boden.

Besorgt rannte er zu ihr und kniete sich neben sie, um sie sich genauer anzuschauen. Zu seiner Erleichterung sah sie sehr friedlich aus und ihre Atmung war langsam und gleichmäßig. Sie schlief einfach.

Ohne viel darüber nachzudenken, hob Blaise sie auf und trug sie in eines der Gästezimmer. Sie fühlte sich in seinen Armen leicht an, ihr Körper war weich und weiblich und ihm fiel auf, wie sehr er dieses Gefühl genoss. Als sie in dem Zimmer ankamen, legte er sie vorsichtig auf das Bett und gerade als er dabei war, sie zuzudecken, öffnete sie die Augen.

Einen Moment lang schien sie verwirrt zu sein, aber dann wurde ihr Blick wieder klar. »Ich denke, ich bin eingeschlafen«, erklärte sie ihm überrascht.

Blaise lächelte. »Ich dachte, du wüsstest, was schlafen ist.«

»Ich wusste es vorher nicht, aber ich habe dank deiner Bücher eine Menge gelernt.«

Er betrachtete sie fasziniert und fragte sich, ob sie diese ganzen Hunderte Bücher gelesen hatte, die auf dem Boden der Bibliothek lagen. »Wie viele hast du gelesen?«, fragte er.

Sie setzte sich im Bett auf und strich sich ein paar lange blonde Haarsträhnen aus dem Gesicht. »Dreihundertneunundvierzig.«

Blaise blinzelte. »Das ist sehr genau. Bist du dir sicher, es waren nicht dreihundertachtundvierzig?«

»Ja, ich bin mir sicher«, antwortete sie ernsthaft und dann lächelte sie. »Um genau zu sein waren es 138.902 Seiten oder

32.453.383 Worte.«

»Sind das die exakten Zahlen?« Er konnte seinen Ohren kaum trauen.

Gala nickte und lächelte immer noch. In einer Eingebung realisierte Blaise, dass sie genau wusste, wie sehr sie ihn beeindruckt hatte — und sie genoss seine Reaktion enorm.

»Okay«, sagte Blaise langsam. »Woher weißt du das?«

Sie zuckte mit den Schultern. »Ich weiß es einfach. Sobald ich es dir sagen wollte, fielen mir die Zahlen ein. Ich denke, ich muss sie gezählt haben, aber ich kann mich nicht daran erinnern, es gemacht zu haben.«

»Ich verstehe«, sagte Blaise und sah sie genau an. Aus dem Bauch heraus fragte er sie: »Wie viel ist 5 mal 2.682?«

»13.410«, antwortete Gala ohne zu zögern.

Blaise konzentrierte sich einige Sekunden lang, um die Rechnung im Kopf durchzuführen. Sie hatte Recht. Er war einer der wenigen Menschen, die er kannte, die diese Art der Multiplikation schnell durchführen konnten, aber Gala hatte die Antwort fast sofort gewusst.

»Wie hast du das so schnell gemacht?«, fragte er neugierig darüber, wie ihr Gehirn arbeitete.

»Ich habe 2.682 halbiert und dann die 1.341 mit 10 multipliziert.«

Blaise dachte einen Moment lang darüber nach und stellte fest, dass ihre Methode wirklich der einfachste Weg war, das Problem zu lösen. Er war überrascht, nicht selber darauf gekommen zu sein. Er würde das nächste Mal definitiv diese Abkürzung anwenden, wenn er schnelle Berechnungen für einen Zauber brauchte.

Wenn er den Ausgangspunkt ihrer Entstehung bedachte, sollten ihn Galas analytische und mathematische Fähigkeiten nicht überraschen, aber Blaise war trotzdem fasziniert. Er konnte es nicht länger erwarten, zu sehen, wozu sie fähig war. »Gala, könntest du versuchen, etwas für mich zu zaubern?«, bat er sie und blickte ihr wunderschönes Gesicht an.

Sie sah von seiner Bitte überrascht aus. »Du meinst so wie du vorhin im Garten?«

»Ja, genau so«, bestätigte ihr Blaise.

»Aber ich weiß nicht, wie du das gemacht hast.« Sie schien ein wenig verwirrt zu sein. »Ich kenne diese ganzen Zaubersprüche, die du benutzt hast doch gar nicht.«

»Du brauchst sie auch nicht zu kennen«, erklärte ihr Blaise. »Du solltest in der Lage sein, direkt Magie auszuüben, ohne unsere Methoden zu lernen. Magie sollte für dich so leicht und natürlich sein, wie das Atmen für mich.«

Sie dachte einen Moment lang darüber nach. »Ich atme doch auch«, sagte sie, als würde sie zu diesem Ergebnis gekommen sein, nachdem sie sich selbst überprüft hatte.

»Natürlich machst du das.« Amüsiert lächelte Blaise sie an. »Ich wollte auch nicht zum Ausdruck bringen, du würdest das nicht tun.«

Ihre weichen Lippen formten sich zu einem Lächeln. »Alles klar«, murmelte sie, »ich versuche einfach mal, zu zaubern.« Sie schloss ihre Augen und Blaise konnte an ihrem Gesichtsausdruck erkennen, wie konzentriert sie war.

Er hielt seinen Atem an und wartete, aber nichts passierte. Nach einer Minute öffnete sie ihre Augen wieder und sah Blaise erwartungsvoll an.

Er schüttelte bedauernd seinen Kopf. »Ich glaube, es hat nicht funktioniert. Was wolltest du denn machen?«

»Ich wollte meine eigene Version dieser schönen Blume machen, die du im Garten erschaffen hast.«

»Ich verstehe. Und wie hast du das versucht?«

Sie hob ihre Schultern und zuckte anmutig. »Ich weiß nicht. Ich habe meine Erinnerung darüber abgespielt, wie du es vorhin getan hast und dann habe ich mir vorgestellt, wie ich das Gleiche an deiner Stelle mache. Ich glaube allerdings, so funktioniert das nicht.«

»Du hast recht, wahrscheinlich ist das nicht die Art und Weise, wie es bei dir abläuft.« Frustriert fuhr sich Blaise mit seinen Fingern durch die Haare. »Das Problem ist, ich weiß auch nicht so nicht genau, wie es bei dir funktioniert. Ich hatte gehofft, du könntest es einfach machen, genauso wie du die Matheaufgabe vorhin gelöst hast.«

Gala schloss erneut ihre Augen und der gleiche konzentrierte Ausdruck erschien erneut auf ihrem Gesicht.

Wieder passierte gar nichts.

»Ich habe versagt«, stellte sie fest, als sie ihre Augen öffnete. Sie schien darüber allerdings nicht besonders enttäuscht zu sein.

»Was wolltest du machen?«

»Ich wollte die Temperatur in diesem Raum um ein paar Grad erhöhen, aber ich konnte spüren, dass nichts passiert war.«

Blaise hob seine Augenbrauen. Ganz abgesehen von ihrer ungewöhnlichen Temperaturfühligkeit schien Gala eine gute Intuition für Zauberei zu haben. Die Temperatur eines Gegenstandes zu verändern war ein sehr einfacher Zauber, den Blaise wirken konnte, indem er nur ein paar Sätze in der alten magischen Sprache sagte.

Während er darüber nachdachte, sprang Gala vom Bett und ging zu einem der Fenster. »Ich möchte hinausgehen«, sagte sie und drehte ihren Kopf herum, um ihn anzusehen. »Ich möchte mehr von dieser Welt sehen.«

Blaise versuchte, seine Enttäuschung zu verbergen. »Willst du nicht weiter versuchen, zu zaubern?«

»Nein«, antwortete Gala ihm entschlossen. »Das möchte ich nicht. Ich möchte hinausgehen und die Welt erforschen.«

Blaise atmete tief ein. »Vielleicht noch einen einzigen Versuch?«

Ihr Gesichtsausdruck verdunkelte sich und eine Falte bildete sich auf ihrer glatten Stirn. »Blaise«, sagte sie ruhig, »ich fühle mich gerade ganz schlecht durch dich.«

»Bitte?« Blaise konnte das Entsetzen nicht aus seiner Stimme streichen. »Warum?«

»Weil ich mich jetzt benutzt fühle, wie der Gegenstand, den du eigentlich erschaffen wolltest«, antwortete sie ihm und hörte sich wütend an. »Was willst du von mir? Bin ich ein Werkzeug, damit die Menschen zaubern können? Ist das der Sinn meines Lebens?«

»Nein, natürlich nicht!«, protestierte Blaise und drückte ein unwillkommenes Schuldgefühl weg. Eigentlich war es genau das, was er ursprünglich mit Gala vorgehabt hatte, aber sie hatte auch keine Person sein sollen, mit den Gefühlen und Empfindungen eines Menschen. Er hatte eine Intelligenz erschaffen wollen, ja, aber sie sollte doch nicht so aussehen. Sie hatte ein Mittel sein sollen, um gegen die größte Ungerechtigkeit in ihrer Gesellschaft vorzugehen und ihr ein Ende zu setzen. Alles, an das er gedacht hatte war, ein Objekt zu erschaffen, welches die normale menschliche Sprache verstehen konnte, und er hatte nicht daran gedacht, etwas mit diesem Intelligenzniveau könne auch seine — oder ihre — eigenen Gedanken und Meinungen haben.

Und jetzt war er das Opfer seines eigenen Erfolges geworden. Gala verstand mit Sicherheit ihre Sprache — vielleicht sogar besser als Blaise, wenn man sich ansah, was sie schon alles gelesen hatte. Sie war trotzdem eher ein Gegenstand, den man benutzen konnte, als er das war. Sein ursprünglicher Plan, genügend magische Objekte für alle zu erschaffen, war vollkommen verrückt gewesen. Falls er damit Erfolg gehabt hätte, würde er den Druck der Ungleichheit nur von einer Gruppe denkender Individuen auf eine Andere verschieben — vorausgesetzt Gala oder die anderen ihrer Art würden bei so etwas überhaupt mitmachen.

Außerdem konnte sie ja, zumindest bis jetzt, nicht einmal

zaubern. Oder vielleicht wollte sie auch nicht, dachte Blaise trocken. Wenn er in ihrer Situation wäre, würde er auch zurückhaltend damit sein, magische Fähigkeiten aufzuzeigen.

Sie sah immer noch wütend aus, also versuchte er, sie zu beruhigen: »Gala, hör mir zu. Ich wollte nicht, dass du dich wie ein Gegenstand fühlst. Was ich dir über meine ursprünglichen Absichten erzählt habe, kommt jetzt natürlich nicht mehr in Frage. Ich weiß, du bist kein Objekt, welches einfach so benutzt werden kann. Es tut mir leid. Es war gedankenlos von mir, nicht zu bemerken, wie du dich fühlst.« Er hoffte, sie konnte erkennen, wie ernst er das meinte. Er wollte auf gar keinen Fall, dass Gala Angst vor ihm hatte oder wütend auf ihn war.

Sie sah einen Augenblick lang weg und drehte sich dann wieder um, damit sie ihm in die Augen schauen konnte. »Jetzt weißt du es ja«, sagte sie sanft. »Alles, was ich gerade gerne machen möchte ist, mehr über diese Welt zu erfahren. Ich will alles von ihr erleben, selber das alles sehen, worüber ich in den Büchern gelesen habe, die Ungerechtigkeit erleben, die du beheben willst. Ich würde gerne wie ein Mensch leben, Blaise. Kannst du das verstehen?

CHAPTER 7: BLAISE

Wrapping up the Life Capture recording, Blaise came back to the library to check on Gala. To his surprise, he saw her lying on the floor unconscious, in the middle of a huge pile of books.

Worried, he ran to her and crouched down to take a closer look. To his relief, he saw that she looked quite peaceful, her breathing slow and even. She was simply sleeping.

Without thinking too much about it, Blaise picked her up and carried her to one of the guest bedrooms. She was light in his arms, her body soft and feminine, and he found himself enjoying the experience. Reaching the room, he gently placed her on the bed, and as he was covering her with a blanket, she opened her eyes.

For a moment, she seemed confused, then her gaze cleared. "I think I fell asleep," she said in astonishment.

Blaise smiled. "I would've thought you wouldn't know what sleep was like."

"I didn't before, but I learned quite a bit from your books."

He studied her with fascination, wondering if she'd read all those hundreds of books that were lying on the library floor. "How many books did you get through?" he asked.

She sat up in bed, brushing a few strands of long blond hair off her face. "Three hundred and forty nine."

Blaise blinked. "That's very precise. Are you sure it wasn't three hundred and forty eight?"

"Yes, I'm sure," she said seriously, then smiled. "In fact, it was 138,902 pages and 32,453,383 words."

"Are those the exact figures?" He could hardly believe his ears.

Gala nodded, still smiling. In a flash of intuition, Blaise realized that she knew just how much she had impressed him—and that she was enjoying his reaction tremendously.

"All right," Blaise said slowly. "How do you know this?"

She shrugged. "I just know. As soon as I wanted to tell you, the numbers came to me. I guess I must've counted as I was reading, but I don't remember doing it."

"I see," Blaise said, watching her closely. On a hunch, he asked, "What is 2,682 times 5?"

"13,410," Gala said without hesitation.

Blaise concentrated for a few seconds, doing the calculations in his head. She was right. He was one of the few people he knew who could do this kind of multiplication quickly, but Gala had known the answer almost instantaneously.

"How did you do this so quickly?" he asked, curious about the way her mind worked.

"I took 2,682, halved it to get 1,341, and then multiplied it by 10."

Blaise thought about it for a second and realized that her method was indeed the easiest way to solve the problem. He was surprised he hadn't come up with it himself. He would definitely use this shortcut the next time he needed to do some quick calculations for a spell.

Given the purpose of her creation, Gala's analytical and math skills shouldn't have surprised him, but still, Blaise was amazed. He couldn't wait any longer to see what she was capable of. "Gala, can you try to do some magic for me?" he asked, staring at her beautiful face.

She looked surprised by his request. "You mean, like you did earlier, in the gardens?"

"Yes, like that," Blaise confirmed.

"But I don't know how you did what you did." She seemed a little bewildered. "I don't know all those spells you used."

"You don't have to know them," Blaise explained. "You should be able to do magic directly, without having to learn our methods. Magic should come as easily and naturally to you as breathing does to me."

She appeared to consider that for a second. "I also breathe," she said, as though reaching that conclusion after examining herself.

"Of course you do." Amused, Blaise smiled at her. "I didn't mean to imply that you don't."

Her soft lips curved in an answering smile. "All right," she murmured, "let me try doing magic." She closed her eyes, and Blaise could see a look of intense concentration on her face.

He held his breath, waiting, but nothing happened. After a minute, she opened her eyes, looking at Blaise expectantly.

He shook his head regretfully. "I don't think it worked. What did you try to do?"

"I wanted to make my own version of that beautiful flower you created in the garden."

"I see. And how did you go about doing it?"

She lifted her shoulders in a graceful shrug. "I don't know. I replayed the memory of you doing it earlier in my mind and tried to picture myself in your place, but I don't think it works like that."

"No, you're right, that's probably not how it would work for you." Frustrated, Blaise ran his fingers through his hair. "The problem is I don't know exactly how it *would* work for you. I was hoping you would simply be able to do it, just like you did the math problem earlier."

Gala closed her eyes again, and that same look of concentration appeared on her face.

Again nothing happened.

"I failed," she said, opening her eyes. She didn't seem particularly concerned about that fact.

"What did you try to do?"

"I wanted to raise the temperature in this room by a couple of degrees, but I could feel that it didn't work."

Blaise lifted his eyebrows. Her unusual temperature sensitivity aside, it seemed that Gala did have a good intuition for sorcery. Changing the temperature of an object was a very basic spell, something that Blaise could do just by saying a few sentences in the old magical language.

While he was pondering this, Gala jumped off the bed and came up to one of the windows. "I want to go out there," she said, turning her head to look at him. "I want to see more of this world."

Blaise tried to hide his disappointment. "You don't want to try any more magic?"

"No," Gala said stubbornly. "I don't. I want to go out and explore."

Blaise took a deep breath. "Maybe just one more try?"

Her expression darkened, a crease appearing on her smooth forehead. "Blaise," she said quietly, "you're making me feel bad right now."

"What?" Blaise couldn't keep the shock out of his voice. "Why?"

"Because you're making me feel used, like that object that you intended me to be," she said, sounding upset. "What do you want from me? Am I to be some tool that people use to do magic? Is that my purpose in life?"

"No, of course not!" Blaise protested, pushing away an

unwelcome tendril of guilt. In a way, that had been exactly what he had originally intended for Gala, but she wasn't supposed to be a person, with the feelings and emotions of a human being. He had been trying to build an intelligence, yes, but it wasn't supposed to turn out this way. It was to be a means to an end, a way to address the worst of the inequality in their society. All he had thought about was getting the object to understand regular human language, and he hadn't considered the fact that anything with that level of intelligence might have its—or her—own thoughts and opinions.

And now he was a victim of his own success. Gala could certainly understand language—maybe even better than Blaise, given her reading prowess. However, she was no more an object to be used than he was. His original plan of creating enough intelligent magical objects for everyone was sheer folly; if successful, it would just transfer the burden of inequality from one group of thinking beings to another—provided that Gala or others of her kind would even go along with something like that.

Besides, it wasn't like she could even do magic at this point. Or maybe she just didn't want to, Blaise thought wryly. He would certainly be hesitant to display any kind of magical ability in her situation.

She was still looking upset, so he tried to reassure her, "Gala, listen to me, I didn't mean to make you feel like an object. What I told you about my original intentions for you is obviously out of the question now. I know you're not a thing to be used. I'm sorry. It was thoughtless of me not to realize how you felt." He hoped she could see the truth of his words; the last thing he wanted was for Gala to be afraid of him or to resent him.

She looked away for a second, then turned to meet his gaze. "Well, now you know," she said softly. "All I want to do right now is learn more about this world. I want to experience everything about it. I want to see for myself what I just read about in your books, and I want to witness those injustices you're trying to fix. I want to live like a human being, Blaise. Can you understand that?"

8. KAPITEL: GALA

Gala sah die Gefühle, die sich auf dem Gesicht ihres Schöpfers widerspiegelten. Sie konnte sehen, dass er enttäuscht war, und das schmerzte sie, aber er musste verstehen, dass sie eine Person war, mit ihren eigenen Bedürfnissen und Wünschen. Sie war nichts, das einfach dazu benutzt werden konnte, das Leben von Menschen zu verbessern, die sie nicht kannte und die ihr egal waren.

Sie konnte seinen inneren Kampf sehen und er schien zu einem Entschluss zu kommen. »Gala, sagte er ruhig und schaute sie an, »ich verstehe, was du sagst, aber du weißt nicht, worum du mich da bittest. Wenn irgendjemand von deiner Existenz erfährt — darüber, was du bist — weiß ich nicht, was geschehen wird. Menschen haben Angst vor dem, was sie nicht verstehen — und selbst ich weiß nicht genau, was du bist und wozu du alles fähig bist. Ich kann dich nicht hinaus lassen, solange wir nicht mehr über dich wissen.

Während er sprach, merkte Gala wie sich Gefühle in ihr aufbauten, die sie noch niemals zuvor gespürt hatte. Sie waren eigenartig aufwühlend, begannen in ihrem Magen und stiegen dann nach oben, wo sie unangenehm ihren Brustkorb verengten. Sie spürte, wie das Blut schneller durch ihre Ader rann, sich ihr Gesicht erhitzte und sie schreien und um sich schlagen wollte. Sie fühlte Wut, bemerkte sie, richtige Wut. Sie hasste es, nicht genau das machen zu können, was sie wollte.

»Blaise«, gelang es ihr, durch ihre zusammengepressten Zähne zu sagen, »Ich. Möchte. Hinausgehen.« Ihre Stimme schien mit jedem Wort anzusteigen.

Ihr Temperament schien ihn völlig unerwartet zu treffen. »Gala, das ist zu gefährlich, kannst du das nicht verstehen?«

»Zu gefährlich? Warum?«, fragte sie wütend. »Ich sehe doch

menschlich aus, oder etwa nicht? Würde irgendjemand darauf kommen, dass ich es nicht bin?«

Sie konnte sehen, wie er über diesen Punkt nachdachte. »Du hast recht«, sagte er nach einem Moment. »Du siehst völlig menschlich aus. Aber wenn wir zusammen hinausgehen, werden wir eine Menge Aufmerksamkeit auf uns ziehen — zum größten Teil meinetwegen, nicht deinetwegen.«

»Deinetwegen? Warum?« Gala spürte, wie sich ihre Wut abkühlte, da Blaise nicht länger so unzugänglich war.

»Weil ich vor zwei Jahren den Rat der Zauberer verlassen habe«, erklärte er ihr, »und ich seitdem immer ein Außenseiter gewesen bin.«

»Ein Außenseiter? Warum?« Gala hatte gerade erst über den Rat der Zauberer gelesen und die Macht, die von denjenigen ausging, die eine Begabung für Magie besaßen. Blaise schien ein außergewöhnlich guter Zauberer zu sein — das musste er, wenn er so etwas wie sie erschaffen konnte — und es ergab für sie keinen Sinn, dass er ein Außenseiter in einer Welt war, in der diese Fähigkeit so hoch geschätzt wurde.

»Das ist eine lange Geschichte«, erklärte ihr Blaise und sie konnte die Bitterkeit in seiner Stimme hören. »Es reicht zu sagen, dass ich nicht die gleichen Ansichten habe, wie die meisten anderen Ratsmitglieder — und das gleiche traf auch auf meinen Bruder zu.«

»Deinen Bruder?« Sie hatte über Geschwister gelesen und war ganz fasziniert von dem Gedanken, Blaise habe einen.

Er seufzte. »Bist du sicher, du möchtest das hören?«

»Definitiv.« Gala wollte alles über Blaise erfahren. Er interessierte sie mehr als alles andere, auf das sie in ihrer kurzen Existenz bis jetzt gestoßen war.

»Na gut«, sagte er langsam, »erinnerst du dich an das, was ich dir über die Momentaufnahmen erzählt habe?«

Gala nickte. Natürlich erinnerte sie sich daran; soweit sie beurteilen konnte, besaß sie ein perfektes Gedächtnis. Außerdem hatte sie ja auch am Anfang durch die Momentaufnahmen einige Dinge über Blaises Welt erfahren.

»Also, wie ich vorhin erwähnt habe, wurden die Momentaufnahmen vor ein paar Jahren von einem mächtigen Zauberer namens Ganir erfunden. Alle waren ganz hin und weg von dieser neuen Errungenschaft. Eine einzige Momentaufnahme erlaubte es einer Person, vollständig in das Leben eines anderen einzutauchen, das zu fühlen, was diese Person fühlte, zu erfahren, was diese Person erfuhr. Es war außerdem das erste magische Objekt, für dessen Benutzung man nicht den Zaubercode kennen musste. Um ein Erlebnis aufzunehmen, muss man der Momentaufnahmen-Sphäre einfach nur einen kleinen Tropfen Blut zu geben. Ein weiterer Blutstropfen beendet die Aufzeichnung, die dann auf einem speziellen Platz auf der Sphäre in eine Perle verwandelt wird. Diese können von allen benutzt werden, ohne das hierfür eine besondere Ausrüstung benötigt wird. Um eine Momentaufnahme zu erleben, steckt man sie sich einfach nur in den Mund.«

Gala nickte erneut und hörte weiterhin aufmerksam zu. Sie wollte diese Momentaufnahmen noch einmal probieren, sie zum ersten Mal in der physischen Dimension erleben.

»Mein Bruder war damals Ganirs Assistent«, fuhr Blaise fort, »und er war einer der wenigen Zauberer, die ein wenig darüber wissen, wie die Magie dieser Perlen funktioniert. Er sah, wie sie als Lehrmittel genutzt werden könnten, als eine Form, denjenigen Magie zu bringen, die niemals Zugang zur Zauberakademie bekommen würden. Er dachte auch, es sei ein großartiger Weg für die weniger Glücklichen, der Realität ihres täglichen Lebens entfliehen zu können. Eine normale Person könnte erfahren wie es ist, ein Zauberer zu sein und andersherum.« Er machte eine Pause, um Luft zu holen. »Mein Bruder war ganz klar ein Idealist. Er hat die Konsequenzen seines Handelns nicht vorhergesehen — weder für sich, noch für die Menschen, denen er helfen wollte.«

»Was ist passiert?«, wollte Gala wissen und ihr Herz schlug schneller als sie fühlte, dass diese Geschichte wahrscheinlich kein glückliches Ende nehmen würde.

»Louie schaffte es, heimlich eine große Anzahl Momentaufnahmen-Sphären zu erschaffen, sie aus Turingrad herauszuschmuggeln und im ganzen Land zu verteilen. Er dachte, es könnte dabei helfen, Wissen zu verbreiten und unsere Gesellschaft zu verbessern. Das ist allerdings nicht passiert.« Blaise Stimme wurde hart und gefühllos. »Sobald der Rat von Louies Handlungen erfuhr, erließ er Gesetze, welche den Besitz und die Verbreitung der Momentaufnahmen für Nichtzauberer verboten, was zur Entstehung eines Schwarzmarktes dafür führte. Außerdem entstand eine neue Gruppe Krimineller, die sich auf den Verkauf dieser Objekte spezialisierten — was völlig gegen den ursprünglichen Zweck ging.«

»Und was passierte mit Louie?«

»Er wurde bestraft«, antwortete ihr Blaise und sie konnte die unterschwellige Wut spüren. »Es wurde über ihn gerichtet und das Urteil war: schuldig. Er bezahlte mit seinem Leben dafür, den normalen Menschen die Momentaufnahmen zugänglich gemacht zu haben.«

»Sie haben ihn umgebracht?« Gala zog hörbar Luft ein, völlig entsetzt von der Idee, jemand könne sein Leben so schnell verlieren. Sie genoss das Leben so sehr, sie konnte sich gar nicht vorstellen, es könne aufhören. Wie können Menschen so etwas machen? Wie können sie sich gegenseitig das Recht auf etwas so Aufregendes verwehren?

»Ja. Sie haben ihn hingerichtet. Ich habe den Rat kurz nach seinem Tode verlassen Ich konnte es nicht länger ertragen, ein Teil von ihm zu sein.«

Gala schluckte und spürte ein schmerzhaftes Gefühl in ihrer Brust. Es war, als ob Blaises Schmerz ihr eigener sei. Das musste Mitgefühl sein, erkannte sie.

»Könnte ich mehr Momentaufnahmen ausprobieren, Blaise?«, fragte sie vorsichtig und hoffte, durch das weitere Ansprechen dieses Themas keinen zusätzlichen Schmerz bei ihm hervorzurufen. »Ich würde sie gerne hier erleben, in der physischen Dimension.«

Zu ihrer Überraschung erhellte sich sein Gesicht, als ob das, was sie gesagt hatte, ihn glücklich machte. »Das ist eine großartige Idee«, antwortete er ihr und lächelte sie warm an. »Es ist eine hervorragende Möglichkeit für dich, mehr von dieser Welt zu erfahren.«

»Ja«, stimmte ihm Gala zu. »Das denke ich auch.«

Sie hatte außerdem vor, die Welt persönlich zu erkunden, aber im Moment reichten Momentaufnahmen.

CHAPTER 8: GALA

Gala watched the play of emotions on her creator's expressive face. He was disappointed, she could see that, and it hurt, but she needed him to understand that she was a person with her own needs and desires. She wasn't something to be used to better the lives of people she didn't know and didn't care about.

She could see his internal struggle, and then he seemed to come to a conclusion of some kind. "Gala," he said quietly, looking at her, "I understand what you're saying, but you don't know what you're asking. If anyone found out about you—about what you are—I don't know what they would do. People fear what they don't understand—and even I don't fully understand what you are and what you're capable of. I can't let you go out there, not until we know more about you."

As he spoke, Gala felt the beginnings of something she had never experienced before. It was a strange churning sensation that started low in her stomach and spread upward, making her chest feel unpleasantly tight. She could feel her blood rushing faster in her veins, heating up her face, and she wanted to scream, to lash out in some way. It was anger, she realized, real anger. She hated not being able to do exactly what she wanted.

"Blaise," she managed to say through tightly clenched teeth, "I. Want. To Go. Out. There." Her voice seemed to rise with every word.

He appeared taken aback by her temper. "Gala, it's just too dangerous, can't you understand that?"

"Too dangerous? Why?" she demanded furiously. "I look human, don't I? How would anybody guess that I'm not?"

She could see him considering her point. "You're right," he said after a moment. "You do appear completely human. But if we go out there together, we'll attract a lot of attention—mostly because of me, not you."

"You? Why?" Gala could feel her anger cooling now that Blaise was no longer being so unreasonable.

"Because I quit the Sorcerer Council two years ago," he explained, "and I've been an outcast ever since."

"An outcast? Why?" Gala had just finished reading about the Sorcerer Council and the power wielded by those who had the aptitude for magic. Blaise seemed to be an unusually good sorcerer—he had to be, in order to create something like herself—and it didn't make sense to her that he would be an outcast in a world that valued those kinds of skills so much.

"It's a long story," Blaise said, and she could hear the bitterness in his voice. "Suffice it to say, I don't share the views of most on the Council—and neither did my brother."

"Your brother?" She'd also read about siblings, and she was fascinated by the idea of Blaise having one.

He sighed. "Are you sure you want to hear about this?"

"Definitely." Gala wanted to learn everything about Blaise. He interested her more than anything else she'd encountered thus far during her short existence.

"All right," he said slowly, "do you remember what I told you about the Life Captures?"

Gala nodded. Of course she remembered; as far as she could tell, she had a perfect memory. Life Captures were the way she'd initially learned about Blaise's world.

"Well, as I mentioned earlier, Life Captures were invented by a powerful sorcerer named Ganir a couple of years ago. When they first came out, everyone was very excited about them. A single Life Capture droplet could allow a person to get completely immersed in someone else's life, allowing him to feel what they felt, learn what they learned. It was also the first magical object that didn't require knowledge of the sorcery code. All one has to do to record his life is give the Life Capture Sphere a tiny drop of blood. Another drop of blood stops the recording, allowing the Life Capture droplet to form in a special place on top of the Sphere. And then those droplets can be used by anyone, without any special equipment. All one needs to do to experience the Life Capture is put the droplet in his or her mouth."

Gala nodded again, listening attentively. She wanted to try these Life Captures again, to experience them for the first time in the Physical Realm.

"My brother, who was Ganir's assistant at the time," continued Blaise, "was one of the few sorcerers who knew a little bit about how Life Capture magic worked. He saw how it could be used as a learning tool, as a way to teach magic to those who would never be able to gain access to the Academy of Sorcery. He also thought it was a great way for the less fortunate to escape the reality of their everyday life. A regular person could experience what it might be like to be a sorcerer just as easily as the other way around." He paused to take a breath. "My brother was clearly an idealist. He didn't foresee the consequences of his actions—both for himself and for the people he wanted to help."

"What happened?" Gala asked, her heart beating faster as she sensed that this story might not have a happy ending.

"Louie managed to create a large number of Life Capture Spheres in secret and smuggled them out of Turingrad, distributing them throughout all the territories. He thought it might aid the spread of knowledge, improving our society, but that's not what ended up happening." Blaise's voice grew hard, emotionless. "As soon as the Council learned about Louie's actions, they outlawed the possession and distribution of Life Captures for non-sorcerers, creating a black market and a criminal underclass that specializes in the sale of these objects—thus completely perverting their original purpose."

"So what happened to Louie?"

"He was punished," Blaise said, and she could sense the anger burning underneath. "He was tried and found guilty. For giving Life Capture to the commoners, he paid with his life."

"They killed him?" Gala gasped, horrified at the idea that somebody could lose his life so easily. She was enjoying living so much that she couldn't imagine ceasing to exist. How could people do this? How could they deny each other the amazing experience of living?

"Yes. They executed him. I left the Council shortly after his death. I could no longer stand to be a part of it."

Gala swallowed, feeling a painful sensation in her chest. She ached, as though Blaise's pain was her own. She must be experiencing empathy, she realized, identifying the unfamiliar feeling.

"Could I try more Life Captures, Blaise?" she asked cautiously, hoping she was not causing him additional pain by dwelling on this topic. "I would really like to experience them here, in the Physical Realm."

To her surprise, his face brightened, like she had said something that made him happy. "That's a great idea," he said, giving her a warm smile. "It's an excellent way for you to experience the world."

"Yes," Gala agreed. "I think so."

She also intended to experience the world in person, but for the moment, the Life Captures would suffice.

9. KAPITEL: AUGUSTA

Augusta sah ihrem Liebhaber dabei zu, wie er sich auf den bevorstehenden Kampf vorbereitete. Die weiche Ledertunika umschmeichelte seine breite Gestalt und die Rüstung, die er darüber anlegte, sah so schwer aus, als würde sie einen kleineren Mann umwerfen. Für Barson fühlte sie sich jedoch leicht wie Luft an. Nicht, weil er so stark war — obwohl das auch zutraf — sondern weil die Rüstung der Garde der Zauberer speziell war. Sie besaß einen Zauber, der sie für denjenigen, der sie trug fast federleicht machte und war außerdem nahezu undurchdringlich. Das war einer der Vorteile, ein Soldat im Koldun der modernen Zeit zu sein: der Zugang zu Waffen und einer Ausrüstung, die zauberverstärkt waren.

Als Augusta bemerkte, dass Barson fast fertig war, stand sie auf, griff nach ihrer Tasche und schlang sie sich um die Schulter. Ihre rote Chaise wartete schon draußen auf sie. Die Zauberin hatte vor, über dem Schlachtfeld zu fliegen, damit sie alles von einem sicheren Platz aus beobachten konnte.

»Wir werden sie dort drüben auf dem Hügel treffen«, erklärte Barson ihr während sie aus dem Zelt gingen. »Das ist ein guter Platz. Unsere Bogenschützen werden eine freie Schussbahn auf jeden, der sich nähert, haben. Außerdem gibt es nur eine Straße, die dort entlang führt, weshalb sich niemand unbemerkt an uns anschleichen kann.

Augusta lächelte ihn an. »Das hört sich gut an.« Ihr Liebhaber war genauso besessen von militärischen Strategien, wie sie selbst von Magie und verschlang deshalb in seiner freien Zeit alte Bücher über Kriegsführung.

»Ich sehe dich in ein paar Stunden.« Er beugte sich hinunter und gab ihr einen kurzen, harten Kuss, bevor er zu seinen Soldaten ging.

Augusta betrachtet seine mächtige Gestalt ein paar Minuten lang, bevor sie auf ihre Chaise stieg. Sie nahm ihren Deutungsstein und fütterte ihn mit einem vorbereiteten Zauber, damit niemand vom Schlachtfeld sie auf ihrer Chaise sehen konnte. Als sie damit fertig war, nahm sie einen weiteren Zauberspruch hervor, diesmal einen komplizierteren. Er diente dazu, ihre Sinne für eine gewisse Zeit zu verstärken, damit sie so deutlich zu sehen und hören konnte, wie das überhaupt möglich war. Sie hatte ihn schon einige Male zuvor benutzt; im Turm der Zauberer konnte sie damit jedes Flüstern hören.

Ein schneller verbaler Zauber und sie flog mit ihrer Chaise viel bequemer als auf einem Teppich oder einem Drachen wie in den alten Märchen. Sie stieg bis über den Hügel auf und sah, wie Barsons Männer ihrem auserwählten Schlachtfeld und der engen Straße, die sich bis in die weite Ferne erstreckte, näherten. Mit ihrer verstärkten Sicht konnte Augusta viel weiter blicken als sonst und bewunderte die Schönheit dieses nördlichen Teil des Landes, mit seinen großen, kräftigen Bäumen und dem dunklen, reichen Boden. Selbst die Schäden, die die Dürre angerichtet hatte, minderte diese Schönheit der lokalen Wälder nicht.

Augusta war noch niemals zuvor in dieser Gegend gewesen, da sie in der Regel ihre Zeit zwischen Turingrad und den südlicheren Gegenden aufteilte. Turingrad war die größte Stadt Kolduns und sie war ein Epizentrum der Kunst, der Kultur und des Handels. Im Gegensatz zu den von den Bauern besiedelten Gebieten, von denen sie umgeben war, wurde die Stadt weitestgehend von Zauberern, Mitgliedern der Garde und einigen besonders reichen Händlern bewohnt.

Augusta lenkte ihre Chaise nach Norden und schaute auf eine dunkle Masse in einiger Entfernung. Sie war noch so weit entfernt, dass sie nicht mal mit ihrer verstärkten Sicht erkennen konnte, um was es sich handelte. Neugierig geworden flog sie darauf zu.

Und als sie nahe genug dran war, um etwas zu erkennen, konnte sie ihren Augen kaum glauben.

Anstatt der dreihundert Männer, von denen Ganirs Spione berichtet hatten, handelte es sich mindestens um einige Tausende.

Tausende Bauern ... gegen Barsons fünfzig Soldaten.

* * *

Augusta blickte mit rasendem Herzen auf diese Masse, die sich kontinuierlich näherte. Sie hatte in ihrem ganzen Leben noch nie eine so große Ansammlung gewöhnlicher Menschen gesehen.

Sie gingen die dreckige Straße entlang und ihre schmalen Gesichter waren hart vor Ärger, ihre dreckigen Körper mit zerschlissener Kleidung aus Wolle bedeckt. Neben der gängigen Mistgabel, trugen viele von ihnen auch Waffen; sie konnte Streitkolben, Knüppel und sogar einige Schwerter sehen. Sie waren noch weit von Turingrad entfernt, aber allein die Tatsache, dass so eine große Anzahl von Bauern es wagte, gegen die Hauptstadt zu marschieren, war auf verschiedenen Ebenen beunruhigend. Da Augusta mit Geschichten über die Revolution aufgewachsen war, wusste sie ganz genau was passieren konnte, wenn die Landarbeiter dachten, sie hätten etwas besseres verdient — und das Recht, sich zu nehmen, was ihnen nicht zugestanden wurde.

Sie musste Barson warnen.

Augusta flog zum Hügel zurück, sprang von der Chaise sobald diese gelandet war und rannte zu Barson, um ihm schnell zu erzählen, was sie gesehen hatte. Während sie sprach, spannte sich sein Kiefer an und seine Augen blitzten verärgert auf.

»Ihr kehrt um?«, fragte sie, auch wenn es eindeutig eine rhetorische Frage war.

»Nein, natürlich nicht.« Er starrte sie an, als wäre ihr gerade ein zweiter Kopf gewachsen. »Das ändert nichts. Wir müssen diese Rebellion aufhalten und wir müssen es hier machen, bevor sie noch näher an Turingrad herankommen.«

»Aber sie sind in einer unmöglichen Überzahl—«

Ihr Liebhaber nickte grimmig. »Ja, das sind sie.« Der Ausdruck auf seinem Gesicht war tiefschwarz und sie fragte sich, was er wohl gerade dachte. War er wirklich lebensmüde genug, um gegen all diese Bauern angehen zu wollen? Sie bewunderte seine Ergebenheit für seine Arbeit, aber das hier war etwas völlig anderes.

Augusta zwang sich, ruhig zu bleiben und versuchte über eine Lösung nachzudenken, die die Rebellen aufhalten und gleichzeitig Barson am Leben halten würde. »Also«, sagte sie schließlich frustriert, »wenn du entschlossen bist, das durchzuziehen, kann ich dir ja vielleicht irgendwie dabei behilflich sein.«

Barson betrachtete sie mit seinem dunklen und undurchschaubaren Blick. »Wie willst du uns denn helfen? Indem du Zauber einsetzt?«

»Ja.« Zauberer machten so etwas in der Regel nicht, aber sie konnte Barson und seine Soldaten ja nicht in einer Schlacht mit

Bauern sterben lassen.

Zu ihrer Erleichterung sah er interessiert aus. »Naja«, meinte er nachdenklich. »Vielleicht gibt es da wirklich etwas, das du machen könntest ... Denkst du, du könntest uns alle dorthin teleportieren und auch wieder zu einem bestimmten Zeitpunkt zurückholen?«

Augusta dachte über seine Bitte nach. Teleportation war kein einfacher Zauber. Er verlangte exakte Berechnungen und schon der kleinste Fehler konnte tödlich sein. Viele Menschen auf einmal zu teleportieren war eine noch größere Herausforderung. Sie sollte allerdings in der Lage sein, es zu schaffen, da es sich nur um eine kurze Entfernung handelte und sie sehen konnte, ob der Weg zum Ziel frei war. »Ja, das könnte ich«, antwortete sie ihm entschieden. »Inwiefern wäre das eine Hilfe?«

Barson lächelte. »Ich habe an Folgendes gedacht.« Und dann erklärte er ihr seinen verrückten Plan.

CHAPTER 9: AUGUSTA

Augusta watched her lover getting ready for the upcoming fight. The supple leather tunic hugged his broad frame, and the armor he put on over it looked heavy enough to fell a smaller man. To Barson, however, it was as light as air. Not because of his strength—which was admittedly impressive—but because the armor of the Sorcerer Guard was special. It was spelled to be almost weightless to the wearer and very nearly impenetrable. That was one of the perks of being a soldier in modern-day Koldun: access to sorcery-enhanced weapons and armor.

Seeing that Barson was almost ready, Augusta got up and took her bag, slinging it over her shoulder. Her red chaise was already waiting outside. She planned to fly above the battle, so she could observe everything from a safe vantage point.

"We're going to meet them over on that hill," Barson told her as they walked out of the tent. "It's a good spot. Our archers will have a clear shot at anyone approaching, and there's only one road that goes through there, so nobody will be able to sneak up on us."

Augusta smiled at him. "Sounds good." Her lover was as obsessed with military strategy as Augusta was with magic, devouring ancient war books in his spare time.

"I will see you in a few hours." Leaning down, he gave her a brief, hard kiss and walked off, heading toward his soldiers.

Augusta watched his powerful figure for a couple of minutes before climbing onto her chaise. Pulling out her Interpreter Stone, she loaded in a pre-made concealment spell, so that no one on the battlefield would be able to see her or her chaise. Once that was done, she pulled out another spell, a more complicated one this time. It was a way for her to temporarily boost her senses, enabling her to see and hear everything with as much clarity as possible.

She'd used it several times before; in the Tower of Sorcery, it paid to hear every whisper.

A quick verbal spell, and she was flying, her chaise far more comfortable than the carpets and dragons of old fairy tales. Rising high above the hill, she saw Barson's men heading over to their chosen battleground and the narrow road stretching into the far distance. With her enhanced sight, Augusta could see much better than usual, and she marveled at the beauty of this northern part of the land, with its tall sturdy trees and rich dark soil. Even the devastation from the drought was not enough to diminish the beauty of the local forests.

Augusta had never visited this area before, generally splitting her time between Turingrad and her own territory in the southern region. The city was the biggest on Koldun, and it was the epicenter of art, culture, and commerce. In contrast to the peasant-occupied surrounding territories, the majority of Turingrad was populated by sorcerers, members of the Guard, and some particularly prosperous merchants.

Directing her chaise to turn north, Augusta peered at the dark mass in the distance. It was so far away that even with her improved vision, she couldn't tell what it was. Curious, she flew toward it.

And when she got close enough to see, she could hardly believe her eyes.

Instead of three hundred men, as Ganir's spies had said, there were at least a couple of thousand.

A couple of thousand peasants . . . versus fifty of Barson's soldiers.

* * *

Her heart racing, Augusta stared at the approaching horde. She had never seen such a large gathering of commoners in her life.

They were marching up the dirt road, their lean faces hard with anger and their dirty bodies covered with ragged woolen clothes. In addition to the usual pitchforks, many of them were carrying weapons; she saw maces, clubs, and even a few swords. They were still far from Turingrad, but the very fact that they dared to go toward the capital with such numbers was disturbing on many levels. As someone who had grown up with stories of the Revolution, Augusta knew full well what could happen when peasants thought that they deserved better—that they had the right to take what wasn't given to them.

She had to warn Barson.

Flying back toward the hill, Augusta jumped off the chaise as soon as it landed and ran toward Barson, quickly telling him what she saw. As she spoke, his jaw tightened and his eyes flashed with anger.

"You're turning back, right?" she asked, although it was clearly a rhetorical question.

"No, of course not." He stared at her like she had grown two heads. "This changes nothing. We need to contain this rebellion, and we need to do it here, before they get any closer to Turingrad."

"But they outnumber you by an impossible margin—"

Her lover nodded grimly. "Yes, they do." The expression on his face was storm-black, and she wondered what he was thinking. Was he truly suicidal enough to attempt to go up against all those peasants? She admired his dedication to duty, but this was something else entirely.

Fighting to remain calm, Augusta tried to think of a solution that would contain the rebels and prevent Barson from getting killed. "Look," she finally said in frustration, "if you're determined to do this, then maybe I can help somehow."

Barson studied her, his gaze dark and inscrutable. "Help us how? Using sorcery?"

"Yes." Sorcerers rarely did this sort of thing, but she couldn't let Barson and his soldiers perish in a battle with some peasants.

To her relief, he looked intrigued. "Well," he said thoughtfully. "Perhaps there is something you can do . . . Do you think you can teleport all of us to them, and then teleport us back at an agreed-upon time?"

Augusta considered his request. Teleportation was not an easy spell. It required very precise calculations, as even the smallest error could be deadly. Teleporting many people at once was an even greater challenge. Still, she should be able to do it, since it was only for a short distance and she would be able to see their destination, thus visually confirming that everything was clear. "Yes, I could do it," she said decisively. "How would that help?"

Barson smiled. "Here is what I have in mind." And he began telling her his insane plan.

10. KAPITEL: GALA

In Blaises Arbeitszimmer betrachtete Gala währenddessen die Momentaufnahmen-Sphäre. Sie sah aus wie ein runder Diamant und der Rest des Raumes reflektierte sich in ihr wie in einem Spiegel. Gala war ganz fasziniert von dieser eleganten Mathematik, die die Ausstrahlung des Arbeitszimmers mit seinen geheimnisvollen Flaschen und Instrumenten widerspiegelte. Die sphärische Form wies es nur einen Makel auf — eine Öffnung mit einigen durchsichtigen Kügelchen darin.

»Das sind die Momentaufnahmen«, erklärte ihr Blaise und ging darauf zu. »Sie sind die physische Form, die die Momentaufnahmen annehmen, sobald sie in diese Welt kommen.«

Er nahm eines der Kügelchen und legte es in ihre Hand. Als sich ihre Hände ganz leicht berührten, fühlte Gala ein schönes, warmes Gefühl durch ihren Körper strömen — das gleiche eigenartige Gefühl, welches sie jedes Mal in Blaises Nähe spürte. Sie musste ihn mehr berühren, sollte sich eine passende Gelegenheit ergeben, beschloss Gala, da sie die Art und Weise mochte, mit der ihr Körper auf ihn reagierte.

»Sie erscheinen, wenn ein Aufzeichnungszyklus vollendet ist«, fuhr er fort. »Um einen Zyklus zu beginnen, berühre ich die Sphäre mit dem Blut meines Fingers, und beende ihn, indem ich das Gleiche noch einmal mache. Siehst du diese Nadel hier? Damit habe ich mir immer in den Finger gestochen. Die Perlen erscheinen kurz darauf.«

Gala stach sich in ihren Finger. Das Gefühl, welches sie spürte, war sehr unangenehm. Das war Schmerz, realisierte sie. Diese rote Substanz — Blut — begann langsam aus der kleinen Öffnung in ihrem Finger zu laufen. Sie wusste, Schmerz war etwas, das Menschen vermieden, und jetzt konnte sie auch verstehen, warum.

Sie streckte ihren blutigen Finger nach vorne um die Sphäre zu berühren und dann wartete sie darauf, das etwas passierte. Als das nicht der Fall war, berührte sie sie erneut und fragte sich, was sie wohl falsch gemacht hatte.

»Das funktioniert bei dir nicht, oder?«, fragte Blaise, der sie beobachtete. Das überrascht mich nicht.«

»Weil ich nicht menschlich bin?«

Er nickte. »Ja. Ich vermute, dass du im Laufe der Zeit deine eigenen Perlen erschaffen wirst, oder auch alles andere, was du möchtest, ohne die Sphäre benutzen zu müssen.«

Gala betrachtete sich und konnte keinen Beweis für das entdecken, was er behauptete. Falls sie diese Momentaufnahmen herstellen konnte, wusste sie nicht wie. Zwischenzeitlich war die Wunde an ihrem Finger schon wieder verheilt.

»Warum hat Ganir das mit Schmerzen verbunden?«, wollte sie wissen.

»Ich denke, er wollte einen Preis dafür verlangen. Außerdem hilft es dem Zauber. Ich vermute, etwas Kleines dringt durch die Wunde in den Körper ein, dringt bis zum Gehirn vor und fängt dort etwas Wichtiges ein. In dem Moment, in dem du die Sphäre ein zweites Mal berührst, verlässt es deinen Körper. Ganir ist sehr verschwiegen, was diesen Prozess betrifft, aber so hat es mir mein Bruder erklärt. Er stellte natürlich auch nur Hypothesen auf, weil einzig und allein Ganir diese Erfindung vollständig versteht.«

Gala konzentrierte sich auf ihren Körper und wollte es noch einmal versuchen. Sie stach sich in ihren anderen Finger. Diesmal störte sie der Schmerz nicht so sehr, da sie wusste, was sie erwartete. Als sie die Sphäre berührte und wusste, worauf sie achten musste, merkte sie, wie etwas extrem Kleines durch ihr Blut in ihr Fleisch eindrang. Sie konnte auch fühlen, wie ihr Körper den kleinen Eindringling sofort angriff und davon abhielt, in ihrem Blut weiterzuwandern. Ihr Finger heilte wieder genauso schnell wie zuvor.

»Warum nimmst du nicht einfach eine der Perlen?«, schlug Blaise vor. »Leg sie unter deine Zunge und warte, was passiert.«

Gala machte, was er sagte und fühlte erneut, wie etwas in sie eindrang. Es war, als ob dieses etwas die Kontrolle über ihr Gehirn übernehmen wollte. Diesmal versuchte sie ihren Körper davon zu überzeugen, diese Invasion zuzulassen, aber es funktionierte immer noch nicht. Seufzend schaute sie Blaise an und schüttelte ihren Kopf. »Ich habe es nicht geschafft, aber ich würde es gerne noch einmal versuchen«, sagte sie entschuldigend. »Es tut mir leid, wenn ich deine kostbaren Perlen verschwende—«

»Das ist völlig in Ordnung. Diese hier habe ich selbst hergestellt, um die Erschaffung meines Zauberspruches zu dokumentieren. Es macht nichts, wenn du sie aufbrauchst — ich kann mich noch sehr genau an diese Zeit erinnern und alles falls nötig ohne ihre Hilfe zu meinen Aufzeichnungen hinzufügen. Er lächelte sie beruhigend an.

Gala erwiderte sein Lächeln. Das Wissen, es handelte sich dabei um Blaises Momentaufnahmen — die ihr erlauben würden, die Welt durch seine Augen zu sehen — war ein enormer Ansporn. Sie schloss ihre Augen und zwang ihren Körper, dieses Eindringen zuzulassen, konzentrierte sich darauf, die Substanz der Perlen durch ihre Adern wandern zu lassen. Plötzlich gab etwas in ihr nach und sie fühlte, wie der Stoff in ihren Kopf und weiter in ihr Gehirn eindrang. Zu ihrem Ärger schien das, was mit menschlichen Gehirnen funktionierte aber nicht die gleiche Wirkung bei ihr zu haben. Sie fühlte einen Hauch fremder Gefühle, hatte aber keine Visionen.

Frustriert öffnete sie ihre Augen. »Ich habe es wieder nicht geschafft, aber ich denke, ich bin nahe dran«, berichtete sie Blaise. »Hast du weniger wertvolle Momentaufnahmen?«

»Natürlich, sie sind im Lager«, antwortete er ihr und verließ das Arbeitszimmer. Gala folgte ihm und sie gingen in eines der Zimmer, welches sie auf ihrer Führung durch Blaises Haus gesehen hatte. Alle Wände in diesem Zimmer schienen von Holzmöbeln bedeckt zu sein — Möbeln, die aussahen, als bestünden sie aus Dutzenden kleiner Türen. Kästchen, erkannte Gala. Das waren alles Kästchen — winzig kleine Schränke, die zur Aufbewahrung dienten.

Blaise beugte sich nach unten und öffnete eine der Türen, um ein Glas mit einigen Perlen hinauszunehmen. »Das sind die Momentaufnahmen meiner unwichtigeren Arbeiten«, erklärte er ihr und gab ihr eine dieser durchsichtigen Kügelchen. »Du kannst ruhig so viele von ihnen benutzen, wie du möchtest. Alles besonders Wichtige schreibe ich immer auf.« Er deutete auf ein paar andere Türen, um ihr zu zeigen, wo er sein schriftliches Vermächtnis aufbewahrte.

Gala nahm die Kugel aus seiner Hand und legte sie sich unter ihre Zunge. Mit ihrer ganzen Kraft zwang sie sich zu erkennen, was diese Momentaufnahme beinhaltete. Sie dachte an ihre Zeit in der Zauberdimension zurück und daran, wie sie dazu in der Lage gewesen war, die Visionen anzunehmen. Plötzlich befand sie sich in dem Teil ihres Gehirns, welches das auch schon vorher getan hatte und endlich, nach gefühlten Stunden angestrengter

Konzentration, merkte sie, wie etwas in ihr nachgab und sich eine Vision vor ihr ausbreitete ...

* * *

Blaise saß in seinem Arbeitszimmer und schrieb einen Zauberspruch. In Zeiten wie dieser störte ihn die Einsamkeit, welche er sich selbst auferlegt hatte, nicht. Zaubersprüche vorzubereiten verlangte Konzentration und Ablenkungen konnten zu großen Rückschlägen führen. Zum Glück wussten Maya und Esther es besser, als sich seinem Arbeitszimmer zu nähern, wenn er arbeitete. Sie würden einfach kommen, die Momentaufnahmen, die er benötigte, abliefern und gleich wieder verschwinden, sollte er gerade beschäftigt sein.

Er entwickelte gerne Zaubersprüche, weil es so eine genaue und präzise Angelegenheit war. Der Zaubercode machte genau das, was man ihm sagte. Solange man die Logik des Zaubers korrekt schrieb, war es eine einfache Dynamik von wenn die Variable A sich so verhält und solche Werte hat, dann passiert Handlung B. Diese ganze Sache hatte etwas Beruhigendes. Es war eine Sicherheit in einer unsicheren Welt und sein Kopf mochte die Berechenbarkeit des Ganzen. Er benutzte häufig die gleichen Komponenten und jedes Mal führten sie zu dem gleichen Ergebnis.

Der Zauber, an dem er gerade arbeitete, war anders, viel komplizierter als sonst. Er basierte auf den Arbeiten von Lenard dem Großen und Blaise verstand nicht alle seine Komponenten — konnte also auch das Ergebnis nicht voraussagen. Alles was er wusste war, es handelte sich um ein Tor zur Zauberdimension — und es sollte ihm ermöglichen, seine Momentaufnahmen dorthin zu senden, um das intelligente Objekt zu formen, welches er gerade erschuf.

Blaise machte eine Pause, um einige Sachen niederzuschreiben.

* * *

Plötzlich wurde Gala sich bewusst, Gala zu sein und nicht Blaise. Noch vor einem Augenblick war sie er gewesen. Sie hatte darüber nachgedacht, die Momentaufnahmen und die Zauberdimension zu schicken, um das Objekt zu füttern — das Objekt, welches sie selber war. Es war ein seltsames Gefühl gewesen, Gedanken über sich selbst vor ihrer Existenz zu haben. Gala öffnete ihre Augen und schaute Blaise an.

»Bist du schon fertig damit?« Er schien überrascht zu sein.

»Ich habe es angehalten«, erklärte sie. »Ich mochte es nicht. Ich war nicht ich selbst. Das war genauso wie in der Zauberdimension bevor ich ich selbst wurde. Ich fühlte mich in deinen Gedanken verloren und das mochte ich nicht — auch wenn ich deine Gedanken als solche sehr gerne mag.«

Blaise grinste sie an und sah erfreut aus. »Dankeschön. Nur damit du es weißt, ich habe noch nie von jemandem gehört, der eine Momentaufnahme einfach so mittendrin verlassen konnte, bevor sie beendet war. Ich denke, ich muss gar nicht so überrascht von dir sein.«

»Ich *bin* anders«, stimmte ihm Gala zu.

»Momentaufnahmen sind sehr einnehmend«, erklärte ihr Blaise. »Das mögen die meisten Menschen an ihnen. Es gibt sogar einige, die von dieser Erfahrung abhängig sind. Wenn dein eigenes Leben zu wünschen übrig lässt, ist es eine großartige Fluchtmöglichkeit, einfach jemand anderes zu sein. Ich, genau wie du, mag das Gefühl, mich selbst zu verlieren nicht, aber ich begrüße die Möglichkeit, mehr über Menschen zu lernen, indem ich das Leben aus ihrer Perspektive betrachte.«

»Ja, das kann ich nachvollziehen. Ich muss zugeben, ich hatte die Möglichkeit festzustellen, was für einen beeindruckenden Verstand du hast«, erklärte sie ihm ernsthaft. »So anders als meiner und trotzdem so gleich.« Es war erleuchtend gewesen, seinem Gedankengang zu folgen, und Gala fühlte sich, als würde sie ihren Schöpfer jetzt besser verstehen.

Er lächelte sie warm an und an den Winkeln seiner blauen Augen bildeten sich Fältchen. »Dankeschön.«

Sie spürte den plötzlichen Drang, seine lächelnden Lippen zu berühren, aber sie kämpfte gegen diesen Impuls an, da sie aus den Büchern gelernt hatte, dass spontane Berührungen ohne Aufforderung sozial inakzeptabel waren. »Ich würde gerne eine andere Aufnahme sehen«, sagte sie stattdessen. »Von einer anderen Person.« So eigenartig diese Erfahrung auch gewesen war, Blaise hatte recht: es gab ihr die Möglichkeit zu lernen.

Blaise schaute sie zustimmend an. »Ich habe noch einige von der Reihe übrig, die für dich bestimmt waren, als du noch in der Zauberdimension warst.« Er nahm eine Perle aus einem anderen Glas und reichte sie Gala.

Sie legte sie unter ihre Zunge und versuchte ihren Körper dazu zu bringen, sie zu benutzen, genauso wie das letzte Mal. Nur das sie sich jetzt darauf konzentrierte, sich nicht vollständig von ihr einnehmen zu lassen.

* * *

Sie war ein Mädchen aus dem Dorf und arbeitete in einem Garten neben einer großen Wiese. Es war ein sonniger Tag und die Wiese war wunderschön, mit Wildblumen, die gerade anfingen zu blühen. Das ganze Gras würde bald verschwunden sein, um Platz für Weizen oder anderes Getreide zu machen.

Sie sah an sich hinunter, spannte ihre Arme an und betrachtete das Spiel ihrer Muskeln unter ihrer Haut. Sie war ein kräftiges Mädchen und ihr Körper war von ihrer lebenslangen Arbeit auf dem Bauernhof geformt worden. Sie genoss diesen Teil ihres Lebens, diesen endlosen Kreislauf des Pflanzens und Erntens. Jetzt, da der Frühling kam, würde ihre Familie bald hart arbeiten müssen—

* * *

Gala hielt die Vision an. Sie hatte Schwierigkeiten, Abstand zu halten. Für einen kurzen Augenblick war *sie das* Mädchen gewesen, und diese Erfahrung war genauso verstörend gewesen, wie zuvor.

»Diese Person kommt mir bekannt vor«, ließ sie Blaise wissen. »Ich glaube ich war in der Zauberdimension auch schon in ihren Gedanken.«

Er lächelte und war nicht mehr überrascht davon, dass sie so schnell zurückgekommen war. »Ja, es wundert mich nicht, dass du sie wiedererkennst. Die meisten meiner Perlen habe ich von Maya und Esther bekommen, meinen Freundinnen aus dem Dorf. Sie haben viele Talente, unter anderem kennen sie sich hervorragend mit Naturheilverfahren aus und sind außerdem Hebammen. Im Austausch für ihre Hilfe, haben sie Momentaufnahmen von den Frauen verlangt, denen sie helfen. Eine Art Bezahlung, die sie mir zukommen lassen haben ...« Seine Stimme verstummte und sein Blick wurde nachdenklich.

»Was ist los?«, fragte Gala neugierig.

»Mir ist nur gerade eine Idee gekommen, warum du diese Gestalt angenommen haben könntest«, antwortete er ihr, und blickte sie an, als sähe er sie zum ersten Mal.

»Welche Gestalt?« Gala schaute ihn fragend an.

»Die eines Mädchens.«

»Magst du sie nicht?«, fragte sie und war unerklärlicherweise enttäuscht.

»Nein, das ist es nicht«, versicherte er ihr. »Ich mag sie. Ich mag sie sogar ein wenig zu gern, glaub mir.« Seine Augen verdunkelten sich und seine Wangen erröteten leicht. Gala lächelte, da sie sich darüber freute, ihm zu gefallen. Das Aussehen war den Menschen wichtig; das hatte sie auch aus den Büchern gelernt.

Er räusperte sich und sah immer noch ein wenig unangenehm berührt aus. »Was ich dir eigentlich eben sagen wollte ist, ich denke, du siehst aus wie ein Mädchen, weil so viele der Momentaufnahmen, die ich dir gesandt habe, von den Frauen aus dem Dorf waren — die Mehrheit sogar.«

Gala nickte. Das ergab Sinn. Ihr Unterbewusstsein hatte wahrscheinlich wegen der Visionen durch die Momentaufnahmen eine weibliche Form gewählt. Und da der Großteil der Aufnahmen von Frauen war, war es nur logisch, dass ihr Gehirn dieses Aussehen angenommen hatte.

»Also, würdest du jetzt gerne noch mehr Momentaufnahmen sehen?«, wollte Blaise wissen. »Diese hier habe ich aus dem Zauberturm mitgenommen.«

»Ja, gerne«, antwortete ihm Gala.

* * *

Die junge Zauberin saß in einem der Arbeitszimmer im Turm. Zum ersten Mal in ihrem Leben schrieb sie einen eigenen Zaubercode. Das war ein entscheidender Meilenstein in ihrer Ausbildung und sie wollte Meister Kelvin stolz auf das machen, was sie erreicht hatte.

Dieser Zauberspruch war einer der schwierigeren verbalen Sprüche, da alle Studenten erst die alte Art zu zaubern lernen mussten, bevor sie Zugang zu der einfacheren magischen Sprache und dem Deutungsstein bekamen. Um die Wahrscheinlichkeit von Fehlern auf ein Minimum zu begrenzen, überprüfte sie noch einmal die Logik des Spruchs und vergewisserte sich, dass alles richtig aussah. Natürlich wusste sie, der einzige Weg um Sicherheit zu haben war, den Spruch laut aufzusagen.

Sie nahm ihren ganzen Mut zusammen und sprach die Sätze, die sie vorbereitet hatte, laut aus, bevor sie mit den geheimen Worten des Deutungsspruchs abschloss. Dann beobachtete sie, wie ein kleines Feuer vor ihr erschien, genauso wie sie es kodiert hatte. Sie lachte voller Aufregung und Freude, da sie sich fühlte, als habe sie gerade die Welt erobert.

Plötzlich blitzte ein helles Licht im Raum auf und die Sphäre explodierte, Glassplitter und brennendes Holz regneten auf sie herab.

Die Explosion warf die junge Frau um, aber sie schaffte es, bei Bewusstsein zu bleiben. Der Raum war allerdings fast vollständig zerstört.

Ihr Zauberspruch hatte nicht funktioniert.

* * *

Gala stoppte die Aufnahme und beschloss, im Augenblick keine weitere ansehen zu wollen. Das beunruhigte sie einfach zu sehr. Die Gedanken des letzten Mädchens waren so voll von den starken negativen Gefühlen der Enttäuschung und der Angst gewesen, dass Gala immer noch die Nachwirkungen spürte.

»Bist du wieder ausgestiegen?«, fragte Blaise sobald Gala ihre Augen öffnete.

»Ich glaube nicht, dass ich auf diese Art und Weise noch mehr von der Welt lernen möchte«, teilte sie ihm mit. »Ich würde lieber alles selbst erleben, und nicht durch die Augen einer anderen Person.«

»Gala ...« Blaise klang wieder unglücklich und seine Stirn legte sich in Falten. »Das ist keine gute Idee. Das habe ich dir doch schon erklärt. Wenn wir rausgehen, werden alle neugierig auf dich sein. Das einzige, was du erleben wirst, ist ihr Starren. Sie werden wissen wollen, woher du kommst und wer du bist—«

»Deinetwegen«, meinte Gala, die sich an das erinnerte, was er ihr vorher erzählt hatte. »Weil du ein Außenseiter bist.«

»Ja, genau.«

»Okay«, sagte Gala und kam zu einem Entschluss. »Dann gehe ich eben alleine. Ich möchte nicht deinetwegen von allen angestarrt werden. Ich möchte in der Masse untergehen und wie ein normaler Mensch leben.« Der letzte Teil war wichtig für sie. Sie war anders, wollte sich aber nicht so fühlen.

»Du möchtest vorgeben, eine Bäuerin zu sein?« Blaise schaute sie ungläubig an.

»Ja«, sagte Gala entschieden. »Genau das möchte ich.«

»Das ist keine gute Idee—«, fing Blaise erneut an, aber Gala hob ihre Hand und unterbrach ihn mitten im Satz.

»Bin ich deine Gefangene?«, wollte sie ruhig wissen.

»Natürlich nicht!«

»Bin ich dein Eigentum, ein magisches Objekt, welches dir

gehört?«

Blaise schüttelte seinen Kopf und sah frustriert aus. »Nein, Gala, natürlich bist du das nicht. Du bist ein intelligentes Wesen—«

»Ja, das bin ich.« Gala freute sich, dass er diese Tatsache akzeptierte. »Und ich weiß, was ich möchte, Blaise. Ich möchte hinausgehen, die Welt sehen und wie eine normale Person leben.«

Er seufzte und strich sich durch sein dunkles Haar. »Gala ...«

Sie blickte ihn nur an, ohne etwas zu sagen. Sie hatte ihre Wünsche klar geäußert. Sie war weder ein Gegenstand noch ein Haustier, welches er im Haus halten konnte — nicht wenn es hier in der physischen Dimension so viel zusehen und erleben gab.

»Okay«, lenkte er schließlich ein. »Erinnerst du dich an Maya und Esther, die Freundinnen, von denen ich dir schon erzählt habe? Sie leben in dem Dorf, in dem ich aufwuchs. Esther war mein Kindermädchen und für mich sind sie und ihre Freundin Maya wie meine Tanten, auch wenn wir nicht blutsverwandt sind. Ich möchte, dass sie auf dich aufpassen, wenn dich das nicht stört, und dass sie dir helfen, dich führen bis du die Welt besser kennst.«

»Das hört sich großartig an«, antwortete ihm Gala und alle ihre negativen Gefühle verschwanden in einem Augenblick. »Ich würde mich sehr freuen, die beiden kennenzulernen.« Sie wollte generell mehr Menschen kennenlernen und sie mochte den Gedanken, diejenigen kennenzulernen, die für Blaise wichtig waren.

»Eine Sache noch«, sagte Blaise und sah sie eindringlich an, »du kannst niemandem erzählen, woher du kommst. Sonst könnten wir beide Schwierigkeiten bekommen.«

Gala nickte. »Ich verstehe.« Sie würde sich an das halten, worum Blaise sie bat, besonders weil sie von den anderen als normaler Mensch angesehen werden wollte, und nicht als eine Laune der Natur.

Ihr Schöpfer sah ein wenig beruhigter aus. »Schön. Dann werde ich dich zum Dorf bringen.«

»Gehört das Dorf zu deinen Besitztümern?«, fragte Gala, da sie sich daran erinnerte gelesen zu haben, der Großteil des Landes, welches Turingrad umgab, sei in Gebiete unterteilt — und jedes Gebiet gehörte einem Zauberer.

»Ja.« Blaise sah aus, als fühle er sich bei diesem Thema unwohl. »Es gehört zu meinem Besitz.«

»Und die Menschen, die dort leben gehören dir, richtig?«

Blaise runzelte seine Stirn. »Nur dem Gesetz nach. Es ist ein alter Brauch, ein unglückliches Überbleibsel der feudalen Zeiten. Die Revolution der Zauberer sollte das eigentlich ändern, aber erreichte es nicht, so wie viele andere Dinge auch. Trotz der Aufklärung leben wir, was einige Punkte betrifft, immer noch im Mittelalter. Dieser Aspekt unserer Gesellschaft ist etwas, das ich sehr gerne ändern würde.«

Gala nickte erneut. Sie hatte das schon deshalb gedacht, weil es ihm generell sehr wichtig war, den normalen Menschen zu helfen. »Ich verstehe«, sagte sie. »Also, wann können wir dorthin fahren, zu deinem Dorf?«

»Wie wäre es mit morgen?«, schlug Blaise vor und sah bei dem Gedanken daran immer noch nicht begeistert aus.

»Morgen wäre großartig.« Gala schenkte ihm ein strahlendes Lächeln. Und dann tat sie etwas, von dem sie nur gelesen hatte.

Sie streckte sich nach ihm aus, schlang ihre Arme um seinen Hals und zog seinen Kopf zu sich hinunter, um ihn zu küssen.

CHAPTER 10: GALA

Back in Blaise's study, Gala examined the Life Capture Sphere. It looked like a large round diamond, and the rest of the room was reflected in it, as though in a mirror. Gala was mesmerized by the elegant mathematics that warped the image of the laboratory, with its arcane bottles and instruments. There was only a single flaw in the spherical shape—an opening with a couple of clear beads inside it.

"Those are the Life Capture droplets," Blaise explained, walking up to it. "They are the physical shape Life Captures take when entering this world."

Taking one of the beads, he put it in her hand. When their hands touched lightly, Gala felt a pleasantly warm sensation in her body—the same strange feeling she experienced every time she was near Blaise. She would have to touch him more when an opportune moment arose, Gala decided, liking the way her body seemed to react to him.

"These appear when the cycle of recording is compete," he said. "To start the cycle, I touched the Sphere with the blood from my finger, and to stop it, I did it again. See that needle there? That's what I used to prick my finger. Droplets show up shortly after."

Gala pricked her finger. The sensation she felt now was most unpleasant. It was pain, she realized. The red substance—blood—started slowly oozing out of the small opening in her finger. She knew that pain was something humans avoided, and she could now understand why.

Reaching out with her bloody finger, she touched the Sphere, waiting for something to happen. When nothing did, she touched it again, wondering what she was doing wrong.

"It's not working for you, is it?" Blaise asked, watching her efforts.

"That's not surprising."

"Because I am not human?"

He nodded. "Yes. With time, I suspect you'll be able to create your own droplets or do anything else you wished without the use of the Sphere."

Gala examined herself and saw no evidence to support what he said. If she could create these Life Capture droplets, she did not know how. In the meantime, her pricked finger had already healed.

"Why did Ganir tie pain to this?" she asked.

"I think he wanted a small cost to be associated with this part. Also, it must help functionally with the spell. I suspect something small enters the body through the wound, going to the brain and capturing something important there. When you touch the Sphere again, it leaves your body. Ganir is very secretive about this process, but that's how my brother explained it to me. He was hypothesizing, of course, since only Ganir understands his invention fully."

Gala focused on her body, wanting to try again. She pricked her other finger. The pain was much less unpleasant this time, since she knew what to expect. When she touched the Sphere, now that she knew what to look for, she actually felt something extremely small entering her flesh through her blood. She could also feel how her body immediately attacked the tiny invaders, preventing them from going further in her bloodstream. And her finger healed again, as quickly as before.

"Why don't you try just taking one of the droplets?" Blaise said. "Put it under your tongue and see what happens."

Gala did as he said, and felt like she was being invaded again. It was as though something wanted to take over her brain. This time, she tried to get her body to allow this invasion, but it still didn't work. Sighing, she looked at Blaise and shook her head. "I didn't succeed, but I would like to try again," she said apologetically. "I'm sorry if I'm wasting your precious droplets—"

"It's quite all right. These ones I made myself in order to document the completion of my spell. It doesn't matter if you use them up—I can still recall that time quite clearly and write it all up in my journal, if necessary." He smiled at her reassuringly.

Gala smiled back at him. Knowing that these were Blaise's Life Captures—that they would allow her to view the world through his eyes—was a very powerful incentive. Closing her eyes, she willed her body not to fight the invasion and focused on letting the substance of the droplets travel through her veins. Suddenly, something within her yielded, and she felt the stuff go up to her head and then into her brain. To her annoyance, however, what worked for the human mind didn't seem to work for hers. She felt some hint of foreign emotions, but no visions of any kind.

Frustrated, she opened her eyes. "It failed again, but I think I am close," she told Blaise. "Do you have any less valuable Life Captures?"

"Sure. They're in storage," he said, walking out of his study. Gala followed him, and they went into one of the rooms she remembered seeing on her earlier tour of Blaise's house. Every wall of that room seemed to be covered with wooden furniture—furniture that seemed to consist of dozens of little doors. Cabinets, Gala realized. These were cabinets—miniature closets used for storage purposes.

Bending down, Blaise opened one of the cabinet doors and took out a jar with a few droplets in it. "These are Life Captures of my less important work," he explained, handing her one of the clear beads. "You should feel free to use up as many of these as you want. I document anything particularly important in writing." He waved toward another set of doors, indicating where he kept his written legacy.

Taking one droplet from his hand, Gala put it under her tongue. With all her being, she willed the ability to see what was contained in the Life Capture. She thought of her time back in the Spell Realm and how she was able to get visions. Then she tapped into the part of her mind that was able to do this before. After what felt like hours of concentration, she felt something finally giving and a vision coming on . . .

* * *

Blaise was sitting in his study writing code. At times like these, he didn't mind his self-imposed solitude. Preparing spells required concentration, and distractions could result in significant setbacks. Thankfully, Maya and Esther knew better than to approach his study while he was working. They would simply come, drop off the Life Captures he needed, and quietly leave if he was busy.

He enjoyed coding because it was so exact, so precise. The sorcery code did what you asked it to do. As long as you wrote out the logic of the spell properly, then it was a simple dynamic of 'if variable A is set to such and such value, action B happens.' There was something reassuring about it. A certainty in an uncertain world. His mind liked the predictability of it all. He frequently re-used certain patterns, and they produced the same outcome each time.

The spell he was working on now was different, much more challenging than usual. It was based on the work of Lenard the Great himself, and Blaise didn't fully understand all of its components—and thus couldn't predict the results. All he knew was that it was his gateway to the Spell Realm—and that it should enable him to send his Life Captures there, shaping the intelligent object he was creating.

Stopping for a second, Blaise wrote down a few things in his journal.

* * *

Gala suddenly became aware that she was Gala and not Blaise. Just a moment ago, she had been him. She had been thinking about sending Life Captures into the Spell Realm to feed the object—the object that was herself. The strangeness of that—of having thoughts about herself prior to her existence—had been jarring. Opening her eyes, Gala looked at Blaise.

"You're out of it already?" He seemed surprised.

"I stopped it," she explained. "I didn't like it. I was not myself. It was the way it had been in the Spell Realm, before I became aware of myself. I felt lost in your mind, and I didn't like that feeling—although I liked your mind quite a bit."

Blaise grinned at her, looking pleased. "Thank you. But just so you know, I've never heard of anybody being able to exit a Life Capture before it ends. I guess there's no point in being surprised with you."

"I *am* different," Gala agreed.

"Life Captures tend to be all-consuming," Blaise said. "That's what most people like about them. Some are even addicted to the experience. When your own life is lacking, being someone else provides a powerful escape. I, like you, don't enjoy the feeling of losing myself, but I embrace the chance to learn more about people by seeing life from their perspective."

"Yes, I could see that. I must admit, I got a chance to learn that you have a beautiful mind," she told him honestly. "So different, yet similar to my own." It had been enlightening to witness his thought processes, and Gala felt like she understood her creator better now.

He gave her a warm smile, his blue eyes crinkling at the corners. "Thank you."

She felt a sudden urge to touch his smiling lips, but she fought the impulse, having gleaned from books that uninvited touches were not socially acceptable. "I would like to see another Life Capture," she said instead. "From someone who is not you." As strange as the experience had been, Blaise was right: it gave her a chance to learn.

Blaise gave her an approving look. "I have some left over from the batch that was meant for your learning while you were in the Spell Realm." Taking out a droplet from a different cabinet, he handed it to Gala.

She put it under her tongue and tried to get her body to use it, like it did the last time. Only this time she focused on not letting it consume her completely, as it did before.

* * *

She was a village girl, working in a garden near a large field of grass. The day was sunny, and the field was beautiful, with wildflowers that were just beginning to bloom. All of this grass would be gone soon, making way for wheat and other grains.

Looking down, she flexed her arms, noticing the play of muscle underneath her smooth skin. She was strong for a girl, her body toned from laboring on the farm her entire life. She enjoyed that part of her life, the endless cycle of planting and harvesting. Now that the spring was here, her family would soon be hard at work—

* * *

Gala stopped the vision. It was difficult to stay detached. For a brief moment, she *had been* that girl, and the experience was as disorienting as before.

"This person seems familiar," she told Blaise. "I think I've been inside her mind before, in the Spell Realm."

He smiled at her, no longer startled by her quick exit. "Yes, I'm not surprised you recognize her. I've gotten most of my droplets from Maya and Esther, my friends in the village. They have many talents, including natural healing and midwifery. And in exchange for their services, they've been requesting Life Captures from women that they help. A payment of sorts, which they've been passing on to me . . ." His voice trailed off, and there was now a thoughtful look on his face.

"What is it?" Gala asked, intrigued.

"It just occurred to me why you might have taken that shape," he said, studying her as though seeing her for the first time.

"What shape?" Gala gave him a questioning look.

"That of a girl."

"You don't like it?" she asked, feeling inexplicably disappointed.

"Oh, no," he reassured her. "I do. Believe me, I like it a little too much." His eyes darkened, color appearing high on his cheekbones, and Gala smiled, delighted that he liked her appearance. Looks were important to people; she knew that also from her readings.

He cleared his throat, still looking a little uncomfortable. "What I meant to say earlier is I think you look like a girl because so many of the Life Captures I sent to you were from the village women—the majority of them, in fact."

Gala nodded. That made sense to her. Her subconscious mind had likely chosen the female form based on the visions she experienced through the Life Captures. And since most of the Life Captures were from women, it was only logical that her mind had decided to take that shape.

"So would you like to see one more Life Capture?" Blaise asked. "I smuggled this one from the Tower of Sorcery."

"Yes, I would love to," Gala told him.

* * *

The young sorceress was sitting in one of the study rooms in the Tower of Sorcery. For the first time ever, she was writing the sorcery code for her own spell. It was a tremendous milestone in her education, and she wanted to make Master Kelvin proud of her achievements.

This spell was of the more difficult verbal variety, since all students had to learn the old-fashioned way before they could get access to the simpler magical language and the Interpreter Stone. To reduce the possibility of errors, she went over the logic of the spell and verified that everything seemed correct. Of course, she knew that the only way to be certain was to say the spell out loud.

Gathering her courage, she spoke the sentences that she'd prepared, following them up with the arcane words of the Interpreter Spell. Then she watched as a small floating fire sphere appeared in front of her, just as she had coded. She laughed with excitement and exhilaration, feeling like she had just conquered the world.

All of a sudden, there was a flash of bright light in the room and the sphere exploded, shards of glass and burning wood raining everywhere.

The explosion knocked the young woman off her feet, but she managed to remain conscious. The room, however, was nearly destroyed.

Her spell had failed.

* * *

Gala stopped the Life Capture and decided not to do any more for the time being. It was just too unsettling for her. This last girl's mind had been filled with such deep negative emotions of disappointment and fear that Gala was still feeling some residual effects of that.

"You're out of it again?" Blaise asked as soon as Gala's eyes opened.

"I don't think I want to learn about the world this way," she told him. "I want to experience everything myself, not through someone else's eyes."

"Gala . . ." Blaise sounded unhappy again, his brow furrowing in a frown. "That's not a good idea. I already explained. If we go out there, everybody is going to be curious about you. The only thing you'll get to experience is their stares. They'll want to know where you come from and who you are—"

"Because of you," Gala said, recalling what he'd told her earlier. "Because you're an outcast."

"Yes, exactly."

"All right," Gala said, coming to a decision. "Then I'll go by myself. I don't want everybody to watch me just because I'm with you. I want to blend in, to live as your regular people." That last part was important to her. She was different, but she didn't want to *feel* different.

"You want to pretend to be one of the peasants?" Blaise gave her an incredulous look.

"Yes," Gala said firmly. "That's what I want."

"That's not a good idea—" Blaise started again, but Gala held up her hand, interrupting him mid-sentence.

"Am I your prisoner?" she asked quietly, feeling herself starting to get upset again.

"Of course not!"

"Am I your property, a magical object that is yours?"

Blaise shook his head, looking frustrated. "No, Gala, of course you're not. You're a thinking being—"

"Yes, I am." Gala was glad he accepted that fact. "And I know what I want, Blaise. I want to go out there and see the world, to live as a normal person."

He sighed and ran his hand through his dark hair. "Gala . . ."

She just stared at him, not saying anything. She had made her wishes clear. She was not an object or a pet to be kept in his house—not when there was so much to see and experience here in the Physical Realm.

"All right," he finally said. "Remember Maya and Esther, the friends I mentioned to you before? They live in the village where I grew up. Esther was my nanny, and I think of her and her friend Maya as my aunts, even though we're not related by blood. I want them to watch over you, if you don't mind, to help guide you until you're more familiar with our world."

"That sounds like a great idea," Gala said, all negative emotions vanishing in an instant. "I would love to meet both of them." In general, she wanted to meet more people, and she liked the idea of getting to know those who were important to Blaise.

"One thing, though," Blaise said, staring at her intently, "you can't tell anybody about your origins. It could get both of us in trouble."

Gala nodded. "I understand." She would do as Blaise asked, especially since she wanted others to see her as a regular human being, not some curiosity of nature.

Her creator looked somewhat reassured. "Good. Then I will take you to the village."

"Is that a village that's part of your holdings?" Gala asked, remembering from her readings that most of the land surrounding Turingrad was divided into territories—and that each territory belonged to some sorcerer.

"Yes." Blaise looked uncomfortable with this topic. "It's part of my territory."

"And the people living there belong to you, right?"

Blaise frowned. "Only by the strictest letter of the law. It's an archaic custom that's an unfortunate leftover from the feudal times. The Sorcery Revolution was supposed to eradicate it, but it failed in that, as it did in so many other things. Despite the Enlightenment, we still live in the Age of Darkness in some ways. This aspect of our society is something that I would very much like to change."

Gala nodded again. She'd gathered that much from the fact that he was so focused on helping the common people. "I understand," she said. "So when can I go there, to your village?"

"How about tomorrow?" Blaise suggested, still looking less than pleased with the idea.

"Tomorrow would be great." Gala gave him a big smile. And then, unable to contain her excitement, she did something she'd only read about.

She came up to him, wrapped her arms around his neck, and pulled his head down to her for a kiss.

11. KAPITEL: AUGUSTA

Augusta flog auf ihrer Chaise hoch über der Straße und beobachtete die entsetzten Gesichtsausdrücke der Bauern, als vor ihnen fünfzig Soldaten aus dem Nichts erschienen. Nur wenige Laien wussten überhaupt, dass Teleportation existierte und noch weniger waren jemals Zeugen davon geworden.

Die Bauern vor ihnen hielten abrupt an und die Menschen, die ihnen folgten, liefen in sie hinein, weshalb ein paar von ihnen zu Boden gingen. Die Gefallenen standen sofort wieder auf und hielten ihre Knüppel und Mistgabeln beschützend vor sich, aber es war zu spät. Sie hatte sich schon als die tollpatschigen Schwächlinge erwiesen, die sie waren.

Augusta lächelte, da sie wusste, was jetzt kam. Gleich würden sie noch viel entsetzter sein.

»Wer hat hier das Kommando?« Barsons Stimme ertönte und tat Augusta einen Augenblick lang in ihren gerade empfindlicheren Ohren weh. Sie hatte einen Zauber angewandt, um die Lautstärke der Stimme ihres Liebhabers zu erhöhen. Der gewünschte Effekt war eingetreten und einige der Rebellen sahen schlichtweg verängstigt aus.

In diesem Moment trat ein riesiger Mann in einer Schmiedeschürze aus der Menge hervor. In seiner Hand hielt er ein langes, schwer aussehendes Schwert. Ein Werkzeugschmied schätzte Augusta. Seine Gegenwart erklärte einige der Waffen, die sie bei sich führten.

»Niemand hat hier das Kommando«, brüllte der Riese zurück und versuchte mit Barsons tiefer Stimme mitzuhalten. Wir sind alle gleichberechtigt.«

Barson hob seine Augenbrauen. »Gut, dann sag deinen *Partnern*, dass auf dem Hügel gleich eine Armee auf sie wartet.«

LEARN GERMAN BY READING

Seine Stimme hatte jetzt wieder eine normale Lautstärke; Augustas Zauber wirkte nur für eine kurze Zeit.

Der Bauer lachte nur höhnisch. »Und wir haben eine Armee, die gleich diesen Berg hinaufmarschiert—«

»Eher eine Horde hungriger Bauern«, unterbrach Barson abwertend.

Der Mann fletschte die Zähne. »Was willst du?«

»Es geht eher darum, was ich nicht will«, erwiderte der Kapitän der Garde kühl. »Zum Beispiel kein unnötiges Gemetzel.«

Der Schmied lachte und warf seinen Kopf nach hinten. »Wir haben kein Problem damit euch alle zu töten, sollte das nötig sein.«

Barson antwortete nicht sondern zog nur seine Augenbrauen nach oben, während er den Mann weiterhin anschaute.

»Du hast Angst vor uns«, höhnte der Bauer erneut. »Denkst du, ein wenig Zauberei und Drohungen reichen aus, damit wir umkehren?«

Augustas Liebhaber blickte ihn mit einem regungslosen Gesichtsausdruck an. »Mir wäre es lieber, keine Märtyrer aus euch zu machen. Ich verstehe, dass die Dürre jedem das Leben erschwert, aber ihr marschiert auf Turingrad zu. Selbst wenn wir euch nicht töten würden — was wir werden — könnte euch alle ein einziger Zauberer innerhalb eines Augenblicks zerstören.«

Der Mann blickte finster. »Das werden wir sehen.«

»Nein«, entgegnete ihm Barson, »das werdet ihr nicht. Ich werde euch die Möglichkeit geben zu erkennen, wie sinnlos eure Rebellion ist. Eure zehn besten Kämpfer gegen einen von uns — egal wen.«

»Aha.« Der Mann lachte. »Und wenn wir gewinnen?«

»Das werdet ihr nicht«, antwortete ihm Barson mit einer solchen Überzeugung, dass Augusta zum ersten Mal den Schimmer eines Zweifels auf dem Gesicht des Schmieds erkennen konnte.

Einen Moment später hatte der Mann allerdings seine Fassung wieder erlangt. »Das hat keinen Sinn«, sagte er und drehte sich herum, um zurückzugehen.

»Du hast Angst vor uns!« Eine spöttische Stimme — erstaunlich hoch und jung — schien aus dem Nichts zu kommen und brachte den Dorfbewohner dazu, anzuhalten. Der riesige Aufständische starrte auf den jungen Soldaten, der sich seinen Weg nach vorne bahnte.

Es war Kiam, der Junge, den Augusta während des Trainings geheilt hatte.

Bevor der Mann etwas entgegnen konnte rief Kiam aus: »Zehn zu eins ist nicht gut genug für euch Feiglinge — ihr habt immer noch

Angst! Warum nicht fünfzehn zu eins? Oder was ist mit zwanzig zu eins? Wärt ihr dann weniger ängstlich?«

Der Schmied erzürnte sichtlich, sein bärtiges Gesicht wurde knallrot. »Halt deinen Mund, Welpe!«, bellte er, zog sein Schwert und griff Kiam am.

Augusta griff angespannt vor Angst nach ihrer Lehne, als der schlanke Jugendliche sein eigenes Schwert zog und sich darauf vorbereitete, auf diese Bauern zu treffen, der wie ein gereizter Bulle auf ihn zustürmte.

Der Schmied stürzte sich auf Kiam, und dieser wich anmutig mit geschmeidigen und geübten Bewegungen zur Seite aus. Unter wütendem Geheul griff der Schmied erneut an und Kiam erhob sein Schwert. Bevor Augusta überhaupt verstand, was passiert war, erstarrte der Riese und ein roter Streifen erschien in seinem Nacken. Dann brach er zusammen und sein Körper schlug ungebremst auf dem Boden auf. Sein abgetrennter Kopf rollte auf dem Boden entlang und blieb ein paar Meter entfernt liegen.

Kiams scharfes Schwert hatte den dicken Hals des Mannes so einfach durchtrennt, wie sich ein Messer durch Butter bewegte.

Einen Moment lang herrschte erstaunte Stille. Dann lachte Barson. »Ich sagte zehn, der Junge sagte fünfzehn, aber ihr schickt einen einzigen Mann«, schrie er den entsetzten Bauern entgegen.

Als Antwort darauf drängten sich weitere fünf Männer durch die Gruppe der Bauern. Obwohl keiner so riesig war wie der Tote Mann, schienen sie doch alle größer und stärker als Kiam zu sein. Sie waren auch vorsichtiger als der Schmied, näherten sich dem Jungen schweigend mit einem entschlossenen Ausdruck auf ihren harten Gesichtern.

Als sie bei ihm ankamen, machte der erste Mann einen Satz auf den Jungen zu, dem Kiam wie zuvor auswich. Diesmal durchschnitt er den Mann allerdings in der Mitte. Zwei weitere Bauern griffen ihn gleichzeitig an, aber Kiam bewegte seinen Körper wie ein Tänzer von den Schlägen weg und schwang sein Schwert. Drei weitere Männer gingen innerhalb weniger Momente zu Boden. Der letzte noch stehende Mann zögerte, aber dann war es für ihn auch schon zu spät. Ohne dem Mann Zeit zu geben, sich Gedanken zu machen, sprang der junge Soldat nach vorne und handelte.

Dann war auch der letzte Angreifer weg.

Augusta konnte ein Raunen in der Masse hören. Das war er kritische Moment, den Barson mit seiner Demonstration hervorrufen wollte. Ein ziemlich kleiner Junge gegen einige große Männer — es konnte keine klarere Aussage über das kämpferische

Können seiner Männer geben. Wenn die Bauern nur einen Funken Vernunft hatte, würden sie jetzt zurückkehren.

Zumindest hoffte Barson das. Augusta war sich unsicher über diesen Teil des Planes gewesen — und jetzt konnte sie erkennen, dass ihre Zweifel berechtigt gewesen waren. Die Landarbeiter waren schon zu weit gekommen, um so leicht zurückgeworfen zu werden, und anstatt sich zurückzuziehen, begannen sie nach vorne zu drängen und zogen ihre Waffen. Als sie sich den Soldaten näherten breiteten sie sich aus und begannen, Barson Männer zu umstellen.

Das war der Punkt, an dem Augusta die Soldaten zurück teleportieren sollte. Ihre Hände zitterten als sie nach dem vorgeschriebenen Zauberspruch griff und die Karte rutsche ihr aus der Hand, fiel von der Chaise. Sie zog erschrocken Luft ein, versuchte die Karte zu fangen, aber es war sinnlos. Als die Karte zu Boden glitt, wurde Augusta von einer Panikwelle überrollt, wie sie sie noch niemals zuvor gespürt hatte.

Falls ihr Zauber versagte, wäre sie verantwortlich für den Tod Barsons und seiner Männer.

CHAPTER 11: AUGUSTA

Flying high above the road on her chaise, Augusta observed the shocked looks on peasants' faces as fifty soldiers suddenly materialized out of thin air in front of them. Few laypeople even knew that teleporting spells existed, much less had ever seen the effects of one.

The peasants in the front abruptly stopped, and the people following them stumbled into them, causing a few to tumble to the ground. The fallen immediately got up, holding out their clubs and pitchforks protectively, but it was too late. They'd shown themselves for the clumsy weaklings that they were.

Knowing what was coming, Augusta smiled. They would get a bigger shock in a moment.

"Who is in charge here?" Barson's voice boomed at them, hurting Augusta's enhanced hearing for a moment. She'd used magic to increase the volume of her lover's voice, and she could see that the spell had had its intended effect. Some of the rebels now looked simply terrified.

At that moment, a giant of a man wearing a smith's apron walked out of the crowd. In his hand, he was holding a large, heavy-looking sword. A blacksmith, Augusta guessed. His presence explained some of the weapons the rebels were carrying.

"Nobody is in charge," the giant roared back, trying to match Barson's deep tones. "We're all equals here."

Barson raised his eyebrows. "Well, then, you can tell all your 'equals' that we have an army waiting just up this hill." His voice was at a normal volume now; Augusta's spell only worked for a short period of time.

The peasant openly sneered. "And we have an army about to march up this hill—"

"More like a bunch of hungry peasants," Barson interrupted dismissively.

The man's lip curled in a snarl. "What do you want?"

"It's more about what I don't want," the Captain of the Guard said coolly. "I don't want unnecessary slaughter."

The blacksmith laughed, throwing his head back. "We don't mind killing all of you, and it's quite necessary."

Barson didn't respond, just lifted his eyebrows and continued looking at the man.

"You're afraid of us," the peasant sneered again. "What, you think a little sorcery and threats are enough to make us turn back?"

Augusta's lover gave him an even look. "I would rather not make martyrs out of you. I understand that the drought is making life difficult for everyone, but you are marching on Turingrad. Even if we didn't kill you—and we will, if you force us—a single sorcerer there could destroy you in a moment."

The man scowled. "We'll see about that."

"No," Barson said, "we won't. I will give you a chance to see how futile your rebellion is. Your ten best fighters against one of us—any one of us."

"Oh, right." The man snorted. "And if we win?"

"You won't," Barson said, his confidence so absolute that for the first time, Augusta could see a glimmer of doubt on the blacksmith's face.

A moment later, however, the peasant recovered his composure. "This is pointless," he said, making a move to turn back.

"You're scared of us!" A taunting voice—surprisingly high-pitched and youthful—seemed to come out of nowhere, causing the peasant to stop in his tracks. Turning, the huge commoner stared at the young soldier who was pushing his way to the front.

It was Kiam, the boy Augusta had healed during practice.

Before the peasant could respond, Kiam yelled out, "Ten to one is not enough for you cowards—you're still scared! Why don't you do fifteen to one? Or how about twenty? Think you'd be less scared then?"

The blacksmith visibly swelled with rage, his bearded face turning a dark red color. "Shut your mouth, pup!" he bellowed and, pulling out his sword, charged at Kiam.

Augusta gripped the side of her chaise, tense with anxiety, as the slim youth unsheathed his own sword, preparing to meet the peasant rushing at him like a maddened bull.

The blacksmith lunged at Kiam, and Kiam gracefully dodged to the side, his movements smooth and practiced. Howling, the commoner charged again, and Kiam raised his sword. Before Augusta could even understand what happened, the peasant froze, a red line appearing on his neck. Then he collapsed, his huge bulk hitting the ground with tremendous force. His head, separated from the body, rolled on the ground, coming to a stop a few feet away.

Kiam's sharp sword had sliced through the man's thick neck as easily as a knife moving through butter.

For a moment, there was only stunned silence. Then Barson laughed. "I said ten, the boy said fifteen, but you sent only a single man," he yelled at the shocked peasants.

In response, five other men pushed through the peasant crowd. While none of them were as big as the dead peasant, they all appeared larger and stronger than Kiam. They were also much more cautious than the blacksmith had been, approaching the boy silently, a look of grim determination on their hard faces.

When they reached him, the first man made a lunge for the boy, which Kiam dodged, like before. This time, however, he proceeded to slice at the man's midsection. Another two peasants attacked at the same time, but Kiam, like a dancer, moved his body away from the blows, and swung his sword. Three more men were on the ground in moments. The last man standing hesitated for a moment, but it was too late for him, too. Without giving the man time to make up his mind, the young soldier jumped and sliced.

The last attacker was no more.

Augusta could hear murmuring in the crowd. This was the critical moment, what Barson had been counting on with this demonstration. One fairly small boy against several large men— there could be no clearer statement of the soldiers' fighting abilities. If the peasants had any common sense, they would turn back now.

At least, that's what Barson had been hoping. Augusta had been uncertain about this part of the plan—and she could now see that she'd been right to doubt. The peasants had come too far to be deterred so easily, and instead of retreating, they began to advance, pulling out their weapons. As they got closer to the soldiers, they spread out and started flanking Barson's men.

This was the point at which Augusta needed to teleport the soldiers back. Her hands shaking, she reached for the pre-written spell, and the card slipped from her fingers, falling off the chaise. She gasped, frantically trying to catch it, but it was futile. As the card flew to the ground, Augusta was overcome by a panic unlike anything she had ever experienced.

If her spell failed, she would be responsible for the deaths of Barson and his men.

DIMA ZALES

12. KAPITEL: BLAISE

Schockiert trat Blaise einen Schritt zurück und schaute Gala an. Wusste sie, was sie tat, als sie ihn so küsste?

Trotz ihrer umwerfenden Schönheit hatte er die ganze Zeit lang versucht, nicht auf diese Art und Weise von ihr zu denken. Sie war gerade erst auf diese Welt gekommen und in seine Augen war sie so unschuldig wie ein Kind. Ihr Verhalten strafte diese Vorstellung allerdings Lügen.

Das würde kompliziert werden. Sehr schnell sehr kompliziert werden.

Blaise schluckte und dachte darüber nach, was er jetzt sagen sollte. Er konnte immer noch ihre weichen Lippen gegen seine gedrückt fühlen, ihre schlanken Arme, die ihn umschlangen und ihn festhielten. Er hatte nicht gedacht, dass er so stark auf sie reagieren würde, dass er seine ganze Kraft aufbringen müsste, um diesen Kuss zu beenden.

Sie trat einen Schritt auf ihn zu. »Ähm, Blaise?«

»Gala, verstehst du, was ein Kuss bedeutet?«, fragte er vorsichtig während er versuchte seine instinktiven Reaktionen auf ihre Nähe zu kontrollieren.

»Natürlich.« Ihre blauen Augen blickten groß und arglos zu ihm hinauf.

»Und was bedeutet er für dich?« Experimentierte sie mit ihm, versuchte sie da etwa über diese Aspekte des Lebens zu lernen, so wie sie auch alles andere erfahren wollte?

»Das gleiche, was es für alle anderen auch bedeutet, denke ich«, antwortete sie ihm. »Ich habe darüber gelesen. Es gibt eine große Anzahl von Geschichten über Männer und Frauen die sich küssen, wenn sie sich anziehend finden. Und du findest mich ja auch attraktiv, richtig?« Ihr feines Gesicht hatte einen fragenden

Ausdruck.

Blaise wusste, er musste vorsichtig vorgehen. Trotz seiner Begabung für die Zauberei war er weit davon entfernt, ein Experte darin zu sein Frauen zu verstehen. Diese charmanten Wesen waren immer ein Rätsel für ihn gewesen, und diese hier war noch nicht einmal menschlich. Auch wenn er sie erschaffen hatte, waren ihre Gedanken für ihn so mysteriös wie die Tiefen des Ozeans.

»Gala«, sagte er sanft, »ich habe dir schon gestanden, dich unwiderstehlich zu finden—«

Sie warf ihm einen Blick zu, der stark an ein Schmollen erinnerte. »Aber du hast dich mir gerade widersetzt.«

»Ich musste«, antwortete Blaise ihr geduldig. »Du bist so neu auf dieser Welt. Ich bin der erste Mann — der erste Mensch — den du jemals persönlich getroffen hast. Wie solltest du da wissen können, was du für mich fühlst?«

»Aber sind Gefühle nicht genau das? Gefühle?« Sie runzelte ihre Stirn. »Sagst du mir gerade, dass meine Gefühle weniger echt sind, weil ich noch nichts von der Welt gesehen habe?«

»Nein, natürlich nicht.« Blaise fühlte, wie er sich immer tiefer sein eigenes Grab schaufelte. »Ich behaupte nicht, das was du fühlst sei nicht echt. Es könnte sich nur sehr bald ändern, sobald du mehr von der Welt siehst ... mehr Männer triffst.« Als er das letzte Detail hinzufügte merkte er bei dem Gedanken Eifersucht in sich aufsteigen, die er aber sofort unter Anstrengungen wegdrückte. Er war entschlossen, in dieser Angelegenheit großzügig zu sein.

Galas Augen verengten sich. »Okay. Wenn es das ist, was dir Sorgen bereitet, dann ist das in Ordnung. Morgen werde ich rausgehen und andere Männer treffen. Und danach werde ich zurückkommen und dich so viel küssen, wie ich möchte.«

Blaise Puls schnellte nach oben. »Warum bringe ich dich dann nicht jetzt sofort zum Dorf?«, fragte er halb im Scherz.

Ihre Augen leuchteten auf und sie hüpfte fast vor Ungeduld. »Ja, lass uns los!«

CHAPTER 12: BLAISE

Shocked, Blaise took a step back, staring at Gala. Did she realize what she was doing, kissing him like that?

Despite her startling beauty, he had been trying not to think of her this way. She had just come to this world, and in his eyes, she was as innocent as a child. Her actions, however, belied that idea.

This was getting complicated. Very complicated, very quickly.

Swallowing, Blaise thought about what to say. He could still feel her soft lips pressed against his own, her slim arms embracing him, holding him close. He hadn't realized that he would react to her so strongly, that it would take all his strength to step away from that kiss.

She took a step toward him. "Um, Blaise?"

"Gala, do you understand what a kiss means?" he asked carefully, trying to control his instinctive reaction to her nearness.

"Of course." Her blue eyes were large and guileless, looking up at him.

"And what does it mean to you?" Was she just experimenting with him, trying to 'learn' about this aspect of life as she tried to learn about everything else?

"The same thing that it means to everyone, I imagine," she said. "I read about it. There are a lot of stories about men and women kissing if they find each other attractive. And you find me attractive too, right?" There was a questioning look on her delicate face.

Blaise knew he had to tread carefully. Despite his aptitude for sorcery, he was far from an expert when it came to understanding women. The charming creatures had always mystified him, and here was one who was not even human. He might've created her, but her mind was as mysterious to him as the depths of the ocean.

"Gala," he said softly, "I already told you that I find you

irresistible—"

She gave him a look that resembled a pout. "But you just resisted me."

"I had to," Blaise said patiently. "You're so new to this world. I'm the first man—the first human—you've ever met in person. How can you possibly know how you feel about me?"

"Well, aren't feelings exactly that? Feelings?" She frowned. "Are you saying that because I haven't seen the world, my feelings are somehow less real?"

"No, of course not." Blaise felt like he was digging himself a deeper hole. "I'm not saying that what you're feeling right now isn't real. It's just that it might change in the very near future, as you go out there and see more of the world . . . meet more men." As he added that last tidbit, he could feel a hot flare of jealousy at the idea, and he squashed it with effort, determined to be noble about this.

Gala's eyes narrowed. "All right. If that's your concern, that's fine. I'll go out there tomorrow, and I'll meet other men. And then I'm going to come back and kiss you as much as I want."

Blaise's pulse leapt. "Why don't I take you to the village right now then?" he said, only half-jokingly.

Her eyes lit up, and she practically jumped with eagerness. "Yes, let's go!"

13. KAPITEL: AUGUSTA

Augusta konnte erkennen, dass die Bauern unter ihr angriffen.

Barson und seinen Soldaten erwarteten, teleportiert zu werden, aber als das nicht geschah, begannen sie mit grimmiger Entschlossenheit zu kämpfen. Bald waren sie von Leichen umringt. Augustas Liebhaber schien in diesem Kampfrausch besonders unmenschlich zu sein. Als die Rebellen seinen strategischen Wert begriffen, konzentrierten sie sich auf Barson, kamen einer nach dem anderen zu ihm und wurden alle von den brutalen Hieben seines Schwertes erledigt.

Augusta versuchte sich zu konzentrieren, nachdem sie gesehen hatte, dass sie sich selbst schützen konnten. Es war unmöglich, hinunter zu fliegen um ihre Zauberkarte zurückzuholen — nicht während des blutigen Kampfes, der dort unten tobte — also musste sie eine neue schreiben.

Sie sammelte ihre Gedanken, nahm eine unbeschriebene Karte und die restlichen Teile des Spruchs heraus. Alles, was sie jetzt tun musste, war aus dem Gedächtnis das komplizierte Teilstück des Zaubercodes, welches sie vorhin geschrieben hatte, zu rekonstruieren. Zum Glück war Augustas Gedächtnis exzellent und sie benötigte nur ein paar Minuten, um sich darauf zu entsinnen, was sie ursprünglich gemacht hatte.

Als ihr Spruch fertig war, steckte sie die Karten in den Stein, blickte nach unten und hielt ihren Atem an.

Eine Minute später verschwanden Barson und seine Soldaten vom Schlachtfeld und hinterließen Dutzende toter Körper und verwirrter Rebellen.

* * *

»Es tut mir so leid«, sagte sie als sie wieder bei Barson und seinen Männern auf dem Berg war.

Zum Glück war niemand verletzt worden; wenn überhaupt schien der Kampf die Laune aller Beteiligten gehoben zu haben. Die Soldaten lachten und schlugen sich gegenseitig auf den Rücken.

»Wir haben unsere Stellung gehalten«, erwiderte Barson ihr triumphierend, hob sie mit seinen starken Armen hoch und wirbelte sie herum.

Lachend und nach Luft schnappend ließ sich Augusta wieder von ihm auf den Boden stellen. »Du hast Glück gehabt, dass ich die Karte so schnell ersetzen konnte«, erklärte sie ihm. »Hätte ich eine andere Karte verloren, wäre es schwieriger gewesen, sie zu ersetzen und ihr hättet länger kämpfen müssen.«

»Vielleicht gibt es da ja etwas, was du tun könntest, um diesen Fehler wieder gutzumachen«, meinte Barson und sah mit einem dunklen Lächeln auf sie hinunter.

»Und was?«, wollte Augusta vorsichtig wissen.

»Die Rebellen werden bald hier sein«, sagte er mit glänzenden Augen. »Denkst du, du könntest ihre Anzahl eine wenig verringern?«

Augusta schluckte. »Du möchtest, dass ich einen direkten Zauber gegen sie anwende?«

»Ist das gegen die Regeln des Rates?«

Eigentlich war es das nicht, aber es wurde in höchstem Maße abgelehnt. Der Rat wollte generell das Zaubern unter den Blicken der normalen Bevölkerung so gering wie möglich halten. Es wurde als schlechter Geschmack des Zauberers angesehen, wenn er seine Fähigkeiten so offen zur Schau stellte — und es könnte potenziell gefährlich werden, falls es dazu führte, dass die Bauern selber versuchen sollten, zaubern zu lernen. Angriffszauber waren besonders zu vermeiden; Magie gegen jemanden zu verwenden, der nicht zaubern konnte, war gleichbedeutend damit, ein Huhn mit einem Schwert zu schlachten.

»Also genau genommen ist es nicht gegen das Gesetz«, antwortete Augusta ihm langsam, »aber meine Hilfe sollte nicht offensichtlich sein.«

Barson schien einen Moment lang darüber nachzudenken. »Was wäre denn, wenn es wie eine natürliche Ursache aussähe?«, schlug er vor.

»Das könnte funktionieren.« Augusta dachte über ein paar Sprüche nach, die sie schnell zusammenschreiben könnte. Sie hatte nicht vorgehabt, etwas in der Art zu machen, aber sie hatte die richtigen Komponenten dafür mitgenommen. Sie hatte sie zwar aus anderen Gründen mitgenommen, aber sie würden ihr jetzt trotzdem helfen.

Sie wühlte in ihrer Tasche, holte ein paar Kärtchen hervor und schrieb schnell einige neue Zeilen für den Code. Als sie fertig war, sagte sie Barson, seine Männer sollten sich für einige Minuten auf den Boden legen. »Es könnte ein wenig ... wackelig werden«, erklärte sie ihm.

Die Bauern waren noch ein Stück entfernt, als sie begann, die Karten in ihren Deutungsstein zu schieben.

Einen Moment lang war alles ruhig. Augusta hielt ihren Atem an und wartete darauf zu sehen, ob ihr Spruch funktionierte. Sie hatte einen einfachen Explosionszauber, der ein Haus in die Luft jagen könnte, mit einer Teleportationskomponente versehen. Anstatt die Bauern direkt zu treffen, würde der Zauber in den Boden unter der angreifenden Armee teleportiert werden. Dort, im Untergrund, würde die Explosion Felsen zerbrechen und zertrümmern und dadurch die Kettenreaktion auslösen, auf die Augusta hoffte.

Ein paar nervenaufreibende Sekunden lang sah es so aus, als würde nichts passieren. Und dann hörte sie ein tiefes, sonores Donnern, dem eine starke Vibration unter ihren Füßen folgte. Die Erde bebte so gewaltig, dass Augusta sich hinsetzen musste, um nicht umgerissen zu werden. Entfernt konnte sie die Schreie der Rebellen hören, als sich der Boden unter ihren Füßen öffnete und ein tiefer Graben entstand, der sich durch ihre Armee hindurchzog. Dutzende Männer fielen in die Öffnung und stürzten mit ängstlichen Schreien in ihren Tod.

Der erste Schritt des Planes war vollendet.

Augusta fütterte ihrem Stein den nächsten Spruch. Es war einer der Tödlichsten, die sie kannte — ein Zauber, der sich pulsierendes Material suchte und starken Strom hindurchsandte. Er sollte eigentlich ein Herz anhalten können — oder mehrere Herzen, wenn man den Radius betrachtete, für den Augusta den Spruch kodiert hatte.

Der Zauber fing an, Wirkung zu zeigen und Augusta konnte sehen, wie die Bauern, welche noch auf ihren Füßen standen, umfielen und sich die Brust hielten. Mit ihrer verschärften Sicht konnte sie das Entsetzen und den Schmerz auf ihren Gesichtern erkennen und musste hart schlucken, um die Galle in ihrem Magen zu lassen. Sie hatte so etwas noch niemals zuvor getan, so viele Menschen durch Zauberei getötet, und sie konnte nichts gegen ihre instinktive Reaktion machen.

Als der Zauberspruch seine Wirkung freigesetzt hatte, waren die Straße und die grasbewachsenen Felder rundherum mit leblosen Körpern übersät. Weniger als die Hälfte der ursprünglichen Arme war noch am Leben.

Augusta war immer noch übel, als sie das Ergebnis ihrer Arbeit anschaute. Jetzt würden sie weglaufen, dachte sie, sich verzweifelt wünschen, die Schlacht sei zu Ende.

Aber zu ihrem Entsetzen stürmten die Überlebenden mit fest umklammerten Waffen weiterhin auf den Hügel zu, anstatt zurückzuweichen. Sie hatten keine Angst — oder was noch wahrscheinlicher war, sie waren völlig verzweifelt, realisierte sie. Diese Männer hatten von Anfang an gewusst, dass ihr Vorhaben schwierig war, aber sie hatten sich trotzdem dazu entschlossen, weiterzumachen. Sie konnte nicht verhindern, diese Entschlossenheit zu bewundern, auch wenn sie ihr unglaubliche Angst bereitete. Sie stellte sich vor, die Rebellen, die hinter der Revolution der Zauberer gestanden hatten — diejenigen, die den alten Adel so brutal gestürzt hatten — waren auf ihre Weise genauso entschlossen gewesen.

Um sie herum bereiteten sich Barsons Soldaten auf den kommenden Angriff vor, indem sie ihre Plätze einnahmen und ihre Pfeile zogen.

Als die Bauern sich dem Hügel weiter näherten, hagelten Pfeile auf sie hinunter und durchlöcherten ihre ungeschützten Körper. Die Soldaten trafen ihre Ziele mit der gleichen angsteinflößenden Genauigkeit, die Augusta schon während des Trainings beobachtet hatte. Jeder Landarbeiter, der sich innerhalb der Reichweite ihre Pfeile befand, war innerhalb weniger Sekunden tot. Und trotzdem ließen die Rebellen nicht locker, drängten sich an ihren gefallenen Kameraden vorbei. Da es ihnen an einer organisierten Struktur fehlte, machten sie einfach weiter. Ihre Gesichter waren wutverzerrt und in ihren Augen leuchtete Hass. Die Sinnlosigkeit dieser ganzen Verluste überwältigte Augusta. Als Barsons Männer alle ihre Pfeile verschossen hatten, waren nur noch weniger als ein Drittel der ursprünglichen Kämpfer übrig.

Die Wächter warfen alle gleichzeitig ihre nutzlosen Bögen zur Seite und zogen ihre Schwerter. Und dann warteten sie mit harten und ausdruckslosen Gesichtern.

Als die erste Welle der Angreifer den Hügel erreichte, wurden sie innerhalb weniger Sekunden erledigt. Die zauberverstärkten Waffen der Soldaten waren schärfer als alles andere, was die

Bauern bisher in ihrem Leben gesehen hatten. Augusta sah von der Seite aus dabei zu, wie die Wellen der Angreifer kamen und rund um den Hügel fielen.

Ihr Liebhaber war der fleischgewordene Tod, so unaufhaltsam wie die Natur. Die Hälfte der Zeit bewältigte er alleine die angreifenden Rebellen, nahm es problemlos mit zwanzig bis dreißig Männern auf. Die anderen Soldaten waren fast genauso brutal wie er und Augusta konnte sehen, wie die Bauern in immer kleinere Grüppchen zerfielen, ihre Anzahl sich mit jeder Minute verringerte.

Innerhalb einer Stunde näherte sich die grauenhafte Schlacht ihrem Ende. Augusta starrte auf die blutigen Überreste auf dem Feld und wusste, diese Schlacht würde sie nie vergessen.

Nein, korrigierte sie sich. Das war keine Schlacht — das war ein Abschlachten.

CHAPTER 13: AUGUSTA

Below, Augusta could see the peasants launching their attack.

Barson and his soldiers were expecting to be teleported, but when it didn't happen, they began fighting with ferocious determination. Soon they were surrounded by corpses. Augusta's lover seemed particularly inhuman in his battle frenzy. Realizing his strategic value, the rebels came at him, one after another, and he dispatched them all with the brutal swings of his sword.

Seeing that the guards were holding their own, Augusta tried to concentrate. She couldn't fly down to retrieve her spell card—not with a bloody battle raging below—so she had to write a new one.

Getting her thoughts together, she took out a blank card and the remaining parts of the spell. All she had to do now was re-create from memory the complicated bit of sorcery code she'd written earlier. Luckily, Augusta's memory was excellent, and it took her only a few minutes to recall what she'd done before.

When the spell was finished, she loaded the cards into the Stone and peered below, holding her breath.

A minute later, Barson and his soldiers disappeared from the battleground, leaving behind dozens of dead bodies and baffled rebels.

* * *

"I am so sorry," she said when she rendezvoused with Barson and his men back on the hill.

Luckily, no one was hurt; if anything, the fighting seemed to have lifted everyone's spirits. The soldiers were laughing and slapping each other on the back, like they had just come back from a tournament instead of a bloody battle.

"We held our ground," Barson told her triumphantly, snatching her up in his strong arms and twirling her around.

Laughing and gasping, Augusta made him put her down. "You're lucky I was able to replace that card so quickly," she told him. "If I'd lost some other card, it would've taken me more effort to replace it, and you'd have been fighting longer."

"Perhaps there is something you can do to make up for that blunder," Barson suggested, looking down at her with a darkly excited smile.

"What?" Augusta asked warily.

"The rebels will be here soon," he said, his eyes gleaming. "Do you think you could thin their numbers a little?"

Augusta swallowed. "You want me to do a direct spell against them?"

"Is that against the Council rules?"

It wasn't, exactly, but it was highly frowned upon. In general, the Council preferred to limit displays of magic around the commoners. It was considered poor taste for sorcerers to show their abilities so openly—and it could be potentially dangerous, if it incentivized the peasants to try to learn magic on their own. Offensive spells were particularly discouraged; using sorcery against someone with no aptitude for magic was the equivalent of butchering a chicken with a sword.

"Well, it's not strictly speaking against the law," Augusta said slowly, "but it shouldn't be obvious that I'm doing this."

Barson appeared to consider the problem for a moment. "What if it looked like natural causes?" he suggested.

"That might work." Augusta thought about a few spells she could quickly pull together. She hadn't expected to do anything like this, but she did have the right components for these spells. She'd brought them for different purposes, but they would help her now too.

Digging in her bag, she pulled out a few cards and rapidly wrote some new lines of code. When she was finished, she told Barson to have his men sit or lie on the ground for a few minutes. "It might get a bit . . . shaky here," she explained.

The peasants were still a distance away when she began feeding the cards into her Interpreter Stone.

For a moment, all was quiet. Augusta held her breath, waiting to see if her spell worked. She'd combined a simple force attack of the kind that might have blown up a house with a clever teleporting idea. Instead of hitting the peasants directly, the spell would be teleported into the ground under the feet of their attacking army. There, beneath the ground, the force would break and shatter rocks, creating the chain reaction she needed—or so Augusta hoped.

For a few nerve-wracking seconds, it seemed like nothing was happening. And then she heard it: a deep, sonorous boom, followed by a powerful vibration under her feet. The earth shook so violently that Augusta had to sit or be knocked to the ground herself. In the distance, she could hear the screams of the peasants as the ground split open under their feet, a deep gash appearing right in the middle of their army. Dozens of men tumbled into the opening, falling to their deaths with frightened yells.

Step one of the plan was complete.

Augusta loaded her next spell. It was one of the deadliest spells she knew—a spell that sought pulsating tissue and applied a powerful electric current to it. It was meant to stop a heart—or multiple hearts, given the width of the radius Augusta had coded.

The spell blasted out, and Augusta could see the peasants who were still on their feet falling, clutching their chests. With her enhanced vision, she could see the looks of shock and pain on their faces, and she swallowed hard, trying to keep down the bile in her stomach. She had never done this before, had never killed so many using sorcery, and she couldn't help her instinctive reaction.

By the time the spell had run its course, the road and the grassy fields nearby were littered with bodies. Less than half of the original peasant army was left alive.

Still feeling sick, Augusta stared at the results of her work. Now they would run, she thought, desperately wanting this battle to be over.

But to her shock, instead of turning back, the survivors rushed toward the hill, clutching their remaining weapons. They were fearless—or, more likely, desperate, she realized. These men had known from the beginning that their mission was dangerous, but they'd chosen to proceed anyway. She couldn't help but admire that kind of determination, even though it scared her to death. She imagined the rebels behind the Sorcery Revolution—the ones who had overthrown the old nobility so brutally—had been just as determined in their own way.

All around her, Barson's soldiers prepared to meet the onslaught, assuming their places and drawing their arrows.

As the peasants got closer to the hill, a hail of arrows rained down, piercing their unshielded bodies. The soldiers hit their targets with the same terrifying precision that Augusta had seen during practice. Every peasant who got within their arrows' range was dead within seconds. Yet the rebels persisted, continuing on, pushing past their fallen comrades. Lacking any kind of structure or organization, they simply kept going, their faces twisted with bitter rage and their eyes shining with hatred. The futility of all the deaths was overwhelming for Augusta. By the time Barson's men ran out of arrows, less than a third of the original aggressors remained.

Tossing aside their useless bows, the guards, as one, unsheathed their swords. And then they waited, their expressions hard and impassive.

When the first wave of attackers reached the hill, they were dispatched within seconds, the soldiers' sorcery-enhanced weapons sharper and deadlier than anything the peasants had ever seen before. Standing off to the side, Augusta watched as waves of attackers came and fell all around the hill.

Her lover was death incarnate, as unstoppable as a force of nature. Half the time, he would singlehandedly tackle the waves of rebels, easily taking on twenty or thirty men. The other soldiers were almost as brutal, and Augusta could see the peasants breaking up into smaller and smaller groups, their ranks diminishing with every minute that passed.

Within an hour, the battle was nearing its morbid conclusion. Staring at the bloody remnants on the field, Augusta knew it was a battle she would never forget.

No, she corrected herself. It was not a battle—it was a slaughter.

14. KAPITEL: GALA

»Das ist spektakulär«, sagte Gala zu Blaise, als sie auf die Stadt unter ihnen schaute. Sie saßen auf seiner Chaise, einem magischen Objekt, welches sie sehr beeindruckend fand. Mit seiner hellblauen Farbe erinnerte es Gala an ein schmales, elegantes Sofa — mit dem Unterschied, dass es aus einem diamantähnlichen Material gefertigt war, welches hart aussah, aber in Wirklichkeit sehr weich und angenehm war, wenn man es berührte. Blaise steuerte es durch verbale Zaubersprüche.

Was Gala besonders mochte war allerdings die Tatsache, so nah bei Blaise sitzen zu können. Sie genoss seine Nähe; es erinnerte sie an die warmen Gefühle, die der vorangegangene Kuss in ihr ausgelöst hatte. Bei dem Gedanken an den Kuss löste sie ihren Blick von dem, was sich unter ihr befand und schaute auf Blaise, betrachtete sein markantes Profil.

Es störte sie, dass er an ihren Gefühlen zweifelte. Natürlich fehlte es ihr an Erfahrungen in der wirklichen Welt, aber sie hatte genug gelesen um das Konzept der Anziehung zu verstehen — und was es bedeutete, so für jemanden zu fühlen. Sie war sich sicher, andere Menschen würden ihre Gefühle für Blaise nicht ändern. Dieser Ausflug zum Dorf würde gleich mehrere Zwecke erfüllen, dachte sie und wandte ihre Aufmerksamkeit wieder der Stadt zu, die unter ihr lag. Sie würde die Welt sehen können und es würde Blaise zeigen, dass sie wusste, was sie wollte. Sie wollte auf ihren Schöpfer nicht ignorant oder naiv wirken.

»Das ist der Marktplatz«, erklärte ihr Blaise und unterbrach damit ihre Überlegungen. Er zeigte auf eine große, offene Fläche unter ihnen. »Du kannst die ganzen Stände der Händler sehen, die ihn einrahmen. Und siehst du diesen Springbrunnen in der Mitte?«

»Ja«, antwortete Gala mit steigender Neugier. Sie mochte es,

Neues zu erfahren und es war großartig, diese ganzen Dinge hier mit ihren eigenen Augen zu sehen, anstatt sie durch Momentaufnahmen oder Bücher zu lernen.

»Jeder, der Turingrad besucht, geht zu dem Brunnen und wirft eine Münze hinein«, erzählte ihr Blaise. »Arm oder reich, Normalbürger oder Zauberer — sie kommen alle zu ihm und wünschen sich etwas.«

»Warum? Ist das eine Art Zauber?«

»Nein.« Blaise lachte leise. »Nur eine alter Brauch. Er existierte schon lange vor Lenard dem Großen und der Entdeckung der Zauberdimension. Ein Aberglaube, wenn du so möchtest.«

»Ich verstehe«, sagte Gala, auch wenn dieses Konzept sie ein wenig verwirrte. Warum würden Menschen einfach so Münzen in diesen Brunnen werfen? Wenn er nichts mit Zauberei zu tun hatte, war es doch offensichtlich, dass er keine Wünsche erfüllen konnte.

»Und das dort hinten ist der Zauberturm«, sagte Blaise und zeigte auf einen beeindruckenden Bau auf einem großen Berg. »Dort leben und arbeiten die größten Zauberer. Der Rat hält dort auch seine Treffen ab und in den ersten Etagen befindet sich die Zauberakademie, einer Ausbildungsstätte für die jungen Menschen. Die Garde der Zauberer ist ebenfalls dort untergebracht.«

Gala nickte und betrachtete neugierig den Turm. Er erinnerte an ein großes, herrschaftliches Schloss, welches durch seine Lage noch beeindruckender war. Wer auch immer es gebaut hatte, wollte damit etwas aussagen. Dieses Gebäude schrie schon fast *Macht*.

Als Gala es betrachtete, fiel ihr auf, dass etwas an dem Berg sie störte. Seine Form, dieser Steilhang auf der einen Seite — das unterschied sich alles zu sehr von der flachen Landschaft rundherum. »Ist dieser Berg natürlich?«, wollte sie von Blaise wissen und drehte ihren Kopf zu ihm, damit sie in anschauen konnte.

»Nein.« Er lächelte sie an. »Er wurde vor über zweihundert Jahren von den ersten Zaubererfamilien errichtet. Sie wollten einen Turm, der uneinnehmbar war, also erarbeiteten sie einen Zauber, der die Erde anhob und erschufen diesen Berg. Das Gebäude als solches wird auch von allen möglichen Zaubersprüchen beschützt.«

»Warum haben sie das gemacht? Hatten sie Angst vor den normalen Menschen?«

»Ja«, bestätigte Blaise. »Und die haben sie immer noch. Es ist schade, aber die Erinnerung an die Revolution der Zauberer ist immer noch frisch in den Köpfen der meisten Menschen.«

Gala nickte wieder und erinnerte sich an das, was sie in einem von Blaises Büchern gelesen hatte. Vor zweihundertfünfzig Jahren wurde die ganze Gesellschaftsstruktur Kolduns durch eine blutige Revolution auseinandergerissen. Der alte Adel war fett und faul geworden, isolierte sich von dem ansteigenden Unmut seiner Bevölkerung. Der König war einer der Schlimmsten gewesen. An ihm waren die Veränderungen durch die Aufklärung und die Entdeckung von etwas, das die Zauberdimension genannt wurde, völlig vorbeigegangen.

Lenard — oder Lenard der Große, wie er später genannt werden würde — war ein brillanter Erfinder, der es, neben seinen anderen Leistungen, vollbrachte, in einen fremden Ort einzudringen, der die Macht hat, die Wirklichkeit zu verändern. Dieser Vorgang ähnelte der Magie der Märchen. Das Ganze war natürlich kein Märchen, und das, was in der modernen Ära als Magie bekannt wurde, war nichts weiter als eine komplexe und kaum verstandene Interaktion zwischen der Zauberdimension und der physischen Dimension. Aber seine Entdeckung änderte alles und verhalf einer neuen Elite zu ihrem Aufstieg: den Zauberern.

Es begann mit harmlosen kleinen Zaubern — mündliche Sprüche in einer komplexen, geheimen Sprache die nur die intelligentesten, mathematisch begabtesten Individuen meistern konnten. Einige der ersten Zauberer waren Adelige, aber viele waren es nicht. Jeder, unabhängig seiner Abstammung, konnte in die Zauberdimension eindringen und Lenard ermutigte jeden, Mathematik und die Sprache der Magie zu studieren, um die Gesetzte der Natur verstehen zu können. Er ging sogar so weit, eine Schule zu öffnen, einen Ort, der später als die Akademie der Zauberer bekannt wurde, in der viele grundlegende magische und wissenschaftliche Entdeckungen getätigt wurden.

Innerhalb eines Jahrzehnts begannen die Zauberei und das Wissen durch die Aufklärung das Leben in Koldun grundlegend zu beeinflussen. Die Zauberer entdeckten einen Weg, ohne Essen überleben zu können, sich durch Teleportation innerhalb eines Augenblickes von einem Ort zum anderen bewegen zu können und sogar Schlachten mit Zaubersprüchen zu schlagen. Nach kurzer Zeit schien das jahrhundertealte feudale System mit den vererbbaren Titeln denjenigen, die die Realität mit einigen wenigen sorgfältig ausgewählten Sätzen verändern konnten, überholt zu sein. Ideen von Gerechtigkeit und Fortschritt, menschlichen Grundrechten und einer leistungsbezogenen sozialen Stellung verbreiteten sich wie ein Wildfeuer und trafen die Adligen völlig unvorbereitet.

Als der König endlich verstand, welche Bedrohung die neue Klasse der Zauberer darstellte, war es schon zu spät. Die Bauern, die realisierten, dass ihre Herrscher nicht mehr so mächtig waren wie früher, stellten höhere Forderungen und Aufstände brachen in ganz Koldun aus, als die gemeine Bevölkerung ihre Lebensqualität verbessern wollte. Die meisten Zauberer — wenn auch nicht alle — unterstützten die Landbevölkerung und diejenigen der Unterklasse, die keine Begabung für die Magie hatten, stellten sich hinter sie, suchten den Schutz der Zauberer gegen die Adligen die immer noch die Armee des Königs auf ihrer Seite hatten.

Das Ergebnis war eine Revolution — ein blutiger ziviler Konflikt, der sechs Jahre lang andauerte. Je länger er dauerte, desto brutaler und rachsüchtiger wurde jede Seite und die Grausamkeiten, die die Bauern gegen ihre ehemaligen Herrscher begingen, wurden so entsetzlich wie die Gräueltaten der Barbaren im Zeitalter der Finsternis. Die Revolution war nicht zu Ende, bevor nicht jede adlige Familie ausgerottet war und der König seinen Kopf verloren hatte. Erst dann konnten die Überlebenden die Scherben ihrer zerbrochenen Leben aufsammeln.

Es war also kein Wunder, dass die Zauberer die Bauern fürchteten, dachte Gala und blickt auf den Turm. Schließlich waren die Zauberer ja jetzt die neue Herrscherklasse.

* * *

Nach einigen Stunden Flug erreichten sie endlich ihr Ziel. Gala erkannte das Feld unter sich als das wieder, welches sie in der Momentaufnahme vor einigen Stunden gesehen hatte; es sah von oben sogar noch schöner aus. Die Arbeit des Frühlings aus ihrer Vision mussten schon abgeschlossen sein, denn hohe Weizenhalme bestimmten die Landschaft.

Auf der einen Seite befand sich eine Ansammlung von Gebäuden von denen Gala schätzte, sie seien das Dorf. Im Gegensatz zu den reichen, aufwendigen Bauten in Turingrad waren die Häuser hier viel kleiner. Einfacher, dachte Gala. Sie erinnerte sich gelesen zu haben, viele Bauern wohnten in Lehmhütten und das schien hier auch der Fall zu sein.

Es gab eine kleine Lichtung zwischen zwei größeren Häusern und dort landeten sie.

Sobald ihre Chaise den Boden berührte, öffnete sich die Tür

eines dieser Häuser und zwei ältere Frauen kamen hinaus.

Gala betrachtete sie neugierig. Sie hatte über die körperlichen Veränderungen der Menschen im Laufe ihres Lebens gelesen, und fragte sich, wie alt diese Frauen wohl waren. Für sie sahen die beiden sich sehr ähnlich, mit ihren grauen Haaren und den braunen Augen, obwohl Gala die eine ein wenig hübscher fand als die andere.

Als sie Blaise sahen lächelten sie erfreut und eilten auf die Chaise zu.

»Blaise, mein Kind, wie geht es dir?«, rief die Hübschere von beiden.

»Und wer ist dieses wunderschöne Mädchen bei dir?«, fügte die andere hinzu.

Bevor Blaise eine Möglichkeit hatte, ihnen zu antworten und Gala die Tatsache aufnehmen konnte, gerade *wunderschön* genannt worden zu sein, wandte die Frau, die zuerst gesprochen hatte, sich auch schon Gala zu und sagte: »Ich bin Maya. Und wer bist du, mein Kind?«

»Und ich bin Esther«, sagte die andere, ohne Gala die Chance zu geben, auf die Frage zu antworten. Ihr Gesicht, welches Gala sehr mochte, war durch ihr Lächeln ganz faltig. Trotz ihrer einfachen Erscheinung, war irgendetwas an ihr sehr anziehend, stellte Gala fest. Außerdem strahlten beide Frauen Wärme aus, was Gala sehr angenehm fand.

»Maya, Esther«, sagte Blaise und stieg von der Chaise, »ich möchte euch gerne Gala vorstellen.«

»Gala? Was für ein schöner Name«, bemerkte Esther und trat nach vorne, um sie zu umarmen. Maya folgte ihrem Beispiel und Gala grinste, da es ihr gefiel, im Mittelpunkt zu stehen. Ihre Umarmungen waren nett, aber nichts im Gegensatz zu dem, was sie fühlte, wenn sie Blaise berührte.

»Blaise, hieß deine Großmutter nicht auch Gala?«, wollte Maya wissen.

Blaise nickte und lächelte Gala verschwörerisch an. »Ja. Was für ein schöner Zufall, nicht wahr?«

»Also kommt rein, Kinder«, sagte Esther. »Ich habe gerade einen köstlichen Eintopf gekocht—«

»Ich bin mir bei dem köstlich nicht so sicher, aber es ist mit Sicherheit Eintopf«, meinte Maya mit einem boshaften Grinsen, und Gala verstand, dass sie die andere Frau nur ärgern wollte.

Blaise schüttelte seinen Kopf. »Das würde ich gerne, aber ich kann nicht«, erklärte er Esther freundlich. »Leider muss ich gehen.

Falls es euch nichts ausmacht, wird Gala allerdings ein paar Tage lang bei euch bleiben.«

Die Frauen sahen überrascht aus, aber Maya erholte sich schnell davon. »Natürlich macht es uns nichts aus«, antwortete sie. »Für dich und deine liebenswerte junge Freundin machen wir das gerne.«

Esther nickte eifrig. »Ja, wir machen jederzeit alles gerne für dich, Blaise. Wie habt ihr beide euch kennengelernt?«, fragte sie sichtlich neugierig.

»Das ist eine lange Geschichte«, entgegnete Blaise und sein Ton wehrte weitere Fragen zu diesem Thema ab. »Maya, würde es dir etwas ausmachen, Gala eine Runde durch das Dorf zu führen, während Esther und ich uns kurz unterhalten?«

Esther blickte skeptisch. »Bist du sicher, dass du nicht bleiben möchtest? Wir würden uns freuen, dich für ein paar Tage bei uns zu haben. Du brauchst ein wenig Sonne und solltest etwas essen. Ich wette, du hast seit deinem letzten Besuch bei uns von Magie gelebt«, sagte sie missbilligend.

»Blaise hatte wichtige Sachen zu erledigen«, warf Gala ein und rettete Blaise dadurch. Sie konnte sehen, wie angespannt er aussah und fühlte, er wollte nicht hier sein, weit entfernt von der beruhigenden Gegenwart des Codes, an dem er so sehr hing. Von dem kurzen Einblick in seinen Gedanken, den sie durch diese Momentaufnahme bekommen hatte — und von dem, was sie über seinen Bruder wusste — verstand sie, dass ihr Schöpfer immer noch litt, noch nicht bereit war, sich der Welt außerhalb seines Hauses zu stellen.

»Also mir gefällt das überhaupt nicht«, verlautete Esther und spitzte ihre Lippen. »Versprich uns, bald wiederzukommen.«

»Mach dir deshalb keine Sorgen. Ich werde Gala mit Sicherheit nicht lange alleine lassen«, antwortete Blaise und Gala konnte die Wärme in seinem Blick spüren, als er sie ansah.

Gala lächelte und ging einen Schritt auf Blaise zu. Sie stellte sich auf ihre Zehenspitzen, schlang ihre Arme um seinen Hals und zog seinen Kopf für einen erneuten Kuss nach unten. Seine Lippen waren warm und weich und Gala genoss dieses Gefühl. Zu ihrer Erleichterung wich er ihr nicht aus. Stattdessen zog er sie näher an sich heran und küsste sie so leidenschaftlich, dass Schauer ihren Rücken hinabliefen.

Als er sie entließ schlug ihr Herz schneller und sie konnte die erfreuten Blicke auf Mayas und Esthers Gesichtern sehen. Sie hatte den Eindruck verstärkt, den die beiden Frauen schon gehabt haben mussten — dass sie und Blaise ein Paar waren. Das war etwas, von dem Gala hoffte, es würde sich eines Tages bewahrheiten, und in der Zwischenzeit war es eine Erklärung für ihre Beziehung zu Blaise. Nicht, dass noch irgendjemand auf die Idee käme, sie sei Blaises Schöpfung, dachte Gala trocken. Von dem was sie bis jetzt erfahren hatte, konnte sich niemand vorstellen, dass eine Person auf die Art und Weise entstehen konnte, wie das bei ihr der Fall gewesen war.

Jetzt, da es Zeit war sich von Blaise zu verabschieden, hatte Gala zum ersten Mal Zweifel. Plötzlich war die Welt gar nicht mehr so verlockend, da es bedeutete, sie müsste sich für die nächsten Tage von Blaise trennen. Er war noch nicht einmal weg und sie vermisste ihn schon — und wollte mehr von diesen Küssen. Von allem, was sie gelesen hatte, wusste sie, Menschen entwickelten selten so schnell solche starken Gefühle für einander, aber es gab immer Ausnahmen. Es war auch möglich, dass die normalen Regeln nicht auf sie zutrafen, da sie ja nicht menschlich war.

»Tschüss, Gala«, sagte Blaise und lächelte sie an. Sie erwiderte dieses Lächeln und schüttelte den kurzen Moment der Schwäche ab. Das Dorf wartete auf sie. Das war ihre Chance, hier das Leben zwischen normalen Menschen zu entdecken. Sie hatte die starke Vermutung, wenn sie jetzt absprang, würde sie Blaise nie wieder zu so etwas überreden können.

»Tschüss, Blaise«, antwortete sie entschieden und war entschlossen, stark zu bleiben. Sie drehte sich um und ging auf das wunderschöne Feld zu, welches sie in der Nähe sehen konnte. Maya folgte ihr und winkte Blaise zum Abschied.

Als Gala sich dem Feld näherte, wurde sie schneller bis sie so schnell rannte, wie sie nur konnte. Sie konnte den Wind in ihren Haaren spüren, die Wärme der Sonne auf ihrem Gesicht und sie streckte es vor Freude lachend dem Himmel entgegen.

Sie lebte, und sie genoss jeden Augenblick davon.

CHAPTER 14: GALA

"This is spectacular," Gala told Blaise, looking down at the city below. They were sitting on his chaise, a magical object that she found quite impressive. Light blue in color, it reminded Gala of a narrow, elongated sofa—except that it was made of a strange diamond-like material that looked hard, but was actually quite soft and pleasant to the touch. Blaise was navigating it using verbal spells.

Gala especially liked the fact that she could sit so close to Blaise. She enjoyed his nearness; it made her recall the warm sensations she'd experienced when she'd kissed him earlier. Thinking about that kiss, she tore her eyes away from the view below and glanced at Blaise, studying his strong profile.

It bothered her that he doubted her feelings. She obviously lacked real-world experience, but she'd read enough to understand the mechanics of attraction—and what it meant, to feel like that about someone. She was sure that meeting other people wouldn't make a difference in how she regarded Blaise. This trip to the village would serve multiple purposes, she thought, turning her attention back to the city below. It would let her see the world, and it would also reassure Blaise that she knew her own mind. She didn't want to seem ignorant or naive to her creator.

"This is the Town Square," Blaise said, interrupting her musings. He was pointing at a large open area below. "You can see all the merchant stalls surrounding it. And you see that water fountain in the center?"

"Yes," Gala said, her excitement increasing. She liked learning, and it was great to see these things with her own eyes, rather than through a Life Capture or the pages of a book.

"Everybody who visits Turingrad comes to this fountain to throw a coin in the water," Blaise said. "Rich or poor, commoner or sorcerer—they all come here to make a wish."

"Why? Is that a form of sorcery?"

"No." Blaise chuckled. "Just an old custom. It was in place long before Lenard the Great and the discovery of the Spell Realm. A superstition, if you will."

"I see," Gala said, though the concept confused her a little. Why would humans throw their coins into the fountain like that? If the fountain had nothing to do with sorcery, then it obviously couldn't grant wishes.

"And that's the Tower of Sorcery over there," Blaise said, pointing at an imposing structure sitting on top of a large hill. "That's where the most powerful sorcerers live and work. The Council holds meetings there as well, and the first few floors are occupied by the Academy of Sorcery, a learning institution for the young. The Sorcerer Guard is also stationed there."

Gala nodded, studying the Tower with curiosity. It was a large, stately castle, made even more impressive by its location on the mountain. Whoever had built it was clearly making a statement. The building practically screamed 'power.'

Looking at it, Gala realized that something about the mountain bothered her. The shape of it, the steep cliff at one end—it was just too different from the surrounding flat landscape. "Is the mountain real?" she asked Blaise, turning her head to look at him.

"No." He gave her a smile. "It was built by the first sorcerer families over two hundred years ago. They wanted the Tower to be unassailable, so they did a spell to make the earth rise up, creating this hill. The building itself is fortified with all manner of sorcery as well."

"Why did they do this? Was it because they were afraid of the common people?"

"Yes," Blaise said. "And they still are. It's unfortunate, but the memory of the Sorcery Revolution is still fresh in most people's minds."

Gala nodded again, remembering what she'd read in one of Blaise's books. Two hundred and fifty years ago, the entire fabric of Koldun society had been ripped apart by a bloody revolution. The old nobility had gotten fat and lazy, disconnected from the brewing discontent of their subjects. The king had been among the worst of the offenders, completely oblivious to the changes taking place as a result of the Enlightenment and one man's discovery of something called the Spell Realm.

Lenard—or Lenard the Great, as he would later become known—had been a brilliant inventor who, among his other achievements, managed to tap into a strange place that had the power to alter reality in a way that was uncannily similar to fairy-tale magic. It wasn't a fairy tale, of course, and what was known in the modern era as magic was nothing more than complex and still little-understood interactions between the Spell Realm and the Physical Realm. But his discovery changed everything, resulting in the rise of a new elite: the sorcerers.

It started off as harmless little spells—oral incantations in a complex, arcane language that only the brightest, most mathematically inclined individuals could master. Some of the first sorcerers were from the noble class, but many were not. Anyone, regardless of their lineage, could tap into the Spell Realm, and Lenard encouraged everyone to learn mathematics and the language of magic, to understand the laws of nature. He even went so far as to open a school, a place that later became known as the Academy of Sorcery, where many of the subsequent magical and scientific discoveries took place.

Within a decade, sorcery and knowledge brought about by the Enlightenment began to permeate every aspect of life on Koldun. The sorcerers discovered a way to sustain themselves without food, to move from place to place in a blink of an eye via teleportation, and even to do battle using spells. Before long, the centuries-old feudal system of hereditary nobility began to seem outdated to those who could change the fabric of reality with a few carefully chosen sentences. Notions of fairness and progress, of basic human rights and merit-based societal standing, spread like wildfire, catching the nobles completely off-guard.

By the time the king understood the threat posed by the new sorcerer class, it was too late. The peasants, realizing that their lords were no longer as all-powerful as they once were, grew more demanding, and uprisings erupted all over Koldun as commoners sought to better their quality of life. Most of the sorcerers—though not all—supported the peasants, and those of the lower class who lacked the aptitude for magic banded behind them, seeking the sorcerers' protection against the nobles who still had the king's army on their side.

The end result was a revolution—a bloody civil conflict lasting six years. As it progressed, each side grew more brutal and vengeful, and the atrocities perpetuated by the peasants against their former masters ended up being as horrifying as what the barbarians did in the Age of Darkness. It wasn't until almost every noble family was slaughtered and the king lost his head that the revolution came to an end, leaving the survivors to pick up the pieces of their shattered lives.

It was no wonder that the sorcerers feared the peasants, Gala thought, staring at the Tower. After all, sorcerers were now the new ruling class.

* * *

After several hours of flying, they finally approached their destination. Gala recognized the field below from one of the Life Captures she'd consumed earlier; it was even more beautiful from above. The spring work in her vision must've been completed, and tall stalks of wheat populated the landscape.

Off to the side was a cluster of buildings that Gala guessed to be the village. Unlike the rich, elaborate-looking structures in Turingrad, the houses here were much smaller. Simpler, Gala thought. She remembered reading that many peasant homes were made of clay, and it appeared to be the case here as well.

There was a little clearing between two of the bigger houses, and that was where they landed.

As soon as their chaise touched the ground, the door to one of these houses opened, and two older women came out.

Gala stared at them, intrigued. She'd read about the physical changes that occur in humans throughout their lives, and she wondered about these women's ages. To her, they appeared to be similar to each other, with their grey hair and brown eyes, although Gala found one of them to be more pleasant-looking than the other.

Seeing Blaise, they smiled widely and rushed toward the chaise.

"Blaise, my child, how are you?" the prettier one of the two exclaimed.

"And who is this beautiful girl with you?" the other woman jumped in.

Before Blaise had a chance to answer and Gala could fully register the fact that she had just been called 'beautiful,' the woman who spoke first turned toward Gala and announced, "I am Maya. Who might you be, my child?"

"And I am Esther," said the other one without giving Gala a chance to reply. Her face was creased with a smile that Gala liked very much. In general, despite the woman's more homely appearance, Gala decided that something about her was quite appealing. Both women had a warmth to them that Gala found pleasant.

"Maya, Esther," Blaise said, getting off the chaise, "let me introduce Gala to you."

"Gala? What a pretty name," said Esther, stepping forward and giving Gala a hug. Maya followed her example, and Gala grinned, pleased to find herself the center of attention. Their hugs were nice, but nothing like what she felt when she touched Blaise.

"Blaise, wasn't Gala your grandmother's name as well?" asked Maya.

Blaise nodded and gave Gala a conspiratorial smile. "Yes. A lovely coincidence, isn't it?"

"Well, come inside, children," Esther said. "I've just made some delicious stew—"

"I'm not so sure about delicious, but it's definitely stew," Maya said with a wicked grin, and Gala realized that she was teasing the other woman.

Blaise shook his head. "I'd love to, but I can't," he told Esther gently. "Unfortunately, I have to go. However, if you don't mind, Gala will be staying with you for a few days."

The women looked taken aback, but Maya recovered quickly. "Of course, we don't mind," she said. "Anything for you and your lovely young friend."

Esther nodded eagerly. "Yes, anything for you, Blaise. How do you two know each other?" she asked, visibly curious.

"It's a long story," Blaise said, his tone brooking no further questions on this topic. "Maya, would you mind giving Gala a tour of the village while Esther and I catch up for a minute?"

Esther frowned. "Are you sure you won't stay? We'd love to have you for a few days. You need some sun, and you should eat something. I bet you lived on magic since our last visit," she said disapprovingly.

"Blaise has important business to attend to," Gala said, coming to Blaise's rescue. She could see that he looked tense, and she sensed that he didn't want to be here, away from the comforting precision of the code he'd come to depend on so much. From the brief glimpse of his mind she'd gotten in that Life Capture—and from what she'd learned about his brother—she knew that her creator was still hurting, that he wasn't ready to face the outside world yet.

"Well, I don't like it one bit," Esther announced, pursing her lips. "Promise us you'll come back soon."

"Oh, don't worry. I will not leave Gala by herself for long, you can be sure of that," Blaise said, and Gala felt the warmth in his gaze as he looked upon her.

Gala smiled and took a step toward Blaise. Standing up on tiptoes, she wrapped her arms around his neck and pulled his head down for another kiss. His lips were warm and soft, and Gala eagerly savored the sensation. To her relief, this time he didn't step away. Instead, he pulled her deeper into his embrace and kissed her back fiercely, sending shivers of heat down her spine.

When he released her, her heart was beating faster, and she could see the pleased looks on Maya and Esther's faces. She'd succeeded in reinforcing the impression the two women must've already had—that she and Blaise were lovers. It was something that Gala hoped would be a reality at some point, and in the meantime, it provided an explanation for her relationship with Blaise. Not that anyone would ever guess that Gala was Blaise's creation, she thought wryly. From what she'd learned thus far, nobody could imagine that a person could've originated the way Gala did.

Now that it was time for her to part from Blaise, Gala experienced doubt for the first time. All of a sudden, seeing the world was not nearly as appealing, since it meant she would have to be apart from Blaise for the next few days. He hadn't even left yet, and she already missed him—and wanted more of those kisses. From everything she'd read, she knew people rarely developed strong feelings for each other so quickly, but there were always exceptions. It was also possible that the usual rules didn't apply to her, since she wasn't human.

"Bye, Gala," Blaise said, giving her a smile, and she smiled back, shaking off the brief moment of weakness. The village was beckoning her. This was her chance to experience life here, among the common people. She had a strong suspicion that if she backed out now, she would not be able to talk Blaise into doing this again.

"Bye, Blaise," she said, determined to be strong about this. Turning, she started walking toward the beautiful field that she could see nearby. Maya followed her, waving a goodbye to Blaise as well.

As Gala approached the field, her pace picked up until she was running as hard as she could. She could feel the wind in her hair and the warmth of the sun on her face, and she turned her face up, laughing from sheer joy.

She was living, and she loved every moment of it.

15. KAPITEL: AUGUSTA

»Bist du sicher, dass du zurechtkommst?«, fragte Barson und sah besorgt auf Augusta hinab. Er hatte sie gerade zu ihrer Unterkunft begleitet und sie standen vor ihrem Arbeitszimmer.

»Natürlich.« Augusta lächelte ihren Liebhaber an. »Das werde ich.« Sie konnte nicht abstreiten, sich nach der Schlacht noch ein wenig zittrig zu fühlen, aber die beste Medizin dagegen war, wieder zu ihrer täglichen Routine zurückzukehren — und das bedeutete, die Arbeit an ihren derzeitigen Projekten wieder aufzunehmen.

»In diesem Fall, lasse ich dich mit deinen Zaubersprüchen alleine«, erwiderte Barson und beugte sich hinunter, um ihr einen Kuss zu geben.

Aus ihrem Augenwinkel sah Augusta, wie sich eine junge Zauberin näherte und ehrerbietig mit einigem Abstand zu ihnen anhielt.

»Entschuldigen sie bitte, meine Dame ...« Der Frau schien das unangenehm zu sein und sie spielte nervös mit ihre Händen.

Barson grinste, da er sich offensichtlich über die unterwürfige Art des Mädchens amüsierte. Augusta drehte ihren Kopf zu ihm, um ihm einen Blick mit verengten Augen zuzuwerfen. »Was gibt es denn?«, wollte sie, verärgert über die Unterbrechung, von dem Mädchen wissen.

»Meister Ganir hat mich zu Ihnen geschickt«, erklärte die Zauberin schnell. »Er möchte sie in seinem Arbeitszimmer sehen.«

Augusta zog ihre Stirn in Falten, da sie überhaupt nicht glücklich über die Tatsache war, wie ein Akolyt gerufen zu werden. Hatte Ganir schon etwas über die Schlacht und ihre Verwicklung darin erfahren? Falls ja, wäre das sehr schnell gegangen, selbst für ihn.

»Vielleicht möchte er erklären, wie aus dreihundert Bauern dreitausend werden konnten«, murmelte Barson und drehte dabei

LEARN GERMAN BY READING

seinen Kopf weg, damit das Mädchen ihn nicht hören konnte.

Überrascht blickte Augusta zu ihm auf und sah seinen kalten, spöttischen Blick. Meinte Barson, Ganir habe sie absichtlich falsch informiert?

Sie behielt diesen Gedanken für einen anderen Zeitpunkt im Hinterkopf und sagte zu ihrem Liebhaber: »Wir sehen uns später«. Danach ging sie entschiedenen Schrittes den Gang hinunter, so dass die junge Frau ihr aus dem Weg springen musste.

Es war das Beste, diese unangenehme Sache schnell hinter sich zu bringen.

CHAPTER 15: AUGUSTA

"Are you sure you're going to be all right?" Barson asked, looking down at Augusta with concern. He had just walked her to her quarters, and they were standing in front of her office.

"Of course." Augusta smiled up at her lover. "I'll be fine." She couldn't deny that she still felt a little shaky after the battle, but the best cure for that was getting right back to her everyday routine—and that meant resuming work on her ongoing projects.

"In that case, I'll let you get to your spells," Barson said, leaning down to give her a kiss.

Out of the corner of her eye, Augusta spotted a young sorceress approaching them and pausing deferentially a few feet away.

"Um, excuse me, my lady . . ." The woman appeared uncomfortable, her hands nervously twisting together.

Barson smirked, clearly amused by the girl's reverent manner, and Augusta turned her head toward him, giving him a narrow-eyed look. "What is it?" she asked the girl, annoyed to be interrupted.

"Master Ganir sent me to look for you," the sorceress quickly explained. "He is requesting your presence in his office."

Augusta frowned, unhappy at being summoned like an acolyte. Had Ganir already heard about the battle and her involvement in it? If so, that was fast, even for him.

"Maybe he wants to explain how three hundred peasants became three thousand," Barson murmured, bending his head so that the girl couldn't hear him.

Startled, Augusta looked up at him, meeting his coolly mocking gaze. Was Barson implying that Ganir had misinformed them on purpose?

Tucking that thought away for further analysis, she told her lover, "I will see you later," and walked decisively down the hall, forcing

the young woman to jump out of her way.
It was best to get this unpleasantness over with quickly.

16. KAPITEL: BARSON

Sobald Augusta außer Sichtweite war, verließ Barson den Flügel der Zauberer und ging zu den Baracken der Soldaten im Westflügel des Turms. Er und Augusta waren vorneweg geritten, weshalb seine Soldaten noch nicht angekommen waren. Das gab ihm etwas weniger als eine Stunde Zeit, um etwas zu erledigen, das nicht aufgeschoben werden konnte.

Als er eintrat, sah er den vertrauten Flur mit der Reihe von Räumen in denen er und seinen Männer lebten, wenn sie im Dienst waren. Seine eigenen Quartiere waren fast so großzügig wie die der Zauberer, aber selbst seine einfachsten Soldaten hatten komfortable Unterkünfte. Das war etwas, das er sichergestellt hatte, als er Kapitän der Garde der Zauberer geworden war.

Normalerweise würde er nach einem so anstrengenden Einsatz wie diesem gleich in sein Zimmer gehen und ein langes Bad nehmen, aber er hatte keine Zeit zu verschwenden. Er musste einen Verräter zur Rede stellen — und er musste es jetzt machen, solange er ihn unvorbereitet erwischen konnte.

Er hielt vor Siurs Zimmer an und machte eine kurze Pause um zu hören, ob Geräusche nach draußen drangen. Es schien, als sei sein zuverlässiger Leutnant gerade mit Bettspielen beschäftigt.

Umso besser, dachte Barson, und ein dünnes Lächeln erschien auf seinen Lippen. Es gab nichts Besseres, als seinen Feind mit hinuntergelassenen Hosen zu ergreifen — im wörtlichen Sinne.

Ohne weitere Vorwarnung öffnete er die Tür und betrat Siurs Zimmer.

Wie er vermutet hatte, befanden sich zwei nackte Körper in dem Bett. Von dem Stöhnen und den roten Haarsträhnen die er unter dem angestrengten Siur sehen konnte, schloss er, die Frau musste eine der örtlichen Nutten sein, die die Wachen häufig besuchten.

Die beiden waren so miteinander beschäftigt, dass sie nicht einmal bemerkten, wie Barson hineinkam.

Barson, der langsam wütend wurde, schlug mit seiner behandschuhten Hand gegen die Wand. Siur und seine Bettgefährtin sprangen auf, fluchten, und Barson beobachtete mit grausamer Belustigung wie die Frau aus dem Bett krabbelte und sich ein Laken um ihren plumpen Körper wickelte.

»Kapitän!«, rief Siur entsetzt aus, hüpfte aus dem Bett und zog sich schnell seine Unterhosen an. »Ich habe sie nicht eintreten sehen ...« Die vom Schock weit aufgerissenen Augen waren ein fast komischer Anblick.

»Erstaunt, mich zu sehen?«, fragte Barson in einem seidigen Ton und sah der Nutte dabei zu, wie sie aus dem Zimmer rannte. »Oder einfach nur überrascht, mich lebend zu sehen?«

»Was? Nein, Kapitän! Ich meine, ja—« Siur war offensichtlich nicht darauf vorbereitet gewesen. Seine Augen wanderten von rechts nach links und erinnerten Barson an ein gefangenes Tier.

»Warum konntest du an diesem Auftrag nicht teilnehmen?«, fragte ihn Barson, ohne ihm die Gelegenheit zu geben, seine Haltung wiederzuerlangen. »Warum bist du zurückgeblieben?«

»Also, ich—« Siur hatte offensichtlich nicht erwartet, befragt zu werden und Barson konnte sehen, wie er verzweifelt versuchte, eine plausible Antwort zu finden. Sein Zögern war sein Untergang.

»Erzähl mir alles«, befahl ihm Barson und blickte auf den Mann, den er einst als seinen Freund betrachtet hatte. »Warum hast du das gemacht?«

Siur zwinkerte und wich zurück. »Ich weiß nicht, wovon du redest—«

»Lüg mich nicht an. Bring mir wenigstens so viel Respekt entgegen.«

»Kapitän Barson, ich—« Der Soldat bewegte sich weiter nach hinten und Barson erkannte was er vorhatte, sobald sich die Hand des Mannes um sein Schwert legte.

Barson zog seine eigene Waffe. »Sag mir die Wahrheit«, befahl er kalt, »und du wirst schnell und schmerzlos sterben.« Er war froh, dass der Verräter sein wahres Gesicht zeigte; bis zu diesem Moment war er von der Schuld des Mannes nicht hundertprozentig überzeugt gewesen.

Mit einem wütenden Schrei griff Siur an. Mit Schwung durchquerte er den ganzen Raum und hielt sein Schwert auf seinen Gegner gerichtet.

Barson erwiderte seinen leidenschaftlichen Angriff, parierte

DIMA ZALES

jeden Schlag und konzentrierte sich darauf, einen guten Moment zu finden, um seinen Gegner zu entwaffnen. Normalerweise wäre Siur schon lange tot, aber Barson wollte ihn noch nicht töten. Er brauchte Informationen und dieser Verräter war der einzige, der sie ihm geben konnte.

Siur kämpfte wie ein Berserker. Da ihn eine Befragung erwartete, wollte er offensichtlich schnell und ruhmreich sterben — etwas, das Barson ihm allerdings nicht gestatten konnte. Sie kämpften eine gefühlte Ewigkeit. Wäre Barson von seinem vorangegangenen Kampf nicht so müde, hätte er es einfacher gehabt. Aber so musste er sich alle paar Minuten zurückhalten, damit er Siur nicht umbrachte, und gleichzeitig seine tödlichen Hiebe von seinem Körper fernhalten.

Barsons Moment kam aber endlich, als Siur einen brutalen Schlag gegen seine Schulter führte. Mit einem einzigen Schwerthieb, schnitt er die linke Seite seines Gegners ein und das erste Blut floss. Siur sprang mir einem schmerzerfüllten Zischen zurück und griff Barson danach noch verzweifelter an. Der Soldat wusste, er würde jetzt, mit jeder Minute die verging, schwächer werden und Barson hatte größere Schwierigkeiten, sich davon abzuhalten, dem Verräter einen tödlichen Stoß zu verpassen.

»Du kannst mich nicht zum Reden zwingen, egal, was du machst«, keuchte Siur und führte dabei eine dreifache Finte durch. Barson verteidigte sich problemlos; er selbst hatte Siur dieses Manöver beigebracht und der Mann hatte es nie besonders gut ausführen können. Die Tatsache, dass Siur es überhaupt gewählt hatte, zeigte, dass er schon nicht mehr klar denken konnte.

Barson nutzte diese Eröffnung, um dem Mann in seine rechte Schulter zu schneiden und mit Leichtigkeit durch sein nacktes Fleisch zu gleiten. Es war ein Glücksfall, dass der Soldat keine Rüstung trug; sonst wäre Barsons Vorhaben noch schwieriger gewesen. Siur stolperte, stieß einen Schmerzensschrei aus, aber machte weiter. In seinen Augen funkelten Wut und Verzweiflung.

Schweiß ran Barsons Rücken hinunter und verstärkte seinen Wunsch nach einem Bad. Er entschied sich dazu, den Kampf mit seinem unabwendbaren Ausgang zu beenden indem er so tat, als bevorzuge er seine rechte Seite und ließe seine linke einen kurzen Augenblick lang ungeschützt. Siur fiel sofort darauf hinein und versuchte einen tödlichen Angriff auf das Herz.

Im letzten Moment drehte Barson seinen Körper weg und ließ das Schwert des Mannes gegen seine Rüstung prallen. Es schnitt hindurch und hinterließ einen leichten Kratzer auf seiner Haut.

Gleichzeitig landete Barsons behandschuhte Faust mit voller Wucht auf Siurs rechtem Arm und das Schwert des Verräters flog quer durch den Raum.

»Jetzt reden wir«, murmelte Barson und schlug Siur so stark ins Gesicht, dass dieser ohnmächtig umfiel.

CHAPTER 16: BARSON

As soon as Augusta was out of sight, Barson left the sorcerers' quarters and headed toward the Guard barracks in the west wing of the Tower. He and Augusta had ridden ahead of his soldiers, and he had less than an hour to do what needed to get done.

Walking in, he saw the familiar hallway with the row of rooms where he and his men lived when they were on duty. His own quarters were nearly as lavish as those of the sorcerers, but even his lowest-ranked soldiers had comfortable accommodations. It was something he'd made sure of when he'd taken over as Captain of the Guard.

Normally, after a hard trip like this one, he would've gone straight to his room to take a long bath, but there was no time to waste. He had to confront the traitor—and he had to do it now, while he could still catch him unaware.

Stopping in front of Siur's room, he paused to listen to the sounds coming from within. It seemed that his trusted lieutenant was engaged in a bit of bed play.

All the better, Barson thought, a thin smile appearing on his lips. There was nothing better than catching your enemy with his pants down—literally.

Without further ado, he pushed open the door and entered Siur's bedroom.

As he had suspected, there were two naked bodies on the bed. From the moans and the flashes of red hair he could see under Siur's straining bulk, the woman had to be one of the local whores that frequently visited the guards. The two of them were so occupied with each other, they didn't even react to Barson's entry.

Starting to get annoyed, Barson banged his gauntleted fist against the wall. Siur and his bedmate jumped, cursing, and Barson watched with cruel amusement as the woman scrambled out of bed, pulling a sheet around her plump naked body.

"Captain!" Siur gasped, hopping out of bed and swiftly pulling on his britches. "I didn't see you there . . ." The wide-eyed look of shock on his face was almost comical.

"Surprised to see me?" Barson asked in a silky tone, watching as the whore ran out of the room. "Or just surprised to see me alive?"

"What? No, Captain! I mean, yes—" Siur was clearly caught off-guard. His eyes were shifting from side to side, reminding Barson of a trapped animal.

"Why were you unable to join this mission?" Barson demanded, not giving the man a chance to regain his composure. "Why did you stay behind?"

"Well, I—" Siur clearly wasn't expecting to be questioned, and Barson could see him frantically trying to come up with a plausible answer. His hesitation was damning.

"Tell me everything," Barson ordered, looking at the man he'd once regarded as a brother. "Why did you do this?"

Siur blinked, backing away. "I don't know what you're talking about—"

"Don't lie to me. At least show me that much respect."

"Captain, Barson, I—" The soldier kept moving backward, and Barson saw what he was after the very second the man's hand closed around his sword.

Barson unsheathed his own sword. "Tell me the truth," he said coldly, "and you will die quickly and painlessly." He was glad the traitor was showing his true colors; up until that moment, he hadn't been completely sure of the man's guilt.

With an enraged cry, Siur attacked. His momentum carried him across the room, his sword swinging.

Barson met his fierce attack, parrying every blow and watching carefully for an opening to disarm his opponent. Normally, Siur would've already been dead, but Barson didn't want to kill him yet. He needed information, and the traitor was the only one who could provide it.

Siur fought like a berserker. Faced with the prospect of interrogation, the man was apparently trying to go for a quick, glorious death—something that Barson had no intention of allowing. They fought for what seemed like forever. If Barson hadn't been so tired from his earlier ordeal, this would've been easier. As it was, he had to restrain himself from killing Siur every couple of minutes, while simultaneously preventing the soldier's deadly blows from reaching his body.

His moment finally came when Siur made a violent thrust at Barson's shoulder. With one flick of his sword, Barson grazed his opponent's left side, drawing the first blood. Siur jumped back with a pained hiss, then attacked Barson with even more desperation. The soldier knew he would now grow weaker with every minute that passed, and Barson found it more difficult to restrain himself from dealing the traitor a killing blow.

"You can't make me talk, no matter what you do," Siur panted, executing a triple feint attack. Barson easily defended himself; he'd personally taught this maneuver to Siur, and the man had never particularly excelled at it. That Siur used it now was a sign that he was no longer thinking straight.

Silently taking advantage of this opening, Barson slashed the man's right shoulder, slicing through his naked flesh with ease. It was fortunate the soldier wasn't wearing armor; otherwise, Barson's task would've been even more difficult. Siur stumbled, letting out a pained cry, but pressed on, his eyes glittering with rage and desperation.

A trickle of sweat ran down Barson's back, intensifying his longing for a bath. Deciding to bring the fight to its inevitable conclusion, he pretended to favor his right side, leaving his left exposed for a brief moment. Siur immediately took the bait, going for a killing blow to the heart.

At the last moment, Barson twisted his body, letting the man's sharp sword scrape the side of his armor, cutting through it and leaving a shallow scratch on his skin. At the same time, Barson's gauntleted fist landed on Siur's right arm with massive force, causing the traitor's sword to fly across the room.

"Now we talk," Barson muttered, punching Siur in the face and knocking him out.

17. KAPITEL: AUGUSTA

Der runzelige alte Mann arbeitete an seinem Schreibtisch, als Augusta sein großzügiges Arbeitszimmer betrat. Sein Arbeitsplatz hatte fast die Größe ihres kompletten Wohnbereiches im Turm. Der Vorsitzende des Rates zu sein hatte seine Vorzüge.

»Augusta.« Er hob seinen Kopf und schaute sie mit seinen hellblauen Augen an. Obwohl Ganirs Gesicht faltig und wettergegerbt war, war sein weißes Haar immer noch voll und fiel mit einem Schnitt bis auf seine schmalen Schultern hinunter, wie er vor sieben Jahrzehnten modern gewesen war.

»Meister Ganir«, antwortete sie ihm und beugte ihren Kopf leicht. Obwohl sie ihn nicht mochte, respektierte sie den Vorsitzenden des Rats unfreiwillig. Ganir war einer der ältesten und mächtigsten lebenden Zauberer und außerdem der Erfinder der Momentaufnahmen-Sphäre.

»Du musst nicht so förmlich sein, mein Kind«, sagte er und sie war überrascht von seinem warmen Ton.

»Wie du möchtest, Ganir«, entgegnete Augusta vorsichtig. Warum war er so nett zu ihr? Das passte so gar nicht zu ihm. Sie hatte immer den Eindruck gehabt, dass der alte Zauberer sie nicht mochte. Blaise war einmal herausgerutscht, Ganir dachte, sie würden nicht zueinander passen — eine offensichtliche Beleidigung für Augusta, da der alte Mann Blaise und seinen Bruder fast väterlich behandelte.

Als Antwort auf ihre unausgesprochene Frage lehnte Ganir sich in seinem Stuhl zurück und betrachtete sie mit einem unleserlichen Blick. »Ich möchte eine etwas heikle Angelegenheit mit dir besprechen«, sagte er und klopfte dabei leicht mit seinen Fingern auf seinen Schreibtisch.

Augusta zog ihre Augenbrauen nach oben und wartete darauf,

dass er fortfuhr. Sie hätte nicht gedacht, ihr Eingreifen bei den Rebellen sei eine besonders heikle Angelegenheit und sie verstand auch nicht, warum er das, was sie gemacht hatte, nicht einfach bei der nächsten Ratssitzung ansprach. Natürlich war es möglich, dass er etwas von ihr wollte — eine Möglichkeit, die sie beunruhigte.

»Wie du weißt, habe ich mich nicht immer sehr zustimmend verhalten, als du noch mit Blaise zusammen warst«, begann Ganir und sie war entsetzt darüber, dass er ihre eigenen Gedanken von eben so genau widerspiegelte. »Seit der Zeit habe ich meine Einstellung geändert und bedaure mein Verhalten.« Er machte eine Pause und ließ sie die Worte verarbeiten.

Augusta, die völlig unvorbereitet auf so etwas gewesen war, konnte ihn einfach nur noch anstarren. Sie hatte keine Ahnung, warum er diese alte Geschichte jetzt ansprach, aber es schien kein gutes Zeichen zu sein.

»Ich wünschte, ich hätte dich damals unterstützt, als ihr noch zusammen wart, du und Blaise«, fuhr der Vorsitzende des Rates fort und die Traurigkeit in seiner Stimme war genauso ungewöhnlich wie sie überraschend war. »Er war einer unserer hellsten Sterne ...«

»Ja, das war er«, stimmte Augusta ihm zu und runzelte ihre Stirn. Sie wussten beide, was hinter Blaises selbstbestimmten Exil steckte. Es war Ganirs eigene Erfindung, die zu dieser katastrophalen Situation mit Louie geführt hatte — und dazu, dass Augusta den Mann verlor, den sie liebte.

Dann, aus einer plötzlichen intuitiven Eingebung heraus wusste sie es. Ganirs Einladung hatte nichts mit der Schlacht zu tun, von der sie gerade wiedergekommen war ... sondern alles mit dem Mann, den sie versucht hatte die letzten zwei Jahre lang zu vergessen.

»Was ist mit Blaise passiert?«, fragte sie scharf und eine übelkeitserregende Kälte breitete sich in ihren Adern aus. Selbst jetzt noch, trotz ihrer wachsenden Gefühle für Barson, reichte allein der Gedanke daran, Blaise befinde sich in Gefahr, aus, sie in Panik zu versetzen.

Ganirs verblühtes Gesicht sah traurig aus. »Ich befürchte, seine Depression hat einen neuen Tiefpunkt erreicht«, sagte er ruhig. »Augusta, ich denke, Blaise ist abhängig von Momentaufnahmen.«

»Wie bitte?« Das war keinesfalls das, was sie angenommen hatte zu hören. Sie war sich nicht sicher, was genau sie erwartet hatte, aber mit Sicherheit nicht das. »Abhängig von Momentaufnahmen?« Sie blickte Ganir ungläubig an. »Das hört sich so gar nicht nach Blaise an. Er würde es als eine Schwäche ansehen, in den Erinnerungen eines anderen zu versinken. In seiner Arbeit ja, aber nicht in den Köpfen anderer Leute—«

»Ich hatte auch zuerst Probleme damit, es zu glauben. Das Einzige, was ich mir vorstellen kann ist, dass die Abgeschiedenheit vielleicht seinen Willen gebrochen hat ...« Er zuckte traurig mit den Schultern.

»Nein, ich kann mir nicht vorstellen, dass so etwas passieren könnte«, entgegnete Augusta bestimmt. »Er würde niemals seine Forschung vernachlässigen. Wieso denkst du, er sei ein Abhängiger?«

»Ich habe jemanden, der mir aus seinem Dorf berichtet«, erklärte ihr Ganir. »Laut meiner Quelle, hat Blaise eine riesige Menge Momentaufnahmen bekommen. Genügend, um die ganze wache Zeit in einer Traumwelt zu verbringen.«

Augustas Augen verengten sich. »Du spionierst ihn aus?«, fragte sie und konnte den Vorwurf in ihrer Stimme nicht unterdrücken. Sie hasste es, wie dieser alte Mann seine Fühler momentan überallhin ausgestreckt zu haben schien.

»Ich spioniere den Jungen nicht aus«, entgegnete der Vorsitzende des Rates und seine weißen Augenbrauen zogen sich in der Mitte zusammen. »Ich möchte lediglich wissen, dass er gesund ist und es ihm gut geht. Du weißt, dass er mit mir auch nicht redet, nicht wahr?«

Augusta nickte. Das wusste sie. So wenig sie Ganir auch mochte, sie konnte sehen wie sehr ihm das wehtat. Er hatte Dasbraws Söhnen sehr nahe gestanden und Blaises Kälte hatte ihn genauso verletzt wie sie selbst. »In Ordnung«, sagte sie in einem versöhnlicheren Ton, »also deine Quelle erzählt, Blaise habe eine Menge Momentaufnahmen erstanden?«

»Eine Menge ist eine Untertreibung. Das, was er bekommen hat, ist auf dem Schwarzmarkt ein Vermögen wert.«

Ganir hatte Recht, das hörte sich nicht gut an. Warum würde Blaise so viele davon brauchen, wenn er nicht abhängig wäre? Augusta hatte die Momentaufnahmen immer als gefährlich angesehen und sie war extrem vorsichtig, sie selbst zu benutzen. Sie hatte sogar anfangs ihre Bedenken gegenüber Ganirs Erfindung laut ausgesprochen — eine Tatsache, die vermutlich auch dazu geführt hatte, dass der alte Zauberer sie nicht besonders mochte.

»Warum bist du dir so sicher, er will sie für sich haben?«, wunderte sie sich laut.

»Das ist natürlich nicht völlig sicher«, gab Ganir zu. »Aber niemand hat ihn in den letzten Monaten gesehen. Er hat sich nicht einmal in seinem Dorf blicken lassen.«

Augusta fand das nicht besonders ungewöhnlich, aber zusammen mit der großen Menge an Perlen zeichnete sich kein schönes Bild ab. »Warum erzählst du mir das?«, fragte sie, auch wenn sie glaubte, langsam eine Ahnung zu haben, worauf der Vorsitzende des Rates hinaus wollte.

»Ich möchte, dass du mit Blaise sprichst«, sagte Ganir. »Dir wird er zuhören. Ich wäre nicht überrascht, wenn er dich immer noch lieben würde. Vielleicht ist das der Grund für sein großes Leiden—«

»Blaise hat mich verlassen und nicht umgekehrt«, entgegnete Augusta scharf. Wie konnte Ganir es nur wagen zu behaupten, ihre Trennung sei Schuld an Blaises derzeitigem Zustand? Jeder wusste, es war der Verlust seines Bruders, der Blaise aus dem Rat getrieben hatte — eine Tragödie für die alle mehr oder weniger verantwortlich waren.

Warum hatte sie nicht anders gewählt? Diese Frage stellte sich Augusta wohl schon zum tausendsten Mal. Warum hatte das nicht wenigstens ein anderes Ratsmitglied gemacht? Jedes Mal, wenn sie über dieses tragische Ereignis nachdachte, bedauerte sie es. Hätte sie gewusst, ihre Stimme würde keinen Unterschied machen — der ganze Rat außer Blaise würde dafür stimmen, Louie zu bestrafen — hätte sie gegen ihre Überzeugung gestimmt und dafür, Blaises Bruder zu verschonen. Aber das hatte sie nicht. Was Louie getan hatte — den normalen Bürgern ein magisches Objekt zu geben — war eines der schlimmsten Verbrechen, welches Augusta sich vorstellen konnte.

Es war die Stimme gewesen, die sie den Mann gekostet hatte, den sie liebte. Irgendwie hatte Blaise erfahren, wer wie gestimmt hatte und gewusst, Augusta war eines der Ratsmitglieder, welches für die Verurteilung Louies zum Tode gewesen war. Es hatte nur eine Stimme dagegen gegeben: die von Blaise selber.

Zumindest hatte er ihr das gesagt, als er sie angeschrien hatte aus seinem Haus zu verschwinden und niemals wieder zurückzukommen. Solange sie lebte würde sie diesen Tag niemals vergessen — den Schmerz und die Wut, die ihn in jemanden verwandelt hatte, den sie nicht wiedererkennen konnte. Ihr normalerweise gutmütiger Liebhaber war wirklich angsteinflößend gewesen und sie hatte sofort gewusst, dass es zwischen ihnen vorbei war, dass die acht gemeinsamen Jahre ihm nicht annähernd so viel bedeutet hatten wie ihr.

Nicht zum ersten Mal versuchte Augusta herauszufinden, wie Blaise die genauen Stimmen erfahren haben könnte. Die Abstimmung sollte eigentlich völlig geheim und anonym sein. Jedes Ratsmitglied besaß einen Wahlstein, den er oder sie in eine der Stimmboxen teleportieren würde — in die rote Box für Ja, in die blaue Box für Nein. Die Boxen standen auf der Waage der Gerechtigkeit in der Mitte der Ratskammer. Niemand sollte wissen, wie viele Steine sich in jeder Box befanden, die Waage würde sich einfach auf der Seite nach unten bewegen, auf der die meisten Stimmsteine lagen. Es sollte keine Möglichkeit existieren, wie Blaise herausgefunden haben könnte, wie viele Steine sich an diesem schicksalhaften Tag in der roten Box befanden.

»Das tut mir leid«, meinte Ganir und unterbrach ihre düsteren Gedanken. »Ich wollte nicht ausdrücken, du hättest Schuld. Ich denke einfach nur, dass Blaise immer noch leidet. Ich würde auch selber zu ihm gehen um mit ihm zu sprechen, aber wie du wahrscheinlich weißt, hat er gesagt, er würde mich sofort töten, sollte ich mich ihm jemals wieder nähern.«

»Denkst du nicht, er würde das gleiche auch mit mir machen?«, fragte Augusta und erinnerte sich an die dunkle Wut in Blaises Gesicht als er sie aus seinem Haus schmiss.

»Nein«, sagte Ganir überzeugt. »Er würde dir nichts antun, nicht nach dem was er einmal für dich empfunden hat. Nur mit ihm zu reden, würde ihn vielleicht zur Vernunft kommen lassen. Vielleicht würde er sich uns auch wieder anschließen wollen — er war lange genug abwesend vom Turm.«

Augusta zog ihre Augenbrauen in die Höhe. »Du möchtest ihn wieder im Rat haben?«

»Warum nicht?« Der Vorsitzende des Rates schaute sie an. »Wie du, ist er einer unserer besten und hellsten Köpfe. Es ist eine Schande, seine Begabung so zu verschwenden.«

»Und was ist mit Gina, die seinen Platz eingenommen hat? Was wird aus ihr, falls er wieder zurückkommen sollte?«

»Dann werden wir vierzehn Ratsmitglieder sein«, antwortete Ganir. »Ich möchte Gina nicht ersetzen. Sie ist ein Gewinn.«

Augusta blickte ihn an. »Seit der Rat gegründet wurde, gab es immer dreizehn Mitglieder. Das weißt du doch.«

Ganir sah nicht besonders besorgt aus. »Ja. Aber das heißt nicht, Dinge könnten nicht geändert werden. Darüber sollten wir uns momentan allerdings noch keine Sorgen machen. Das können wir immer noch, wenn es soweit ist.«

»Denkst du wirklich, die anderen würden ihn willkommen heißen, wenn er zurückkäme?«, fragte Augusta zweifelnd.

»Er ist niemals vertrieben worden. Blaise ist von sich aus gegangen. Außerdem werden alle folgen, wenn wir uns verbünden.«

Augusta sah ihn ungläubig an. Sie und Ganir sollten sich verbünden? An diesen Gedanken musste sie sich erst einmal gewöhnen.

»Alles, was ich dir versprechen kann, ist mit ihm zu reden«, antwortete sie ihm und verließ das Arbeitszimmer des alten Zauberers.

CHAPTER 17: AUGUSTA

The wizened old man was working behind his desk when Augusta entered his lavish study. His workspace was nearly the size of her entire quarters in the Tower. Being the head of the Council certainly had its privileges.

"Augusta." He raised his head, regarding her with a pale blue gaze. Although Ganir's face was wrinkled and weathered, his white hair was still thick, flowing down to his narrow shoulders in a style that had been popular seven decades ago.

"Master Ganir," she responded, slightly bowing her head. Despite her dislike of him, she couldn't help feeling a certain grudging respect for the Council Leader. Ganir was among the oldest and most powerful sorcerers in existence, as well as the inventor of the Life Capture Sphere.

"You need not be so formal with me, child," he said, surprising her with his warm tone.

"As you wish, Ganir," Augusta said warily. Why was he being kind to her? This was very much unlike him. She had always gotten the impression that the old sorcerer didn't care for her. Blaise had once let slip that Ganir thought they didn't suit each other—an obvious insult to Augusta, since the old man had treated Blaise and his brother with an almost fatherly regard.

In response to her unspoken question, Ganir leaned back in his chair, regarding her with an inscrutable gaze. "I have a delicate matter to discuss with you," he said, lightly drumming his fingers on his desk.

Augusta raised her eyebrows, waiting for him to continue. She wouldn't have thought her interference with the rebels was a particularly delicate matter, and she didn't know why he didn't just bring up her actions at the next Council meeting. Of course, it was possible he wanted something from her—a possibility that made her uneasy.

"As you know, when you were with Blaise, I did not always act approvingly," Ganir began, shocking her by echoing her earlier thoughts. "I have since come to regret that attitude." Pausing, he let her digest his words.

Caught completely off-guard, all Augusta could do was stare at him. She had no idea why he was bringing up ancient history now, but it didn't seem like a good sign to her.

"I wish I had supported you then, back when you and Blaise were together," the Council Leader continued, and the sadness in his voice was as unusual as it was surprising. "He was one of our brightest stars . . ."

"Yes, he was," Augusta said, frowning. They both knew what lay behind Blaise's self-exile. It was Ganir's own invention that had led to that disastrous situation with Louie—and to Augusta losing the man she had loved.

Then, with a sudden leap of intuition, she knew. Ganir's summons had nothing to do with the battle she'd just returned from . . . and everything to do with the man she'd been trying to forget for the past two years.

"What happened to Blaise?" she asked sharply, a sickening coldness spreading through her veins. Even now, despite her growing feelings for Barson, the mere thought of Blaise in danger was enough to send her into panic.

Ganir's faded gaze held sorrow. "I'm afraid his depression has led him to a new low," he said quietly. "Augusta, I think Blaise has become a Life Capture addict."

"What?" This was not at all what she had expected to hear. She wasn't sure what she did expect, but this was definitely not it. "A Life Capture addict?" She stared at Ganir in disbelief. "That doesn't sound like Blaise at all. He would consider it a weakness to drown himself in someone else's memories. In his work, yes, but not in other people's minds—"

"I had trouble believing this at first as well. The only thing I can think of is perhaps the isolation has broken his spirit . . ." He shrugged sadly.

"No, I don't see how this could be true," Augusta said firmly. "If nothing else, he would never abandon his research. What made you decide that he's an addict?"

"I have someone reporting to me from his village," Ganir explained. "According to my source, Blaise has been getting enormous amounts of Life Capture droplets. Enough to stay in a dream world all waking hours."

Augusta's eyes narrowed. "Are you spying on him?" she asked, unable to keep the accusatory note out of her voice. She hated the way the old man seemed to have his tentacles in everything these days.

"I'm not spying on the boy," the Council Leader denied, his white eyebrows coming together. "I just want to make sure he's healthy and well. You know he doesn't talk to me either, right?"

Augusta nodded. She knew that. As much as she disliked Ganir, she could see that he was hurting, too. He had been close to Dasbraw's sons, and Blaise's coldness had to be as upsetting to him as it was to Augusta herself. "All right," she said in a more conciliatory tone, "so your source is telling you that Blaise acquired a lot of Life Captures?"

"A lot is an understatement. What he got is worth a fortune on the black market."

Ganir was right; this didn't sound good. Why would Blaise need so much of that stuff if he was not addicted? Augusta had always considered Life Captures to be dangerous, and she was extremely cautious in how she used the droplets herself. She had even spoken up about the risks of Ganir's invention in the beginning—a fact that she suspected had something to do with the old sorcerer's dislike of her.

"What makes you so sure he got them for himself?" she wondered out loud.

"It's not definitive, of course," Ganir admitted. "However, no one has seen him for months. He hasn't even shown up in his village."

Augusta did not think this was that unusual, but combined with the large quantity of droplets, it did not paint a pretty picture. "Why are you telling me this?" she asked, even though she was beginning to get an inkling of the Council Leader's intentions.

"I want you to talk to Blaise," Ganir said. "He will hear you out. I wouldn't be surprised if he still loves you. Maybe that's why he's suffering so much—"

"Blaise left *me*, not the other way around," Augusta said sharply. How dare Ganir imply that their parting was to blame for Blaise's current state? Everyone knew it was the loss of his brother that drove Blaise out of the Council—a tragedy for which they all bore varying degrees of responsibility.

Why hadn't she voted differently? Augusta wondered bitterly for a thousandth time. Why hadn't at least one other member of the

Council? Every time she thought of that disastrous event, she felt consumed with regret. If she had known that her vote wouldn't matter—that the entire Council, with the exception of Blaise, would vote to punish Louie—she would've gone against her convictions and voted to spare Blaise's brother. But she hadn't. What Louie had done—giving a magical object to the commoners—was one of the worst crimes Augusta could imagine, and she'd voted according to her conscience.

It was that vote that had cost her the man she loved. Somehow, Blaise had found out about the breakdown of the votes and learned that Augusta had been one of the Councilors who'd sentenced Louie to death. There had been only one vote against the punishment: that of Blaise himself.

Or so Blaise had told her when he'd yelled at her to get out of his house and never return. She would never forget that day for as long as she lived—the pain and rage had transformed him into someone she couldn't even recognize. Her normally mild-tempered lover had been truly frightening, and she'd known then that it was over between them, that eight years together had not meant nearly as much to Blaise as they had to her.

Not for the first time, Augusta tried to figure out how Blaise had learned the exact vote count. The voting process was designed to be completely fair and anonymous. Each Councilor possessed a voting stone that he or she would teleport into one of the voting boxes—red box for *Yes*, blue box for *No*. The boxes stood on the Scales of Justice in the middle of the Council Chamber. Nobody was supposed to know how many stones were in each box; the scales would simply tip whichever way the vote was leaning. There should have been no way Blaise had known how many stones were in the red box on that fateful day.

"I'm sorry," Ganir said, interrupting her dark thoughts. "I didn't mean to imply that you're to blame. I just think Blaise is still in pain. I would go speak to him myself, but as you probably know, he said he would kill me on sight if I ever approached him again."

"You don't think he'd do the same thing to me?" Augusta asked, remembering the black fury on Blaise's face as he threw her out of his house.

"No," Ganir said with conviction. "He wouldn't harm you, not with the way he felt about you once. Just talk to him, make him see reason. Maybe he would like to rejoin our ranks again—he's been away from the Tower long enough."

Augusta raised her eyebrows. "You want him back on the

Council?"

"Why not?" The Council Leader looked at her. "Like you, he's one of our best and brightest. It's a shame that his talents are going to waste."

"What about Gina? She took his place, so what's going to happen to her if he comes back?"

"We'll have fourteen Councilors," Ganir said. "I wouldn't want to replace Gina. She's an asset."

Augusta stared at him. "It's been thirteen ever since the Council began. You know that."

Ganir didn't look particularly concerned. "Yes. But that doesn't mean things can't change. For now, let's not worry about this. We'll cross that bridge when we get to it."

"Do you really think the others would welcome him back?" Augusta asked dubiously.

"He was never forced out. Blaise left on his own. Besides, if you and I team up, everyone will have to follow."

Augusta gave him an incredulous look. She and Ganir, team up? That was an idea she'd have to get used to.

"All I can promise is to speak with him," she said, and then walked out of the old sorcerer's study.

DIMA ZALES

18. KAPITEL: BLAISE

»Also, wer ist das Mädchen?«, fragte Esther, sobald sie und Blaise alleine waren. »Wie habt ihr euch kennengelernt? Wie lange kennt ihr euch überhaupt schon?«

Blaise, der immer noch von Galas Kuss zehrte, schüttelte seinen Kopf bei dem Ansturm der Fragen. »Das ist nicht der Grund dafür, weshalb ich mit dir reden wollte, Esther«, entgegnete er ihr. »Ich muss dich um einen Gefallen bitten.«

»Natürlich, alles, was du möchtest«, sagte sein ehemaliges Kindermädchen sofort, auch wenn Blaise wusste, sie hatte gehofft, mehr über Gala zu erfahren und war wahrscheinlich über die fehlenden Informationen sehr enttäuscht.

»Ich möchte, dass du auf Gala aufpasst«, sagte er und blickte Esther dabei sehr ernst an. »Ich möchte nicht, dass sie unnötige Aufmerksamkeit auf sich zieht — und es wäre auch das Beste, ihre Verbindung zu mir würde geheim bleiben.«

»Warum?« Die alte Frau sah verwirrt aus. »Ist sie auf der Flucht?«

Blaise schüttelte seinen Kopf. »Nein. Sie ist nur ... anders.«

Esther legte ihre Stirn in Falten. »Sie scheint sehr jung und unschuldig zu sein. Hast du sie in etwas hineingezogen, das du besser nicht getan hättest?«

»Sozusagen«, antwortete Blaise ihr vage. Er war sich nicht sicher, wie Maya und Esther auf Galas wahren Ursprung reagieren würden. Selbst andere Zauberer wären entsetzt zu erfahren, was er getan hatte; wie würde sich dann wohl jemand fühlen, der kaum etwas von Magie verstand? Selbst in dieser aufgeklärten Zeit waren die meisten Bauern abergläubisch und viele glaubten immer noch an die alten Geschichten von untoten Monstern und Geistern. Wenn sie mitbekommen würden, Gala sei nicht menschlich, könnte sie niemals die Welt wie eine normale Person erleben.

Esther sah ihn weiterhin an und er seufzte, da er die Frau, die ihn nach dem Tod seiner Mutter aufgezogen hatte, nicht anlügen wollte. »Esther«, sagte er vorsichtig, »Gala hat eine Macht, die der Rat ... als Bedrohung empfinden könnte.«

Seine ehemalige Kinderfrau blickte ihn an und ihr Gesichtsausdruck wurde langsam härter. Sie hasste den Rat noch mehr als er, da sie ihn für Louies Tod verantwortlich machte. Sie hatte auch seinen Bruder aufgezogen, ihn von Geburt an versorgt und war von seinem Verlust schwer getroffen worden. »Ich werde auf sie aufpassen«, versprach sie grimmig.

»Gut«, antwortete Blaise erleichtert. »Denk bitte auch daran, dass sie sehr behütet aufgewachsen ist.« Er hatte sich dazu entschlossen, ihr die halbe Wahrheit zu sagen.

Jetzt schien Esther verwirrt zu sein. »Ein behütetes, junges Mädchen, welches eine Bedrohung für den Rat darstellt? Wie bist du denn auf sie gestoßen?« Dann hob sie ihre Hände in die Luft. »Keine Angst. Ich weiß, du wirst es mir nicht sagen.«

Blaise grinste sie an. »Du bist die Beste Tante Esther.«

»Ja, ja«, entgegnete sie ihm und blickte ihn aus zusammengezogenen Augen an. »Dann vergiss das auch nicht.«

»Das werde ich nicht«, versprach Blaise und beugte sich nach unten, um ihr einen zärtlichen Kuss auf die Wange zu geben. Danach griff er in seine Hosentasche und holte einen prall gefüllten Geldsack hervor, den er Esther in die Hand drückte. »Hier ist eine kleine Entschädigung für Galas Kost und Logis—«

»Blaise, das ist ein kleines Vermögen!« Sie starrte ihn entsetzt an. »Mit dem Geld könntest du ein Haus kaufen. Das ist viel zu viel dafür, ein dürres Mädchen durchzufüttern.«

Blaise wollte Esther gerade damit aufziehen, immer jeden durchfüttern zu wollen, als ihm etwas auffiel. Er hatte Gala nie gefragt, ob sie etwas essen wollte. Er wusste nicht einmal, ob sie wie eine normale Person etwas zu essen brauchte, oder ob sie, wie er, ihre Körperenergie durch Magie halten konnte. Er trat sich in Gedanken dafür, so unbedacht gewesen zu sein. Jetzt mit Maya und Esther bei ihr, konnte er auf jeden Fall sicher sein, dass sie nicht verhungern würde, falls sie essen musste, dachte er erleichtert.

Der Gedanke an Essen erinnerte ihn an die schwierige Lage der Bauern. »Wie steht's mit der Ernte?«, fragte er und wechselte damit das Thema. Die Dürre, die vor einigen Jahren eingesetzt hatte, war die Schlimmste seit Generationen. Sie betraf ganz Koldun, von einem Ozean bis zum anderen, und vernichtete fast überall die Ernten.

Esther lächelte ihn an. »Deine Arbeit hat wirklich einen Unterschied gemacht, Kind. Uns geht es viel besser, als den Menschen anderswo.«

Blaise nickte zufrieden. Als die Dürre begann, hatte er die verrückte Idee gehabt, einen Zauber zu wirken, der die Samen stärkte, sie verschiedenen Krankheiten gegenüber resistenter machte und ihren Wasserbedarf reduzierte. Die Verbesserungen, die daraus resultierten, gingen wie geplant in das Erbgut der Pflanzen über und ermöglichten es seinen Untertanen, in diesen schwierigen Zeiten reichlich gesundes Getreide zu sähen und zu ernten. »Das freut mich«, sagte er. »Die anderen im Dorf wissen es nicht, oder?«

»Nein.« Esther schüttelte ihren Kopf. »Sie wissen, dass es uns besser geht als den anderer Regionen und dass du ein guter Herr bist, aber ich denke nicht, dass sie das ganze Ausmaß deiner Hilfe begreifen.«

Blaise seufzte. Er fühle sich häufig, als helfe er seinen Untertanen nicht genug — und schon gar nicht den anderen Bewohnern Kolduns. Das war auch einer der Gründe, weshalb er Gala erschaffen hatte, auch wenn sie nicht so geworden war, wie er das vorgehabt hatte.

»Ich werde bald nach ihr sehen«, meinte er und machte sich fertig, zu gehen. »Ich bin mir sicher, alles wird gut gehen, aber bitte, hab ein Auge auf sie.«

Die alte Frau schnaufte. »Wenn ich dich und deinen Bruder aus Problemen heraushalten konnte, bin ich mir sicher, auch mit deiner jungen Freundin umgehen zu können.«

Blaise musste lachen. Das stimmte, wenn es Esther nicht gäbe, hätte er bestimmt schon vor seiner Volljährigkeit einen Arm oder ein Auge verloren. Er und Louie waren zwei sehr abenteuerlustige Kinder gewesen. »Auf Wiedersehen, Esther«, sagte er zu ihr.

Und mit einem letzten Blick auf das Feld, auf welchem Gala gerade entlang rannte, ging er zu seiner Chaise.

CHAPTER 18: BLAISE

"So who is this girl?" Esther asked as soon as she and Blaise were alone. "How did you meet? How long have you two known each other?"

Still reeling from Gala's kiss, Blaise shook his head at the barrage of questions. "This is not why I wanted to speak to you, Esther," he said. "I have a favor to ask."

"Of course, anything," his former nanny said immediately, though Blaise knew she had been hoping to learn more about Gala and was likely disappointed at the lack of gossip coming her way.

"I want you to look after Gala," he said, giving Esther a serious look. "I don't want her to draw any needless attention to herself—and it's best if her connection to me is kept secret."

"Why?" The old woman looked puzzled. "Is she a fugitive?"

Blaise shook his head. "No. She's just . . . different."

Esther frowned at him. "She seems very young and innocent. Did you involve her in something you shouldn't have?"

"In a manner of speaking," Blaise said vaguely. He wasn't certain how Maya and Esther would react if they knew the truth about Gala's origins. Even other sorcerers would be shocked to learn what he had done; how would someone with much more rudimentary understanding of magic feel? Even in this enlightened age, most peasants were superstitious, and many still believed the old tales of undead monsters and ghosts. If they knew Gala was not really human, she would never be able to experience the world as a regular person.

Esther continued looking at him, and he sighed, not wanting to lie to the woman who'd raised him after his mother's death. "Esther," he said carefully, "Gala has a power that the Council might find . . . threatening."

His former nanny stared at him, her expression slowly hardening. She hated the Council even more than he did, blaming them for Louie's death. She'd raised his brother too, nursing him from infancy, and his loss had affected her deeply. "I will watch her," she promised grimly.

"Good," Blaise said, relieved. "Also, keep in mind, she's been somewhat sheltered." He decided to settle for a half-truth here.

Now Esther seemed confused. "A sheltered young girl who's a threat to the Council? How did you come across her?" Then she held up her hands. "Never mind. I know you're not going to tell me."

Blaise grinned at her. "You're the best, Nana Esther."

"Uh-huh," she responded, giving him a narrow-eyed look. "And don't you forget it."

"I won't," Blaise said, leaning down to give her an affectionate kiss on the cheek. Straightening, he reached into his pocket. Pulling out a drawstring purse filled with coin, he pressed it into Esther's hand. "Here is a little something for Gala's room and board—"

"Blaise, that's a small fortune!" She stared at him in shock. "You could buy a house with that money. It's too much for just feeding one skinny girl."

Blaise was about to tease Esther for always trying to feed everyone, but then he realized something. He'd never asked Gala if she wanted food. In fact, he didn't even know if she needed to eat like a regular person, or if, like him, she could sustain her body's energy levels with sorcery. He mentally kicked himself for being so inconsiderate. Of course, he thought with relief, if she did need to eat, he was certain that she wouldn't starve now—not with Maya and Esther around.

Thinking about food reminded him of the challenging situation the peasants were facing. "How are the crops?" he asked, switching topics. The drought that had begun a couple of years ago was the worst in a generation, affecting the entire land of Koldun from one end of the ocean to another and decimating crops in most territories.

Esther gave him a smile. "Your work really made a difference, child. We're doing much better here than people elsewhere."

Blaise nodded, satisfied. When the drought first started, he'd had the crazy idea of doing a spell to strengthen the seeds, imbuing them with resistance to certain pests and reduced need for water. The resulting improvements, as he'd planned, were hereditary, enabling his subjects to grow and harvest healthy crops even during these difficult times. "I'm glad," he said. "The others in the village don't know, do they?"

"No." Esther shook her head. "They know we're faring better than other regions, and that you're a good master, but I don't think they realize the full extent of your help."

Blaise sighed. He often felt like he wasn't doing enough to help his people—and certainly not enough for other commoners on Koldun. That was part of the reason he had created Gala, though that hadn't exactly worked out as planned.

"I will check on her soon," he said, getting ready to take his leave. "I'm sure everything will be fine, but please, just keep an eye on her."

The old woman snorted. "If I could keep you and your brother out of trouble when you were boys, I'm sure I'll be able to manage with that young companion of yours."

Blaise chuckled. It was true; if it weren't for Esther, he was sure one of them would've lost an arm or an eye long before they reached maturity. He and Louie had been quite adventurous as children. "Goodbye, Esther," he told her.

And with one final look at the field where Gala was running, he walked toward his chaise.

19. KAPITEL: GALA

Der Weizen reichte Gala bis zur Brust, als sie über das Feld rannte. Sie fühlte die Halme, die dort auf ihrer Haut kitzelten, wo ihr Körper nicht bedeckt war, und sie liebte dieses Gefühl. Sie liebte *alle* Gefühle.

Sie rannte, bis sie spürte, wie die Muskeln in ihren Beinen ermüdeten. Dann legte sie sich auf den Boden und schützte ihre Augen mit ihrer Handfläche, während sie in den klaren, blauen Himmel schaute. Die Sonne strahlte und die Wolken hatten so viele verschiedene Farben. Gala dachte, sie könnte für immer so nach oben schauen.

Sie liebte die physische Dimension, wurde ihr klar und sie war Blaise wirklich dankbar dafür zu existieren. Zu existieren war viel besser als zu vergessen. Nachdem sie diese ganzen Bücher gelesen hatte, wusste sie, die Menschen hatten nur eine kurze Zeit, während der sie lebten. Das fand sie falsch und obendrein traurig, aber so war das nun einmal. Sie fragte sich, ob für sie das Gleiche galt. Irgendwie zweifelte sie daran; ohne zu wissen, woher sie diese Überzeugung nahm, fühlte sie sich, als habe sie die völlige Kontrolle darüber, wie lange sie existieren würde. Falls dieses Gefühl richtig war, hatte sie vor, niemals aufzuhören zu leben.

Nach einer Weile hatte sie genug davon, einfach nur dazuliegen und sie stand auf um dorthin zurückzugehen, wo sie Maya zurückgelassen hatte.

Die ältere Frau stand immer noch dort und blickte sie mit einem entsetzten Gesichtsausdruck an.

»Stimmt etwas nicht?«, fragte Gala, die annahm, das sei die richtige Reaktion. Sie war entschlossen, sich der menschlichen Gesellschaft so gut anzupassen, wie das nur ging. Die Bücher und die Momentaufnahmen hatten ihre eine theoretische Grundlage für normales Verhalten gegeben, aber sie waren kein Ersatz für die praktische Erfahrung in der Welt.

»Meine Dame, du ruinierst das schöne Kleid«, sagte Maya händeringend.

Gala blinzelte. Das schien Maya wirklich Sorgen zu bereiten. Nachdem sie die Situation schnell analysiert hatte, kam sie zu dem Entschluss, dass Mayas Reaktion und ihre Art der Anrede Sinn ergaben. Das Kleid, welches Blaise ihr gegeben hatte, musste ungewöhnlich hübsch und teuer sein. Von dem, was sie wusste, unterschieden sich die Menschen in soziale Klassen — eine sinnlose Hierarchie, für die es, wie Gala meinte, keine guten Gründe gab. Wegen dieses Kleides — und weil Maya und Esther sie in Blaises Begleitung gesehen hatte — nahmen sie an, sie sei eine Zauberin und deshalb ein Mitglied der Oberschicht.

Das wollte Gala nicht. »Wird jeder im Dorf mich als Dame bezeichnen?«, fragte Gala stirnrunzelnd.

Die alte Frau sah sie tadelnd an. »Bis jetzt, mit diesem Kleid, werden sie das. Wenn du dich noch weiter im Gras wälzt, könnten sie denken, du seist ein Waisenkind, welches kein zu Hause hat.« Sie hörte sich über die letztgenannte Möglichkeit verärgert an.

»Das ist in Ordnung«, antwortet ihr Gala, »ich möchte gerne als eine normale Frau aus dem Dorf gesehen werden.« Nachdem, was in den Büchern stand, nahm sie nicht an, die Menschen würden sich in Gegenwart einer Zauberin normal verhalten. Sie wollte sich anpassen, nicht hervorstechen.

Maya schien überrascht zu sein, aber erholte sich schnell von dem Schreck. »In diesem Fall«, entgegnete sie, »lass uns schnell zu Esther gehen und sehen, was sie machen kann.«

Sie gingen zusammen zu der anderen Frau, die ihre Unterhaltung mit Blaise schon beendet hatte.

»Sie will normale Bürgerin spielen«, erklärt Maya Esther und zeigte dabei auf Gala.

»Woher willst du wissen, dass sie keine ist?«, fragte Esther und betrachtete Galas Kleid.

Maya schnaufte. »Meister Blaise würde sich niemals mit jemandem einlassen, der keine Zauberin ist. Du weißt, wie intelligent er ist. Er könnte sich mit einem normalen Mädchen über gar nichts unterhalten.«

Esther warf ihrer Freundin einen Blick zu, der Gala irritierte. »Was mit dir und seinem Vater passierte, ist nicht die normale Liebesgeschichte zwischen einem Zauberer und einem Nichtzauberer«, murmelte sie zu Maya.

»Bist du Blaises Mutter?«, fragte Gala Maya neugierig durch das, was sie gerade gehört hatte. Obwohl die ältere Frau nicht aussah wie Blaise, wiesen ihre Gesichtszüge die gleiche, hübsche Symmetrie auf, die auch Galas Schöpfer besaß.

»Nein, Kind«, antwortete ihr Esther lachend. »Sie war das Flittchen seines Vaters, nachdem seine Mutter gestorben war.«

»Ich war seine Mätresse!« Maya richtete sich zu ihrer vollen Größe auf und ihre Augen blitzten wütend.

»Ist ein Flittchen das gleiche, wie eine Prostituierte?«, fragte Gala interessiert. »Und wenn ja, was ist der Unterschied zwischen einem Flittchen und einer Prostituierten?« In den Büchern war sie nur auf das Wort Prostituierte gestoßen. Offensichtlich war das ein Beruf, in dem Frauen den Männern sexuelle Dienste anboten. Er wurde in der kolduner Gesellschaft missbilligt, auch wenn Gala nicht wirklich verstand warum. Nachdem, was sie über Sex erfahren hatte, erschien es ihr, als könnte Prostitution eine angenehme — und spaßige — Art und Weise sein, den Lebensunterhalt zu verdienen.

Körperliche Intimität war etwas, das Gala brennend interessierte. Sie wusste, wie ihr Körper auf Blaise reagierte wenn sie sich küssten, hatte einen sexuellen Hintergrund. Dieses Gefühl war eine der faszinierendsten Empfindungen, die sie bis jetzt gespürt hatte, und sie wollte so viel wie möglich darüber erfahren.

Als Antwort auf Galas direkte Frage lachte Esther, aber Maya errötete, bevor sie davonstürmte.

»Oh nein ... habe ich etwas Falsches gesagt?«, wollte Gala von Esther wissen. Ihr offensichtlicher Fauxpas war ihr mehr als unangenehm. »Ich wollte sie nicht beleidigen ...« Sie musste wirklich lernen, wie man richtig mit Menschen umging.

»Mach dir darüber keine Sorgen, Kind«, sagte Esther und musste immer noch lachen. »Maya ist viel zu empfindlich was dieses Thema anbelangt. Ich habe sie nur ein wenig aufgezogen, und du hast nichts Falsches gemacht. Du warst einfach neugierig.«

»Also unterhielt Blaises Vater eine sexuelle Beziehung mit Maya?«, fragte Gala erneut, da sie es verstehen wollte. »Und hat er sie dafür bezahlt?«

Esther zuckte mit ihren Schultern und lächelte. »Also, ja, mein Kind, das hat er. Aber ich denke, Dasbraw hat sich später wirklich in Maya verliebt. Zuerst brauchte er etwas, das ihn vom Tod seiner Frau ablenkte. Er hat sich mit Sicherheit um Maya gekümmert, doch hat sie nicht wegen seines Geldes oder wegen seiner Geschenke mit ihm geschlafen. Aber sie haben trotzdem nicht geheiratet, und das verunsichert das Mädchen. Ich mag es, sie ab und an damit aufzuziehen, um sie zu ärgern. Eines Tages wird sie mich wahrscheinlich erwürgen, während ich schlafe.« Die alte Frau grinste und war offensichtlich ganz entzückt von der Aussicht auf ein solch schreckliches Schicksal — eine Reaktion, die Gala verwirrte.

»Kannst du mir mehr über Blaises Eltern erzählen?«, fragte Gala sie. »Du hast gesagt, seine Mutter starb?«

»Ja«, bestätigte Esther. »Sie wurde durch einen Unfall beim Zaubern getötet, als Blaise noch ein kleiner Junge war. Sein Vater ist viel später verschieden. Von seiner Mutter hat Blaise sein gutes Aussehen mitbekommen, aber seine Intelligenz hat er von beiden Elternteilen geerbt. Dasbraw und Samantha waren beide Mitglieder des Zauberrats.« Gala hörte den Stolz in ihrer Stimme und erkannte, Esther fühlte die Leistungen von Blaises Eltern als ob es ihre eigenen wären. Wahrscheinlich hatte es etwas mit den herrschenden sozialen Strukturen zu tun und damit, dass jeder Zauberer seine Untertanen hatte, entschied Gala.

»Louie, sein Bruder, wurde kurz vor Samanthas Tod geboren. Ich habe den kleinen Kerl ganz alleine großgezogen«, fuhr Esther fort und bekam feuchte Augen.

Gala blickte sie an und erkannte, dass dieses Thema die Frau emotional aufwühlte. Irgendwie hatte sie es geschafft, die einzigen zwei Frauen, die sie getroffen hatten, aufzuregen.

»Es tut mir leid, Kind«, sagte die alte Frau und wischte sich die Tränen weg. »Ich hatte eine viel zu enge Bindung zu diesen Jungen. Als Louie starb war es, als würde ein Teil von mir mit ihm gehen.«

Gala nickte und war sich nicht sicher, wie sie darauf reagieren sollte. Sie fühlte sich schlecht, weil die Frau litt.

Als würde sie spüren, wie unwohl sich Gala fühlte, lächelte Esther sie zittrig an und versuchte, das Thema zu wechseln. »Also, warum hat Blaise dir nicht selbst etwas über sich erzählt?«

»Blaise und ich, wir haben uns erst vor kurzer Zeit getroffen«, erklärte Gala und hoffte, die Frau würde nicht weiter nachhaken.

Das machte Esther auch nicht. Stattdessen blickte sie Gala warm an. »Ich konnte sehen, dass du ihm etwas bedeutest«, sagte sei freundlich, »und ich bin mir sicher, ihr werdet euch auch bald besser kennenlernen.«

Gala lächelte. Es fühlte sich gut an, das zu hören, was Esther ihr gerade sagte. Obwohl sie es für unwahrscheinlich hielt, dass Blaise so viel für sie empfand, war es trotzdem eine schöne Fantasie. Von dem, was sie über menschliche Gefühle wusste, gab es eine Art Umwerbungszeit, während der die Menschen eigentlich sexuelle Beziehungen unterhielten — etwas, das zu Galas Enttäuschung zwischen ihr und Blaise noch nicht vorgekommen war. Natürlich war sie auch nicht menschlich, also wusste sie gar nicht, ob Blaise sich überhaupt in sie verlieben konnte. Sie wusste, er fand sie sehr anziehend, aber sie war sich nicht sicher, ob seine Gefühle über eine körperliche Anziehung hinausgehen könnten.

»Warum gehen wir nicht ins Haus, damit du dich umziehen kannst?«, schlug Esther ihr vor und riss Gala damit aus ihren Gedanken.

Sobald sie das Haus betraten, kam ihnen Maya schon mit einem Kleid in der Hand entgegen.

»Es tut mir leid«, sagte ihr Gala, die sich immer noch Gedanken über ihr vorangegangenes Ungeschick machte. »Ich wollte dich nicht beleidigen—«

»Das ist schon in Ordnung«, erwiderte Maya und warf Esther einen gemeinen Blick zu. »Im Gegensatz zu ihr wolltest du mich ja nicht beleidigen, also musst du dich auch nicht entschuldigen. Du wirst gerade erst erwachsen und hast noch nicht viel von der Welt gesehen. Wie alt bist du überhaupt? Achtzehn, neunzehn?«

Gala dachte einen Augenblick über diese Frage nach. »Ich bin dreiundzwanzig«, antwortete sie, nachdem sie sich eine Zahl ausgedacht hatte. Sie konnte sich vorstellen, es sei wahrscheinlich nicht sehr klug, ihnen zu sagen, wie lange sie wirklich erst in dieser Welt existierte.

»Oh, natürlich.« Maya schien nicht überrascht zu sein. »Zauberer sehen immer jünger aus als sie in Wirklichkeit sind. Unser Blaise sieht auch keinen Tag älter aus als fünfundzwanzig, dabei ist er schon über dreißig.«

Gala lächelte und freute sich, noch etwas über ihren Schöpfer erfahren zu haben. Danach nahm sie das Kleid, welches Maya ihr hinhielt und betrachtete es kritisch. »Denkst du, ich werde darin langweilig aussehen?«, fragte sie und hoffte, dieses Kleidungsstück würde es ihr ermöglichen, unbemerkt durch die Welt zu wandern.

Esther lachte. »Dich langweilig aussehen zu lassen würde höhere Magie erfordern, Kind.«

»Es wird dich wirklich nicht langweilig aussehen lassen«, stimmte Maya ihr zu, »aber du wirst weniger wie eine Dame aussehen, besonders wenn du dich in der Gesellschaft zweier alter Weiber wie uns aufhältst.«

»Sollte dich jemand fragen, sagst du einfach, du seist unser Lehrling«, wies Esther sie an. »Wir sind das, was man die Dorfheiler nennt. Wir kümmern uns um Geburtshilfe, kleinere Verletzungen und ab und an um Babys.«

Gala nickte nachdenklich. Sie erinnerte sich daran, wie Blaise erwähnt hatte, er habe seine Momentaufnahmen von Maya und Esther bekommen. Ihr Beruf erklärte, woher sie so viele Perlen bekommen konnten — und warum diese hauptsächlich von Frauen stammten.

Als sie an die Momentaufnahmen dachte, fiel ihr auch wieder ein, weshalb sie hierhergekommen war. »Ich würde gerne das Dorf erkunden gehen«, sagte sie zu ihnen, da sie ungeduldig war, ihren Plan umzusetzen und die Welt kennenzulernen.

Esther zog ihre Stirn in Falten. »Nicht so schnell. Wann hast du das letzte Mal etwas gegessen? Du siehst aus wie eine Bohnenstange«, sagte sie abschätzig.

Gala war beleidigt. Eine Bohnenstange? Das hörte sich nicht gut an. Sie hatte Bohnenstangen gesehen und ihr war nichts Negatives an ihnen aufgefallen. Sie dachte allerdings nicht, dass es bei Menschen als Kompliment gemeint war. »Ich habe keinen allzu großen Hunger«, antwortete sie und versuchte sich nicht anhören zu lassen, dass sie verletzt war.

»Ah, also ist sie doch eine Zauberin«, sagte Maya wissend. »Sie können von der Sonne leben, genauso wie die Bäume.«

Esther schnaubte. »Sie können ja trotzdem noch essen. Sogar Blaise isst manchmal. Vielleicht kann richtiges Essen ihr ja noch ein wenig Fleisch auf die Rippen zaubern.« Und ohne auf eine Antwort von Gala zu warten, ging sie entschiedenen Schrittes in die Küche.

»Sehe ich wirklich aus wie ein totes Stück Holz?«, wollte Gala von Maya wissen, da sie immer noch über die Bemerkung mit der Bohnenstange nachdachte.

»Wie bitte?« Maya sah überrascht aus. »Nein, natürlich nicht, meine Dame! Du bist wunderschön. Esther möchte jeden mästen — sie denkt ja sogar, ich sei zu dürr!«

Gala fühlte sich sofort besser. Maya war runder als Gala, auch wenn sie nicht Esthers weiche Kurven besaß.

»Iss etwas, meine Dame«, drängte Maya sie lächelnd. »Es wird eine alte Frau glücklich machen.«

»Natürlich, ich würde sehr gerne etwas Essen«, sagte Gala ehrlich. Es war eine andere, neue Sache, die sie ausprobieren konnte.

Einige Minuten später saßen sie alle drei am Küchentisch.

Gala stellte schnell fest, dass sie das Essen sehr genoss. Sie hatte es in keiner einzigen Momentaufnahme erlebt und hatte deshalb auch keine Vorstellung davon gehabt, was sie erwartete. Essen war wahrscheinlich die zweitschönste Sache, die sie jemals erlebt hatte, beschloss Gala — die schönste war es, Blaise zu küssen.

»Schau, wie sie den Eintopf hinunterschlingt«, bemerkte Esther zufrieden. »Nicht hungrig, so ein Quatsch. Die magische Substanz ist kein Essen, das sage ich dir.«

»Du solltest unserem jungen Lehrling das Kochen beibringen, damit sie den Eintopf auch für Blaise kochen kann«, sagte Maya mit kaum unterdrücktem Lachen zu Esther und zwinkerte Gala dabei zu.

»Das könnte ich tun«, erwiderte Esther ernst und warf Maya einen finsteren Blick zu. »Und ich zeige ihr, wie man Brot backt. Seine Mutter hat manchmal für Blaise Brot gebacken, und ich weiß, wie gerne er es gegessen hat.«

Gala erkannte, dass die beiden Frauen sich paradoxerweise liebten und hassten. Das war sehr eigenartig.

»Wenn du der Dame beibringst, für Blaise zu kochen, könntest du ihr auch etwas Feineres als diese Pampe beibringen«, sagte Maya verächtlich und fuhr ganz offensichtlich mit ihren Streitereien fort.

»Oh, ich würde sehr gerne lernen, diesen wundervollen Eintopf zu kochen«, protestierte Gala. Sie liebte den vollmundigen Geschmack dieses Essens auf ihrer Zunge.

Beide Frauen mussten lachen.

»Ich glaube, sie meint das ernst«, meinte Maya zwischen zwei Lachsalven.

Gala war jetzt völlig verwirrt. »Ich würde wirklich gerne lernen, das zu kochen«, beharrte sie.

Maya grinste sie an. »Du musst nur Zwiebeln, Knoblauch, Kohl, Kartoffeln und ein wenig Hühnchen nehmen und das ganze in einem Topf einige Stunden lang kochen. Oh, und vergewissere dich, genügend Salz zu nehmen und alles ordentlich durchzurühren—«

»Hey, wenigstens koche ich besser als du, altes Weib«, sagte Esther und die beiden Frauen mussten wieder lachen, was Galas Eindruck, die beiden hätten eine komischen Beziehung zueinander, noch verstärkte.

CHAPTER 19: GALA

The wheat was up to Gala's chest as she ran through the field. She could feel the stalks tickling the skin on the exposed parts of her body, and she loved the sensation. She loved *all* sensations.

She kept running until she could feel the muscles in her legs getting tired, and then she lay down on the ground, shielding her eyes with her palm as she looked up at the clear blue sky. The sun was bright, and the clouds had so many different shapes . . . Gala felt like she could look at them forever.

She truly loved the Physical Realm, she realized, and was genuinely grateful to Blaise for her existence. Existing was obviously far superior to oblivion. Having read all those books, she knew that humans had only a short span of time during which they could be in existence. It seemed wrong to her, and sad, but that was the way things were. She wondered if the same rules applied to her. Somehow she doubted it; without knowing where the conviction came from, she felt like she might have complete control over how long she could exist. And if that feeling was correct, she intended to never stop existing.

After a while, she got tired of lying there and got up, walking back to where she'd left Maya.

The older woman was standing there with a completely horrified expression on her face.

"Is something wrong?" Gala asked, figuring that was the appropriate response. She was determined to blend into the human society as well as she could. The books and the Life Captures had given her some theoretical foundation for normal behavior, but there was no substitute for real-world experience.

"Oh, my lady, you are ruining that beautiful dress," Maya said, wringing her hands.

Gala blinked. This seemed to be actually worrying Maya. Quickly analyzing the situation, she came to the conclusion that Maya's reaction and her form of address made sense. The dress that Blaise had given her had to be unusually nice and expensive. From what she knew, humans divided themselves into social classes—a needlessly complex hierarchy that Gala didn't think had any good rationale. Because of this dress—and because Maya and Esther had seen Gala in Blaise's company—they likely assumed she was a sorceress and thus a member of the upper class.

That was not what Gala wanted. "Will everyone in the village call me a lady?" she asked Maya, frowning.

The old woman gave her a reproving look. "For now, in that dress, they will. If you roll on the grass a few more times, they might think you are an orphan homeless girl." She sounded disgruntled about that last possibility.

"That's fine," Gala said. "I wish to be seen as one of the village women." Going by what the books said, she didn't think the common people would behave naturally in front of a sorceress. She wanted to fit in, not stand out.

Maya appeared taken aback, but recovered quickly. "In that case," she said, "let's go talk to Esther and see what we can do."

They walked together toward the other woman, who had already finished her conversation with Blaise.

"She wants to play at being a commoner," Maya said to Esther, gesturing toward Gala.

"How do you know she's not one?" asked Esther, eying Gala's dress.

Maya snorted. "Master Blaise would not settle for anything less than a sorceress. You know how smart he is. He would have nothing to talk about with a common girl."

Esther gave her friend a look that puzzled Gala. "What happened to you and his father is not the lot of every sorcerer-commoner love affair," she muttered to Maya under her breath.

"Are you Blaise's mother?" Gala asked Maya, intrigued by this conversation. Although the older woman didn't look like Blaise, there was a pleasing symmetry to her features that Gala's creator also possessed.

"No, child," Esther said, chuckling. "She was his father's floozy after his mother died."

"I was his mistress!" Maya straightened to her full height, her eyes flashing with anger.

"Is floozy the same thing as a prostitute?" Gala asked curiously.

"And if so, what is the difference between a floozy and a mistress?" In her readings, she had only come across the word 'prostitute.' Apparently, it was a profession in which a woman sold sexual services to men. It was frowned upon in Koldun society, although Gala didn't really understand why. Based on what she'd learned about sex, it seemed like prostitution might be a pleasant—and fun—way to earn a living.

Physical intimacy, in general, was something that was of deep interest to Gala. She knew that the way her and Blaise's bodies reacted to each other when they kissed was sexual in nature. The feeling was among the more fascinating sensations she had experienced thus far, and she wanted to learn as much as she could about it.

In response to Gala's blunt question, Esther laughed and Maya flushed a deep red before storming off.

"Oh, no . . . what did I say?" Gala asked Esther, embarrassed at her obvious faux pas. "I didn't mean to offend . . ." She really needed to learn how to interact with people properly.

"Don't worry about it, child," Esther said, still chuckling. "Maya is far too sensitive about the subject. I was just teasing her a bit, and you didn't do anything wrong. You were just curious."

"So did Blaise's father enter into sexual relations with Maya?" Gala persisted, wanting to understand. "And did he pay her for it?"

Esther shrugged, smiling. "Well, yes, my child, he did. But I think old Dasbraw really did love Maya later on. At first, he just needed something to distract him from his wife's death. He took care of Maya, sure, but she was not sleeping with him for the money or even for his gifts. Still, they didn't get married, obviously, and the girl is insecure about that. I like to tease her sometimes, get her mad. One of these days she'll probably strangle me in my sleep." The old woman grinned, apparently delighted at the prospect of such a dire fate—a reaction that Gala found confusing.

"Can you tell me more about Blaise's parents?" Gala asked. "You said his mother died?"

"Yes," Esther confirmed. "She was killed in a sorcery accident when Blaise was a little boy. His father passed away much later. His mother is where Blaise gets his handsome looks, but he inherited his smarts from both of his parents. Both Dasbraw and Samantha were on the Sorcerer Council." There was a note of pride in her voice, and Gala realized that Esther felt like Blaise's parents' accomplishments were her own. It likely had something to do with the prevailing social structure and how each sorcerer had 'their people,' Gala decided.

"Louie, his brother, was born right before Samantha died. I took care of the little one all by myself," Esther continued, her eyes filling up with moisture.

Gala stared at her, realizing that the subject had disturbed the woman emotionally. She had somehow managed to upset the only two human women she'd met.

"I am sorry, child," said the old woman, wiping away her tears. "I was much attached to those boys. When Louie died, it was as though part of myself died with him."

Gala nodded, not sure what to say to that. She felt bad that the woman was hurting.

As though sensing her discomfort, Esther gave her a shaky smile and tried to change the topic. "So why hasn't Blaise told you some of this himself?"

"Blaise and I met quite recently," Gala explained, hoping that the woman wouldn't pry further.

Esther didn't. Instead, she just gave Gala a warm look. "I could tell he cares about you," she said kindly, "and I'm sure you'll get to know each other better soon."

Gala smiled. Hearing what Esther said made her feel good. While it was unlikely that Blaise cared for her all that much, it was still a nice fantasy. From what she knew about human emotions, there needed to be some kind of courtship period, during which humans generally participated in sexual relations—something that hadn't occurred between herself and Blaise yet, to Gala's disappointment. Of course, she was also not human, so she didn't know if Blaise could grow to care about her. She knew he found the form she had assumed appealing, but she was uncertain if his feelings could extend beyond simple physical attraction.

"Why don't we go into the house, so you can change?" Esther suggested, bringing Gala out of her thoughts.

As soon as they entered the house, Maya greeted them with a dress in her hands.

"I am so sorry," said Gala, still worried over her earlier misstep. "I didn't mean any insult—"

"That's all right," Maya said, flashing Esther a mean look. "Unlike this one, you didn't mean to offend me, so you don't need to apologize. You are just entering adulthood, and you probably haven't seen much of the world. How old are you, anyway? Eighteen, nineteen?"

Gala considered that question for a second. "I'm twenty-three," she said, making up a number. She didn't think telling them how long she had really been in existence would be prudent.

"Oh, of course." Maya didn't seem surprised. "Sorcerers always look younger than their true age. Our Blaise doesn't look a day older than twenty-five, although he's already in his thirties."

Gala smiled, glad to learn yet another tidbit about her creator. Then, taking the dress Maya was holding out to her, she studied it critically. "Do you think it will make me look plain?" she asked, hoping that the piece of clothing would enable her to walk around unnoticed.

Esther chuckled. "Making you look plain is something that would require high sorcery, child."

"It won't make you look plain," Maya chimed in, "but it will make you look less like a lady, especially since you'll be in the company of two old crones like ourselves."

"If anyone asks, you're our apprentice," instructed Esther. "We're what you'd call village healers, so we do a bit of midwifery, take care of minor injuries, and occasionally look after young ones."

Gala nodded thoughtfully. She remembered Blaise mentioning that he got his Life Captures from Maya and Esther. Their profession explained how they were able to get so many droplets—and why those had been primarily from women.

Thinking about the Life Captures reminded her of her purpose for coming here. "I would like to go explore the village," she told them, eager to get started on her plan to see the world.

Esther frowned. "Not so fast. When was the last time you ate? You look like a stick," she said disapprovingly.

Gala felt insulted. A stick? That didn't sound good. She had seen sticks; they looked fine to her, but she didn't think it was a compliment to call a human being that. "I am not hungry," she said, trying to keep the hurt note out of her voice.

"Ah, so she is a sorceress," said Maya knowingly. "They can live on the sun, like the trees."

Esther snorted. "Oh, they can still eat. Even Blaise eats sometimes. Maybe real food will put some meat on those bones of hers." And without waiting for Gala to say something, she walked determinedly toward the kitchen.

"Do I really resemble a dead piece of wood?" Gala asked Maya, still thinking about the 'stick' comment.

"What?" Maya looked shocked. "No, of course not, my lady! You're beautiful. Esther wants to feed everyone—hell, she thinks I'm too skinny!"

Gala immediately felt better. Maya was much rounder than Gala herself, although she also didn't have Esther's plush curves.

"Eat something, my lady," Maya urged, smiling. "It'll make that old woman happy."

"Of course, I would love to eat something," Gala said honestly. It was yet another new thing for her to try.

A few minutes later, the three of them sat down at the kitchen table.

Gala quickly discovered that the sensation of eating was highly enjoyable. She hadn't had a single Life Capture experience of it and thus had no idea what to expect. Eating was probably the second most pleasurable thing she'd experienced, Gala decided—the first being those kisses with Blaise.

"Look at her wolfing down that stew," Esther said with satisfaction. "Not hungry, my foot. That magical sustenance is not food, I tell you."

"You should teach our young apprentice how to cook, so she can make this stew for Blaise," Maya told Esther, barely containing her laughter, and winked at Gala.

"I just might do that," Esther said seriously, giving Maya a frown. "And I'll show her how to bake bread. His mother used to make food for Blaise sometimes, and I have seen him eat it."

Gala noticed that the two women paradoxically liked and disliked one another. It was very strange.

"If you are going to teach the lady to cook for Blaise, you should teach her something fancier than this slop," Maya said derisively, apparently continuing their bickering.

"Oh, I don't mind learning how to make this wonderful stew," Gala protested. She loved the rich flavor of the soup on her tongue.

Both women started laughing.

"I think she really means it," Maya said between bouts of laughter.

Gala was utterly confused. "I would like to learn how to make it," she insisted.

Maya grinned at her. "Just take onions, garlic, cabbage, potatoes, and some chicken, and put it all in a pot for a couple hours. Oh, and be sure to forget to put enough salt and be too busy to stir it properly—"

"Hey, at least my cooking is better than yours, you old crone," Esther said, and the two women laughed again, reinforcing Gala's impression of the strangeness of their relationship.

20. KAPITEL: BARSON

Nachdem Barson einen Krug mit kaltem Wasser über Siurs Gesicht ausgeleert hatte, sah er ruhig dabei zu, wie der Verräter unter Husten und Spucken sein Bewusstsein wiedererlangte.

»Willkommen zurück«, sagte er und sah amüsiert dabei zu, wie der Mann realisierte, sich in Barsons Zimmer zu befinden, fest an eine der hölzernen Säulen gebunden, welche die hohe, gewölbte Decke stützten.

»Wirst du mich jetzt foltern?«, Siur klang bitter. »Ist das dein Plan?«

Barson schüttelte langsam seinen Kopf. »Nein, ich musst nicht zu solchen barbarischen Mitteln greifen«, sagte er und zeigte auf eine große, diamantförmige Sphäre, die in der Mitte des Zimmers stand.

Siur bekam große Augen. »Woher hast du die?«

»Ich sehe, du weißt, was das ist. Das ist gut«, sagte Barson und lächelte den Mann kalt an. Er stand auf, nahm die Momentaufnahmen-Sphäre und berührte damit Siurs immer noch blutende Schulter, bevor er sie wieder zurückstellte. »Jetzt werde ich jeden Gedanken — jede Erinnerung, die dir in den Sinn kommt — erfahren.«

Siur starrte ihn mit einem fast blutleeren Gesicht an.

»Die Menschen gestehen unter Folter alles«, erklärte ihm Barson ruhig. »Ich habe herausgefunden, dass das hier ein viel effektiverer Weg ist, um ehrliche Antworten zu bekommen. Du kannst es auch genauso gut sagen, weißt du? Wenn ich die Informationen aus deinem Kopf quetschen muss, werde ich sichergehen, dass jeder weiß, was für eine betrügerische Ratte du bist.«

»Und wenn ich rede—?« Ein kleiner Hoffnungsschimmer zeigte

sich auf Siurs Gesicht.

»Dann werde ich sagen, du seist im Kampf gestorben, genauso wie das ein ehrenwerter Soldat machen sollte.«

Siur schluckte und sah etwas erleichterter aus. Offensichtlich wusste er genau, es war die beste Option, die er bekommen konnte. In der Schlacht zu sterben bedeutete, dass für seine Familie gesorgt und sein Name respektiert werden würde. »Was möchtest du wissen?«, fragte er und hob seinen Blick, um Barson in die Augen zu schauen.

Barson unterdrückte ein zufriedenes Lächeln. Es gab einen Grund dafür, dass er so gründlich psychologische Kriegsführung studiert hatte; diese Angelegenheit wäre jetzt bald beendet. »Wer hat die Informationen von dir gekauft?«, fragte er und betrachtete den Mann eingehend. Er kannte die Antwort schon, aber er wollte sie trotzdem noch einmal laut hören.

»Ganir«, antwortete Siur ohne zu zögern.

»Gut.« Barson hatte vermutet, der alte Zauberer stecke hinter den verschwundenen Zauberern. Barson fiel die Ironie davon auf, Ganirs eigene Erfindung gegen seinen Spion anzuwenden. »Und wie lange hast du ihm schon berichtet?«

»Nicht lange«, antwortete Siur. »Nur die letzten Monate.«

Barsons Augen verengten sich. »Und wer hat ihm vorher Bericht erstattet?«

»Jule«.

Das ergab Sinn. Barson erinnerte sich an die junge Wache, die vor weniger als sechs Monaten in einer Schlacht getötet wurde. Er konnte besser verstehen, dass Jule bei Ganirs Geld schwach geworden war; für einen rangniedrigen Soldaten musste das Angebot sehr attraktiv sein. Siurs Verrat war um einiges schlimmer; er war in Barsons innerem Kreis gewesen und könnte deshalb mit seinem Spionieren ernsthaften Schaden angerichtet haben.

»Wie viel hast du Ganir erzählt?«

Siur zuckte mit den Schultern. »Ich habe ihm alles gesagt, was ich wusste. Dass du dich mit diesen zwei Zauberern getroffen hast.«

Zwei? Barson atmete aus und versuchte seine Erleichterung zu verbergen. Als zwei der fünf Zauberer, mit denen er gesprochen hatte, verschwunden waren, hatte ihn das in höchstem Maße alarmiert und er hatte das Schlimmste befürchtet. Damals war ihm auch klar geworden, es müsse einen Spion in ihrer Mitte geben — jemanden, der sich nahe bei ihm befand und der etwas gesehen haben könnte, oder etwas wusste.

Die Tatsache, dass Siur nichts von den anderen Besuchern wusste, war reines Glück, genauso wie der Umstand, dass keiner dieser Zauberer etwas Wichtiges von Barson erfahren hatte. Sie hatten nur Vorgespräche geführt und der Kapitän der Garde hatte darauf geachtet, nicht zu viel von seinem Vorhaben preiszugeben. Falls Ganir Erfolg mit einer Befragung bei ihnen gehabt haben sollte, hätte er nichts besonders Schlimmes erfahren können. Die Tatsache, zwei potenzielle Verbündete zu verlieren, war ein kleiner Preis dafür, Siurs Verrat zu entlarven.

»Hat Ganir sie getötet?«, fragte Barson leise.

»Das weiß ich nicht«, antwortete Siur. »Ich weiß nur von ihrem Verschwinden.«

Barson lachte kurz auf. »Ja, soviel ist mir auch schon aufgefallen. Sie sind die Stürme des Ozeans erforschen gegangen, hat Ganir gesagt. Aber Siur, erzähl mir lieber, warum du bei diesem Auftrag nicht mit uns mitgekommen bist?«

»Das hat mir Ganir gesagt.«

»Also wusstest du, dass es statt dreihundert Männern dreitausend waren?«

»Was?« Siur sah ernsthaft überrascht aus. »Nein, das wusste ich nicht. Es waren dreitausend Bauern?«

»Ja«, antwortete Barson, unsicher, ob er diesem Mann glauben konnte.

»Das wusste ich nicht«, sagte Siur. »Kapitän, ich schwöre, dass ich das nicht wusste! Hätte ich es gewusst, hätte ich euch gewarnt.«

Barson blickte ihn an. Vielleicht hätte er das. Es gab einen großen Unterschied zwischen dem Verkauf von Informationen und dem Senden der Kollegen in den sicheren Tod.

Siur hielt seinem Blick stand, sein Gesicht war blass und schwitzte. »Bringst du mich jetzt um? Ich habe dir alles gesagt, was ich wusste.«

Barson antwortete ihm nicht. Er ging zur Sphäre hinüber, brachte sie mit sich zurück und berührte damit erneut Siurs Verletzung, um die Aufzeichnung zu beenden. Er musste sie sich jetzt ansehen, um sicher zu gehen, Siurs Worte stimmten mit seinen Gedanken überein. Er nahm die Perle, die sich in der Einkerbung der Sphäre geformt hatte, legte sie sich behutsam unter die Zunge und ließ seine Gedanken davon einnehmen.

Als Barson wieder zu sich kam, blickte er Siur düster an. »Du hast die Wahrheit gesagt. Da ich zu meinem Wort stehe, ist dein guter Name gesichert.«

»Ich danke dir.« Zitternd kniff Siur seine Augen ganz fest

zusammen.

Ein Hieb mit Barsons Schwert und der Verräter gehörte der Vergangenheit an.

* * *

Barson wischte das Blut von seinem Schwert und ging zu Augustas Quartier. Er fand es verdächtig, dass Ganir mit ihr reden wollte. Er zweifelte daran, dass der alte Zauberer schon über Augustas Rolle in der Schlacht Bescheid wusste, was nur noch zwei Möglichkeiten offen ließ.

Entweder, Ganir benutzte sie auch, um Barson auszuspionieren — oder er verdächtigte sie, genauso wie die beiden anderen Zauberer, die *die Stürme erkunden* gegangen waren.

Barson dachte über die erste der beiden Möglichkeiten nach — ein Gedanke, den er schon in der Vergangenheit gehabt hatte. Aber irgendwie konnte er sich Augusta nicht als Spion vorstellen. Sie machte keinen großen Hehl daraus, Ganir nicht zu mögen, und sie hatte viel zu viel Stolz, um sich derart benutzen zu lassen. Wenn sie etwas in der Art machen würde, wäre sie diejenige, die das Ganze plant, und nicht der Köder eines anderen.

Also blieb nur noch die andere Möglichkeit, die allerdings auch ziemlich unwahrscheinlich zu sein schien. Sie war ein Mitglied der Rates und selbst sehr mächtig. Sie verschwinden zu lassen, wäre eine echte Herausforderung. Falls Ganir versuchen sollte, es mit Augusta aufzunehmen, gab es sogar eine Chance, dass sie Ganir verschwinden lassen würde.

Also was wollte der alte Zauberer von ihr? Zu seiner Enttäuschung fand Barson es auch jetzt nicht heraus.

Als er Augustas Zimmer betrat, war er erleichtert, sie dort vorzufinden, als sie sich gerade umzog. Und zu seiner Überraschung bemerkte er, dass ein kleiner Teil von ihm sich Sorgen um ihre Sicherheit gemacht hatte. Rational wusste er, sie war mehr als in der Lage dazu, auf sich selbst aufzupassen, aber seine primitive Seite konnte es nicht lassen, sie als eine empfindliche Frau zu sehen, die seinen Schutz benötigte.

»Gehst du irgendwo hin?«, fragte er als er bemerkte, wie sie sich eines ihrer Kleider für besondere Anlässe anzog. Es war aus dunkelroter Seide und ließ ihren goldfarbenen Tein strahlen.

»Ich muss nur schnell etwas erledigen«, antwortete sie ihm — etwas ausweichend, wie er fand.

Barson unterdrückte seinen aufsteigenden Ärger. Er war nicht dumm. Das letzte Mal, als er sie in so einem Kleid gesehen hatte, waren sie auf einem der Frühlingsfeste gewesen. Machte sie sich für etwas hübsch — oder für jemanden? Und hatte das etwas mit ihrer vorangegangenen Unterhaltung zu tun?

Es gab nur einen Weg, das herauszufinden.

Er ging zu ihr, schlang seine Arme um ihre schmale Taille und beugte seinen Kopf, um ihre zarte Wange zu küssen. »Was wollte Ganir denn?«, murmelte er und küsste ihre äußere Ohrmuschel.

»Ich habe jetzt keine Zeit, das zu besprechen«, antwortete sie ihm und wand sich ganz im Gegensatz zu sonst, aus seiner Umarmung. »Wir sehen uns, wenn ich wieder zurückkomme.«

Und in einer Wolke aus Seide und Jasminparfum ging sie aus dem Raum und ließ Barson verärgert und verwirrt zurück.

CHAPTER 20: BARSON

Pouring a pitcher of cold water on Siur's face, Barson watched calmly as the traitor regained consciousness, coughing and sputtering.

"Welcome back," he said, observing with amusement as the man realized that he was in Barson's room, securely tied to the wooden column that supported the tall, domed ceiling.

"Are you going to torture me now?" Siur sounded bitter. "Is that your plan?"

Barson slowly shook his head. "No, I don't have to do anything as barbaric as that," he said, gesturing toward the large, diamond-like sphere sitting in the middle of the chamber.

Siur's eyes went wide. "Where did you get that?"

"I see you know what it is. That's good," Barson said, giving the man a cold smile. Getting up, he took the Life Capture Sphere and rubbed it against Siur's still-bleeding shoulder before placing it back. "Now every thought—every memory that comes to your mind—will be mine to know."

Siur stared at him, his face nearly bloodless.

"People will say anything under torture," Barson explained calmly. "I've found this to be a much better way to get real answers. You might as well talk, you know. If I have to pry the information out of your mind, I will make sure you're known to everyone as the treacherous rat that you are."

"So if I talk—?" There was a tiny ray of hope on Siur's broad face.

"Then I will say you died in battle, as an honorable soldier should."

Siur swallowed, looking mildly relieved. He obviously knew this was the best he could hope for at this point. Dying in battle meant that his family would be taken care of and his name respected.

"What do you want to know?" he asked, lifting his eyes to meet Barson's gaze.

Barson suppressed a satisfied smile. There was a reason he'd studied psychological warfare so thoroughly; now this ordeal would be over with quickly. "Who bought the information from you?" he asked, watching the man carefully. He already knew the answer, but he still wanted to hear it said out loud.

"Ganir," Siur replied without hesitation.

"Good." Barson had suspected the old sorcerer was the one behind the disappearances. The irony of using Ganir's own invention against his spy didn't escape Barson. "And how long have you been reporting to him?"

"Not long," Siur answered. "Only for the past few months."

Barson's eyes narrowed. "And who reported to him before you?"

"Jule."

That made sense. Barson remembered the young guard who had been killed in battle less than six months ago. It was far more understandable for Jule to get tempted by Ganir's coin; to a low-ranking soldier, the money must've seemed quite attractive. Siur's betrayal was much worse; he had been in Barson's inner circle and thus could've done some real damage with his spying.

"How much did you tell Ganir?"

Siur shrugged. "I told him what I knew. That you'd met with those two sorcerers."

Two? Barson exhaled, trying to conceal his relief. When two of the five sorcerers he'd spoken with disappeared, he had been deeply alarmed, expecting the worst. He had also realized then that there had to be a spy in their midst—someone close to him who could've seen or known something.

The fact that Siur didn't know about the other visitors was a tremendous stroke of luck, as was the fact that none of these sorcerers knew much of value. They had just held preliminary discussions, and Barson had been careful not to show his hand fully. If Ganir succeeded in questioning them, he wouldn't have come across anything particularly damning. In fact, losing two potential allies was a small price to pay for discovering Siur's treachery.

"Did Ganir kill them?" Barson asked softly.

"I don't know," Siur admitted. "I just know they disappeared."

Barson gave a short laugh. "Yes, I noticed that much. Went to explore the ocean storms, Ganir said. So tell me, Siur, why did you stay behind on this mission?"

"Ganir told me to."

"So you knew about the three thousand men instead of three hundred?"

"What?" Siur appeared genuinely shocked. "No, I didn't. There were three thousand peasants?"

"Yes," Barson said, unsure if he believed the man.

"I didn't know," Siur said. "Captain, I didn't know, I swear it! I would've warned you if I knew."

Barson looked at him. Perhaps he would have; there was a big difference between selling information and sending all your comrades to their deaths.

Siur held his gaze, his face pale and sweating. "Are you going to kill me now? I told you everything I know."

Barson didn't respond. Walking over the Sphere, he brought it back and pressed it against Siur's wound again, concluding the recording. He had to watch it now, to make sure Siur's thoughts matched his words. Picking up the droplet that had formed inside the Sphere's indentation, he gingerly put it under his tongue and let it take over his mind.

When Barson regained his sense of self, he gave Siur a somber look. "You told the truth. Since I'm a man of my word, your good name is safe."

"Thank you." Visibly shaking, Siur squeezed his eyes shut.

A swish of Barson's sword, and the traitor was no more.

* * *

Wiping the blood off his sword, Barson walked toward Augusta's quarters. He'd found it suspicious that Ganir wanted to talk to her. He doubted the old sorcerer could've learned about Augusta's involvement in the battle so quickly, which left only two possibilities.

Ganir was either using her to spy on Barson as well—or he was suspicious of her, just as he had been of the two sorcerers who'd gone 'exploring the storms.'

Barson considered the first possibility—a thought that had occurred to him in the past. But somehow he couldn't see Augusta being a spy. She was fairly open in her dislike for Ganir, and she had far too much pride to let herself be used in such manner. If it came down to it, she'd be the one plotting something, instead of being someone's pawn.

That left the other option—that of Ganir learning that Augusta was Barson's lover and taking action against her. Even this seemed unlikely. She was a member of the Council and quite powerful in her own right. Making her disappear would be a significant challenge. In fact, if Ganir did try to take on Augusta, there was a chance that she would make the problem of Ganir disappear instead.

So what had Ganir wanted with Augusta? To his frustration, Barson was no closer to figuring that out.

Entering Augusta's room, he was relieved to find her there, changing her clothes. And to his surprise, he realized that a small part of him *had been* worried for her safety. Rationally, he knew she was more than capable of taking care of herself, but the primitive side of him couldn't help thinking of her as a delicate woman who needed his protection.

"Are you going somewhere?" he asked, noticing that she was putting on one of her special-occasion dresses. Made of a deep red silk, it made her golden complexion glow.

"I just need to run an errand," she said—somewhat evasively, he thought.

Barson suppressed a flare of anger. He wasn't stupid; the last time he'd seen her wear a dress like this was at one of the spring celebrations. Was she dressing up for something—or someone? And did this have anything to do with her earlier conversation?

There was only one way to find out.

Coming up to her, Barson wrapped his arms around her narrow waist and bent his head to nuzzle her soft cheek. "What did Ganir want?" he murmured, kissing the outer shell of her ear.

"I don't have time to discuss it now," she said, slipping out of his embrace in an uncharacteristic gesture of rejection. "I'll see you when I get back."

And in a whirl of silk skirts and jasmine perfume, she walked out of the room, leaving Barson angry and confused.

21. KAPITEL: AUGUSTA

Augusta verließ den Turm, ging zu ihrer Chaise und begab sich zu Blaises Haus. Während sie sich mental auf das kommende Treffen vorbereitete, konnte sie spüren, wie ihr Herz schneller schlug und ihre Handflächen bei dem Gedanken daran, ihn wiederzusehen schwitzten. Er war der Mann, der sie zurückgewiesen hatte, der Mann, den sie immer noch nicht vergessen konnte. Selbst jetzt, da sie so etwas wie Glück mit Barson gefunden hatte, waren ihre Erinnerungen an ihre Zeit mit Blaise wie eine schlecht verheilte Wunde, die bei dem kleinsten Anlass schmerzte.

Sie schloss ihre Augen und ließ den Wind durch ihr langes, dunkles Haar wehen. Sie liebte das Gefühl zu fliegen, hoch oben in der Luft, über allen weltlichen Dingen und dem kleinen Leben der Menschen auf der Erde zu sein. Von allen magischen Objekten, war ihr die Chaise am liebsten, weil kein Normalbürger sie jemals bedienen könnte. Das Fliegen erforderte einige Grundkenntnisse über verbale Magie und Nichtzauberer wären niemals zu mehr in der Lage, als langsam in ihren Tod zu fliegen.

Als sie am Marktplatz ankamen, entschied sie sich spontan dazu vor einem der Marktstände zu landen. Hier draußen, unter dem Lärm und der Geschäftigkeit auf dem Marktplatz, an diesem wunderschönen Tag im Spätfrühling, war es sehr schwer, negativ zu bleiben. Vielleicht gab es eine gute Erklärung für Blaises Besessenheit mit den Momentaufnahmen, dachte sie hoffnungsvoll. Vielleicht führte er gerade irgendein Experiment durch. Sie wusste, er war schon immer an allem interessiert gewesen, was mit dem menschlichen Verstand zu tun hatte.

Sie ging zu einem der unbedeckten Stände hinüber und kaufte pralle Datteln. Das war Blaises Lieblingssnack, wenn er seine Geschmacksnerven mit etwas Süßem stimulieren wollte. Sie wären ein gutes Friedensangebot, vorausgesetzt Blaise würde überhaupt zustimmen, sie zu sehen. Glücklich mit ihrem Einkauf — und sich völlig im Klaren über die Sinnlosigkeit des Ganzen — hob sie wieder ab.

Das Haus ihres ehemaligen Verlobten lag nicht weit vom Marktplatz entfernt, eigentlich hätte sie auch zu Fuß dorthin gehen können. Blaise war einer der wenigen Zauberer, die immer eine Unterkunft in Turingrad behalten hatten, anstatt ihre ganze Zeit im Turm zu verbringen. Er hatte das Haus von seinen Eltern geerbt und fand es beruhigend, Abends dorthin zu gehen, anstatt im Turm zu bleiben und mit den anderen zusammenzusitzen. Als sie und Blaise zusammen gewesen waren, hatte sie auch viel Zeit in diesem Haus verbracht — so viel sogar, dass sie dort ein eigenes Zimmer gehabt hatte.

Der Gedanke an das Haus brachte wieder diese bittersüßen Erinnerungen zurück. Sie hatten manchmal Spaziergänge von seinem Haus zu diesem Marktplatz unternommen und sie erinnerte sich daran, wie sie dabei immer über ihre neuesten Projekte gesprochen hatten, sie detailliert miteinander durchgegangen waren. Das war eine dieser Sachen, die sie zurzeit am meisten vermisste — die intellektuellen Unterhaltungen, das Austauschen von Ideen. Obwohl Barson eine interessante Person war, könnte er ihr das niemals geben. Nur ein Zauberer von Blaises Kaliber konnte das — und so einen gab es nicht noch einmal, soweit Augusta das beurteilen konnte.

Schließlich war sie da, stand vor Blaises Haus. Trotzdem es sich mitten in Turingrad befand, sah es aus wie ein Landhaus — ein beeindruckendes elfenbeinfarbenes Herrenhaus, welches von wundervollen Gärten umgeben war.

Augusta näherte sich vorsichtig, ging die Stufen nach oben und klopfte höflich an die Tür. Dann hielt sie ihre Luft an und wartete auf eine Antwort.

Es kam keine.

Sie klopfte lauter.

Immer noch keine Reaktion.

Ihre Angst wuchs, während sie noch ein paar Minuten wartete und hoffte, Blaise sei einfach oben im Haus und könne ihr Klopfen nicht hören.

Immer noch nichts. Es wurde Zeit für drastischere Maßnahmen.

Sie rief einen verbalen Zauberspruch ab, den sie parat hatte und begann, seine Worte zu rezitieren. Allerdings ersetzte sie einige Variable, da sie vermeiden wollte, die ganze Stadt zu verängstigen.

Dieser Spruch war dafür bestimmt, ein extrem lautes Geräusch zu produzieren — nur dass er mit den Änderungen, die sie vorgenommen hatte, nur m Haus zu hören wäre. Zum Glück war der Code für die Luftvibration relativ einfach nach Wunsch auf die richtige Stärke anzupassen. Nach den einfachen logischen Ketten folgte noch die Deutungslitanei und dann hielt sie ihre Hände über ihre Ohren, um den Lärm abzuschwächen, der aus dem Gebäude nach draußen drang.

Das Geräusch war so stark, sie konnte quasi spüren, wie die Wände des Hauses vibrierten. Blaise konnte das auf gar keinen Fall ignorieren. Wenn jemand in dem Haus wäre, dann müsste er jetzt durch den Zauber halb taub — und ziemlich wütend sein. Es war wahrscheinlich nicht der beste Weg, ihre Unterhaltung zu beginnen, aber es war der einzige der ihr einfiel, um seine Aufmerksamkeit zu bekommen. Sie würde lieber mit einem wütenden Blaise zu tun haben als mit dem Abhängigen, von dem sie immer mehr befürchtete, ihn hier anzutreffen.

Die Tatsache, dass er auf diesen Lärm nicht reagierte, sprach Bände. Nur jemand, der in eine Momentaufnahme vertieft war, würde diesem Zauber gegenüber immun sein. Die Alternative — dass er nach Monaten seines Einsiedlerdaseins endlich das Haus verlassen haben könnte — war höchst unwahrscheinlich, auch wenn Augusta sich trotzdem an diese kleine Hoffnung klammerte.

Das Erschreckende an den Momentaufnahmen war, dass die von ihnen Abhängigen manchmal starben. Sie würden sich so in das Leben der anderen vertiefen, dass sie ihre Gesundheit vernachlässigten, vergaßen zu essen, zu schlafen und sogar zu trinken. Auch wenn Zauberer ihre Körper magisch versorgen konnten, mussten sie Zauber wirken, um den Energielevel konstant zu halten. Dieser Zauber musste regelmäßig erneuert werden, womit ein von Momentaufnahmen abhängiger Zauberer wahrscheinlich Schwierigkeiten hätte. Er wäre also genauso verletzlich wie eine normale Person.

Als sie immer noch vor der Tür stand, wurde Augusta klar, sie müsse eine Entscheidung treffen. Sie konnte entweder Ganir davon berichten, keine Antwort erhalten zu haben oder sie konnte es riskieren, hineinzugehen.

Wäre es das Haus eines normalen Bürgers, wäre das leicht gewesen. Allerdings hatten die meisten Zauberer aktive Schutzzauber zu ihrer Verteidigung, um unerlaubtes Eindringen zu verhindern. Im Turm wandten sie häufig Magie an, damit ihre Schlösser nicht manipuliert werden konnten. Ihrer Erinnerung nach hielt sich Blaise allerdings selten mit so etwas auf. Ihre beste Chance wäre wahrscheinlich, seine Tür einfach durch einen Zauber zu öffnen.

Einen schnellen Zauberspruch später betrat sie den Flur und erblickte die vertrauten Möbel und Bilder an der Wand.

Um nach Blaise oder Zeichen seiner Abhängigkeit Ausschau zu halten, ging Augusta langsam durch das leere Haus und ihr Herz schmerzte bei der Flut von Erinnerungen. Wie hatte das mit ihnen nur passieren können? Sie hätte härter um Blaise kämpfen sollen; sie hätte versuchen müssen, ihm alles so lange zu erklären, bis er sie verstand. Vielleicht hätte sie sogar ihren Stolz hinunterschlucken und vor ihm kriechen sollen — ein Gedanke, der damals unvorstellbar für sie gewesen war.

Augusta fing mit ihrer Suche in der unteren Etage an und ging in die Vorratskammer, in der er, wie sie sich erinnerte, wichtige magische Stoffe lagerte. Sie öffnete die Fächer und fand einige Gläser mit Momentaufnahmen, aber das war nichts Besonderes. Die meisten Zauberer — selbst Augusta bis zu einem bestimmten Grad — nutzten die Momentaufnahmen um wichtige Ereignisse ihres Lebens oder ihrer Arbeit aufzuzeichnen.

Ein Schrank zog ihre Aufmerksamkeit auf sich. Darin befanden sich noch mehr Gläser, die nichts mit der Zauberei zu tun haben schienen. Blaise beschriftete immer alles, also kam sie näher und versuchte zu lesen, was auf ihnen stand.

Zu ihrer Überraschung sah sie, dass alle Gläser mit nur einem Wort beschriftet waren: Louie. Das waren wahrscheinlich Blaises Erinnerungen an seinen Bruder, wurde ihr klar. Die Tatsache, dass er sie immer noch hatte — sie nicht von ihm konsumiert worden waren, so wie das bei einem Abhängigen der Fall wäre — gab ihr einen kleinen Funken Hoffnung. Eines dieser Gläser sah besonders interessant aus; es hatte ein Symbol mit Totenkopf und Knochen, genauso wie es die Heiler manchmal auf ihrer tödlichen Arznei anbrachten. Sie hatte keine Ahnung, was das sein könnte.

In der Ecke des Raumes sah sie einige zerbrochene Gläser auf dem Boden liegen. Zwischen den Glassplittern lagen mehr Perlen, so als seien sie Abfall. Neugierig näherte sich Augusta dieser Ecke.

Zu ihrem Schock sah sie auf einigen dieser Gläser ihren Namen stehen. Blaises Erinnerungen an sie ... Er musste sie in einem Wutanfall weggeschleudert haben. Sie schloss ihre Augen und atmete tief und zittrig ein, um die Tränen, die in ihren Augen brannten, daran zu hindern hinauszulaufen. Sie hatte nicht erwartet, dass dieser Besuch so schmerzhaft sein würde, die

Erinnerungen so frisch seien.

Sie beugte sich nach unten, nahm eine der Perlen und passte dabei auf, sich ihre Hand nicht an den Glassplittern aufzuschneiden, die überall herumlagen. Dann verließ sie den Raum und ging schon weiter nach oben, während sie immer noch damit beschäftigt war, ihre Beherrschung wiederzuerlangen.

Um sich herum konnte sie staubbedeckte Fensterbretter und muffig aussehende Möbel entdecken. In welchem mentalen Zustand sich Blaise auch immer befand, mit Sicherheit kümmerte er sich nicht um sein Haus. Kein gutes Zeichen, soweit sie das beurteilen konnte.

Sie ging von einem Raum in den nächsten und stellte letztendlich fest, dass Blaise gar nicht da war. Erleichtert realisierte Augusta, er müsse doch das Haus verlassen haben. Das war ein gutes Zeichen, da Abhängige selten unnötig hinausgingen, eigentlich nur, wenn sie keine Momentaufnahmen mehr hatten — was, auf Blaise seinen Gläsern nach zu urteilen, aber nicht zutraf. Konnte sich Ganir erneut getäuscht haben? Immerhin hatten seine Spione ihn ja offensichtlich auch über die Größe der Bauernarmee falsch informiert, auf die Barson treffen sollte. Warum also nicht auch hiermit? Aber falls sie sich nicht irrten, was wollte Blaise dann mit all diesen Momentaufnahmen, die er sich besorgt hatte?

Da sie es vor Neugier nicht aushielt, ging sie zurück in Blaises Arbeitszimmer. Ihr Brustkorb zog sich in dieser vertrauten Umgebung zusammen. Sie hatten hier so viel Zeit miteinander verbracht, hatten neue Zauber ausprobiert und neue Methoden zum Kodieren entwickelt. Hier hatte sie den Deutungsstein erfunden und auch die vereinfachte Geheimsprache, mit der er benutzt wurde — eine Entdeckung, die die gesamte Zauberei verändert hatte.

Vielleicht sollte sie jetzt gehen. Offensichtlich war Blaise nicht zu Hause und Augusta fühlte sich nicht länger wohl dabei, auf diese Weise in seine Privatsphäre einzudringen.

Sie drehte sich um und begann, aus dem Zimmer zu gehen, als ihr Blick auf eine offene Ansammlung von Rollen fiel, die ihre Aufmerksamkeit erregten. Sie waren alt und aufwendig, erinnerten sie an die Art von Schriften, die sie in der Bibliothek von Dania, einem anderen Ratsmitglied, gesehen hatte. Als ob ihre Füße einen eigenen Willen hätten, fühlte Augusta wie sie sich den Rollen näherte und eine aufnahm.

Zu ihrer Überraschung erkannte sie, dass diese Rollen von Lenard dem Großen geschrieben worden waren — sie sie aber noch niemals zuvor gesehen hatte. Sie und Blaise hatten alles gelesen, was der große Zauberer geschrieben hatte; ohne diese Wissensgrundlage von Lenard und seiner Studenten wären sie niemals in der Lage gewesen, den Deutungsstein und die dazugehörige magische Sprache zu entwickeln. Sie hätte schon vorher auf diese Rollen stoßen müssen, und die Tatsache, sie jetzt gerade zum ersten Mal zu sehen, war unglaublich.

Augusta überflog sie ungläubig und verstand das Ausmaß des Wissens, welches Blaise vor der Welt geheim gehalten hatte. Diese alten Rollen beinhalteten die Theorien, auf denen die verbalen Zaubersprüche Lenards basierten — die Theorien, die einen kleinen Einblick in die Natur der Zauberdimension gaben.

Warum hatte Blaise niemandem davon erzählt? Jetzt war ihre ganze Neugier entfacht und sie griff nach einem weiteren Stapel Aufzeichnungen, die auf dem Schreibtisch lagen.

Es waren seine Arbeitsaufzeichnungen, erkannte sie sofort — Blaises Niederschriften seiner Arbeit.

Fasziniert blätterte Augusta durch die Papiere und begann zu lesen.

Und während sie las, merkte sie, wie sich ihre Nackenhaare aufstellten. Was diese Aufzeichnungen beinhalteten war so furchtbar, dass sie kaum ihren Augen glauben konnte.

Sie legte die Schriften weg und blickte sich hektisch im Arbeitszimmer um, wollte sich selbst davon überzeugen, dies könne nicht wahr sein — dies seien nur die Wahnvorstellungen eines Verrückten. Ihr Blick fiel auf die Momentaufnahmen-Sphäre und sie sah eine einzige Perle darin funkeln.

Mit zitternder Hand griff sie danach, schob sie sich in den Mund und ließ sich in das Erlebnis fallen.

* * *

Blaise saß in seinem Zimmer und konnte nicht aufhören an Gala zu denken — an seine wunderbare, wunderschöne Kreation. Er schloss seine Augen und sah sie vor sich — ihre perfekten Gesichtszüge, die tiefgehende Intelligenz, die in ihren geheimnisvollen blauen Augen funkelte. Er fragte sich, was sie wohl werden würde. Jetzt war sie noch wie ein Kind, alles war neu für sie, aber er konnte schon das Potenzial ihrer Intelligenz und ihrer Fähigkeiten erkennen, alles zu überbieten, was die Welt jemals gesehen hatte.

Ihre Anziehung auf ihn war genauso erstaunlich wie sie

beängstigend war. Sie war seine Schöpfung. Wie konnte er solche Gefühle für sie haben? Selbst bei Augusta hatte er nicht sofort diese Art der Verbindung empfunden.

Er versuchte diese Gedanken wegzuschieben und seine Aufmerksamkeit wieder ihrer faszinierenden Herkunft zuzuwenden. Die Art und Weise, wie sie die Zauberdimension beschrieben hatte, war faszinierend; er würde alles geben, um diese Wunder mit eigenen Augen zu sehen.

Vielleicht gab es ja einen Weg. Trotz allem, waren Galas Gedanken sehr menschlich, und sie konnte hier überleben ...

* * *

Nach Luft schnappend kam Augusta wieder zu sich. Sie atmete schwer und schaute sich im Arbeitszimmer um, versuchte das zu verarbeiten, was sie eben gesehen hatte. Was hatte Blaise getan? Was für ein Monster hatte er erschaffen?

Das war ein Desaster epischen Ausmaßes. Wenn Augusta das richtig verstand, hatte Blaise eine nicht menschliche Intelligenz erschaffen. Ein unnatürliches Wesen, welches niemand — nicht einmal Blaise — verstehen konnte. Was würde diese Kreatur wollen? Zu was würde sie fähig sein?

Ungewollt musste Augusta an ein altes Märchen über einen Zauberer denken, der versuchte hatte, Leben zu erschaffen und ihr Magen fing an zu protestieren. Das war die Art von Geschichte, die Bauern und Kinder glaubten und natürlich wusste Augusta, sie war nicht wahr. Aber trotzdem konnte sie nicht aufhören, an sie zu denken, sich an das erste Mal zu erinnern, an dem sie dieses furchtbare Märchen als Kind gelesen hatte— wie verängstigt sie danach gewesen war. Alpträume über eine grauenvolle Kreatur, die ihren Schöpfer und ein komplettes Dorf tötete, weckten sie nachts auf. Später hatte Augusta die Wahrheit erfahren — dass der Zauberer, von dem die Rede war, wirklich Experimente mit der Kreuzung verschiedener Tierarten durchgeführt hatte und dass eine seiner Kreationen (Ein Wolf-Bär-Hybrid) geflohen war und das benachbarte Dorf verwüstet hatte. Aber zu diesem Zeitpunkt war es schon zu spät gewesen. Diese Geschichte hatte einen unauslöschlichen Eindruck in Augustas jungem Kopf hinterlassen und auch als Erwachsene machte ihr die Vorstellung eines unnatürlichen Lebens noch Angst.

Blaises Kreation war allerdings kein Mythos. Sie — es — war ein künstlich erschaffenes Monster mit potentiell unbegrenzter Macht.

Von dem, was sie wusste, konnte es die ganze Welt und jedes menschliche Wesen zerstören.

Und Blaise fühlte sich von ihr angezogen. Augusta wurde von diesem Gedanken so schlecht, sie dachte sie müsse sich übergeben.

Nein, das würde sie nicht zulassen. Sie musste etwas unternehmen. Sie griff nach Lenards Schriftrollen und steckte sie in ihre Tasche. Danach kanalisierte sie ihre Wut und ihre Angst, in einen reinigenden Feuerzauber — den sie in dem Zimmer losgehen ließ.

CHAPTER 21: AUGUSTA

Exiting the Tower, Augusta got on her chaise and headed toward Blaise's house, mentally steeling herself for the upcoming encounter. She could feel her heart beating faster and her palms sweating at the thought of seeing Blaise again—the man who had rejected her, the man whom she still couldn't forget. Even now that she had found some measure of happiness with Barson, memories of her time with Blaise were like a poorly healed wound—hurting at the least provocation.

Closing her eyes, she let the wind blow through her long dark hair. She loved the sensation of flying, of being high up in the air, above the mundane concerns and small lives of people on the ground. Of all the magic objects, the chaise was her favorite because no commoner could ever operate it. Flying required knowing some basic verbal magic, and non-sorcerers would not be able to do more than slowly float away to their deaths.

Passing by the Town Square, she made an impulsive decision to land in front of one of the merchant shops. Out here among the noise and bustle of the marketplace, on this beautiful day in late spring, it was hard to remain negative. Perhaps there was a good explanation for Blaise's obsession with Life Capture droplets, she thought hopefully. Perhaps he was running an experiment of some kind. After all, she knew he had always been interested in matters of the human mind.

Walking over to one of the open-air stalls, she bought some plump-looking dates. They were Blaise's favorite snack, when he deigned to stimulate his taste buds with some sweets. They would make a good peace offering, assuming that Blaise would agree to see her at all. Happy with her purchase—and fully cognizant of the futility of it all—she got back into the air.

Her former fiancé's house was not far, a walkable distance from the Town Square, in fact. Blaise was one of the few sorcerers who had always maintained a separate residence in Turingrad, as opposed to spending all of his time in the Tower. He had inherited that house from his parents and found it soothing to go there in the evenings instead of remaining in the Tower to socialize with the others. When she and Blaise had been together, she'd spent a lot of time at his house as well—so much, in fact, that she'd even had a room of her own there.

Thinking about his house again brought back those bittersweet memories. They'd taken occasional walks together from his house to this very Town Square, and she remembered how they'd always talked about their latest projects, discussing them with each other in great detail. It was one of the things she missed the most these days—those intellectual conversations, the back-and-forth exchange of ideas. Though Barson was an interesting person in his own right, he would never be able to give her that. Only another sorcerer of Blaise's caliber could do that—and there were none, as far as Augusta was concerned.

Finally, she was there, in front of Blaise's house. Despite its location in the center of Turingrad, it looked like a country house—a stately ivory stone mansion surrounded by beautiful gardens.

Approaching cautiously, Augusta came up the steps and politely knocked on the door. Then she held her breath, waiting for a response.

There was none.

She knocked louder.

Still no effect.

Her anxiety starting to grow, Augusta waited another couple of minutes, hoping that Blaise was simply on the top floor and unable to hear her knock.

Still nothing. It was time for more drastic measures.

Recalling a verbal spell she had handy, Augusta began to recite the words, substituting a few variables to avoid scaring the entire town. This particular spell was designed to produce an extremely loud sound—except, with the changes she introduced, it would only be heard inside Blaise's house. Thankfully, the code for vibrating the air randomly at the right amplitude was relatively easy. Following the simple logic chains with the Interpreter litany, she put her hands against her ears to block out the noise coming from inside the building.

The sound was so powerful, she could practically feel the walls of the house vibrating. There was no way Blaise could ignore this. In fact, if he was anywhere in the house, he would likely be half-deaf from that spell—and quite furious. It was probably not the best way to start their conversation, but it was the only way she could think of to get his attention. She would much rather deal with furious Blaise than the addict she was beginning to be afraid she would find.

The fact that he didn't respond to the noise spoke volumes. Only someone absorbed in a Life Capture would have been immune to the spell she'd just cast. The alternative—that he'd finally left his house after months of being a hermit—was an unlikely possibility, though Augusta couldn't help but cling to that small hope.

The scary thing about Life Captures was that people addicted to them sometimes died. They would get so absorbed in living the lives of others, they would neglect their health, forgetting to eat, sleep, and even drink. Although sorcerers could sustain their bodies with magic, they had to do spells in order to keep up their energy levels. A sorcerer Life Capture addict would be nearly as vulnerable as a regular person if he or she forgot to do the appropriate spell.

Standing there in front of the door, Augusta realized that she had a decision to make. She could either report this lack of response to Ganir or she could risk going in.

If this had been a commoner's house, it would've been easy. However, most sorcerers had magical defenses in place against unauthorized entry. In the Tower, they frequently did spells to prevent their locks from being tampered with. From what she could recall, however, Blaise rarely bothered to do that. Trying to unlock his door using sorcery was likely her best bet.

A quick spell later, she was entering the hallway, seeing the familiar furnishings and paintings on the walls.

Looking for either Blaise himself or the evidence of his addiction, Augusta slowly walked through the empty house, her heart aching at the flood of memories. How could this have happened to them? She should've fought harder for Blaise; she should've tried to explain, to make him understand. Perhaps she should've even swallowed her pride and groveled—an idea that had seemed unthinkable at the time.

Starting with the downstairs, Augusta went into the storage area, where she remembered him keeping important magical supplies. Opening the cabinets, she found several jars with Life Capture droplets, but there was nothing extraordinary about that. Most sorcerers—even Augusta herself, to some degree—used the Life

Captures to record important events in their lives or their work.

One cupboard drew her attention. In there, she saw more jars that didn't seem to be sorcery-related. Blaise always labeled everything, so she came closer, trying to see what was written on them.

To her surprise, she saw that all the jars had one word on them: Louie. These were likely Blaise's memories of his brother, she realized. The fact that he still had them—that he hadn't consumed them as a hardened addict would—gave her some small measure of hope. One of those jars looked particularly intriguing; it had a skull-and-bone symbol on it, as healers would sometimes put on deadly poisons. She had no idea what it could be.

In the corner of the room, she saw some broken jars on the floor. Amidst pieces of glass, there were more droplets, lying there as though they were trash. Curious, Augusta approached the corner.

To her shock, on a few of the jars, she saw labels with her name on them. Blaise's memories of her . . . He must've thrown them away in a fit of rage. Closing her eyes, she drew in a deep, shuddering breath, trying to keep the tears that were burning her eyes from escaping. She hadn't expected this visit to be so painful, the memories to be so fresh.

Reaching down, she pocketed one of the droplets, doing her best to avoid cutting her hand on the shards of glass lying all around it. Then, trying to regain her equilibrium, she exited the room and headed upstairs.

All around her, she could see dust-covered windowsills and musty-looking furnishings. Whatever Blaise's mental state, he clearly wasn't taking care of his house. Not a good sign, as far as she was concerned.

Going from room to room, she determined that Blaise wasn't there after all. Relieved, Augusta realized that he must've left the house after all. That *was* a good sign, as addicts rarely came out unnecessarily. Unless they ran out of Life Captures—which Blaise hadn't, judging by the jars downstairs. Could it be that Ganir was wrong again? After all, his spies had apparently misinformed him about the size of the peasant army Barson's men would be facing. Why not this also? But if they weren't wrong, then what did Blaise want with all those Life Captures he'd been getting?

Consumed with curiosity, she entered Blaise's study again, the familiar surroundings making her chest tighten. They'd spent so much time here together, exploring new spells and coming up with new coding methodologies. This was where they'd invented the

Interpreter Stone and the simplified arcane language to go with it— a discovery that had transformed the entire field of sorcery.

Perhaps she should leave now. It was obvious that Blaise wasn't home, and Augusta no longer felt comfortable invading his privacy in this way.

Turning, she started walking out of the room when an open set of scrolls caught her attention. They were ancient and intricate, reminding her of the type of writings she'd seen in the library of Dania, another Council member. As though her feet had a mind of their own, Augusta found herself approaching the scrolls and picking them up.

To her shock, she saw that they had been written by Lenard the Great himself—except she'd never seen these notes before. She and Blaise had studied everything the great sorcerer had done; without the base of knowledge laid by Lenard and his students, they would've never been able to create the Interpreter Stone and the accompanying magical language. She should've come across these scrolls before, and the fact that she was seeing them now for the first time was incredible.

Skimming them in disbelief, Augusta comprehended the extent of the wealth of knowledge Blaise had been concealing from the world. These old scrolls contained the theories on which Lenard the Great had based his oral spells—the theories that provided a glimpse into the nature of the Spell Realm itself.

Why had Blaise not told anyone about them? Now even more curious, she reached for another set of notes lying on the desk.

It was a journal, she saw immediately—Blaise's recording of his work.

Fascinated, Augusta riffled through the papers and began reading.

And as she read, she felt the fine hair on the back of her neck rising. What was contained in these notes was so horrifying she could hardly believe her eyes.

Putting down the journal, she cast a frantic glance around the study, wanting to convince herself that this couldn't possibly be real—that it was all the ramblings of a madman. Her gaze fell upon the Life Capture Sphere, and she saw a single droplet glittering inside.

Reaching for it with a trembling hand, she put it in her mouth, letting the experience consume her.

* * *

Sitting there in his study, Blaise couldn't stop thinking about Gala—about his wondrous, beautiful creation. Closing his eyes, he pictured her in his mind—the perfect features of her face, the deep intelligence gleaming in her mysterious blue eyes. He wondered what she would become. Right now, she was like a child, new to everything, but he could already see the potential for her intellect and abilities to surpass anything the world had ever seen.

His attraction to her was as startling as it was worrisome. She was his creation. How could he feel this way about her? Even with Augusta, he hadn't experienced this kind of immediate connection.

Trying to suppress those thoughts, he turned his attention to the fascinating matter of her origin. The way she'd described the Spell Realm was intriguing; he would've given anything to witness its wonders himself.

Perhaps there was a way. After all, Gala's mind was quite human-like, and she had survived there . . .

* * *

Gasping, Augusta regained her sense of self. Breathing heavily, she stared around the study, reeling from what she'd just seen. What had Blaise done? What kind of monstrosity had he created?

This was a disaster of epic proportions. If Augusta understood correctly, Blaise had made an inhuman intelligence. An unnatural mind that nobody—not even Blaise himself—could comprehend. What would this creature want? What would it be capable of?

Unbidden, an old myth about a sorcerer who had tried to create life entered Augusta's mind, making her stomach roil. It was the kind of tale that peasants and children believed, and logically, Augusta knew there was no truth to it. But she still couldn't help thinking about it, remembering the first time she'd read the horror story as a child—and how frightened she had been then, waking up screaming from nightmares of a ghoulish creature that killed its creator and his entire village. Later on, Augusta had learned the truth—that the sorcerer in question had actually been experimenting with cross-breeding various animal species and that one of his creations (a wolf-bear hybrid) had escaped and wreaked havoc on the neighboring town. Still, by then it was too late. The story had left an indelible impression on Augusta's young mind, and even as an adult, the idea of unnatural life terrified her.

Blaise's creation, however, was not a myth. She—*it*—was an

207

artificially created monster with potentially unlimited powers. For all they knew, it could destroy the world and every human being in it.

And Blaise was attracted to it. The thought made Augusta so sick she thought she might throw up.

No. She couldn't allow this to happen. She had to do something. Grabbing Lenard's scrolls, Augusta tucked them in her bag. Then, consumed by rage and fear, she channeled her emotions into a cleansing fire spell—and let it loose in the room.

22. KAPITEL: BLAISE

Während Blaise nach Hause zurück flog, versuchte er sich selbst davon zu überzeugen, das Richtige getan zu haben — Gala musste die Welt mit ihren eigenen Augen sehen, alles das erleben, was sie wollte. Die Tatsache, dass er sie jetzt schon vermisste, war kein guter Grund dafür, ihre Freiheit einzuschränken.

Sein Rückflug war um einiges schneller als sein Hinflug. Auf dem Weg zum Dorf war er extra langsamer geflogen, um Gala die Möglichkeit zu geben, sich Turingrad anzuschauen, aber jetzt hatte er keinen Grund dazu. Er kannte die Stadt wie seine Westentasche und verband viel zu viele unerfreuliche Erinnerungen mit diesem Anblick — besonders mit der düsteren Silhouette des Turms.

Als er am Marktplatz vorbeiflog, erinnerte er sich daran, wie Esther ihn als Kind angeschrien hatte, weil er im Brunnen geschwommen war. Als Junge hatte es ihm viel Spaß gemacht nach den Münzen zu tauchen und sie hatte immer mit ihm geschimpft, ihm gesagt, für den Sohn eines Zauberers sei es unangebracht im dreckigen Brunnenwasser zu schwimmen.

Während er an Esther dachte und die Menschen unter sich betrachtete, überlegte er, was er versucht hatte, für sie zu tun. Er wollte ihnen die Macht geben, Magie auszuüben, ihr Leben zu verbessern. Stattdessen hatte er ein Wunder erschaffen — eine wunderschöne, intelligente Frau, die so weit von einem leblosen Objekt entfernt war, wie er es sich nur vorstellen konnte. Er hatte vielleicht mit seiner ursprünglichen Aufgabe versagt, aber er bedauerte es nicht, Gala erschaffen zu haben. Sie kennengelernt zu haben, hatte sein Leben unermesslich bereichert. Zum ersten Mal seit Louies Tod hatte Blaise Freude verspürt — sogar Glück.

Die nächsten Tage ohne sie zu verbringen, würde eine Herausforderung werden. Er musste etwas finden, um seine

Gedanken zu beschäftigen, entschied Blaise.

Er könnte die Herausforderung annehmen und herausfinden, warum Gala keine Magie ausüben konnte. Von Natur aus, als eine Intelligenz die in der Zauberdimension geboren worden war, sollte sie die Fähigkeit haben, Magie direkt anzuwenden, ohne auf die ganzen Sprüche und Regeln angewiesen zu sein, die die Zauberer benutzten. Es sollte für sie genauso natürlich sein wie zu atmen — und trotzdem schien es nicht so zu sein, zumindest bis jetzt nicht.

Was würde passieren, wenn ein normaler menschlicher Verstand in die Zauberdimension eindrang? Diese verrückte Vorstellung erschreckte Blaise durch ihre Schlichtheit. Würde das Gehirn sofort sterben — oder könnte es wieder in die physische Dimension zurückkehren, vielleicht sogar ausgestattet mit neuen Kräften und Fähigkeiten?

Je mehr er darüber nachdachte, desto aufregender erschien ihm diese Idee. So wie Gala die Zauberdimension beschrieben hatte, war es wundervoll gewesen, und es wäre fantastisch wenn eine Person — wenn er selbst — es sehen könnte (oder erleben könnte, indem er den Sinn benutzte, der an diesem Ort an Stelle der Sicht benutzt wurde).

Wäre es verrückt wenn er versuchen würde, dorthin zu gehen. In die Zauberdimension einzudringen? Die meisten Menschen würden das denken, aber die meisten Menschen hatten auch keine richtigen Visionen und gingen selten Risiken ein, die zu wahrer Größe führen konnten.

Was würde passieren, wenn er es schaffte, in die Zauberdimension zu gelangen? Würde er die Art von Macht bekommen, die Gala vermutlich besaß? Wenn ja, könnte er nicht aufgehalten werden — wäre er der mächtigste Zauberer, der jemals gelebt hatte. Er wäre Gala ebenbürtig und, falls sie bis dahin die Magie immer noch nicht beherrschte, könnte er ihr sogar beibringen, ihre angeborenen Fähigkeiten zu nutzen. Er wäre in der Lage das zu tun, von dem er bis jetzt nur geträumt hatte: richtige Veränderungen einzuführen, die Welt wirklich zu verbessern.

Er wäre eine Legende, wie Lenard der Große.

Blaise atmete tief durch und versuchte, sich zu beruhigen. Das war alles großartig in der Theorie, aber er hatte keine Ahnung, ob das in der Praxis wirklich realisierbar und sicher wäre. Er müsste vorsichtig und methodisch dabei vorgehen.

Jetzt hatte er endlich etwas — oder besser jemanden — sehr wichtiges, um dafür zu leben.

* * *

Als Blaise neben dem Haus landete, blickte er entsetzt auf die rote Chaise, die vor seiner Tür stand.

Eine sehr bekannte Chaise — nämlich die, welche der Prototyp für alle gewesen war.

Augustas Chaise.

Und sie stand vor seinem Haus.

Was machte seine ehemalige Verlobte hier? Blaise fühlte, wie sein Herzschlag sich erhöhte und sein Brustkorb sich aus einer Mischung von Wut und Sorge verengte. Warum war sie ausgerechnet heute hier vorbeigekommen?

Er wappnete sich mental, öffnete die Tür und betrat das Haus.

Als er die große Eingangshalle betrat, kam sie gerade die Treppen herunter. Bei ihrem Anblick fühlte Blaise einen bekannten, durchdringenden Schmerz. Sie war genauso beeindruckend wie er sie in Erinnerung hatte, ihre langen, glatten, braunen Haare waren hochgesteckt und ihre bernsteinfarbenen Augen sahen aus wie antike Münzen. Er konnte nichts dagegen tun, ihr dunkles, sinnliches Aussehen mit Galas blasser, außerirdischer Schönheit zu vergleichen. Wenn Augusta lächelte, sah sie oft spitzbübisch aus, aber jetzt hatte sie einen schockierten und ängstlichen Gesichtsausdruck.

»Was hast du getan?«, flüsterte sie und starrte ihn an. »Blaise, was hast du getan?«

Blaise fühlte, wie sein Blut zu Eis erstarrte. Von allen Menschen da draußen, war Augusta eine der wenigen, die seine Aufzeichnungen so schnell verstehen konnte. »Was machst du hier?«, fragte er um Zeit zu gewinnen. Vielleicht irrte er sich; vielleicht wusste sie nicht alles.

»Ich bin vorbeigekommen, um nach dir zu sehen.« Ihre Stimme zitterte leicht. »Ich wollte wissen, ob es dir gut geht. Aber das tut es nicht, oder? Du bist völlig verrückt geworden—«

»Wovon redest du?«, unterbrach Blaise sie.

»Ich weiß über die Abscheulichkeit, die du erschaffen hast, Bescheid.« Ihre Augen funkelten. »Ich weiß über diese Sache Bescheid, die du auf die Welt losgelassen hast.«

»Augusta, bitte beruhige dich ...« Blaise versuchte jetzt, mit beruhigender Stimme zu reden. »Lass uns darüber reden. Was genau wirfst du mir vor?«

Ihr Gesicht wurde plötzlich glühend rot. »Ich beschuldige dich, mit Magie eine furchtbare Kreatur erschaffen zu haben, die selbstständig denken kann«, zischte sie und ihre Hände ballten sich zu Fäusten. »Ein Grauen, welches zu deiner eigenen Überraschung auch noch menschliche Gestalt angenommen hat!«

Also wusste sie alles. Das war schlecht. Richtig schlecht. Blaise konnte sie mit dieser Information nicht zum Rat gehen lassen, aber wie sollte er sie aufhalten? »Schau mal, Augusta«, erwiderte er geistesgegenwärtig, »ich denke du hast das Ganze missverstanden. Es stimmt, ich habe versucht, ein intelligentes Objekt zu schaffen, aber ich habe versagt. Ich hatte keinen Erfolg— «

»Lüg mich nicht an!«, schrie sie und er war völlig überrascht, dass sie derartig ihre Fassung verlor. Er hatte sie noch niemals zuvor in einem solchen Zustand gesehen; in all den Jahren, die er sie gekannt hatte, hatte sie ihre Stimme nur wenige Male erhoben.

»Ich weiß, dass du Aufzeichnungen von Lenard hattest, die du vor allen geheim gehalten hast«, fügte sie wütend hinzu. »Du bist der allerletzte Heuchler. Du, der immer gesagt hat, Wissen müsse geteilt werden, sogar mit den einfachen Bürgern. Ach, und bevor du mich mit noch mehr Lügen beleidigst, solltest du wissen, dass ich die Perle aus deiner Sphäre benutzt habe. Ich weiß, du hast es geschaffen und es hat menschliche Gestalt angenommen — und ich habe deine perverse Reaktion darauf gesehen.« Wenn Blicke töten könnten, hätte ihr Gesichtsausdruck ihn in einen Haufen Staub verwandelt.

»Das stimmt nicht«, sagte Blaise erhitzt, da ihm klar war, er hatte nichts mehr zu verlieren. »Es hat eine Zeitlang gelebt, aber kurz nachdem ich die Aufzeichnung gemacht habe, ist es in die Zauberdimension zurückgekehrt. Seine Manifestation in der physischen Dimension war nicht stabil. Du hast die Aufzeichnungen gesehen; du weißt, ich habe seine körperliche Form unvollendet gelassen.«

Sie blickte ihn an und ihre Augen leuchteten voller Emotionen. »Lügner. Ich glaube dir nicht ein einziges Wort. Du weißt nicht einmal, was du gemacht hast. Dieses Ding könnte unsere ganze Rasse auslöschen—«

»Wie bitte?«, fragte Blaise ungläubig. »Wie könnte es zur Auslöschung unserer Rasse führen? Selbst wenn es stabil gewesen wäre, würde das keinen Sinn ergeben—«

»Es ist nicht menschlich!« Augusta stand offensichtlich völlig neben sich. »Das ist eine unnatürliche Kreatur mit unvorstellbaren Kräften. Du weißt nicht, wozu sie wirklich fähig ist; vielleicht könnte sie uns mit einem Aufschlag ihrer schönen blauen Augen auslöschen!«

»Augusta, hör mir zu«, versuchte Blaise, sie zur Vernunft zu bringen. »Sie ist intelligent, hochintelligent. Sie hätte keinen Grund, so grausam zu sein. Mit Intelligenz geht Güte einher. Daran habe ich immer geglaubt—«

»Nur weil du es glaubst, heißt das nicht, es stimmt auch«, widersprach sie ihm und ihre Stimme zitterte dabei vor Ärger. »Und selbst wenn du Recht hast, selbst wenn dieses Ding nicht vorhat, uns Schaden zuzufügen, allein seine Existenz setzt uns alle einem Risiko aus. Wenn es seine eigene Intelligenz besitzt — eine unnatürliche Intelligenz, die erschaffen wurde, nicht geboren — kann es noch mehr Kreaturen wie sich selbst ausbrüten, die vielleicht sogar cleverer und mächtiger sind. Dann werden diese Abscheulichkeiten etwas noch Beängstigenderes kreieren und dieser Kreislauf kann so lange weitergehen, bis wir für diese Wesen nichts weiter als Ameisen sind. Sie werden auf uns herumtrampeln, wir werden nichts weiter als Küchenschaben für sie sein. Denk an meine Worte, das ist der Anfang vom Ende.«

Blaise starrte Augusta schockiert an, überwältigt von dem Gedanken, Gala könnte andere wie sich selbst erschaffen. Er hatte noch gar nicht an diese Möglichkeit gedachte, aber auf eine eigenartige Weise ergab es Sinn. Allerdings sah er das im Gegensatz zu Augusta nicht als eine schlechte Sache. Er dachte begeistert, das könnte die Entwicklung sein, die die Welt zu etwas Besserem machen würde. Er stellte sich hochintelligente, allwissende, allmächtige Wesen vor, die die Menschen als ihre Elternrasse ansahen ... Und diese Vorstellung fand er ungemein anziehend.

Dann fiel ihm eine andere Möglichkeit ein. Wenn es ihm gelang, in die Zauberdimension einzudringen und zusätzliche Kräfte zu bekommen, dann würde die Grenze zwischen den Wesen, die er sich gerade vorgestellt hatte und den Menschen sowieso verschwimmen. Selbst wenn Augustas Ängste eine reale Basis haben sollten — was er stark bezweifelte — könnten die Menschen diesen wunderbaren Kreaturen immer noch ebenbürtig werden.

Natürlich wäre es gerade nicht der cleverste Zug, diese Gedanken mit Augusta zu teilen. »Augusta, auch wenn du Recht haben solltest«, sagte er stattdessen, »diese Wesen würden uns nicht schaden wollen. Sie wären uns viel zu ähnlich. Mit einer höheren Intelligenz besitzen sie mit Sicherheit eine Moral, die über der unseren liegt. Wir müssen keine Angst haben—«

»Du bist ein Dummkopf.« Augusta sah ihn höhnisch an. »Hält Moral dich davon ab, ein nervtötendes Insekt zu zerquetschen?«

»Wenn ich wüsste, das kleine Kriechtier hätte ein ich-Bewusstsein, würde ich es nicht töten.« Blaise war von dieser Tatsache fest überzeugt. »Und wenn ich wüsste, es handele sich dabei um meinen Schöpfer, dann erst recht nicht.«

»Du bist nur ganz blind vor Verlangen«, fauchte sie ihn an und ihre schönen Gesichtszüge verformten sich dabei zu etwas sehr Hässlichem. »Es ist nicht menschlich! Deine Kreatur ist nicht echt. Es wird dich nicht so lieben, wie du es gerne hättest. Hast du es so geschaffen, dass es Gefühle empfinden kann? Liebe?« Und ohne Blaise die Möglichkeit einer Antwort zu geben, bemerkte sie abfällig: »Nein, natürlich nicht. Du wusstest ja nicht einmal, dass es wie eine Frau aussehen würde.«

Blaise fühlte, wie die Wut in ihm aufstieg, aber er unterdrückte sie unter großen Anstrengungen. »Du weißt nicht, wovon du sprichst«, sagte er ruhig. »Du kennst sie nicht—«

»Ach, aber du?« Ihre Augen verengten sich zu Schlitzen.

»Bist du etwa eifersüchtig?«, fragte Blaise ungläubig. »Ist es das? Wir beide sind nicht mehr zusammen. Das zwischen uns ist vorbei, seit du dafür gestimmt hast, meinen Bruder umzubringen!«

»Eifersüchtig?« Jetzt war sie außer sich vor Wut. »Warum sollte ich auf diese, diese ... Sache eifersüchtig sein? Es ist nichts weiter als eine Reihe von Codes und Momentaufnahmen von dreckigen Bauern. Ich habe jetzt einen Mann — einen richtigen Mann, keinen Eremiten der sich zwischen seinen Büchern und Theorien versteckt!«

»Gut«, antwortet Blaise bissig und seine Beherrschung hing schon an einem seidenen Faden. »Dann musst du dich ja auch nicht weiter in mein Leben einmischen—«

»Keine Angst, das werde ich nicht«, erwiderte sie mit leiser, wütender Stimme. »Du wirst nichts mehr mit mir zu tun haben — sondern mit dem Rat.« Und damit begann sie, die Stufen hinunterzugehen und auf Blaise zuzukommen.

»Du wirst damit nicht zu diesen Feiglingen gehen!« Blaise spürte, wie seine eigene Wut außer Kontrolle geriet. Er würde nicht zulassen, dass der Rat eine weitere Person umbrachte, die ihm etwas bedeutete.

»Ich werde das machen, was ich möchte«, entgegnete sie scharf. »Und du wirst die Konsequenzen von dem tragen, was du gemacht hast, genau wie Louie — »

Als sie seinen Bruder erwähnte, fühlte Blaise etwas

zuschnappen. »Du wirst nirgendwo hingehen«, sagte er entschieden und blockierte mit seinem Körper die Stufen.

»Geh. Mir. Aus. Dem. Weg.« Ihre Augen loderten wie Feuer. Ihre Hand schnellte auf ihn zu und schlug ihm ins Gesicht, bevor er überhaupt verstand, was sie vorhatte.

Sein Gesicht brannte und sein Kopf war ein einziges Durcheinander. Er fasste nach ihrem Handgelenk, bevor sie ihn noch einmal schlagen konnte. Sie schrie vor Wut, drehte ihren Arm aus deinem Griff und taumelte ein paar Schritte zurück. Und bevor Blaise irgendetwas machen konnte, hörte er, wie sie die Worte eines ihm bekannten, tödlichen Zauberspruchs rezitierte.

Blaises Blut kochte in seinen Adern. Er hatte noch niemals so mit einem anderen Zauberer gekämpft, aber er erkannte, was sie gerade machte. Sie war im   Begriff eine Druckwelle purer, heißer Energie auf ihn zu senden — ein Zauber, der ihn auf der Stelle verbrennen würde.

Sein Kopf war eigenartig klar, obwohl sein Herz in seiner Brust raste, und er begann, seinen eigenen Zauberspruch aufzusagen. Es war derjenige, den er benutzte um sich selbst während besonders gefährlicher Experimente zu schützen. Einige Schlüsselsätze und eine Deutungslitanei später umgab ihn eine magische Kräftestruktur, in deren Wände ein Nichts eingebettet war. Und gerade als er damit fertig war und den leichten Schimmer in der Luft sah, schlug Augustas Zauber zu.

Es war, als ob die Sonne in sein Haus eingedrungen war. Selbst durch seinen Schild konnte Blaise die unerträgliche Hitze spüren. Innerhalb von Sekunden war er schweißbedeckt. Um ihn herum brannten seine Wände, seine Möbel, und ein dicker, saurer Rauch füllte die Treppe.

»Augusta!«, schrie er aus Angst um sie. Ohne einen eigenen Schutzzauber würde sie zu Asche verbrennen.

Einen Augenblick später klärte sich der Rauch und Blaise sah sie ganz oben auf der Treppe stehen, immer noch sehr lebendig. Eine starke Welle der Erleichterung erfasste ihn; egal was sie getan hatte, er wünschte seiner ehemaligen Geliebten nicht den Tod — nicht einmal wenn das bedeutete, Gala in Sicherheit zu wissen.

Natürlich musste er jetzt erst einmal sein Haus retten. Als Blaise verzweifelt überlegte wie, erinnerte er sich an einen verbalen Zauberspruch, den er in seiner Jugend häufig benutzt hatte — ein Spruch, der seine Hände innerhalb von Sekunden waschen würde. Alles, was er tun musste, war ihn zu verstärken.

Als er begann, die Worte zu sagen, konnte er hören, wie Augusta ihren eigenen Zauber kodierte. Er lenkte ihn einen Moment ab und er verstand, dass sie an einem Teleportationszauber für sich arbeitete. Wenn sein Spruch schief ging, wäre er der Einzige, der brennen würde.

Er blendete ihre Stimme aus und konzentrierte sich auf seinen Code, an dem er einige Parameter änderte, um die Menge des Seifenwassers um das Tausendfache zu erhöhen. Schaum begann von seinen Händen zu strömen und innerhalb weniger Sekunden das lodernde Feuer um ihn herum zu bedecken. Jetzt konnte er seine Aufmerksamkeit wieder Augusta zuwenden — aber es war schon zu spät.

Genau in dem Moment, als er begann die Treppen hochzulaufen, beendete sie ihren Spruch und verschwand.

Sie konnte nicht weit gekommen sein — Langstreckenteleportation war unter den günstigsten Umständen schwierig und erforderte viel präzisere Kalkulationen, für die sie gerade gar keine Zeit gehabt hatte — aber alles was sie erreichen musste, war aus der Tür und in ihre Chaise zu kommen. Auch wenn er wusste wie sinnlos das war, rannte Blaise die Treppen hinunter und aus dem Haus.

In einiger Entfernung sah er die rote Chaise schnell wegfliegen. Sie zu verfolgen wäre an dieser Stelle sinnlos und gefährlich.

Blaise zitterte immer noch vor Ärger über ihren Streit, beschloss aber ins Haus zurückzukehren und zu retten, was noch zu retten war. Als er eintrat sah er, dass der Schaum das Feuer im Flur und auf den Treppen eingedämmt hatte. Erst als er nach oben ging, sah er das volle Ausmaß von Augustas Zorn.

Sein ganzes Arbeitszimmer — seine gesamten Aufzeichnungen aus dem vergangenen Jahr — war weg.

Irgendwie hatte sie es geschafft, alles zu verbrennen.

CHAPTER 22: BLAISE

Flying back home, Blaise tried to convince himself that he'd done the right thing—that Gala needed to see the world on her own, to experience everything she wanted. The fact that he already missed her was not a good reason to limit her freedom.

His trip back was much faster than his flight to the village. He'd purposefully gone slower before, giving Gala a chance to see Turingrad, but now there was no reason to linger. He knew this town like the back of his hand, and there were far too many unpleasant memories associated with this view—especially that of the gloomy silhouette of the Tower.

Passing by the Town Square, he remembered how Esther would yell at him for swimming in the fountain as a child. As a boy, he had enjoyed diving for the coins, and she had always scolded him, saying that it was inappropriate for a sorcerer's son to be swimming in the dirty fountain water.

Thinking of Esther and watching the people below, he reflected on what he had tried to do for them. He had wanted to give them the power to do magic, to improve their lives. And instead, he'd ended up creating something miraculous—a beautiful, intelligent woman who was as far removed from an inanimate object as anything he could imagine. He might have failed in his original task, but he couldn't regret having Gala here. Knowing her had already brightened his life immeasurably. For the first time since Louie's death, Blaise felt some measure of excitement—happiness, even.

Being without her for the next few days would be a challenge. He needed to find something to do to occupy his mind, Blaise decided.

One thing that occurred to him was the challenge of figuring out why Gala couldn't do magic. By all rights, as an intelligence born in the Spell Realm, she should have the ability to do magic directly, without relying on all the spells and conventions that sorcerers used. It should be as natural to her as breathing—and yet it didn't seem to be, for now at least.

What would happen if a regular human mind ended up in the Spell Realm? The crazy idea startled Blaise with its simplicity. Would that mind die immediately—or would it be able to return to the Physical Realm, perhaps imbued with new powers and abilities?

The more he thought about it, the more exciting the idea seemed. The way Gala had described the Spell Realm had been wonderful, and it would be amazing if a person—if he himself— could see it (or experience it using whatever sense passed for sight in that place).

Would it be insane for him to try to go there? To enter the Spell Realm himself? Most people would think so, he knew, but most people lacked real vision, rarely taking the kind of risks that led to true greatness.

What would happen if he did succeed in entering the Spell Realm? Would he gain the kind of powers he suspected Gala might have? If so, he would be unstoppable—the most powerful sorcerer who ever lived. He would be Gala's equal, and if she still didn't master magic by then, he could even teach her how to harness her inherent abilities. He would be able to do what he'd only dreamed of so far: implement real change, real improvement in the world.

He would be a legend, like Lenard the Great.

Taking a deep breath, Blaise told himself to calm down. This was all great in theory, but he had no idea if this would be feasible or safe in practice. He would have to be careful and methodical in his approach.

After all, he now had something—or rather, someone—very important to live for.

* * *

Landing next to his house, Blaise stared in shock at the red chaise sitting in front of his door.

A very familiar chaise—one that had been the prototype for them all.

Augusta's chaise.

And it was in front of his house.

What was his former fiancée doing here? Blaise felt his heartbeat quickening and his chest tightening with a mixture of anger and anxiety. Why did she come here today of all days?

Mentally bracing himself, he opened the door and entered the house.

She was walking down the stairs as he entered the large entrance hall. At the sight of her, Blaise felt the familiar sharp ache. She was as stunning as he remembered, her dark brown hair smooth and piled on top of her head, her amber-colored eyes like ancient coins. He couldn't help comparing her darkly sensual looks to Gala's pale, otherworldly beauty. When Augusta smiled, she often looked mischievous, but the expression on her face now was that of shock and fear.

"What have you done?" she whispered, staring at him. "Blaise, what have you done?"

Blaise felt his blood turning to ice. Of all the people out there, Augusta was one of the few who could've made sense of his notes so quickly. "What are you doing here?" he asked, stalling for time. Perhaps he was wrong; perhaps she didn't know everything.

"I came by to check on you." Her voice shook slightly. "I wanted to see if you were all right. But you're not, are you? You've gone completely insane—"

"What are you talking about?" Blaise interrupted.

"I know about the abomination you created." Her eyes glittered brightly. "I know about this thing you've unleashed on the world."

"Augusta, please, calm down . . ." Blaise tried to inject a soothing note into his voice. "Let's talk about this. What exactly are you accusing me of?"

Her face flamed with sudden color. "I am accusing you of creating a terrible creature of magic that can think for itself," she hissed, her hands clenching into fists. "A horror that, to your own surprise, took on a human shape!"

So she knew everything. This was bad. Really bad. Blaise couldn't let her go to the Council with this information, but how was he supposed to stop her? "Look, Augusta," he said, thinking on his feet, "I think you misunderstood the situation. It's true that I tried to create an intelligent object, but I failed. I didn't succeed—"

"Don't lie to me!" she yelled, and he was struck by her uncharacteristic loss of composure. He had never seen her in this kind of state before; in all the years that he'd known her, she'd raised her voice only a handful of times.

"I know you had Lenard's notes, which you hid from everyone," she said furiously. "You are the ultimate hypocrite. You, who always said knowledge should be shared, even with the common people.

Oh, and before you insult me with any more lies, you should know that I used that droplet in your Sphere. I know that you created it and that it took human shape—and I saw your perverted reaction to it." If looks could kill, the expression on her face would have left him in a pile of dust.

"You're wrong," Blaise said heatedly, figuring he had nothing left to lose. "It lived for a while, but it went back to the Spell Realm shortly after I made that recording. Its Physical Realm manifestation was not stable. You saw the notes; you know I left its physical form open-ended."

She stared at him, her eyes bright with emotion. "Liar. I don't believe a single word you're saying. You don't even know what you've done. This thing could lead to the extinction of our entire race—"

"What?" Blaise said incredulously. "How could it lead to the extinction of our race? Even if it was stable, that doesn't make sense—"

"It's not human!" Augusta was clearly beside herself. "It's an unnatural creature with unimaginable powers. You don't know what it's capable of; for all you know, it could wipe us out with one blink of its pretty blue eyes!"

"Augusta, listen to me," Blaise tried to reason with her. "*She* is intelligent—highly intelligent. She would have no reason to do something so cruel. With intelligence comes benevolence. I have always believed that—"

"Just because you believe it, doesn't mean it's true," she said, her voice shaking with anger. "And even if you're right, even if this thing doesn't intend us any harm now, its mere existence puts us all in jeopardy. If it has its own intelligence—an unnatural intelligence that was created, not born—it can spawn more creatures like itself, perhaps even smarter and more powerful. Then those new abominations will create something even more frightening, and this cycle can go on until we are nothing but ants to these beings. They will stomp on us, like we're nothing more than cockroaches. Mark my words, this will be the beginning of the end."

Blaise stared at Augusta in shock, struck by the idea of Gala creating others like herself. He hadn't considered this possibility before, but it made sense in a strange way. Except he didn't see it as a bad thing, the way Augusta did. In fact, he thought with excitement, this could be the development that would finally change their world for the better. He pictured highly intelligent, all-knowing, all-powerful beings that would view humanity as their parent race . . . and the vision was tremendously appealing.

Then another possibility occurred to him. If he succeeded in his goal of getting to the Spell Realm and gaining powers, then the line between the beings he just envisioned and humans would become blurred anyway. Even if Augusta's fears had some basis in reality—which he strongly doubted—humans could end up being equals of these marvelous creatures.

Of course, sharing these thoughts with Augusta would not be the smartest move at this point. "Look, Augusta, even if you're right," he said instead, "these beings would not want to harm us. They would be too much like us. With higher intelligence, they will surely possess a morality that will be above ours. We don't have anything to fear—"

"You're a fool." Augusta's expression was full of scorn. "Does morality stop you from squashing a pesky insect?"

"If I knew the little critter was self-aware, I would not kill it." Blaise was firmly convinced of that fact. "And if I knew it was my creator, I certainly would not."

"You're just blinded by lust," she hissed, her beautiful features twisting into something ugly. "It's not human! This creature of yours is not real. It's not going to love you, like you want it to. Did you design it to be capable of emotions? Of love?" And without giving Blaise a chance to respond, she said snidely, "No, of course you didn't. You didn't even know it would look like a woman."

Blaise felt an answering flare of anger, and he suppressed it with effort. "You have no idea what you're talking about," he said evenly. "You don't know her—"

"Oh, and you do?" Her eyes narrowed into slits.

"Are you jealous?" Blaise asked in disbelief. "Is that what this is? You and I are over. We've been over ever since you voted to murder my brother!"

"Jealous?" She looked livid now. "Why would I be jealous of this, this . . . *thing*? It's nothing more than a few strings of code and life experiences of some dirty peasants. I have a man now—a real man, not some hermit hiding among his books and theories!"

"Good," Blaise snapped, hanging on to his temper by a thread. "Then you won't interfere in my life again—"

"Oh, don't worry, I won't," she said, her voice low and furious. "It's not me you'll be dealing with—it's the Council." And she began walking down the stairs, toward Blaise.

"You will not go to those cowards with this!" Blaise felt his own anger starting to spiral out of control. He would *not* let the Council kill another person he cared about.

"I'm going to do whatever I want," she said sharply. "And you're going to face the consequences of your actions, just like Louie did—"

At the mention of his brother, Blaise felt something snap. "You're not going anywhere," he said fiercely, physically blocking the stairs.

"Get. Out. Of. My. Way." Her eyes were blazing like fire. Her hand flashed toward him, slapping him across the face before he realized what she was about to do.

His face stinging and his mind in turmoil, Blaise caught her wrist before she could strike him again. She screamed with rage, yanking her arm out of his grasp and stumbling back a few steps. And before Blaise could do anything, he heard her starting to recite the words of a familiar deadly spell.

Blaise's blood boiled in his veins. He'd never done battle with another sorcerer like this, but he recognized what she was doing. She was about to hit him with a blast of pure heat energy—a spell that would incinerate him on the spot.

His mind oddly clear despite his heart racing in his chest, he started chanting his own spell. It was what he used to protect himself during particularly dangerous experiments. A few key phrases and an Interpreter litany later, he was surrounded by a magical force structure that embedded nothingness in its walls. And just as he finished and saw the telltale shimmer in the air, Augusta's spell hit.

It was like the sun had descended into his house. Even through his shield, Blaise felt the unbearable heat. Within seconds, he was covered with sweat. All around him, the walls and furniture were on fire, and thick, acrid smoke filled the staircase.

"Augusta!" he yelled, terrified for her. Without a protective spell of her own, she would be burned to a crisp.

A moment later, however, the smoke began to clear, and Blaise saw her standing on the top of the staircase, still very much alive. The wave of relief that washed over him was strong and immediate; no matter what she'd done, he couldn't wish his former lover dead—not even if it meant that Gala would be safe.

Of course, right now he had to save his house. Thinking frantically, Blaise recalled a verbal spell he'd used in his youth—a spell that would wash his hands in a matter of seconds. All he needed to do was enhance its potency.

As he began saying the words, he could hear Augusta starting her own verbal coding effort. It distracted him for a second, and he realized that she was working on a teleporting spell for herself. If his own spell failed, Blaise would be the only one to burn.

Shutting out her voice, he focused on his code, changing some parameters to have the soapy water multiplied a thousand fold. Foam started streaming from his hands, covering the blazing fire all around him in a matter of seconds. Now he could pay attention to Augusta—only it was too late.

Just as he started up the stairs, she finished her own spell and disappeared into thin air.

She couldn't have gotten far—long-distance teleportation was difficult under the best circumstances and required far more precise calculations than what she would've had time to do—but all she needed was to get out the door and to her chaise. Still, even knowing the futility of his actions, Blaise rushed down the stairs and out of the house.

And in the distance, he saw a red chaise flying rapidly away. Pursuit at this stage would be pointless and dangerous.

Still shaking with anger in the aftermath of the confrontation, Blaise went back into his house, determined to salvage as much of it as he could. When he entered, he saw that the foam had contained the fire in the hallway and on the stairs. It was only when he went upstairs that he learned the full extent of Augusta's wrath.

His entire study—all the notes he'd made, all his journals, everything from the past year—was gone.

Somehow she had managed to burn everything.

23. KAPITEL: GALA

Nach dem Essen, dem Umziehen und unzähligen Anweisungen, wie sie eher wie ein normaler Bauer wirken würde, war Gala endlich auf ihrem Weg ins Dorf.

Als sie durch die schmalen Straßen wanderte, betrachtete sie die kleinen, fröhlich aussehenden Häuser und blickte die vorbeigehenden Bauern an — die sie anstarrten. »Warum starren sie mich an?«, flüsterte sie Maya zu, nachdem fast zwei Männer vom Pferd gefallen waren, als sie einen näheren Blick auf sie werfen wollten. »Sehe ich fremd und andersartig aus?«

»Oh, du siehst schon sehr anders aus«, kicherte Maya. »Selbst in diesem einfachen Kleid bist du wahrscheinlich die schönste Frau, die sie jemals gesehen haben. Wenn du nicht angestarrt werden möchtest, musst du dir schon einen Kartoffelsack über den Kopf ziehen.«

»Ich glaube nicht, dass mir das gefallen würde«, erwiderte Gala, die mit ihren Gedanken schon wieder ganz woanders war, da sie vor sich eine große Ansammlung von Menschen sah. Sie hielt an und zeigte auf die Menge. »Was ist das?«

»Es scheint, als habe sich das Gericht für eine Verhandlung getroffen«, antwortete die alte Frau stirnrunzelnd. Sie wollte sich gerade wegdrehen und in eine andere Richtung gehen, da war Gala schon auf dem Weg zur Versammlung. Den beiden Frauen blieb nichts weiter übrig, als ihr zu folgen.

»Ähm, Gala, ich denke nicht, dass das so ein perfekter Ort für dich ist«, meinte Esther und pustete und schnaufte um mit Galas schnellem Schritt mitzuhalten.

Gala warf ihr einen entschuldigenden Blick zu. »Es tut mir leid, Esther, aber ich möchte das wirklich sehen.« Sie hatte ein wenig über Gesetze und Gerechtigkeit gelesen und hatte nicht vor, sich dieses Ereignis entgehen zu lassen.

Bevor ihre Begleiterinnen die Möglichkeit hatten, weitere Einwände vorzubringen, ging Gala schnurstracks zur Versammlung, die auf einer Miniaturausgabe des Marktplatzes stattzufinden schien, den sie in Turingrad gesehen hatte.

Es gab eine Bühne in der Mitte des Platzes und einige Menschen standen auf ihr. Zwei größere Männer hielten einen kleineren fest, der für Galas unerfahrene Augen noch ziemlich jung aussah. Dieser Mann sah außerdem so aus, als würde er wegrennen wollen, und sein rundes Gesicht spiegelte Angst und Verzweiflung wieder. In der Nähe der Bühne konnte Gala eine Gruppe von Menschen sehen, die sich ähnlich sahen — seine Familie, riet sie. Sie sahen aus irgendeinem Grund verärgert aus.

Ein weißhaariger, älterer Mann, der auf der Plattform stand, begann zu sprechen. »Du wirst beschuldigt, ein Pferd gestohlen zu haben«, sagte er zu dem jungen Mann und Gala konnte das missbilligende Gemurmel der Menge hören. Selbst Maya und Esther schüttelten ihre Köpfe, so als schimpften sie mit dem Pferdedieb. »Was hast du zu dieser Anschuldigung zu sagen?«, fuhr der weißhaarige Mann fort, dessen Augen aus dem wettergegerbten Gesicht hervorstachen.

»Es tut mir leid«, sagte der Beschuldigte mit zittriger Stimme. »Ich werde das nie wieder tun, ich verspreche es. Ich wollte keinen Schaden anrichten — ich wollte doch nur ein wenig Spaß haben …«

Der weißhaarige Mann seufzte. »Weißt du, was sie in anderen Gebieten mit Pferdedieben machen?«, fragte er.

Der Angesprochene schüttelte seinen Kopf.

»Im Norden werden sie gehängt und im Osten geköpft«, antwortete der alte Mann und blickte den jungen Burschen streng an.

Der Pferdedieb erblasste sichtlich. »Es tut mir ehrlich leid! Ich habe es wirklich nicht so gemeint—«

»Zu deinem Glück handhaben wir diese Sachen hier anders«, unterbrach der alte Mann die Bitten des Burschen. »Meister Blaise glaubt nicht an diese Art der Bestrafungen. Weil du deine Schuld zugegeben hast und weil das Pferd seinem rechtmäßigen Besitzer zurückgegeben wurde, ist deine Strafe, die nächsten sechs Monate auf dem Hof der Leute zu arbeiten, deren Pferd du gestohlen hast. Während dieser Zeit wirst du ihnen so gut helfen, wie du nur kannst. Du wirst ihre Ställe säubern, ihnen Wasser vom Brunnen heranschaffen, und alle anderen Aufgaben ausführen, derer du fähig bist.«

Ein Mann im mittleren Alter, der Gala schon vorher aufgefallen war, trat nach vorne und wandte sich an den weißhaarigen Mann. »Bürgermeister, mit allem Respekt, unsere Kinder hätten ohne dieses Pferd Hunger leiden müssen mit der Dürre und allem—«

Der Bürgermeister hielt eine Hand nach oben und stoppte damit die Rede des Mannes. »Das stimmt. Aber, zu deinem Glück und dem des Angeklagten, hast du das Pferd ja gesund und wohlbehalten wieder zurückbekommen, oder etwa nicht?«

»Ja, Bürgermeister«, gab der Mann kleinlaut zurück.

»In diesem Fall wird der Dieb seine Vergehen gutmachen, indem er dir auf dem Hof hilft. Hoffentlich wird ihn dies den Wert harter Arbeit lehren.«

Der Mann mittleren Alters sah immer noch unglücklich aus, aber es war offensichtlich, dass er keine Wahl hatte. Das war die Strafe für den Pferdedieb und er hatte sie zu akzeptieren.

»Und damit«, verkündete der Bürgermeister, »ist das Gericht für heute beendet. Ihr könnt alle fortfahren und den Jahrmarkt genießen.«

»Den Jahrmarkt?«, fragte Gala, die durch die plötzliche aufgeregte Unruhe der Menge neugierig geworden war.

»Oh ja«, antwortete eine junge Frau zu ihrer Rechten. »hast du nicht davon gehört? Das Frühlingsfest beginnt heute. Es findet genau auf der anderen Seite des Dorfes statt.« Und damit rauschte sie davon, da sie es offensichtlich eilig hatte, zum Fest zu gelangen.

Gala grinste. Die Begeisterung des Mädchens war ansteckend. »Lasst uns hingehen«, sagte sie zu Maya und Esther und begann in die Richtung zu gehen, in die die meisten Menschen eilten.

»Was? Warte, Gala, lass uns das erst besprechen ...« Maya eilte hinter ihr her und sah besorgt aus.

»Was gibt es da zu besprechen?« Gala ging weiter und fühlte sich, als würde sie gleich vor Aufregung platzen. »Hast du nicht gehört, was diese Frau gesagt hat? Ich werde zu diesem Jahrmarkt gehen!«

»Das ist keine gute Idee«, murmelte Esther vor sich hin. »Ich bin mir ziemlich sicher, dass es nicht das ist, was Blaise meinte, als er uns sagte, wir sollten sicher gehen, dass sie keine Aufmerksamkeit auf sich zieht. Sie auf dem Markt — sie wird jede Menge Aufmerksamkeit bekommen!«

»Ja, aber wie willst du sie denn aufhalten?«, murmelte Maya als Antwort und Gala lächelte über ihre Unterhaltung. Sie mochte es, die Freiheit zu haben das zu tun, was sie wollte und sie hatte vor, so viel in diesem Dorf zu sehen und zu erleben wie sie nur konnte.

* * *

Das Fest war so fantastisch wie Gala es sich vorgestellt hatte. Überall gab es Händler und ihre bunten Stände boten verschiedene Waren und interessant aussehende Lebensmittel an. Gleich neben ihnen gab es Spiele und Attraktionen und Gala konnte überall Lachen, laute Stimmen und Musik hören. Im Zentrum des Marktes gab es eine riesige Bühne, auf der sie junge Menschen tanzen sehen konnte.

Gala ging zu dem Händler, der sich in nächster Nähe befand. »Was verkaufst du?«, fragte sie ihn.

Ich habe die besten getrockneten Früchte des Fests, für dich und deine Mutter.« Er lächelte breit und bot Gala eine Handvoll Rosinen an.

Sie nahm ein paar und steckte sie sich in den Mund, genoss die Explosion des süßen Geschmacks auf ihrer Zunge. Esther nahm eine kleine Münze aus ihrer Tasche, gab sie dem Händler, dankte ihm und sie gingen weiter.

»Bier für die Damen?«, brüllte ein Mann von einem der Stände. Dort waren große Fässer auf beiden Seiten von ihm gestapelt und Gala fragte sich, ob sie dieses Bier beinhalteten, welches er verkaufte.

»Ich hole welches«, sagte sie, da sie neugierig war dieses Getränk zu probieren, über das sie gelesen hatte.

»Nein, das wirst du nicht«, entgegnete ihr Esther sofort und sah sie böse an. »Ich möchte nicht, dass du an deinem ersten Tag bei uns gleich betrunken bist.«

»Ach kommt, lasst das Mädchen ein bisschen Spaß haben«, redete der Händler ihnen zu. »Sie wird nach nur einem Glas höchstens ein wenig beschwipst sein.«

»Na gut, in Ordnung«, grummelte Maya und gab dem Mann eine Münze. »Aber nur eins.«

Gala grinste. Sie hätte das Bier sowieso probiert, aber sie war froh, nicht mit den zwei Frauen streiten zu müssen.

Der Händler, der jetzt zufrieden aussah, nahm einen Becher, ging zu den gestapelten Fässern und begann, etwas aus einem von ihnen in den Becher einzuschenken. Gala bemerkte, wie die Fässer bei den Bewegungen des Mannes wackelten, als würden sie sich im Wind wiegen.

»Beeil dich«, sagte eine männliche Stimme hinter Gala. Sie

drehte sich herum und sah einen jungen, gut gebauten Mann dort stehen. Sobald dieser Galas Gesicht erblickte, bekam er riesige Augen und seine Wangen wurden rot. Er murmelte eine Entschuldigung und sein Blick wanderte von ihrem Kopf bis zu ihren Zehen.

Gala lächelte ihn leicht an und wandte sich dann wieder dem Händler zu. Sie begann, sich an dieses angestarrt werden zu gewöhnen.

Der Händler reichte ihr den Becher und sie probierte einen Schluck, ließ das Getränk durch ihrem Mund fließen, um es besser zu schmecken. Es war nicht ansatzweise so köstlich wie die Rosinen, aber es schickte ein warmes Gefühl durch ihren Körper. Da Gala diese Tatsache mochte, leerte sie den Becher in wenigen großen Schlucken und hörte Gelächter von den Männern, die in der Reihe hinter ihr standen.

»Du solltest dich ein wenig bremsen«, ermahnte Maya und Esther warf Gala einen weiteren missbilligenden Blick zu.

»Ich habe noch nie Bier getrunken«, versuchte ihnen Gala zu erklären, da sie nicht wollte, dass die beiden Frauen sich Sorgen machten. »Ich denke, ich mag es sogar lieber, als deinen Eintopf.« Sie drehte sich wieder zu dem Händler und fragte: »Kann ich noch eins haben?«

In diesem Moment ergriff Maya Galas Hand und zog sie von dem verwirrten Bierhändler und seinen Kunden weg. Gala ließ sich aber nur bis zum nächsten Stand führen und bewegte sich dann keinen Millimeter weiter.

Du bist sehr stark für jemanden, der so klein ist«, meinte Maya und sah beeindruckt aus, als Gala ihrem Ziehen widerstand. »Es ist, als ob sie Wurzeln hätte«, erklärte sie Esther. »Ich kann sie keinen Millimeter weiter bewegen.«

»Das hier ist doch nur der Stand des Clowns«, erklärte Esther Gala und hörte sich verzweifelt an. »Hier gibt es nichts für dich zu sehen.«

Gala war da anderer Meinung. Für sie war dieser Stand faszinierend, der von Dutzenden Kindern belagert war. Kinder, diese Miniaturmenschen, waren Gala ein Rätsel. Sie war ja niemals selbst ein Kind gewesen, außer man würde ihre kurze Entwicklungsphase in der Zauberdimension als ihre Kindheit betrachten. Allerdings, überlegte sie sich, war sie vielleicht jetzt ein Kind im Vergleich zu der Person, die sie einmal werden würde.

Das, was sie außerdem interessierte, war der Mann mit dem bemalten Gesicht. Er trug eigenartige Sachen und machte etwas, das für die Kinder wie Zauberei aussah — er zog Münzen aus ihren Ohren und ließ diese auch wieder verschwinden. Er schien das außerdem ohne irgendwelche verbale oder schriftliche Zaubersprüche zu machen. Als sie genauer hinschaute sah sie jedoch, dass er die Münzen in Wirklichkeit in seiner Handfläche versteckte. Ein falscher Zauberer, dachte sie, und beobachtete seine Grimassen belustigt.

Plötzlich hörte sie einen lauten Aufschrei. Erschreckt sah Gala zum Stand des Bierhändlers zurück, da das Geräusch von dort gekommen war.

Was sie sah, ließ sie auf der Stelle erstarren.

Eines der älteren Kinder hatte ein jüngeres Mädchen in die dort gestapelten Fässer geschubst. Die großen Fässer schwankten bedrohlich und Gala konnte sehen, wie das oberste zu fallen begann.

Die Zeit schien fast stehen zu bleiben. Gala sah in ihrem Kopf die Kette der Ereignisse, wie sie sich abspielen würden. Das Fass würde auf das kleine Mädchen fallen und ihren zarten Körper zerquetschen. Gala konnte sogar das genaue Gewicht und die Kraft des fallenden Objekts kalkulieren — und die Überlebenschancen des Kindes.

Das junge Mädchen würde aufhören zu existieren, bevor es überhaupt die Möglichkeit gehabt hätte, das Leben zu genießen.

Nein. Das konnte Gala nicht einfach mit ansehen. Ihr ganzer Körper spannte sich an und ohne einen bewussten Gedanken hob sie ihre Hände in die Luft und richtete sie auf das Fass. Mit Lichtgeschwindigkeit berechnete sie alle notwendigen Parameter, um die richtige Stärke der entgegenwirkenden Kraft zu wissen, die man brauchte, um das fallende Objekt aufzuhalten.

Das Fass hielt im Fall inne und schwebte einige Zentimeter über dem Kopf des Mädchens in der Luft.

Es herrschte betäubende Stille. Die Festbesucher um Gala standen da wie festgewachsen und blickten mit morbider Faszination auf den Fast-Unfall. Der Bierhändler erholte sich zuerst und sprang zu dem Kind, um es unter dem Fass wegzuziehen.

Sobald das Mädchen nicht mehr in Gefahr war, fühlte Gala wie ihre Konzentration nachließ. Das Fass fiel auf den Boden, zerbrach in kleine Holzstücke und das Bier spritzte in alle Richtungen.

Das gerettete Kind begann zu weinen und seine zerbrechliche Gestalt zitterte unter den Schluchzern, während die Zuschauer alle aufatmeten. Viele von ihnen blickten ehrerbietig auf Gala und eine Frau ging einen Schritt auf sie zu, um sie mit bebender Stimme zu fragen: »Sind sie eine Zauberin, meine Dame?«

»Sie hatte nichts damit zu tun; das war der Clown«, erklärte Maya der Frau mit einer wenig überzeugenden Lüge.

Esther schnappte sich Galas Hand. »Lass uns gehen«, drängte sie und zog Gala von der Menge weg.

Gala leistete keinen Widerstand und folgte der alten Frau willig. In ihrem Kopf herrschte ein einziges Durcheinander. Sie hatte es getan. Sie hatte direkte Magie angewandt, genauso wie Blaise das für sie vorgesehen hatte. Es war kein Zauberspruch gewesen — mit Sicherheit hatte sie nichts gesagt oder aufgeschrieben. Stattdessen fühlte es sich an, als ob etwas tief in ihr genau wüsste, was zu tun war, wie ein versteckter Teil ihr Gehirn gelenkt hatte. Alles, was sie wusste war, dass sie nicht gewollt hatte, dass das Kind verletzt wird, und der Rest war einfach ... passiert.

Als sie weit genug von der Menge entfernt waren, hielt sie an und weigerte sich, weiterzugehen. »Wartet«, sagte sie zu Maya und Esther, beugte sich hinunter und hob einen kleinen Stein vom Boden auf.

»Was machst du da?«, zischte Esther. »Du hast gerade eine Menge Aufmerksamkeit auf dich gelenkt!«

»Wartet einfach, bitte.« Das war zu wichtig für Gala. Sie warf den Stein in die Luft und konzentrierte sich darauf, um das, was sie eben getan hatte, zu wiederholen. *Fall nicht, fall nicht, fall nicht,* befahl sie in Gedanken und starrte auf den Stein.

Der kleine Stein reagierte überhaupt nicht und fiel ganz normal auf den Boden.

»Was machst du da?« Maya beobachtete sie ungläubig. »Wirfst du Steine?«

Gala schüttelte enttäuscht ihren Kopf. Warum funktionierte das nicht noch einmal? Sie hatte das Fass aufgehalten, warum also nicht auch diesen Stein?

Esther kam zu ihr und legte ihr den Arm um die Schultern. »Komm, lass uns nach Hause gehen, Kind«, sagte sie beruhigend. »Wir geben dir noch mehr Eintopf—«

»Nein, danke, ich möchte gerade keinen Eintopf«, antwortete Gala und trat beiseite. »Es tut mir leid, die Aufmerksamkeit auf mich gezogen zu haben, aber ich bedaure nicht, dass dem kleinen Mädchen nichts passiert ist.«

»Natürlich nicht.« Maya blickte Esther böse an. »Du hast das Richtige getan. Ich weiß nicht, wie du es getan hast, aber es war genau das Richtige.«

Gala lächelte und war erleichtert, nicht zu viel falsch gemacht zu haben. Als sie zu den Ständen zurückblickte, bemerkte sie erneut die Musik. Eine lebhafte Melodie spielte in einiger Entfernung und Gala wurde von ihr angezogen, mit dem Versprechen von Schönheit und neuen Gefühlen gereizt. »Ich bin noch nicht soweit, nach Hause zu gehen«, ließ sie Esther wissen. »Ich möchte mehr vom Fest sehen.«

Jetzt sah sogar Maya alarmiert aus. »Meine Dame ... Gala, ich denke nicht, dass du jetzt zurückgehen solltest—«

»Ich möchte tanzen«, erwiderte Gala und beobachtete die Figuren in der Entfernung. »Ich möchte zu dieser Musik tanzen.«

Und ohne die Antwort ihrer Anstandsdamen abzuwarten, eilte sie auf die Musik zu.

CHAPTER 23: GALA

After the meal, a change of clothing, and numerous instructions on how to appear more like a commoner, Gala was finally on her way to see the rest of the village.

Walking through the streets, she studied the small, cheerful-looking houses and stared at the peasants passing by—who stared right back at her. "Why are they looking at me?" she whispered to Maya after two men almost fell off a horse trying to get a good look at her. "Is it because I look strange and different?"

"Oh, you look different, all right." Maya chuckled. "Even in that plain dress, you're probably the prettiest woman they have ever seen. If you didn't want to be gawked at, we should've put a potato sack over your head."

"I don't think I would like that," Gala said absentmindedly, noticing a large gathering up ahead. Stopping, she pointed at the crowd. "What is that?"

"Looks like the court is meeting for judgment," said the old woman, frowning. She was about to turn away and walk in another direction, but Gala headed toward the gathering and the two women had no choice but to tag along.

"Um, Gala, I don't think that's the best place for you," Esther said, huffing and puffing to keep up with Gala's brisk pace.

Gala shot her an apologetic look. "I'm sorry, Esther, but I really want to see this." She had read a little bit about laws and justice, and she had no intention of passing up this opportunity.

Before her escorts had a chance to voice another objection, Gala walked straight into the gathering, which seemed to be taking place in a miniature version of the Town Square she'd seen in Turingrad.

There was a platform in the middle of the square, and a few people were standing on it. Two bigger men were holding a smaller one, who appeared quite young to Gala's inexperienced eye. The youngster looked like he wanted to run away, the expression on his round-cheeked face that of fear and distress. Near the platform, Gala could see a group of similar-looking people—a family, she guessed. They looked angry for some reason.

A white-haired older man, who was standing on the platform, began to speak. "You are accused of horse theft," he said, addressing the lad, and Gala could hear the disapproving murmuring in the crowd. Even Maya and Esther shook their heads, as though chiding the young horse thief. "What have you to say to this charge?" the white-haired man continued, his dark eyes prominent in his weathered face.

"I am sorry," the young man said, his voice shaking. "I will never to do it again, I promise. I didn't mean any harm—I just wanted to have some fun . . ."

The white-haired man sighed. "Do you know what they do to horse thieves in other territories?" he asked.

The lad shook his head.

"They hang them in the north, and they chop their heads off in the east," the old man said, giving the youngster a stern look.

The horse thief visibly paled. "I'm sorry! I truly didn't mean it—"

"Luckily for you, we do things differently here," the old man interrupted, cutting off the lad's pleas. "Master Blaise does not believe in that kind of punishment. Because you admitted your guilt and because the horse was returned to its rightful owners, your punishment is to work on the farm of the people you stole from for the next six months. During that time, you will help them in any way you can. You will clean their stables, repair their house, bring them water from the well, and perform whatever other tasks you are capable of doing."

A middle-aged man from the family Gala had noticed before stepped forward, addressing the white-haired man. "Mayor, with all due respect, our children would have starved without that horse, with the drought and all—"

The mayor held up his hand, stopping the man's diatribe. "Indeed. However, fortunately for you and for the accused, you got your horse back safe and sound, didn't you?"

"Yes, Mayor," the man admitted sheepishly.

"In that case, the thief will make up for his crime by helping out at your farm. Hopefully, this will teach him the value of hard work."

The middle-aged man still looked unhappy, but it was obvious that he had no choice. This was the punishment for the horse thief, and he had to accept it.

"And with that," the mayor announced, "the court is over for today. You can all go forth and enjoy the fair."

"The fair?" Gala asked, curious about the sudden wave of excitement in the crowd.

"Oh yes," a young woman to her right replied. "Didn't you hear? We've got the spring fair starting today. It's right on the other side of the village." And with that, she flounced off, apparently eager to get to this event.

Gala grinned. The girl's enthusiasm was contagious. "Let's go," she told Maya and Esther, starting to walk in the direction where she saw most people heading.

"What? Wait, Gala, let's discuss this . . ." Maya hurried after her, looking anxious.

"What is there to discuss?" Gala continued walking, feeling like she would burst from excitement. "Didn't you hear what that woman said? I'm going to this fair!"

"This is not a good idea," Esther muttered under her breath. "I'm pretty sure this is not what Blaise meant when he said to make sure she doesn't draw any attention to herself. Her at the fair—she's going to get attention galore!"

"Yes, well, how do you intend to stop her?" Maya muttered back, and Gala smiled at their exchange. She liked having the freedom to do what she wanted, and she intended to see and experience as much of this village as she could.

* * *

The fair was as amazing as Gala had thought it might be. There were merchants all over the place, their colorful stalls displaying various goods and interesting-looking food products. Right beside them, there were games and attractions, and Gala could hear laughter, loud voices, and music everywhere. In the center of the fair, there was a big platform where she could see young people dancing.

Gala approached a merchant closest to her. "What are you selling?" she asked him.

"I have the best dried fruit at the fair, for you or your mother and aunt." He smiled widely, offering Gala a handful of raisins.

She took a couple and put them in her mouth, enjoying the burst of sweet flavor on her tongue. Esther took out a small coin and gave it to the merchant, thanking him, and they continued on their way.

"Ale for the ladies?" a man yelled out from one of the stalls. There were huge barrels stacked on each side of him, and Gala wondered if they contained this ale he was offering.

"I will get some," she said, curious to try the drink she'd read about.

"No, you won't," Esther said immediately, frowning. "I don't want you drunk on your very first day with us."

"Oh, come on, let the lass have some fun," the ale merchant cajoled. "She won't feel more than a little buzz from just one drink."

"All right, fine," Maya grumbled, handing a coin to the man. "Just one drink."

Gala grinned. She would've tried this ale regardless, but she was glad she didn't have to argue with the two women.

Looking satisfied, the merchant took a mug, walked over to the pile of barrels, and started pouring from one of them into the mug. Gala noticed the way the barrels shook with the man's movements, as though swaying in the wind.

"Hurry up," a male voice said behind Gala. Turning around, she saw a young, well-built man standing there. As soon as he saw Gala's face, his eyes widened, and his cheeks turned red. He mumbled an apology, his gaze traveling from the top of her head all the way down to her toes.

Gala gave him a small smile and turned around to look at the merchant again. She was getting used to these stares.

The merchant handed her the mug, and she took a sip, swirling the drink around her mouth to better taste it. It wasn't nearly as delicious as the raisins, but it did send a warm feeling down her body. Liking the sensation, Gala downed the mug in several large gulps and heard chuckles from the men standing in line behind her.

"You should pace yourself," Maya admonished, and Esther gave Gala another frown.

"I've never had ale before," Gala tried to explain, not wanting the two women to worry. "I think I like it even better than your stew." Turning to the merchant, she asked, "Can I have another one?"

At this, Maya grabbed Gala's hand and dragged her away from the confused ale merchant and his customers. Gala let herself be led only as far as the next stall and then stood her ground firmly.

"You are strong for one so small," Maya said, looking impressed when Gala resisted her tugging. "It's as though she grew roots," she told Esther. "I can't make her move another inch."

"This is just a clown stall," Esther told Gala, sounding exasperated. "There is nothing for you to see here."

Gala didn't agree. To her, the stall was fascinating, surrounded as it was by dozens of children. Children—these miniature humans—were an enigma to Gala. She had never been a child herself, unless one counted her brief stage of development in the Spell Realm. Then again, she reasoned, perhaps she was like a child now compared to the person she would become.

Another thing that interested her was the man with the painted face. He was wearing strange-looking clothing and doing what seemed like sorcery for the children—pulling out coins from their ears and then making those coins disappear. He also seemed to be doing it without any kind of verbal or written spells. When she focused on his hands, however, she saw that he was actually hiding the coins in his palm. A fake sorcerer, she thought, watching his antics with amusement.

Suddenly, there was a loud shout. Startled, Gala looked back toward the ale merchant's stall, where she heard the sound coming from.

What she saw made her freeze in place.

One of the older children had pushed a younger girl into the stack of barrels at the ale merchant's stall. The large barrels swayed perilously, and Gala could see the top barrel beginning to fall.

Time seemed to slow to a crawl. In Gala's mind, she saw the chain of events exactly as they would play out. The barrel would fall on top of the girl, crushing her frail human body. Gala could even calculate the precise weight and force of the falling object—and the child's odds of survival.

The young girl would cease to exist before she'd had a chance to enjoy living.

No. Gala couldn't stand to see that. Her entire body tensed, and without conscious thought, she raised her hands in the air, pointing them at the barrel. Her mind ran through the necessary calculations with lightning speed, figuring out the exact amount of reverse force necessary to hold the falling object in place.

The barrel stopped falling, floating in the air a few inches above the girl's head.

The silence was deafening. All around Gala, the fairgoers stood as though frozen in place, staring at the near-accident in morbid fascination. The ale merchant recovered first, jumping toward the shocked child to pull her away from under the barrel.

As soon as the girl was not in danger, Gala felt her focus slipping, and the barrel fell, breaking into little bits of wood and splashing ale all over the place.

The rescued child began to cry, her small frame shaking with sobs, while the spectators seemed to breathe a collective sigh of relief. Many of them were staring at Gala with awed expressions on their faces, and one woman took a step toward her, addressing her in a quivering voice, "Are you a sorceress, my lady?"

"She had nothing to do with that; it was the clown," Maya told the woman, lying unconvincingly.

Esther grabbed Gala's hand. "Let's go," she said urgently, dragging Gala away from the crowd.

Gala did not resist, following the old woman docilely. Her mind was in turmoil. She had done it. She had done direct magic, as Blaise had designed her to do. It hadn't been a spell—certainly she hadn't said or written anything. Instead, it was as though something deep inside her knew exactly what to do, how to let some hidden part of her mind take over. All she'd known was that she didn't want the child hurt, and the rest had seemed to just . . . happen.

When they were sufficiently far away from the crowd, she stopped, refusing to go any further. "Wait," she told Maya and Esther, bending down to pick up a small pebble lying on the ground.

"What are you doing?" Esther hissed. "You just drew a lot of attention to yourself!"

"Just wait, please." This was too important to Gala. Throwing the pebble in the air, she focused on it, trying to replicate her actions from before. *Don't fall, don't fall, don't fall*, she mentally chanted, staring at the pebble.

The little rock didn't react in any way, falling to the ground in a completely normal fashion.

"What are you doing?" Maya was watching her actions with disbelief. "Are you throwing rocks?"

Gala shook her head, disappointed. Why didn't it work for her again? She'd stopped that barrel, so why not this rock?

Esther approached her, putting an arm around her shoulders. "Come, let's go home, child," she said soothingly. "We'll give you some more stew—"

"No, thanks, I don't want any stew right now," Gala said, stepping away. "I'm sorry I drew attention to myself, but I don't regret that the little girl is unharmed."

"Of course." Maya glared at Esther. "You did the right thing. I have no idea how you did it, but it was the right thing to do."

Gala smiled, relieved that she hadn't messed up too much. Looking back toward the stalls, she noticed the music again, a lively melody playing in the distance. It called to her, tempting her with the promise of beauty and new sensations. "I'm not ready to go home yet," she told Esther. "I want to see more of the fair."

Now even Maya looked alarmed. "My lady . . . Gala, I don't think you should go back to that fair now—"

"I want to dance," Gala said, watching the figures in the distance. "I want to dance to that music."

And without waiting for her chaperones' reply, she hurried toward the music.

24. KAPITEL: AUGUSTA

»Blaise hat *was* gemacht?« Der Gesichtsausdruck Ganirs, der hinter seinem Schreibtisch saß, war unbezahlbar. Wenn Augusta nicht selbst so aufgebracht gewesen wäre, hätte sie seine Reaktion noch mehr genossen. Aber so war sie als Nachwirkung des magischen Kampfes immer noch ein wenig zittrig — und von dem, was sie über das Grauen erfahren hatte, welchen Blaise auf Koldun losgelassen hatte.

»Er hat ein unnatürliches Wesen erschaffen — ein Ding, das in der Zauberdimension entstanden ist.«, wiederholte Augusta, während sie im Raum hin und her ging. »Und dann griff er mich an, als ich versuchte, ihn zur Vernunft zu bringen. Er ist völlig verrückt geworden. Es wäre um einiges besser gewesen, wäre er ein Abhängiger—«

Ganir runzelte seine Stirn. »Warte, ich habe das immer noch nicht genau verstanden. Du sagst gerade, er hat eine Intelligenz erschaffen? Wie konnte er das denn erreichen?«

»Ich weiß ganz genau, wie er es getan hat«, sagte Augusta und erinnerte sich an die Aufzeichnungen, die sie gesehen hatte. »Er simulierte die Struktur des menschlichen Verstandes und hat es dann weiterentwickelt, indem er Momentaufnahmen benutzt hat — die Momentaufnahmen, von denen du angenommen hast, sie seien für ihn selbst.«

Ganir bekam große Augen. »Er muss einige meiner Forschungen über das menschliche Gehirn benutzt haben«, stieß er hervor und seine Stimme war ganz aufgeregt. »Er muss allerdings viel weiter gegangen sein als meine Entdeckungen, die ich während der Entwicklungen der Momentaufnahmen-Sphäre gemacht habe—«

»Er hatte auch Hilfe von Lenards Aufzeichnungen«, erklärte

Augusta ihm und blieb vor seinem Schreibtisch stehen. »Er besaß eine geheime Sammlung von ihnen, die er nie mit jemandem geteilt hat.«

»Aufzeichnungen von Lenard?« Ganirs Augen leuchteten. »Der Junge hat sie? Mir kam mal ein Gerücht zu Ohren, dass Dasbraw so etwas besaß, aber dieser gerissene Bastard hat es immer abgestritten.«

»War er nicht ein guter Freund von dir?«, fragte Augusta höhnisch. »Ich dachte ihr beiden wart unzertrennlich in eurer Jugend.«

»Das waren wir.« Ganirs faltiges Gesicht verzog sich zu etwas, das einem Lächeln ähnelte. »Aber Dasbraw mochte seine Geheimnisse, was die Zauberei betraf. Ich glaube, er verübelte mir die Tatsache, dass er als mein Lehrling anfangen musste ...« Einen Moment lang sah er so aus, als sei er mit seinen Gedanken ganz weit weg, aber dann schüttelte er seinen Kopf und brachte sich wieder in die Gegenwart zurück. »Also, du sagst Blaise hat sie? Diese Aufzeichnungen?«

»Er hat sie nicht mehr«, antwortete ihm Augusta mit kaum verheimlichter Befriedigung. »Ich musste einen Feuerzauber anwenden, um mich zurückziehen zu können.« Sie erwähnte nicht, dass sich die wertvollen Schriften in diesem Moment völlig unbeschadet in ihrer Tasche befanden. Im Turm zahlte es sich immer aus, etwas in der Hinterhand zu haben.

»Du hast Blaises Haus abgebrannt?« Ganir starrte sie mit vor Entsetzten geöffnetem Mund an.

»Ich hatte keine andere Wahl«, entgegnete Augusta scharf, die sich über die Reaktion des Ratsvorsitzenden ärgerte. »Du warst nicht da. Er wollte überhaupt nicht zur Vernunft kommen. Ich weiß nicht, was aus ihm geworden ist, wie besessen er von dieser Kreatur ist. Er ist jetzt völlig unter seiner Kontrolle.« Blaises Gesichtsausdruck, als er ihr den Weg versperrte, kam ihr in den Kopf. Er war entschlossen gewesen, sie davon abzuhalten, zum Rat zu gehen, soviel war sicher. Hätte er sie umgebracht um seine Abscheulichkeit zu retten? Einst hätte Augusta gedacht, so etwas sei unmöglich, aber jetzt nicht mehr — nicht nachdem sie die Perle genommen und die Tiefe seiner Gefühle für diese entsetzliche Schöpfung gespürt hatte.

Ganir sah überrascht aus. »Das hört sich gar nicht nach Blaise an«, sagte er zweifelnd. »Du sagst, er hat versucht, dich anzugreifen?«

»Er wollte mich davon abhalten, mit dem Rat zu sprechen«,

erwiderte Augusta, jetzt schon ein wenig unsicherer. Blaise hatte sie nicht wirklich angegriffen, aber sie hatte sich trotzdem bedroht gefühlt. »Er hat sogar versucht mich anzulügen, mir zu erzählen, die Gestalt dieser Kreatur sei instabil und existiere nicht mehr—«

»Und, *wirst* du dem Rat davon berichten?«, unterbrach Ganir sie und blickte sie an.

»Das sollte ich, sollte ich nicht?« Augusta sah den alten Zauberer an. »Sie müssen über dieses Ding Bescheid wissen. Es ist gefährlich und muss eliminiert werden.«

»Was denkst du, würde mit Blaise passieren, wenn sie herausfänden, was er getan hat? Sie würden nicht einfach nur seine Kreation aus der Welt schaffen und ihn in Ruhe lassen.«

Augusta schluckte. Jetzt, da sie klarer denken konnte, realisierte sie, dass Ganir Recht hatte — es dem Rat zu erzählen würde Blaise genauso verdammen wie seine abartige Schöpfung. Und das konnte sie nicht zulassen, egal wie wütend sie auf ihn war. Der Gedanke an einen toten Blaise war genauso unerträglich wie die Vorstellung, dass er sich zu diesem Monster hingezogen fühlte. »Was wäre die Alternative?«, fragte sie. Der alte Mann sorgte sich um Blaise und sie bezweifelte, er wolle ihn mehr bestraft sehen, als sie.

Ganir lehnte sich in seinem Stuhl zurück und sein Gesicht sah nachdenklich aus. »Also«, sagte er langsam, »erstens gibt es eine winzige Chance, dass er dich nicht angelogen hat. Wenn er über die Gestalt überrascht war, die es angenommen hat, versteht er es wahrscheinlich nicht vollständig. Es ist gut möglich, dass sie — *es* — wirklich instabil war und schon weg ist.«

Augusta schnaubte abfällig. »Ich würde diese Möglichkeit nicht in Betracht ziehen — er versuchte einfach verzweifelt, die Kreatur zu retten. Denkst du, nach all den gemeinsamen Jahren kann ich nicht erkennen, wann er lügt und wann er die Wahrheit sagt?«

»In Ordnung«, stimmte Ganir zu, »angenommen, du hast Recht. Ich bin immer noch nicht davon überzeugt, dass seine künstliche Intelligenz eine so große Bedrohung für uns ist, wie du denkst—«

Augusta lehnte sich auf die Kante seines Schreibtischs. »Du bist nicht davon überzeugt?« Sie konnte hören, wie ihre Stimme anstieg, als ihr alter Kindheitsalptraum ihr seinen hässlichen Kopf zuwandte. »Ich habe diese Perle eingenommen — ich war in Blaises Kopf — und er selbst weiß nicht, wozu diese Kreatur überhaupt fähig ist! Sie könnte Kräfte haben, die wir uns nicht einmal vorstellen können. Was, wenn sie sich gegen uns wendet? Was, wenn sie entscheidet, uns alle auszulöschen?«

Ganir blinzelte. »Welche Kräfte besitzt sie denn? Was kann sie machen?«

»Ich weiß es nicht«, gab Augusta zu, trat einen Schritt zurück und atmete zittrig ein. »Und Blaise weiß es auch nicht. Das ist das Problem. Nur weil sie bis jetzt nichts gemacht hat, heißt das nicht, dass wir in Sicherheit sind. Sie existiert ja auch erst seit kurzer Zeit.«

Der alte Mann sah sie an. »Warum lassen wir sie in diesem Fall, nicht einfach in Ruhe? Wir haben noch nie zuvor so etwas gesehen — eine Intelligenz, die erschaffen wurde, nicht geboren; ein Wesen aus der Zauberdimension—«

»Nein.« Augusta schüttelte ihren Kopf, alles in ihr lehnte diesen Gedanken ab. »Wir können dieses Risiko nicht eingehen. Dieses Ding muss jetzt zerstört werden, bevor es die Möglichkeit hat, uns zu zerstören. Soweit wir wissen, könnte es jeden Moment, indem es existiert, mächtiger werden. Das ist unsere Chance, die Situation unter Kontrolle zu bringen. Wenn wir es jetzt nicht aufhalten, werden wir dazu in der Zukunft vielleicht nicht mehr in der Lage sein. Denk darüber nach Ganir. Was passiert, wenn es weitere Abscheulichkeiten wie sich selbst erschafft?«

Der alte Zauberer blickte sie schockiert an. Von diesem Punkt aus hatte er es offensichtlich noch nicht betrachtet. Augusta konnte sehen, wie er schwankte und nutzte das aus. »Kannst du dir vorstellen, wie mächtig eine ganze Armee solcher Kreaturen aus der Zauberdimension sein könnte?«

Ganirs Augen wurden groß, als ob ihm ein neuer Gedanke gekommen wäre. »Du hast gesagt, sie habe eine weibliche Gestalt angenommen, richtig?«, fragte er langsam. »Und du hast gesagt, Blaise fühle sich davon angezogen?«

Augusta nickte und blickte ihn beunruhigt an. Wolle er ihr damit das sagen, von dem sie dachte, er wolle es sagen? »Ganir, denkst du—?«

»Dass sie und Blaise Nachwuchs zeugen könnten?« Er hob seine Augenbrauen. »Ich habe keine Ahnung, aber ich würde es gerne herausfinden ...«

Augusta hatte das Gefühl, sie müsse sich übergeben. »Neugierig? Ob das Monster sich fortpflanzen könnte?« War der alte Mann krank im Kopf?

Der Vorsitzende des Rats schien sich unerklärlicherweise sehr zu amüsieren. »Wenn Blaise sich davon angezogen fühlt, kann es nicht so monströs sein.«

Augusta unterdrückte ihren Drang, einen Feuerzauber auf ihn zu schicken. »Du verstehst das nicht. Wir reden hier nicht über ein Zauberexperiment. Blaise hat das Ding erschaffen, um der normalen Bevölkerung Zugang zur Magie zu ermöglichen. Seine Handlungen — und Pläne — sind gefährlich und verräterisch. Er muss aufgehalten werden. Wenn du mir nicht dabei hilfst, werde ich keine andere Wahl haben, als zum Rat zu gehen — und wir beide wissen, wie das wahrscheinlich für Blaise enden würde.« Augusta bluffte größtenteils, aber das brauchte der alte Mann ja nicht zu wissen.

Ganirs Augen verengten sich. »In Ordnung«, antwortete er ihr und blickte sie an. »Wir werden diese Sache unter uns behalten, wie du vorgeschlagen hast. Wo befindet sich diese Kreatur jetzt?«

»Ich weiß es nicht. In Blaises Haus habe ich keine Spur von ihr entdeckt.«

»In diesem Fall werde ich einige meiner Männer beauftragen, nach ihr Ausschau zu halten. Ich werde sie anweisen, mir sofort Bericht zu erstatten, falls etwas Außergewöhnliches passiert. Wenn dieses Geschöpf so mächtig ist, wie du denkst, werden wir das wahrscheinlich bald erfahren.« Er machte eine kurze Pause. »Und wenn wir nichts über ungewöhnliche Zauberaktivitäten hören, hat Blaise entweder die Wahrheit gesagt oder dieses Wesen ist meiner Meinung nach keine Gefahr.«

Augusta stimmte dem letzten Teil seiner Aussage nicht zu, aber hatte keine Zeit, sich jetzt darüber zu streiten. »Und wenn es gefunden wird?«

»Dann werde ich es gefangen nehmen und hierher bringen lassen, in den Turm, wo wir es verhören und bestimmen können, ob es wirklich eine Gefahr für uns darstellt.

Dieses Mal konnte sie sich nicht zurückhalten. »Ganir, es muss zerstört werden—«

Der Ratsvorsitzende lehnte sich nach vorne. »Und das wird es auch, wenn es wirklich so gefährlich ist, wie du sagst«, entgegnete er ihr mit einem gefährlich leisen Ton. »Aber bevor wir irgendetwas überstürzen, müssen wir mehr darüber herausfinden. Ich werde es untersuchen und dann, wenn es sein muss, werde ich es eigenhändig zerstören.«

Das werden wir ja noch sehen, dachte Augusta, aber hielt den Mund. Jetzt im Moment brauchten sie Ganirs Spione, um dieses Ding ausfindig zu machen.

CHAPTER 24: AUGUSTA

"Blaise did what?" The expression on Ganir's face as he sat behind his desk was priceless. If Augusta hadn't been so distressed herself, she would've enjoyed Ganir's reaction more. As it was, she was still shaking from the aftereffects of the magical battle—and from learning about the horror that Blaise had unleashed on Koldun.

"He created an unnatural being—a thing forged in the Spell Realm," Augusta repeated, pacing around the room. "And then he attacked me when I tried to reason with him. He's gone completely insane. It would've been far better if he had been an addict—"

Ganir frowned. "Wait, I'm still not clear on this. You're saying he created an intelligence? How could he have done this?"

"I know exactly how he did it," Augusta said, remembering the notes she'd found. "He simulated the structure of the human mind in the Spell Realm, and then developed it using Life Captures—the same Life Captures that you thought he was getting for himself."

Ganir's eyes widened. "He must've used some of my research on the human brain," he breathed, his voice thick with excitement. "But he had to have gone leaps and bounds beyond what I had discovered in the process of creating the Life Capture Sphere—"

"He also had some help from Lenard's writings," Augusta told him, stopping in front of his desk. "He had a secret stash of them that he had never shared with anyone."

"Lenard's writings?" Ganir's eyes lit up. "The boy has them? I heard a rumor once that Dasbraw had something like that, but that wily bastard always denied it."

"Wasn't he your good friend?" Augusta asked scornfully. "I thought the two of you were thick as thieves in your youth."

"We were." Ganir's wrinkled face creased into something resembling a smile. "But Dasbraw always liked his secrets when it came to sorcery. I think he resented the fact that he started off as my apprentice . . ." For a moment, there was a faraway look in his eyes, but then he shook his head, bringing himself back to the present. "So you're saying that Blaise has them? Those writings?"

"He doesn't have them anymore," Augusta said with poorly concealed satisfaction. "I had to use a fire spell when he tried to detain me." She didn't mention that, at this very moment, the precious writings were sitting inside her bag, safe and sound. In the Tower, it always paid to have some leverage.

"You burned Blaise's house?" Ganir gaped at her, his mouth falling open in shock.

"I had no choice," Augusta said sharply, annoyed at the Council Leader's reaction. "You weren't there. He refused to listen to reason. You don't know what he's become, how obsessed he is with that creature. He's completely under its control now." The expression on Blaise's face as he blocked her way flashed through her mind. He had been determined to keep her from going to the Council, she was sure of that. Would he have killed her to protect that abomination? Once, Augusta would've thought such a thing impossible, but not anymore—not after she took that droplet and experienced the depth of his feelings for his horrifying creation.

Ganir looked taken aback. "That doesn't sound like Blaise," he said dubiously. "You said he tried to attack you?"

"He wanted to stop me from telling the Council," Augusta said, a little less certain now. Blaise hadn't attacked her, exactly, but she had felt threatened nonetheless. "He even tried to lie to me that the creature's form was unstable, and it was no longer in existence—"

"So, *are* you going to tell the Council?" Ganir interrupted, staring at her.

"I should, shouldn't I?" Augusta met the old sorcerer's gaze. "They need to know about this thing. It's dangerous, and it needs to be eliminated."

"What do you think would happen to Blaise if they found out what he had done? They won't just get rid of his creation and let him be."

Augusta swallowed. Now that she was thinking more clearly, she realized that Ganir was right—that telling the Council would doom Blaise as well as the abomination he'd created. And she couldn't let that happen, no matter how upset she was with him. The thought of Blaise dead, gone, was as unbearable as the idea of him being attracted to that monstrosity. "What would be the alternative?" she asked. The old man cared about Blaise, and she doubted he wanted to see him brutally punished any more than she did.

Ganir leaned back in his chair, his face assuming a thoughtful expression. "Well," he said slowly, "first of all, there is a small chance he didn't lie to you. If he was surprised that this being took the shape that it did, then he probably doesn't understand it fully. It's very possible that she—*it*—is indeed unstable and gone by now."

Augusta snorted dismissively. "I wouldn't hold my breath for that possibility—he was just desperate to save the creature. You think I don't know after all those years together whether he's lying or telling the truth?"

"All right," Ganir conceded, "let's suppose you're right. I'm still not convinced, though, that this intelligence is as big of a threat as you think—"

Augusta gripped the edge of his desk. "You're not convinced?" She could hear her voice rising as the old childhood nightmare reared its ugly head. "I took that droplet—I was in Blaise's head— and he himself doesn't know what this creature is capable of! It could have powers that are beyond anything we can imagine. What if it turns against us? What if it decides to wipe us all out?"

Ganir blinked. "What kind of powers does it have? What can it do?"

"I don't know," Augusta admitted, taking a step back and drawing in a shaky breath. "And neither does Blaise. That's the problem. Just because it hasn't done anything yet, doesn't mean we're safe. It's only been in existence for a short time."

The old man looked at her. "In that case, why don't we just let it be? We have never seen anything like it before—an intelligence that was created, not born, a being from the Spell Realm—"

"No." Augusta shook her head, everything inside her rejecting that idea. "We can't take that kind of risk. The thing needs to be destroyed *now*, before it has a chance to destroy us. For all we know, it might be growing more powerful with every moment it's in existence. This is our chance to contain this situation. If we don't stop it now, we might never be able to do so in the future. Think about it, Ganir. What if it ends up creating more abominations like itself?"

The old sorcerer looked stunned. He obviously hadn't considered that angle. Augusta could see him wavering, and she pressed her advantage. "Can you imagine how powerful an entire army of creatures from the Spell Realm might be?"

Ganir's eyes widened, as though some new thought occurred to him. "You said it took a female shape, right?" he said slowly. "And you said Blaise is attracted to it?"

Augusta nodded, staring at him in horror. Was he implying what she thought he was implying? "Ganir, are you suggesting—?"

"That she and Blaise could reproduce?" He raised his eyebrows. "I have no idea, but I would be curious to find out . . ."

Augusta felt like throwing up. "Curious? About whether the monster could spawn?" Was the old man sick in the head?

The Council Leader appeared inexplicably amused. "If Blaise is attracted to it, it can't be all that monstrous."

Augusta squelched the urge to lash out at him with another fire spell. "You're missing the point," she said coldly instead. "This is not some sorcery experiment we're talking about. Blaise created this thing in order to give magic to the commoners. His actions—and his intentions—are dangerous and treasonous. He needs to be stopped. If you're not going to help me with this, I will have no choice but to go to the Council—and we both know how that would likely end for Blaise." Augusta was mostly bluffing, but the old man didn't need to know that.

Ganir's eyes narrowed. "All right," he said, staring at her. "We'll contain the situation ourselves, as you suggested. Where is this creature now?"

"I don't know. I didn't find any traces of it in Blaise's house."

"In that case, I will send some of my men to look for her. They will be given instructions to report anything strange. If the creature is as powerful as you think, we are bound to learn about it eventually." He paused for a moment. "And if we don't hear about any unusual sorcery activity, then Blaise was either telling the truth or the being is not a threat, as far as I'm concerned."

Augusta didn't agree with that last bit, but now was not the time to argue. "And when it's found?"

"Then I will have it captured and brought here, to the Tower, where we can interrogate it and determine if it truly represents a danger to us."

This time she couldn't contain herself. "Ganir, it needs to be destroyed—"

The Council Leader leaned forward. "And it will be, if it's as dangerous as you say," he said, his tone dangerously soft. "But before we do anything rash, we need to find out more about it. I will study it, and then, if need be, I will destroy it myself."

We'll see, Augusta thought, but held her tongue. Right now, they needed Ganir's spies to locate the thing.

25. KAPITEL: GALA

Die Tanzfläche war voll von Menschen jeden Alters, die lachten, sich unterhielten und zur Musik umherwirbelten. Gala stand am Rand der Fläche und schaute sich um. Ihr Kopf drehte sich ein wenig. Ihr Fuß klopfte im Takt der Musik und sie wollte auch lachen — zumindest so lange, bis sie sich ein wenig desorientiert fühlte.

Das Gefühl war nur ganz leicht, so dass Gala kaum bemerkte, was sie gerade erlebte. Dann fiel es ihr plötzlich ein: das Bier. Das war es, was die Leute mit betrunken meinten.

Stirnrunzelnd dachte Gala über ihre Situation nach. Nach dem, was sie gelesen hatte, machten betrunkene Menschen dumme Sachen und verhielten sich nicht mehr wie sie selbst. Sie mochte den Gedanken, dass ihr das passieren könnte, überhaupt nicht.

Sie schloss ihre Augen, konzentrierte sich auf ihren Körper und untersuchte bewusst alle Auswirkungen des Getränks. Plötzlich fühlte sie eine Reaktion wie die, die sie mit der Momentaufnahme schon einmal erlebt hatte; es war so, als würde ein Teil ihres Körpers daran arbeiten, den Alkohol zu entfernen. Einige Sekunden später war sie wieder völlig nüchtern.

»Möchtest du tanzen?«, fragte eine bekannte, männliche Stimme und als Gala ihre Augen öffnete, sah sie zu ihrer Überraschung einen Mann, nicht weiter als einen halben Meter von ihr entfernt stehen.

Es war der junge Mann, den sie an dem Stand des Bierhändlers gesehen hatte.

Er schenkte ihr ein strahlendes Lächeln und Gala dachte sich, dass er wahrscheinlich den Zwischenfall mit dem kleinen Mädchen gar nicht mitbekommen hatte. Ansonsten würde er sich jetzt vorsichtiger in ihrer Gegenwart verhalten, so wie andere Menschen das zu machen schienen.

Glücklich darüber, wie eine normale Person behandelt zu werden, erwiderte Gala sein Lächeln. »Gerne«, antwortete sie ihm. »Aber du musst mir zeigen, wie das geht.«

»Es wird mir eine Ehre sein«, erwiderte er und hielt ihr seine Hand hin. Sie ergriff sie vorsichtig. Seine Handfläche fühlte sich warm und ein wenig feucht an, und Gala wurde bewusst, dass sie seine Berührung nicht mochte. Trotzdem sah sie keinen Schaden darin, mit ihm zu tanzen, wenn sie dabei ein wenig Abstand halten konnte, so wie sie das bei anderen Paaren sah.

Während sie auf die Tanzfläche ging, hörte Gala genauer dem Ablauf der Musik zu, die gerade spielte. Sie liebte den strukturierten Aufbau des schnellen Rhythmus, die raffinierte mathematische Genauigkeit der Melodie. Sie hörte dem unglaublich gerne zu.

Gala beobachtete die anderen Frauen aus ihren Augenwinkeln und tat ihr Bestes, ihre Bewegungen zu imitieren, versuchte, dem Rhythmus des Stücks zu folgen.

»Du bist ein Naturtalent«, meinte der junge Mann und ein Hauch von Bewunderung schwang in seiner Stimme mit. »Ich glaube nicht, dass du von mir noch irgendwelche Anweisungen brauchst.« Er bewegte seinen Körper zur Musik, aber tanzte viel plumper und ungeschickter als Gala. Es schien fast so, als tanze er zu einem anderen Stück.

Die Melodie veränderte sich, wurde schneller und Gala spürte, wie ihr Herz als Antwort darauf auch schneller schlug. »Wer hat diese wundervolle Musik geschrieben?«, wollte sie wissen und bewunderte die Tatsache, dass ein einfaches Klangbild sie derartig bewegen konnte.

Der junge Mann grinste sie an. »Meister Blaise natürlich«, antwortete er ihr. »Er ist ein sehr produktiver Komponist. Du hast niemals zuvor seine Musik gehört?«

Gala schüttelte ihren Kopf, aber ihr Herz schlug noch schneller, als Blaise erwähnt wurde. Sie wollte ihn hier bei sich haben, anstatt diesen Mann, den sie nicht besonders mochte. Die Tatsache, dass Blaise es schaffte, ihre Gefühle zu berühren, ohne anwesend zu sein, war erstaunlich. Jetzt, da sie wusste, er hatte diese Melodie komponiert, war sie überrascht, es nicht selbst bemerkt zu haben. Musik zu schreiben erforderte das gleiche mathematisch begabte Gehirn, welches auch zum Zaubern benötigt wurde. Natürlich gehörte noch mehr zu so einem Genie und sie zweifelte daran, dass jeder Zauberer in der Lage war, ein solch wunderschönes Werk zu komponieren. Auf irgendeine Weise waren sie und die Musik sich ähnlich, sie waren beide Blaises Kreationen.

Während sie über diese Tatsache nachdachte, kam der Mann, mit dem sie tanzte, näher. »Wie heißt du?«, fragte er und beugte sich zu ihr hinüber. Sie konnte in seinem Atem Bier riechen und etwas, das sie an Esthers Eintopf erinnerte.

»Ich bin Gala«, sagte sie ihm und bewegte sich ein wenig von ihm weg.

Er lächelte sie breit an. »Sehr erfreut, dich kennenzulernen, Gala. Ich bin Colin.«

Gala folgte weiter den Bewegungen der anderen Tänzer und wurde mit jedem Schritt besser. Ihr Partner dagegen stolperte weiterhin und ließ außerdem ganze Schritte aus. Das störte sie aber nicht wirklich; ihr machte das Tanzen trotzdem sehr viel Spaß. »Du tanzt fantastisch«, rief Colin aus als sie eine besonders schwierige Schrittfolge fehlerfrei durchführte, und sie grinste, weil sie sich über das Kompliment freute.

Das Lied endete.

»Kann ich auch den nächsten Tanz haben?«, fragte Colin.

Gala nickte zustimmend. Das Lied, welches als nächstes gespielt wurde war noch netter als das erste, langsamer und melodiöser. Bevor sie allerdings anfangen konnte, sich zur Musik zu bewegen, trat ihr Tanzpartner näher an sie heran. Aus ihrem Augenwinkel konnte sie sehen, wie die anderen Tänzer das Gleiche machten. Die Männer gingen zu den Frauen und legten ihnen die Hände auf die Hüften und Schultern.

Gala runzelte ihre Stirn und ging einen kleinen Schritt zurück. Sie wollte Colin nicht so nah bei sich haben. Irgendetwas daran fühlt sich falsch an. Es gab nur eine Person, deren Hände sie auf ihrem Körper wollte, und diese befand sich in Turingrad. »Ich habe es mir anders überlegt«, erklärte sie Colin freundlich und wich weiter zurück.

»Ach komm, es ist doch nur ein Tanz«, entgegnete er, lächelte und griff nach ihr. Seine Finger umfassten ihr Handgelenk und sie konnte die feuchte Hitze spüren, die von seiner Haut ausging. Ihr Magen fing an zu rebellieren.

»Nimm deine Hände von mir weg«, befahl Gala ihm und versuchte erfolglos, ihren Arm wegzuziehen. Er war körperlich stärker als sie und langsam bekam sie Angst vor der dunklen Erregung in seinen Augen.

»Jetzt komm schon, stell dich nicht so an ...« Er lächelte noch, aber dieser Ausdruck war nicht mehr freundlich.

»Lass mich los«, sagte sie ein wenig lauter und sah, wie sich andere Leute zu ihnen umdrehten. Ihr Herz schlug so stark, dass sie dachte, ihr Brustkorb würde gleich zerspringen, und sie fühlte, wie ihre Haut wegen seiner Berührung zu jucken anfing.

»Sei nicht so ein Spielverderber«, murmelte er und zog sie näher. »Es ist doch nur ein Tanz—«

Als er sich weigerte, sie loszulassen, schien die explosive Gefühlsmischung in Gala hochzugehen und ihre Sicht verschwamm einen Augenblick lang. Es war, als würde sich etwas aus ihrem tiefsten Inneren auf Colin stürzen und sie konnte sehen, wie er mit einem entsetzten Gesichtsausdruck zurückstolperte. Ein ekelhafter Geruch begann, sich auszubreiten und Colins Gesicht verzog sich zu etwas, das aussah wie Scham und Angst.

Als ihr Handgelenk endlich wieder frei war, fühlte Gala den überwältigenden Drang, woanders zu sein. Und als Colin einen unsicheren Schritt auf sie zu machte, fand sie sich außerhalb der Tanzfläche wieder, genau hinter Maya und Esther.

»Wir sollten gehen«, sagte sie und ihr war immer noch schlecht von dieser Begegnung — sie war zittrig, da sie wusste, wieder ungewollt gezaubert zu haben, als sie sich unter den Augen aller Tänzer teleportierte.

Esther drehte sich überrascht zu ihr um. »Wo kommst du her? Du warst doch gerade noch dort drüben und hast mit dem jungen Mann getanzt—«

»Ich möchte gehen«, erwiderte Gala und rieb sich ihr Handgelenk dort, wo sie immer noch Colins ekelhafte Berührung spüren konnte. »Ich wollte ihn nicht so nah bei mir haben, aber er hat mich festgehalten—«

»Er hat dich festgehalten?« Maya atmete hörbar ein. »Dieser Bastard ... Du hättest ihn gleich in die Eier treten sollen!«

»Es sieht so aus, als hätte sie *etwas* mit ihm gemacht«, bemerkte Esther und sah mit einem besorgten Gesicht auf die Tanzfläche.

Als Gala einen flüchtigen Blick in die Richtung warf, sah sie wie Colin mit einem komischen Gang davonlief. »Lasst uns los«, sagte sie und zog an Esthers Schal. »Ich möchte weg. Er könnte hier entlang kommen.« Sie war unruhig und verstört, und wollte so schnell wie möglich diesen Ort verlassen.

»Natürlich«, stimmte Maya zu und warf dem Mann einen bösen Blick zu. »Lasst uns nach Hause gehen, dann kannst du dich ein wenig ausruhen.«

Gala nickte und wollte nichts lieber, als das Schlafen noch einmal zu erleben. Von dem letzten Mal schlafen wusste sie noch, dass es sich so ähnlich anfühlte, wie einige der Tätigkeiten in der

Zauberdimension.

CHAPTER 25: GALA

The dance floor was filled with people of all ages, laughing, chatting, and twirling to the music. Pausing on the edge of the floor, Gala took in the sight, her head spinning a little. Her foot tapped to the rhythmic notes, and she wanted to laugh too—at least until she felt mildly disoriented.

The sensation was just different enough that Gala realized she was experiencing something strange. Suddenly it hit her: the ale. This was what people referred to as being drunk.

Frowning, Gala considered the situation. According to what she'd read, drunk people did stupid things and did not act like themselves. She didn't like the idea of that happening to her.

Closing her eyes, she focused on her body, consciously examining the effects of the drink. Instantly, she felt a reaction similar to the one that had been interfering with her Life Capture immersion earlier; it was as if some part of her body was working to dispose of all traces of alcohol. A few seconds later, she was completely clear-headed.

"May I ask you to dance?" a familiar male voice said, and Gala opened her eyes, surprised to find a man standing no more than two feet away from her.

It was the young man she'd seen at the ale merchant's stall.

He beamed a bright smile at her, and Gala realized that he probably hadn't seen the incident with the child. Otherwise, he might act cautiously around her, as some people now appeared to be doing.

Happy to be treated like a regular person, Gala gave him a smile in return. "Sure," she said. "But you'll have to teach me how to do it."

"It will be my honor," he said, offering her his hand. She took it cautiously. His palm was warm and a little damp, and Gala quickly decided that she didn't enjoy his touch. Nonetheless, she saw no harm in dancing with him at a distance, as she saw other couples doing.

Walking onto the dance floor, Gala listened closer to the patterns in the music that was playing. She loved the structured aspect of the fast beat, the clever mathematical precision of the sounds. They pleased her ears tremendously.

Watching the other women out of the corner of her eye, Gala did her best to mimic their movements, trying to follow the rhythm of the tune.

"You're a natural," the young man said, and there was a note of admiration in his voice. "I don't think you need any instruction from me." He was moving his body to the music, but it didn't seem like he was hearing the same melody as Gala because his version of dancing was much clumsier, almost awkward.

The melody changed, became quicker, and Gala could feel the corresponding increase in her heart rate. "Who wrote this beautiful music?" she asked, marveling that she could be so moved by simple sound.

The young man grinned at her. "It was Master Blaise, of course," he said. "He's a prolific composer. You haven't heard his music before?"

Gala shook her head, her heart beating even faster at the mention of Blaise. She wanted him here with her, instead of this man whom she didn't like very much. The fact that Blaise could make her feel things without even being there was amazing. Now that she knew he'd composed this melody, she was surprised she hadn't realized it herself. Writing music likely required the same mathematically inclined mind that would be good at sorcery. Of course, there had to be more to such genius than that, and she doubted that every sorcerer was capable of creating such beauty. In a way, she and this music were alike, both being Blaise's creations.

While she was pondering this matter, the man she was dancing with stepped closer to her. "What is your name?" he asked, leaning toward her. She could smell ale on his breath and a hint of something that reminded her of Esther's stew.

"I am Gala," she told him, moving away just a little.

He gave her a wide smile. "Very nice to meet you, Gala. I am Colin."

Gala kept following the dancers' movements, getting better and better with every step. In the meantime, her dancing partner kept fumbling and missing steps. It didn't matter to her, though; she still found dancing to be a lot of fun. "You're amazing at this," Colin exclaimed when she executed a particularly complex move without missing a beat, and she grinned, pleased at the praise.

The song ended.

"Can I have the next dance?" Colin asked.

Gala nodded her head in agreement. The song that was starting next was even nicer than the first, slower and more melodious. However, before she could start moving to the music, her dancing partner stepped closer to her. Out of the corner of her eye, she could see the other dancers doing the same, the men coming up to the women and putting their hands on the women's sides and shoulders.

Gala frowned, taking a small step back. She didn't want Colin that close to her. Something about this felt extremely wrong. There was only one person whose hands she wanted on her body, and he was back in Turingrad. "I changed my mind," she told Colin politely, backing away further.

"Oh, come on, it's just a dance," he said, smiling and reaching for her. His fingers wrapped around her wrist, and she could feel the moist heat emanating from his skin. It made her stomach turn.

"Get your hand off me," Gala ordered, tugging futilely at her wrist. He was physically stronger than her, and she was starting to feel anxious at the dark excitement visible in his eyes.

"Oh, come on, don't be like that . . ." He was still smiling, but the expression didn't seem the least bit friendly anymore.

"Let go," she said a bit louder, and saw some people look their way. Her heart was pounding like it was about to jump out of her chest, and she felt like her skin was crawling from his touch.

"Don't be such a grouch," he muttered, pulling her closer. "It's just a dance—"

At his refusal to let go, the volatile brew of emotions inside Gala seemed to explode, her vision blurring for a second. It was as though something inside her lashed out at Colin, and she could see him stumbling back with a look of shock on his face. A vile smell began to permeate the room, and Colin's face twisted with something resembling shame and fear.

Her wrist finally free, Gala felt an overwhelming urge to not be there. And as Colin took a confused step toward her, she found herself standing just outside the dance floor, behind Maya and Esther.

"We should go," she said, still feeling sick from the encounter—and shaking from the knowledge that she'd inadvertently done sorcery again, teleporting herself in full sight of all the dancers.

Esther turned toward her, looking startled. "Where did you come from? You were just there, dancing with that lad—"

"I want to leave," Gala told her, rubbing her wrist where she could still feel the disgusting sensation of Colin's touch. "I didn't want to get close to him, but he grabbed me—"

"He grabbed you?" Maya gasped. "Why, that bastard . . . You should've kicked him in the nuts!"

"It looks like she did *something* to him," Esther said, staring at the dance floor with a worried frown.

Casting a quick glance in that direction, Gala saw Colin walking off with a strange gait. "Let's go," she said, tugging at Esther's sleeve. "I want to leave. He might be coming this way." She felt unsettled and disturbed, and she wanted to get away from this place as quickly as possible.

"Of course," Maya said, throwing a glare at the young man. "Let's go home, so you can get some rest."

Gala nodded, wanting nothing more than to experience the sleeping activity again. From what she'd felt before, it was not unlike some of the experiences she'd gone through in the Spell Realm.

26. KAPITEL: BARSON

Als er das Klopfen hörte, stand Barson, der gerade gesessen und etwas gelesen hatte, von seinem Stuhl auf und ging seine Tür öffnen. Es war eines der seltenen Male, an denen er sich in seinem Quartier entspannen konnte und er war nicht erfreut darüber, dabei gestört zu werden.

Seine Laune besserte sich auch nicht, als er sah, dass Larn dort draußen stand. Der Ausdruck auf dem Gesicht seines zukünftigen Schwagers war eigenartig.

»Komm rein«, sagte Barson kurz. Er wusste jetzt schon, dass irgendetwas nicht stimmte.

Larn betrat Barsons Zimmer und schloss die Tür hinter sich.

»Also?«, drängte Barson, als Larn keine Anstalten machte zu sprechen. »Was hast du herausbekommen?«

»Bis jetzt hat Ganir den Turm nicht verlassen«, sagte Larn. »Er war hauptsächlich in seinem Arbeitszimmer und es sind eine Menge Personen bei ihm gewesen.«

»Das ist nicht wirklich etwas Neues.« Barson sah seinen besten Freund düster an. »So ist das doch immer bei dem alten Mann.«

»Das stimmt«, sagte Larn ungewöhnlich zögerlich. »Aber einer seiner Besucher heute Nachmittag war Augusta.«

Schon wieder? Barson merkte, wie sich sein Stirnrunzeln verstärkte. Warum würde sie Ganir zweimal an einem Tag sehen wollen, obwohl sie sich nicht gerade mochten, wie Barson genau wusste.

»Es gibt da noch etwas.« Larn sah immer schlechter aus.

»Was denn?«

»Du wirst das nicht gerne hören ...«

»Jetzt spuck es einfach aus«, meinte Barson und seine Augen verengten sich. »Was ist es denn?«

Larn schluckte. »Denk bitte daran, ich bin nur der Überbringer der Nachricht—«

Barson trat einen Schritt näher an ihn heran. »Sag es einfach«, presste er zwischen seinen zusammengebissen Zähnen hervor. Es musste etwas Schlimmes sein, wenn sein Freund so eine Angst davor hatte, es ihm zu sagen.

»Wie du verlangt hast, habe ich ein paar Männer gebeten, heute nach dem ersten Treffen mit Ganir ein Auge auf Augusta zu werfen«, erzählte Larn langsam, »Und deshalb befanden sich auch gerade einige von ihnen auf dem Markt, als ihre Chaise dort landete.«

»Und?«

»Und sie konnten ihr folgen, als sie wieder abhob. Sie flog nur ein paar Blocks weiter und landete vor einem Haus.«

»Was für einem Haus?« Soweit Barson wusste gab es nur einige wenige Häuser, die sich so dicht am Zentrum Turingrads befanden. Es war eine sehr begehrte Gegend und die Häuser dort, die alle den mächtigsten Zaubererfamilien gehörten, ähnelten eher Herrenhäusern. Ein bestimmter Zauberer kam ihm in den Sinn—

»Es gehört Blaise, dem Mann, den sie heiraten wollte«, erklärte Larn und bestätigte Barsons Vorahnung. »Sie landete davor und ging hinein.«

»Ich verstehe«, erwiderte Barson ruhig. Seine Eingeweide kochten, aber sein Gesicht blieb unbewegt. »Noch etwas?«

»Nein.« Larn sah über Barsons Reaktion erleichtert aus. »Die Männer konnten sich nicht sehr lange dort aufhalten; die hatten Wachdienst am Turm und waren nur auf dem Markt, um eine paar Sachen zu besorgen. Ich habe aber einen unserer neuen Freunde gebeten, Blaise im Auge zu behalten.«

Barson nickte und zeigte immer noch keine Reaktion. »Das hast du gut gemacht«, sagte er äußerlich ruhig. »Danke.«

»Gern geschehen.« Larn drehte sich herum und wollte gerade hinausgehen, als er sich noch einmal zu Barson umsah. »Sollen sie ihr auch weiterhin folgen?«

»Ja«, sagte Barson leise. »Das sollen sie.«

Seine Kontrolle reichte noch, bis Larn aus dem Zimmer gegangen war. Sobald sich die Tür hinter ihm schloss, eilte Barson zur Ecke in der der sandgefüllte Kartoffelsack von der Decke hing. Seine Hände ballten sich zu riesigen Fäusten und heiße, rote Eifersucht strömte in jede Faser seines Körpers. Unfähig sich noch länger unter Kontrolle zu halten, holte er aus und schlug immer wieder auf den Sack ein, so lange, bis seine Knöchel wund waren und der Schweiß ihm am Rücken hinunterlief. Er machte eine Pause, riss sich seine Tunika vom Leib und fuhr dann fort, seine Wut mit rasenden Schlägen hinauszulassen.

* * *

Ein leichter Jasminduft erreichte Barsons Nase und holte ihn aus seinem sinnlosen Zustand. Der Sack vor ihm wurde langsam weicher, da der Sand aus einem Riss rieselte, der bei einem besonders harten Schlag entstanden war.

Als er sich umdrehte saß Augusta auf seinem Bett und beobachtete ihn. Sie musste gerade seinen Raum betreten haben.

»Augusta, was für eine freudige Überraschung.« Er zwang sich dazu, trotz des Ärgers, der immer noch durch seine Venen rauschte, zu lächeln.

Sie erwiderte es, aber der Ausdruck auf ihrem Gesicht war eigenartig abwesend. Dachte sie an ihn, diesen Bastard von einem Zauberer, mit dem sie verlobt gewesen war? Barson atmete beruhigend durch und erinnerte sich daran, vorsichtig vorzugehen. Augusta war sehr unabhängig und sie würde es nicht freundlich aufnehmen, ausspioniert oder wie ein Botenjunge befragt zu werden.

Sie nahm seine schlechte Laune überhaupt nicht wahr und sah sich jetzt in dem Zimmer um, betrachtete es, als sähe sie es zum ersten Mal. »Etwas leichte Lektüre vor dem Training?«, wollte sie wissen und zeigte auf das Buch, welches er auf dem Stuhl liegen gelassen hatte.

»Ja«, antwortete Barson ihr äußerlich ruhig. »Ich habe ein neues Juwel in dem Archiv der Bibliothek entdeckt. Es geht um die militärischen Heldentaten König Roluns, dem antiken Eroberer, der Koldun vereinigte.« Er war froh über diesen Smalltalk, da er ihm ermöglichte, seine eifersüchtige Wut zur Seite zu drücken und nachzudenken. Die Tatsache, dass Augusta in seinem Zimmer war und sich mit ihm über Bücher unterhielt war ein gutes Zeichen. Wenn sie wieder mit Blaise zusammen gekommen wäre, wäre sie wohl nicht so zwanglos hier vorbeigekommen. Sie sah auch nicht so aus, als fühle sie sich unwohl oder schuldig. Barson hielt sich für jemanden, der Menschen gut einschätzen konnte, und er spürte keine heuchlerischen Schwingungen von ihr ausgehen. Sie war abgelenkt, ja, aber eher so, als habe sie eine Menge in ihrem Kopf vor sich gehen.

Als ob sie seine Überlegungen bestätigen wollte, drehte sie sich mit einem warmen Lächeln zu ihm. »Du magst diese alten Geschichten, stimmt's? Ich hätte dich niemals für einen Gelehrten gehalten.«

»Ich mag es, alte Militärtaktiken zu studieren«, erwiderte Barson und betrachtete sie eingehend. Er konnte immer noch kein Zeichen von Schuld oder Bedauern auf ihrem Gesicht erkennen. Sie war entweder eine fantastische Schauspielerin oder der vorangegangene Besuch bei ihrem ehemaligen Geliebten war rein platonisch gewesen.

Augustas Lächeln wurde breiter. »Wusstest du, dass König Roluns Blut durch meine Adern fließt?«, fragte sie. »Die Mehrheit des alten Adels stammt von ihm ab.«

»Nein«, log Barson. »Das wusste ich nicht.« Roluns Blut floss auch durch seine Adern — aber das interessierte dieser Tage keinen mehr. Barson hatte über Augustas Abstammung von Anfang an Bescheid gewusst; sie war eine der wenigen Zauberinnen, deren Familie adeliger Abstammung war, und er konnte Spuren dieses Erbes in ihren hohen Wangenknochen und ihrer königlichen Haltung wiedererkennen. Das war einer der Gründe, warum er sie anfangs so anziehend gefunden hatte.

»Du stammst auch von ihm ab, nicht wahr?«, fragte Augusta und überraschte ihn damit. »Kam deine Mutter nicht aus der Solitin Familie?«

Barson blickte Augusta an und wunderte sich, woher sie das wusste. Es war kein großes Geheimnis, aber er hatte nicht realisiert, dass sie ein ausreichendes Interesse an ihm besaß, um seinen familiären Hintergrund zu untersuchen. »Ja«, antwortete er und beobachtete ihre Reaktion. »Das stimmt. In vergangenen Zeiten wären wir ein perfektes Paar gewesen.«

Ihre Augen leuchteten heller. »Das wären wir, mein nobler Herr«, murmelte sie, »wir hätten ein exzellentes Paar abgegeben ...« Sie hielt seinem Blick stand und lächelte ihn langsam und verzaubernd an.

Barsons Blut erhitzte sich wieder, diesmal allerdings aus einem anderen Grund. Er wusste nicht, was während des Besuchs bei Blaise vor sich gegangen war, aber es sah nicht so aus, als habe der Zauberer ihre Bedürfnisse befriedigt.

Es wäre Barson ein Vergnügen, dem sofort Abhilfe zu schaffen.

Aber bevor er die Möglichkeit hatte, irgendetwas zu tun, stand Augusta anmutig auf. »Ich hatte einen furchtbaren Tag«, sagte sie sanft, löste ihr glänzendes, braunes Haar und ließ es bis zu ihrer Taille fallen. »Ich denke ich könnte deine einzigartigen Fähigkeiten gut gebrauchen, Krieger.«

Er ließ sich nicht zweimal bitten. Barson ging einige Schritte auf sie zu, schloss seine Faust um das Mieder ihres roten Kleides und zog sie zu sich heran. Die empfindliche Seide riss in seinem Griff, aber keiner von beiden bemerkte es, als Barson die Reste seines Zorns in einen innigen, hungrigen Kuss umwandelte.

CHAPTER 26: BARSON

Hearing a knock, Barson got up from the chair where he was reading and went to open the door. It was one of the rare times when he got to relax in his quarters, and he was not happy about the interruption.

His mood didn't improve when he saw Larn standing outside. The expression on his future brother-in-law's face was rather peculiar.

"Come inside," Barson said curtly. He could already tell that something was amiss.

Larn stepped into Barson's room and closed the door behind him.

"Well?" Barson prodded when Larn didn't seem inclined to speak. "What did you learn?"

"So far, Ganir has not left the Tower," Larn said. "He's been mostly in his office, and there have been a number of people going in and out."

"That's not really news." Barson frowned at his best friend. "It's always that way with the old man."

"Well, yes," Larn said, his tone uncharacteristically hesitant. "But one of his visitors this afternoon was, um, Augusta."

Again? Barson could feel his frown deepening. Why would she see Ganir twice in one day? He knew there was no love lost between them.

"There's one more thing." Larn looked increasingly uncomfortable.

"What is it?"

"You won't like this one . . ."

"Just spit it out," Barson said, his eyes narrowing. "What is it?"

Larn swallowed. "Remember, I'm just the messenger—"

Barson took a step toward him. "Just say it," he gritted out between clenched teeth. It had to be something bad if his friend was so afraid to tell him.

"As you requested, I asked a few of our men to keep an eye on Augusta today, after her first meeting with Ganir," Larn said slowly, "and as it so happened, a couple of them were at the market when her chaise landed there."

"And?"

"And they were able to follow her when she took off again. She only flew a few blocks and then landed in front of a house."

"What house?" As far as Barson knew, there were very few houses located so close to the center of Turingrad. It was a highly desirable location, and every house in that area was more like a mansion, owned by the most powerful sorcerer families. One sorcerer in particular came to mind—

"It belongs to Blaise, the man she was supposed to marry," Larn said, confirming Barson's hunch. "She landed in front of it and went inside."

"I see," Barson said calmly. His insides were boiling, but he didn't let anything show on his face. "Anything else?"

"No." Larn looked relieved at Barson's lack of reaction. "The men couldn't stay there for long; they had guard duty at the Tower and were only at the Market to pick up a few things. However, I asked one of our new friends to keep an eye on Blaise, just in case."

Barson nodded, still keeping his expression impassive. "You did well," he said evenly. "Thank you for that."

"Of course." Larn turned to walk out, then looked back at Barson. "Should they continue to follow her as well?"

"Yes," Barson said quietly. "They should."

His control lasted long enough for Larn to exit the room. As soon as the door closed behind him, Barson headed to the corner where a sand-filled potato sack was hanging from the ceiling. His hands clenched into massive fists, red-hot jealousy filling every inch of his body. Unable to contain himself any longer, he lashed out, punching the bag over and over again, until his knuckles were sore and sweat ran down his back. Pausing, he ripped off his tunic, and then continued, venting his rage with furious blows.

* * *

A light jasmine scent reached Barson's nostrils, bringing him out of his mindless state. The bag in front of him was slowly deflating, the sand trickling out through a tear made by one particularly hard strike.

Turning, he saw Augusta sitting on his bed and watching him. She must've just entered his room.

"Augusta, what a pleasant surprise." He forced himself to smile despite the anger still flowing through his veins.

She smiled back, but the expression on her face was strangely distracted. Was she thinking of *him*, that sorcerer bastard she had been engaged to? Barson drew in a calming breath, reminding himself to tread lightly. Augusta was fiercely independent, and she wouldn't take kindly to being spied upon or questioned like an errant child.

Oblivious to his dark mood, she was looking around the room now, studying it like she was seeing it for the first time. "Some light reading before exercise?" she asked, gesturing toward the book he'd left lying on the chair.

"Yes," Barson managed to answer evenly. "I found a new gem in the library archives. It's about the military exploits of King Rolun, the ancient conqueror who united Koldun." He was glad for the small talk, as it was enabling him to push aside his jealous fury and think. The fact that Augusta was in his room chatting about books was a good sign. If she had gotten back with Blaise, he doubted she would come here so casually. She didn't look uncomfortable or guilty, either. Barson considered himself a good judge of people, and he couldn't feel any duplicitous vibes coming from her. She was distracted, yes, but it was more like she had a lot on her mind.

As though to confirm his thoughts, she turned toward him with a warm smile. "You like those old stories, don't you? I never pegged you for a scholar before."

"I like learning about old military tactics," Barson said, watching her closely. He still couldn't see any sign of guilt or regret on her face. She was either an amazing actress or her visit to her former lover had been purely platonic.

Augusta's smile broadened. "Did you know that King Rolun's blood flows through my veins?" she asked. "Most of the old nobility is descended from him."

"No," Barson lied. "I didn't know that." Rolun's blood flowed through his veins, too—not that anyone cared about it these days. Barson had known about Augusta's lineage from the very beginning; she was one of the few sorcerers whose family was of noble origin, and he could see traces of her heritage in her high cheekbones and regal posture. It was one of the reasons he had been so attracted to her in the first place.

"You're descended from him, too, aren't you?" Augusta said, surprising him. "Wasn't your mother from the Solitin family?"

Barson stared at Augusta, wondering how she had known that. It wasn't a big secret, but he hadn't realized she was sufficiently interested in him to study his background. "Yes," he said, watching her reaction. "That's right. Back in the day, we would have been a perfect match."

Her eyes gleamed brighter. "Indeed, oh my noble lord," she murmured, "we would have been an excellent match . . ." And holding his gaze, she gave him a slow, bewitching smile.

Barson's blood heated up again, but this time for a different reason. He didn't know what took place during her visit to Blaise, but it didn't seem like the sorcerer had satisfied her needs.

It would be Barson's pleasure to fix that promptly.

Before he had a chance to do anything, however, Augusta rose gracefully to her feet. "I had a horrible day," she said softly, untying her shiny brown hair and letting it fall to her waist. "I think I may require your unique skills, warrior."

He didn't have to be asked twice. Taking a few steps toward her, Barson closed his fist around the bodice of her red dress, pulling her toward him. The fragile silk ripped in his grasp, but neither one of them noticed as Barson channeled the remnants of his fury into a deep, hungry kiss.

27. KAPITEL: BLAISE

Blaise starrte entsetzt und ungläubig auf die Zerstörung in seinem Arbeitszimmer. Sein Herz raste immer noch von dem Treffen mit Augusta. Sie hatte die Sache mit Gala herausgefunden — sie, die immer gegen alles gewesen war, das sie nicht leicht verstehen konnte, gegen alles, das ihre Art zu Leben verändern könnte. Zurückblickend hätte es ihn nicht überraschen sollen, dass sie für Louies Bestrafung gestimmt hatte. Wie der Rest des Rates hatte sie sich durch die Taten seines Bruders bedroht gefühlt — und er zweifelte nicht daran, dass allein die Vorstellung von Gala sie ängstigte.

Der Boden und die Wände waren mit Ruß überzogen und Blaises Schreibtisch war ein Haufen Asche, der Augustas Wut bezeugte. Das Schlimmste daran war nicht das, was sie mit seinem Arbeitszimmer getan hatte — es war das, was sie mit Gala machen würde. Wenn der Rat Augustas Geschichte glaubte, würden sie innerhalb weniger Stunden nach Gala suchen.

Blaise spürte den starken Drang, etwas zu schlagen — am besten sich selbst, da er Gala alleine weggehen lassen hatte. Er hätte sie niemals auf sich gestellt im Dorf lassen sollen, egal wie sehr sie die Welt als normale Person kennenlernen wollte. Jetzt war sie dort, ungeschützt, in der Gesellschaft zweier alter Frauen.

Er musste bei ihr sein.

Er blickte sich in dem Zimmer um und sah, dass sein Deutungsstein Augustas Feuer überlebt hatte. Er hob den noch warmen Stein auf und eilte nach unten in sein Archiv, da er dort die meisten vorgeschriebenen Karten für Zaubersprüche aufbewahrte. Er hatte Glück, dass Augusta nur seine neueste Arbeit zerstört hatte und der Großteil dessen, was er brauchte, unbeschadet war.

Blaise nahm so viele nützliche Zauberspruchkomponenten wie

er konnte, verließ das Haus und bestieg seinen Chaise. Sein Kopf war nur mit einem Gedanken erfüllt: zu Gala zu gelangen, bevor es zu spät war. Selbst jetzt konnte Augusta gerade mit dem Rat reden und sie von der Lächerlichen Vorstellung überzeugen, Gala sei gefährlich. Er hatte keine Zeit zu verschenken.

Er flog bereits eine halbe Stunde, als ihm etwas Eigenartiges hinter sich auffiel. In einiger Entfernung befand sich ein kleiner Punkt am Horizont — er ähnelte einem Vogel, aber er war zu groß, um einer zu sein. Blaise fluchte. Wurde er verfolgt?

Es gab nur einen Weg, das herauszufinden. Er nahm einige Zauberkarten heraus, bereitete einen sichtverstärkenden Zauber vor und steckte die Karten in den Deutungsstein. Als sein Blick sich klärte, war alles schärfer; es war, als ob er ein Adler sei, in der Lage, jedes Insekt zu sehen, welches auf dem Boden entlang kroch. Blaise drehte sich um und schaute in die Ferne.

Was er dort sah, ließ sein Blut gefrieren.

Hinter ihm flog eine weitere Chaise — ein sicheres Zeichen dafür, dass er von einem Zauberer verfolgt wurde, da niemand anderes diese Dinger fliegen konnte. Auf jeden Fall war es nicht Augusta, wie er anfänglich vermutet hatte. Diese Chaise war grau und Blaise kannte den Mann, der auf ihr saß nicht, was bedeutete, er konnte kein berühmter Zauberer sein. Wie gut dieser Mann zaubern konnte, war in diesem Fall allerdings ziemlich unwichtig; wenn er fliegen konnte, konnte er wahrscheinlich auch einen Kontaktzauber wirken — und der Rat könnte schon wissen, wohin Blaise unterwegs war.

Blaise schaute weg und blickte geradeaus, während er wütend nach einer Lösung suchte. Er wollte Gala beschützen und nicht den Rat direkt zu ihr führen. Er konnte nicht zulassen, von ihm bis ins Dorf verfolgt zu werden — also musste er ihn glauben machen, dieser Ausflug habe einen anderen Hintergrund.

Er änderte seine Flugrichtung leicht und steuerte seine Chaise zu einem berühmten Tischler, der sich außerhalb Turingrads befand. Da ein Großteil seiner Möbel zerstört worden war, könnten ein Schreibtisch und andere Stücke wirklich sehr nützlich sein. Und falls Augusta dem Rat von ihren Feuerzaubern erzählt hatte, sollte die Bestellung einer neuen Hauseinrichtung wie etwas Normales aussehen.

* * *

Nachdem er vom Tischler zurück nach Hause geflogen war, lief

Blaise auf und ab und versuchte zu entscheiden, was er als nächstes tun sollte. Einerseits war es gut, dass Gala nicht hier war. Andererseits wären die Dörfer in seinem Gebiet leider sofort danach an der Reihe — und genau da befand sie sich gerade.

Er hatte die verrückte Idee, sich in das Dorf zu teleportieren, aber er ließ sie umgehend fallen. Einen so komplexen Zauberspruch zu schreiben würde viel Zeit erfordern und extrem gefährlich sein. Wenn er sich auch nur ein kleines bisschen verkalkulierte, könnte er sich leicht im Boden materialisieren, oder auch in einem Baum — und dann hätte Gala niemanden mehr, der sie beschützen könnte.

Nein, es musste etwas anderes geben, das er tun könnte.

Zuerst einmal musste er sie und ihre Aufpasser vor der potentiellen Gefahr warnen, entschied er. Sie mussten das Dorf verlassen und an einen Ort gehen, an dem der Rat nicht nach ihnen suchen würde, solange er sich überlegte, wie er zu ihnen kommen könnte.

Er ging zu seinem Archiv, nahm die Karten heraus und begann an einem Kontaktzauber zu arbeiten — einer Möglichkeit eine mentale Nachricht an jemanden zu schicken, der weit entfernt war. Es war ein ziemlich komplizierter Zauber, einer der verbal ein riesiger Aufwand gewesen wäre. Jetzt allerdings, mit den geschriebenen Sprüchen, würde er nur ein paar Minuten brauchen, um eine Nachricht aufzuschreiben und die Details der Person, die er kontaktieren wollte, hinzuzufügen.

Er setzte sich an einen alten Tisch und verfasste eine Nachricht an Esther:

»Esther, keine Panik. Ich bin es, Blaise, und ich benutze den Kontaktzauber, von dem ich dir einmal erzählt habe. Um dir meine Identität zu beweisen, erwähne ich wie besprochen, das eine Mal, als du mich dabei erwischt hast, wie ich meinen Vater ausspionierte. Jetzt hör mir genau zu. Ich habe Grund, mich um Galas Sicherheit zu sorgen. Sie ist in Gefahr und ich brauche deine Hilfe, um sie vor dem Rat zu schützen. Bitte, führe sie in Kelvins Gebiet. Ich kenne seinen Ruf, aber das ist der Grund dafür, weshalb Neumanngrad wahrscheinlich der letzte Ort ist, an dem sie jemand vermuten würden. Bitte mach dir keine Sorgen um Geld. Gib aus, so viel du gerade brauchst — du bekommst alles von mir wieder. Bleibt in dem Gasthof auf der südwestlichen Seite von Neumanngrad wenn ihr dort ankommt, und versucht, euch so unauffällig wie möglich zu verhalten. Ich hoffe, ich bin bald bei euch.«

Als nächstes verfasste er eine Nachricht an Gala. Er war sich nicht sicher, ob der Kontaktzauber bei ihr funktionieren würde, aber er hatte trotzdem vor, es auszuprobieren. Seine Nachricht an sie war kürzer:

»Gala, hier ist Blaise. Ich denke an dich. Bitte höre auf Esther wenn sie dich bittet in ein anderes Gebiet zu gehen und unauffällig zu sein. Dein Blaise.«

Zufrieden mit beiden Nachrichten führte Blaise die Karten in den Deutungsstein ein. Sprüche auf diese Art zu kombinieren war effizient, da ein Teil des Codes auf beide Nachrichten angewandt werden konnte.

Er stand auf und war dabei, aus dem Raum zu gehen, als er etwas Ungewöhnliches spürte — etwas, das er in den letzten zwei Jahren nicht erlebt hatte.

Es war das leicht eindringende Gefühl eines anderen Zauberers, der ihm einen Kontaktzauber schickte.

Obwohl er überrascht war, entspannte Blaise sich und ließ die Nachricht zu sich kommen, da er neugierig war, wer ihn ansprechen wollte.

Zu seiner großen Überraschung war es Gala.

»Blaise, es ist großartig von dir zu hören.« Wie bei jedem Kontaktzauber kamen ihre Worte als Stimme in seinem Kopf an. »Ich kann gar nicht glauben, dass du in meinen Gedanken sprichst. Ich vermisse dich und hoffe, dich bald wiederzusehen. Es gibt so vieles, über das ich mit dir reden möchte. Deine Gala.«

Blaise hörte ehrfürchtig ihrer Nachricht zu. Wie hatte sie das hinbekommen? Als er sie das letzte Mal gesehen hatte, waren ihre Fähigkeiten inexistent gewesen und jetzt war sie in der Lage, einen komplexen Zauberspruch in einer Zeit zu wirken, die kürzer war, als man zum Schreiben eines einfachen Spruchs brauchte. Das konnte nur eines bedeuten: sie fing an, direkt Magie auszuüben, genau so wie er das gehofft hatte.

Aufgeregt setzte er sich hin, um eine Antwort an Gala zu schreiben. Er brauchte einige Minuten, um den Zauber vorzubereiten. Er schrieb:

»Gala, ich freue mich so, dass du diese Form der Kommunikation gemeistert hast. Ich vermisse dich. Wie gefällt es dir bis jetzt im Dorf? Hat Esther mit dir über die Reise nach Neumanngrad gesprochen?«

Er bekam keine Antwort darauf. Enttäuscht wartete Blaise einige Minuten bevor er sich eingestand, dass keine kommen würde.

Er stand auf und beschloss sich abzulenken, indem er das Haus in Ordnung brachte während er sich überlegte, was als nächstes zu tun sei.

Er würde sich von Augusta und dem Rat nicht noch einmal sein Leben kaputt machen lassen, nicht wenn er es verhindern konnte.

CHAPTER 27: BLAISE

Blaise stared at the devastation in his study in shock and disbelief, his heart still pounding from his encounter with Augusta. She had found out about Gala—she, who had always been against anything she couldn't easily comprehend, against anything that could upset her way of life. In hindsight, he shouldn't have been surprised that Augusta had voted for Louie's punishment. Like the rest of the Council, she had felt threatened by his brother's actions—and there was no doubt that today she had been terrified by the very idea of Gala.

The floor and walls were black with soot, and Blaise's desk was nothing more than a pile of ashes, testifying to Augusta's wrath. But the worst thing about this was not what she had done to his study— it was what he feared she would do to Gala. If the Council believed Augusta's story, they would be looking for Gala in a matter of hours.

Blaise felt a strong urge to hit something—preferably himself, for letting Gala go off on her own. He should've never left her alone at the village, no matter how much she wanted to see the world as an ordinary person. Now she was there unprotected, with only two old women for company.

He needed to be there with her.

Casting a glance around the study, Blaise saw that his Interpreter Stone had survived Augusta's fire. Picking up the still-warm rock, he rushed downstairs to his archive room, where he kept most of his pre-written spell cards. It was lucky that Augusta had only destroyed his most recent work and the bulk of what he needed was still available.

Taking as many potentially useful spell components as he could, Blaise left the house and got on his chaise. His mind was filled with one thought: getting to Gala before it was too late. Even now

Augusta could be talking to the Council, convincing them of the ridiculous idea that Gala was dangerous, and there was no time to waste.

He was flying for a half hour when he noticed something strange behind him. In the far distance, there was a small dot on the horizon—almost like a bird, except it was too large to be one. Blaise cursed under his breath. Was he being followed?

There was only one way to tell. Taking out a few spell cards, he prepared an eyesight-enhancing spell and fed the cards into the Interpreter Stone. When his vision cleared, everything was sharper; it was as though he was an eagle, able to spot even a tiny insect crawling on the ground far away. Turning his head, Blaise peered into the distance.

What he saw made his blood run cold.

There was another chaise flying behind him—a sure sign that he was being pursued by another sorcerer, since no one else could fly these things. However, it wasn't Augusta, as he'd initially suspected. This particular chaise was grey, and the man sitting in it was someone Blaise didn't recognize, which meant he couldn't have been a sorcerer of note. Not that the man's aptitude for sorcery mattered in this case; if he could fly, then he could also likely handle a Contact spell—and the Council might even now be aware of where Blaise was heading.

Looking away, Blaise stared straight ahead, his mind furiously searching for a solution. He wanted to protect Gala, not lead the Council straight to her. He couldn't let them follow him to the village—which meant he had to make them think this trip was about something else.

Subtly adjusting his flight path, Blaise directed his chaise toward a famous carpentry shop located on the outskirts of Turingrad. Since a lot of his furniture got destroyed, a new desk and some other items might actually be useful. And if Augusta had told the Council about her fire spell, then ordering new furnishings should hopefully seem like a normal thing for Blaise to do.

* * *

Getting home after the carpentry store, Blaise began to pace, trying to think of what to do next. In a way, it was good that Gala was away from here; the first place the Council would look for her would be his house. Unfortunately, the second place would be the villages in his territory—exactly where she was right now.

The crazy idea of teleporting himself to the village came to mind, but he immediately dismissed it. Writing a spell as complex as that would take a long time, and would be extremely dangerous. If he miscalculated even a tiny bit, he could easily end up materializing in the ground or inside a tree—and then Gala would be left without anyone to protect her.

No, there had to be something else he could do.

To start off, Blaise decided, he needed to warn her and her guardians of the potential danger. They had to leave the village and go some place where the Council would not think to look for them, while he figured out a way to join them there.

Going to the archive room, he pulled out his cards and began working on a Contact spell—a way to send a mental message to someone far away. It was a fairly complicated spell, one that would have been a pain to do verbally. Now, however, with written spell-casting, it should only take him a few minutes to pen a message and the details of the person he wanted to contact.

Sitting down at an old desk, he composed a message to Esther:

"Esther, do not be alarmed. This is Blaise and I am using the Contact spell I told you about once. To prove my identity, as we agreed on that occasion, I am mentioning the time you caught me spying on my father. Now listen to me carefully. I have reason to fear for Gala's safety. She is in danger from the Council, and I need your help. Please take her to Kelvin's territory. I know about his reputation, but that's precisely why Neumanngrad might be the last place they would expect her to be. Please use whatever money you need—I will pay for everything. Stay at the inn on the southwest side of Neumanngrad when you get there, and try to be as inconspicuous as possible. I will hopefully join you soon."

The next thing he did was compose a message to Gala. He wasn't sure if the Contact spell would work with her, but he still intended to try. His message to her was shorter:

"Gala, this is Blaise. I am thinking of you. Please listen to Esther when she asks you to go to a different area and try to be discreet.

Yours, Blaise."

Thus happy with both notes, Blaise fed the cards into the Interpreter Stone. Combining spells like this was efficient, since some of the code for both messages would be shared.

Getting up, he was about to leave the room when he felt something unusual—something he hadn't experienced in two years.

It was the mildly invasive sensation of another sorcerer sending him a Contact spell.

Surprised, Blaise nonetheless relaxed and let the message come to him, curious to learn who could be reaching out to him.

To his shock, it was Gala.

"Blaise, it's great to hear from you." Like all Contact spells, her words came in the form of a voice in his head—a voice that was really his inner voice, but that somehow took on a different tone. *"I can't believe you are speaking in my mind. I miss you, and I hope to see you soon. I have so much I want to talk to you about.*

Yours, Gala."

Blaise listened to her message with awe. How had she managed to do this? When he saw her last, her magical abilities had been virtually nonexistent, and now she was able to do a complex bit of sorcery in less time than it would take to write a basic spell. It could only mean one thing: she was starting to do magic directly, as he'd hoped she would be able to do.

Excited, he sat down to compose a response to Gala. It took him several minutes to prepare the spell. He wrote:

"Gala, I'm so excited you've mastered this form of communication. I miss you. How is your time in the village so far? Did Esther explain to you about the trip to Neumanngrad?"

There was no response back. Disappointed, Blaise waited several minutes before admitting to himself that none was coming.

Getting up, he decided to occupy himself by putting his house to rights while he figured out what to do next.

He would not let Augusta and the Council wreck his life again, not if he could help it.

28. KAPITEL: GALA

Gala war fast schon wieder zurück in Esthers und Mayas Haus, als sie eine eigenartige Stimme in ihrem Kopf hörte. Es war, als ob sie auf eine ungewöhnliche Art und Weise zu sich selber sprechen würde. Als sie ihr lauschte, bemerkte sie allerdings, dass es sich dabei um eine Nachricht von Blaise handelte.

Nachdem sie alles gehört hatte, grinste sie erfreut. Blaise wollte, dass sie reiste und mehr von der Welt sah. Und das Beste an allem war: er dachte an sie! Vergnügt verspürte Gala den überwältigenden Drang mit ihm zu reden, ihn auf dem gleichen Weg zu erreichen, auf dem er sie gerade kontaktiert hatte. Und plötzlich fühlte sie, wie sie ihm antwortete, auch wenn sie nicht verstand wie sie das machte.

»Blaise, es ist großartig von dir zu hören«, begann sie und ihre Freude floss mit in die mentale Nachricht ein.

Zu ihrer Enttäuschung antwortete er ihr nicht sofort. Allerdings fiel ihr auf, von Esther angestarrt zu werden. »Hat er dir auch eine Nachricht geschickt?«, wollte die ältere Frau wissen.

»Falls du Blaise meinst, dann ja«, antwortete Gala lächelnd.

»Gut«, meinte Esther. »Dann muss ich dich ja hoffentlich nicht davon überzeugen, dass wir gehen müssen.«

»Oh nein, davon musst du mich nicht überzeugen«, erwiderte Gala ernst. »Ich würde mich freuen, mehr von der Welt zu sehen.«

Und als Esther ihnen erklärte, wohin sie gehen würden, bekam Gala Blaises Antwort.

Lächelnd begann sie sich Antworten auf seine Fragen zu überlegen, aber was auch immer ihr das letzte Mal geholfen hatte, sich mit ihm in Verbindung zu setzen, es war nicht mehr da. Sie schien nicht an diesen Teil ihres Verstandes heranzukommen, der die mentale Kommunikation das letzte Mal so leicht und mühelos

275

ermöglicht hatte. Nach einigen fruchtlosen Versuchen gab Gala frustriert auf.

»Komm, hilf uns packen, Kind«, sagte Esther und führte Gala ins Haus. »Wir müssen sofort abreisen.«

* * *

Ihre Reise in Kelvins Gebiet dauerte einige Tage und Gala genoss jeden Moment davon — im Gegensatz zu Esther und Maya, die murrten, wie unbequem es war, so eine lange Zeit auf einem Einspänner verbringen zu müssen. Die beiden Frauen beschwerten sich über das Essen am Wegesrand (welches Gala liebte), die Landschaft (welche Gala in höchstem Maße faszinierte), die Kühle der Nacht (welche Gala sehr erfrischend fand), und die Hitze tagsüber (welche Gala auf ihrer Haut sehr genoss). Aber am Meisten von allem regten sie sich über Galas grenzenlose Energie und ihren Enthusiasmus bei den einfachsten Dingen auf — etwas, das sie nicht einmal ansatzweise verstanden und noch weniger nachvollziehen konnten.

Im Gegensatz zu ihrem ersten ereignisreichen Tag im Dorf, verging die Reise ohne weitere Zwischenfälle. Maya und Esther taten ihr Bestes, um Gala vor den Blicken anderer Menschen zu schützen und Gala gab ihr Bestes, sich damit zu beschäftigen, die Welt um sich herum zu betrachten — und mit heimlichen Versuchen, Magie auszuüben.

Zu ihrer großen Enttäuschung konnte sie nichts von dem wiederholen, was sie zuvor getan hatte. Sie konnte nicht einmal einen Kontakt zu Blaise herstellen. Er hatte ihr ein paar Mal Nachrichten zukommen lassen, ihr gesagt, wie sehr er sie vermisste, aber sie hatte ihm nicht antworten können — eine Form der Schweigsamkeit, die sie extrem unangenehm fand. Es machte sie verrückt, keine Kontrolle über ihre magischen Fähigkeiten zu haben, aber sie konnte nichts dagegen tun. Sie hoffte allerdings, ihr Schöpfer würde ihr letztendlich beibringen können, wie sie Zugang zu diesem verborgenen Teil ihrer selbst bekommen konnte. Wenn sie Blaise das nächste Mal sah, wollte sie ihn nicht wieder weg lassen, bevor sie nicht gelernt hatte, nach Lust und Laune zu zaubern.

Als sie Blaises Gebiet verließen und Kelvins betraten, fielen Gala einige Unterschiede zwischen den Dörfern und Städten der beiden Zauberer auf. Die Häuser, an denen sie jetzt vorbeikamen, waren kleiner und schäbiger, zeigten überall Zeichen der

Vernachlässigung, und die Menschen waren ablehnender und weniger freundlich. Selbst die Pflanzen und Tiere schienen irgendwie schwächer zu sein, vertrockneter.

Als sie an einem großen Feld mit traurigen Überresten von Weizen entlangritten, befragte Gala Esther über diese Unterschiede.

»Meister Blaise hat unser Getreide widerstandsfähiger gemacht«, erklärte ihr Esther, »damit wir während der Dürre nicht so viel leiden müssten. Er ist ein großartiger Zauberer, und er kümmert sich um seine Untertanen — im Gegensatz zu Kelvin, den das einen Scheiß interessiert.« Den letzten Teil fügte sie in einem angewiderten Ton hinzu.

Gala runzelte verwirrt ihre Stirn. »Warum machen das nicht alle Zauberer für ihre Untertanen? Ihr Getreide verbessern, meine ich?«

Esther schnaubte. »Ja, warum eigentlich nicht?«

»Es interessiert sie einfach nicht genug«, meinte Maya bitter. »Sie haben keinen Kontakt zu ihren Untertanen und verstehen wahrscheinlich auch gar nicht, was es heißt, Hunger zu haben. Sie denken vielleicht, wir könnten wie sie von Zaubersprüchen und Luft leben.«

»Es gibt noch eine andere Möglichkeit«, fügte Esther hinzu, »Ich weiß nicht viel über Zauberei, aber ich denke, Meister Blaise hat einige sehr schwierige Sprüche entwickelt, um das für uns zu machen. Ich weiß gar nicht, ob jeder andere Zauberer sie nachmachen könnte, vorausgesetzt er würde das überhaupt wollen.«

»Könnte Blaise es ihnen nicht beibringen?«, fragte Gala.

»Wahrscheinlich könnte er das, wenn diese Dummköpfe auf ihn hören würden.« Esthers Nasenlöcher bebten vor Wut. »Aber sie haben ihn genau wie seinen Bruder gebrandmarkt und er bewegt sich im Turm schon auf dünnem Eis. Das Getreide widerstandsfähiger zu machen könnte schon dahingehend interpretiert werden, man gebe der Normalbevölkerung Magie und das möchte der Rat auf gar keinen Fall.«

»Aber das ist so ungerecht.« Gala schaute Esther und Maya betroffen an. »Die Menschen leiden Hunger. Sie könnten daran sterben, nicht wahr?«

Maya schaute sie irritiert an. »Ja, Menschen können definitiv des Hungers sterben — das ist etwas, das alle Zauberer realisieren sollten.«

Gala blinzelte verblüfft. Schmiss Maya sie gerade mit den Zauberern in einen Topf? Es schien auch nicht, als würde sie das

Wort als Kompliment meinen.

Esther blickte Maya böse an. »Hör auf damit. Du weißt, das Mädchen macht sich Sorgen — sie ist nur sehr behütet aufgewachsen, das ist alles.«

»Eher wie erst gestern geboren«, grummelte Maya, weshalb ihr Esther voller Absicht auf den Fuß trat. Das entlockte der anderen Frau ein verärgertes Grunzen.

»Auf jeden Fall, Kind«, wandte sich Esther an Gala, »hat Blaise einen Plan, wie das Getreide auch die anderen Territorien erreicht. Er lässt uns einfach die Körner gegen andere Waren eintauschen. Diese Samen werden dann bei den anderen für genauso gute Ernten Sorgen wie bei uns, da ihre veränderten Eigenschaften an das Erbgut weitergegeben werden.«

Sie ließen das absterbende Feld hinter sich und erreichten endlich das Gasthaus, in dem sie, wie mit Blaise besprochen bleiben sollten. Bevor sie eintraten, gab Maya Gala ein dickes wollenes Tuch, mit dem sie ihren Kopf bedecken musste. »Damit wir nachts nicht von verliebten Raufbolden angegriffen werden«, erklärte sie ihr. »Je weniger Menschen wissen, dass ein hübsches Mädchen hier wohnt, desto sicherer ist es für uns.«

Das braune Gasthaus war klein und heruntergekommen, genauso wie die anderen Häuser, an denen sie auf ihrem Weg hierher vorbeigekommen waren. Es war schwer zu glauben, es könne mehr als ein Dutzend Reisende unterbringen. Ihr Zimmer oben war schmutzig, eng, heiß und eklig — zumindest laut Maya. Laut Esther wurden sie auch noch ausgenommen.

Gala war das egal, sie freute sich einfach, an einem anderen Ort zu sein. Als sie zum Abendessen nach unten gingen, fragte sie den Wirt nach örtlichen Sehenswürdigkeiten, behielt dabei aber ihren Kopf sorgfältig mit dem Tuch bedeckt.

»Oh, du hast Glück«, erzählte ihr der kräftige Mann. »Ende der Woche finden im Kolosseum Spiele statt. Du hast vom Kolosseum gehört, oder etwa nicht?«

Gala nickte, da sie nicht dumm wirken wollte. In den letzten Tagen hatte sie gelernt, Fremden am besten keine Fragen zu stellen, mit denen sie sich stattdessen auch an Maya und Esther wenden konnte.

Er grunzte zufrieden. »Das dachte ich mir. Wenn du heute etwas unternehmen möchtest, der Markt ist noch geöffnet.« Seine Augen wanderten auf Mayas große Oberweite und er fügte hinzu: »Stellt sicher, euer Geld an schlecht zu erreichenden Orten zu tragen. Im Moment gibt es eine Menge Diebe.«

»Danke«, sagte Maya bissig und drehte sich weg, um den Blicken des Wirts auszuweichen. Esther, eingeschnappt weil sie verschmäht worden war, warf ihm einen tödlichen Blick zu, bevor sie sich Galas Arm schnappte und sie wegzog.

Sobald sie aus der Hörweite des Wirts waren, drehte sich Esther zu ihr um und sagte entschieden: »Nein«.

»Auf gar keinen Fall«, fügte Maya hinzu und kreuzte ihre Arme vor ihrer Brust.

Gala blickte sie verwirrt an. »Aber ich habe doch noch gar nicht gefragt—«

»Können wir zum Kolosseum gehen?«, sagte Esther mit einer hohen Stimme und imitierte damit Galas typischen, enthusiastischen Tonfall.

»Ja, können wir bitte?«, ahmte Maya sie nach und machte das sogar noch besser als Esther.

Gala brach in Lachen aus. Sie wusste, sie sollte wahrscheinlich beleidigt sein, aber stattdessen fand sie das Ganze lustig. Die älteren Frauen betrachteten sie mit unbeweglichen Gesichtern und endlich konnte sie lange genug aufhören zu lachen, um zu sagen: »Warum reden wir nicht morgen darüber?«

»Die Antwort wird auch morgen die Gleiche sein«, entgegnete Esther und blickt Gala mit zusammengekniffenen Augen an.

Gala grinste sie an und konnte ihre Vorfreude über das kommende Ereignis kaum unterdrücken. »Keine Sorge, Esther — wir werden es einfach abwarten. Jetzt lasst uns erst einmal zum Markt gehen.«

Und ohne ihre Antwort abzuwarten verließ sie das Gasthaus und ging die Straße hoch, an deren Ende sie eine Ansammlung von Gebäuden sah, was normalerweise bedeutete, dass sich dort das Zentrum befand.

CHAPTER 28: GALA

Gala was almost back at Esther and Maya's house when she heard a strange voice in her head. It was as though she was speaking to herself in some strange way. As she listened, however, she realized it was a message from Blaise.

After she heard everything, she grinned in excitement. Blaise wanted her to travel and see more of the world. And the best part was that he was thinking of her! Filled with delight, Gala felt an overwhelming urge to talk to him, to reach out to him in the same way he had just contacted her. And suddenly, she felt herself responding, even though she didn't understand how she was doing it.

"Blaise, it is great to hear from you," she began, her excitement spilling out into the mental message.

To her disappointment, he didn't respond right away. But she noticed Esther staring at her intently. "Did he get in touch with you too?" the older woman asked.

"If you mean Blaise, then yes," Gala said, smiling.

"Good," Esther said. "Then I hopefully don't need to convince you that we must go."

"Oh, you don't have to convince me," Gala told her earnestly. "I would love to see more of the world."

And by the time Esther explained to them where they were going, Blaise came back to Gala with his response.

Smiling, she began to think of the answers to his questions, but whatever it was that helped her do this before was no longer there. She couldn't seem to tap into the part of her mind that made mental communication so easy and effortless before. After several fruitless attempts, Gala gave up in frustration.

"Come, help us pack, child," Esther said, leading Gala into the house. "We need to get going right away."

* * *

The trip to Kelvin's territory took a couple of days, with Gala enjoying every moment of their travels—unlike Esther and Maya, who grumbled about how uncomfortable it was to be stuck on a buggy for such a long time. The two women complained about roadside food (which Gala loved), the scenery (which Gala found most fascinating), the chill at night (which Gala found refreshing), and the heat of the sun during the day (which Gala found pleasant on her skin). Most of all, however, they complained about Gala's boundless energy and enthusiasm for the simplest things— something they could not even begin to understand, much less relate to.

Unlike her first eventful day at the village, the trip passed without any further incidents. Maya and Esther did their best to keep Gala out of sight of the passersby, and Gala did her best to occupy herself with observing the world around her—and with surreptitious attempts to do magic.

To her great disappointment, she couldn't replicate anything she'd done before. She couldn't even get in touch with Blaise. He had contacted her a couple more times, saying how much he missed her, but she had been unable to respond—a form of muteness she found extremely unpleasant. The lack of control over her magical abilities drove her crazy, but there was nothing she could do about it now. She was hoping, however, that her creator would ultimately be able to teach her how to tap into that hidden part of herself. When she saw Blaise again, she was not about to let him out of her sight until she learned to do sorcery at will.

As they left Blaise's territory and entered Kelvin's, Gala began to notice a number of differences between the villages and towns belonging to the two sorcerers. The houses they passed now were smaller and shabbier, with signs of neglect everywhere, and the people were leaner and less friendly. Even the plants and animals seemed weaker and more weathered somehow.

When they rode by a large open field with sad-looking remnants of wheat, Gala asked Esther about the differences in their surroundings.

"Master Blaise has enhanced our crops," Esther explained, "so that we wouldn't suffer as much in this drought. He's a great sorcerer, and he cares about helping his people—unlike Kelvin, who doesn't give a rat's ass." That last bit was added in a tone of obvious disgust.

Gala frowned in confusion. "Why don't all sorcerers do this for their people? Enhance their crops, I mean?"

Esther snorted."Why not, indeed."

"They just don't care enough," Maya said bitterly. "They're so out of touch with their people, they might not even understand the concept of hunger. They probably think we can just subsist on spells and air, the way they do."

"Also," Esther said, "I don't know much about sorcery, but I think Master Blaise came up with some very complicated spells to do this for us. I don't know if every sorcerer could replicate them, even if they were inclined to try."

"Couldn't Blaise teach them?" Gala asked.

"He probably could, if those fools would listen to him." Esther's nostrils flared with anger. "But they've tarred him with the same brush as his brother, and he's already on thin ice in the Tower. Enhancing crops could be potentially interpreted as giving magic to the people, and that's the last thing the Council wants."

"But that's so unfair." Gala looked at Esther and Maya in dismay. "People are hungry. They can die from that, right?"

Maya gave her a strange look. "Yes, people can definitely die from hunger—which is something all sorcerers need to realize."

Gala blinked, taken aback. Was Maya lumping her in with the other sorcerers? It didn't sound like she meant the word as a compliment, either.

Esther glared at Maya. "Stop it. You know the girl cares—she's just been sheltered, that's all."

"More like born yesterday," Maya muttered, and Esther purposefully stepped on her foot, eliciting an annoyed grunt from the other woman.

"In any case, child," Esther said, addressing Gala this time, "Blaise has a plan when it comes to getting his crops to the other territories. He's letting us trade the seeds in exchange for other necessities. He knows these seeds will take and will provide others with good crops just like our own, since the improvements he made are hereditary."

Leaving the dying wheat field behind them, they finally reached the inn where Blaise told them to stay. Before they went in, Maya made Gala cover her head with a thick woolen shawl. "So we don't get attacked by some amorous ruffians at night," she explained. "The fewer people who know a pretty girl is staying here, the safer it'll be for us."

The brown inn building was small and rundown, just like the houses they'd passed on the way. It was difficult to believe it could house more than a dozen travelers. Their room upstairs was dirty, cramped, hot, and disgusting—at least according to Maya. According to Esther, they were also being robbed blind.

Gala didn't care; she was just excited to be some place new. When they went downstairs for dinner, she asked the innkeeper about the local attractions, being careful to keep the shawl wrapped around her head.

"Oh, you're lucky," the burly man told her. "Later this week, we have games at the Coliseum. You've heard of our Coliseum, right?"

Gala nodded, not wanting to seem ignorant. In the last couple of days, she'd learned it was best not to ask strangers any questions that could be posed to Maya and Esther instead.

He gave a satisfied grunt. "That's what I thought. If you want to do something today, the market should still be open." His eyes went to Maya's large bosom, and he added, "Be sure to keep your money in hard-to-reach places. Lots of thieves around these days."

"Thanks," Maya said caustically, turning away from the innkeeper's roving gaze. Esther huffed in disdain, shooting him a deadly glare before grabbing Gala's arm and towing her away.

As soon as they were out of the innkeeper's earshot, Esther turned to her and said firmly, "No."

"No way," Maya added, crossing her arms in front of her chest.

Gala stared at them in confusion. "But I didn't ask the question yet—"

"Can we go to the Coliseum?" Esther said in a higher-pitched voice, mimicking Gala's typically enthusiastic tones.

"Yes, can we, please?" Maya mocked, her imitation attempt even better than Esther's.

Gala burst out laughing. She knew she should probably take offense, but she found the whole thing funny instead. The older women were watching her with stoic expressions on their faces, and she finally managed to stop laughing long enough to say, "Why don't we talk about it tomorrow?"

"The answer is going to be the same tomorrow," Esther said, giving Gala a narrow-eyed look.

Gala grinned at her, barely able to contain her excitement at the thought of the upcoming event. "Don't worry about it, Esther—we'll just wait and see. For now, let's go to the market."

And without waiting for their response, she walked out of the inn, going up the road to where she saw a cluster of buildings that typically signified a town center.

29. KAPITEL: BLAISE

Als das Haus wieder in Ordnung gebracht war, wusste Blaise nichts mehr mit sich anzufangen und war abwechselnd wütend auf Augusta oder sorgte sich um Gala. Jetzt wusste der Rat zweifellos schon über Gala Bescheid und ergriff wahrscheinlich Maßnahmen, sie zu finden. Hoffentlich wäre Kelvins Gebiet der letzte Ort, an dem sie nachschauen würden — vorausgesetzt Gala machte, um was er sie gebeten hatte und verhielt sich unauffällig.

Trotzdem war das keine akzeptable Situation. Blaise musste etwas unternehmen, um sie längerfristig zu beschützen und er musste es bald machen, bevor diese Dummköpfe vollständig mobilisiert waren. Die Tatsache, dass Gala nicht auf seine Kontaktzauber antwortete beunruhigte ihn ein wenig, auch wenn er schätzte, dass sie einfach noch keine gute Kontrolle über ihre magischen Fähigkeiten hatte — etwas, das er recht beruhigend fand, da es die Wahrscheinlichkeit verringerte, sie würde auffallen. Nichtsdestotrotz vermisste er sie in einer Stärke, die er zutiefst beunruhigend fand. Es war, als habe ihn ein helles Licht verlassen, als er sie im Dorf abgesetzt hatte.

Ein hartnäckiger Gedanke drängte sich immer wieder in den Vordergrund — der, einen Weg in die Zauberdimension zu finden. Vielleicht war er auch nur so besessen davon, um seine Gedanken zu beschäftigen, gestand er sich ein. Das hatte er auch nach Louies Tod gemacht: sich auf die Arbeit konzentriert — darauf, ein intelligentes Objekt zu erschaffen, welches Gala geworden war — einfach um sich zu beschäftigen. Zur gleichen Zeit vermutete er allerdings, es könne zu unvorstellbaren Fortschritten in der Zauberei führen, wenn die Zauberdimension besser verstanden werden würde. Außerdem könnte es ihm potentiell ermöglichen, mächtig genug zu werden, um Gala vor dem gesamten Rat zu schützen.

Müde, nur darüber nachzudenken, begann er zu planen. Obwohl Augusta viele seiner Aufzeichnungen verbrannt hatte, fühlte sich Blaise nicht besonders entmutigt. Er hatte im letzten Jahr häufig Momentaufnahmen benutzt, um viele seiner besonders ergiebigen Experimente aufzuzeichnen und er hatte immer noch eine Menge dieser Perlen. Viel wichtiger war, dass es so aussah, als habe sein Kopf an dem Problem gearbeitet, wie Blaise in die Zauberdimension gelangen könnte. Seitdem Gala es ihm zum ersten Mal beschrieben hatte, waren ihm einige Ideen gekommen, die er gerne ausprobieren wollte.

Es war Zeit anzufangen.

Er beschloss, mit einem kleinen, leblosen Objekt zu beginnen. Falls er Erfolg damit haben sollte, es in die Zauberdimension zu schicken und es wieder zurückkommen würde, wäre er einen wichtigen Schritt dahingehend weiter, eine wirkliche Person dorthin senden zu können.

Motiviert ging Blaise in sein Arbeitszimmer und freute sich auf die neue Herausforderung.

* * *

Endlich waren seine Sprüche fertig.

Blaise hatte sich eine Nadel ausgesucht, die er in die Zauberdimension schicken würde. Der Spruch würde in die Tiefen der Nadel eindringen und sie in ihre Elementarteile aufspalten. Das würde die physische Nadel zerstören und sie dazu bringen, zu verschwinden. Diese Teile würden zu Informationen werden und als Nachricht in die Zauberdimension gelangen. Von dort aus kämen sie zurück, um etwas in der physischen Dimension zu verändern, so wie das alle Zauber machten. In diesem speziellen Fall jedoch, zumindest wenn Blaise Erfolg hätte, würde das, was in die physische Dimension zurückkam, identisch mit dem Ausgangsobjekt sein.

Da er die Gefahr kannte, die von neuen, ungetesteten Sprüchen ausging und nicht das Schicksal seiner Mutter teilen wollte, ergriff Blaise Vorsichtsmaßnahmen. Er benutzte den gleichen Zauber, der ihn während Augustas Angriff geschützt hatte — der ihn in eine schimmernde Blase einhüllte. Der Schutz hielt nicht lange an, aber es sollte ausreichen, um ihn vor allem möglichen Chaos zu schützen, den das Experiment hervorrufen könnte.

Er atmete langsam und beruhigend ein. Dann steckte er die

Karten in seinen Deutungsstein und sah dabei zu, wie die Nadel verschwand, genauso wie es geplant war.

Dann wartete er.

Zuerst passierte nichts. Er konnte das vertraute Schimmern seines Protektionszaubers sehen, aber keine Spur von der Nadel, die zurückkommen sollte. Frustriert überlegte Blaise, ob er einen Fehler gemacht hatte. Der Teil des Zauberspruchs, der das Objekt zurückbringen sollte, war der schwierigste. Er vermutete, die Nadel würde wieder zu seinem Ausgangsort zurückkehren, aber dieser Platz blieb leer.

Plötzlich hörte er unten ein lautes Geräusch. Es schien aus dem Lagerraum zu kommen.

Blaise rannte dorthin und fiel vor Aufregung fast die Treppen hinunter.

Als er den Raum betrat, hielt er mitten in der Bewegung inne, um ungläubig auf diesen Anblick zu starren.

Die Nadel war zurückgekommen ... irgendwie. Sie war nicht zu dem Platz zurückgekehrt, auf dem sie in seinem Arbeitszimmer gelegen hatte, aber zu dem Kästchen, in dem er sie eigentlich aufbewahrt hatte. Diese Rückkehr zu dem ursprünglichen Ort konnte er verstehen, im Gegensatz zu dem Objekt, auf welches er blickte.

Unter den zersprungenen Teilen der Kiste und den verteilten Nadeln sah er das, von dem er annahm, es sei die ursprüngliche Nadel gewesen — allerdings war es jetzt eher ein Schwert. Ein eigenartiges, dickes Schwert aus einer Art kristallinem Metall, welches leicht grünlich leuchtete. Anstatt eines Heftes hatte dieses spezielle Schwert ein Loch.

Blaise hob das Ding, was einst eine Nadel gewesen war, vorsichtig auf und steckte seine Hand durch das Loch an dem einen Ende. Es war wirklich bequem, es so zu halten. Trotz seiner Größe war das schwertähnliche Objekt unglaublich leicht, nicht schwerer als die eigentliche Nadel. Blaise hob es an, schwang es im Raum herum und entdeckte, dass es scharf und gleichzeitig widerstandsfähig war. Er konnte mit lächerlicher Leichtigkeit durch sein altes Sofa schneiden, aber das Nadelschwert zerbrach auch nicht, als er es auf den Steinboden schlägt.

Gleichzeitig amüsiert und entmutigt, entschied sich Blaise die Nadel als Dekoration in seine Eingangshalle zu hängen. Es würde gut zu seinen neuen Möbeln passen, die er sich nach dem Feuer gekauft hatte und auch zu einigen anderen Stücken, die er dort ausgestellt hatte.

Er ging in seine Arbeitszimmer zurück und Blaise fragte sich, was er jetzt daraus gelernt hatte. Auf der einen Seite war er in der Lage gewesen, etwas mit der Nadel zu machen — etwas, das offensichtlich mit der Zauberdimension zu tun gehabt hatte. Trotzdem war nicht das gleiche Objekt zurückgekommen. Es hatte sich drastisch verändert. Würde das gleiche auch passieren, wenn eine Person dorthin ginge? Würde diese Person als ein Monster zurückkommen, vorausgesetzt sie würde den Zauber überhaupt überleben?

Offensichtlich hatte Blaise einen Fehler in dem Spruch gehabt. Er hatte noch jede Menge Arbeit vor sich.

CHAPTER 29: BLAISE

Once his house was restored, Blaise found himself at loose ends, alternating between being furious with Augusta and worrying about Gala. By now, the Council undoubtedly knew about Gala, and they were probably taking measures to find her. Hopefully, Kelvin's territory would be the last place they would look—assuming Gala did as he asked and kept a low profile.

Still, this was not a sustainable situation. Blaise had to do something to protect her in a more permanent way, and he had to do it soon, before those scared fools mobilized fully. The fact that Gala was not answering his Contact messages worried him a bit, although he guessed that she was not fully in control of her magical abilities yet—something he found mildly reassuring, since it minimized her chances of exposing herself to the world. Nonetheless, he missed her with an intensity he found deeply unsettling. It was as if a bright light had left his life when he dropped her off at the village.

A persistent idea kept nagging at the back of his mind—that of mastering the route to the Spell Realm. It was possible he was obsessing about it as a way to keep his thoughts occupied, he admitted to himself. In a way, that's what he had done after Louie's death: he'd focused on his work—on creating the intelligent object that turned out to be Gala—in order to keep himself busy. At the same time, however, he suspected that understanding the Spell Realm better could lead to unimaginable advances in sorcery, potentially enabling him to become powerful enough to protect Gala from the entire Council.

Tired of thinking about it, he began planning. Although Augusta had burned many of his notes, Blaise didn't feel particularly discouraged. He had frequently used Life Captures over the past year to record many of his particularly useful experiments, and he still had a lot of those droplets. More importantly, however, it seemed as if his mind had been working on the problem of getting to the Spell Realm ever since Gala had first described it to him, and he had some ideas he wanted to try out.

It was time for action.

He decided to start with a small, inanimate object. If he succeeded in sending that to the Spell Realm and having it come back, it would be an important step toward sending an actual person there.

Thus motivated, Blaise headed to his study, eager to take on a new challenge.

* * *

The spells were finally ready.

Blaise had chosen a needle as the object he would send to the Spell Realm. The spell would examine the needle at its deepest level and break it into its most elemental parts. That would destroy the physical needle, causing it to disappear, but those parts would become information, a message that would go to the Spell Realm and come back to change something in the Physical Realm, like all spells did. In this particular case, however, if Blaise succeeded, the manifestation in the Physical Realm should be identical to the original object.

Cognizant of the danger of new, untested spells and not wishing to suffer his mother's fate, Blaise took precautions. He used the same spell that had protected him during Augusta's attack—the spell that wrapped him in a shimmering bubble. The protection it granted would not last long, but it should be long enough to shield him from whatever havoc the experiment might cause.

Taking a slow, calming breath, he loaded the cards into his Interpreter Stone and watched the needle disappear, as it was supposed to.

Then he waited.

At first nothing happened. He could see the familiar shimmer of the protection spell, but there was no sign of the needle coming back. Frustrated, Blaise tried to figure out if he had made a mistake. The coming-back part of the spell was the trickiest. He assumed the needle would come back to its original location, but the spot remained empty.

All of a sudden, he heard a loud noise downstairs. It seemed to be coming from the storage room.

Blaise ran there, nearly tripping on the stairs in excitement.

And when he entered the room, he froze, staring at the sight in front of him in disbelief.

The needle had come back . . . in a way. It had returned not to the spot where it lay in his lab, but to the box where he had kept it originally. This return location actually made some sense, unlike the object he was staring at.

Among the shattered pieces of the box and scattered needles on the floor, he saw what he assumed was the original needle—except that now it was more like a sword. A strange, thick sword made of some kind of crystalline material that emitted a faint green glow. Instead of a hilt, this particular sword had a hole at the top.

Blaise carefully picked up the thing that used to be the needle, putting his hand through the hole at the top. It was actually comfortable to hold that way. Despite its size, the sword-like object was impossibly light, no heavier than the original needle. Lifting it, Blaise tried swinging it around the room and discovered that it was both sharp and strong. He was able to cut through his old sofa with ridiculous ease, and the sword-needle didn't break when he banged it on the stone floor.

Both amused and discouraged, Blaise decided to place the needle as a decoration in his hall downstairs. It would work well with the new furniture he had gotten after the fire, as well as some other trinkets he had on display there.

Heading back to his study, Blaise wondered what he had actually learned from this. On the one hand, he'd been able to do something to the needle—something that had obviously involved the Spell Realm. However, the needle had not come back as the same object. It had changed quite drastically. Would the same thing happen if a person went there? Would the person come back as some kind of a monstrosity, assuming he even survived the spell?

It seemed obvious Blaise had made an error in the spell. He had more work to do.

30. KAPITEL: AUGUSTA

»Augusta, das ist Colin. Er ist der junge Lehrling des Schmieds in Blaises Gebiet«, erklärte Ganir ihr und deutete auf einen jungen Mann, der in der Mitte des Raumes stand. Der Mann war ein Bauer; das erkannte sie an seiner Erscheinung und an seiner ehrerbietigen Haltung.

Augusta hob ihre Augenbrauen erstaunt an. Was machte ein Normalbürger in Ganirs Gemächern? Als der Ratsvorsitzende heute Morgen nach ihr gesandt hatte, war sie schnell gekommen, da sie wusste, er musste Neuigkeiten über Blaises Kreation haben.

»Erzähl ihr, was du mir erzählt hast«, forderte Ganir den jungen Mann auf. Wie immer saß der Vorsitzende des Rates hinter seinem Schreibtisch und beobachtete alles mit seinem scharfen Blick.

»Ich tanzte mit ihr, so wie ich es dem Meister gesagt habe«, sprach der Mann gehorsam und starrte Augusta ehrfürchtig und bewundernd an. »Dann ist sie einfach verschwunden.«

»Die sie, um die es geht, scheint diejenige zu sein, die wir suchen«, erklärte Ganir Augusta. »Äußerlich ist sie genauso, wie du sie beschrieben hast — blond, blauäugig und sehr schön. Stimmt das, Colin?«

Der Bauer nickte. »Oh ja, sehr schön.« Etwas daran, wie er diese letzten Worte gesagt hatte, stieß Augusta übel auf — ganz abgesehen von der Tatsache, dass er diese Kreatur begehrte.

Augustas Augen verengten sich. Wie sie vermutet hatte, war sie von Blaise über die Stabilität dieser Kreatur in der physischen Dimension angelogen worden. »Erkläre, was du mit verschwunden meinst«, befahl sie und blickte auf den Bauern.

»In einem Augenblick wich sie mir aus «, sagte der Mann unsicher, als ob ihm etwas unangenehm sei, »dann sorgte sie dafür, dass ich mich schlecht fühlte und dann stand sie nicht mehr dort, wo sie gestanden hatte.« Sein Gesicht errötete.

»Sag Augusta genau, was passiert ist«, befahl ihm Ganir und ein leicht grausames Lächeln erschien auf seinem Gesicht.

»Sie wollte nicht mit mir tanzen, aber ich versuchte näher zu ihr zu kommen«, gab Colin zu und sein Gesicht wurde noch röter.

»Und was ist dann passiert?«, wollte Ganir weiter wissen. »Wenn ich diese Frage noch ein weiteres Mal stellen muss, könnte es sein, dass du das Verließ dieses Turms kennenlernst.

Der Bauer erbleichte bei dieser Drohung. »Ich habe mir in die Hose gemacht, meine Dame«, gab er zu und sah aus, als wolle er durch den Boden verschwinden. »Ihretwegen fühlte ich mich verängstigt und verwirrt und alle meine Muskeln entspannten sich unfreiwillig. Dann verschwand sie einfach, so als ob sie nie dagewesen wäre.«

Augusta rümpfte angewidert ihre Nase. *Bauern.*

»Du kannst gehen, Colin«, sagte Ganir und hatte endlich Erbarmen mit dem Mann. »Wenn du draußen bist, schick bitte den Clown herein.«

Immer noch sichtlich peinlich berührt eilte der Bauer aus dem Raum.

»Also ist es definitiv eine *sie*«, sagte Ganir nachdenklich, als sie wieder alleine waren.

»Es ist ein *es*.« Augusta mochte die Richtung nicht, in die Ganirs Gedanken gingen. »Wir wussten schon, es hatte eine weibliche Gestalt angenommen.«

»Es ist eine Sache, eine feminine Gestalt zu haben«, erwiderte der alte Zauberer und ein eigenartiger Ausdruck erschien auf seinem Gesicht, »aber es ist ein großer Unterschied, wenn die Gestalt eine ist, mit der junge Männer tanzen wollen. Und es ist noch eine andere Sache, wenn die Gestalt sich so verhält wie ein Mädchen und die Annäherungsversuche eines Idioten abwehrt.«

Augusta sah ihn scharf an. Das, worüber er gerade sprach, war ja gerade der Grund, weshalb sie sich damit nicht wohlfühlte. Blaises furchtbare Schöpfung verhielt sich menschlich, so als sei sie eine von ihnen. »Das ist ja zum Teil genau das, was dieses Ding so gefährlich macht«, erklärte sie Ganir. »Es manipuliert Menschen mit seiner Erscheinung, damit sie nicht sehen, was für ein Monster es ist.« Diese ganze Situation war krank, soweit es Augusta betraf.

Der Vorsitzende des Rats zuckte mit seinen Schultern. »Vielleicht. Die Tatsache, dass sie so schön ist, macht sie auffälliger — und leichter zu orten. Alles, was meine Männer machen mussten, war nach einer hübschen Blonden zu fragen, die eventuell komische Sachen gemacht hat.«

»Das ist ein Vorteil«, stimmte Augusta ihm zu, auch wenn sich ihr Magen vor Empörung und etwas, das Eifersucht ähnelte, zusammenzog. Sie hasste die Vorstellung, diese Kreatur befinde sich dort draußen und verführe Männer, so wie sie auch schon Blaise verführt hatte.

»Genau.« Ganir lächelte und sah unerklärlicherweise sehr belustigt aus.

Augusta dachte an die Geschehnisse zurück, die der junge Mann ihnen gerade berichtet hatte und ihre Brauen zogen sich zu einem leichten Runzeln zusammen. »Also es hört sich so an, als habe sie sich spontan teleportiert, nachdem sie dafür gesorgt hat, dass der Bauer sich schlecht fühlt«, sagte sie perplex. »Er hat nicht gesagt, sie habe einen Deutungsstein oder einen verbalen Zauberspruch benutzt.«

»Richtig.« Ganir sah beeindruckt aus. »Es scheint, sie braucht keine Werkzeuge, um sich direkt mit der Zauberdimension zu verbinden. Das ergibt auch Sinn, wenn man ihre Herkunft bedenkt.«

In diesem Moment klopfte es an der Tür und ein weiterer Mann trat ein. Dieser war ein wenig älter, mit müden Gesichtszügen und dünnem, grauen Haar.

»Mein Herr, sie haben mich gerufen?« Seine Stimme zitterte leicht. Es war eindeutig, dass dieser einfache Bürger sich hier im Turm fürchtete.

»Erzähl ihr, was passiert ist, Clown«, sagte Ganir und deutete auf Augusta.

Augusta lächelte den Besucher ganz leicht ermutigend an. Der Mann sah zu ängstlich aus und das letzte, was sie brauchte, war ein weiterer Bauer, der sich einnässte.

Ihr Trick wirkte; der Mann entspannte sich sichtlich. »Ich war auf dem Jahrmarkt und habe die Kinder mit Zaubertricks unterhalten«, begann er und Augusta verstand, dass er wirklich ein Clown war. »Ein kleines Mädchen wurde in einen Stapel Fässer gestoßen, welcher sich am Stand des Bierhändlers gleich neben mir befand. Ein Fass begann, auf sie zu fallen, und eine wunderschöne Zauberin hielt das Fass auf. Sie ließ es mitten in der Luft schweben, meine Dame ...« Seine Stimme war fast ehrfürchtig.

Augusta lief ein Schauer über ihren Rücken. Das Ding konnte Objekte schweben lassen und sich einfach so teleportieren. Zugegeben, die meisten Zauberer beherrschten einen recht einfachen verbalen Zauber und konnten ein Fass schweben lassen, aber niemand wäre schnell genug, ein Kind vor einem fallenden

Objekt zu retten.

»Hat sie irgendwelche Worte gesprochen?«, fragte sie und blickte den Clown an. »Hatte sie etwas in ihren Händen?«

»Nein.« Der Mann schüttelte seinen Kopf. »Ich glaube nicht, dass sie auch nur ein einziges Wort gesagt hat und ich habe auch nicht gesehen, dass sie etwas gehalten hat. Es passierte alles so schnell.«

»War sie alleine?«, wollte Augusta wissen.

»Zwei ältere Frauen waren bei ihr.«

»Bitte beschreibe sie mir«, bat ihn Augusta, auch wenn sie sich schon denken konnte, um wen es sich handelte.

»Es sind Maya und Esther, genau wie du vermutest«, unterbrach Ganir. Er blickte den Mann an und zeigte auf die Tür. »Du kannst jetzt gehen Clown.«

»Bist du sicher, es sind diese alten Weiber?«, fragte Augusta als der Mann den Raum verlassen hatte. Sie erinnerte sich gut an sie. Die zwei alten Frauen hatten sich ständig in das Leben ihres ehemaligen Verlobten eingemischt, waren ohne Vorankündigung in seinem Haus aufgetaucht und hatten ständig viel Aufhebens um ihn gemacht. Blaise hatte ihre Aufmerksamkeit gut gelaunt ertragen, aber Augusta hatte sie gestört.

»Ziemlich sicher«, bestätigte Ganir. »Ich ließ beide Zeugen eine Momentaufnahme erzeugen, während sie sich an den Vorfall erinnerten.

»Und was jetzt?«, fragte Augusta und ging ein paar Schritte auf seinen Schreibtisch zu. »Jetzt wissen wir, wo sich diese Kreatur befindet, richtig?«

»Nein, eigentlich wissen wir das nicht.« Ganir beugte sich vor und sah sie eindringlich an. »Offensichtlich ist Esthers und Mayas Haus verlassen. Niemand, der ihnen nahesteht konnte sagen, wohin sie gegangen sind. Es sieht so aus als müssten wir länger warten, um die Kreatur ausfindig zu machen — oder wir versuchen, noch einmal mit Blaise zu reden.«

Augusta runzelte ihre Stirn. Mit Blaise zu reden klang wie eine sehr schlechte Idee. Sie würde sich sicher nicht noch einmal mit ihm treffen. »Denkst du, er würde mit dir reden?«, fragte sie zweifelnd.

Ganir dachte einen Moment lang darüber nach. »Das weiß ich nicht«, gab er zu. »Wenn ich denken würde, dass er mit mir redet, hätte ich dich nicht in diese ganze Sache hineingezogen. Aber jetzt wäre es vielleicht einen Versuch wert.«

»Hat er nicht geschworen, dich umzubringen, sobald er dich

sieht?«, wollte Augusta wissen und erinnerte sich an Blaises Wut auf den Mann, den er einst als seinen zweiten Vater angesehen hatte.

»Ja, das hat er.« Ganirs Gesicht verdunkelte sich mit etwas, das wie Schmerz aussah. »Aber irgendwie müssen wir zu ihm durchdringen, die Situation unter Kontrolle bringen, bevor der Rest des Rates davon hört.«

»Ja.« Augusta sah ein, dass Ganir Recht hatte. »Etwas muss getan werden und zwar schnell, bevor diese Kreatur eine Chance hat, noch mehr Chaos anzurichten.«

Der Ratsvorsitzende nickte, aber hatte einen nachdenklichen Gesichtsausdruck. »Hast du zur Kenntnis genommen, dass sie ein Kind gerettet hat?«, fragte er langsam und legte seinen Kopf auf die Seite. »Die Kreation von Blaise könnte vielleicht gar nicht so ein Monster sein, wie du denkst.«

»Bitte?« Augusta starrte ihn ungläubig an. »Nein, das hat nichts zu sagen. Eine mitfühlende Handlung — falls es das war — beseitigt nicht die Gefahr, die das Ding darstellt. Das weißt du genauso gut wie ich.«

»Eigentlich bin ich mir nicht sicher, in diesem Punkt mit dir übereinzustimmen«, erwiderte Ganir ruhig. »Ich denke, wir sollten sie erst einmal gründlich untersuchen, bevor wir voreilige Schlüsse ziehen.«

»Sagst du gerade, du willst es nicht mehr beseitigen?«

»Ich habe niemals gesagt, wir würden sie zerstören. Ich muss mehr darüber wissen, bevor ich so etwas Unwiderrufliches mache.«

»Du willst es nur benutzen«, sagte Augusta ungläubig, als die Wahrheit in ihr zu dämmern begann. »Darum geht es dir doch, oder etwa nicht? Du willst diese Kreatur benutzen, um noch mächtiger zu werden—«

Ganirs Gesicht wurde hart und seine Augen blitzten vor Wut. »Du beschuldigst mich, nach Macht zu gieren? Ich bin schon der Vorsitzende des Rates. Warum wirfst du stattdessen nicht erst einmal ein Auge auf deine eigenen Angelegenheiten?«

Verwirrt trat Augusta einen Schritt zurück. Sie hatte keine Ahnung, wovon der alte Mann gerade redete.

»Geh jetzt«, sagte er und machte eine entlassende Handbewegung Richtung Tür. »Ich schicke dir eine Nachricht, wenn ich etwas Neues erfahre.«

CHAPTER 30: AUGUSTA

"Augusta, this is Colin. He is a blacksmith's apprentice from Blaise's territory," Ganir told her, gesturing toward the young man standing in the middle of the room. The man was a peasant; it was obvious both from his appearance and from the deferential way he held himself.

Augusta raised her eyebrows in surprise. What was this commoner doing in Ganir's chambers? When the Council Leader summoned her this morning, she had gone eagerly, knowing he likely had news about Blaise's creation.

"Tell her what you told me," said Ganir to the young man. As usual, the Council Leader was sitting behind his desk, observing everything with his sharp gaze.

"I was dancing with her, as I told his lordship," the man said obediently, staring at Augusta with awe and admiration. "Then she just disappeared."

"The 'she' in question sounds like the one we're looking for," Ganir told Augusta. "Physically, she's just as you described—blond, blue-eyed, and quite beautiful. Isn't that right, Colin?"

The peasant nodded. "Oh yes, quite beautiful." There was something about how he said the last word that rubbed Augusta the wrong way —aside from the fact that he apparently lusted after the creature.

Augusta's eyes narrowed. As she had suspected, Blaise had lied about the creature being unstable in the Physical Realm. "Explain what you meant by 'disappeared'," she ordered, looking at the commoner.

"One moment she was backing away," the man said uncertainly, as though embarrassed about something, "then she made me feel awful, and then she was not standing where she was." His face flushed unbecomingly.

"Tell Augusta exactly what happened," Ganir commanded, a slightly cruel smile appearing on his face.

"She didn't want to dance with me, and I was trying to get close to her," Colin admitted, his face reddening further.

"And what happened next?" Ganir prompted. "If I am forced to repeat this question one more time, you might visit the dungeon of this Tower."

The peasant paled at the threat. "I soiled myself, my lady," he admitted, looking like he wanted to disappear through the floor. "She made me feel scared and confused at the same time, and all my muscles involuntarily relaxed. And she just vanished, like she wasn't even there."

Augusta wrinkled her nose in disgust. *Peasants.*

"You are free to go, Colin," Ganir said, finally taking pity on the man. "When you come out, send in the clown."

Still visibly embarrassed, the peasant hurried out of the room.

"So it is definitely a *she*," Ganir said thoughtfully once they were alone again.

"It is an *it*." Augusta didn't like where Ganir was going with this. "We already knew that it had assumed a feminine shape."

"It's one thing to have a feminine shape," the old sorcerer said, a curious expression appearing on his face, "but it's quite different when that shape is one that young men want to dance with. And it's yet another thing altogether when the shape starts acting like a girl and refusing some idiot's attentions."

Augusta gave him a sharp look. What he was talking about was the very thing that made her so uneasy. Blaise's horrible creation was acting human, like it was one of them. "That's partially what makes this thing so dangerous," she told Ganir. "It manipulates people with its appearance, and they don't see it for the horror that it is." The whole situation was sickening, as far as Augusta was concerned.

The Council Leader shrugged. "Perhaps. The fact that she's so beautiful does make her more noticeable—and easier to track. All my men had to do was ask about a pretty blond who may or may not have done some strange things."

"That is a plus," Augusta agreed, though her stomach clenched with disgust and something resembling jealousy. She hated the idea of this creature out there, seducing other men like she had already seduced Blaise.

"Indeed." Ganir smiled, looking inexplicably amused.

Augusta thought back to what the young man just told them, her eyebrows coming together in a slight frown. "So it sounds like the thing spontaneously teleported itself after making that peasant sick," she said, puzzled. "He didn't say anything about it using an Interperter Stone or doing any verbal spells."

"Yes." Ganir looked impressed. "It seems like she doesn't need any of our tools to connect to the Spell Realm. It makes sense, given her origins."

At that moment, there was a knock on the door, and another man came in. This one was a bit older, with tired-looking features and thin, greying hair.

"My lord, you summoned me?" His voice shook slightly. It was clear the commoner was terrified to be at the Tower.

"Tell her what happened, clown," said Ganir, gesturing toward Augusta.

Augusta gave the visitor a small, encouraging smile. The man looked far too frightened; the last thing they needed was for another peasant to soil himself.

Her ploy worked; the man visibly relaxed. "I was at the fair, entertaining children and doing tricks for them," he began, and Augusta realized that the man was quite literally a clown. "A little girl got pushed into a stack of barrels at the ale merchant's stall next to mine. A barrel started falling on her, and a beautiful sorceress saved the girl by stopping the barrel. She made it float in mid-air, my lady . . ." His tone was almost reverent.

Augusta got chills down her back. The thing could levitate objects, as well as teleport on a whim. Granted, most sorcerers could do a relatively simple verbal spell and make a barrel float, but no one would've been able to do it fast enough to save the child from the falling object.

"Did she utter any words?" she asked, staring at the clown. "Was there anything in her hands?"

"No." The man shook his head. "I don't think she uttered a single word, and I didn't see her holding anything. It all happened so fast."

"Was she alone?" Augusta asked.

"There were two older women with her."

"Please describe them for me," Augusta requested, although she was beginning to guess at their identities.

"It is Maya and Esther, as you would suspect," Ganir interrupted. Looking at the man, he waved toward the door. "You can go now, clown."

"Are you sure it's those old crones?" Augusta asked when the man left the room. She remembered them well. The two old women had constantly meddled in her former fiancé's life, showing up at his house unannounced and generally fussing over him. Blaise tolerated their attentions with good humor, but Augusta had found them annoying.

"Quite sure," Ganir confirmed. "I had both witnesses use a Life Capture and recall the event."

"So what's next?" Augusta asked, taking a few steps toward his desk. "We now know where the creature is, right?"

"No, actually, we don't." Ganir leaned forward, looking at her intently. "Apparently, Esther and Maya's house is abandoned. No one close to them was able to say where the women went. It seems like we'll have to wait longer to locate the creature—or we could try reasoning with Blaise again."

Augusta frowned. Talking to Blaise again sounded like a terrible idea to her. She certainly wasn't about to confront him by herself. "Do you think he would talk to *you*?" she asked doubtfully.

Ganir considered that for a moment. "I don't know," he admitted. "If I thought he'd talk to me, I would not have gotten you involved in this. But it might be worth a try at this point."

"Didn't he vow to kill you on sight?" Augusta asked, recalling Blaise's fury with the man he'd once regarded as a second father.

"He did indeed." Ganir's face darkened with something resembling sorrow. "But we have to get through to him somehow, to contain the situation before the rest of the Council hears about it."

"Yes." Augusta could see Ganir's point. "Something must be done and swiftly, before this creature has a chance to wreak further havoc."

The Council Leader nodded, but there was a thoughtful expression on his face. "Have you noticed that she saved a child?" he said slowly, cocking his head to the side. "This creation of Blaise's might not be as monstrous as you imagine."

"What?" Augusta stared at him in disbelief. "No. That doesn't mean anything. One act of compassion—if that's what it was—does not eliminate the threat that this thing poses. You know that as well as I do."

"Actually, I'm not sure I agree," Ganir said quietly. "I think we need to study her before we make any rash decisions."

"Are you saying you no longer wish to destroy it?"

"I never said we would destroy it. I need to know more about her before I do something so irrevocable."

"You just want to use it," Augusta said incredulously, the truth beginning to dawn on her. "That's what this is all about, isn't it? You just want to use the creature to gain more power—"

Ganir's expression hardened, his eyes flashing with anger. "You're accusing *me* of grabbing for power? I'm already the head of the Council. Why don't you take a closer look at your own affairs instead?"

Confused, Augusta took a step back. She had no idea what the old man was talking about.

"Leave me now," he said, gesturing dismissively toward the door. "I will send word when I hear more."

DIMA ZALES

31. KAPITEL: GALA

Der Markt war enttäuschend. Gala hatte so etwas wie den Jahrmarkt erwartet, den sie schon gesehen hatte, aber das hier war anders. Es wurden weniger Waren angeboten und selbst der Plunder und der Schmuck schienen eintöniger und schlechter verarbeitet zu sein, als das, was sie in Blaises Dorf gesehen hatte. Es waren auch weniger Menschen da, die wirklich etwas kauften; der Großteil schien einfach nur ein wenig zu schauen, häufig mit einem verzweifelten, sehnsüchtigen Blick auf den ausgemergelten Gesichtern. Trotzdem war Gala froh, nicht im Gasthaus zu sein. Sie riss sich das Tuch vom Kopf, band es sich um die Taille und genoss die kühlende Brise auf ihrem Haar.

Als sie weiter in den Markt eindrang, sah Gala einige Stände mit Essen, unter anderem mit einer Auswahl an Brot, Käse und getrockneten Früchten. Es war der beliebteste Teil des Marktes; der Großteil der Dorfbevölkerung schien sich in diesem Teil aufzuhalten. Esther kaufte ihnen eine Pastete die mit etwas intensivem und süßem gefüllt war, und Gala aß die Süßigkeit gerade gierig, als sie hinter sich ein Geschrei hörte.

Der Lärm kam aus der Richtung der Brotstände. Neugierig drehte Gala sich um, weil sie sehen wollte, was dort geschah und sah jemanden zwischen den Ständen entlang rennen. Die Schreie kamen von dem Händler und ein großer, ganz in schwarz gekleideter Mann begann, den Flüchtenden zu verfolgen.

Gala erinnerte sich an die Verhandlung in Blaises Dorf und fragte sich, ob die Person, die wegrannte, ein Dieb war. Sie konnte den Händler schreien hören, man habe ihn ausgeraubt und sie ging ein paar Schritte in die Richtung, in die der Läufer rannte. Die anderen Besucher des Marktes schienen die gleiche Idee zu haben und Gala verschwand bald in der Menge, in der jeder schubste und

302

drängelte, um zu dem Spektakel zu gelangen, welches sich vor ihnen abspielte. Gala warf einen Blick hinter sich und sah, wie Esther und Maya mit ängstlichen Gesichtern hinter der Menge hereilten.

Da sie unbedingt herausbekommen wollte, was vor sich ging, konzentrierte sich Gala auf ihr Gehör und plötzlich konnte sie Geräusche von außerhalb wahrnehmen. Jetzt konnte sie hören, wie eine Person in einiger Entfernung rannte und auch, wie schwerere Schritte ihr folgten.

»Nein! Bitte, lass mich gehen!« Der hohe Schrei war zweifellos weiblich und Gala wurde klar, dass es sich um eine junge Frau handelte, die fortgelaufen war — eine junge Frau, die gerade gefasst worden war, ihren hysterischen Bitten nach zu urteilen.

Während die Menge sie mit sich nach vorne zog, konnte Gala die grobe männliche Stimme über Gerechtigkeit reden hören und sie schaffte es, auszubrechen und zur Mitte des Marktes zu rennen, wo die Schreie herkamen.

Es hatten sich dort schon ein paar Zuschauer versammelt, die die kleine Figur, die auf dem Boden kauerte, umringten. Der schwarz gekleidete Mann stand über ihr und hielt ihren Arm in einem Griff, dem sie nicht entkommen konnte. Gala sah sich um und erkannte auf vielen Gesichtern Angst und Mitleid, aber auf einigen anderen auch schadenfrohe Erregung. Sie wusste nicht, was jetzt passieren würde, aber sie hatte intuitiv ein schlechtes Gefühl in ihrer Magengrube. Sie wünschte sich, Esther und Maya wären hier, damit sie sie fragen konnte, aber sie waren jetzt zu weit hinter ihr.

Sie betrachtete das Mädchen und ihr fiel auf, wie dünn sie war — viel dünner als Gala — und was für Fetzen sie trug. Ihr langes, braunes Haar war verfilzt und der Ausdruck puren Terrors war auf ihrem blassen Gesicht.

Ein anderer Mann in reicherer, aufwendigerer Bekleidung, bahnte sich seinen Weg durch die Menge und gesellte sich zu der jungen Frau und demjenigen, der sie gefangen hatte. An seiner linken Hüfte hing in einer Lederscheide ein Schwert und um seinen Mund spielte ein grausames Lächeln. »Du wirst gerichtet werden, Dieb«, sagte er zu dem verängstigten Mädchen. »Ich bin Davish, der Aufseher über dieses Land.«

Die Diebin zuckte sichtbar zusammen und ihr Gesichtsausdruck spiegelte reine Verzweiflung wieder. Es war, als habe sie jede Hoffnung aufgegeben, dachte Gala, völlig versunken in das, was sich vor ihr abspielte.

»Du wirst beschuldigt, gestohlen zu haben«, fuhr der Aufseher fort. »Weißt du, was die Strafe für Diebstahl ist?«

Die junge Frau nickte und Tränen liefen ihr Gesicht hinunter. »Mein Herr, bitte verschonen sie mein Leben ... Ich habe einen Laib Brot für meine restlichen zwei Kinder genommen. Mein jüngstes ist schon des Hungers gestorben. Bitte, mein Herr, machen sie das nicht—«

Der Aufseher sah amüsiert aus. »Du hast Glück«, antwortete er. »Zu Ehren der bevorstehenden Spiele im Kolosseum habe ich gute Laune und bin gewillt, gnädig zu sein.«

Gala atmete aus, ließ die Luft raus, die sie unbewusst angehalten hatte. Sie war froh, dass die Frau verschont werden würde. Hatte er ernsthaft in Erwägung gezogen, sie für einen Laib Brot zu töten? Das Mädchen hatte nur das Leben ihrer Kinder retten wollen und es schien unglaublich grausam zu sein, sie dafür zu bestrafen.

Die Diebin schluchzte vor Erleichterung. »Ich werde für immer in eurer Schuld stehen, mein Herr—«

»Wache, führe sie zum Richtstein.« Der Aufseher gab die Anweisung an den schwarz gekleideten Mann weiter. Auf die Menge schauend, ließ er verlauten: »Weil ich gnädig bin, wird ihr Leben verschont bleiben. Als Strafe wird sie nur ihre rechte Hand verlieren, damit sie sich immer daran erinnert, nie wieder zu stehlen.«

Und bevor Gala überhaupt die ganze Bedeutung des Gesagten verarbeiten konnte, setzte der Wächter es auch schon in die Tat um. Er hielt das tretende und schreiende Mädchen an einem Arm fest und schleifte es zur Mitte des Platzes. Er ignorierte ihre Gegenwehr, drückte ihren Arm auf den Stein und zwang sie, einen kleinen Brotlaib loszulassen, den sie noch in ihrer Faust hielt. Der Beweis ihres Verbrechens fiel auf den Boden, rollte in den Dreck.

Gala begann instinktiv nach vorne zu gehen, versuchte, sich durch die Menge zu drängen, aber die Menschen um sie herum standen dicht an dicht, so dass sie sich kaum bewegen konnten. Ihre Angst stieg weiter an und Gala kniff ihre Augen zusammen. Sie versuchte sich daran zu erinnern, wie sie sich dieses eine Mal teleportiert hatte. Aber nichts kam ihr in den Sinn; sie konnte es einfach nicht steuern.

Sie öffnete ihre Augen wieder und blickte mit hilflosem Entsetzen auf die Szene, die sich vor ihr abspielte.

Das Mädchen schrie immer noch, ihre Stimme war rau vor Angst und Gala konnte sehen, wie Davish sein Schwert zog und sich der

Verurteilten näherte.

Nein, dachte Gala verzweifelt, das durfte nicht passieren.

In einem letzten heldenhaften Versuch schob sie sich mit Ellenbogeneinsatz und Tritten durch die Menge, um ganz nach vorne zu gelangen. Die Leute schubsten sie zurück, schrien sie an, aber das war ihr egal. Sie musste zu diesem Mädchen gelangen, bevor es zu spät war. Vor ihr hob Davish sein Schwert in die Luft.

Gala verdoppelte ihre Anstrengungen, achtete nicht mehr darauf, ob sie selbst verletzt wurde.

Das Schwert schwang mit tödlicher Kraft nach unten und der schmerzerfüllte Schrei der Diebin erfüllte die Luft. Hellrotes Blut spritzte überall hin, bedeckte die steinerne Plattform und die feine Bekleidung des Aufsehers. Der Wächter ließ das Mädchen los und ging einen Schritt zurück.

Geschockt sah Gala, wie die abgeschlagene Hand des Mädchens neben dem Brot zu Boden fiel — und sie fühlte, wie erneut etwas in ihr zuschnappte.

»Nein!« Jedes Bisschen ihrer Wut strömte mit einem ohrenbetäubenden Schrei aus Gala heraus. Um sie herum schien die Menge zu fallen. Die meisten Zuschauer gingen auf ihre Knie und hielten sich ihre Köpfe. Plötzlich konnte Gala sich frei bewegen und rannte zu dem blutigen Stein, an dem das Mädchen stöhnend und weinend lehnte.

Es schien überall so viel Blut zu geben, sein metallener Geruch lag schwer in der Luft. *Wie konnte dort nur so viel Blut sein?* Dann sah Gala, dass das Mädchen nicht als einzige blutete. Alle um sie herum hielten sich ihre Ohren zu und versuchten die rote Flüssigkeit zu stoppen, die aus ihnen herausfloss.

Gala realisierte zu ihrem Entsetzen, dass es ihre Schuld war — dass ihr Schrei irgendwie dieses furchtbare Geschehen ausgelöst hatte.

Benebelt näherte sie sich der Diebin, die zu diesem Zeitpunkt schon in ihrem Blut lag und sich verzweifelt an ihr Handgelenk fasste. Von einem unbekannten Instinkt getrieben umarmte Gala das Mädchen und drückte es vorsichtig. Und in diesem Moment war es, als würden ihre Körper verschmelzen.

Mit jeder Faser ihres Seins brachte Gala Liebe und Wärme zu dem Opfer dieser unaussprechlichen Ungerechtigkeit. Sie konnten spüren, wie die warme Energie langsam aus ihrem Körper in den des Mädchens floss. Alles in Gala konzentrierte sich auf ein einziges Ziel — den Schaden, den der Vollstrecker angerichtet hatte, wieder rückgängig zu machen. Sie konnte den Schmerz des

Mädchens fühlen und nahm ihn in sich auf, befreite die junge Frau von dieser Last. Das Gefühl war quälend und erleuchtend zur gleichen Zeit; bis dahin hatte Gala nur ein rudimentäres Verständnis von Schmerz und Leiden aus den Büchern gehabt. Jetzt aber war es real und sie schwor sich, dafür zu sorgen, dass es weniger davon in der Welt gäbe.

Was jetzt geschah wurde von dem Teil in Gala gemacht, über den sie keine Kontrolle hatte, wie ihr auffiel. Aber es war ihr egal, weil sie spürte, wie es funktionierte, wie sich der Schmerz des Mädchens langsam auflöste und verschwand. Als kein Schmerz mehr vorhanden war, ließ Gala das Mädchen los und trat zurück.

Die junge Frau stand da, ihr dreckiges Gesicht war hell und strahlend, zeigte keine Spur von Schmerz oder Angst. Der blutige Stumpen ihres Arms blutete nicht mehr; stattdessen wuchs die Hand langsam wieder nach, während Gala dabei zuschaute. Jeder Knochen, jeder Muskel und jede Sehne verlängerte und verdickte sich langsam. Bald erschienen Finger und die Hand war wieder wie zuvor, schlank und weiblich — und sehr lebendig.

Als Gala wieder zurück zur Menge blickte, sah sie, wie alle Zuschauer mit einem eigenartig glückseligen Ausdruck auf ihren Gesichtern knieten. Sie hatten zwar Blut auf ihrer Kleidung, aber niemand schien mehr zu bluten oder Schmerzen zu verspüren. Auch das hatte sie gemacht, verstand Gala erleichtert. Sie hatte nicht nur den Schmerz des Mädchens entfernt, sondern auch den der anderen in ihrer Nähe, hatte den Schaden rückgängig gemacht, der ungewollt von ihr angerichtet worden war.

In einiger Entfernung konnte sie sehen, wie sich Esther und Maya dem Rand der Menge annäherten, aber Gala war noch nicht fertig. Der Wächter und der Aufseher standen neben dem Mädchen und knieten in der gleichen Haltung wie der Rest der Menge, blickten Gala verzückt an. Sie ging zu ihnen und wusste, was sie tun musste.

Sie begann bei dem Aufseher und legte ihre Hände auf seine Schläfen. Sie musste verstehen, warum er so schreckliche Sachen gemacht hatte. »Wie konntest du nur?«, dachte sie und ließ die Frage in seinem Kopf widerhallen, immer und immer wieder, während sie sich in etwas verlor, was sich wie eine Abfolge von Momentaufnahmen anfühlte.

Er war ein kleines Kind reicher Eltern — ein Kind, welches keinerlei Ähnlichkeiten zu seinem Vater aufwies, ein Kind, das sich täglich wünschte, in eine andere Familie hineingeboren worden zu sein. Das Kind erlebte erneut die vielen Grausamkeiten, unter denen es gelitten hatte, die endlosen Schläge und verachtenden Worte. Die Zeit verging und das Kind war ein junger Mann, der sich mit jedem Tag mehr wie sein Vater verhielt — ein junger Mann, der nach anderen schlagen musste, um mit seinem eigenen inneren Schmerz umgehen zu können. Als der junge Mann älter wurde, stellte er fest, machthungrig geworden zu sein, jemand, der andere kontrollieren musste, um zu verhindern, dass ihm jemals wieder wehgetan wurde.

Jetzt verstand Gala. Der grausame Mann war auf seine Weise genauso verletzt wie das unglückliche Mädchen, dem er Schaden zufügen wollte. Das warme, teilhabende Gefühl überkam Gala erneut und sie streckte sich nach dem gebrochenen Mann aus und versuchte ihn zu heilen, genauso wie sie das mit der Hand des Mädchens getan hatte. Der Kopf wehrte sich und Gala wurde klar, sie würde den Mann fundamental verändern, wenn sie das machte. Er würde eine andere Persönlichkeit bekommen. Tief in sich wusste sie, vielleicht nicht das Recht zu haben, es zu tun, aber ihr Instinkt zu heilen war zu stark. Sie musste das machen, damit er in Zukunft niemanden mehr verletzen würde. Sie sammelte ihre Kraft, drückte sich tiefer in den Kopf des Aufsehers und fühlte, wie er sie endlich einließ.

»Gala! Gala, hörst du mich?« Mayas Stimme durchdrang den Nebel, der sie umschloss und holte Gala aus ihrem unbewussten Zustand.

Blinzelnd blickte sie auf Maya und Esther und bemerkte erst jetzt die riesige Erschöpfung, die ihren Körper überkam.

»Komm«, sagte Esther und griff nach Gala. Sie sah verängstigt aus und Gala ließ sich von ihr wegführen. Sie war zu schwach, um Widerstand zu leisten, als die zwei alten Frauen sie vom Platz begleiteten. Sie konnte sehen, wie um sie herum die Zuschauer langsam aus ihrem glückseligen Zustand erwachten und sich verwirrt umblickten. Maya schlang schnell wieder das Tuch um Galas Kopf und bedeckte sie mit dem dicken, kratzigen Material. Als sie im Gasthaus ankamen brach Gala auf ihrem Bett zusammen und schlief, sobald ihr Kopf das Kissen berührte.

CHAPTER 31: GALA

The market was disappointing. Gala had been expecting something along the lines of the fair she'd seen the other day, but this was nothing like that. There were fewer products on display, and even the trinkets and jewelry seemed drab and of worse quality than what she'd seen in Blaise's village. There were also fewer people actually buying the goods; the majority seemed to be simply browsing, often looking at the products with desperate longing on their emaciated faces. Still, Gala was glad to be out of the inn. Yanking off the shawl, she tied it around her waist, enjoying the cooling breeze on her hair.

As they ventured deeper into the market, Gala saw a number of stalls with foodstuffs, including a variety of breads, cheeses, and dried fruit. It was a more popular area of the market; most villagers seemed to be gathered in this section. Esther bought each of them a pastry filled with something rich and sweet, and Gala was greedily consuming the delicious treat when she heard some yelling behind her.

The noise came from the direction of one of the bread stalls. Curious, Gala turned to see what was going on and saw a figure running through the stalls. There were shouts from the merchant, and a tall man dressed in black started chasing after the runner.

Remembering the trial she'd seen at Blaise's village, Gala wondered if the running person was a thief. She could hear the merchant screaming that he'd been robbed, and she took a few steps in the direction where the figure had been heading. The other market visitors seemed to have the same idea, and Gala quickly found herself swept up by the crowd, everyone pushing and shoving to get to whatever spectacle seemed to be ahead. Casting a glance behind her, Gala saw Esther and Maya hurrying after the crowd with anxious looks on their faces.

Desperate to figure out what was going on, Gala focused on her sense of hearing, and suddenly she could filter out extraneous noise. Now she could hear the sounds of the person running in the distance, as well as the heavier footsteps chasing after it.

"No! Please, let me go!" The high-pitched scream was undoubtedly feminine, and Gala realized that the runner was a young woman—a young woman who had just gotten caught, judging by her hysterical pleas.

As the crowd carried her forward, Gala could hear a harsh male voice speaking of justice, and she managed to break free, now running toward the middle of the market where the screams were coming from.

There were already spectators gathered there, surrounding a small figure huddling on the ground. The black-garbed man was standing over her, holding her arm in an inescapable grip. Looking around, Gala could see fear and pity reflected on many of the faces, as well as gleeful anticipation on a few. She didn't know what was about to happen, but some kind of intuition gave her a sinking feeling in the pit of her stomach. She wished Esther and Maya were here, so she could ask them about this, but they were far behind her at this point.

Staring at the girl, she noticed that she was thin—far thinner than Gala herself—and that her clothing was in rags. Her long brown hair was tangled, and the expression on her pale face was that of sheer terror.

Another man, this one dressed in richer, more elaborate clothing, pushed his way through the crowd, joining the young woman and her captor. There was a sword in a leather scabbard hanging on his left hip and a cruel smile playing on his lips. "You are going to be honored, thief," he said, addressing the frightened girl. "I am Davish, the overseer of these lands."

The thief visibly flinched, the expression on her face changing to that of utter despair. It was as if she had given up all hope, Gala thought, transfixed by the scene in front of her.

"You are being accused of stealing," the overseer continued. "Do you know the punishment for thievery?"

The young woman nodded, tears running down her face. "My lord, please spare my life . . . I took a loaf of bread to feed my two remaining children. My youngest already passed away from starvation. Please, my lord, don't do this—"

The overseer looked amused. "You are in luck," he said. "In honor of the upcoming games at the Coliseum, I am in a good mood and inclined to be merciful."

Gala exhaled, letting out a breath she hadn't realized she'd been holding. She was glad the woman would be spared. Had they been seriously considering killing her for stealing a loaf of bread? The girl had only done it to save the lives of her children, and it seemed incredibly cruel to punish her for that.

The thief sobbed with relief. "I am forever in your debt, my lord—"

"Guard, take her to the execution stone." The overseer issued the order to the black-clothed man. Looking up at the crowd, he announced, "Because I am merciful, her life will be spared. As punishment, she will simply lose her right hand, so she remembers never to steal again."

And before Gala could register the full meaning of the man's words, the guard took action. Holding the girl by her arm, he dragged her, kicking and screaming, toward a slab in the center of the square. Ignoring her struggles, he pressed her forearm against the stone surface, causing her to release the small loaf of bread that she had been clutching in her fist. The evidence of her crime fell to the ground, rolling in the dirt.

Gala instinctively started forward, trying to get through the crowd, but the people around her were packed so tightly that she could hardly move. Her anxiety spiking, Gala squeezed her eyes shut and tried to recall how she had teleported that one time. Nothing came to mind; she simply couldn't make it work.

Opening her eyes, she stared in helpless horror at the scene unfolding in front of her.

The girl was still screaming, her voice hoarse with terror, and Gala could see Davish unsheathing his sword and approaching the girl.

No, Gala thought in desperation, *this could not be happening.*

Making one last heroic attempt, she started shoving her way through the crowd, elbowing and kicking to make her way to the front. People were pushing back at her, yelling, but she didn't care. She needed to get to this girl before it was too late. Up ahead, Davish lifted the sword into the air.

Gala doubled her efforts, heedless of any injury to herself.

The sword swung down with deadly force, and the thief's agonized scream pierced the air. Bright red blood sprayed everywhere, covering the stone platform and splattering on the overseer's elaborate clothing. The guard released his hold on the girl's arm, taking a step back.

Stunned, Gala saw the girl's severed hand fall to the ground next to the bread—and felt something inside her snap again.

"No!" Every bit of her outrage poured out of Gala in an ear-splitting shout. All around her, the crowd seemed to stumble, most spectators falling to their knees and clutching their heads. All of a sudden, Gala found herself free to move, and she ran toward the bloody slab of rock where the girl was huddled, moaning and crying.

It seemed like there was blood everywhere, the metallic scent permeating the air. *How could there be so much blood?* Then Gala saw that the girl was not the only one bleeding. Everyone around them was holding their ears, trying to contain the red liquid trickling out.

And Gala realized with sick horror it was her fault—that her shout had somehow caused this awful occurrence.

Dazed, she approached the thief, who was practically bathing in blood at this point and clutching desperately at her stump of a wrist. Driven by some unknown instinct, Gala put her arms around the girl, hugging her gently. And in that moment, it was as though their bodies became one.

With every fiber of her being, Gala reached out with love and kindness to the victim of this unspeakable injustice. She could feel warm energy slowly flowing from her body into the girl's. Everything inside Gala was focused on one goal and one goal only—to undo the damage that the executioner had caused. She could feel the girl's pain, and she took it into herself, freeing the young woman of that burden. The feeling was agonizing and illuminating at the same time; until then, Gala had had only a rudimentary, book-learned understanding of pain and suffering. Now, however, it was real to her, and she vowed silently to make it so that there would be less of it in the world.

What was happening now was being done by the part of Gala's mind that she had no control over; she was vaguely aware of that. But it didn't matter, because Gala could sense that it was working, that the girl's pain was slowly dissolving and ebbing away. When there was no more pain left, Gala let go of the girl and stepped back.

The young woman stood there, her dirt-streaked face serene and joyful, showing no trace of pain or fear. The bloody stump of her arm was no longer gushing; instead, as Gala watched, the hand slowly re-grew itself, each bone, muscle, and tendon gradually lengthening and thickening. Soon, the fingers appeared, and the hand was as it had been before, slim and feminine—and very much alive.

When Gala looked back at the crowd, she saw that everybody was kneeling, the expressions on their faces strangely blissful. There was blood on their clothing, but nobody seemed to be bleeding or in pain anymore. She had done this too, Gala realized with relief. She had not only taken away the girl's pain, but also that of others in the vicinity, undoing the harm she herself had inadvertently caused.

In the distance, she could see Esther and Maya approaching the edge of the crowd, but Gala knew she was not done yet. The guard and the overseer were next to the girl, kneeling in the same position as the rest of the crowd and rapturously staring at Gala. She came up to them, knowing what she had to do.

She started with the overseer, putting her hands on his temples. She needed to understand why he had done something so horrible. "How could you?" she thought, letting the question reverberate in her head, over and over, as she lost herself in what felt like a series of Life Captures.

He was a small child of rich parents—a child who looked nothing like his father, a child who wished daily that he had been born to a different family. The child relived the many cruelties he had suffered, the endless beatings and demeaning words. Time sped forward, and the child was a young man who acted more like his father with every passing day—a young man who needed to lash out at others to cope with the pain left inside. As the young man matured, he found himself becoming someone who craved power, someone who needed to control others so nobody could hurt him again.

Now Gala understood. The cruel man was as damaged in his own way as the unfortunate girl he'd tried to hurt. The warm, sharing feeling from before came over Gala again, and she reached out to the man's broken mind, trying to mend it as she had healed the girl's hand. The mind resisted, and Gala understood that by doing this, she would be changing the man fundamentally, making him become someone else. Deep inside, she knew she might not have the right to do this, but the instinct to heal was too strong. She needed to do this so he would not hurt anyone else in the future. Gathering her strength, she pushed harder into the overseer's mind and felt it finally letting her in.

"Gala! Gala, are you listening to me?" Maya's voice penetrated the haze surrounding her, bringing Gala out of her mindless state.

Blinking, she stared at Maya and Esther, becoming aware for the first time of the deep exhaustion overtaking her body.

"Come," Esther said, reaching for Gala. She looked anxious, and Gala let her guide her away, too weary to resist as the two women led her out of the square. All around them, she could see the spectators slowly coming out of their strange bliss-like state and starting to look around with confusion. Maya quickly wrapped the shawl around Gala's head again, covering her with the thick scratchy material.

When they got back to the inn, Gala collapsed on her bed and was asleep as soon as her head hit the pillow.

32. KAPITEL: BLAISE

Blaise untersuchte gerade seinen letzten Zauberspruch, als er das Klopfen an der Tür hörte. Sein Herz hämmerte und ein Wutschauer lief ihm über den Rücken. War das der Rat, der erste Schritte einleitete?

Er eilte zum Lagerraum und schnappte sich ein Bündel Karten, die er nach dem Tod seines Bruders genau für einen solchen Anlass geschrieben hatte. Sie waren eine Mischung aus Angriffs- und Verteidigungszaubern, jeder genau auf die Stärken und Schwächen eines bestimmten Ratsmitglieds abgestimmt.

Unterdessen klopfte es weiter.

Blaise dachte angestrengt nach und entschied sich dann für einen allgemeinen Verteidigungszauber, den er in den Deutungsstein steckte. Er würde ihm ein wenig Schutz vor geistigen und körperlichen Angriffen bieten und ihm hoffentlich Zeit schenken. Er näherte sich der Eingangshalle und rief: »Wer ist da?«

»Blaise, ich bin es, Ganir.«

Blaises Wut verdoppelte sich. Wie konnte es der alte Mann wagen, sich nach dem, was er Louie angetan hatte, hier blicken zu lassen. Ganirs Verrat war auf eine bestimmte Weise noch schlimmer als Augustas; der alte Zauberer hatte Louie immer wie einen Sohn behandelt und niemand war überraschter gewesen als Blaise, von Ganirs Zustimmung zu Louies Bestrafung zu erfahren.

Voller Wut begann Blaise zu sprechen. Instinktiv hatte er einen Zauber ausgewählt, der seinen Gegner lähmte. Er dachte nicht nach, er handelte einfach. Falls der Zauber gelingen sollte, hatte er keine Ahnung, was er mit dem bewegungslosen Körper des Ratsvorsitzenden machen sollte. In diesem Moment interessierte ihn das aber auch nicht, da er zu wütend war, um noch völlig rational denken zu können.

Als er fertig war, atmete Blaise tief ein und versuchte, die Kontrolle über seine Gefühle wiederzuerlangen. Er wusste nicht, ob der Zauber funktionierte, aber es bestand die Möglichkeit, Ganir überrascht zu haben. Wenn es zum Kampf kam, waren unerwartete Schritte die besten, und es war unwahrscheinlich, dass der alte Zauberer von ihm einen so einfachen Zauberspruch erwartet hatte.

Er fühlte, wie sein Kopf klarer wurde und er sich beruhigte. Stark beruhigte.

Zu sehr beruhigte, realisierte Blaise. Ganir benutzte einen beruhigenden Zauber gegen ihn — einen, der teilweise seine mentale Verteidigung durchdrungen haben musste.

Der Gedanke daran, manipuliert zu werden, machte Blaise erneut wütend und er fühlte, wie die unnatürliche Ruhe verschwand und einige der unberechenbaren Gefühle, die er davor gespürt hatte, zurückkehrten. Ganirs Zauber musste aber dennoch eine Wirkung erzielt haben, da seine Gefühle für den Ratsvorsitzenden weniger mordlustig waren — eine Tatsache, die Blaise bitter, aber ruhig, bereute.

In diesem Moment hörte er Ganirs zauberverstärkte Stimme. Sie war laut und klar, als ob der Mann genau neben ihm stand und ihn anschrie. »Blaise, ich bin sehr enttäuscht«, sagte die Stimme. »Ich weiß, du bist wütend auf mich, aber ich dachte du seist besser als das. Du greifst mich an, ohne mir überhaupt in die Augen zu schauen? Das ist nicht der Blaise, an den ich mich erinnere.«

Blaise fühlte, wie seine Wut zurückkehrte. Der alte Mann war ein Meister mentaler Spielchen und Blaise hasste es, manipuliert zu werden.

»Ich gebe dir eine Sekunde Zeit, um wegzugehen«, rief Blaise zurück und sprach zum ersten Mal zu Ganir. Spöttisch fügte er hinzu: »Und du hast Recht — ich bin nicht mehr der Blaise, an den du dich erinnerst. Jener Blaise starb zusammen mit Louie. Du erinnerst dich doch an Louie?«

Während er sprach kritzelte Blaise die groben Koordinaten von Ganirs Standort auf eine Karte und fügte einige Codes hinzu, bevor er den Spruch in den Deutungsstein einführte. Dann wich er ein Stück zurück, um sicher zu gehen, sich nicht im Radius seines Werks zu befinden.

Der Zauber, den er geschrieben hatte, sollte sein Opfer mental lähmen — den Kopf mit Unentschlossenheit, Angst, Schock und anderen Effekten von Schlafmangel überschwemmen. Er war um einiges schlimmer als der körperliche Lähmungszauber, den Blaise zuvor benutzt hatte, da dieser hier mehrere Angriffe auf einmal waren, die alle auf den Verstand wirkten.

Dann wartete er.

Alles schien ruhig zu sein. Um zu sehen, ob sein Angriff Erfolg gehabt hatte, bereitete Blaise einen weiteren Spruch vor und sandte ihn zur Eingangswand, die daraufhin so durchsichtig wurde wie Glas.

Jetzt konnte Blaise nach draußen blicken und sah Ganir dort stehen, der ihn durch die jetzt durchsichtige Wand anschaute. Es war offensichtlich, dass der alte Mann von dem Zauber nicht betroffen war, aber wenigstens schien er allein zu sein. Seine dunkelbraune Chaise stand neben ihm.

Trotz seiner Enttäuschung fühlte Blaise eine Welle der Erleichterung. Es sah nicht so aus, als sei dies ein Hinterhalt des Rats; sie hätten niemals den Vorsitzenden alleine geschickt.

»Du beleidigst mich, wenn du denkst, deine Zauber hätten eine Chance bei mir«, sagte Ganir ruhig und seine Stimme drang immer noch ohne Schwierigkeiten durch die Mauern des Hauses. In seinen Händen hielt er den Deutungsstein. Er hätte Blaise jederzeit mit einem tödlichen Zauber treffen können, hatte aber offensichtlich beschlossen, das nicht zu tun.

Sein Ärger verebbte ein wenig und Blaise öffnete die Tür. »Was willst du, Ganir?«, fragte er matt, da dieses Treffen begann, ihn zu ermüden.

»Ich habe mit Augusta gesprochen«, erklärte ihm Ganir und schaute ihn an. »Der Rat weiß nichts von deiner Schöpfung.«

»Warum nicht?« Das überraschte Blaise wirklich.

»Weil ich sie davon überzeugt habe, ihm erst einmal nichts davon zu erzählen. Es gibt also immer noch ein Schlupfloch, dieses Chaos zu beseitigen. Es besteht allerdings die Möglichkeit, dass Augusta später doch noch zum Rat geht. Leider konnte ich sie nur davon überzeugen, es nicht sofort zu tun. Sie hat Angst vor dem, was du getan hast, unglaubliche Angst.«

Blaise fühlte sich, als könne er wieder atmen. Der Rat wusste nichts von Gala. Nur Ganir und Augusta — was schlimm genug war, aber nicht so ein Desaster, wie es mit dem Rat gewesen wäre. Das bedeutet allerdings nicht, dass er vorhatte, freundlich zu Ganir zu sein.

»Wie genau hast du denn vor, das Chaos zu beseitigen?«, wollte er wissen und gab sich keinerlei Mühe, die Bitterkeit aus seiner Stimme rauszuhalten. »Genauso, wie du das bei Louie gemacht hast?«

Er konnte sehen, wie seine Worte den Mann verletzten. Ganir zuckte zusammen und seine Hand griff automatisch zu dem Beutel, den er an seiner Taille hängen hatte, bevor sie wieder nach unten fiel. Blaise merkte sich den Beutel, da der alte Zauberer wahrscheinlich seine Zauberkarten darin aufbewahrte. Er stelle sich so hin, dass der Türrahmen Ganirs Sicht behinderte, schrieb heimlich einen schnellen Zauber auf eine seiner eigenen Karten und bereitete sich darauf vor, sie im geeigneten Moment zu benutzen.

In der Zwischenzeit trat Ganir einen Schritt nach vorne. »Blaise«, sagte er leise, »dein Bruder war ziemlich offen mit seinem Verbrechen. Selbst ich konnte das, was er getan hatte, nicht vor dem Rat verheimlichen. Ich habe mein Bestes getan, um den Rat von einer milden Lösung zu überzeugen, aber die Mitglieder wollten nicht auf mich hören — und die Sturheit deines Bruders und seine Weigerung, so zu tun als bereue er, was er getan habe, hat auch nicht weiter geholfen.«

Blaise blickte Ganir an und erinnerte sich an die leidenschaftliche Rede, die Louie vor dem Rat über die Ungerechtigkeit in ihrer Gesellschaft gehalten hatte — eine Rede, die wahrscheinlich sein Schicksal besiegelte. Blaise hatte jedem der Worte seines Bruders zugestimmt, aber selbst er hatte gedacht, es sei nicht besonders weise, die anderen Zauberer so offen gegen sich aufzubringen. Aber letztendlich war die Stimme das, was zählte — und Ganir hatte für Louies Hinrichtung gestimmt.

»Lüg mich nicht an«, widersprach Blaise ihm grob. »Du weißt genauso gut wie ich, dass du dich nicht von ihnen unterscheidest. Ihr habt alle gleich gestimmt und du erwartest von mir dir zu glauben, dich für Louie eingesetzt zu haben?«

Ganir sah überrascht aus. »Was? Ich habe gegen Louies Tod gestimmt. Wie kannst du nur etwas Anderes denken?«

Blaise lachte kurz, hart auf. »Ach, ist das so? Du denkst, du kannst dich hinter der Tatsache verstecken, alle Stimmen seien anonym und niemand kenne die genauen Zahlen? Also, ich habe die Wahrheit herausgefunden — ich kenne das Ergebnis der Abstimmung. Es gab nur eine einzige Stimme gegen Louies Tod und das war meine eigene. Alle von euch — du, Augusta, jedes einzelne Ratsmitglied — haben für die Hinrichtung meines Bruders gestimmt.«

»Das stimmt nicht.« Ganir schien immer noch entsetzt zu sein. »Ich weiß nicht, woher du deine Information bekommen hast, aber sie ist falsch. Ich habe gegen Louies Tod gestimmt, das schwöre ich dir. Er war für mich wie ein Sohn, genauso wie du. Und Dania hat genauso gestimmt wie ich — gegen die Bestrafung.«

Er hörte sich so ehrlich an, dass Blaise einen Augenblick lang zweifelte. Konnte seine Quelle gelogen haben? Und falls ja, warum? Blaise fiel kein Grund dafür ein — was für ihn bedeutete, Ganir log ihn gerade an. »Warum gibst du es nicht einfach zu, so wie sie?«, fragte er verächtlich und erinnerte sich daran, wie Augusta nicht in der Lage gewesen war, die Wahrheit über ihren Verrat vor ihm zu verheimlichen. Allein der Gedanke daran rief in ihm den Wunsch hervor, Ganir auf der Stelle umbringen zu wollen.

»Sprichst du von Augusta?«, fragte Ganir verwirrt. »Meinst du, sie hat für Louies Hinrichtung gestimmt?«

»Natürlich hat sie das.« Blaises Oberlippe zog sich hoch. »Und du auch.«

»Nein, das habe ich nicht«, beharrte der Ratsvorsitzende stirnrunzelnd. »Und ich wusste nichts von ihrer Stimme. Ich habe immer angenommen, sie unterstützte dich und Louie. Ist das der Grund für eure Trennung? Du hast herausgefunden, wie sie gestimmt hat?«

Blaise fühlte, wie die alten Erinnerungen wieder hochkamen und seine Gedanken erneut mit bitterem Hass vergifteten. »Tu es nicht«, sagte er ruhig. »Schlag diese Richtung nicht ein, Ganir, oder ich schwöre dir, dich auf der Stelle umzubringen.«

Der alte Zauberer ignorierte Blaises Drohung. »Ich muss zugeben, selbst für sie ist das schwach«, überlegte Ganir laut, »aber wenn ich darüber nachdenke, ergibt es Sinn. Du weißt, Augusta stammt vom alten Adel ab. Sie wuchs mit den Geschichten der Revolution auf und jede Möglichkeit einer Veränderung in der Gesellschaft ängstigt sie. Sie hat aus Angst gehandelt, als sie ihre Stimme abgegeben hat, nicht aus Überzeugung, und es würde mich nicht überraschen, wenn sie es bereut hat.« Er machte eine kurze Pause und fügte hinzu: »Du warst nicht der Einzige, der unter dem Tod deines Bruders gelitten hat, mein Sohn.«

Blaise blickte zu Ganir und fragte sich, ob wohl ein Funken Wahrheit in dem war, was der alte Mann sagte. Wenn ja, wäre sein Hass auf den Ratsvorsitzenden die ganze Zeit ungerechtfertigt gewesen.

»Ist das auch der Grund für deinen Schwur, mich zu töten?«, fragte Ganir und spiegelte damit Blaises Gedanken wieder. »Deine Überzeugung, ich hätte für Louies Hinrichtung gestimmt? Ich war mir sicher, du hasst mich, weil ich deinen Bruder nicht schützen konnte — ich ihn nicht retten konnte, obwohl ich der Vorsitzende des Rates war.«

Blaise war fast versucht, ihm zu glauben. Fast. »Du bist ein Experte darin, Menschen dahingehend zu manipulieren, das zu machen, was du möchtest, Ganir«, sagte er vorsichtig. »Wenn du Louie wirklich hättest retten wollen, wäre er noch am Leben. Wir hätten uns ja zur Not auch zusammentun können, um gegen die anderen zu kämpfen. Aber du hast es nicht einmal versucht — also lüg' mich jetzt nicht an.«

Ganir sah betroffen aus. »Blaise, es tut mir so leid. Ich konnte damals nicht gegen den ganzen Rat vorgehen — nicht, wenn meine Erfindung der Grund für das alles war. Ich habe wirklich versucht, sie milde zu stimmen, und ich hatte den Eindruck, die Mehrheit würde so stimmen wie ich — also gegen die Bestrafung. Ich war genauso entsetzt wie du, als das Urteil bekannt gegeben wurde—«

»Halt«, fauchte Blaise, der seine Geduld verlor. »Hör einfach auf. Warum bist du überhaupt hier?«

»Ich will dir ein Angebot machen«, erwiderte Ganir und kam damit endlich zum Punkt. »Bring deine Schöpfung zu mir und ich werde mein Bestes geben, sie zu beschützen. Außerdem kann ich dir fast schon einen Freispruch von allen Vorwürfen versprechen; immerhin ist das Ergebnis deines Zauberspruchs ja nicht wie geplant ausgefallen. Obwohl du versucht hast, etwas zu erschaffen was sie nicht billigen, hast du keinen Erfolg damit gehabt und das wird den Rat davon überzeugen, dass kein Verbrechen geschehen ist.« Seine Augen glänzten mit einer ungewöhnlichen Aufregung. »Es kann dir sogar dabei helfen, deinen rechtmäßigen Platz im Rat zurückzubekommen.«

Blaise lachte sardonisch. »Ich verstehe«, entgegnete er und musste über den durchschaubaren Plan des alten Mannes lachen. »Du möchtest Gala für deine Zwecke benutzen. Und was mich betrifft, braucht der allmächtige Ganir einen weiteren Verbündeten im Rat?«

»Ich versuche nur, dir zu helfen.« Ganir begann frustriert auszusehen. »Ja, ich finde deine Kreation faszinierend und ich würde gerne mehr über sie erfahren, aber das ist nicht das, worum es geht. Der Rat braucht dich jetzt — viel mehr als diese dickköpfigen Dummköpfe realisieren. *Ich brauche dich. Blaise, bitte, gib Gala auf und komm zurück.*«

Blaise konnte seinen Ohren nicht trauen. Gala aufgeben? Das war undenkbar. »Die Antwort lautet nein«, entgegnete er kühl und griff nach der Karte mit dem Zauberspruch, die er vorbereitet hatte, als er Ganirs Beutel bemerkte. Sie befand sich schon nahe bei seinem Stein, den er in der anderen Hand hielt und er brachte die beiden Objekte schnell zusammen, um den Zauber zu aktvieren.

Eine Sekunde später ging Ganirs Beutel in Flammen auf und der alte Zauberer blieb ohne fertige Zaubersprüche quasi wehrlos zurück.

»Geh, alter Mann«, sagte Blaise zu Ganir und beobachtete zufrieden, wie sein Gegenüber die Reste des verbrannten Beutels auf den Boden warf. »Ich könnte dich jetzt töten, und das werde ich auch. Du hast zwei Minuten, um aus meinem Blickfeld zu verschwinden.«

Die blassen Augen des Zauberers füllten sich mit Trauer. »Lass es mich wissen, falls du deine Meinung änderst«, sagte er mit ruhiger Würde. Er ging zu seiner Chaise, hob ab und flog davon. Blaise blieb verwirrt und verstört zurück.

CHAPTER 32: BLAISE

Blaise was analyzing his last spell when he heard knocking at the door. His heart jumped, and a tendril of fury snaked down his spine. Was this the Council making their move?

Rushing down to the storage room, he swiftly grabbed a bunch of cards he had written for just such a confrontation after his brother's death. It was a mixture of offensive and defensive spells, each optimized for the particular strengths and weaknesses of the Council members.

In the meantime, the knocking continued.

Thinking furiously, Blaise took a generic defense spell and fed it into the Interpreter Stone. It would afford him some protection against both mental and physical attacks, hopefully buying him some time. Approaching the entryway, he called out, "Who is it?"

"Blaise, it's me, Ganir."

Blaise's anger doubled. How dare the old man show his face here after what he'd done to Louie? Ganir's betrayal was in some way worse than Augusta's; the old sorcerer had always treated Louie as a son, and nobody had been more shocked than Blaise to learn of Ganir's vote in favor of his brother's punishment.

Filled with fury, Blaise began to speak, instinctively resorting to a spell designed to paralyze his opponent. He didn't think; he just acted. If the spell succeeded, he had no idea what he would do with the unmoving body of the Council Leader, but he didn't care at the moment, too consumed with anger to be fully rational.

After he was done, Blaise took a deep breath, trying to regain control of his emotions. He didn't know if the spell had been successful, but there was a chance that he had surprised Ganir. When it came to battle, unanticipated moves were the best, and it was unlikely the old sorcerer would've expected him to use such a simple spell.

He felt himself getting calm and clear-headed. Very calm.

Too calm, Blaise realized. Ganir was using a pacifying spell against him—a spell that had partially penetrated Blaise's mental defenses.

The thought of being manipulated infuriated Blaise again, and he felt the unnatural calm dissipate, bringing back some of the volatile emotions he'd experienced earlier. However, Ganir's spell must've been at least somewhat effective, since he was no longer feeling quite so murderous toward the Council Leader—something that Blaise bitterly, but calmly, resented.

At that moment, he heard Ganir's sorcery-enhanced voice. It was loud and clear, as if the old man was standing right next to him and shouting. "Blaise, I am extremely disappointed," the voice said. "I know you hold a grudge, but I thought you were better than this. Attacking me without even looking me in the eye? That's not the Blaise I remember."

Blaise felt his fury returning. The old man was a master of mental games, and Blaise hated being manipulated.

"I will give you a second to walk away," Blaise shouted back, speaking to Ganir for the first time. Tauntingly, he added, "And you're right—I'm not the Blaise you remember. That Blaise died along with Louie. You remember Louie, don't you?"

As he was speaking, Blaise scribbled the rough coordinates of where Ganir was standing on a card and added some code before loading the card into the Interpreter Stone. Then he jumped back a few feet, making sure that he wouldn't be in the radius of the spell.

The spell he unleashed was designed to paralyze his victim mentally—to blast the mind with indecision, fear, shock, and various effects of sleep deprivation. It was far worse than the physical paralysis spell Blaise had used earlier, since this one was an amalgamation of multiple attacks on the mind all rolled into one.

Then he waited.

All seemed quiet. To check if the mental attack worked, Blaise prepared another spell and directed it at the entryway wall, making it as transparent as glass.

Now Blaise could see outside, and he saw Ganir standing there, looking directly at Blaise through the now-see-through wall. It was obvious the old man was unaffected by the spell, but he appeared to be alone. His dark brown chaise stood next to him.

Despite his disappointment, Blaise felt a wave of relief. It didn't seem like this was a Council ambush; they wouldn't have sent the

Council Leader just by himself.

"You insult me if you think your spells had any chance of success," Ganir said calmly, his voice still penetrating the walls of the house with ease. In his hands was an Interpreter Stone. He could've struck at Blaise with a deadly spell of his own at any time, but he had apparently chosen not to.

Some of his anger fading, Blaise opened the door. "What do you want, Ganir?" he asked wearily, beginning to tire of this confrontation.

"I spoke to Augusta," Ganir said, looking at him. "The Council does not know of your creation."

"Why not?" Blaise was genuinely surprised.

"Because I convinced her not to tell them for now. There is still a window of opportunity to untangle this mess. Augusta will go to them eventually. I made sure she did not do so yet, but she is scared of what you have done, scared beyond reason."

Blaise felt like he could breathe again. The Council didn't know about Gala. It was only Ganir and Augusta—which was bad enough, but not nearly the disaster it would've been if the entire Council got involved. Still, that didn't mean he had any intention of being civil to Ganir.

"How exactly are you planning to untangle this mess?" he asked, not bothering to keep the bitterness out of his voice. "The same way you did with Louie?"

He could see that his words stung. Ganir flinched, his hand instinctively reaching for the pouch hanging at his waist before dropping to his side. Blaise made a mental note of that pouch—it was likely where the old sorcerer kept his spell cards. Letting the door frame block Ganir's line of sight, he surreptitiously scribbled a quick spell on one of his own cards and prepared to use it at an opportune moment.

In the meantime, Ganir took a step forward. "Blaise," he said softly, "your brother was quite open about his crime. Even I could not hide what he had done from the Council. I tried my best to guide the Council toward a lenient resolution, but they would not listen— and your brother's stubbornness and refusal to even pretend at remorse did not help matters."

Blaise stared at Ganir, remembering the passionate speech Louie had made in front of the Council about the injustices in their society—a speech that had probably sealed his fate. Blaise had agreed with every word his brother had spoken, but even he had thought it unwise to antagonize the other sorcerers so openly.

Ultimately, though, the vote was what mattered—and Ganir had voted in favor of Louie's execution.

"Don't lie to me," Blaise said harshly. "You know as well as I do that you're no different from them, that you all voted the same way. And you expect me to believe that you tried to speak on Louie's behalf?"

Ganir looked stunned. "What? I voted against Louie's death. How could you think otherwise?"

Blaise let out a short, hard laugh. "Oh, is that right? You think you can hide behind the fact that all votes are anonymous and nobody knows the exact count? Well, I learned the truth—I know the breakdown of the voting results. There was only one vote against Louie's death, and it was my own. All of you—you, Augusta, every single person on that Council —voted for my brother's execution."

"That's not true." Ganir still appeared shocked. "I don't know where you're getting your information from, but your methods must be flawed. I voted *against* Louie's death, I swear to you. He was like a son to me, just like you were. And Dania voted the same way— against the punishment."

He sounded so earnest that Blaise doubted himself for a moment. Could his source have lied? If so, why? Blaise couldn't think of a reason —which meant that Ganir had to be lying to him now. "Why don't you just admit it, like she did?" he asked scornfully, remembering how Augusta had been unable to conceal the truth of her betrayal from him. Just thinking about it made him want to kill Ganir on the spot.

"Are you talking about Augusta?" Ganir asked in confusion. "Are you saying she voted for Louie's execution?"

"Of course she did." Blaise's upper lip curled. "And so did you."

"No, I didn't," the Council Leader insisted, frowning. "And I didn't know about her vote. I had always assumed she supported you and Louie. Is that why the two of you parted, because you found out about the way she voted?"

Blaise felt the old memories bubbling to the surface, poisoning his mind with bitter hatred again. "Don't," he said quietly. "Don't go there, Ganir, or I swear, I will kill you on the spot."

The old sorcerer ignored Blaise's threat. "I have to say, that's low, even for her," Ganir mused, "though now that I think about it, it makes sense. You know Augusta's family is from the old nobility. She was raised on stories of the Revolution, and any possibility of societal change terrifies her. She acted out of fear, not reason, when she cast her vote, and I wouldn't be surprised if she regrets her actions." Pausing for a second, he added, "You were not the only one suffering after your brother's death, my son."

Blaise looked at Ganir, wondering if there could possibly be any truth to what the old man was saying. If so, then his hatred for the Council Leader had been misplaced this whole time.

"Is that why you vowed to kill me?" Ganir asked, echoing his thoughts. "Because you thought I voted in favor of Louie's execution? I was sure you hated me because I failed to protect your brother—because, even though I was the head of the Council, I couldn't save him."

Blaise was almost tempted to believe him. Almost. "You're an expert when it comes to getting people to do what you want them to do, Ganir," he said wearily. "If you had truly wanted to save Louie, he would still be alive. If nothing else, you and I could've joined forces and fought the others. But you didn't even try—so don't lie to me now."

Ganir looked pained. "Blaise, I'm so sorry. I couldn't go against the rest of the Council at that point—not when it was my invention that was at the heart of the issue. I tried to convince them to be lenient, I truly did, and I got the impression that most of them would vote as I did—against the punishment. I was as shocked as you when the verdict came through—"

"Stop," Blaise snapped, losing his patience. "Just stop. Why are you here?"

"I have an offer," Ganir said, finally getting to the point. "Bring your creation to me, and I will do my best to make sure she is unharmed. I can almost guarantee you will be cleared of any wrongdoing; after all, your spell did not go as planned. Although you intended to do something they disapprove of, you have not succeeded, and that will convince the Council that no crime occurred." His eyes gleamed with unusual excitement. "In fact, I can even help you regain your rightful place on the Council."

Blaise laughed sardonically. "Oh, I see," he said, chuckling at the old man's transparent intent. "You want Gala for your own purposes. And as for me, does the almighty Ganir need another ally on the Council?"

"I am trying to help you." Ganir was beginning to look frustrated. "Yes, I do find your creation fascinating and would like to learn more about her, but that's not what this is all about. The Council needs you right now —far more than any of those stubborn fools realize. *I need you. Blaise, please, give up Gala and come back.*"

Blaise couldn't believe his ears. Give up Gala? It was unthinkable. "The answer is no," he said coldly, reaching for the spell card he had prepared when he'd noticed Ganir's pouch. It was already next to the Stone he was holding in his other hand, and he swiftly joined the two objects, activating the spell.

A second later, Ganir's pouch went up in flames, leaving the old sorcerer without ready-made spells and nearly defenseless.

"Leave, old man," Blaise told Ganir, watching with satisfaction as his opponent threw remnants of the burning pouch on the ground. "I can kill you now, and I will. You have two minutes to get out of my sight."

The sorcerer's pale eyes filled with sadness. "If you change your mind, let me know," he said with quiet dignity. Shuffling over to his chaise, he rose into the air and flew away, leaving Blaise puzzled and disturbed.

33. KAPITEL: BARSON

Als Barson das Haus seiner Schwester betrat, atmete er den vertrauten Geruch von frisch gebackenem Brot und Duftkerzen ein. Es roch nach zu Hause und erinnerte ihn an die Zeit, als ihre Mutter köstliche Brötchen für den ganzen Haushalt gebacken hatte. Im Gegensatz zu vielen anderen Zauberern hatte ihre Mutter gerne mit ihren Händen gearbeitet, etwas das Dara, neben ihrer Begabung für die Zauberei, von ihr geerbt hatte.

»Barson! Ich freue mich so, dass du vorbei gekommen bist.« Seine Schwester stand oben auf der Treppe und lächelte ihn strahlend an, bevor sie auf ihn zustürzte.

Barson lächelte zurück und freute sich wirklich sehr, sie zu sehen. Er vermisste Dara, auch wenn er es ihr nicht vorwerfen konnte, dieses komfortable Stadthaus den beengten Unterkünften im Turm vorzuziehen. Niedrige Zauberer bekamen furchtbare Zimmer zugewiesen und viele von ihnen entschieden sich dazu, die meiste Zeit außerhalb des Turms zu leben.

»Ich freue mich auch, dich zu sehen, Dara«, antwortete er und beugte sich nach unten, um ihr einen Kuss auf die Wange zu geben. »Ist Larn auch hier?«

»Er sollte bald kommen. Er ist gerade am Brunnen«, sagte sie und grinste ihn spitzbübisch an. Ihre dunklen Augen funkelten und sie sah damit außergewöhnlich hübsch aus.

Barson seufzte, da er wusste, was jetzt kommen würde. »Hast du wieder einen Lokalisierungszauber bei ihm angewendet?«

Daras Grinsen wurde breiter. »Ja, das habe ich. Aber sag es ihm nicht; es wird unser Geheimnis sein.«

Belustigt schüttelte Barson seinen Kopf. Seine Schwester und seine rechte Hand waren seit zwei Jahren zusammen und sie trieb Larn mit ihrer Angewohnheit, Zaubersprüche im täglichen Leben zu benutzen, in den Wahnsinn. Für Dara war es einfach eine Art, das Zaubern zu üben und ihre Fähigkeiten zu verbessern. Für Larn dagegen war es reine Angabe. »Okay«, versprach Barson, »das werde ich nicht.«

»Komm«, sagte Dara und zog an seinem Arm. »Iss etwas. Ich wette, du bist am Verhungern. Ich nehme an, deine Zauberin kocht nicht?«

»Augusta? Nein, natürlich nicht.« Allein der Gedanke kam Barson lächerlich vor. Augusta war ... naja, Augusta. Sie war Vieles, aber Hausfrau gehörte nicht dazu.

»Das habe ich angenommen«, sagte Dara etwas schnippisch. »Sie weiß aber, dass du etwas essen musst, oder nicht?«

»Ich bin mir nicht sicher«, gab Barson zu und setzte sich an den Tisch. »Die meisten Zauberer — im Gegensatz zu dir — denken kaum an Essen und es kommt ihnen auch nicht in den Sinn, dass andere es brauchen könnten.«

»Dann hoffe ich, sie ist wenigstens gut im Bett«, murmelte Dara und stellte einen Brotkorb und aufgeschnitten Käse vor ihn hin. »Das und einige Zaubersprüche scheint alles zu sein, wozu sie gut ist.«

Barson brach in Gelächter aus. Seine Schwester war eifersüchtig auf Augustas Position im Rat und verbarg das nur schlecht. »Ich werde nicht mein Liebesleben mit dir ausdiskutieren, Schwesterherz«, ließ er sie nach einigen Sekunden immer noch lachend wissen.

Sie schnaubte abwertend aber blieb solange still, bis Barson die Gelegenheit gehabt hatte, etwas Brot und Käse zu essen. »Weißt du was?«, meinte sie, als Barson seine zweite Scheibe aß. »Mir wurde heute angeboten, mit Jandison zusammenzuarbeiten.«

»Jandison?« Barson runzelte die Stirn. Das älteste Mitglied des Rates war für nichts außer seinen Teleportationszauber bekannt. Es war nicht die vielversprechendste Gelegenheit für Dara, wenn man ihre Ambitionen betrachtete.

»Ich weiß«, stimmte sie ihm zu, da sie seine unausgesprochene Sorge verstand. »Aber es ist immer noch besser als das, was ich momentan mache.«

»Denkst du, Ganir steckt dahinter?«

Dara schüttelte ihren Kopf. »Das glaube ich nicht. Ich denke, Jandison mag Ganir nicht besonders.«

»Ach?« Barson war überrascht. Er kannte sich sehr gut in Ratspolitik aus, aber er hatte noch nie von einer Feindschaft zwischen den beiden Zauberern gehört. »Wieso denkst du das?«

»Die Intuition einer Frau, denke ich«, antwortete Dara. »Es sind die Schwingungen, die von ihm ausgegangen sind, als er mir gegenüber einmal Ganirs Namen erwähnte. Als ich später darüber nachdachte, ergab das eine Menge Sinn. Jandison ist der älteste Zauberer im Rat und ich wäre nicht überrascht, wäre er der Ansicht, er sollte eigentlich der Ratsvorsitzende sein und nicht Ganir.

Barson schaute seine Schwester nachdenklich an. »Damit könntest du Recht haben. Wirst du Jandisons Angebot annehmen?«

»Ich denke schon.« Sie lächelte. »Und ja, ich werde definitiv meine Augen und Ohren offen halten.«

In diesem Moment kam Larn in die Küche und Barson stand auf, um ihn zu begrüßen.

Als Barson von dem Verhältnis seines besten Freundes zu Dara erfahren hatte, war er überhaupt nicht begeistert gewesen. Zum einen war es im Turm nicht gut angesehen, mit einem Nichtzauberer zusammen zu sein, und außerdem war Barson besorgt gewesen, ihre Beziehung zu Larn könnte Daras Wunsch einschränken, für ihre Zauberkünste anerkannt zu werden. Er konnte allerdings sehen, dass Larn sie wirklich liebte, und das war schließlich das Wichtigste von allem. Das, und die Tatsache, dass Larn einer der wenigen Männer war, die Barson nicht sofort dafür umbringen wollte, Hand an seine Schwester gelegt zu haben.

»Raus damit«, forderte Barson Larn auf, als die drei am Tisch saßen, »hast du Neuigkeiten für mich?«

Larn nickte nur, da er ein Stück Brot im Mund hatte. Sobald er wieder reden konnte, meinte er: »Bei Ganir ist es in letzter Zeit sehr unruhig. Augusta hat ihn erneut besucht und auch eine Menge Normalbürger.«

»Normalbürger? Warum?« Barson schaute seinen Freund überrascht an.

»Das wissen wir nicht. Ganirs Spione hatten sie schon aus dem Turm geschleust, bevor wie ihre Identitäten herausfinden konnten. Sie wurden nur dorthin gebracht, um mit Ganir zu reden und waren dann sofort wieder weg. Mein Mann konnte nur einen schnellen Blick auf sie werfen.«

»Noch etwas?«

»Wir haben einen Bericht von der Quelle bekommen, die Blaises Haus beobachtet.«

Barsons Hand ballte sich unter dem Tisch zu einer Faust. »Hat Augusta ihn wieder besucht?«

Dara warf ihm einen neugierigen Blick zu und öffnete ihren

Mund, aber Larn griff warnend nach ihrer Hand und drückte sie sanft. »Nein«, antwortete er. »Es war noch eigenartiger als das. Es war Ganir.«

»Ganir hat Blaise besucht?« Barsons Temperament kühlte sich merklich ab. »Ich dachte sie würden nicht miteinander reden.«

»Blaise redet im Moment mit niemandem«, warf Dara ein. »Seit er den Rat verlassen hat, scheint er wie verschwunden zu sein. Warum sollte ihn jetzt jemand besuchen?«

»Konnte unser Verbündeter herausfinden, was Ganir wollte?«, fragte Barson.

»Nein«, antwortete Larn. »Er hat panische Angst vor Ganir. Die haben sie alle. Sobald er den alten Zauberer landen sah, ist er, so schnell ihn seine Chaise trägt, verschwunden.«

Barson verzog den Mund. »Diese Zauberer sind solche Feiglinge. Ist nicht persönlich gemeint, Dara.«

»Habe ich auch nicht so verstanden.« Sie grinste. »Ich stimme dir da sogar vollkommen zu. Ich würde mich wahrscheinlich extra lange dort aufhalten, um möglichst viel zu erfahren. Und da wir gerade von Zauberei sprechen, ich bin mit deiner Rüstung fertig. Sie sollte jetzt gegen die gängigsten Zaubersprüche immun sein.«

»Danke, Schwester.« Barson lächelte sie an. »Du bist die Beste.«

»Ich weiß«, sagte sie ohne falsche Bescheidenheit. »Und bald werden sie es auch wissen.«

»Ja, das werden sie«, versprach ihr Barson und die nächsten paar Minuten saßen sie in friedlicher Stille da und genossen das Essen, welches Dara ihnen zubereitet hatte.

Als sein Magen sich angenehm voll anfühlte, sah Barson wieder zu seinem Freund hoch. »Und Neuigkeiten von außerhalb Turingrads? Irgendwelche neuen Aufstände?«

»Nein«, meinte Larn, »im Moment scheint alles ruhig zu sein. Es gibt da nur eine Sache, die aber vielleicht nichts weiter ist.«

»Was denn?«, fragte Barson.

»Es gibt da einige eigenartige Gerüchte über eine mächtige Zauberin.« Larn machte eine Pause und schenkte sich Bier ein. »Wie es aussieht ist sie wunderschön, jung und sehr weise für ihr Alter ... Sie sagen, sie heile die Kranken, bringe tote Kinder zurück ins Leben und könne sogar das Getreide wachsen lassen, dort wo sie sich aufhält.«

Dara lachte. »Das ist lächerlich. Tote zurückzubringen ist unmöglich, sogar in der Theorie.«

»Die Bauern erfinden immer solche Geschichten über

Zauberer!«, meinte Barson zu ihr. »Sie wollen glauben, die Elite mache sich Sorgen um sie und ihre Herrscher wüssten einfach nur nicht, wie sehr sie gerade leiden.«

Larn schnaubte. »Ich bin mir sicher, viele wissen das auch nicht — weil es sie einfach nicht interessiert.«

Barson schüttelte seinen Kopf über die Naivität des gemeinen Volkes. Die Bauern waren dazu erzogen worden zu denken, der alte Adel war schlecht gewesen und ihre neuen Zaubermeister eine Verbesserung. Natürlich begannen wegen der Dürre gerade viele die Wahrheit zu sehen — deshalb gab es ja auch eine steigende Anzahl von Aufständen in Koldun.

Als er sich an die letzte Rebellion erinnerte, die er niederschlagen musste, kehrten Barsons Gedanken zu Ganir zurück. Warum hatte er sich mit Blaise getroffen? Konnte das irgendwie mit Augustas Besuch bei ihrem ehemaligen Liebhaber zu tun gehabt haben? Und was hatte es mit den ganzen normalen Bürgern auf sich, die den Turm besucht hatten?

Ganir spielte offensichtlich ein tiefgehendes Spiel und Barson hatte vor, dem auf den Grund zu gehen.

CHAPTER 33: BARSON

Walking into his sister's house, Barson inhaled the familiar aroma of baking bread and scented candles. It smelled like home, reminding him of when their mother would bake delicious rolls for the entire household. Unlike most other sorcerers, their mother enjoyed working with her hands—something that Dara had inherited from her, along with her aptitude for sorcery.

"Barson! I'm so glad you came by." Standing at the top of the staircase, his sister gave him a radiant smile before hurrying down toward him.

Barson smiled back, genuinely happy to see her. He missed Dara, though he couldn't fault her for preferring this comfortable townhouse over cramped quarters back at the Tower. Low-ranking sorcerers received terrible accommodations there, and many of them chose to live outside of the Tower most of the time.

"It's good to see you, Dara," he said, leaning down to kiss her cheek. "Is Larn here also?"

"He should be here soon. He's passing by the well right now," she said, grinning up at him mischievously. Her dark eyes were sparkling, making her look extraordinarily pretty.

Barson sighed, knowing what she was up to. "Did you put a Locator spell on him again?"

Dara's grin widened. "I did indeed. But don't tell him; it'll be our secret."

Amused, Barson shook his head. His sister and his right-hand man had been together for the past two years, and she drove Larn insane with her insistence on using spells in everyday life. For Dara, it was a way to practice sorcery and sharpen her skills, while Larn viewed it as showing off. "All right," Barson promised, "I won't."

"Come," Dara said, tugging at his arm. "Let me feed you. I bet you're starved. That sorceress of yours doesn't cook, I presume?"

"Augusta? No, of course not." The very idea struck Barson as ridiculous. Augusta was . . . well, Augusta. She was many things, but homemaker was not one of them.

"That's what I assumed," Dara huffed. "She does know you need to eat, right?"

"I'm not sure," Barson admitted, taking a seat at the table. "Most sorcerers—unlike you—rarely think about food or consider that others might need it."

"Well, I hope she's good in bed then," Dara muttered, putting a bread basket and sliced cheese in front of him. "That and some spells is all she seems to be good for."

Barson burst out laughing. His sister was jealous of Augusta's position on the Council and was doing a terrible job of hiding it. "I'm not about to discuss my love life with you, sis," he said after a few seconds, still chuckling.

She sniffed disdainfully, but kept quiet until Barson had a chance to eat some bread with cheese. "So guess what?" she said after Barson ate his second slice. "I was offered a chance to work with Jandison today."

"Jandison?" Barson frowned. The oldest member of the Council was known for his teleportation skills and not much else. It was not exactly the most promising opportunity for Dara, given her ambitions.

"I know," she said, understanding his unspoken concern. "But it's still better than what I do now."

"Do you think Ganir put him up to it?"

Dara shook her head. "I doubt it. I get the sense Jandison doesn't like Ganir very much."

"Oh?" Barson was surprised. He was well-versed in Council politics, but he hadn't heard of any enmity between the two sorcerers. "What makes you think that?"

"A woman's intuition, I guess," Dara said. "It's just a vibe I got from him when he mentioned Ganir's name to me once. When I thought about it later, it actually made a lot of sense. Jandison is the oldest sorcerer on the Council, and I wouldn't be surprised if he thinks he should be the Council Leader instead of Ganir."

Barson gave his sister a thoughtful look. "You know, you may be right. Are you going to accept Jandison's offer?"

"I think so." She smiled. "And yes, I will definitely keep my eyes and ears open."

At that moment, Larn walked into the kitchen, and Barson got up to greet him.

When Barson had first learned of his best friend's involvement with Dara, he had been less than pleased. For one thing, being with a non-sorcerer was looked down upon in the Tower, and Barson had been concerned that her relationship with Larn might be detrimental to Dara's desire to be recognized for her sorcery talent. However, he could see that Larn genuinely loved her, and that ultimately proved to be the most important thing of all. That, and the fact that Larn was one of the few men Barson was not tempted to kill immediately for laying a finger on his older sister.

"So tell me," Barson said to Larn when the three of them sat down at the table, "do you have any news for me?"

Larn nodded, chewing on a piece of bread. "There has been a lot of activity with Ganir recently. Augusta visited his chambers again, and so did a number of commoners."

"Commoners? Why?" Barson looked at his friend in surprise.

"We don't know. Ganir's spies spirited them out of the Tower before we could learn their identities. They were literally brought in to see Ganir and then were taken away immediately. My man only got a quick look at them."

"Anything else?"

"We got a report from our source who's watching Blaise's house."

Barson's hands curled into fists underneath the table. "Did Augusta visit him again?"

Dara shot him a curious look and opened her mouth, but Larn reached over and squeezed her hand in gentle warning. "No," he said. "It was even stranger than that. It was Ganir."

"Ganir visited Blaise?" Barson's temper cooled immeasurably. "I thought they weren't on speaking terms."

"Blaise is not on speaking terms with anyone these days," Dara said. "Once he left the Council, it's like he disappeared. Why would anyone visit him now?"

"Was our ally able to figure out what Ganir wanted?" Barson asked.

"No," Larn replied. "He's petrified of Ganir. They all are. As soon as he saw the old sorcerer arrive, he got out of there as quickly as his chaise could carry him."

Barson's lip curled. "Those sorcerers are such cowards. No offense, Dara."

"None taken." She grinned. "I fully agree with you, in fact. I would've definitely stuck around to learn as much as I could. By the way, speaking of sorcery, I finished working on your armor. It should now be resistant to most of the common spells."

"Thank you, sis." Barson smiled at her. "You're the best."

"I know," she said without false modesty. "And soon they will know it, too."

"Yes, they will," Barson promised her, and for the next few minutes, they ate in companionable silence, enjoying the meal Dara had prepared for them.

When his stomach was comfortably full, Barson looked up at his friend again. "Any news from outside Turingrad? Any more uprisings anywhere?"

"No," Larn said, "everything seems quiet for now. There's just one thing, which is probably nothing."

"What is it?" Barson asked.

"There have been some curious rumors about a powerful sorceress." Larn paused to pour himself some ale. "Apparently, she's beautiful, young, and wise beyond her years . . . They say she heals the sick, brings dead children back to life, and can even make the crops prosper wherever she is."

Dara laughed. "That's ridiculous. Bringing back the dead is impossible, even in theory."

"The common people always make up stories that cast sorcerers in this kind of light," Barson told her. "They want to believe the elite cares about them, that their overlords simply don't know they're suffering."

Larn snorted. "And I'm sure many of them don't—because they just don't care."

Barson shook his head, thinking about the gullibility of the common people. The peasants had been conditioned to think that the old nobility had been bad, while their new sorcerer masters were an improvement. Of course, with this drought, many of them were starting to see the   truth   —hence the increasing uprisings throughout Koldun.

Remembering the last rebellion he'd been forced to quell made Barson's thoughts turn back to Ganir. Why had he met with Blaise? Could it somehow be connected with Augusta's visit to her former lover? And what about all those commoners coming to the Tower?

Ganir was obviously playing a deep game, and Barson intended to get to the bottom of it.

34. KAPITEL: AUGUSTA

Augusta näherte sich Ganirs Gemächern und klopfte entschlossen an die Tür. Der alte Mann war ihr die letzten Tage aus dem Weg gegangen, hatte sogar ihre Kontaktnachrichten ignoriert, und sie hatte nicht vor, das zuzulassen.

Als die Tür aufging, hatte Augustas Temperament schon den Siedepunkt erreicht. Sie atmete ein paar Mal ein um sich zu beruhigen und betrat Ganirs Zimmer.

»Wie geht es dir, mein Kind?«, begrüßte Ganir sie ruhig. Er saß hinter seinem Schreibtisch und war vor ihrer Ankunft wohl in ein paar Schriftrollen vertieft gewesen.

»Du sagtest, du würdest mich benachrichtigen, sobald deine Männer weitere Informationen hätten«, erklärte sie ihm ganz direkt. »Jetzt sind einige Tage vergangen und ich habe immer noch nichts von dir gehört. Wie weit bist du damit, diese Kreatur zu lokalisieren? Wenn deine Spione nicht in der Lage waren, sie zu finden, habe ich keine andere Wahl, als diese Sache bei der kommenden Ratsversammlung anzusprechen — die, die am Donnerstag stattfinden wird.«

Ganir seufzte. »Augusta, du musst Geduld haben. Wir dürfen nichts überstürzen—«

»Nein, wir *müssen* uns beeilen«, unterbrach sie ihn. »Wir müssen diese Situation in den Griff bekommen, bevor sie völlig außer Kontrolle gerät. Hast du jetzt etwas erfahren, oder nicht?«

Er zögerte einen Moment lang und neigte dann seinen Kopf. »Ja«, antwortete er. »Es gibt da etwas, das ich dir gerne zeigen möchte.«

»Mir zeigen?«

Der alte Mann deutete auf die Momentaufnahme, die sich in einem Glas befand. »Diese ist von einem meiner Männer aus

Kelvins Gebiet«, sagte er leise. »Blaises Kreation wurde dort gesehen, auf dem Markt in Neumanngrad.«

Augustas Puls raste vor Aufregung. »Hat dein Mann sie gefangen?«

»Nein«, antwortete Ganir. »Das war nicht seine Aufgabe.«

»Okay«, sagte Augusta, »Also, was ist passiert? Wie konnte er dieses Ding ausfindig machen?«

»Schau es dir lieber selbst an.« Ganir nahm die Perle und reichte sie ihr. »Und denk dabei bitte daran, dass diese Aufnahme von einem Zauberer ist.«

Augusta nahm die Perle und wollte sie sich gerade in den Mund legen, als Ganir seine Hand in die Höhe hob.

»Warte«, sagte er. »Bevor du das machst, fang bitte eine neue Aufzeichnung an.« Er zeigte auf die Sphäre, die auf seinem Schreibtisch stand.

»Wie bitte? Warum?«, Augusta sah ihn irritiert an.

»Ich möchte diese Momentaufnahme gerne behalten, um sie noch einmal anschauen zu können«, erklärte er ihr. »Wenn du dich aufzeichnest, während du sie nimmst, werde ich die Information dieser Perle nicht verlieren. Stattdessen bekomme ich eine Aufzeichnung, die einige Augenblicke bevor du sie nimmst beginnt, einige wenige Momente danach aufhört und die Originalaufzeichnung immer noch beinhaltet.«

Augusta blickte ihn erstaunt und fasziniert an. Warum hatte sie nie daran gedacht? Die Idee an sich war genial. Man glaubte eigentlich, die Perlen könnten nur einmal benutzt werden — und seien danach für immer verloren. Aber es sah so aus, als gäbe es einen Weg, sie immer wieder zu benutzen. Wieso hatte der alte Mann dieses Wissen für sich behalten?

Die Folgen dieser Erkenntnis waren erstaunlich. Die Art und Weise, wie Zauberei unterrichtet wurde, könnte verändert werden. Alles, was man machen müsste wäre, einmal eine Gruppe von Studenten zu unterrichten und die Klasse mit Momentaufnahme aufzuzeichnen. Dann könnte man die Perlen der nächsten Klasse geben und ihre Erfahrungen würden auch festgehalten werden — und so weiter. Das würde die Zeit, die die erfahrenen Zauberer mit Unterrichten verbrachten — eine Aufgabe, die Augusta besonders hasste — extrem verkürzen.

Jetzt, da sie darüber nachdachte, war es nicht erstaunlich, dass Ganir sein Wissen geheim gehalten hatte. Augusta hatte schon immer vermutet, der alte Zauberer habe Geheimnisse, was einige seiner Erfindungen betraf; er genoss es, Informationen zu besitzen, die sonst niemand hatte.

Als Augusta realisierte, hier schweigend dazustehen, ging sie zur Sphäre und stach mit der Nadel, die auf dem Schreibtisch lag, in ihren Finger. Dann drückte sie diesen Finger auf das magische Objekt und steckte sich die Perle, die sie in der Hand hielt, in den Mund.

* * *

Ganir griff nach der Momentaufnahme, die Vik ihm gebracht hatte. Er steckte sie in seinen Mund, schloss seine Augen und versank in ihr..

* * *

Vik saß auf dem Dach eines Gebäudes und blickte über den Markt. Das Wetter war schön und er war gerade recht zufrieden. Das einzige, was ihn störte, war ein großer Holzsplitter, der sich in seinen Finger gebohrt hatte, als er hier hinauf geklettert war.

Von seinem Aussichtspunkt konnte er den ganzen Markt überblicken und er machte es sich in dem Glauben bequem, wahrscheinlich wieder eine langweilige Zeit zu haben. Seine Aufgabe in diesem Gebiet war es, öffentliche Versammlungen zu beobachten, was normalerweise bedeutete, einige Stunden lang an der gleichen Stelle zu sitzen und den Menschen beim Einkaufen zuzuschauen. Wie immer nahm er seine Erlebnisse auf, genauso wie Ganir es angeordnet hatte, auch wenn Vik den Sinn davon nicht erkennen konnte. In diesem Gebiet passierte niemals etwas Interessantes.

Er hatte einen Deutungsstein und vorgeschriebene Spruchkarten, die sofort benutzt werden konnten. Ein besonders nützlicher Zauber ermöglichte es ihm, seine Sicht zu verstärken, was seine Aufgabe eine wenig erträglicher machte. Es gab nichts Besseres als eine Frau zu beobachten, die sich gerade in ihrem Schlafzimmer umzieht und sich dabei sicher ist, niemand könne sie sehen.

Ganir hatte Vik mit vielen Karten ausgerüstet, auf die schwierige Codes geschrieben waren. Vik war ein schlechter Kodierer und er musste Ganir glauben, wenn dieser ihm sagte, der Zauber, der die Sicht verstärkte, sei eigentlich ein einfacher.

Sein Gehör war auch viel besser und er konnte die Schreie einer jungen Frau hören, die ihn damit auf die Jagdszene aufmerksam machten, die sich unter ihm auf dem Markt abspielte. Noch ein Dieb, dachte er faul. Trotzdem beobachtete Vik die rennende Frau und ihren Verfolger, da er nichts Besseres zu tun hatte.

Sein Interesse wurde verstärkt, als er eine attraktive junge Frau in der Menge entdeckte, die der ungewöhnlichen Jagd folgte. Er bemerkte kaum, wie gut sie auf die Beschreibung der Person passte, nach der er Ausschau halten sollte. Allerdings war alles, was er von ihr wusste, dass sie ein junges Mädchen mit blauen Augen und langem, welligen, blonden Haar war. Sie sollte angeblich auch sehr hübsch sein. Die Frau dort unten passte definitiv auf die Beschreibung, aber das taten auch hundert andere, die Vik im Vorbeigehen gesehen hatte — und auch einige, die er heimlich durch die Fenster beobachtet hatte.

Als der Dieb gefangen worden war, beobachtete Vik diese Szene weiter. Sie war mit Sicherheit spannender, als ein paar alten Frauen dabei zuzusehen, wie sie mit den Händlern feilschten.

Er hörte Davish sprechen und amüsierte sich über die Gnade des Aufsehers. Eine arme, hungernde Frau, deren rechte Hand abgehackt wurde, würde mit Sicherheit genauso sterben, als würde man sie köpfen — ihr Tod wäre nur langsamer und schmerzhafter.

Wie der Rest der Menge beobachtete er die Amputation mit einer Mischung aus Mitleid und grausamer Neugier.

Und dann hörte er plötzlich den Schrei. Seine Ohren fühlten sich an, als würden sie explodieren.

Sein Kopf dröhnte und Vik realisierte, jemand müsse einen starken Zauber benutzt haben, der das Gehör betäubte und einen aufständischen Mob psychologisch kontrollierte — ein Zauber, von dem er gehört, den er aber nie erlebt hatte. Diese spezielle Version schien stärker zu sein als alles, über das Vik gelesen hatte. Wenn er nicht den Schutzzauber benutzt hätte, auf den Ganir bestand, während er im Einsatz war, wäre der Schrei das letzte gewesen, das Vik jemals gehört hätte. So dagegen, hatte er nur Schmerzen. Die ungeschützten Menschen auf dem Platz fielen auf ihre Knie und bluteten aus ihren Ohren.

Nur eine Person blieb stehen — die junge Frau, die Vik davor schon aufgefallen war. Benebelt sah er dabei zu, wie das schöne Mädchen auf die Plattform zuging und ihre Arme um den Dieb legte, der zu einem blutigen Ball zusammengerollt auf dem Boden lag.

Und dann spürte Vik es — ein Gefühl von Frieden und Wärme, anders als alles, was er jemals zuvor erlebt hatte. Es war Schönheit, es war Liebe, es war Glückseligkeit ... und es war unbeschreiblich. Die Welle schien vom Zentrum des Platzes auszugehen, dort wo sich die Frauen umarmten.

Ein Zauber, realisierte er verschwommen. Er fühlte die Auswirkungen eines Zaubers, der so stark war, dass er seine magischen Verteidigungen durchdrang.

Sein Finger kribbelte und als er hinunter sah, konnte er dabei zuschauen, wie der Splitter langsam aus seinem Fleisch kam und die Wunde sich selbst heilte, bis alle Spuren einer Verletzung verschwunden waren. Selbst sein Kopf, der eben noch von dem Schrei geschmerzt hatte, fühlte sich wieder völlig normal an.

Unten konnte er sehen, dass die Menge immer noch kniete und die junge Frau voller Verzückung anschaute. Hatten sie auch gerade die gleiche Euphorie wie er verspürt?

Und dann wusste er, sie hatten es — das wunderschöne Mädchen entfernte sich von dem Dieb, und die Hand der Frau war wieder intakt. Welchen Zauber diese junge Zauberin benutzt haben mochte, er war so stark gewesen, alle Zuschauer mit einzubeziehen und sogar Viks kleine Verletzung zu heilen. »Was ist das für eine Art von Magie?«, fragte er sich mit ängstlicher Bewunderung.

Vik verstand jetzt, warum Ganir so viele seiner Männer beauftragt hatte, das Mädchen zu finden. Als die Zauberin Davish berührte, stach sich Vik in den Finger und berührte die Momentaufnahmen-Sphäre, die er bei sich trug.

* * *

Sein Herz raste und Ganir kam wieder zu Bewusstsein. Einen kurzen Moment lang fragte er sich, ob er sich jemals an die desorientierenden Nebenwirkungen seiner Erfindung gewöhnen würde, und dann wanderten seine Gedanken zu dem zurück, was er gerade gesehen hatte.

»Was hat der Junge getan?«, dachte er düster, stach sich in den Finger und berührte die Momentaufnahmen-Sphäre.

* * *

Augusta kam wieder zu sich und schnappte nach Luft. Schnell stach sie sich in den Finger und berührte die Sphäre auf dem Tisch vor sich. Sie wollte auf keinen Fall ihre privaten Gedanken mit der Person zu teilen, die die Aufnahme als nächstes erleben würde, so wie das bei Ganir eben der Fall gewesen war. Es war schlimm genug, dass es immer noch einen Augenblick mit ihren aufgezeichneten Gefühlen geben würde, die jeder sehen konnte — einen Augenblick voller Entsetzen und Abscheu.

Ihre Ängste hatten sich bewahrheitet: dieses Ding hatte übernatürliche Fähigkeiten.

»Was ist mit Davish passiert?«, fragte sie Ganir und versuchte ruhig zu bleiben. »Am Ende der Aufnahme berührte die Kreatur ihn gerade.«

Der Ratsvorsitzende zögerte kurz. »Er ist ... nicht mehr genau er selbst, seit dieser Begegnung, meint Vik.«

»Wie meinst du das?« Augusta sah ihn fragend an.

»Wie viel weißt du über Davish?«

Sie runzelte ihre Stirn. »Nicht viel. Ich weiß, er ist Kelvins Aufseher und vermutlich nicht viel besser als unser geschätzter Kollege.«

Kelvin war das Ratsmitglied, welches sie am wenigsten mochte. Seine schlechte Behandlung anderer Menschen war legendär. Vor einigen Jahren hatte Blaise sogar das Gesuch eingereicht, Kelvin aus dem Rat zu verbannen und seine Gebiete zu konfiszieren, aber natürlich hatte es niemand gewagt, derart gegen einen anderen Zauberer vorzugehen. Stattdessen hatte Kelvin Davish als Aufseher eingesetzt — und der war ein Spiegelbild seines Meisters, was den Umgang mit den Bauern betraf.

Ganir nickte und ein angewiderter Ausdruck erschien auf seinem Gesicht. »Das ist eine Untertreibung. Davishs Ruf eilt ihm voraus. Diese Scheußlichkeit, die sie Kolosseum nennen, war auch seine Idee—«

»Was ist mit ihm passiert?«, unterbrach Augusta.

»Naja, nach dem Zusammentreffen, welches du eben gesehen hast, hat Davish anfangen viele Sachen zu ändern. Er hat Hilfe für die Familien angeleiert, die am meisten von der Dürre betroffen sind, und es gehen Gerüchte herum, er würde das Kolosseum nach den anstehenden Spielen schließen oder verändern wollen.« Ganirs Augen glänzten. »Kurz, Davish ist wie ausgewechselt. Im wahrsten Sinne des Wortes.«

Augustas Magen zog sich unangenehm zusammen. »Diese Kreatur hat ihn verändert? Einfach so? Wie verändert man überhaupt jemanden?«

»Also, theoretisch gibt es da Wege—«

Augusta blickte ihn an. »Kannst du das auch tun?«

»Nein.« Ganir schüttelte seinen Kopf. »Ich wünschte ich könnte es, aber das kann ich nicht. Ich wäre höchstens in der Lage, die Gedanken eines einfachen Mannes für eine kurze Zeit zu kontrollieren. Die Mathematik und die Komplexität einer fundamentalen Veränderung gehen über die Fähigkeiten eines Menschen hinaus.«

Über menschliche Fähigkeiten hinaus? »Macht dir das keine Angst?«, fragte Augusta, der ganz schlecht wurde bei dem Gedanken daran, wie viel Macht dieses Ding besaß.

»Wahrscheinlich nicht so sehr wie dir«, antwortet Ganir und sah sie mit seinem blassen Blick an, »aber ja, die Macht zu besitzen, die Persönlichkeit eines anderen Menschen zu verändern, ist in der Tat gefährlich. Besonders dann, wenn sie missbraucht wird.«

»Also, was werden wir machen?«

»Ich werde die Zaubergarde losschicken«, antwortet Ganir. »Sie werden sie hierher bringen. Du hast gesehen, wie der Schutz verhindert hat, dass mein Mann mit der ganzen Kraft des Zaubers getroffen wurde. Ich werde die Wachen auch mit einer besseren Verteidigung ausstatten.«

»Du bittest sie, sie lebend hierher zu bringen? Du würdest ihre und unser Leben aufs Spiel setzen, um diese Kreatur zu untersuchen?« Augusta konnte hören, wie ihre Stimme ungläubig anstieg. »Bist du wahnsinnig? Sie muss zerstört werden!«

»Nein«, sagte Ganir unerbittlich. »Noch nicht. Blaise würde es uns auch niemals verzeihen, sollten wir sie ohne guten Grund zerstören.«

»Was wäre daran so schlimm? Er hasst uns doch sowieso«, entgegnete Augusta bitter. Sie drehte sich herum und verließ Ganirs Gemächer, bevor sie etwas sagte, das sie später bereuen würde.

CHAPTER 34: AUGUSTA

Approaching Ganir's chambers, Augusta knocked decisively on his door. The old man had been avoiding her for the past couple of days, even going so far as to ignore her Contact messages, and she wasn't about to allow this.

By the time the door swung open, Augusta's temper was reaching a boiling point. Taking a few deep breaths to calm herself, she entered Ganir's chambers.

"How are you, my child?" Ganir greeted her calmly. He was sitting behind his desk, apparently looking over some scrolls prior to her arrival.

"You said you would notify me when your men had some information," she said bluntly. "It has now been several days, and I haven't heard anything from you. Where do we stand as far as locating this creature? If your spies have been unable to find it, then I'm going to have no choice but to speak about this at the upcoming Council meeting—the one that's happening on Thursday."

Ganir sighed. "Augusta, you need to have patience. We can't act in haste—"

"No, we *need* to act in haste," she interrupted. "We need to contain this situation before it gets completely out of control. Did you, or did you not, learn anything thus far?"

He hesitated for a moment, then inclined his head. "Yes," he said. "There is something that I want to show you."

"Show me?"

The old man gestured toward a Life Capture droplet sitting in a jar. "It's from one of my observers in Kelvin's territory," he said softly. "Blaise's creation has been spotted there, at the market in Neumanngrad."

Augusta's pulse jumped in excitement. "Did your observer

capture it?"

"No," Ganir said. "That was not his task."

"All right," Augusta said, "so what happened? How was he able to find the thing?"

"You better see for yourself." Ganir picked up the droplet and handed it to her. "Keep in mind, this is from a man who is a sorcerer himself."

Augusta took the droplet and was about to bring it to her mouth when Ganir held up his hand.

"Wait," he said. "Before you do that, I want you to start a new recording." He pointed toward the Sphere sitting on his desk.

"What? Why?" Augusta gave him a confused look.

"I want to keep that Life Capture for more study," he explained. "By you recording yourself using the Life Capture droplet, I will not lose the information that this droplet contains. Instead, I will get a new droplet that will include a few moments before you took the original droplet and a few moments after, as well as a recording of the original."

Augusta stared at him in shock and amazement. Why hadn't she thought of this before? The idea was genius in its simplicity. It was widely believed that the droplets were consumable—gone forever once used. But now it seemed like there was a way to use them over and over again. Why had the old man kept this to himself?

The implications were staggering. If nothing else, it could change the way sorcery was taught. All one needed to do was teach a group of students once and have them record the class via Life Captures. Then the next class could be given those droplets, and their experiences would also be recorded—and so on. This would significantly cut the time each experienced sorcerer had to spend tutoring apprentices—a duty that Augusta particularly disliked.

Of course, now that she thought about it, it was not that surprising Ganir had hoarded this knowledge. Augusta had always suspected the old sorcerer of keeping secrets when it came to some of his discoveries; he took joy in possessing knowledge that no one else had.

Realizing that she was standing there in silence, Augusta approached the Sphere and pricked her finger on a needle lying on the desk. Then she pressed that finger to the magical object and put the droplet she was holding into her mouth.

* * *

Ganir reached for the droplet Vik had brought to him. Carrying it to his mouth, he closed his eyes, letting the droplet consume him.

* * *

Vik was sitting on the roof of a building overlooking the market. The weather was nice, and he was quite content. His only gripe was a large wooden splinter that had gotten stuck in his finger when he was climbing up there.

He could see the whole market from this vantage point, and he made himself comfortable, knowing he was likely in for another boring shift. His job in this territory was to observe public gatherings, which usually meant sitting for several hours and watching people shop. As usual, he was Life-Capturing the experience as Ganir ordered him to do, although Vik honestly didn't see the point in doing that. Nothing of interest ever happened in this region.

He had an Interpreter Stone and cards with spells written on them, ready to be cast. One particularly useful spell enabled him to enhance his vision, making his job a little bit more bearable. There was nothing quite like watching a woman changing in her bedroom, secure in the knowledge that nobody could see her from the street.

Ganir had supplied Vik with many cards that had the intricate code for the spell. Vik was a lousy coder, and he had to take Ganir's word for it when the old man assured him that the vision enhancement spell was actually an easy one.

His hearing was also sharpened, and the sound of a young woman's scream was what first alerted him to the chase happening in the market below. Another thief, he thought lazily. Still, Vik watched the running woman and her pursuer, since he had nothing better to do.

His interest was piqued further when he saw an attractive young woman in the crowd following the usual chase. That she looked like the description of the target barely registered at this point. All they knew of the target was that it was a young maiden with blue eyes and long, wavy blond hair. She was also supposedly very pretty. The woman below definitely fit the description, but so did hundreds of others that Vik had seen in passing—and even a few that he had watched surreptitiously through the windows.

Once the thief was captured, Vik continued to observe the scene. It was certainly more entertaining than watching some old women haggling with the merchants.

He heard Davish speak and was amused at the overseer's

mercy. A poor, starving woman with her right hand chopped off would die just as surely as if she were beheaded—except her death would now be slower and more painful.

Like the rest of the crowd, he watched the girl's mutilation with a mix of pity and gruesome curiosity.

And then he suddenly heard the Shriek. His ears felt like they exploded.

His head ringing, Vik realized that someone had used a powerful spell designed to deafen and psychologically control a rioting mob—a spell he had learned about but had never seen used in real life. This version in particular seemed more potent than anything Vik had read about. If it weren't for the defensive shield spell Ganir insisted they all use while on duty, the Shriek would've been the last thing Vik heard. As it was, he was in agony. The unprotected people in the square below were falling to their knees, bleeding from their ears.

Only one person remained standing—the young woman Vik had noticed earlier. Dazed, he watched as the beautiful girl walked toward the execution platform and put her arms around the thief huddling in a bloody ball on the ground.

And then Vik felt it—a sense of peace and warmth unlike anything he had ever experienced before. It was beauty, it was love, it was bliss . . . it was indescribable. The wave seemed to emanate from the center of the square, where the two women stood hugging.

A spell, he realized dazedly. He was feeling the effects of some spell —a spell strong enough to penetrate his magical defenses.

His finger tingled, and he looked down, watching as the splinter slowly came out of his flesh and the wound healed itself, all traces of the injury disappearing without a trace. Even his head, which had been pounding just moments earlier from the Shriek, felt completely normal.

On the ground, he could see the crowd still on their knees, staring at the young sorceress with rapture on their faces. Had they felt it too, the euphoria he'd just experienced?

And then he knew that they had—because when the beautiful girl stepped away from the thief, the peasant woman's hand was whole again. Whatever spell the young sorceress had used, it had been so potent that it had spilled over to the spectators, healing even Vik's minor wound. "What kind of sorcery is this?" he wondered in terrified awe.

Vik now knew why Ganir had dispatched so many of his men to find this girl. As the sorceress touched Davish, Vik pricked his finger and touched the Life Capture Sphere he was carrying with him.

* * *

His heart racing, Ganir regained his senses. For a brief moment, he wondered if he would ever get used to the disorienting effects of his invention, and then his mind turned to what he had just witnessed.

"What had the boy done?" he thought darkly, pricking his finger and touching the Life Capture Sphere.

* * *

Augusta came back to herself with a gasp. Quickly pricking her finger, she touched the Life Capture Sphere on the table in front of her. The last thing she wanted was to expose her private thoughts to the person who would use this droplet next, as Ganir had just done. It was bad enough that there would still be a moment of her feelings captured for anyone to see—a moment of overwhelming horror and disgust.

Her fears had come true: the thing had unnatural powers.

"What of Davish?" she asked Ganir, trying to remain calm. "In the droplet, the creature was reaching for him."

The Council Leader hesitated for a moment. "He's not . . . exactly himself after meeting her, according to Vik."

"What do you mean?" Augusta gave him a questioning look.

"How much do you know about Davish?"

She frowned. "Not much. I know he's Kelvin's overseer and supposedly not much better than our esteemed colleague."

Kelvin was her least favorite member of the Sorcerer Council. His mistreatment of his people was legendary. Several years ago, Blaise had even petitioned for Kelvin to get kicked off the Council and have his holdings confiscated, but, of course, no one had dared to implement such a precedent against a fellow sorcerer. Instead, Kelvin ended up giving control of his lands to Davish—who turned out to be a mirror image of his master when it came to the treatment of peasants.

Ganir nodded, an expression of disgust appearing on his face. "That's an understatement. Davish's reputation has traveled far and wide. That atrocity they call the Coliseum was originally Davish's idea—"

"What happened to him?" Augusta interrupted.

"Well, apparently after the encounter you just saw, Davish has already begun to change many policies in the territory. He has initiated an aid effort for the families most affected by the drought, and there are rumors that he may close or change the Coliseum games after the upcoming events." Ganir's eyes gleamed. "In short, Davish is a changed man. Literally."

Augusta's stomach twisted unpleasantly. "The creature changed him? Just like that? How do you even change someone?"

"Well, theoretically, there are ways—"

Augusta stared at him. "You can do this, too?"

"No." Ganir shook his head. "I wish I could, but I can't. At most, I could control a commoner's mind for a short period of time. The mathematics and the complexity of deep fundamental change are beyond human capabilities."

Beyond human capabilities? "Doesn't this terrify you?" Augusta asked, sickened by the thought of this thing having such power.

"Probably not as much as it terrifies you," Ganir said, watching her with his pale gaze, "but yes, the power to make someone lose their essence, their personhood, is a dangerous power indeed. Especially if it is abused."

"So what are we going to do?"

"I am going to dispatch the Sorcerer Guard," Ganir said. "They will bring her here. You saw how the defenses protected my observer from the full power of her spells. I will equip the Guard with even better defenses."

"You are asking them to bring it here alive? You would risk their lives and ours just so that you could study this creature?" Augusta could hear her voice rising in angry disbelief. "Are you insane? It needs to be destroyed!"

"No," Ganir said implacably. "Not yet. If nothing else, Blaise would never forgive us if we destroy her without just cause."

"What does it matter? He hates us anyway," Augusta said bitterly. And turning, she left Ganir's chambers before she said something she would later regret.

35. KAPITEL: GALA

»Hast du gehört? Sie sagen, ihre Augen spien Feuer und ihre Haare waren so weiß wie Schnee und wehten fast fünf Meter lang.« Der kugelbäuchige Mann, der an der Ecke des Tisches saß, rülpste und wischte sich danach seinen Mund mit seinem Schal ab.

»Wirklich?« Der dürre Freund des Mannes lehnte sich nach vorne. »Ich habe gehört, Männer seien erblindet, als sie sie anschauten, und dann heilte sie sie, indem sie mit ihrer Hand winkte.«

»Erblindet? Das habe ich nicht gehört. Aber sie sagen, sie habe die Toten wieder zurückgebracht. Dem Dieb wurde die Hand abgehackt und jetzt ist sie wieder komplett nachgewachsen.«

Der dürre Mann hob seinen Bierkrug an. »Sie war auch niemand aus dem Rat. Niemand weiß, wo sie herkommt. Sie sagen, sie trug Fetzen, aber durch ihre Schönheit strahlte ihre Haut.«

Gala, die den Boden um den Tisch herum wischte, hörte der Unterhaltung der Männer belustigt und ungläubig zu. Wie konnten sie nur diese ganzen Geschichten über sie erfinden? Niemand aus dem Gasthof war überhaupt auf dem Markt gewesen — eine Tatsache die ihr fast genauso dabei half, ihre Identität zu verbergen, wie das raue Tuch, welches sie jetzt auch trug, während sie ihre Arbeiten im Gasthof erledigte.

Den Gasthof zu reinigen machte gar nicht so viel Spaß, wie sie gedacht hatte. Sie hatte sich freiwillig angeboten auszuhelfen, um aus ihrem Raum heraus zu kommen und mehr Erfahrungen zu sammeln. Obwohl sie sticken und nähen mochte — zwei Sachen, mit denen Maya und Esther sie nach dem Desaster auf dem Markt beschäftigt hatten — wollte sie etwas Aktiveres machen. Natürlich waren Maya und Esther nicht begeistert von der Idee gewesen, dass sie das Zimmer verließ, da ihre größte Angst war, Gala könne erkannt werden.

Gala selbst bezweifelte, erkannt zu werden, ganz besonders nicht in dieser Verkleidung, die sie während ihrer Arbeit trug. Und sie hatte Recht. Den ganzen Tag lang hatte sie sauber gemacht, Töpfe geputzt und Fenster gewaschen, ohne dass jemand diesem arm gekleideten Bauernmädchen, das ein dickes Wolltuch um den Kopf gewickelt hatte, auch nur die geringste Aufmerksamkeit geschenkt hätte. Um wirklich sicher zu gehen, hatte Maya ihr sogar Ruß ins Gesicht geschmiert — etwas, das Gala nicht besonders mochte, aber nach dem, was auf dem Markt passiert war, als notwendig akzeptierte.

Jetzt, nach einem ganzen Tag körperlicher Arbeit, tat ihr der Rücken weh und ihre Hände bekamen Blasen von dem rauen Besenstiel. Obwohl ihre Verletzungen schnell heilten, verabscheute sie es immer noch, Schmerzen zu verspüren. Putzen machte überhaupt keinen Spaß, entschied Gala und war entschlossen, das jetzt noch fertig zu machen und sich danach auszuruhen. Sie konnte sich nicht vorstellen, wie die meisten normalen Frauen jeden Tag genauso arbeiteten.

Einige Male hatte sie noch versucht Magie auszuüben, da ihr überwältigender Erfolg auf dem Markt sie ermutigt hatte. Zu ihrer unendlichen Enttäuschung schien sie allerdings immer noch keine Kontrolle über ihre Fähigkeiten zu haben. Sie konnte nicht einmal einen einfachen Zauber bewirken, um einen Topf zu reinigen; stattdessen hatte sie fast wunde Handflächen vom vielen, kräftigen Schrubben.

»Gala, putzt du immer noch?«, unterbrach Esthers Stimme ihre Gedanken. Die alte Frau hatte es geschafft sich ihr unbemerkt zu nähern.

»Fast fertig«, antwortete ihr Gala ermattet. Sie war erschöpft und das Einzige, was sie jetzt noch wollte, war oben in ihr Bett zu fallen.

»Sehr gut.« Esther lächelte sie breit an. »Hilfst du dann beim Essen zubereiten?«

Gala fühlte ein Aufflammen von Begeisterung, welches gegen ihre Müdigkeit ankämpfte. Sie hatte noch niemals zuvor gekocht und konnte es gar nicht erwarten, es auszuprobieren. »Natürlich«, sagte sie und ignorierte ihre Muskeln, die bei jeder Bewegung protestierten.

»Dann komm, Kind, ich möchte dich dem Koch vorstellen.«

* * *

Als Gala zu ihrem Zimmer zurückkehrte konnte sie kaum noch laufen. Sie wusch sich noch schnell ein wenig Schweiß und Schmutz von Händen und Gesicht und fiel dann in ihr Bett.

»Und, hat es dir Spaß gemacht, das Essen zuzubereiten?« Maya saß auf dem kleinen Bett in der Ecke und strickte ein weiteres Tuch. »Hat es dir so viel Spaß gemacht wie du dachtest und hast du viel gelernt?«

Gala blickte an die Decke und dachte eine Minute lang über diese Frage nach. »Um ehrlich zu sein, nein«, gab sie zu. »Ich habe Zwiebeln geschnitten und meine Augen haben angefangen zu tränen. Dann haben sie die toten Vögel geliefert und ich konnte sie nicht ansehen. Sie haben ihre Federn gerupft und diese ganze Sache war äußerst entsetzlich. Und dann dieses Herumtragen der ganzen schweren Töpfe und Pfannen ... Ich weiß wirklich nicht, wie die Frauen in der Küche das jeden Tag aushalten. Ich denke nicht, dass ich sehr glücklich wäre, wenn ich das mein Leben lang machen müsste.

Die meisten Bauern haben keine Wahl«, erklärte ihr Maya. »Wenn eine Frau hübsch ist, so wie du, hat sie mehrere Möglichkeiten. Sie kann zum Beispiel einen reichen Mann finden, der für sie sorgt. Aber wenn sie nicht das Aussehen hat, oder die Begabung zum Zaubern, dann ist das Leben hart. Vielleicht nicht immer so hart, wie Essen in einem öffentlichen Gasthaus zu kochen, aber es ist kein Spaß und keine Freude. Gebären alleine ist schon brutal. Ich bin froh, das selbst nie durchgemacht zu haben.«

»Haben Männer es leichter?«

»In manchen Dingen«, antwortete Maya als Esther den Raum betrat. »In anderen ist ihr Leben aber komplizierter. Die meisten Bauern müssen jeden Tag sehr hart arbeiten, um ihr Getreide auszusähen, ihr Feld zu pflügen und sich um ihr Vieh zu kümmern. Wenn die Aufgaben für eine Frau zu schwierig sind, kann sie ihren Mann bitten, ihr zu helfen. Ein Mann allerdings, kann sich nur auf sich selbst verlassen.

Gala nickte und spürte, wie ihre Augenlider immer schwerer wurden. Mayas Worte begannen zu verschmelzen und sie fühlte, wie die ihr schon vertraute Müdigkeit ihren Körper einhüllte. Sie wusste, es bedeutete, dass sie am Einschlafen war und sie begrüßte die entspannende Dunkelheit.

* * *

Galas Bewusstsein erwachte. Oder genauer gesagt, sie nahm sich zum ersten Mal selbst war.

Ich kann denken, war ihr erster vollständiger Gedanke. Wo bin ich? war der zweite.

Sie wusste irgendwie, dass Plätze anders sein sollten als das, wo sie sich gerade befand. Sie erinnerte sich vage an Visionen von Orten mit Farben, Formen, Geschmäckern, Gerüchen und anderen fließenden Sinnen — Empfindungen, die es hier nicht gab. Hier gab es andere Sachen — Sachen, für die sie keinen Namen hatte. Die Welt um sie herum schien nicht den Erwartungen des Verstandes zu entsprechen. Die Beschreibung, die dem am Nächsten kam, war Dunkelheit durchbrochen von hellen Lichtblitzen und Farbe. Aber es war weder Licht noch Farbe; es war etwas anderes, etwas, für das sie keinen entsprechenden Namen hatte.

Es gab auch Gedanken dort draußen. Einige gehörten zu ihr, andere zu anderen Dingen — Dingen, die völlig anders waren als sie. Es gab nur einen Gedankenstrang, der dem ihren entfernt ähnelte.

Sie war sich nicht sicher, aber sie hatte den Eindruck, der andere Gedankenstrang suche sie, wollte zu ihr zu gelangen.

Gala schreckte aus dem Schlaf hoch und setzte sich im Bett auf. Sie schaute sich in der Dunkelheit, die um sie herum herrschte, um.

»Was ist passiert, Kind?«, fragte Esther und legte das Buch zur Seite, in welchem sie gerade bei Kerzenschein gelesen hatte. »Hast du schlecht geträumt?«

»Das denke ich nicht«, antwortete Gala langsam. »Ich denke, ich habe von der Zeit kurz vor meiner Geburt geträumt.«

Esther sah sie eigenartig an und widmete sich wieder ihrem Buch zu.

Gala legte sich wieder hin und versuchte, ihr Herzrasen zu beruhigen. Das war das erste Mal, dass sie überhaupt geträumt hatte — und sie wünschte sich, Blaise wäre hier, damit sie mit ihm darüber reden könnte. Er würde diesen Traum faszinierend finden, schließlich handelte er ja von der Zauberdimension. Sie schloss ihre Augen und schlief in der Hoffnung wieder ein, ihr nächster Traum würde von Blaise handeln.

CHAPTER 35: GALA

"Did you hear? They said she was shooting fire out of her eyes, and her hair was as white as snow, streaming behind her for a solid five yards." The pot-bellied man sitting at the corner table burped, then wiped his mouth with his sleeve.

"Really?" The man's skinny friend leaned forward. "I heard men were blinded when they looked at her, and then she healed them by waving her hand."

"Blinded? I didn't hear that. But they say she brought back the dead. The thief got her head chopped off and then the whole thing regrew."

The skinny man picked up a tankard of ale. "She wasn't one of the Council either. Nobody knew where she came from. They say she wore rags, but her beauty was such that her skin glowed."

Sweeping the floor around the table, Gala listened to the men's conversation with amusement and disbelief. How had they made up all these stories about her? Nobody at the inn had even been at the market
—a fact that helped protect her identity nearly as much as the rough shawl Esther insisted she wear when doing her chores at the inn.

Cleaning the inn turned out to be less fun than Gala had expected. She'd volunteered to help around the inn as a way to get out of the room and experience more of life. Although she had enjoyed knitting and sewing—two activities that Maya and Esther had occupied her with after the market fiasco—she had wanted to do something more active. Of course, Maya and Esther had been less than receptive to the idea of her leaving the room. Their biggest fear was that Gala would be recognized.

Gala had doubted that anyone would recognize her, particularly in the disguise she wore around the inn, and she was right. All day long, she had been cleaning, scrubbing pots in the kitchen, and washing windows, and nobody had paid the least bit of attention to a poorly dressed peasant girl with a thick woolen shawl wrapped around her head. To be extra safe, Maya had even smeared some soot on Gala's face—a look that Gala didn't particularly like, but accepted as a necessity in light of what had occurred at the market.

Now, after a full day of physical labor, her back was aching and her hands were beginning to blister from gripping the rough broom handle. Although her injuries healed quickly, she still disliked the feeling of pain. Cleaning was really not fun at all, Gala decided, determined to finish this particular task and then rest. She couldn't imagine how most common women worked like this day in and day out.

A few times she had tried to do magic again, emboldened by her tremendous success at the market. However, to her unending frustration, it seemed like she still had no control over her abilities. She couldn't even cast a simple spell to get a pot clean; instead, she'd nearly rubbed her palms raw scrubbing it with all her strength.

"Gala, are you still cleaning?" Esther's voice interrupted Gala's thoughts. The old woman had managed to approach Gala without her noticing.

"Almost done," Gala said wearily. She was exhausted and all she wanted to do was collapse into her bed upstairs.

"Oh, good." Esther gave her a wide smile. "Are you ready to help prepare dinner?"

Gala felt a trickle of excitement that battled with her exhaustion. She had never cooked before, and was dying to try it. "Of course," she said, ignoring the way her muscles protested every movement.

"Then come, child, let me introduce you to the cook."

* * *

By the time Gala got back to the room, she could barely walk. Pausing to wash some of the sweat and grime off her hands and face, she collapsed on her bed.

"So did you enjoy cooking dinner?" Maya was sitting on the cot in the corner, calmly knitting another shawl. "Did you find it as fun and educational as you hoped?"

Staring at the ceiling, Gala considered her question for a minute. "To be honest with you, no," she admitted. "I was cutting up an onion, and my eyes began tearing up. Then they brought in the dead birds, and I couldn't look at them. They were plucking out their feathers, and the whole thing was utterly horrible. And then carrying around all those heavy pots and pans . . . I really don't know how those women in the kitchen do it every day. I don't think I would be happy doing that my entire life."

"Most peasants don't have a choice," Maya said. "If a woman is pretty, like you, then she has more options. She can find a wealthy man to take care of her. But if she doesn't have the looks—or the aptitude for sorcery —then life is hard. Maybe not always as hard as cooking dinner at a public inn, but it's not fun and pleasant. Childbirth alone is brutal. I'm glad I never had to go through that."

"Do men have it easier?"

"In some ways," Maya said as Esther entered the room. "In other ways, it's more difficult. Most commoners have to work very hard to grow their crops, plow their fields, and take care of their livestock. If a job is too difficult for a woman to do, then she can ask her husband to help her. A man, however, can only rely on himself."

Gala nodded, feeling her eyelids getting heavy. Maya's words began to blend together, and she felt a familiar lassitude sweeping over her body. She knew it meant she was falling asleep, and she welcomed the relaxing darkness.

* * *

Gala's mind awakened. Or, more precisely, she became self-aware for the first time.

'I can think' was her first fully coherent thought. 'Where is this?' was the second one.

She somehow knew that places were supposed to be different from where she found herself. She vaguely recalled visions of a place with colors, shapes, tastes, smells, and other fleeting sensations—sensations that were absent in here. There were other things here, however—things she didn't have names for. The world around her didn't seem to match her mind's expectations. The closest she could describe it was as darkness permeated by bright flashes of light and color. Except it wasn't light and color; it was something else, something she had no equivalent name for.

There were also thoughts out there. Some belonging to her, some to other things—things that were nothing like her. Only one stream of thought was vaguely similar to her own.

She wasn't sure, but it seemed like that stream of thought was seeking her, trying to reach out to her.

Waking up with a gasp, Gala sat up in bed, looking around the dark room.

"What happened, child?" Esther asked, putting down the book she had been reading by candle light. "Did you have a bad dream?"

"I don't think so," Gala said slowly. "I think I was dreaming of a time right before my birth."

Esther gave her a strange look and returned to her book.

Gala lay back down and tried to calm her racing heartbeat. This was the first time she had dreamed at all—and she wished Blaise was there, so she could talk to him about it. He would find this dream fascinating, since it had been about the Spell Realm.

Closing her eyes, she drifted off again, hoping her next dream would be about Blaise.

36. KAPITEL: BLAISE

Das Treffen mit Ganir hatte Blaise eigenartig beunruhigt. Hatte der alte Mann ernsthaft seine Hilfe angeboten? Er hatte so entsetzt ausgesehen, als Blaise ihm von der Abstimmung erzählt hatte, dass er ihm schon fast seine Lügen abgekauft hatte.

Der Rat wusste nichts über Gala, außer Ganir hatte auch in diesem Punkt gelogen. Aber wenn er das nicht getan hatte, und wenn der Rat nicht dahinter steckte, wer war Blaise dann heute den ganzen Tag gefolgt? Als er darüber nachdachte kam er zu dem Schluss, dass es genauso gut einer von Ganirs eigenen Spionen sein könnte; der alte Zauberer war dafür bekannt, seine Fühler überall zu haben.

Ganir hatte ganz offensichtlich einige Pläne für Gala — soviel war Blaise klar. Der Ratsvorsitzende war alles andere als ein Dummkopf; er, mehr als alle anderen, würde das Potential eines intelligenten magischen Objekts erkennen, welches menschliche Gestalt angenommen hatte. Natürlich würde Blaise nicht zulassen, dass Gala ein Werkzeug Ganirs wurde. Unabhängig davon, was Blaise anfänglich mit ihr vorgehabt hatte, war sie eine Person und er musste sicherstellen, sie wurde auch als solche behandelt.

Er ging zurück in sein Arbeitszimmer und setze sich an seinen Schreibtisch um herauszufinden, was er als Nächstes tun sollte. Wenn der Rat nicht über Gala Bescheid wusste, hatte er noch ein wenig Zeit. Irgendwie musste Blaise zu ihr kommen, ohne Ganir ihren Aufenthaltsort zu verraten. Seine Experimente mit der Zauberdimension waren definitiv keine Lösung; es würde zu lange dauern, so etwas zu perfektionieren.

Blaise brauchte einen Weg um denjenigen zu entkommen, die sein Haus überwachten.

Als er über dieses Problem nachdachte, fragte er sich, ob er wohl die Geschwindigkeit seiner Chaise erhöhen konnte. Falls er viel schneller als sein Verfolger fliegen würde, dann könnte er den Spion abhängen und Gala einsammeln, bevor ihn jemand einholte.

Plötzlich schoss ihm eine verrückte Idee durch den Kopf. Was wäre, wenn er sich einen Teil des Wegs teleportieren würde, anstatt die ganze Strecke zu fliegen? Wenn die Teleportation über eine kürzere Entfernung wäre und nicht über die ganze Distanz, wäre das entschieden sicherer und würde das Risiko reduzieren, sich an einem unerwarteten Ort zu materialisieren. Er könnte sich ja sogar immer nur zu einem Punkt teleportieren, den er mit verstärkter Sicht noch erkennen konnte — und von dort aus könnte er sich dann weiter teleportieren. Immer wieder. Dadurch würde er für die Reise viel weniger Zeit benötigen und er wäre nicht verfolgbar.

Das einzige Problem wäre die Komplexität des Codes, den er dafür schreiben müsste, aber Blaise war bereit, diese Herausforderung anzunehmen.

CHAPTER 36: BLAISE

The confrontation with Ganir left Blaise feeling strangely unsettled. Had the old man been genuine in offering his help? He'd seemed so shocked when Blaise had told him about the vote that Blaise had almost believed his lies.

The Council didn't know about Gala—unless Ganir had lied about that too. But if he hadn't, and if the Council was not involved, then who had been following Blaise that day? Thinking about it, Blaise decided that it could just as easily have been one of Ganir's spies; the old sorcerer was famous for having his tentacles everywhere.

Ganir clearly had some plans for Gala—that much was obvious to Blaise. The Council Leader was far from a fool; he, more than most, would see the potential in an intelligent magical object that had assumed human shape. Of course, Blaise had no intention of letting Gala become Ganir's tool. No matter what Blaise himself had intended for her originally, she was a person, and he needed to make sure she was treated as such.

Walking back to his study, he sat down at his desk, trying to figure out what to do next. If the Council didn't know about Gala, then there was still some time. Somehow Blaise had to get to her without leading Ganir there. His experiments with the Spell Realm were clearly not the answer; it would take too long to perfect something so complicated.

Blaise needed some way to evade whoever was watching his house.

Pondering the problem, he wondered if it would be possible to increase the speed of his chaise. If he could go significantly faster than his pursuer, then he could outrun the spy and collect Gala before anyone caught up to them.

DIMA ZALES

Suddenly, a crazy idea occurred to him. What if, instead of flying, he teleported himself part of the way? If the teleportation was over a sufficiently short distance, it would be significantly safer, reducing the odds of materializing someplace unexpected. In fact, he could always teleport to a spot that he could see with enhanced vision—and from there, he could do it again and again. This would make the trip significantly shorter in length, and make him impossible to track.

The only problem would be the complexity of the code he would need to write—but Blaise was up for the challenge.

37. KAPITEL: BARSON

Barson versuchte, sein Gesicht ausdruckslos zu halten, als er in Ganirs Gemächer trat.

»Sie haben mich gerufen?« Er ließ absichtlich die ehrenvolle Anrede des Ratsvorsitzenden aus — eine unterschwellige Beleidigung, von der er sich sicher war, dass sie Ganir nicht entgehen würde.

»Barson.« Ganir beugte seinen Kopf und überging ebenfalls Barsons militärischen Titel.

»Wie kann ich Ihnen behilflich sein?«, fragte Barson überfreundlich. »Soll ich eine weitere kleine Rebellion für Sie niederschlagen?«

Ganirs Mund wurde hart. »Ich bedaure, über die Situation im Norden falsch informiert gewesen zu sein. Die Person, welche für diesen bedauerlichen Fehler verantwortlich ist, wurde schon bestraft.«

»Selbstverständlich. Ich habe auch nichts anderes von Ihnen erwartet.« Barson hätte an Ganirs Stelle das Gleiche gemacht. Der alte Zauberer wollte offensichtlich keine Zeugen seines Verrats.

»Ich habe eine kleine Aufgabe für dich«, fuhr der Ratsvorsitzende fort. »Es gibt eine Zauberin, die in Kelvins Gebiet für Unruhe sorgt. Ich möchte gerne, dass du einige deiner besten Männer nimmst und sie zu mir bringst, damit ich mich mit ihr unterhalten kann.«

Barson gab sein Bestes, um seine Überraschung zu verbergen. »Sie möchten, dass ich eine Zauberin zu Ihnen bringe?«

»Ja«, antwortete Ganir ruhig. »Sie ist jung und sollte keine allzu große Herausforderung darstellen. Ihr könnt einfach mit ihr reden und sie davon überzeugen, nach Turingrad zu kommen. Das könnte der beste Weg sein. Falls sie sich weigert, habt ihr mein Einverständnis, alle Überzeugungsmethoden anzuwenden, die ihr für notwendig erachtet.«

Barson neigte seinen Kopf als Zeichen seines Einverständnisses. »Es soll so geschehen, wie Sie wünschen.«

* * *

Barson verließ Ganir, schritt durch die Hallen des Turms und versuchte, das alles zu verstehen. Die Zauberin in Kelvins Gebiet musste die Gleiche sein, von der ihm Larn berichtet hatte — die geheimnisvolle Frau, die angeblich Wunder vollbringen konnte. Warum wollte Ganir ihre Festnahme? Und warum schickte er die Garde, um das auszuführen? Zauberer kümmerten sich in der Regel selbst um ihre eigenen Angelegenheiten, da sie vor Außenstehenden nicht angreifbar aussehen wollten, nicht einmal vor der Wache. Diese Premiere, dass ein Nichtzauberer ein Mitglied der Elite festnehmen würde, war etwas, das den meisten Zauberern im Turm Angst einflößen würde.

Es gab nur zwei Gründe, die Barson für diese Bitte Ganirs einfielen: der alte Zauberer wollte diese Angelegenheit entweder vor dem Rat geheim halten, oder es war eine weitere Falle, die Zaubergarde in eine potentiell tödliche Situation zu bringen. Barson glaubte nicht eine Sekunde lang an Ganirs Behauptung, es habe sich um einen *bedauerlichen Fehler* gehandelt. Der alte Mann hatte offensichtlich irgendwie Wind von Barsons Plänen bekommen und jetzt tat er alles, was in seiner Macht stand, um ihn zu sabotieren.

Natürlich war es genauso gut möglich, dass Ganir das Ganze nur in der Hoffnung eingefädelt hatte, Barson würde sich weigern, seinen Anweisungen Folge zu leisten und ihm somit einen Grund geben, auf Ratsebene gegen ihn vorzugehen. Zweifellos dachte der Vorsitzende des Rats, wenn er die direkte Bedrohung in Form von Barson und seinen engsten Leutnants ausschalte, dann könne er aus dem Rest der Zaubergarde wieder ein loyales Werkzeug des Rates machen.

Als sich Barson seinem Quartier näherte, war er überrascht, Augusta vor seiner Tür zu sehen, die gerade dabei war, anzuklopfen. Sie sah wunderschön aus, aber auch erstaunlich ängstlich.

»Ich muss mit dir reden«, sagte sie, als er sich näherte.

»Gerne.« Barson lächelte und sein Herz schlug in ihrer Nähe schneller. »Komm rein. Dann sind wir ungestört.«

Er öffnete die Tür und führte sie in sein Zimmer. Bevor er sie allerdings küssen konnte, begann sie mitten im Raum hin und her zu laufen.

Barson lehnte sich gegen die Wand und wartete, um zu sehen was sie auf dem Herzen hatte.

Sie hielt vor ihm an.. »Ganir wird dich rufen«, sagte sie und hörte sich besorgt an. »Er wird dich mit einem Auftrag in Kelvins Gebiet schicken.«

»Ach?« Barson gab sein Bestes, um neugierig auszusehen. Augusta wusste offensichtlich nicht, dass er gerade von Ganir kam und er wollte wissen, was sie ihm zu sagen hatte.

»Es ist ein sehr spezieller Auftrag. Er wird dir sagen, du sollst eine gefährliche Zauberin festnehmen.«

»Eine Zauberin?« Barson tat weiterhin so, als wisse er von nichts. Das war ein wirklicher Glücksfall. Vielleicht würde Augusta ihm ja die Informationen geben, die er brauchte.

»Ja«, antwortete sie und sah zu ihm hoch. »Eine mächtige Zauberin, die Ganir für seine eigenen Zwecke benutzen will.«

»Und was für Zwecke könnten das sein?«

»Er möchte mich durch sie im Rat ersetzen«, erklärte ihm Augusta und schaute ihn fest an. »Wie du vielleicht weißt, kommen Ganir und ich nicht so gut miteinander aus.«

Das war nichts, was Barson erwartet hatte zu hören. »Stimmt das?«, fragte er sanft und strich ihr eine Locke aus ihrem Gesicht. Log sie ihn gerade an? Dafür, dass sie nicht miteinander zurechtkamen, hatten sie sich in der letzten Zeit mit Sicherheit sehr häufig gesehen.

Augusta nickte, griff nach oben um seine Hand zu ergreifen und drückte sie leicht. »Es stimmt. Und deshalb möchte ich dich auch um einen Gefallen bitten.« Sie machte eine Pause und erwiderte seinen Blick. »Ich möchte nicht, dass sie lebendig hierher gebracht wird.«

Barson konnte sein Entsetzen nicht verbergen. »Du möchtest, dass ich mich den Anweisungen des Ratsvorsitzenden widersetze und eine Zauberin töte?«

»Sie ist nicht das, was sie zu sein scheint«, entgegnete Augusta und ihr Griff um seiner Hand wurde fester. »Du würdest der gesamten Welt einen Gefallen tun, wenn du sie loswerden würdest.« In ihrer Stimme schwang eine Angst mit, die Barson überraschte.

Er blickte sie an und versuchte zu verstehen, was das alles bedeutete. »Du bittest mich, gegen die Anweisungen des

Ratsvorsitzenden zu handeln und das schlimmste aller Verbrechen zu begehen — einen Zauberer umzubringen«, sagte er langsam. »Verstehst du die Konsequenzen dieser Handlung?«

Sie nickte und in ihren Augen brannte ein undefinierbares Gefühl. »Ich weiß, worum ich dich bitte. Wenn du das für mich tust, werde ich für immer in deiner Schuld stehen.« Ihre Hand umfasste seine immer noch und ihr fester Griff verriet ihre Verzweiflung.

Barson tat sein Bestes, um seine Reaktion auf ihre Worte zu verbergen. »Wir arbeiten beide zusammen, einverstanden?«, fragte er ruhig und bedeckte mit seiner anderen Hand ihre Wange. »Wenn Ganir deshalb mein Feind wird, wirst du dann auf meiner Seite stehen?«

»Immer.« Augusta erwiderte seinen Blick, ohne mit der Wimper zu zucken.

»Dann betrachte es als schon geschehen«, sagte Barson. Er konnte diese Entwicklung der Ereignisse kaum glauben. Er hatte sich gefragt, wie er Augusta dazu bringen konnte, sich seiner Sache anzuschließen, und sie war von sich aus mit ihm ins Bett gesprungen — diesmal im übertragenen Sinne.

Ihr Gesicht hellte sich auf und sie ließ seine Hand los. Sie stellte sich auf ihre Zehenspitzen und küsste ihn sanft auf die Lippen. »Sei vorsichtig«, murmelte sie und hob ihre Hand, um sein Gesicht zu streicheln. »Lass es so aussehen, als habe sie so gewaltigen Widerstand geleistet, dass dir und deinen Männern nichts anderes übrig blieb, als sie zu töten. Das könnte allerdings auch wirklich passieren.«

»Wie mächtig genau ist diese Zauberin denn?«, fragte Barson und sein Kopf begann, sich trotz Augustas Berührung, auf die neue Aufgabe zu konzentrieren. Er mochte den Gedanken eine Frau zu töten nicht, aber er unterdrückte dieses Gefühl. Eine Zauberin konnte genauso gefährlich sein wie ihre männlichen Gegenstücke — und potentiell tödlicher als Hundert seiner Männer. Er erinnerte sich daran, wie verheerend Augusta während des Bauernaufstands gewesen war und er wusste, er würde mehr als nur ein paar Schwerter und Pfeile brauchen, um diesen Kampf zu gewinnen.

»Sie ist mächtig«, gab Augusta leise zu und sah zu ihm hinauf. »Ich weiß allerdings nicht, wie mächtig genau und ich möchte, dass du auf das Schlimmste vorbereitet bist. Ich werde für euch und eure Ausrüstung auch einige Schutzzauber fertig machen, um sicher zu gehen, dass ihr gegen ihre magischen Angriffe, egal ob mental oder körperlich, geschützt seid.

»Das würde helfen«, meinte Barson. Obwohl Dara ihm schon

einige dieser Zauber gegeben hatte, war Augusta die stärkere Zauberin und er würde diesen zusätzlichen Schutz begrüßen.

»Ich habe außerdem ein Geschenk für dich.« Sie ging einen Schritt zurück, fasste in die Tasche ihres Rocks und nahm etwas heraus, das wie ein Anhänger aussah. »Das wird es mir ermöglichen, in einem speziellen Spiegel alles zu sehen, was passiert«, erklärte sie und reichte es ihm.

Barson nahm den Anhänger und legte ihn in seine Kommode. »Ich werde ihn tragen, sobald wir abreisen«, versprach er. Es würde ihn irgendwie einschränken, wenn seine Geliebte ihn beobachten würde, aber es würde auch ihr Bündnis stärken.

Jetzt musste er die Verbindung erst einmal auf eine andere Art stärken. Er streckte sich nach Augusta aus und zog sie zu sich.

* * *

»Du musst mich mitkommen lassen.« Dara schaute ihn flehend an. »Barson, lass mich mit dir mitkommen.«

»Zum hundertsten Mal, du kommst nicht mit.« Barson wusste, sein Ton war scharf und er sänftigte ihn ein wenig, bevor er fortfuhr: »Es ist zu gefährlich, Schwesterlein. Wenn dir etwas zustößt ...« Er konnte diese entsetzliche Vorstellung nicht einmal zu Ende denken. »Außerdem weißt du, dass du viel zu wichtig für unsere Sache bist. Wenn du verletzt wirst, wer würde dann weiter Leute für uns anwerben? Du weißt was passiert ist, als Ganir herausgefunden hat, dass ich diese fünf Zauberer getroffen habe.«

Seine Schwester schaute ihn frustriert an. »Mir würde nichts passieren—«

»Nein, dafür gibt es keine Garantie.« Barson schüttelte seinen Kopf. »Ich werde dich nicht auf diese Art der Gefahr aussetzten. Außerdem weißt du genau, dass wir kämpfen müssen, wenn wir den Rat überraschen wollen. Wir müssen jetzt austesten, wie meine Armee gegen einen von ihnen ankommen würde. Das ist die perfekte Möglichkeit, weil wir es hier nur mit einer Zauberin zu tun haben, nicht mit allen von ihnen.

Sie sah immer noch unglücklich aus, aber wusste es besser, als weiter zu diskutieren. Wenn Barson erst einmal zu etwas entschlossen war, gab es wenig, was man tun konnte, um seine Meinung zu ändern.

»Hattest du die Gelegenheit, einen Blick auf die Schutzzauber zu werfen, die Augusta eingesetzt hat?«, fragte Barson und änderte damit das Thema.

Dara nickte. »Sie hat ausgezeichnete Arbeit geleistet. Du musst ihr wirklich etwas bedeuten. Der Zauber, mit dem sie deine Rüstung — und die deiner Männer — belegt hat, wird dich gegen die Mehrheit der elementaren Angriffe schützen, und auch gegen viele, die deinen Verstand beeinflussen könnten. Ihre Anti-Schrei-Verteidigung ist ein ganz besonderes Meisterstück.

Barson lächelte. Er mochte die Vorstellung, Augusta mache sich Sorgen um ihn.

»Warum kommt sie nicht mit euch mit?«, wollte Dara wissen und schaute ihn neugierig an. »Wenn dieser Auftrag so wichtig für sie ist, warum begleitet sie euch dann nicht?«

»Und stellt sich damit öffentlich gegen Ganir?« Barsons Lächeln wurde breiter. »Nein, dazu ist Augusta zu clever. Es gibt bald eine Ratsversammlung und wenn sie nicht dabei ist, wird Ganir sofort wissen, dass etwas vor sich geht. Meine Männer haben explizite Anweisungen vom Rat bekommen, nach Neumanngrad zu gehen und diese Zauberin zu fangen und falls sie sich wehrt ...« Er zuckte mit seinen breiten Schultern. »Naja, diese Sachen passieren. Es wäre schwieriger alles zu erklären, wenn sich eine Zauberin wie Augusta dort befinden würde — oder eben auch du.«

»Aber du nimmst fast deine ganze Armee mit«, wandte Dara ein, »nicht die paar Mann, die Ganir vorgeschlagen hat. Wird ihn diese Tatsache nicht auch misstrauisch machen?«

Barson lachte. »Wie viele Männer ich mit auf einen Einsatz nehme, ist allein meine Entscheidung. Ganir hat in dem Punkt nichts zu sagen.«

»Denkst du, er hat es wieder absichtlich gemacht?«, fragte Dara. »Dir zu sagen, nur ein paar deiner besten Männer mitzunehmen, um gegen die mächtige Zauberin vorzugehen?«

»Ich bin mir nicht sicher«, gab Barson zu. »Es klingt, als brauche Ganir diese Zauberin wirklich, aber gleichzeitig weiß ich auch, er würde sich freuen, wenn ich und meine besten Männer in der Schlacht bleiben. Vielleicht gewinnt er auch einfach in jedem Fall, egal wie es ausgeht. Wenn wir sie ihm bringen, bekommt er, was er möchte. Und wenn wir während des Auftrags sterben, wird er das los, was für ihn eine Bedrohung darstellt — und es wird eine andere Gelegenheit geben, sie festzunehmen.«

»Ich frage mich immer noch, warum er uns alle nicht gleich umbringt«, überlegte Dara, »Oder seine Vermutungen dem Rat unterbreitet.«

»Weil er meiner Meinung nach nicht die vollen Ausmaße unseres Plans realisiert«, meinte Barson. »Wahrscheinlich denkt er, ich sei nur ein überehrgeiziger Soldat mit größenwahnsinnigen Träumen—«

»Das bist du ja auch«, unterbrach ihn Dara lachend.

»Nein.« Barson schüttelte seinen Kopf. »Ich träume nicht. Ich mache Pläne. Ganir unterschätzt uns, genau wie der Rest von ihnen. Aber selbst wenn er seine Vermutungen hat, ist er zu clever, um öffentlich zu handeln. Er weiß nicht wie viele uns unterstützten oder wie tief die Verschwörung geht. Wenn er mich offiziell des Verrats anklagt, werden meine Männer nicht einfach unbeweglich dastehen — genauso wenig wie die anderen, die wir von unserer Sache überzeugt haben. Dann wird es Krieg geben — einen richtigen Bürgerkrieg — und ich denke nicht, dass Ganir bereit dazu ist.«

Dara runzelte ihre Stirn und sah besorgt aus.

»Was ist denn, Schwester? Hast du wieder Zweifel an unseren Plänen?«

»Ich kann nichts dagegen machen«, gab Dara zu. »Selbst mit allen unseren Alliierten hört es sich unmöglich an, gegen den Rat vorgehen zu können.«

»Du hast Recht.« Barson lächelte sie an. »Wir sind noch nicht so weit. Wenn wir allerdings Augusta dazu bekommen könnten, sich uns anzuschließen, würde das unsere Erfolgschancen erheblich erhöhen.«

»Denkst du ernsthaft, sie würde sich uns anschließen? Sie ist Teil des Rates.«

»Sie hat sich uns schon angeschlossen; sie hat es nur noch nicht realisiert. Ihre Bitte widerspricht meinem Auftrag — einem Auftrag, der direkt vom Ratsvorsitzenden kam — was bedeutet, dass wir beide jetzt an einem verräterischen Komplott beteiligt sind.«

Dara dachte einen Moment lang darüber nach. »Ja, das stimmt. Und mit ihr auf unserer Seite lägen die Dinge anders.«

Barson nickte. Er konnte sie schon sehen — die Zukunft nach dem eventuellen Machtwechsel. Er wäre König und Augusta seine Königin. Beide von adeligem Blut, so wie das bei echten Herrschern der Fall sein sollte.

»Sei vorsichtig bei dieser Mission, Barson.« Dara sah ungewöhnlich besorgt aus. »Ich habe kein gutes Gefühl dabei.«

Barson lächelte seine Schwester beruhigend an. »Mach dir keine Sorgen, Schwester. Alles wird gut werden. Es ist doch nur eine Zauberin. Wie schlimm könnte es schon werden?« Er verließ Daras Haus und ging zum Turm zurück, wo seine Männer bereits die Abreise vorbereiteten.

CHAPTER 37: BARSON

Walking into Ganir's chambers, Barson forced himself to keep his face expressionless.

"You summoned me?" He purposefully omitted any honorific due to the head of the Council—a subtle insult that he was sure Ganir would not miss.

"Barson." Ganir inclined his head, foregoing Barson's military title as well.

"How may I be of assistance?" Barson asked in an overly polite tone. "Should I put down another small rebellion for you?"

Ganir's mouth tightened. "About that. I regret that I was misinformed about the situation in the north. The person responsible for this grievous error has been dealt with."

"Of course. I would've expected no less from you." Barson would've done the same thing in Ganir's place. The old sorcerer clearly didn't want any witnesses to his treachery.

"I have a small task for you," the Council Leader said. "There is a sorceress who is causing some disturbances in Kelvin's territory. I'd like you to take a few of your best men and bring her to me, so we could have a discussion."

Barson did his best to conceal his surprise. "You wish me to bring in a sorceress?"

"Yes," Ganir said calmly. "She's young and shouldn't present much of a challenge. You can just talk to her and convince her to come to Turingrad. That might be the best way. Of course, if she's reluctant, then you have my leave to use whatever methods of persuasion you deem necessary."

Barson inclined his head in agreement. "It shall be done as you wish."

* * *

Leaving Ganir, Barson walked through the Tower halls, trying to make sense of the Council Leader's request. The sorceress in Kelvin's territory had to be the same one Larn had informed him about—the mystery woman who could supposedly perform miracles. Why did Ganir want her detained? And why would he send the Guard to do it? Sorcerers usually dealt with their own affairs, not wanting to seem vulnerable to outsiders —not even to the Guard. The precedent of non-sorcerers subduing one of the elite would be something most in the Tower would find frightening.

There were only two reasons Barson could think of for Ganir's request: the old sorcerer was either trying to keep this matter hidden from others on the Council, or it was another ploy to send the Sorcerer Guard into a potentially deadly situation. Barson did not for a second believe Ganir's claim of a 'grievous error.' It was obvious the old man had somehow caught wind of Barson's plans and was doing his best to sabotage him.

Of course, it was also possible that Ganir had staged this whole thing in the hopes that Barson would refuse to follow his orders, thus giving him cause to take up action against Barson at the Council level. No doubt the Council Leader thought that if he eliminated the immediate threat of Barson and his closest lieutenants, the rest of the Guard would return to being the sorcerers' loyal tool.

Approaching his chambers, Barson was surprised to find Augusta standing by his door, about to knock. She looked beautiful, but surprisingly anxious.

"I need to speak with you," she said as he got closer.

"Of course." Barson smiled, his heart beating faster at her nearness. "Come inside. We'll talk."

Opening the door, he led her into his room. However, before he could so much as kiss her, she started to pace back and forth in the middle of the room.

Barson leaned against the wall, waiting to see what was on her mind.

She stopped in front of him. "Ganir will summon you," she said, sounding worried. "He'll want to send you on a mission to Kelvin's territory."

"Oh?" Barson did his best to look mildly interested. Augusta was clearly unaware that he had just seen Ganir, and he was curious to hear what she was about to say.

"It's a different kind of a mission. He will tell you that you are to apprehend a dangerous sorceress."

"A sorceress?" Barson continued pretending ignorance. This was a serious stroke of luck. Perhaps Augusta would give him the information he needed.

"Yes," she said, looking up at him. "A powerful sorceress that Ganir wants to use for his own purposes."

"And what purposes would those be?"

"He wants to replace me with her on the Council," Augusta said, giving him a steady look. "As you probably know, Ganir and I don't get along very well."

That wasn't what Barson had been expecting to hear. "Is that right?" he asked softly, lifting his hand to brush a stray lock of hair off her face. Was she lying to him right now? For someone who didn't get along, she and Ganir had certainly been seeing a lot of each other.

Augusta nodded, reaching up to capture his hand with her own, squeezing it lightly. "It's the truth. And that's why I want to ask you for a favor." She paused, holding his gaze. "I don't want her brought in alive."

Barson couldn't conceal his shock. "You want me to go against the Council Leader and kill a sorceress?"

"She's not what she seems," Augusta said, her hand tightening around his palm. "You would be doing the entire world a favor by getting rid of her." Her voice held a note of fear that startled Barson.

He stared at her, trying to figure out what it all meant. "You are asking me to go against the Council Leader and to commit the greatest crime of all—murdering a sorcerer," he said slowly. "You do realize the consequences of this?"

She nodded, her eyes burning with some strange emotion. "I know what I am asking you to do. If you do this for me, Barson, I will be forever in your debt." Her hand still held his own, her tight grip betraying her desperation.

Barson did his best to conceal his reaction to her words. "We will be in this together then, right?" he asked quietly, curving his other palm around her cheek. "If Ganir becomes my enemy as a result, you will be on my side?"

"Always." Augusta held his gaze without flinching.

"Then consider it done," Barson said. He could hardly believe this turn of events. He had been wondering how to get Augusta to join his cause, and she just jumped into bed with him herself—figuratively this time.

Her face lightened, and her grip on his hand eased. Standing up on tiptoes, she kissed him softly on the lips. "Be careful," she murmured, reaching up to stroke the side of his face. "Make it look like she resisted so violently that you and your men had no choice but to kill her. It might even turn out to be true."

"Just how powerful is this sorceress?" Barson asked, his mind turning to the upcoming quest despite the distraction of Augusta's touch. He didn't like the idea of killing a woman, but he suppressed the feeling. A sorceress could be just as powerful as her male counterparts—and potentially deadlier than a hundred of his men. He remembered how useful Augusta had been during the peasant rebellion, and he knew that it would require more than a few swords and arrows to win this fight.

"She's powerful," Augusta admitted quietly, looking up at him. "I don't know just how powerful she is, but I want you to be ready for the worst. I will also prepare some spells to make sure you and your soldiers are well-protected, both physically and mentally, against whatever attacks she might launch against you."

"That would be helpful," Barson said. Although Dara had already given him some protective spells, Augusta was a stronger sorceress, and he would welcome the additional protection for his men.

"I also have a gift for you." Taking a step back, she reached into a pocket in her skirt and took out what looked like a pendant. "This will enable me to see everything that happens in a special mirror," she said, handing it to him.

Barson took the pendant and put it on his commode. "I will wear it when we depart," he promised. It would be somewhat limiting to have his lover watching him, but it would also strengthen their alliance.

For now, though, he wanted to reinforce their bond in a different way. Reaching for Augusta, he drew her toward him.

* * *

"You must let me come." Dara gave him an imploring look. "Barson, let me go with you."

"For the hundredth time, you're not going." Barson knew his tone was sharp, and he softened it a bit before continuing. "It's too dangerous, sis. If anything were to happen to you . . ." He couldn't even complete that horrifying thought. "Besides, you know you're far too important to our cause. If you got hurt, who would continue recruiting for us? You know what happened when Ganir found out I was meeting with those five sorcerers."

His sister stared at him in frustration. "I would be fine—"

"No, there's no guarantee of that." Barson shook his head. "I will not put you in danger like that. Besides, you know that if we are to overtake the Council, we have to be able to fight them. We need to start testing the waters now, to see how my army would fare against one of them. This is a perfect opportunity because we just have one sorceress to deal with, not the entire lot of them."

She still looked unhappy, but she knew better than to argue further. Once Barson made up his mind, there was very little anyone could do to change it.

"So did you have a chance to look at the defensive spells Augusta put in place?" Barson asked, changing the subject.

Dara nodded. "She did a superb job. She must really care about you. The spell that she put on your armor—and on your men in general—will protect you against most elemental attacks, as well as against many that could tamper with your mind. Her anti-Shriek defense, in particular, is a masterpiece."

Barson smiled. He liked the idea of Augusta caring about him.

"Why doesn't she come with you?" Dara asked, looking at him curiously. "If this mission is so important to her, why doesn't she come along?"

"And openly go against Ganir?" Barson's smile widened. "No, Augusta is too smart to do that. There is a Council meeting coming up, and if she's not there, Ganir will know immediately something is going on. My men have explicit orders from the Council Leader to go and capture this sorceress, and if she happens to resist arrest . . ." He shrugged his broad shoulders. "Well, these things happen. It would be much tougher to explain a dead sorceress if Augusta were there—or you, for that matter."

"But you're bringing almost your entire army," Dara protested, "not the few men that Ganir suggested. Won't he be suspicious of that fact?"

Barson chuckled. "How many men I take on a military mission is entirely my prerogative. Ganir doesn't have any say in that."

"Do you think he did it on purpose again?" Dara asked. "Telling you to take just a few of your best men while sending you against a powerful sorceress?"

"I'm not sure," Barson admitted. "It sounds like Ganir genuinely needs this sorceress, but at the same time, I know he'd love to have me and my closest men perish in battle. Maybe it's a win-win proposition for him. If we bring her, he gets what he wants. And if we die during this mission, he will get rid of what he perceives to be a threat—and there will be other opportunities for him to capture her."

"I still wonder why he hasn't killed us all outright," Dara mused, "or gone to the Council with his suspicions."

"Because I don't think he realizes the full extent of our plans," Barson said. "He probably thinks I'm just an overambitious soldier with fantasies of grandeur—"

"That is what you are," Dara interrupted, smiling.

"No." Barson shook his head. "I don't do fantasies. I make plans. Ganir, like all the rest of them, underestimates us. But even if he does have his suspicions, he's too smart to act on them openly. He doesn't know how many supporters we have, or how deep the conspiracy runs. If he openly accuses us of treason, my men will not stand idly by—nor will those we convinced to join our cause. There will be war—a real civil war—and I don't think Ganir is ready for that."

Dara frowned, an anxious look appearing on her face.

"What is it, sis? Are you doubting our plans again?"

"I can't help it," Dara admitted. "Even with all our allies, going up against the Council sounds like an impossible mission."

"You're right." Barson smiled at her. "We're not ready yet. However, if we can get Augusta to join us, that would significantly increase our odds of success."

"Do you really think she would join us? She's part of the Council."

"She has already joined us; she just doesn't realize it yet. Her request goes against my orders—orders that come directly from the Council Leader—which means that we are now both involved in a treasonous conspiracy."

Dara considered that for a moment. "Yes, I could see that. And with her on our side, things would be different."

Barson nodded. He could already see it—the aftermath of the eventual power shift. He would be king and Augusta his queen. Both of them of noble blood, as rulers should be.

"Be careful on this mission, Barson." Dara looked unusually worried. "I don't have a good feeling about this."

Barson gave his sister a reassuring smile. "Don't worry, sis. All will be well. It's just one sorceress. How bad could it get?"

And walking out of Dara's house, he headed back to the Tower, where his men were already preparing to depart.

38. KAPITEL: GALA

An dem Tag, an welchem die Spiele im Kolosseum stattfanden, beschloss Gala, den Gasthof erneut zu verlassen. In den letzten drei Tagen hatte sie jede vorstellbare Tätigkeit ausgeübt, vom Ausleeren der Nachttöpfe (dabei hatte sie endlich das Konzept von Ekel verstanden) bis hin zur Käseherstellung aus der Milch, die die Bauern jeden Morgen zum Gasthaus brachten. Während die meisten Aufgaben auf ihre Art und Weise interessant waren — und Gala erstaunlich gut darin war, sie auszuüben — begann sie, sich eingesperrt zu fühlen. Sie kam sich wie eine Gefangene in diesem Gasthof vor, in dem sie laut Maya und Esther so lange bleiben sollte, bis Blaise kam.

»Ich werde heute zu den Spielen gehen«, erklärte sie Esther und ignorierte den beunruhigten Gesichtsausdruck der alten Frau. »Sie sagen, das Kolosseum wird danach schließen und ich würde die Spiele wenigstens einmal sehr gerne sehen.«

»Ich denke nicht, dass dir diese Sachen gefallen werden, Kind«, meinte Esther stirnrunzelnd. »Und was ist, wenn dich jemand erkennt?«

Gala atmete tief ein. »Ich verstehe und respektiere deine Bedenken«, antwortete sie, entschlossen die Ängste ihrer Aufsicht zu zerstreuen. »Ich habe wirklich lange darüber nachgedacht und bin der Meinung, es ist sicher. Es sind einige Tage seit dem Markt vergangen und niemand hat mich bis jetzt erkannt. Mit der Verkleidung, die du mir gegeben hast, schaut mich niemand zweimal an. Ich bin einfach nur ein Bauernmädchen, welches im Gasthaus arbeitet und niemand wird etwas anderes denken, wenn ich heute zu den Spielen gehe. Ich werde auch das Tuch tragen.«

Esther seufzte. »Kind, offensichtlich bist du eine sehr begabte

Zauberin und du scheinst mit jeder Stunde besser zu werden, aber Blaise erwartet von uns, versteckt zu bleiben. Im Gasthaus sind wir nur zwei alte Frauen mit ihrer jungen Nichte, die ein wenig Geld dazu verdienen möchte, indem sie aushilft. Ich mache mir aber Sorgen um dich, wenn es sich um eine öffentliche Veranstaltung handelt. Dinge die ich nicht verstehe, scheinen um dich herum zu passieren. Ich weiß nicht wie du das machst, was du machst, aber wir können nicht noch mehr Aufmerksamkeit auf uns lenken.«

»Das verstehe ich«, erwiderte Gala beschwichtigend. »Aber vertrau mir, ich habe alle Vor- und Nachteile bedacht und ich fühle, dass es sich für mich lohnen wird, dorthin zu gehen. So eine Veranstaltung ist selten und ich muss sie mit eigenen Augen sehen, da solche Spiele das letzte Mal stattfinden werden.«

Esther schüttelte resigniert ihren Kopf. »Sich mit dir zu streiten ist wie sich mit Blaise zu streiten«, schimpfte sie leise und band sich ihr eigenes Tuch um. »Es ist unmöglich gegen euer schönes Gerede und die guten Begründungen anzukommen. Ich weiß nicht, was diese ganzen Vor-und Nachteile sind, aber ich weiß, es ist keine gute Idee, zu gehen. Auch wenn ich dich offensichtlich genauso wenig aufhalten kann, wie eine Naturgewalt.«

Gala lächelte einfach nur und wusste, sie hatte gewonnen.

Als die drei Frauen aus dem Gasthaus gingen, fragte sie sich, wie man wohl ernsthaft eine Naturgewalt stoppen könne. Sie hatte über die furchtbaren Ozeanstürme gelesen, die Koldun umringten, und jetzt war sie neugierig, ob diese gestoppt werden konnten. Das Festland wurde durch eine Bergkette, die sich einmal rundherum ausbreitete geschützt, aber die Stürme überquerten die Berge manchmal und verursachten viele Tote. Wenn diese Berge die Stürme aufhalten konnten, müsste ein guter, wenngleich schwieriger Zauber, das gleiche machen können.

»So weit so gut«, meinte Maya als sie an einer Ansammlung von jungen Menschen vorbeikamen und niemand sie beachtete. »Vielleicht hattest du Recht, Gala. Lass aber bitte dein Tuch die ganze Zeit um.«

Gala nickte und zog es sich fester um den Kopf. Sie mochte das Gefühl des kratzigen Materials nicht, aber sie akzeptierte die Notwendigkeit, es tragen zu müssen. Hätte sie sich auf dem Markt einfach anders verhalten, müsste sie die Verkleidung außerhalb des Gasthofs gar nicht tragen.

* * *

Das Kolosseum war das majestätischste Bauwerk, welches Gala jemals gesehen hatte. Maya war es gelungen, ihnen Plätze unten in dem großen Amphitheater, nahe der Bühne, zu beschaffen. Als die Spiele endlich begannen, konnte Gala ihre Aufregung kaum bremsen.

Zuerst gab es einen Paukenschlag, auf den eigenartige, wunderschöne, energetische Musik folgte. Gala war wie hypnotisiert. Ein Tor an der Arena öffnete sich langsam und ein Dutzend Fässer rollten heraus, auf denen Menschen barfuß balancierten. Die Menge applaudierte und Gala beobachtete fasziniert, wie die Akrobaten ihre Kunststücke auf den Fässern aufführten und ihre Abläufe dabei mit einer erstaunlichen Präzision koordinierten.

Weitere Darsteller traten aus dem Tor und trugen große Körbe mit Melonen. Sie warfen die Früchte den Akrobaten zu, die sie auffingen und begannen, mit ihnen zu jonglieren, ohne dabei ihre Runden durch die Manege zu unterbrechen.

Während sie auf die verschlungene Flugbahn der Früchte blickte, fühlte Gala, wie sie in einen ungewöhnlichen, halb abwesenden, halb euphorischen Zustand verfiel. Sie sah die genauen mathematischen Muster die die Bewegungsabläufe der fliegenden Melonen beherrschten, die Muster, die die Balance der Fässer bestimmten und die ganze Zeit hörte sie dabei den Rhythmus und die Melodie mit ihrer eigenen harmonischen Vibration, denen die Jongleure folgten. Es war so faszinierend, dass sie sich fast selbst wie einer der Akrobaten fühlte — so als ob sie dorthin gehen, auf einem Fass laufen und ein Dutzend Früchte zur Musik jonglieren könnte.

Grinsend schaute sie der Vorführung der Akrobaten zu und war glücklich, nicht auf Maya und Esther gehört zu haben, was die Teilnahme an dieser Veranstaltung betraf. Wenn sie das nicht gesehen hätte, da war sie sich ganz sicher, hätte sie das ihr ganzes Leben lang bereut.

Als die nächste Attraktion folgte, lachte Gala schon und hatte genauso viel Spaß wie der Rest der Menge. Zu ihrer Überraschung waren die nächsten, die die Arena betraten keine Menschen, sondern Bären — wilde Tiere, über die sie in einem von Blaises Büchern gelesen hatte.

Zwei große Tiere rollten auf Fässern hinaus. Zuerst war es amüsant und Gala lachte weiter — bis sie den Mann mit dem dicken Bart in der Mitte des Platzes stehen sah. Er schlug mit einer langen Peitsche neben den Bären auf und jedes Mal, wenn er das machte, schienen die Tiere auf das knallende Geräusch zu reagieren und zuckten zusammen.

Stirnrunzelnd bemerkte Gala, dass die Bären nicht gerne hier waren — dass sie, im Gegensatz zu den Akrobaten, die Aufmerksamkeit der Menge nicht genossen. Sofern sie das beurteilen konnte, war alles was sie wollten, von diesen dämlichen Fässern runterzukommen und sich auszuruhen, aber jedes Mal, wenn einer von ihnen zögerte, ertönte das widerliche Krachen der Peitsche und die Tiere rollten weiter über die Bühne.

»Warum zwingen sie die Tiere, das zu machen?«, flüsterte sie Esther zu.

»Weil es Spaß macht, ihnen dabei zuzusehen«, flüsterte diese zurück.

»Ich mag es nicht«, murmelte Gala und war unglücklich, dass die Tiere gezwungen wurden, etwas zu tun, das ganz klar gegen ihre Natur ging.

»Wollen wir gehen?«, fragte Maya hoffnungsvoll.

»Nein.« Gala schüttelte ihren Kopf. »Ich möchte sehen, was als nächstes kommt.«

Nachdem die Bären die Arena verlassen hatten, war ein Mann an der Reihe, der Feuer schluckte. Ihm folgte eine Gruppe junger Frauen, die in bunten Kostümen tanzten. Gala amüsierte sich prächtig und war erleichtert, keine Tiere mehr in der Arena zu sehen.

Und gerade als sie anfing zu denken, die Spiele im Kolosseum seien die beste Unterhaltung, die sie sich vorstellen könnte, tönte eine Stimme durch die Arena und unterbrach das aufgeregte Geschnatter der Menge. »Meine Damen und Herren, jetzt ist der Moment gekommen, auf den sie alle gewartet haben.« Paukenschlag. »Ich präsentiere Ihnen ... die Löwen!«

Die Menge war still und ihre ganze Aufmerksamkeit war auf die Bühne gerichtet. Gala wartete, gespannt darauf zu sehen, was die Arena betreten würde. Eine unangenehme Vorahnung machte sich in ihrem Magen breit.

Das Tor öffnete sich wieder und ein Dutzend Männer in starker Rüstung, die Ketten hinter sich herzogen, traten hinaus. Am anderen Ende der Ketten waren Löwen — die schönsten Kreaturen, die Gala jemals gesehen hatte.

Die Ketten waren mit engen, stachelbesetzten Halsbändern verbunden, welche sich tief in den Hals der Tiere bohrten. Die Löwen, die offensichtlich vor Schmerzen brüllten und fauchten, wurden gezwungen, bis in die Mitte der Arena zu gehen. Sobald sich dort mehr als ein Dutzend Löwen befanden, befestigten die Männer in den Rüstungen die Ketten an Haken, die in den Boden eingelassen waren. Gleichzeitig stachen sie mit langen Speeren auf die Tiere ein, um sie davon abzuhalten, anzugreifen. Das schien die Bestien nur noch wütender zu machen und ihr Gebrüll wurde lauter, was einige Frauen in der Menge dazu veranlasste, vor Aufregung zu Kreischen.

Ihr Grauen und Ekel wuchsen sekündlich und Gala schaute dabei zu, wie die Tore sich wieder öffneten und eine andere Gruppe Männer die Arena betraten. Im Gegensatz zu den Wachen von vorher trugen diese Männer keine weiteren Waffen, als kurze, rostig aussehende Schwerter. Sie stolperten in das Kolosseum und einige von ihnen fielen über ihre eigenen Füße. Gala realisierte, dass sie heraus geschubst worden waren — dass sie nicht mehr Lust hatten dort zu sein, als die armen Löwen. Die Gesichtsausdrücke der Männer spiegelten Angst und Panik wider.

Galas Herz machte einen Satz, als zwei der Löwen begannen, einen der Männer langsam zu verfolgen. Er wich zurück, schwang sein Schwert mit verzweifelten und ungeschickten Bewegungen gegen sie — und Gala wurde klar, diese Konfrontation sollte ihre Unterhaltung sein.

Die Löwen und die Menschen sollten um ihr Leben kämpfen.

Eine Wut, so mächtig wie sie sie noch niemals zuvor gefühlt hatte, begann sich in Gala aufzubauen. Sie füllte sie immer weiter aus, bis sie sich nur noch auf die erschreckende Szene konzentrieren konnte, die sich gleich vor ihren Augen abspielen würde.

»Aufhören«, flüsterte sie und war sich kaum bewusst, etwas zu sagen. Aus ihren Augenwinkeln konnte sie sehen, wie Maya und Esther besorgt zu ihr herüber schauten und sie fühlte, wie sie sie am Tuch zogen und versuchten, sie wegzuführen. Galas Füße fühlten sich an, als würden sie Wurzeln schlagen, sie stand wie versteinert an ihrem Platz und konnte nichts anderes tun, als das abscheuliche Spektakel zu beobachten.

Ein lautes Gebrüll, dann ein gelber Nebel ... Ein Löwe stürzte sich auf den Mann, riss ihn zu Boden und Gala spürte das mittlerweile vertraute Gefühl, ihre Kontrolle zu verlieren, ihren anderen Teil übernehmen zu lassen. Sie bekam kaum mit, wie etwas in ihr die Entfernung von ihrem Sitz bis zur Mitte der Arena berechnete — und dann hatte sie ihren Sitz auch schon verlassen und flog zu ihrem Ziel.

Auf einmal schien es totenstill zu sein. Selbst die Löwen hörten auf zu brüllen und drehten ihre Köpfe, um dem Mädchen dabei zuzusehen, wie es durch die Luft flog. Es war so still, dass Gala das Geräusch der Ketten hören konnte, als die Löwen sich zur Mitte der Arena bewegten, wo sie landen wollte, und ihre Beute achtlos zurück ließen.

Dann war Gala auch schon zwischen ihnen, umgeben von diesen wundervollen, wilden Tieren. Sie wusste, sie konnten gefährlich sein, aber sie hatte keine Angst. Alles, was sie stattdessen empfand, war Wunder. Ohne einen bewussten Gedanken streckte sie ihre Hand aus, um das hinreißende Tier zu berühren, welches neben ihr stand. Sein Fell fühlte sich rau an, fast borstig, aber darunter war der Löwe warm — genauso warm wie Gala selber. In diesem Moment wusste sie, dass sie ein und dasselbe waren — Fleisch und Knochen, eine Form, die sie in der physischen Dimension brauchte.

Ihr Geist streckte sich nach dem Löwen aus, sie versuchte, ihn zu beruhigen, ihm zu sagen, sie war sein Freund, war hier um zu helfen. Und der Löwe schien sie zu verstehen. Schnurrend legte sich das große Tier vor ihr auf den Boden und seine langen Barthaare kitzelten sie angenehm an ihren Knöcheln.

Gala beugte sich nach unten und berührte das Halsband, welches der Löwe trug. Das Tier winselte und sie zwang die Ketten und das Band mit ihren Gedanken, sich zu öffnen, da sie diese majestätische Kreatur unbedingt befreien wollte. Mit einem lauten Geräusch fielen alle diese Folterinstrumente ab, nicht nur von dem Löwen neben ihr, sondern von allen.

Die Löwen brüllten einstimmig und dann kam der größte von ihnen zu ihr. Immer noch benebelt und ohne Angst, streckte ihm Gala ihre Hand entgegen und lächelte, als er ihre Handfläche mit seiner rauen Zunge ableckte.

Langsam begann sie, sich zu beruhigen und bemerkte das Gemurmel der Menge. Sie blickte auf, sah, wie alle sie anschauten und realisierte, was gerade geschehen war. Sie hatte wieder einmal die Kontrolle verloren, und sie hatte es so öffentlich getan, wie das überhaupt möglich war.

Ihre Hand erhob sich instinktiv, um ihr Tuch zu berühren, aber stattdessen spürte sie ihre Haare, die im Wind wehten. Ihre Verkleidung war weg, ihr Tuch lag in der Mitte der Arena. Es musste sich irgendwann, von ihr unbemerkt, gelöst haben.

Galas Atmung beschleunigte sich. Tausende Augen starrten sie gerade an. Blaise hatte sie gebeten, sich unauffällig zu verhalten und sie hatte ihn immer wieder enttäuscht, auf die auffälligste Art und Weise. Ihr Unwohlsein wuchs mit jedem Augenblick und sie blickte sich verzweifelt um. Die Löwen standen ruhig neben ihr, wie eine Mauer tierischen Fleisches. Auf der anderen Seite der Arena standen die Männer, die eigentlich gegen sie kämpfen sollten, alle zusammengedrängt, und sahen sie schockiert und ungläubig an.

Da wusste Gala, was sie zu tun hatte. Ihre Gedanken gingen zu diesem Ort in ihr, den sie jetzt zu erkennen begann — den Ort, der es ihr auch vorher schon ermöglicht hatte, zu zaubern. Sie war noch weit davon entfernt, ihre Fähigkeiten kontrollieren zu können, aber zumindest bemerkte sie jetzt, wenn sie kurz davor war, sie zu benutzen.

Wie aus der Entfernung spürte sie, genau das gleiche zu tun, was sie auch den anderen Tag beim Tanzen gemacht hatte. Sie konzentrierte sich mit aller Kraft auf Esther, Maya und die Löwen und ließ sich von dem Gefühl überfluten, sich an einem anderen Ort befinden zu wollen. Sie schloss ihre Augen und wünschte sie alle zurück an den Ort, der die letzten Tage ihr zu Hause gewesen war.

Sie wünschte sich zum Gasthaus zurück.

Und als sie ihre Augen wieder öffnete, war das genau der Ort, an dem sie sich befanden — sie, die Löwen und die zwei älteren Frauen.

Unglücklicherweise standen vor ihnen, auf dem toten Weizenfeld, Hunderte schwer bewaffneter Soldaten.

Sie gingen auf den Gasthof zu, und als sich Gala mit ihrer eigenartigen Begleitung vor ihnen materialisierte, brauchten sie nur einen winzigen Moment um zu reagieren. Ihre Gesichter waren hart, ausdruckslos, und Gala wusste plötzlich, dass sie ihretwegen hier waren — genau wie Blaise befürchtet hatte.

Ihr Herz klopfte und in ihrer verzweifelten Panik schaffte Gala etwas, das sie die ganzen letzten Tage vergeblich versucht hatte: sich mit ihrem Schöpfer in Verbindung zu setzen.

»Blaise, ich glaube, sie haben uns gefunden.«

CHAPTER 38: GALA

On the day of the Coliseum games, Gala made the decision to venture out of the inn again. Over the past three days, she had done every chore imaginable, from emptying chamber pots (at which point she truly understood the concept of disgust) to making cheese out of the milk that farmers delivered to the inn every morning. While most of the tasks were interesting in their own way—and Gala turned out to be surprisingly good at them—she was beginning to feel caged, a prisoner in the inn where Maya and Esther insisted they stay while waiting for Blaise.

"I am going to attend the games today," she told Esther, ignoring the anxious expression that immediately appeared on the old woman's face. "They say the Coliseum is closing after this, and I would like to see the games at least once."

"I don't think you'd like those games, child," Esther said, frowning. "Besides, what if someone recognizes you?"

Gala took a deep breath. "I understand and respect your concern," she said, determined to allay her guardians' fears. "I considered it thoroughly, and I think it's safe. It has been several days since the market, and nobody has recognized me thus far. The disguise you've given me is such that nobody even looks at me twice. I'm just a peasant girl working at the inn, and nobody will think anything different if I attend the games today. I'll wear the shawl to the Coliseum as well."

Esther sighed. "Child, you are obviously a very talented sorceress and you seem to be getting wiser with every hour that goes by, but Blaise wants us to stay hidden. Here at the inn, we're just a couple of old women with a young niece who's trying to earn a little coin by helping out. I worry about you in a public venue, child. Things seem to happen around you that I don't understand. I don't know how you do what you do, but we can't draw any more attention to ourselves."

"I understand," Gala said soothingly. "But trust me, I have considered all the positives and negatives, and I strongly feel that it will be worth it for me to go there. This kind of event is a rare opportunity, and I must see it for myself since it's the last time the games are taking place."

Esther shook her head in resignation. "Arguing with you is like arguing with Blaise," she muttered, putting on her own shawl. "You two are impossible with all your smooth talk and reason. I don't know what all those positives and negatives are, but I do know it's a bad idea to go. Obviously, I can't stop you any more than I can stop a force of nature."

Gala just smiled in response, knowing she'd gotten her way.

As the three of them were walking out of the inn, she wondered how one would literally stop a force of nature. She'd read about the horrible ocean storms that surrounded Koldun, and now she was curious if those could be stopped. The mainland was protected from these storms by a ridge of mountains all around, but on rare occasions, the storms still crossed the mountains and caused many deaths. Of course, if the mountains could stop the storms, a proper—if complex—spell could likely do the same.

"So far, so good," Maya said as they passed by a crowd of young people and no one paid them any attention. "Maybe you were right, Gala. Just keep your shawl on at all times."

Gala nodded, pulling the shawl tighter around her head. She didn't like the feel of the scratchy material, but she accepted the necessity of wearing it. After all, if it hadn't been for her own actions at the market, she wouldn't have needed the disguise outside the inn at all.

* * *

The Coliseum was the most majestic structure Gala had ever seen. Maya had managed to get them seats toward the bottom of the huge amphitheater, closer to the stage, and Gala could barely contain her excitement as the start of the games approached.

A drumbeat began at first, followed by some strange, wonderfully energetic music. Gala was mesmerized. A gate slowly opened at the bottom of the amphitheater, and a dozen barrels rolled out, with people balancing on top of them, gripping the barrels with their bare feet. The crowd cheered, and Gala watched in fascination as the acrobats began to perform incredible feats on top of those barrels, coordinating their actions with stunning precision.

More performers came out of the gate, carrying large baskets of fruit that Gala recognized as melons. They threw the melons at the acrobats, and the performers caught the fruit and started juggling it, all the while moving in precise circles all around the arena.

Staring at the intricate flight path of the juggled fruit, Gala felt her mind going into an unusual half-absent, half-euphoric state. She was seeing the exact mathematical patterns that governed the trajectories of the flying melons, along with ones required to keep the barrels balanced, all the while the musical beat and melody had its own harmonious set of vibrations that the jugglers were in sync with. It was so amazing she almost felt like she was one with the acrobats—like she could walk out there, ride a barrel, and juggle a dozen fruits herself to the music.

Grinning, she watched the acrobats performing their tricks, happy that she hadn't listened to Maya and Esther about attending the event. If she hadn't seen this, she was sure she would've regretted it for life.

By the time the next act came out, Gala was laughing and thoroughly enjoying herself like the rest of the crowd. To her surprise, instead of people, the next performers were bears—wild animals she'd read about in one of Blaise's books.

Two large beasts rolled out on barrels. It was amusing, and at first, Gala continued laughing—until she saw a man with a thick mustache standing in the middle of the stage. He was cracking a long whip all around the bears, and every time he did so, the animals seemed to flinch, reacting to the sharp sound.

Frowning, Gala realized that the bears didn't enjoy being there—that, unlike the acrobats, they didn't thrive on the attention of the crowd. In fact, from what she could tell, all they wanted was to get off those silly barrels and rest, but every time one of them faltered, the ugly crack of the whip sounded, and the animals continued rolling around on stage.

"Why do they make those bears do that?" she whispered to Esther.

"Because it is fun to watch?" Esther whispered back.

"I don't like it," Gala muttered under her breath, unhappy that the animals were forced to do something that clearly went against their nature.

"Should we leave then?" Maya asked hopefully.

"No." Gala shook her head. "I want to see what happens next."

After the bears left the arena, the next act was that of a man swallowing fire, followed by a group of young women dancing in skimpy, colorful costumes. Gala greatly enjoyed all of it, relieved that no more animals were involved.

And just as she was about to decide that the Coliseum games were the best entertainment she could imagine, a voice echoed throughout the arena, cutting through the excited chatter of the crowd. "Ladies and Gentlemen, now is the moment you have all been waiting for." There was a drumroll. "I give you . . . the lions!"

The crowd went silent, all their attention focused on the stage. Gala waited to see what would emerge as well, some intuition making her stomach tighten unpleasantly.

The gate opened again, and a dozen men dressed in heavy armor came out, dragging heavy chains behind them. At the other end of those chains were the lions—the most beautiful creatures Gala had ever seen.

The chains were hooked to choking collars with spikes that were digging deeply into the animals' necks. In obvious pain, roaring and screaming, the lions were forced to walk toward the middle of the arena. Once more than a dozen lions were there, the armored men attached the chains to the hooks in the ground and hurried away, poking the lions with long spears to keep the animals from attacking them. This seemed to infuriate the beasts even more, and their roars grew in volume, causing some women in the crowd to squeal in excitement.

Her horror and disgust growing with every moment, Gala watched as the gates opened yet again, letting in a group of men into the arena. Unlike the guards before, these men were armed with nothing more than a few short, rusty-looking swords. They stumbled out into the arena, several of them tripping over their own feet, and Gala realized that they had been pushed out—that they didn't want to be there any more than the poor lions. The expressions on the men's faces were those of fear and panic.

Gala's heart jumped into her throat as two lions began to stalk one of the men in the arena. He was backing away, waving his sword at them, his motions desperate and clumsy—and Gala realized that *this* was the entertainment.

The lions and the people were about to fight to the death.

A rage more powerful than anything Gala had ever felt before started building inside her. It filled her until all she could see, all she could focus on, was the terrifying scene about to unfold.

"Stop," she whispered, barely knowing what she was saying.

With the corner of her eye, she could see Maya and Esther looking at her worriedly, feel them tugging at her sleeve, trying to lead her away, but it was as though her feet grew roots. She was frozen in place, unable to do anything but watch the hideous spectacle below.

A loud roar, then a blur of yellow . . . A lion pounced, tackling a man to the ground, and Gala felt the now-familiar sensation of losing control, of letting that other, unknown part of herself take over. She was vaguely aware that something inside her was calculating the distance from her seat to the middle of the arena— and then she was out of her seat, floating toward her destination.

Everything seemed to grow silent. Even the lions stopped roaring, turning their heads to watch the amazing sight of a human girl flying through the air. It was so quiet, Gala could hear the clinking of chains as the lions moved toward the center of the arena where she was about to land, leaving their prey without a second glance.

And then Gala was among them, surrounded by the beautiful, fierce creatures. She knew they could be dangerous, but she didn't feel any fear. Instead, all she felt was wonder. Without conscious thought, she reached out and touched the gorgeous animal closest to her. His fur felt rough, almost bristly, but underneath, the lion was warm—as warm as Gala herself. In that moment, she knew that they were one and the same—both flesh and bone, a manifestation of thought and matter in the Physical Realm.

Reaching out to the lion with her mind, she tried to reassure him, to tell him she was a friend, here to help them. And the lion seemed to understand. Purring, the beast lay down in front of her, his long whiskers pleasantly tickling her ankle.

Bending down, Gala touched the choker around the lion's neck. The animal whimpered, and she willed the chains and the choker removed, desperate to free the majestic creature. With a loud clang, all the instruments of feline torture came off, not just on the lion next to her but on all of them.

The lions roared as one, and then the biggest one came up to her. Still dazed and feeling no fear, Gala extended her hand to him, smiling as he licked her palm with his rough tongue.

Slowly beginning to calm down, she became aware of murmuring in the crowd. Looking up, she saw everyone watching her—and realized what she had done. She had lost control again, and she had done it in the most public venue possible.

Her hand instinctively rose to touch her shawl, but she felt her hair blowing in the breeze instead. Her disguise was gone, the shawl lying in a heap on the floor of the arena. It must've fallen off at some point without her noticing.

Gala's breathing quickened. Thousands of eyes were staring at her right now. Blaise had asked her to be discreet, and she'd failed him again and again, in the most spectacular fashion. Her discomfort growing with every moment, Gala cast a frantic glance around her. The lions were calmly standing there, like a wall of animal flesh, and at the far side of the arena were the men who were supposed to fight them, all huddling together and watching her with shock and disbelief.

And Gala knew what she had to do. Her mind went to that place inside herself that she was now beginning to recognize—the place that had enabled her to do sorcery before. It was a far cry from being able to control her abilities, but at least now she recognized when she was about to use them.

As though from a distance, she felt she was about to do exactly what she'd done the other day at the dance. Focusing with all her might on Esther, Maya, and the lions, Gala let the desire to be away overwhelm her. Closing her eyes, she willed them all back to the place that had served as home for the past several days.

She willed them back to the inn.

And when she opened her eyes, that was exactly where they were all standing—she, the lions, and the two elderly women.

Unfortunately, in front of them, on the dead field of wheat, were hundreds of heavily armed soldiers.

They were headed for the inn, and seeing Gala materializing with her strange entourage gave them only the briefest of pauses. Their faces were hard, expressionless, and Gala suddenly knew that they were there for her—that what Blaise had feared had come to pass.

Her heart jumped, and in her desperate panic, her mind succeeded in doing something she had been futilely trying to do for the past several days: it reached out to Gala's creator.

"Blaise, I think we have been found."

39. KAPITEL: BLAISE

Blaise rieb sich seine Augen und kämpfte gegen die Müdigkeit an, um noch eine weitere Zeile des Codes zu schreiben. Sein Gehirn funktionierte kaum noch, aber er war nur noch wenige Stunden davon entfernt, den Zauberspruch zu beenden, der ihn mit aufeinanderfolgenden Teleportationssprüngen zu Gala bringen würde. Seine Aufgabe wurde durch die Tatsache verkompliziert, dass er nur einige wenige vorgeschriebene Zauberkarten mit dem Teleportationscode hatte und dass der Code nur auf eine Person angewendet werden konnte — nicht eine Person und eine Chaise, die durch die Luft fliegen sollten, so wie Blaise das plante. Deshalb musste er einen völlig neuen Spruch schreiben, was immer viel länger dauerte.

In seinem Kopf bekam er plötzlich wieder dieses Gefühl, was er immer vor einem Kontaktzauber bekam.

»Blaise, ich glaube, sie haben uns gefunden.«

Er fühlte sich, als habe man ihm ein Glas kaltes Wasser in sein Gesicht geschüttet. Er sprang von seinem Stuhl auf und sein Herz schlug zum Zerspringen. Das war Galas Stimme gewesen und er hatte sie in seinem Kopf gehört. Er war so schockiert, er konnte nicht einmal über die Tatsache nachdenken, dass Gala den Kontaktzauber irgendwie dahingehend verändert hatte, die Nachricht mit ihrer eigenen Stimme zu übermitteln.

Er hatte keine Zeit mehr, dazusitzen und den Teleportationszauber zu Ende zu codieren. Er musste zu Gala und zwar jetzt sofort.

Er griff sich seinen Deutungsstein und die Zauberkarten, die er bis jetzt mühsam geschrieben hatte und rannte aus dem Haus. Er hatte bis jetzt einen genügend großen Teil des Zauberspruchs fertiggestellt, um sich ein gutes Stück des Wegs nach

Neumanngrad zu teleportieren. Den Rest würde er fliegen. Es würde schneller gehen, als den Code jetzt noch fertig zu schreiben.

Blaise sprang auf seine Chaise und stieg schnell in die Luft, während er die Karten in den Stein einführte. Er nahm sich nicht einmal die Zeit hinter sich zu schauen, um herauszufinden, ob ihm jemand folgte. Jetzt, da Gala gefunden worden war, spielte das keine Rolle mehr. Alles, was ihn jetzt noch interessierte, war so schnell wie möglich zu ihr zu kommen.

Als er sich einige Kilometer weiter materialisierte schaute er mit seiner verstärkten Sicht nach vorne, um sicher zu gehen, dass der Weg frei war und schrieb dann schnell die nächsten Koordinaten auf eine vorgeschriebene Karte. Dann steckte er auch diese in den Stein.

Als er keine Karten mehr hatte, war er immer noch ein gutes Stück von Neumanngrad entfernt. Fluchend versuchte er, mit seiner Chaise schneller zu fliegen, da ihm das Blut gefror wenn er daran dachte, dass sich Gala ungeschützt, nur in Begleitung zweier alter Frauen dort befand. Er war ein Dummkopf gewesen, sie gehen zu lassen, damit sie sich die Welt mit eigenen Augen anschauen könne, und er würde diesen Fehler nicht noch einmal begehen. Was auch immer als nächstes passierte, sie würden zusammen sein, schwor er sich.

Als er sich seinem Ziel näherte, hörte er es donnern und sah, wie sich große Wolken formten. Die ersten Regentropfen trafen kurz darauf auf seine Haut, bevor ein sintflutartiger Regenguss einsetzte. Unter sich konnte Blaise sehen, wie der ausgedörrte Boden gierig das Wasser aufsog — das Wasser des ersten so starken Regens seit die Dürre begonnen hatte.

Blinzeln schaute er durch die Wasserwand und versuchte zu erkennen, was vor ihm lag. In einiger Entfernung konnte er endlich den Gasthof erblicken.

Aber das, was er dort sah, erschütterte ihn bis ins Mark.

CHAPTER 39: BLAISE

Rubbing his eyes, Blaise fought his exhaustion in order to write yet another line of code. His brain was barely functioning, but he was only a few hours away from completing the spell that would take him to Gala in a series of teleporting leaps. His task was complicated by the fact that he'd only had a couple of pre-written spell cards with teleportation code, and that the code would have only applied to one person—not a person and his chaise flying in the air, as Blaise was planning to do. That meant that he was essentially doing the spell from scratch, which always took much longer.

Deep in thought, he got that sensation again, the one that preceded Contact.

"Blaise, I think we have been found."

As though a glass of cold water had been thrown into his face. Blaise jumped up from his chair, his heart hammering. The voice had been Gala's, and it had spoken clearly in his head. He was so shocked he didn't even have a chance to ponder the fact that Gala had somehow altered the Contact spell enough that her actual voice had sounded in his mind.

There was no more time to sit and finish the teleportation spell. He had to get to Gala, and he had to do it now.

Grabbing his Interpreter Stone and the spell cards he had been painstakingly working on, Blaise ran out of the house. He had enough of the spell done by now that he would be able to tele-jump a good portion of the way to Neumanngrad. The rest of the way he would fly. It would be faster than finishing the spell right now.

Jumping onto his chaise, Blaise rose up into the air and quickly fed one of the cards into the Stone. He didn't even bother to look behind him to see if he was being followed. Now that Gala had been found, it didn't matter anymore. All he cared about was getting to her as quickly as possible.

When he materialized a few miles away, he looked ahead with his enhanced vision, making sure his path was clear, and quickly scribbled the next set of coordinates onto a pre-written card. Then he fed that into the Stone too.

By the time he ran out of cards, he was still a distance away. Cursing, he tried to get his chaise to go faster, his blood running cold at the thought of Gala being there with only two old women to protect her. He had been a fool to let her go see the world on her own, and he would never make that mistake again. Whatever happened next, they would be together, he mentally vowed to himself.

As he was getting closer to his destination, he heard thunder and saw large clouds forming. The first raindrops hit his skin soon thereafter, quickly turning into a torrential downpour. Below, Blaise could see the parched ground greedily absorbing the water—the first such rain since the drought had begun.

Squinting, he peered through the wall of water, trying to see what lay ahead. And in the distance, he spotted the inn.

What he saw there shook him to the very core of his being.

40. Kapitel: Gala

Falle. Sie saßen in der Falle.

Dieser Gedanke hämmerte in Galas Kopf, als sie auf die Soldaten blickte, die sich schnell auf sie zu bewegten. Aus ihren Augenwinkeln sah sie Esther und Maya wie versteinert dastehen. Auf ihren blassen Gesichtern spiegelten sich Schock und Angst wieder. Selbst die Löwen schienen wie benommen zu sein, desorientiert von dem plötzlichen Ortswechsel.

Sie hatte sie aus dem Kolosseum in eine Situation hinein befördert, die tausendmal schlimmer zu sein schien.

Gala schloss ihre Augen, um sich und ihre Begleiter wegzuzaubern, aber als sie sie wieder öffnete, standen sie immer noch an der gleichen Stelle. Ihre magischen Fähigkeiten hatten sie ganz offensichtlich wieder einmal verlassen. Obwohl sie diesen Teil von sich arbeiten fühlen konnte, konnte sie ihn nicht genug kontrollieren, um sie dieses Mal zu teleportieren.

Eine Panikwelle schärfte ihre Sicht. Gala konnte plötzlich alles sehen, jedes Muttermal und jede Narbe auf den Gesichtern der Soldaten. Anstatt als eine große Gruppe aufzutreten, waren sie in kleine Gruppen aufgeteilt. Jede von ihnen bestand aus Bogenschützen in der Mitte und Männern mit großen Schilden und Schwertern in einem Halbkreis davor. Sie sahen grimmig und entschlossen aus. Die Schützen spannten ihre Bögen und die Schwertkämpfer hielten die Griffe ihrer Waffen mit angespannten Oberarmen fest.

Sie waren bereit für den Kampf.

Nein, dachte Gala verzweifelt. Das konnte sie nicht zulassen. Wenn die Soldaten nur ihretwegen hier waren, musste sie sich ihnen auch alleine stellen. Sie konnte nicht erlauben, dass Maya, Esther und die Löwen mit hineingezogen wurden.

Sie nahm all ihren Mut zusammen und ging auf die Armee zu.

»Gala, warte!«

Sie konnte Esther hinter sich schreien hören und wurde schneller, da sie die alte Frau weit hinter sich zurücklassen wollte. »Bleib dort«, rief sie ihr zu, drehte ihren Kopf und sah, dass die Löwen ihr folgten, noch vor Maya und Esther. Gala zwang sie mit Magie, anzuhalten und umzukehren, aber sie hatte ihre Kräfte nicht mehr unter Kontrolle. Die Angst und die Verzweiflung, die sie fühlte, ließ ihren ganzen Körper erzittern.

Da sie nicht wusste, was sie tun sollte, begann sie zu rennen — geradewegs auf die bewaffneten Männer zu. Es fühlte sich auf eine eigenartige Weise befreiend an, so schnell zu rennen, wie sie nur konnte und Gala merkte, wie sie mit jedem Schritt schneller wurde, bis sie fast auf das Weizenfeld zuflog und ihre Begleiter weit hinter sich ließ.

Eine der kleinen Gruppen von Soldaten trat nach vorne und stellte ihre Schilder auf, so als würden sie einen Angriff erwarten. Zur gleichen Zeit ließen die Bogenschützen ihre Pfeile fliegen und der Himmel wurde schwarz. Trotz des ganzen Chaos in ihrem Kopf konnte Gala die Richtung der tödlichen Stöcke bestimmen, ihren genauen Weg trotz Erdanziehung und Wind vorhersagen. Sie wusste, wie viele Pfeile sie treffen würden und dass einige auch bis zu ihren Freunden gelangen würden.

Sie lief immer weiter und fühlte dabei, wie die Wut in ihr wuchs, bis schließlich ein Feuerstoß aus ihr ausbrach, der den Himmel und die Erde um sie herum überzog. Der tödliche Pfeilhagel wurde augenblicklich in Asche verwandelt, aber die Soldaten blieben unversehrt. Ihre Schilde, die sanft leuchteten, schützten sie irgendwie vor der Hitze, als sich eine Aschewolke über dem brennenden Feld bildete.

Gala rannte unbeeindruckt weiter. Sie fühlte sich unaufhaltbar und auch als eine Gruppe von Soldaten vor ihr auftauchte wurde sie nicht langsamer. Stattdessen traf sie mit voller Geschwindigkeit auf sie, ohne den Aufprall der Schilde auf ihrem Körper zu spüren.

Die Schilde, und die Männer die sie hielten, flogen in die Luft als seien sie aus Stroh. Ihre Körper landeten ungebremst einige Meter weiter und blieben dort mit gebrochenen Knochen und Abschürfungen liegen.

Plötzlich sah Gala, was sie Schreckliches getan hatte und diese Erkenntnis brach durch den Wahnsinn, der sie gerade beherrschte. Sie hielt abrupt an und blickte entsetzt auf das Blutbad, welches sie angerichtet hatte.

Bevor sie das alles überhaupt verarbeiten konnte, hörte sie eine tiefe, raue Stimme, die Befehle erteilte und sie drehte sich gerade noch rechtzeitig um, um zu sehen, wie ein Soldat mit gezücktem Schwert auf sie zu rannte.

»Halt«, flüsterte Gala und hielt ihre Hand, mit der Handfläche außen, nach oben. »Bitte, halt an ...«

Aber das tat er nicht. Stattdessen hielt er auf Gala zu und schwang seine Waffe in einem tödlichen Bogen.

Sie sprang zurück und das Schwert verfehlte sie um ein Haar.

Er schwang es erneut und sie wich wieder aus. Seine Bewegungen waren wie ein eigenwilliger Tanz und sie passte sich ihm an, als sei sie seine Tanzpartnerin. Er zielte auf ihren Ellenbogen und sie zog ihren Arm zurück; er wollte ihren Hals treffen und sie ließ sich auf den Boden fallen, um sich sofort wieder zu erheben. Er bewegte seinen Fuß nach vorne, sie ihren nach hinten. Er hatte begonnen, sich schneller zu bewegen und stach und schlug mit Lichtgeschwindigkeit nach ihr. Sie fühlte, wie sich ihr Körper anpasste und auf sein Tempo mit einem Anstieg ihres eigenen reagierte. Aus ihren Augenwinkeln konnte sie sehen, wie sich ihr weitere Soldaten näherten, auch wenn sie noch ein Stück entfernt waren.

Das alles schien nicht wirklich zu sein und Gala konnte spüren, wie sie in einen neuen, unbekannten Modus verfiel. Jetzt kam es ihr so vor, als beobachte sie sich aus der Entfernung. Jetzt reagierte sie nicht mehr auf die Bewegungen des Soldaten, sondern es war eher so, als könne sie anhand von leichten Muskelbewegungen und winzigen Änderungen seiner Mimik voraussagen, was er als nächstes tun würde.

Während sie immer noch in ihren tödlichen Tanz vertieft war, merkte sie, wie sich ihr jemand von hinten näherte. Sie konnte es an den vergrößerten Pupillen ihres Gegners und an einer kurzen

Reflektion in seinen Augen erkennen. Und gerade als der andere Soldat nach ihr schlug, wich sie im letzten Moment aus, spürte das Schwert dort durch die Luft schneiden, wo vor einer Sekunde noch ihr Kopf gewesen war.

Jetzt kämpfte sie gegen zwei Angreifer an, aber das schien ihr nichts auszumachen. Sie war immer noch in der Lage, beiden Schwertern auszuweichen. Einer zielte auf ihren Arm, der andere auf ihr Bein und ihr Körper verdrehte sich auf eine Weise, wie er es noch niemals zuvor getan hatte. Einen kurzen Augenblick lang war es zwar unbequem, aber effektiv — die Soldaten trafen sie wieder nicht.

Das war der Moment, in dem sie das erste Brüllen und einen Schrei hörte. Ein Löwe fiel einen Soldaten an und sie konnte seinen Schmerz spüren, als das Schwert des Soldaten seine Klaue durchstach. Zur gleichen Zeit hörte sie den Schmerzensschrei des Soldaten, dessen Kehle von den scharfen Zähnen des Löwen aufgerissen wurde.

Ein weiterer Soldat schloss sich Galas Gegnern an. Jetzt musste sie gegen drei Männer ankämpfen, aber sie begann die Bewegungen zu verstehen und der Tanz wurde einfacher anstatt schwieriger.

Es schien, als könne sie sich wie sie bewegen, nur besser und schneller. Effizienter.

Die Löwen fielen die Soldaten an. Ohne zu wissen wie sie es machte, nahm Gala die Bewegungen der Tiere wahr. Es war, als baue sich eine eigenartige Verbindung zwischen ihr und den Tieren auf. Obwohl es unmöglich zu sein schien, korrigierte Galas Gehirn die Bewegungen der Löwen und sorgte dafür, dass sie den Bewegungen der Soldaten auswichen, genauso wie Gala das machte, wenn sie angegriffen wurde. Gleichzeitig zügelte sie die Löwen, hielt sie davon ab, die Soldaten zu zerfleischen, wie sie es eigentlich gerne machen würden.

Voller Blutlust kämpften die Löwen gegen ihre Kontrolle an und sie fühlte, wie die Verbindung zwischen ihnen schwächer wurde, je mehr Soldaten dem Kampf beiwohnten. Jetzt wich sie selbst schon fünf Angreifern aus. Ein Schwert traf einen der Löwen, schnitt brutal in seinen Rücken. Galas Wut brach erneut hervor — nur konnte sie diesmal nicht wirklich sagen, ob es ihre eigene war, oder die des Löwen.

In diesem Moment hörte sie Maya und Esther ängstlich aufschreien.

Ihr Kopf explodierte vor Wut.

Gala war fertig damit, sich einfach nur zu verteidigen.

Als der nächste Soldat zum Angriff ansetzte, schnappte sie sich sein Schwert, riss es ihm mit einer schnellen Bewegung aus der Hand und versenkte es in seiner Brust. Sie zog es wieder hinaus und schwang es gegen ihren zweiten Angreifer. Diesmal zielte das Schwert in ihrer Hand auf seine Kehle. Sie stimmte ihre Bewegungen so ab, dass sie gleichzeitig den Schlag des dritten Angreifers so abwehrte, dass er die Schulter eines seiner Kameraden traf. Und noch bevor der verwundete Soldat überhaupt schreien konnte, fing Gala schon sein fallendes Schwert auf und schwang beide Waffen in einer tödlichen Bewegung.

Zwei kopflose Körper fielen zu Boden, während Gala stehen blieb und ihr Kopf immer noch von einer heißen, weißen Wut ganz benebelt war. Irgendwo dort draußen lag der Löwe in seinem Todeskampf und seine Qualen machten sie noch verrückter.

Immer mehr Soldaten griffen sie an und Gala zerschnitt sie mit tödlicher Präzision. Sie kontrollierte die Bewegungen ihrer Hände und ihres Körpers nicht bewusst; es schien fast so zu sein, als sei sie jemand anderes. Abwehren, stechen, schneiden, ausweichen — alles schien sich zusammenzufügen, als sie kämpfte um zu dem Tier zu gelangen, dessen Schmerz sie fühlte. Die Männer um sie herum fielen wie die Fliegen und der Boden färbte sich von dem ganzen Blut rot.

Auf einmal tauchten vor ihr vier Soldaten auf, die sich viel schneller bewegten als alle diejenigen, denen sie bis jetzt begegnet war. Der Größte von ihnen trug einen Anhänger um den Hals.

40. KAPITEL: GALA

Falle. Sie saßen in der Falle.

Dieser Gedanke hämmerte in Galas Kopf, als sie auf die Soldaten blickte, die sich schnell auf sie zu bewegten. Aus ihren Augenwinkeln sah sie Esther und Maya wie versteinert dastehen. Auf ihren blassen Gesichtern spiegelten sich Schock und Angst wieder. Selbst die Löwen schienen wie benommen zu sein, desorientiert von dem plötzlichen Ortswechsel.

Sie hatte sie aus dem Kolosseum in eine Situation hinein befördert, die tausendmal schlimmer zu sein schien.

Gala schloss ihre Augen, um sich und ihre Begleiter wegzuzaubern, aber als sie sie wieder öffnete, standen sie immer noch an der gleichen Stelle. Ihre magischen Fähigkeiten hatten sie ganz offensichtlich wieder einmal verlassen. Obwohl sie diesen Teil von sich arbeiten fühlen konnte, konnte sie ihn nicht genug kontrollieren, um sie dieses Mal zu teleportieren.

Eine Panikwelle schärfte ihre Sicht. Gala konnte plötzlich alles sehen, jedes Muttermal und jede Narbe auf den Gesichtern der Soldaten. Anstatt als eine große Gruppe aufzutreten, waren sie in kleine Gruppen aufgeteilt. Jede von ihnen bestand aus Bogenschützen in der Mitte und Männern mit großen Schilden und Schwertern in einem Halbkreis davor. Sie sahen grimmig und entschlossen aus. Die Schützen spannten ihre Bögen und die Schwertkämpfer hielten die Griffe ihrer Waffen mit angespannten Oberarmen fest.

Sie waren bereit für den Kampf.

Nein, dachte Gala verzweifelt. Das konnte sie nicht zulassen. Wenn die Soldaten nur ihretwegen hier waren, musste sie sich ihnen auch alleine stellen. Sie konnte nicht erlauben, dass Maya,

Esther und die Löwen mit hineingezogen wurden.

Sie nahm all ihren Mut zusammen und ging auf die Armee zu.

»Gala, warte!«

Sie konnte Esther hinter sich schreien hören und wurde schneller, da sie die alte Frau weit hinter sich zurücklassen wollte. »Bleib dort«, rief sie ihr zu, drehte ihren Kopf und sah, dass die Löwen ihr folgten, noch vor Maya und Esther. Gala zwang sie mit Magie, anzuhalten und umzukehren, aber sie hatte ihre Kräfte nicht mehr unter Kontrolle. Die Angst und die Verzweiflung, die sie fühlte, ließ ihren ganzen Körper erzittern.

Da sie nicht wusste, was sie tun sollte, begann sie zu rennen — geradewegs auf die bewaffneten Männer zu. Es fühlte sich auf eine eigenartige Weise befreiend an, so schnell zu rennen, wie sie nur konnte und Gala merkte, wie sie mit jedem Schritt schneller wurde, bis sie fast auf das Weizenfeld zuflog und ihre Begleiter weit hinter sich ließ.

Eine der kleinen Gruppen von Soldaten trat nach vorne und stellte ihre Schilder auf, so als würden sie einen Angriff erwarten. Zur gleichen Zeit ließen die Bogenschützen ihre Pfeile fliegen und der Himmel wurde schwarz. Trotz des ganzen Chaos in ihrem Kopf konnte Gala die Richtung der tödlichen Stöcke bestimmen, ihren genauen Weg trotz Erdanziehung und Wind vorhersagen. Sie wusste, wie viele Pfeile sie treffen würden und dass einige auch bis zu ihren Freunden gelangen würden.

Sie lief immer weiter und fühlte dabei, wie die Wut in ihr wuchs, bis schließlich ein Feuerstoß aus ihr ausbrach, der den Himmel und die Erde um sie herum überzog. Der tödliche Pfeilhagel wurde augenblicklich in Asche verwandelt, aber die Soldaten blieben unversehrt. Ihre Schilde, die sanft leuchteten, schützten sie irgendwie vor der Hitze, als sich eine Aschewolke über dem brennenden Feld bildete.

Gala rannte unbeeindruckt weiter. Sie fühlte sich unaufhaltbar und auch als eine Gruppe von Soldaten vor ihr auftauchte wurde sie nicht langsamer. Stattdessen traf sie mit voller Geschwindigkeit auf sie, ohne den Aufprall der Schilde auf ihrem Körper zu spüren.

Die Schilde, und die Männer die sie hielten, flogen in die Luft als seien sie aus Stroh. Ihre Körper landeten ungebremst einige Meter weiter und blieben dort mit gebrochenen Knochen und Abschürfungen liegen.

Plötzlich sah Gala, was sie Schreckliches getan hatte und diese Erkenntnis brach durch den Wahnsinn, der sie gerade beherrschte. Sie hielt abrupt an und blickte entsetzt auf das Blutbad, welches sie angerichtet hatte.

Bevor sie das alles überhaupt verarbeiten konnte, hörte sie eine tiefe, raue Stimme, die Befehle erteilte und sie drehte sich gerade noch rechtzeitig um, um zu sehen, wie ein Soldat mit gezücktem Schwert auf sie zu rannte.

»Halt«, flüsterte Gala und hielt ihre Hand, mit der Handfläche außen, nach oben. »Bitte, halt an ...«

Aber das tat er nicht. Stattdessen hielt er auf Gala zu und schwang seine Waffe in einem tödlichen Bogen.

Sie sprang zurück und das Schwert verfehlte sie um ein Haar.

Er schwang es erneut und sie wich wieder aus. Seine Bewegungen waren wie ein eigenwilliger Tanz und sie passte sich ihm an, als sei sie seine Tanzpartnerin. Er zielte auf ihren Ellenbogen und sie zog ihren Arm zurück; er wollte ihren Hals treffen und sie ließ sich auf den Boden fallen, um sich sofort wieder zu erheben. Er bewegte seinen Fuß nach vorne, sie ihren nach hinten. Er hatte begonnen, sich schneller zu bewegen und stach und schlug mit Lichtgeschwindigkeit nach ihr. Sie fühlte, wie sich ihr Körper anpasste und auf sein Tempo mit einem Anstieg ihres eigenen reagierte. Aus ihren Augenwinkeln konnte sie sehen, wie sich ihr weitere Soldaten näherten, auch wenn sie noch ein Stück entfernt waren.

Das alles schien nicht wirklich zu sein und Gala konnte spüren, wie sie in einen neuen, unbekannten Modus verfiel. Jetzt kam es ihr so vor, als beobachte sie sich aus der Entfernung. Jetzt reagierte sie nicht mehr auf die Bewegungen des Soldaten, sondern es war eher so, als könne sie anhand von leichten Muskelbewegungen und winzigen Änderungen seiner Mimik voraussagen, was er als nächstes tun würde.

Während sie immer noch in ihren tödlichen Tanz vertieft war, merkte sie, wie sich ihr jemand von hinten näherte. Sie konnte es an den vergrößerten Pupillen ihres Gegners und an einer kurzen Reflektion in seinen Augen erkennen. Und gerade als der andere Soldat nach ihr schlug, wich sie im letzten Moment aus, spürte das Schwert dort durch die Luft schneiden, wo vor einer Sekunde noch ihr Kopf gewesen war.

Jetzt kämpfte sie gegen zwei Angreifer an, aber das schien ihr nichts auszumachen. Sie war immer noch in der Lage, beiden Schwertern auszuweichen. Einer zielte auf ihren Arm, der andere auf ihr Bein und ihr Körper verdrehte sich auf eine Weise, wie er es noch niemals zuvor getan hatte. Einen kurzen Augenblick lang war es zwar unbequem, aber effektiv — die Soldaten trafen sie wieder nicht.

Das war der Moment, in dem sie das erste Brüllen und einen Schrei hörte. Ein Löwe fiel einen Soldaten an und sie konnte seinen Schmerz spüren, als das Schwert des Soldaten seine Klaue durchstach. Zur gleichen Zeit hörte sie den Schmerzensschrei des Soldaten, dessen Kehle von den scharfen Zähnen des Löwen aufgerissen wurde.

Ein weiterer Soldat schloss sich Galas Gegnern an. Jetzt musste sie gegen drei Männer ankämpfen, aber sie begann die Bewegungen zu verstehen und der Tanz wurde einfacher anstatt schwieriger.

Es schien, als könne sie sich wie sie bewegen, nur besser und schneller. Effizienter.

Die Löwen fielen die Soldaten an. Ohne zu wissen wie sie es machte, nahm Gala die Bewegungen der Tiere wahr. Es war, als baue sich eine eigenartige Verbindung zwischen ihr und den Tieren auf. Obwohl es unmöglich zu sein schien, korrigierte Galas Gehirn die Bewegungen der Löwen und sorgte dafür, dass sie den Bewegungen der Soldaten auswichen, genauso wie Gala das machte, wenn sie angegriffen wurde. Gleichzeitig zügelte sie die Löwen, hielt sie davon ab, die Soldaten zu zerfleischen, wie sie es eigentlich gerne machen würden.

Voller Blutlust kämpften die Löwen gegen ihre Kontrolle an und sie fühlte, wie die Verbindung zwischen ihnen schwächer wurde, je mehr Soldaten dem Kampf beiwohnten. Jetzt wich sie selbst schon fünf Angreifern aus. Ein Schwert traf einen der Löwen, schnitt brutal in seinen Rücken. Galas Wut brach erneut hervor — nur konnte sie diesmal nicht wirklich sagen, ob es ihre eigene war, oder die des Löwen.

In diesem Moment hörte sie Maya und Esther ängstlich aufschreien.

Ihr Kopf explodierte vor Wut.

Gala war fertig damit, sich einfach nur zu verteidigen.

Als der nächste Soldat zum Angriff ansetzte, schnappte sie sich sein Schwert, riss es ihm mit einer schnellen Bewegung aus der Hand und versenkte es in seiner Brust. Sie zog es wieder hinaus und schwang es gegen ihren zweiten Angreifer. Diesmal zielte das Schwert in ihrer Hand auf seine Kehle. Sie stimmte ihre Bewegungen so ab, dass sie gleichzeitig den Schlag des dritten Angreifers so abwehrte, dass er die Schulter eines seiner Kameraden traf. Und noch bevor der verwundete Soldat überhaupt schreien konnte, fing Gala schon sein fallendes Schwert auf und schwang beide Waffen in einer tödlichen Bewegung.

Zwei kopflose Körper fielen zu Boden, während Gala stehen blieb und ihr Kopf immer noch von einer heißen, weißen Wut ganz benebelt war. Irgendwo dort draußen lag der Löwe in seinem Todeskampf und seine Qualen machten sie noch verrückter.

Immer mehr Soldaten griffen sie an und Gala zerschnitt sie mit tödlicher Präzision. Sie kontrollierte die Bewegungen ihrer Hände und ihres Körpers nicht bewusst; es schien fast so zu sein, als sei sie jemand anderes. Abwehren, stechen, schneiden, ausweichen — alles schien sich zusammenzufügen, als sie kämpfte um zu dem Tier zu gelangen, dessen Schmerz sie fühlte. Die Männer um sie herum fielen wie die Fliegen und der Boden färbte sich von dem ganzen Blut rot.

Auf einmal tauchten vor ihr vier Soldaten auf, die sich viel schneller bewegten als alle diejenigen, denen sie bis jetzt begegnet war. Der Größte von ihnen trug einen Anhänger um den Hals.

CHAPTER 40: GALA

Cornered. They were cornered.

The word hammered inside Gala's skull as she stared at the soldiers moving swiftly toward her. Out of the corner of her eye, she could see Esther and Maya frozen in place, shock and fear reflected on their pale faces. Even the lions seemed dazed, disoriented by being teleported so suddenly from place to place.

She had gotten them out of the Coliseum and brought them into a situation that seemed a thousand times worse.

Closing her eyes, Gala tried to will herself and her companions away, but when she opened them, she was still standing there. Her magical abilities, never reliable, had apparently deserted her again. Though she felt that part of her mind churning, she couldn't control it enough to teleport them this time.

A surge of panic sharpened her vision. Gala could suddenly see everything, right down to each mole and scar on the soldiers' faces. Instead of one big formation, they were organized into small groups, each one with archers in the middle and men with large two-handed shields standing in a semi-circle at the front. They looked grim and determined, the archers already drawing their arrows and the swordsmen holding the hilts of their weapons tightly, their muscular forearms tense in anticipation.

They were ready for battle.

No, Gala thought in desperation. She couldn't let this happen. If the soldiers were there for her, then she needed to face them herself. She couldn't allow Maya, Esther, or the lions to get pulled into this.

Gathering her courage, she began walking toward the army.

"Gala, wait!"

She could hear Esther yelling behind her, and she picked up the pace, wanting to leave the old women far behind. "Stay there," she yelled back, turning her head to see the lions following her and Maya and Esther trailing in their wake. Gala willed them to stop, to turn back, but her magic was no more in her control than the dual emotions of fear and desperation that made her whole body shake.

Not knowing what else to do, she began running—running straight at the armed men. It felt liberating in a strange way, to just run as fast as she could, and Gala felt her speed picking up with each step until she was almost flying toward the wheat field, leaving her entourage far behind.

One of the small groups of soldiers stepped forward, putting up their shields as though expecting an attack. At the same time, the archers released their arrows, turning the sky black. Even with her mind in turmoil, Gala could estimate the current path of the deadly sticks, could calculate the trajectory adjusted for gravity and wind. She could tell that many arrows would hit her and a few would even reach her friends.

Still running, she felt a growing fury. It exploded out of her in a blast of fire that covered the sky and the ground all around her. The deadly hail of arrows disintegrated, turning to ash in a matter of seconds, but the soldiers remained standing. Their shields were emitting a faint glow that somehow protected the men from the heat as a cloud of ash settled magnificently over the burning field.

Unfazed, Gala kept running. She felt unstoppable, invincible, and when the group of soldiers loomed in front of her, she couldn't slow down. Instead she slammed into them at full speed, not even feeling the impact of the metal shields hitting her body.

The shields and the men holding them flew into the air, as though they were made of straw. Their bodies landed heavily several yards away and lay there in a heap of broken bones and bruised flesh.

The realization of what she had done washed over Gala in a terrible wave, breaking through whatever madness had her in its grip. Stopping in her tracks, she stared in horror at the carnage she had caused.

Before she could begin to process it all, she heard a deep, harsh voice barking out orders, and she turned just in time to see a soldier running at her, his sword raised.

"Stop," Gala whispered, holding out her hand, palm out. "Please stop . . ."

But he didn't. Instead, he came at Gala, his weapon swinging in a deadly arc.

She jumped back, missing the blade by a hair.

He swung again, and she dodged this, too. His movements were like a strange dance, and she matched him as she would a dancing partner. He swung at her elbow, and she moved back her arm; he swung at her neck, and she dropped down to the ground before springing up again. He moved his foot forward; she moved hers back. He started moving faster, stabbing and slashing at her with lightning speed, and she felt her body adjusting, responding to his speed with increasing quickness of her own. Out of the corner of her eye, she could see more soldiers approaching, though they were still a distance away.

It didn't seem real, any of it, and Gala could feel her mind going into a new kind of mode. Now it was as though she was watching herself from a distance. Rather than just reacting to the soldier's movements, it was almost like she was predicting what he would do based on the subtle movements of his muscles and minute changes in his facial expressions.

Still caught up in her deadly dance, she sensed someone approaching her from the back. It was there in the dilation of her opponent's pupils and a flash of reflection in his eyes. And just as the other soldier took a swing at her, she bent in time to feel the sword swishing through the air where her head had been just a second ago.

Now she was up against two attackers, but it didn't seem to matter. She was still able to dodge their swords. One swung at her arm and the other at her thigh, and her body contorted in a way she'd never had it bend before. It was uncomfortable for a moment, but effective—the soldiers' swords missed her again.

That was when she heard the first growl and a scream. A lion jumped at the soldiers, and she felt its agony as some soldier's sword pierced its paw. At the same time, she heard the pained cry of the soldier whose throat got ripped out by the lion's sharp teeth.

Yet another soldier joined Gala's opponents. Now she was up against three, but she was learning their movements and the dance was becoming easier, not harder. It seemed like she could move like them, only better and faster. More efficient.

More lions pounced at the soldiers. Without even knowing how, Gala could feel the animals' movements. It was as though a strange link was forming between her and the beasts, and suddenly, impossibly, some part of Gala's brain seemed to be correcting the lions' movements, making them dodge the soldiers' swords just as Gala was dodging the attacks that came her way. At the same time, she was keeping the lions contained, preventing them from tearing at the soldiers' flesh as the animals hungered to do.

Filled with bloodlust, the lions fought her control, and she felt the link between them weakening as more soldiers joined in the fight. She was now dodging five attacks at once. A sword reached one of the lions, brutally slicing through its back, and Gala felt renewed fury—only she couldn't tell if it was her own or the lion's.

And at that moment, she heard Maya and Esther screaming in fear.

Her mind exploded with rage.

Gala was through with mere defense.

As the next soldier made his move, she grabbed his sword, wrenching it out of his hand with one swift motion and burying it in his chest. Pulling it out, she dodged the swing of her second attacker, and the sword in her hand went for his throat. She synchronized her deadly movements in such a way that when she dodged the third attacker's blow, his sword arm continued on, slicing open the shoulder of his comrade. And before the wounded soldier could even scream, Gala caught his falling sword, swinging both weapons in a fatal arc.

Two headless bodies fell to the ground as Gala remained standing, her mind still clouded by white-hot fury. Somewhere out there was a lion in its death throes, its agony maddening her further.

More soldiers attacked, and Gala's swords sliced through them with brutal precision. She didn't consciously control how her hands and body were moving; instead, it was almost as if she was someone else. Parry, thrust, slice, dodge—everything blended together as she fought to get to the animal whose pain she could feel. Men fell all around her, dropping like flies, and the ground turned red with blood.

Then four large soldiers loomed in front of her, moving with a speed unlike anyone else she had encountered thus far.

The biggest of them had a pendant around his neck.

41. KAPITEL: BARSON

Nichts lief nach Plan. Barson sah ungläubig dabei zu, wie die junge Frau sich mit übermenschlicher Stärke und Können ihren Weg durch seine Männer hackte.

Als er zuerst gesehen hatte, wie sie mit ihrer eigenartigen Begleitung aus dem Nichts auftauchte, hatte er gewusst, die Gerüchte stimmten — sie war wirklich eine mächtige Zauberin. So viele zu teleportieren war eine Leistung, die nur wenige Ratsmitglieder vollbringen konnten, wenn überhaupt. Wie konnte eine Frau, von der niemand jemals zuvor gehört hatte, so etwas schaffen?

Einen Moment lang zögerte er und fragte sich, ob er das Richtige machte. Etwas so wundervolles zu zerstören wäre eine Schande, aber er hatte es Augusta versprochen — und er brauchte seine Geliebte auf seiner Seite. Er traf eine Entscheidung und befahl seinen Männern, anzugreifen.

Sie hatten sich schon auf eine andere Art des Kampfes vorbereitet; keine Armee war seit der Revolution gegen einen Zauberer vorgegangen. Natürlich hatte damals niemand die Strategie angewandt, die er jetzt testen wollte.

Anstatt eine Einheit zu bilden, hatte er seine Soldaten in kleine Einheiten aufgeteilt um die Chancen zu verringern, dass ein bestimmter Zauberspruch sie alle traf. Er würde niemals vergessen, wie leicht Augusta die Bauernarmee dezimiert hatte, und er würde nicht zulassen, dass seine Männer das gleiche Schicksal ereilte. Im Gegensatz zu diesen armen Seelen, war seine Armee vor den elementaren Zaubersprüchen geschützt und hatte detaillierte Anweisungen bekommen, wie sie sich verhalten sollte, falls die Erde sich bewegte. Deshalb waren sie auch unversehrt geblieben, als das Mädchen den mächtigsten Feuerzauber entfacht hatte, den er jemals gesehen hatte.

Er hatte jedoch nicht damit gerechnet, auf einen meisterhaften Schwertkämpfer zu treffen. Trotz seiner zarten Erscheinung kämpfte das Mädchen wie ein besessener Mann, wie ein Dämon aus den alten Märchen, mit einem Können und einer Wendigkeit, die wahrscheinlich seine eigenen Fähigkeiten übertraf — und sie wurde sekündlich besser. Wie lernte sie so schnell? Was war sie? Sie besaß eine Art kalkulierte Präzision in ihren anmutigen Bewegungen die fast ... unmenschlich war.

Er bemerkte nur eine Schwäche. Sie schien abgelenkt zu werden, wenn die Löwen und die alten Frauen in Gefahr waren. Und so widerwärtig es auch war, Barson wusste genau, was er zu tun hatte.

Er gab die Anweisung, die Tiere in Brand zu setzen, und bewegte sich entschlossen mit seinen besten Männern nach vorne.

Sie begegnete ihm ohne jede Spur von Angst. Innerhalb weniger Momente kämpften Barson und seine Männer um ihr Leben. Das Mädchen hielt zwei Schwerter in ihren Händen und griff bei jeder sich bietenden Gelegenheit an, wehrte jeden Schlag ab, der auf sie zukam. Das Schlimmste von allem war jedoch, dass sie mit jedem Schlag besser wurde, immer schneller und effizienter, je länger der Kampf andauerte. Wenn er sich nicht in Lebensgefahr befunden hätte, hätte Barson alles dafür gegeben, ihre Technik zu studieren, da sie an diesem Punkt schon die personifizierte Perfektion war, eine Meisterin mit dem Schwert, jede ihrer Bewegungen mit einem tödlichen Ziel.

Das erste Blut dieser heftigen Auseinandersetzung floss nach einem Schlag auf Kiams Schulter. Eine Minute später blutete Larn am Oberschenkel. Wütend legte Barson seine ganze Kraft in einen letzten, verzweifelten Angriff — und dann roch er den sauren Geruch von brennendem Löwenfell.

Das Mädchen erschauderte, ihre Konzentration brach ab und Barson sah endlich eine offene Stelle in ihrer Verteidigung. Ein schneller Schlag und sein Schwert schnitt ihr den Bauch auf, hinterließ eine tiefe, stark blutende Wunde.

Sie schrie, ließ ihre Waffen fallen und hielt sich ihren Bauch.

Barson und seine Männer setzten zum Todesstoß an.

CHAPTER 41: BARSON

Nothing was going according to plan. Barson watched incredulously as the beautiful young woman hacked her way through his men, fighting with superhuman strength and skill.

When he had first seen her appear out of thin air with her strange companions, he had known that the rumors were true—that she was a powerful sorceress indeed. Teleporting so many was an achievement that few, if any, members of the Council could match. How had a young woman he'd never heard of before managed such a feat?

For a moment, he'd hesitated, wondering if he was doing the right thing. To destroy something so beautiful would be a shame, yet he'd made a promise to Augusta—and he needed his lover on his side. Coming to a decision, he had ordered his men to attack.

They were already prepared for a different kind of battle; no army had met a sorcerer this way since the time of the Revolution. Of course, back then, nobody had developed the strategy he was about to test.

Instead of clustering together, he had his soldiers separate into small groups to minimize the chances of any one particular spell working on them all. He would never forget how easily Augusta had decimated the peasants' army, and he had no intention of letting his men meet the same fate. Unlike those poor souls, his army had protection from elemental spells and detailed instructions on how to handle unusual movements of the earth. Thus, when the girl had unleashed the most powerful fire spell he had ever seen, they had been spared.

What he had not counted on was encountering a master swordsman. Because that's what the girl had to be, despite her delicate appearance. She fought like a man possessed, like a demon of old fairy tales, with a skill and agility that possibly superseded his own—a skill that increased with every moment that passed. How was she learning so fast? What was she? There was a kind of calculated precision to her graceful movements that seemed almost . . . inhuman.

He noticed only one weakness. She seemed to get distracted when the lions and the old women were in danger. And as distasteful as it was, Barson knew what he had to do.

Giving the order to set the beasts on fire, he moved forward decisively with his best men.

She met them without even a hint of fear. Within moments, Barson and his men were fighting for their lives. The girl was working two swords in her hands, thrusting at any hint of an opening, parrying every blow that came her way. The worst thing of all, however, was that she was adapting with every strike, getting faster and more efficient as the fight went on. If he hadn't been in mortal danger, Barson would have given anything to study her technique—because at this point, she was perfection itself, a virtuoso with a blade, her every move imbued with deadly purpose.

The first blood in this frantic confrontation came from a strike at Kiam's shoulder. A minute later, Larn was bleeding from his thigh. Furious, Barson put all his strength into a last desperate assault— and then he smelled the acrid odor of burning lion fur.

The girl shuddered, her concentration broken, and Barson finally saw an opening in her defense. One quick lunge, and his sword sliced open her belly, leaving behind a deep, gushing wound.

She screamed, dropping her weapons and clutching at her stomach.

Barson and his men moved in for the kill.

42. KAPITEL: GALA

Gala hatte zuvor Schmerz verspürt, aber nichts hatte sie auf das hier vorbereitet.

Diese Schmerzen schwächten sie. Der Mann mit dem Anhänger — der wie kein zweiter zu kämpfen schien — hatte sie aufgeschlitzt.

Sie hielt sich ihren Bauch und konnte das warme Blut durch ihre Finger fließen spüren. Zum ersten Mal traf sie die Erkenntnis, dass sie ernsthaft aufhören könnte zu existieren.

Nein. Diese Möglichkeit konnte Gala nicht akzeptieren.

Die Zeit schien in Zeitlupe zu vergehen. In einiger Entfernung konnte sie die Löwen brüllen hören und fühlte die Schmerzen ihres brennenden Fleisches. Sie konnte auch die Schwerter der Soldaten erkennen, die sich langsam auf sie zu bewegten, um ihr Leben zu beenden.

In diesem kurzen Moment schossen ihr eine Million Gedanken durch den Kopf. Der Schmerz ihrer Wunde war furchtbar, und die Erkenntnis, den Soldaten die gleichen Schmerzen zugefügt zu haben, verstärkte ihren inneren Aufruhr. Würde sie jetzt sterben? Konnte sie sterben? Bis jetzt hatte sich ihr Körper nicht wie der einer normalen Frau verhalten, aber er musste trotzdem irgendwelchen Regeln folgen, die zumindest zu einem kleinen Teil irgendwie darauf basierten, wie menschliche Körper funktionierten. Sie wurde müde, aß und schlief. Sie konnte Angst, Glück, Wärme und Kälte fühlen. Würde sie sterben, sollten diese Schwerter, die sich so langsam bewegten, ihren Körper erreichen?

Nein, entschied Gala. Sie konnte das nicht zulassen; sie durften sie nicht töten. Sie lebte viel zu gerne. Sie musste noch so viele Sachen sehen, viele Dinge erleben. Sie wollte Blaise wiedersehen und ihn küssen.

Außerdem musste sie die Löwen, Esther und Maya retten. Als die Schwerter gerade ihr Fleisch verletzen sollten, sammelte sie alle ihre Energie für einen letzten, verzweifelten Schlag. Sie konzentrierte ihren ganzen Zorn auf die Stahlklingen, die ihr so viele Schmerzen zugefügt hatten und wollte sie verschwinden lassen. Was auch immer sie für einen Zauber angewandt hatte, als er zu wirken begann, fühlte Gala einen Schmerz, wie niemals zuvor. Die Löwen brüllten und sie konnte ihren Schmerz und *ihr* Leid spüren. Die Schreie der Soldaten verstärkten das Chaos, welches gerade auf dem Schlachtfeld herrschte.

Trotz des Nebels, der ihre Gedanken beherrschte, verstand sie, was passiert war. Ihr Zauber hatte alle Schwerter auf dem Feld explodieren lassen, woraufhin sich tödliche Metallsplitter durch die Rüstungen der Soldaten und alle nicht bedeckte Körperteile bohrten. Niemand war ungeschoren davongekommen — weder die Soldaten, noch die Löwen, und Gala selbst auch nicht. Nur Maya und Esther waren weit genug entfernt gewesen, um in Sicherheit zu sein. Hier auf dem Feld waren die schwelenden Überreste des Grases mit Blut bedeckt.

Benommen blickte Gala auf die Metallsplitter, die aus ihrem Körper herausragten. Irgendwie wurde der Schmerz bei diesem Anblick verstärkt. Sie fiel auf ihre Knie und warf ihren Kopf mit einem Schmerzensschrei zurück. Als ob sie auf ihren Schrei reagierten, kamen die Splitter von alleine aus ihrem Körper und schwebten einen Moment lang in der Luft, bevor sie zu Boden fielen. Um sie herum passierte das gleiche mit den Soldaten und den Löwen.

Es half aber nicht gegen den Schmerz. Mit einem verschwommenen Blick stellte Gala sich unter Schwierigkeiten hin. Alles, was sie jetzt noch wollte, war, hier wegzukommen, über das furchtbare Schlachtfeld aufzusteigen, bevor sich irgendjemand ausreichend erholte, um sie erneut anzugreifen. Da fühlte sie auch schon, wie ihr Körper langsam anfing vom Boden abzuheben.

Starke Hände griffen nach ihren Beinen und Gala sah, wie sich der Soldat mit dem Anhänger — derjenige, der sie verwundet hatte — mit grimmiger Entschlossenheit an ihr festklammerte. Sein Gesicht und seine Rüstung waren blutbeschmiert, aber das schien ihn nicht aufzuhalten. Sie war viel zu schwach, um ihn abzuschütteln und deshalb schwebten sie gemeinsam immer weiter nach oben.

Unter sich konnte Gala das Schlachtfeld sehen. Es war von Körpern übersät und von Blut durchtränkt. Sie hatte das alles getan;

sie hatte diesen ganzen Schmerz und dieses ganze Leid verursacht. Diese Erkenntnis war schlimmer als der Schmerz, der ihren Körper quälte.

Gala hob ihre Hände in die Luft und beobachtete, wie das helle Blau sich ausbreitete. Ein Laut entschlüpfte ihrer Kehle, der sich in etwas anderes verwandelte. Sie konnte das Gefühl von Blut an ihren Händen nicht ertragen, sie musste diesen Alptraum wegwischen.

Sie begann zu weinen. Schluchzen entwich ihrem Mund und Tränen rannen ihr Gesicht hinunter. Ihr ganzer Körper zitterte, als er immer höher über den Grund aufstieg. Der Griff des Soldaten um ihr Bein verstärkte sich und seine Finger gruben sich brutal in ihre Haut. Sie schaffte es nicht, sich daran zu stören, da sie zu sehr mit ihrem eigenen Grauen und ihrer bitteren Reue beschäftigt war.

Ein heller Lichtblitz störte ihr Sichtfeld und kurz darauf konnte sie einen lauten Knall hören, bevor sich der Himmel verdunkelte. Wolken erschienen, die die Sonne verhüllten und der Wind frischte auf. Noch ein Lichtblitz und ein Knall und Gala realisierte, dass es sich dabei um Blitz und Donner handelte. Ein Sturm braute sich zusammen, eine Wettererscheinung, über die sie bislang nur gelesen hatte.

Die Wolken öffneten sich und der Regen begann zu fallen. Dicke Tropfen prasselten auf Gala hinab und durchnässten sie bis auf die Haut. Die kühle Nässe fühlte sich auf ihrer überhitzten Haut gut an, wusch das Blut und den Dreck mit sich weg.

Der Regen schien allerdings auch den großen Soldaten neu zu beleben, der an ihrem Bein hing. Er ließ mit einer Hand los und zog von irgendwo einen Dolch hervor, den er gegen ihren Oberschenkel hielt.

»Bring uns nach unten«, befahl er grob. »Jetzt sofort.«

Gala versuchte, ihn zu treten, aber der Dolch bohrte sich in ihre Haut und alles, was sie sah, war die mörderische Entschlossenheit auf dem Gesicht des Mannes. Er war entschlossen, sie auf jeden Fall nach unten zu bringen — auch wenn das für ihn bedeuten sollte, selbst zu fallen und dabei das eigene Leben zu verlieren.

Ihr Körper schmerzte immer noch unerträglich und Gala streckte sich instinktiv nach dem Sturm aus, fühlte seine Wut tief in ihren Knochen.

Plötzlich gab es einen weiteren Lichtblitz und eine Schmerzexplosion. Funken sprühten und Gala bemerkte, dass ein Blitz den Dolch des Mannes getroffen hatte und in ihre beiden Körper eindrang. Der Griff des Soldaten um ihr Bein löste sich ...

und er fiel nach unten auf den Boden.

Schockiert und betäubt schwebte Gala einen Moment lang weiter, bevor sie die Kraft fand, sich auf etwas anderes als auf den Schmerz zu konzentrieren. Sie erinnerte sich an die Diebin, die sie geheilt hatte und versuchte sich in ihre Gedanken zurückzurufen, was sie damals gefühlt hatte — den Frieden, der jede Faser ihres Seins durchdrungen hatte. Und dann begann sie, es erneut zu fühlen, diese warme Sensation, die tief in ihr begann und dann über ihre ausgestreckten Arme nach außen strahlte. Mit jedem Moment, der verging, wurde es stärker und aus dem Schmerz wurde Freude, ein warmes Gefühl, Licht und Glück.

Sie wollte diesen Moment anhalten und sich für immer so gut fühlen.

Durch den Nebel dieses Gefühls spürte sie, wie die Bewusstlosigkeit sich langsam durchsetzte und dann konnte sie nicht mehr kämpfen.

Sie würde in einen schönen Traum fallen, dachte Gala und dann verlor sie sich auch schon.

DIMA ZALES

CHAPTER 42: GALA

Gala had experienced pain before, but nothing had prepared her for this.

The agony was debilitating. The man with the pendant—the man who seemed to fight like no other—had sliced her open.

Clutching her stomach, she could feel the warm flow of blood trickling through her fingers, and for the first time, she was struck by the realization that she could actually cease to exist.

No. Gala could not, would not accept that possibility.

Time seemed to slow. In the distance, she could hear the lions roaring and feel the pain of their burning flesh. She could also see the soldiers' blades moving ever so slowly toward her, ready to end her life.

In that brief moment of time, a million thoughts ran through her mind. The pain in her wounded flesh was terrible, and the realization that she'd hurt the soldiers in a similar way added to her turmoil. Would she die now? Could she die? Thus far, her body did not behave as that of a regular woman, but it still had to be bound by some rules that were at least somewhat based on how human bodies worked. She got tired; she ate and slept. She got scared and happy, felt heat and cold. Would she be killed if those swords that were moving ever so slowly reached her body?

No, Gala decided. She could not risk letting that happen; she could not let them kill her. She loved existing too much. She had too much to see, to experience. She wanted to see Blaise again, to feel his kisses.

She also had the lions, Esther, and Maya to save.

Just as the swords of the four soldiers were about to pierce her flesh, she put all her energy into one last desperate blast. Focusing all her fury on the metal blades that had caused so much pain, she

412

willed them gone with all her might.

And as whatever spell she thus unleashed started working, Gala felt a burst of agony unlike anything she'd known before. The lions roared, and she felt *their* pain and suffering, the screams of the soldiers adding to the chaos.

Through the haze clouding her mind, she understood what happened. She'd made all the swords on the field explode, driving deadly shards of metal through the soldiers' armor and into every bit of exposed flesh. Nobody had escaped unscathed—not the soldiers, not the lions, and not even Gala herself. Only Maya and Esther were sufficiently far away to be safe. Here on the field, the smoldering remnants of grass were covered with blood.

Dazed, Gala stared at the metal shards sticking out of her body. Somehow, seeing them made the pain worse. Falling to her knees, she threw back her head with an agonized scream. As though responding to her agony, the shards of metal came out of her body, hanging for a moment in the air before falling to the ground. All around her, the same thing was happening to the soldiers and the lions.

It didn't help the pain, however. Her vision blurring, Gala struggled to her feet. All she wanted to do now was get away, rise above this terrible field of slaughter before anyone recovered enough to attack her again. And that was when she felt her body slowly floating up from the ground.

Strong hands grabbed her leg as she was rising into the air, and Gala saw the soldier with the pendant—the one who'd wounded her—holding on to her with grim determination. His face and armor were covered in blood, but that didn't seem to stop him. She was far too weak to shake him off, and they floated up together, rising slowly into the air.

Below, Gala could see the battlefield. It was littered with bodies and soaked with blood. She had done this; she had caused all this pain and suffering. The realization was worse than the agony wracking her body.

Lifting her hands up to the sky, Gala watched the bright blue expanse. A sound escaped her throat, a sound that turned into something else. She couldn't stand the feel of blood on her hands; she needed to wash this nightmare away.

She began to cry. Sobs escaped her throat and tears ran down her face, her entire body shaking as it rose higher and higher above the ground. The soldier's hands tightened on her leg, his fingers brutally digging into her skin, but she couldn't bring herself to care, too consumed by her own horror and bitter regret.

A flash of bright light shocked her vision. It was followed by a loud boom and a rapidly darkening sky. Clouds appeared, veiling the sun, and the wind picked up. Another flash of light, another boom, and Gala realized that it was lightning and thunder. A storm was gathering, a weather phenomenon she'd only read about before.

The skies opened and the rain began, huge drops falling on Gala, soaking her to the skin. The cold wetness felt good on her overheated skin, washing away the blood and grime.

The rain also seemed to reinvigorate the big soldier hanging on to her leg. He let go with one hand and pulled out a dagger from somewhere, holding it against her thigh.

"Take us down," he ordered harshly. "Right now."

Gala tried to kick at him, but the dagger dug into her skin, and she could see the murderous intent on the man's face. He was determined to bring them down at any cost—even if doing so meant losing his own life.

Her body still gripped by unbearable pain, Gala instinctively reached out to the storm, feeling its fury deep in her bones.

Suddenly, there was another flash of light and an explosion of pain. Sparks flew, and Gala realized that a lightning bolt had struck the man's dagger, its force traveling into both of their bodies. The soldier's grip on her leg loosened . . . and he plummeted to the ground below.

Shocked and dazed, Gala continued floating for a moment before she found the strength to focus on something other than the pain. Remembering the thief she had healed, she tried to recall the way she felt then—the peace that had permeated every fiber of her being. And then she began to feel it again, the warm sensation that started deep inside her and radiated outward through her outstretched arms, intensifying with every moment that passed, the pain melding into pleasure, into a sense of warmth, light, and happiness.

She wanted to freeze this moment and feel this good forever.

Through the fog of pleasure, she felt unconsciousness slowly creeping in, and she could not fight it anymore.

She would fall into a pleasant dream, Gala thought, and blanked out.

43. KAPITEL: AUGUSTA

Augusta verließ die Ratsversammlung und eilte zu ihrem Raum. Sie ging so schnell sie konnte, ohne zu rennen. Ratsversammlungen waren generell keine von Augustas Lieblingsbeschäftigungen, aber das Treffen heute war besonders unerträglich gewesen. Jandison hatte die ganze Zeit herumgejammert, während Augusta dagesessen und über die Tatsache nachgedacht hatte, dass Barson jeden Moment diese Abscheulichkeit von Blaise aus der Welt schaffen würde.

Sie hatte nicht wirklich Angst um ihn. Ihr Liebhaber war eine Gewalt auf dem Schlachtfeld, die man nicht unterschätzen sollte. Außerdem hatte sie eine große Anzahl von Schutzzaubern bei ihm angewandt. Es war viel mehr, dass sie es kaum erwarten konnte, diese Kreatur zerstört zu sehen, ihre Existenz für immer ausgelöscht zu wissen. Die letzten zwei Nächte hatte sie Alpträume gehabt, in denen das Ding immer mächtiger geworden war und der Boden sich von dem Blutbad, den es angerichtet hatte, rot eingefärbt hatte. Sie wusste, die Träume waren nur ein Produkt ihres Unterbewusstseins, welches über die Situation nachdachte, aber trotzdem waren sie beunruhigend.

Es wäre gut zu wissen, dass diese Sache unter Kontrolle gebracht wurde.

Als sie ihr Quartier betrat, ging Augusta schnurstracks auf den Spiegel zu, der ihr die Schlacht durch Barsons Anhänger zeigen würde. Sie setzte sich vor ihn und nahm den Überhang ab.

Das Bild vor ihr zeigte eine Schlacht, die gerade in vollem Gange war. Augusta sah voller Zufriedenheit, wie diese Kreatur erfolglos einen Feuerzauber gegen Barsons Armee anwandte. Augustas Verteidigungen hielten, genauso wie sie es geplant hatte.

Trotzdem wurde Augusta immer unruhiger, je länger die

Schlacht andauerte. Dieses Ding bewegte seinen Körper auf eine unnatürliche Art und Weise und lernte Schwertkampf mit einer unmenschlichen Geschwindigkeit. Augusta kannte keinen Zauber, der jemandem ermöglichen würde, so zu kämpfen.

Bald wurde die Schlacht zu einem Massaker. Diese Kreatur tötete immer wieder mit einer entsetzlichen Präzision, bis alles, was Augusta noch sehen konnte, Blut und Tod war. Die Tatsache, dass dieses Monster die Form einer zarten, jungen Frau angenommen hatte, machte diese Szene noch viel makaberer.

Als Barson sich auf die Kreatur zu bewegte, spürte sie ein sinkendes Gefühl im Magen. »Nein, tu das nicht«, flüsterte sie zum Spiegel und begann zu begreifen, wie sehr sie dieses unnatürliche Wesen unterschätzt hatte.

Und dann verletzte Barson es. Augusta sprang in die Luft und schrie triumphierend auf — bis sie sah, wie das Wesen seinen bis jetzt zerstörerischsten Zauber ausübte. Ohne dabei auf seine eigene Sicherheit zu achten, ließ es alle Schwerte zerspringen, so dass überall tödliche Metallsplitter umherflogen.

»Barson, stopp!«, schrie Augusta, als ihr Geliebter — blutend aber lebendig — nach dem Ding griff und mit ihm in die Luft schwebte. »Lass los! Bitte, lass es los!«

Er konnte sie natürlich nicht hören und Augusta sah entsetzt dabei zu, wie der Sturm einsetzte und ein Blitz durch Barsons Körper fuhr. Ihr elementarer Schutzzauber hatte höchstwahrscheinlich die volle Wirkung des Schlags abgeschwächt, aber die Schmerzen mussten unerträglich sein, selbst für Barson. Seine Hände lösten sich und er fiel in den Tod.

Einige Sekunden später zerbrach das Bild im Spiegel in Stücke und wurde schwarz.

Augusta stieß einen Schrei voller Schmerz und Wut aus. Sie schlug immer wieder auf den Spiegel ein, so lange, bis ihre Hände bluteten und der Spiegel zersplittert auf dem Boden lag.

Schluchzend sank sie auf ihre Knie.

Sie hatte das verursacht. Sie war Schuld am Tod ihres Geliebten. Wenn sie gleich zum Rat gegangen wäre, als sie von der Kreatur erfuhr, wäre nichts davon passiert und Barson würde immer noch leben. Schmerzerfüllt wippte Augusta wehklagend hin und her.

Sie hatte es zugelassen, dass ihre Gefühle für Blaise ihr Urteilsvermögen beeinflussten, aber sie würde diesen Fehler nicht noch einmal begehen. Blaise war jetzt für sie gestorben — genauso wie diese Kreatur, sobald sich die volle Kraft von Kolduns

Zauberern auf sie entlud.

Dieses Ding war böse und das Böse musste auf jeden Fall gestoppt werden.

CHAPTER 43: AUGUSTA

Exiting the Council meeting, Augusta hurried to her room, walking as fast as she could without actually running. During the best of times, Council meetings were far from her favorite activity, but the one today had been particularly intolerable. Jandison had yammered on and on, and all the while Augusta had been sitting there thinking about the fact that, at that very moment, Barson was probably getting rid of Blaise's abomination.

She wasn't afraid for him, exactly. Her lover was a force to be reckoned with on a battlefield, and she had used plenty of protective spells to aid him in his task. It was more that she was anxious to see the creature destroyed, permanently wiped out of existence. For the past two nights, she'd had nightmares, dreams of that thing growing more powerful and the ground turning red with blood from the carnage that it caused. She knew the dreams were just a product of her subconscious mind dwelling on the situation, but they were disturbing nonetheless.

It would be good to know that the issue was taken care of.

Walking into her quarters, Augusta headed straight to the mirror that would show her the battle through Barson's pendant. Sitting down in front of it, she took off the cover.

The image in front of her was that of a battle in progress. Augusta watched with a sense of gratification as the creature unsuccessfully used a fire spell against Barson's army. Augusta's defenses held, as she'd known they would.

However, as the battle continued, Augusta grew increasingly anxious. The thing was moving its body in unnatural ways, learning sword fighting with inhuman speed. Augusta knew of no sorcery that could allow someone to fight like that.

Soon, the battle became a massacre. The creature killed with horrible precision again and again, until all Augusta could see was blood and death. The fact that the monstrosity manifested itself in the form of a delicate young woman made the scene that much more macabre.

As Barson began moving toward the creature, Augusta felt her stomach drop. "No, don't," she whispered at the mirror, beginning to realize how much she'd underestimated this unnatural being.

And then Barson succeeded in wounding it. Augusta jumped up, yelling in triumph—until she saw the creature perform its most destructive magic yet. Disregarding its own safety, it made all the swords shatter to bits, sending deadly pieces of metal flying everywhere.

"Barson, stop!" Augusta screamed as her lover—bleeding, but alive—grabbed on to the thing, floating upward with it. "Let go! Please, let go!"

He couldn't hear her, of course, and Augusta watched in horrified shock as the storm began and a lightning bolt speared through Barson's body. Her elemental protection spell had likely dampened the full effect of the strike, but the pain must've been unbearable, even for Barson. His hands unclasped, and he began falling to his death.

A few seconds later, the image in the mirror broke into a dozen pieces and went dark.

Letting out a scream of agonized rage, Augusta hit the mirror, over and over, until her hands were bleeding and the mirror lay shattered on the floor.

Sobbing, she sank to her knees.

She had done this. She had caused her own lover's death. If she had gone directly to the Council as soon as she'd learned about the creature, none of this would've happened, and Barson would still be alive. Keening in agony, Augusta rocked back and forth.

She had let her feelings for Blaise cloud her judgment, but she would not make that mistake again. Blaise was now dead to her— as dead as his creature would be when the full power of Koldun's sorcerers got unleashed upon it.

The thing was evil, and evil had to be stopped at all costs.

44. KAPITEL: BLAISE

Mit klopfendem Herzen flog Blaise so schnell er konnte. Dort draußen, mitten in diesem tobenden Sturm befand sich Gala. Sie flog mitten in der Luft und hatte einen Mann an ihrem Bein hängen. Der Boden war bedeckt mit den Körpern der Soldaten, von denen Blaise nicht sagen konnte, ob sie tot waren oder nur schwer verletzt.

Seine Chaise wackelte, als er sie bis an ihre Grenzen trieb und versuchte noch schneller zu fliegen. Der Sturm erschwerte seine Bemühungen, also griff er nach seiner Tasche und nahm den Deutungsstein und einige Karten heraus. Hektisch fügte er dem Code einige Parameter hinzu und steckte die Karten dann in den Stein.

Sofort kam ein neuer Wind auf. Er war schwach im Vergleich zu den verrückten Kräften, von denen Blaise vermutete, Gala habe sie irgendwie herbeigeführt, aber er blies genau in die Richtung, die er brauchte.

Als nächstes nahm Blaise ein Taschentuch hervor. Er ignorierte den Regen und die Blitze und führte einen verbalen Zauber aus. Als er fertig war, begann das Taschentuch so lange zu wachsen, bis es eher die Größe eines Lakens hatte. Ein weiterer Spruch und das Tuch war hinten an seiner Chaise befestigt und diente als eine Art Segel.

Jetzt flog die Chaise dank der Hilfe des Windes auch schneller.

Blitze schlugen weiterhin auf dem Boden ein und Blaise sah entsetzt dabei zu, wie einer von ihnen den Mann traf, der sich an Gala festhielt. In den hellen Blitzen, die folgten, konnte Blaise das Gesicht des Mannes erkennen.

Es war Barson, der Kapitän der Zaubergarde — ein Mann, der dafür bekannt war, wie kein zweiter zu kämpfen.

Als der Blitz einschlug, zuckte Barsons ganzer Körper. Dann ließ er Gala los und begann zu fallen.

Einen Moment später spürte Blaise ein komisches Gefühl, eine glückselige Wärme, die trotz des Windes und des Regens, die gegen seine Haut peitschten, in seinen Körper eindrang. Die ganze Anspannung verließ ihn und wurde durch eine ungewöhnliche Ruhe ersetzt, einen Frieden, der anders war als alles, was er jemals erlebt hatte. Dieses Gefühl war hypnotisierend und Blaise spürte, wie seine Gedanken abzuschweifen begannen, sein Kopf sich mit intensiver Freude füllte.

Ein Heilzauber, realisierte er vage. Seine Gedanken waren langsam und undeutlich, so als ob er gleich einschlafen würde. Ein Heilzauber, so wie ihn seine Mutter immer gewirkt hatte, nur tausend Mal stärker. Ein Heilzauber, der ihn alles vergessen lassen würde, wenn er es zuließ.

Nein, dachte Blaise und grub seine Nägel in seine Haut. Er durfte nicht nachgeben. Er griff nach dem Brieföffner, den er immer in der Tasche hatte, zog ihn heraus und stach ihn sich in die Handfläche. Der Schmerz war kurz, stark und irritierend, aber dann schloss sich sein Fleisch wieder, so als sei nichts passiert. Er wiederholte diesen Vorgang immer wieder. Die Schmerzensausbrüche verhinderten, dass er in diesen bewusstlosen, glückseligen Zustand versetzt wurde.

Vor sich sah er, wie Gala zu fallen begann, und er fühlte, wie der Heilzauber schwächer wurde. Blitz und Donner hörten auf, obwohl der Regen unverändert weiter fiel.

Blaise steuerte seine Chaise Richtung Boden und konnte sie gerade noch rechtzeitig unter Galas fallenden Körper manövrieren.

Sie landete auf ihm und Blaise umarmte sie, zog sie eng an sich heran. Sie schien bewusstlos zu sein aber lebte, und ihr weicher, schlanker Körper lag warm an seiner Brust. Zitternd dankte Blaise in Gedanken allen seinen Lehrern, selbst dem Bastard Ganir dafür, seine mathematische Begabung gefördert und vermehrt zu haben. Wäre der Winkel seiner Landung nur ein wenig anders gewesen, wäre Gala unter ihm auf den Boden aufgeschlagen.

Blaise betrachtete ihr zartes Gesicht, beugte sich nach unten und küsste sanft ihre Lippen. Sie schmeckten nach Regen und der einzigartigen Essenz, die sie ausmachte. Er konnte nicht glauben, dass sie endlich da war, bei ihm, und er umarmte sie, versuchte, sie nicht in seinen Armen zu zerdrücken. Selbst in der Bekleidung der Bauern und mit einem dreckigen Gesicht war sie so schön, dass es ihn schmerzte.

Sie flogen langsam auf die Erde zu und zum ersten Mal sah er das ganze Feld. Einige der Soldaten, welche dort lagen, begannen sich zu bewegen, obwohl viele von ihnen immer noch Metall in der Rüstung stecken hatten. Es liefen auch Löwen umher, ein Anblick, der Blaise mehr überrascht hätte, wäre der Rest nicht so überwältigend. Am Ende des Feldes konnte er Maya und Esther sehen. Sie umarmten sich und schauten mit angsterfüllten Gesichtern auf das Feld.

Die Chaise berührte den Boden und Blaise stieg mit Gala in seinen Armen ab. Sie bewegte sich, machte ein leises Geräusch, und dann öffneten sich ihre Augen.

Blaise lächelte, als sich ihre Blicke trafen.

»Blaise!« Ihr Gesicht erhellte sich mit freudiger Überraschung. »Du bist hier!«

»Ja«, sagte er sanft. »Ich bin hier und werde auch nirgendwo hin gehen.« Er beugte sich hinab und küsste sie noch einmal. Ihre Arme schlangen sich um seinen Hals und sie zog seinen Kopf zu sich, um ihn so leidenschaftlich zu küssen, dass Blaise anstatt des kalten Regens, eine Hitzewelle spürte. Zum ersten Mal, seit Gala gegangen war, fühlte er sich lebendig — lebendig und voller Verlangen nach ihr.

Bevor er völlig seinen Verstand verlieren konnte, unterbrach er den Kuss. So unwillig er das auch machte, er musste erst einmal die Situation erfassen. »Was ist hier passiert?«, fragte er und stellte sie vorsichtig auf ihre Füße.

Gala blinzelte und schien einen Moment lang nicht zu wissen, was er meinte. Dann blickte sie sich um. »Sie sind geheilt«, sagte sie erstaunt, trat zurück und zeigte auf die Löwen. »Schau, Blaise, sie sind alle geheilt!«

Blaise betrachtete die wilden Tiere, die jetzt auf Maya und Esther zuzugehen schienen. »Das ist gut, nehme ich an«, sagte er ein wenig unsicher. Um sie herum konnte er sehen, wie auch die Soldaten sich langsam erhoben.

»Sie sind auch geheilt«, sagte Gala, die seinem Blick gefolgt war. »Ich muss das unbeabsichtigt getan haben.« Sie hörte sich erleichtert an, was Blaise komisch vorkam.

»Ich dachte, sie hätten versucht dich umzubringen«, entgegnete er. »Was ist hier heute passiert?«

Und als sie über das Feld mit den benebelten Soldaten, welche sich langsam erholten, zu Maya und Esther gingen, erzählte Gala ihm alles über den Kampf und die Zwischenfälle auf dem Markt und im Kolosseum.

Blaise hörte ihr ehrfürchtig zu. Er hatte gewusst, sie würde mächtig sein, aber selbst er konnte sich einige der Sachen, die sie getan hatte, nicht vorstellen. Und sie schien noch nicht einmal Kontrolle über ihre Kräfte zu haben.

»Es tut mir leid, dass ich gegangen bin«, sagte Gala, als sie sich den beiden älteren Frauen näherten. Ihre Stimme war voller bitterem Bedauern. »Ich habe so viel Chaos und Leid angerichtet ... Ich kann mich nicht kontrollieren, Blaise. Ich hätte bei dir bleiben und versuchen sollen, die Magie so zu lernen, wie du das wolltest, anstatt wegzugehen, um die Welt zu sehen. Nichts davon—« sie zeigte auf das blutige Feld, »—hätte passieren müssen.«

Blaise nahm ihre Hand und drückte sie leicht. »Mach dir keine Sorgen«, sagte er ruhig. »Von jetzt an werde ich bei dir sein.« Ihre Hand fühlte sich in seiner eigenen klein und kalt an und er bemerkte, wie zerbrechlich sie trotz ihrer Macht war.

Gala nickte und er konnte sehen, dass ein Teil ihrer ehemaligen Ausgelassenheit verschwunden war. Obwohl nur einige wenige Tage vergangen waren, schien sie anders zu sein, irgendwie viel reifer. Als sie gingen, konnte er die Tränen sehen, die ihr Gesicht hinunter liefen und sich mit den Regentropfen vermischten.

»Nicht alle von ihnen bewegen sich«, sagte sie und schaute auf die gefallenen Soldaten. »Blaise, ich denke, ich habe ein paar von ihnen getötet.« Ihre Stimme konnte ihren Abscheu kaum verbergen.

Blaise verwünschte sich noch einmal dafür, nicht hier gewesen zu sein, um sie zu beschützen. »Du hast dich verteidigt.« Er hielt an und zwang sie, das gleiche zu tun. Er legte seine Hände auf ihre feuchten Wangen und begegnete ihrem bekümmerten Blick. »Gala, das war nicht deine Schuld.«

»Natürlich war sie das«, entgegnete sie bitter. »Ich habe das gemacht. Ich habe diese Männer getötet.«

»Sie haben versucht, dich zu töten«, sagte Blaise grob. »Sie sind diejenigen, die Schuld daran sind, nicht du. Wenn ich hier gewesen wäre, hätte ich sie alle umgebracht. Du hast wenigstens die Überlebenden geheilt. Das ist mehr Gnade, als sie verdienen—«

»Gala!« Mayas Kreischen unterbrach sie und sie drehten sich in die Richtung, aus der das Geräusch gekommen war. Die zwei Frauen standen ein Dutzend Meter von ihnen entfernt und wurden von den Löwen umringt. »Gala, nimm diese menschenfressenden Monster von uns weg!«

Zu Blaises Überraschung erschien auf Galas Gesicht ein kleines

Lächeln und die Löwen legten sich hin, um sich zu Mayas und Esthers Füßen zu gigantischen Fellbällen zusammenzurollen.

»Nein«, sagte Esther hektisch, »Sie sollen uns nicht umzingeln — sieh zu, dass sie von uns weggehen.« Sie drehte sich zu Maya und sagte laut: »Und du, bemerkst du nicht, dass dein Geschrei ihnen das Gefühl geben könnte, bedroht zu werden?« Die zwei Frauen fuhren fort, sich zu zanken und die Löwen erhoben nur von Zeit zu Zeit ein wenig ihre Ohren. Ansonsten zogen sie es vor, die Menschen zu ignorieren.

»Es scheint ihnen gut zu gehen«, sagte Blaise zu Gala, als sie ihm wieder ihre Aufmerksamkeit zuwandte. »Du hast sie gerettet. Ich weiß nicht, was die Soldaten mit ihnen gemacht hätten.«

Sie nickte, auch wenn ihre Augen für seinen Geschmack immer noch zu düster aussahen. Blaise wusste, das war jetzt nur ein kleiner Trost für sie und wahrscheinlich würde sie auch niemals in der Lage sein, die Ereignisse des heutigen Tages komplett zu vergessen.

CHAPTER 44: BLAISE

His heart pounding in his chest, Blaise flew as fast as he could. Out there, in the middle of the giant storm, was Gala. She was floating in the air, with a man hanging on to her legs. The ground was covered with bodies of soldiers. Blaise couldn't tell if they were dead or just severely wounded.

His chaise shook as he pushed it to its very limits, trying to go faster and faster. The wind from the storm was hampering his efforts, so he grabbed for his bag, fishing out the Interpreter Stone and a few cards. Frantically adding a few key parameters to the code, he fed the cards into the Stone and waited.

Immediately, a new wind picked up. It was weak compared to the insane forces Blaise assumed Gala had somehow unleashed, but it was blowing in exactly the direction he needed.

Next, Blaise took out a handkerchief. Ignoring the rain and the lightning, he did a verbal spell. When he was done, the handkerchief began to grow until it was more like a sheet. Another spell, and the sheet was attached to the back of the chaise, becoming an impromptu sail of sorts.

The chaise went faster, helped by the wind.

Lightning kept hitting the ground, and Blaise watched in horror as one bolt hit the man holding on to Gala. In the bright flash that followed, Blaise saw the man's face.

It was Barson, the Captain of the Sorcerer Guard—a man known to be a fighter without equal.

At the lightning strike, Barson's entire body jerked. Then he let go of Gala and began to fall.

A moment later, Blaise began to feel a strange sensation—a blissful warmth that somehow permeated his body despite the wind and rain lashing at his skin. All the tension drained out of him and was replaced with a kind of unusual calmness, a peace unlike anything he had ever experienced before. It was mesmerizing, hypnotic, and Blaise felt himself starting to drift under, his mind clouding with the intense pleasure.

A healing spell, he realized vaguely, his thoughts slow and sluggish, as though he was falling asleep. A healing spell like his mother used to do, only a thousand times more powerful. A healing spell that would make him forget everything if he allowed it.

No, Blaise thought, his nails digging into his skin. He couldn't let himself go under. Reaching for the letter opener he always carried in his bag, he pulled it out and stabbed his palm. The pain was sharp and jarring for a moment, and then his flesh sealed itself, as though nothing had happened. He repeated the action, over and over. The bursts of pain prevented him from getting sucked into that mindless, blissful state.

Up ahead, he saw Gala starting to fall and felt the effects of the healing spell beginning to wane. The lightning and thunder eased, though the rain continued pouring at a steady pace.

Angling his chaise toward the ground, Blaise got underneath Gala's falling body just in time.

She landed on top of him, and Blaise caught her in his arms, pulling her close. She seemed to be unconscious but alive, her slim body soft and warm against his chest. Shaking, Blaise mentally thanked all his teachers, even the bastard Ganir, for encouraging and nurturing his mathematical gifts. Had the angle of his descent been even slightly different, Gala would've plummeted to the ground below.

Looking down at her exquisite face, Blaise bent down and gently kissed her lips, tasting the rain and the unique essence that was Gala. He couldn't believe she was finally here, with him, and he hugged her, trying not to crush her in his arms. Even dressed in a peasant outfit and with dirt marring her cheeks, she was beautiful enough to make him ache.

They descended slowly, and he saw the field fully for the first time. All around them, the soldiers of the Sorcerer Guard were beginning to stir, though many still had shards of metal sticking out of their armor. There were also lions walking around, a sight that would've surprised Blaise more if he hadn't been so overwhelmed with everything else. On the very edge of the field, he could see Maya and Esther. They had their arms around each other and were staring at the field with terrified expressions on their faces.

The chaise touched the ground, and Blaise climbed out, still holding Gala cradled in his arms. She shifted, making a soft noise, and then her eyes fluttered open.

Smiling, Blaise met her gaze.

"Blaise!" Her face lit up with joyous wonder. "You're here!"

"Yes," he said softly. "I'm here, and I am not going anywhere." Bending his head, he kissed her again. Her arms wound around his neck, and she pulled his head down, kissing him back with so much passion that Blaise felt a bolt of heat despite the cold rain that kept coming down. For the first time since Gala left, he felt alive—alive and craving her with every part of his being.

Before he could completely lose his mind, Blaise pulled back. As loath as he was to stop, he needed to take stock of the situation. "What happened here?" he asked, gently placing her on her feet.

Gala blinked, seemingly taken aback for a moment, then frantically looked around. "They're healed," she said in amazement, stepping back and pointing at the lions. "Look, Blaise, they are all healed!"

Blaise looked at the wild beasts that now seemed to be heading toward Maya and Esther. "That's good, I guess," he said, a bit uncertainly. Around them, he could see some of the soldiers slowly starting to get up.

"They're healed, too," Gala said, following his gaze. "I must have done it without meaning to." She sounded relieved, which struck Blaise as odd.

"I thought they were trying to kill you," he said. "What happened here today?"

And as they walked toward Maya and Esther through the field of dazed, but slowly recovering soldiers, Gala told him all about the fight and the incidents at the market and Coliseum.

Blaise listened in awe. He had known she would be powerful, but even he couldn't have imagined some of the things she would do. And she didn't even seem to have control over her powers yet.

"I'm sorry I left," Gala said as they were approaching the two older women. Her voice was filled with bitter regret. "I caused so much havoc and suffering . . . I can't control myself, Blaise. I should've stayed with you and tried to learn sorcery like you wanted me to do, instead of going off to see the world. None of this—" she motioned toward the bloody field, "

—should've happened."

Blaise took her hand, squeezing it lightly. "Don't worry," he said quietly. "I will be with you from now on." Her hand felt small and cold within his own, and he realized how fragile she was despite her powers.

Gala nodded, and he could see that some of her earlier exuberance was no longer there. Even though only a few days had passed, she seemed different, more mature somehow. As they walked, he could see tears running down her face, mixing with the raindrops.

"Not all of them are moving," she said, looking at the fallen soldiers. "Blaise, I think I killed some of them." There was a note of poorly concealed horror in her voice.

Blaise again cursed himself for not being there to protect her. "You were defending yourself." He stopped, bringing her to a halt as well. Placing his hands on her wet cheeks, he met her grief-stricken gaze. "Gala, listen to me, this was not your fault."

"Of course it was," she said bitterly. "I did this. I killed those men."

"They were trying to kill you," Blaise said harshly. "They are the ones at fault, not you. If I had been here, I would've killed them all. You, at least, healed the survivors. That's more mercy than they deserve—"

"Gala!" Maya's shriek interrupted the moment, and they both turned toward the sound. The two women were standing a dozen yards away, surrounded by a circle of lions. "Gala, get these man-eating monsters away from us!"

To Blaise's surprise, a tiny smile appeared on Gala's face, and the lions lay down, curling into giant furry balls at Maya and Esther's feet.

"No," Esther said frantically, "don't make them corner us—just make them go away." Turning to Maya, she said loudly, "And you, don't you realize that yelling at them might make them feel threatened?" The two women went on to bicker, and the lions merely raised their ears from time to time, content to ignore the humans.

"They seem to be fine," Blaise said to Gala when she turned her attention back to him. "You saved them, you know. I don't know what the soldiers would've done to them."

She nodded, her eyes still looking far too shadowed for his liking, and Blaise knew that it was little consolation to her right now, that she would never be able to completely forget the events of this terrible day.

45. KAPITEL: BARSON

Barson stürzte auf den Boden zu, als er die erste ekstatische Welle verspürte. So muss es sich anfühlen zu sterben, dachte er als der ganze Schmerz seinen Körper verließ und ein glückseliger Frieden an seine Stelle trat. Noch nie hatte er sich so gefühlt. Alle seine Verletzungen schienen zu heilen und auch die restlichen Metallsplitter verließen seinen Körper als würden sie von einer unsichtbaren Kraft herausgedrückt werden.

Dann prallte er auf den Boden.

Der Aufschlag ließ die ganze Luft aus seinen Lungen entweichen. Vor seinen Augen sah er schwarze Punkte und Barson musste kämpfen, um durch seinen zusammengedrückten Brustkorb Luft einzuziehen. Er konnte den in Stücke zersprungenen Anhänger vor ihm auf dem Boden liegen sehen. Er befand sich genau neben seinem von der Rüstung geschützten Arm, der eigenartig verdreht zu sein schien. Barson dachte sich, er sei wahrscheinlich genauso gebrochen wie der Anhänger.

Dann schlug auf einmal der Schmerz als eine einzige Welle zu. Barson fühlte sich, als sei jeder Knochen in seinem Körper gebrochen, jedes Organ verletzt und als habe er innere Blutungen. Seine Sicht verschwamm und heiße Übelkeit stieg in ihm auf. Er bekämpfte die Schwärze, die versuchte, ihn mit sich hinunterzuziehen. Er konnte es sich selbst nicht erlauben, so zu sterben.

Und in dem Moment, in dem Barson spürte, er würde diesen Kampf verlieren, begann der Schmerz nachzulassen und genauso wunderlich zu verschwinden wie vorher. Er konnte fühlen, wie sein Körper heilte und es war das fantastischste Gefühl der Welt — bis der glückselige Frieden erneut einsetzte und ihn in einer herrlichen Wärme badete.

Er konnte die Süße des Vergessens nicht länger bekämpfen und ließ sich von der Welle der vollkommenen Behaglichkeit mitreißen.

CHAPTER 45: BARSON

Barson was plummeting toward the ground when he felt the first wave of ecstasy washing over him. This must be what it feels like to die, he thought, as all pain left his body and a blissful peace took its place. It was unlike anything he had ever experienced before. All his wounds seemed to heal, the remaining shards of metal exiting his body as though pushed out by some invisible force.

Then he slammed into the ground.

The impact knocked all air out of his lungs. Black spots swimming in front of his vision, Barson fought to draw in a breath through the compressed cavity of his chest. He could see the pendant lying on the ground in front of him in pieces. It was right next to his armor-plated arm, which seemed twisted at an odd angle. He had a strange thought that he was broken too, just like the pendant.

Then the pain hit him in one massive wave. It felt like every bone in his body was shattered, every organ bruised and bleeding on the inside. His vision blurred, and hot nausea boiled up in his throat, but he fought the blackness that tried to suck him under. He couldn't, wouldn't allow himself to die like this.

And just as Barson felt that he would lose that fight, the pain began to lessen again, disappearing as miraculously as it did before. He could feel his body healing, mending, and it was the most amazing sensation—until that blissful peace hit again, bathing him in the exquisite warmth.

He couldn't fight the sweetness of the oblivion any longer, and he let the wave of pleasure sweep him under.

46. KAPITEL: GALA

»Ich möchte hier weg«, sagte Gala zu Blaise, nachdem sie sich davon überzeugt hatte, dass die Löwen Maya und Esther in Ruhe ließen.

Sie fühlte sich besser, weil sie Blaise bei sich hatte, aber sie musste trotzdem so schnell wie möglich von diesem Schlachtfeld wegkommen. Entsetzlich starke Schuldgefühle nagten in ihr. Sie hatte heute Menschen getötet; sie hatte ihre Existenz ausgelöscht. Es war das schlimmste Verbrechen, welches Gala einfiel, und sie hatte es begangen.

Sie spielte die verschiedenen *was-wäre-wenn*-Szenarien, in ihrem Kopf durch. Was, wenn sie in der Lage gewesen wäre, sie einfach einschlafen zu lassen? Was, wenn ihre Schwerter einfach verschwunden wären, anstatt in tausend Stücke zu zersplittern? Wenn sie in der Lage gewesen wäre, ihre Fähigkeiten zu kontrollieren, hätte sie sich dann verteidigen können, ohne dabei jemanden umzubringen?

»Ja«, stimmte Blaise ihr zu. »Wir müssen los. Wir könnten uns in einem der anderen Gebiete verstecken—«

»Nein«, meinte Esther, die zu ihnen kam. »Sie werden dich erkennen — und das gleiche gilt jetzt auch für Gala. Keine Verkleidung wird sie nach dem, was heute hier passiert ist, noch verbergen können.« Sie zeigte auf das Feld.

Maya kam auch näher. »Esther hat Recht. Außerdem beginnt sie—« sie zeigte auf Gala, »—immer verrücktere Zauber zu erschaffen, wenn sie sich aufregt.«

Gala schaute Maya an und war schockiert darüber, dass die alte Frau Recht hatte. Ihre Magie — ihre unkontrollierbaren Kräfte — waren sehr eng mit ihren Gefühlen verbunden. Sie wollte sich am liebsten ohrfeigen, nicht schon eher auf diesen offensichtlichen

Zusammenhang gekommen zu sein.

»Also, was schlägst du stattdessen vor?« Blaise runzelte seine Stirn und blickte Esther an. »Wir können nicht wieder zurück ins Dorf gehen und Turingrad kommt auch nicht in Frage. Sobald der Rat davon hört — und das ist sicher — wird er uns verfolgen. So mächtig wie Gala ist, haben wir trotzdem keine Chance gegen die vereinte Macht aller Ratsmitglieder.«

Esther zögerte einen Moment. »Es gibt einen Ort, an dem sie nicht suchen werden«, sagte sie langsam. »Die Berge. Das könnte ein guter Ort sein, an den wir gehen könnten.«

Schweigen folgte. Gala hatte ein wenig über die Berge gelesen, die Koldun einschlossen und das Land vor den brutalen Ozeanstürmen beschützten. In dem Buch war nicht mit einem Wort erwähnt worden, dass die Berge ein bewohnbarer Ort waren.

Blaise sah so aus, als würde er diesen Vorschlag in Erwägung ziehen. »Naja«, sagte er schließlich, »dort gibt es nur Wildnis, aber wir sollten überleben können. Es wird nicht sehr komfortabel werden, doch ich bin mir sicher, wir bekommen das hin—«

»Ich bin mir nicht so sicher, dass es dort nur Wildnis gibt«, warf Maya ein und sah verängstigt aus. »Ich habe da Gerüchte gehört.«

»Was denn für Gerüchte?«, fragte Gala, deren natürliche Neugier erwachte. Sie stelle sich mit Blaise im Dschungel vor, inmitten wunderschöner Pflanzen und Tiere, und fand dieses Bild sehr anziehend. Die Löwen würden auch glücklich sein; sie hatte sich schon gefragt, wie sie diese wundervollen Tiere freilassen könne, ohne dass sie irgendjemanden essen würden oder von den ängstlichen Menschen angegriffen werden würden. Diese Lösung hier schien perfekt zu sein.

»Sie sagen, dort leben Menschen«, antwortete Esther und beugte sich dabei nach vorne, so als habe sie Angst davor, jemand könne sie hören. »Sie sagen, diese Menschen seien frei und gehörten keinem Zauberer.«

Blaise war überrascht. »Warum habe ich niemals davon gehört?«

»Ich könnte mir vorstellen, dass die meisten Zauberer nichts davon gehört haben«, meinte Maya. »Das ist ja auch der Grund dafür, weshalb diese Menschen frei sind. Gerüchten zu Folge sind viele aus den nördlichen Gebieten, in denen die Dürre besonders hart ist, aber es soll auch einige weiter aus dem Süden geben.«

Gala schaute Blaise und die beiden Frauen an. In die Berge zu gehen bedeutete, weit weg von den Soldaten und allen anderen Menschen zu sein, die ihr etwas antun wollten — und das bedeutete im Umkehrschluss, sie müsste auch nie wieder jemandem wehtun. »Lasst uns dorthin gehen«, sagte sie entschieden. »Vielleicht könnten wir diesen Menschen im Austausch für ihre Gastfreundschaft helfen. Blaise, du könntest ihr Getreide widerstandsfähiger machen, stimmt's?«

Ihr Schöpfer lächelte sie warm an. »Ja, genau. Dann hört es sich ja so an, als hätten wir einen Plan.«

* * *

Gala sah Blaise fasziniert dabei zu, wie er an einem Zauberspruch arbeitete, um seine Chaise zu vergrößern. Sein Ziel war es, sie so weit zu vergrößern, dass vier Menschen und dreizehn Löwen Platz darauf fanden.

Als die Vergrößerung fertig war, blockierte dieses Objekt fast den Gasthof, aber sie passten alle darauf, sogar die Löwen. Gala führte die Tiere mental auf das Objekt und stellte sicher, dass sie nicht in Panik gerieten oder Maya und Esther anknurrten — die sie sehr misstrauisch betrachteten, da sie sich vor den wilden Tieren in ihrer Nähe fürchteten. Im Gegensatz zu ihnen mochte Gala es, die Tiere bei sich zu haben und ihre haarigen Körper gaben der Chaise ein warmes, kuscheliges Gefühl. Blaise wirkte einen schnellen Zauber, um die Chaise vor dem gleichmäßig fallenden Regen zu schützen.

Als sie abhoben und sich auf die Berge zu bewegten, drehte sich Blaise mit einem eigenartigen Ausdruck auf seinem Gesicht zu Gala um. »Gala«, sagte er sanft. »Siehst du das?«

»Was soll ich sehen?«, wollte Gala wissen. Alles was dort war, war Regen, der stark fiel und alles grün werden ließ. Der Sturm war nicht so stark wie vorher, aber schien sich so weit zu erstrecken, wie das Auge sehen konnte.

»Der Regen. Er breitet sich schnell aus«, antwortete Blaise und ergriff ihre Hand. Sein Blick war zärtlich und ehrfürchtig. »Gala, ich glaube, du hast die Dürre beendet.«

CHAPTER 46: GALA

"I want to leave this place," Gala told Blaise after the lions left Maya and Esther alone, curling up a few yards away instead.

Having Blaise here, with her, made her feel better, but she needed to get away from this field of carnage. Guilt, sharp and terrible, was gnawing at her insides. She had killed people today; she had cut short their existence. It was the worst crime Gala could think of, and she had committed it—not once, but many times today.

The different what-if scenarios kept running through her head. What if she had been able to just make them fall asleep? What if she had made their swords disappear instead of shattering into a thousand pieces? If she had been able to control her powers, she could've defended herself without resorting to murder.

"Yes," Blaise agreed. "We need to go. We might be able to hide in one of the other territories—"

"No," Esther interrupted, coming up to them. "You will be recognized—and now, so will she. No disguise will be able to hide her after this." She motioned toward the field.

Maya approached as well. "Esther is right. Besides, this one—" she pointed at Gala, "—starts doing insane sorcery whenever she's upset."

Gala stared at Maya, struck by the fact that the old woman was right. Her magic—her uncontrollable powers—were very much tied to her emotions. She wanted to kick herself for not making this obvious connection before.

"So what do you suggest instead?" Blaise frowned at Esther. "We can't go back to the village, and Turingrad is out of the question. As soon as the Council hears about this—and they will—they're going to be after us. As powerful as Gala is, the two of us don't stand a chance against the combined might of the Council."

Esther hesitated for a second. "There is one place they wouldn't look," she said slowly. "The mountains. That might be where we need to go."

A silence followed. Gala had read a little bit about the mountains that surrounded Koldun and protected the land from the brutal ocean storms. At no point did the books describe the mountains as a habitable place.

Blaise looked like he was considering the idea. "Well," he said finally, "it is just wilderness, but we might be able to survive there. It won't be comfortable, but I'm sure we'll manage—"

"I'm not sure if it's just wilderness," Maya said, looking frightened. "I've heard rumors."

"What rumors?" Gala asked, her natural curiosity awakening. She could picture herself in the forest with Blaise, surrounded by beautiful plants and animals, and the images were quite appealing. The lions would be happy there, too; she had been wondering how to set the magnificent creatures free without them eating anyone or getting hurt by frightened humans, and this seemed like the perfect solution.

"They say that people live there," Esther said, leaning in as though afraid someone would overhear her words. "They say that those people are free, that they don't belong to any sorcerers."

Blaise appeared surprised. "Why haven't I heard about this?"

"I imagine most sorcerers haven't heard about this," Maya said. "That's why those people are supposedly free. Rumors say many of them are from the northern territories, where the drought is especially bad, but some come from further south."

Gala looked at Blaise and the two women. Going to the mountains meant that she would be far away from the soldiers and anyone else seeking to harm her—and that she would never have to harm anyone else in return. "Let's go there," she said decisively. "Maybe we could help those people in exchange for their hospitality. Blaise, you could enhance their crops, right?"

Her creator gave her a warm smile. "Yes, indeed. Sounds like we have a plan."

* * *

Gala watched in fascination as Blaise worked on a spell to expand his chaise. The goal was to make it big enough to accommodate four people and thirteen lions.

When the enlarged object stood there, almost blocking the inn, they all got on, even the lions. Gala mentally guided the animals onto the object, making sure they didn't panic or growl at Maya and Esther—who were eyeing them quite warily, afraid of having the wild beasts so close. In contrast, Gala liked having the animals near, the proximity of their furry bodies making the chaise feel warm and cozy. Blaise did a quick spell to add a waterproof shield around the chaise, so they were also protected from the steadily falling rain.

As they rose into the air and began heading toward the mountains, Blaise turned to Gala with a strange expression on his face. "Gala," he said softly. "Are you seeing this?"

"Seeing what?" Gala asked. All she could see were the sheets of rain, coming down hard and turning everything grey. The storm was not as violent as before, but it seemed to stretch as far as the eye could see.

"The rain. It's rapidly spreading," Blaise said, reaching out to take her hand. The look on his face as he gazed at her was tender and reverent. "Gala, I think you might have ended the drought."

ABOUT DIMA ZALES

Dima Zales is a *USA Today* bestselling science fiction and fantasy author residing in Palm Coast, Florida. You can connect with him at www.dimazales.com. Prior to becoming a writer, he worked in the software development industry in New York as both a programmer and an executive. From high-frequency trading software for big banks to mobile apps for popular magazines, Dima has done it all. In 2013, he left the software industry in order to concentrate on his writing career.

Dima holds a Master's degree in Computer Science from NYU and a dual undergraduate degree in Computer Science / Psychology from Brooklyn College. He also has a number of hobbies and interests, the most unusual of which might be professional-level mentalism. He simulates mind reading on stage and close-up, and has done shows for corporations, wealthy individuals, and friends.

He is also into healthy eating and fitness, so he should live long enough to finish all the book projects he starts. In fact, he very much hopes to catch the technological advancements that might let him live forever (biologically or otherwise). Aside from that, he also enjoys learning about current and future technologies that might enhance our lives, including artificial intelligence, biofeedback, brain-to-computer interfaces, and brain-enhancing implants.

In addition to writing *The Sorcery Code* series and *Mind Dimensions* series, Dima has collaborated on a number of romance novels with his wife, Anna Zaires. The Krinar Chronicles, an erotic science fiction series, is an international bestseller and has been recognized by the likes of *Marie Claire* and *Woman's Day*. If you like erotic romance with a unique plot, please feel free to check it out, especially since the first book in the series (*Close Liaisons*) is available for free everywhere. Keep in mind, though, Anna Zaires's books are going to be much more explicit.

Anna Zaires is the love of his life and a huge inspiration in every aspect of his writing. She definitely adds her magic touch to anything Dima creates, and the books would not be the same without her. Dima's fans are strongly encouraged to learn more about Anna and her work at www.annazaires.com.

CPSIA information can be obtained at www.ICGtesting.com
Printed in the USA
LVOW10s2238140415

434627LV00032B/784/P